U0527077

有爱的青春陪伴者

你玩真的啊

灼北风 著

江苏凤凰文艺出版社
JIANGSU PHOENIX LITERATURE AND ART PUBLISHING

图书在版编目（CIP）数据

你玩真的啊 / 灼北风著. -- 南京：江苏凤凰文艺出版社, 2025. 6. -- ISBN 978-7-5594-9578-5

Ⅰ. I247.5

中国国家版本馆CIP数据核字第2025A4Z121号

你玩真的啊
灼北风 著

责任编辑	王昕宁
特约编辑	蒋彩霞
责任校对	言 一
责任印制	杨 丹
出版发行	江苏凤凰文艺出版社
	南京市中央路165号，邮编：210009
网　址	http://www.jswenyi.com
印　刷	天津睿和印艺科技有限公司
开　本	880mm×1230mm 1/32
印　张	11
字　数	495千字
版　次	2025年6月第1版
印　次	2025年6月第1次印刷
书　号	ISBN 978-7-5594-9578-5
定　价	42.80元

江苏凤凰文艺版图书凡印刷、装订错误，可向出版社调换，联系电话025-83280257

目·录

第一章 /001
齿轮 高冷王回国

第二章 /017
倒带 程早 vs 周南洛

第三章 /026
齿轮 伪装情侣

第四章 /056
倒带 别扭的青梅竹马关系

第五章 /087
齿轮 情人节

第六章 /181
倒带 吵架 vs 和好

目·录

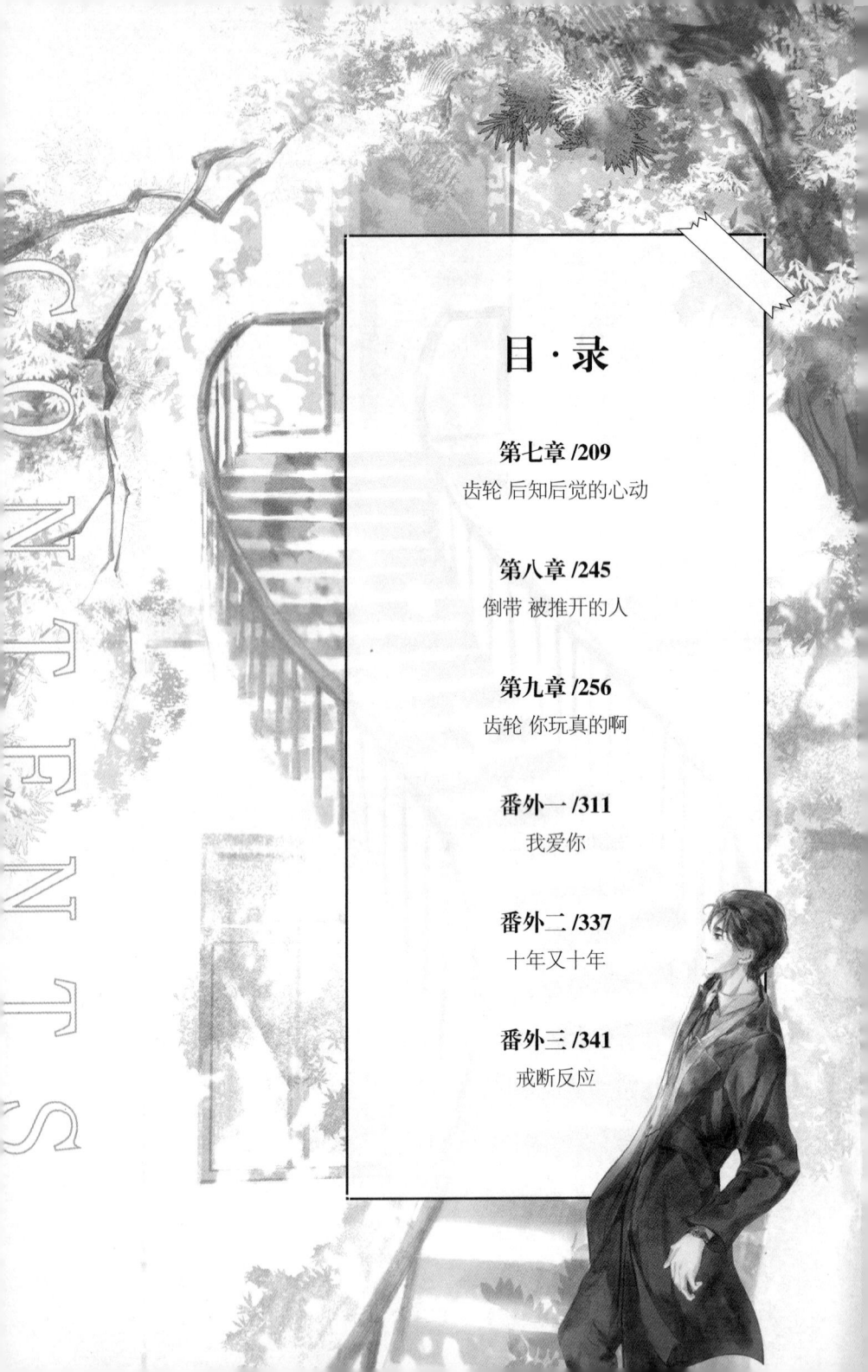

第七章 /209
齿轮 后知后觉的心动

第八章 /245
倒带 被推开的人

第九章 /256
齿轮 你玩真的啊

番外一 /311
我爱你

番外二 /337
十年又十年

番外三 /341
戒断反应

第一章

齿轮 高冷王回国

Ni wan shen de a

冬月,上京。

补足了昨晚通宵的睡眠亏空,临近下午四点程晚才从床上爬起来。

遮光帘挡住了大部分光线,她盯着窗帘上晕开的淡色橘光,揉了揉眼下的乌青,混沌的视线才逐渐聚焦。

都怪天杀的赵多漫记错了航班时间,她昨天在接机大厅苦等了五小时,回来的时候又赶上跨年,马路水泄不通,一路被堵到今天凌晨。

长达六小时的车内独处时间中,那位被接待的社恐摄影大师只在跨年倒数结束的时候回了她一句"新年快乐",其他时间都扣着头戴式耳机闭眼假寐,静止得像一座雕像。

程晚在那六小时内参悟了。

她明白,原来世界有时也会如此无趣。

平平无奇龟速挪动的车辆,平平无奇一动不动的社恐老师,平平无奇的嘈杂车载电台……以及唯一该死的赵多漫!

枕边的手机已经振动了有段时间,程晚压下喉咙里呼之欲出的脏话,敛眸按下接听键。

"拒绝道歉,麻烦直接买包。"

"晚晚……我好像看见你妈了。"

"这是你的新道歉思路吗?"程晚睡得嗓子有点哑。她抓了两把有些凌乱的头发,起身趿拉上拖鞋,"看见我妈有什么稀奇的,她每天……"

"可我现在在你新租的小区楼下。"

程晚松弛的神情僵住了,立即警铃大作,飞速跑到阳台前拉开遮光帘。

顺着透亮的窗玻璃看去,李女士正拎着包,快速又不失优雅地赶来。

她身后两百米处是拎着印有奢侈品 Logo 包袋的赵多漫,躲在公告栏后抬着手机,

001

一副跨踏模样。

"你妈妈应该还是来催你相亲的,我刚看见她手里拿着一沓照片……晚晚,需不需要我帮忙打配合?"赵多漫说话的底气逐渐不足。

李女士的脾气难搞,她姐妹自己都摸不准……

"不用,我应该能搞定。"程晚语调中残存着几丝侥幸,随后快走几步,熟练地拉下电闸。

老款电子锁,没电打不开。

她假装不在家,李女士还能撬锁进来?

十分钟后,李帷清女士微笑着向物业人员道谢,程晚假面崩塌,站在门侧,决定下个月找个更偏的小区躲。

大串备用钥匙摇晃,撞击出清脆的金属声。

程晚目送物业小哥离去,直到他背影渐渐消失在电梯口,才不情不愿地转过头,认命地看向自己老妈。

……待宰的小羔羊和无情的刽子手。

眼神交锋,来自血脉的压迫感。

片刻后,李女士下巴稍扬:"坐吧。"

程晚腹诽:这是我家,我知道坐!

随即错开视线。

程晚有些心虚,趿拉拖鞋的声音闷沉沉的。

又来了,几乎月月不缺的催相亲流程,比她微薄的工资打款都来得准时。

"挑挑吧。"李女士假装没看出程晚的排斥,把茶几上的零碎东西往边上推了推,腾出片干净地儿后,才摆下手中的照片。

程晚微蹙眉,有一搭没一搭地扫了眼。

照片摆成扇形,大概五张的样子。

"我不结婚……"她语气细弱。

也不是不结,她不是坚定的不婚主义者,但现在的男性基本盘实在让人失望,找不到合适的,怎么结?何况她大学刚毕业!催婚要不要这么丧心病狂?

看着程晚表情实在抗拒,李女士的态度放软了点:"晚晚,你也知道上京圈子就这么大,圈子里的公子哥不是玩得花就是不成器,好的那些早就名草有主了,你再不下手挑,和我们身家匹配的就都……"

"我不要求你马上订婚,但你总得先找个谈着吧。"

说罢,李女士又看了她一眼:"我知道你心里在想什么。"

一番苦口婆心的唠叨话全被程晚筛选为噪声自动忽略,直到这时她才回神,下意识接了后半句:"我在想什么?"

"你自己说。"李女士摘下皮手套,身体稍向前倾了些,作势要认真听听程晚的想法。

"我在想……"程晚瞄了眼老妈的脸色,降低分贝试探开口,"如果您非对我找男朋友这件事这么关心,不如等我死了给我配个冥婚?"

"……滚过来看照片。"

程晚撇了撇嘴,拖着屁股下的小木墩一并慢腾腾挪过去。

逃不过被骂,就知道还是先礼后兵这招,都几个月了,不能来点新鲜……

视线回扫,她随意点在照片侧边的手指微微一顿。

这次的照片怎么……

直觉告诉她有诈。

程晚抬头又瞅了眼自家老妈的神情,试图从她那张保养得当的脸上分析出什么。

"选吧。"李女士皮笑肉不笑,脊背全数靠在这廉价租房中自带的布艺沙发上,倚得气势十足,"你今天必须给我从中选一个见面交往。"

今天的照片和以往都不同,程晚斟酌地从第一张认真看到第四张,视线在快要触及第五张照片边角时立刻飞速弹开。

反应大得离谱,像是看见了什么脏东西。

……四选一。

筛选掉长得实在抱歉的两位,她纠结了半分钟,直接点在一号男嘉宾脸上。

"就他吧。"

先口头答应,之后再找别的理由躲过去。

"选得好,"李女士嘴角带笑,口吻平缓,"这位赵先生确实是刚来上京的青年才俊,除了周末喜欢去拉斯维加斯赌点小钱,也没其他毛病。"

程晚手指即刻左移:"那就这个。"

"离异男。"

"第三个也行。"

"走个过场的事,长得抱歉点怎么了!"

李女士撑脸思考了一会儿:"这个得等等,他下个月才能放出来。"

似乎是看出了程晚的无语荒谬,李女士抬起第四张照片,开始主动向她举荐。

"这位是团长。"

程晚闻言微怔,肃然起敬:"妈,咱家还有这种关系呢?"

"年纪轻轻,美团优选团长,居家办公,足不出户。"

麻了。

空调暖风适时静音,程晚租的房子不大,没声音的时候很容易使人感受到低气压。

程晚沉默一会儿,眼神转向她刚才特意避开的第五张照片,不再揣着明白装糊涂,单刀直入道:"您就是必须要我和周北洛谈恋爱呗?"

话音落下时,她眼神还放在那张照片上。

相片中少年隐约朦胧的轮廓随着瞳孔聚焦而逐渐清晰。

程晚能清楚地看见大少爷高傲的眉毛、白皙的皮肤,眉眼张扬立体,校服衣领半竖着，露出修长挺直的脖颈，周遭的柏树枝丫绿得发黑，却也比不过他更像盛夏。

这是周北洛高中时的照片。

她拍的。

静止几秒，程晚才把视线从相片上挪开。

好久没见，她没看相片之前，甚至已经不能完整想象出周北洛的样子了。

但他身上的那股气质还是依旧……惹人厌。

不是她对他有偏见。

事实上，程晚认为周北洛对她的意见才是只大不小。

从17岁开始，他俩的相处就一直很别扭。

"人家周北洛哪点配不上你？"

程晚有些摆烂，顺手揉了两下僵硬的脸，刚睡醒的潮红已经褪下，但她整个人还是很乏："配，配十个我。"

"但我得找齐另外九个程晚才能和他处。"

绕了这么一大圈子，还天南地北地淘了四个人做铺垫，妈妈一把年纪了怎么还这么精力旺盛？感觉气血比她足三倍。

别说她现在正处在菜鸟刚毕业迈进社会的关键期，就算她现在工作稳定、心态正常，也绝不去给自己找那个麻烦。

她程晚，老早就决定长江后浪拍前浪，把她爸她妈妈两位白手起家的创业高手拍死在沙滩上。什么时候事业有起色，什么时候再考虑终身大事。

内心的小九九滚动完，程晚随即庄重表明立场："作为刚毕业的有志青年，我要追求自己的梦想。"

早知道她不会配合，李女士并不算意外，冲自家闺女竖了个赞扬的大拇指，低头看了眼腕表："下午五点三十四分。"

程晚转头去瞅客厅的挂钟，疑惑地皱了下眉。

……妈妈戴的什么破表，还快一小时。

"是你名下银行卡的冻结时间。"李女士慢条斯理地补充道。

"开玩笑的，我没有梦想！"瞌睡虫被火速赶跑，程晚立即站直，向领导汇报，"我一定认真考虑您的提议！"

"小周的飞机两小时后降落在北城机场，所以你应该……"

"我去接。"

她今天刚发誓最近一个月都不会踏进机场半步。

周北洛果然克她。

色彩艳丽的奢侈品袋子被随手丢在后座，程晚系上安全带，整个人像是被镶死在副驾驶座上，坐得很瘫。

车辆川流不息，导航显示屏中目的地标注的"机场"二字让她愈加心堵。

"所以晚晚，你妈妈真的把你银行卡都冻结了，只给你划了张有额度的副卡？"赵多漫感到匪夷所思。

"嗯……"程晚不愿面对现实，嗓音闷闷的，"她知道我是暂时应付，等把钱转移出去后就会露出原形，所以提前断了我的路。"

"姜还是老的辣。"赵多漫憋了半天，还是忍不住幸灾乐祸，"不过你应该也挺期待的吧，接周北洛这件事。"

程晚不解。

"我们都知道啊，你暗恋他很多年了。"

不知道为什么，从高中某天起，程晚身边的所有人像中邪般地认为她暗恋周北洛，还是那种不敢表现、偷偷摸摸且欲盖弥彰的暗恋。

时隔多年，她还是很想打死那个造谣者。

程晚表情木木的，嘴角不由自主地微抽："漫漫，我决定不收你那个包了。"

"为什么？颜色不喜欢？"赵多漫沉浸在昔日八卦中，面容依旧含笑，显然还没意识到事情的严重性。

"因为我要你永远欠我一个人情，只要你没还清这个人情，之后在我面前禁止再提我暗恋周北洛的事。"程晚说完忽然觉得哪里不对，抿了下唇，又认真地一字一顿地补充道，"这件无中生有的事。"

"噢……"赵多漫应得不太情愿，等到红灯暂时停车，她眼底才明显闪过一丝失望的暗光，"唉，可惜了，我还挺嗑你俩的。"

程晚恍若未闻，随手撕开一张蒸汽眼罩挂在耳朵上。

温热潮湿的触感裹住疲乏的双眸，她又把身子往里缩了缩，直到找到个好睡觉的姿势才停止挪动，腹诽紧接着涌出。

……打住。

如果真喜欢这种水火不容的CP，建议一步到位，到4399里找火娃和水娃。

正值元旦，机场正是人多的时候，到达层锃亮清透的白瓷地板倒映着往来众人，路人大多穿得商务，或推或拎着方正的行李箱步履匆匆。

程晚和赵多漫驻足在角落，两手空空，倒莫名觉得自己格格不入起来。

手机恰好弹出一条消息。

程晚低眸解锁手机，拿老妈刚发来的航班信息一对，发现时间刚刚好，周北洛下飞机了。

她还没来得及去侧边滚动屏上确认一遍航班号，一抬头，就看见了不远处被簇拥着的男生。

他的行李已被事先候着的司机接过，他身边围着的许多人她都认得。

三个同龄男生中，他最高，气质出挑，轮廓立体，眉眼间仍旧带着冷淡的少年气。

他们越走越近，程晚甚至能看见周北洛和朋友说话时偶尔上扬的眉。

……距离仅剩3米,她莫名有些紧张。

忘记提前编排话术。

他们这种关系,她来接机也太突兀了!

没时间纠结了。

程晚双唇微张,刚做好心理准备,要摒弃尴尬上前打个招呼,就看见被围拥的男生被一个人熟络地拍了下。他理所应当地侧眸接话,言来语去,谈笑风生。

周北洛径直掠过了她……

一别四年,周北洛瞎得更加彻底了。

三个利落高挺的身影就这么直直从侧边掠过,程晚连大少爷的一根发丝都没摸到就决定打道回府。

反正妈妈也没要求她必须把人送到家,直接对着背影偷拍一张说接到人了交差完事儿。

想通这点后,程晚心情疏解了许多,毕竟不用和周北洛打照面还能完成李女士那边的任务。

想到那些可能会被解冻的银行卡,她忍不住眉梢挂喜,甚至感觉此刻机场的空气都格外清新起来。

赵多漫不明白自家姐妹的心路历程,当她看见程晚被人忽视,又打开手机相机追到半路去拍照时,脑海中只浮现出一句话——

她坐车两小时到机场,不敢跟人说一句话,只敢拍张背影照独自留念?

太悲情了。

心脏跟着狠狠抽了一下是怎么回事?

……不行,怎么着也不能让姐妹就这么遗憾离场!

于是热心市民赵多漫顶着风险往前追了两步,伸手挽留道:"周北洛。"

不大不小的一声,足以引起数米内所有人的注意。

为首的高大男生最先转过身,本该往声源地瞥去的眼神中途岔了道。

周北洛耷拉着的眼皮在触及近在咫尺的乌黑镜头时稍稍掀起了点,继而像是认出了什么,又慢条斯理地挑了半边眉。

男生黑眸幽深戏谑,暂时没吭声。

后撤半步、仍旧保持着拍照姿势的程晚在此刻萌生了人生中第一个想死的念头。

她是什么很贱的人吗?

隔着镜头的对视分外诡异奇特。

三男两女一司机,相隔数米在人来人往的大型机场中集体停下,像踏进了什么奇怪的规则空间。

眼下的场面急需一人打破平静。

周北洛明显没打算开口,赵多漫和岩爸默契地抱臂看向程晚,等待他们心中的暗恋文女主角展开深情告白。

但程晚的大脑还在飞速运转中。

人群中，忘戴眼镜的齐群是在场唯一一个没认出程晚的。

男生稍稍思考一瞬，随即赞扬出声："太讲究了兄弟，雇的跟拍？"

归国 vlog，时髦。

程晚的手微微颤抖，她后悔了，自己该在这四年里整个容的。

赵多漫，你真的该死！

"程晚。"

愈加跑偏的氛围中，周北洛清冽又稍显陌生的嗓音像大洋西岸潮湿的风润进耳郭。

程晚的神经瞬间紧绷。

单单一个名字，分不清他是在叫她，还是在跟齐群解释身份。

周北洛还在直视镜头，半勾起的唇让人摸不清情绪。

……躲不掉了。

程晚将后撤的半步收回，站直后默默用食指挡住摄像头，又强装镇定地将手机放回口袋，动作力求自然随意。

"好久不见啊，周北洛，听说你回国了……我妈想看看你。"

爸妈闹离婚那阵，程晚在周北洛家住过一段时间。周妈妈对她极好，两家关系也因此更上一层楼，李女士对闺蜜的儿子赞不绝口，周妈妈也时常记挂着程晚。

用两家关系当挡箭牌，他应该不会觉得太突兀。

周北洛听进去了，眼神往她脸上兜了两圈，才慢腾腾回道："噢，感谢阿姨。"

他嘴上说着感谢，脸上却还是一副吊儿郎当的模样。

加之刚才不知所以停顿的三秒，程晚总觉得周北洛是在思考用哪种态度来面对她。

和她一样，他和她相处也有些尴尬，说不清是好久不见带来的陌生感，还是忆往昔的那些七七八八。

他的样子太冷淡，程晚也没多解释，看见他重新迈开步就立刻跟了上去。

两人一前一后，步调是大写的不协调。

如果不是还记得自己是来接人的，程晚甚至会走在周北洛前头。

不开玩笑，经过刚才的事情后，现在她和刘翔说不好谁的腿速更快。

周北洛腿长，性格又高冷，本来走得就快，程晚更是走出了断情锁爱的疾跑速度。

身后打酱油的三人默默收回吃瓜目光，识趣地和他们拉开距离。

都是附中熟脸，齐刷刷一伙十二班同窗。

周北洛和程晚高中时就惹人非议，如今旧友碰头，众人的八卦之心更是蠢蠢欲动。

齐群从刚才看清程晚时就开始掉下巴，直到现在都还没从震惊中平复心情，半摸下巴，表情真切又带有同情："这么多年了，程晚她居然还……"

"我也觉得。"赵多漫盯着两人极其登对的背影忍不住跟腔，"我姐妹别的不说，'痴情'两个字拿捏得死死的。"

岩爷接话："'附中第一深情'不是白叫的。"

"你看她走路的姿势……她看见我哥们甚至都不会走路了！"

齐群说完，和赵多漫对视一眼，两人都从对方的眼神中看出了对爱情的惧怕。

感情这事儿也太折磨人了，不能再袖手旁观了，他们得帮帮程晚。

走出航站楼，扑面而来的冷冽寒风吹得程晚打战，她裹紧黑色大衣，一边晃着刚才被后撤步搞到抽筋的左腿，一边恨铁不成钢地回头给赵多漫甩眼刀。

跟来的司机已经在给周北洛装行李了。

在这种特定情境下，赵多漫不应该时刻跟她保持统一战线吗？一直在后面磨蹭什么啊。

机场周边地儿又大又空，凉风刮得脸颊生疼，程晚瘦巴巴的身板被吹得直发抖。她顶着冻红的鼻子等了半分钟，忽然听见旁边传来"嗡"的一声低音。

周北洛没几分坐姿地靠在副驾驶座上，手肘压着刚降下的车窗，侧眸拿眼神戳她："挺扛冻。"音调能听出几分嘲意。

程晚琢磨了下他的意思，转眸静悄悄地瞄了眼车门大开的后座。

车内空调散发的热气时不时往外冒出一股，在极寒的冬日甚至形成了具有实体的袅袅白雾。

理智告诉程晚，那是恶魔的潘多拉魔盒，她不会坐上去的，打死都不。

好在周北洛也只是随口一说，没多久，程晚就听见他手机铃声响起，而后是简短的回话。

都是什么"刚下飞机""接到了""晚上回去"之类的，应该是周妈妈打来的。

周北洛对妈妈一向很温柔，他家庭氛围很好，以至于之前见识过他坏脾气的程晚都怀疑这人是不是基因突变。

"晚晚。"

思绪被打断，背后有人轻拍她的肩。

"蜗牛三人组"终于到了，程晚蹙眉回头拉住赵多漫，像是抓住了生命中唯一的救命稻草，压低声音，发出明显的暗示："快走……"

又冷又尴尬，实在不是人过的日子。

赵多漫深情地回望过去，两秒后反攀住程晚的小臂，继而女生像是没听懂暗示般疯狂拖她后腿，语调轻盈鼓动：

"齐群说他们一会儿找个包厢给周北洛接风，我们也去吧？"

程晚一愣。

接风？我都快抽风了，你还在想着给他接风？少爷归国架势这么大吗？

她刚才半路都主动跟他说了句 welcome back to China（欢迎回国）了，还想怎样？

程晚阴郁的目光直白地落在赵多漫脸上，后者表情一僵，渐渐对自己的揣测生出几分不自信来。

赵多漫沉默片刻，末了贴近程晚的耳侧，试图把话题忽悠回来。

"晚晚,如果你连一会儿的聚会都去了,李阿姨绝对会肯定你的积极性,银行卡那边不就……"

程晚双眸微弯,又开始权衡。

赵多漫绝对给她吹耳边风,但李女士性格执拗,看准了的东西认死理儿,以往李女士虽然也总在她耳边念叨这件事,可手段都没这次强硬。现在这种情景下,周北洛就相当于她的财神爷……

抗争不来,从了吧。

程晚水眸涟漪,巴掌大的小脸被冻得泛白,她下意识把手揣进口袋,而后掐了掐指节才狠心道:"去……当然去。"

音调都在牙缝里挤到变形了。

"我可太期待了,哈哈……"

程晚硬是装得开朗,其实笑得比哭都难看。

周北洛看迷糊了,窄长的黑眸微眯起,"啧"了一声,撤回撑在外面的胳膊,又把窗户升了上去。

"咔嗒"一声,透明车窗升到顶,明明白白和车外面的人隔绝成两个天地,顺便也隔断了程晚那张强颜欢笑的脸。

赵多漫的车不能扔在机场不管,所以就算周北洛那边司机开的是辆七座SUV,两人也没上去跟人挤位。

程晚正好不想跟那三位男士共处一车。

准确点来说,如果不是她怕犯罪,现在也该把赵多漫从驾驶位上踹下去。

见过她出糗的人都该死!

李帷清的电话来得凑巧,细致地问了一遍两人见面的流程。

程晚按照归国白月光的情节给李女士现场编了一段甜到血糖爆表的初遇剧情,把老妈哄得开开心心,随后手机收到一条消息。

程晚欣喜地解锁手机,接收消息,是一条两万元的转账。她唇线又一拉,疲累地靠在车门边,懒得动弹了,她还以为是银行卡的解冻消息呢。

"机场地滑险些摔倒,周北洛扔下行李瞬间揽住你的腰,你俩耳尖通红地对视,最后你从他怀里爬出来的时候还听见了他震耳欲聋的心跳声……"

"震耳欲聋……你这到底是心跳还是拖拉机?"

赵多漫不禁被自家姐妹丰富的想象力惊到,一边开车,一边忍笑到肩膀轻颤。

"……闭嘴,你的账我还没来得及算。"程晚撇嘴呛了她一句,视线绕了一圈又回到手机屏幕上。

有便宜不占是王八蛋,她指尖轻点在转账消息上,最终还是没骨气地收了款。

路程将近大半小时,退出单独的聊天页面,程晚目光落在消息列表,又百无聊赖地往下滑了几页。

昨晚跨年，一群多年老友外加工作上的合作伙伴都齐刷刷给程晚发来了祝福短信。收到消息的时候，程晚正堵在路上举步维艰，压根没细看，更别提回复。直到现在，她才发现里面有部分人好像还挺重要的。

赵多漫和程晚同年毕业，两人虽然都在本地上的大学，但并不是同一所学校。

赵多漫学的编导专业，程晚学中文，毕业后程晚本来是要被逼着继承家业的。但赵多漫人傻钱多，直接号召她一起追逐梦想，创办了个规模较小的纪录片公司，程晚在其中主要负责创意策划和文案写作。

昨晚发来跨年祝福的有一些曾经合作过且未来也很有可能继续合作的朋友。

程晚耷拉下眼皮，把头埋在膝盖里好一会儿才认命地钻出来，逐一道歉解释消息晚回的原因。

陆续解释了七八个人，继续徐徐向下拉消息，在触及一个纯黑色头像时，她的瞳孔突然慢动作般缩起。

这条消息是零点发来的。

周北洛：新年快乐，永远开心。

周北洛居然是那种会群发祝福的人？

哥，你怎么想的，高冷王路线不走了？

程晚想到周北洛埋头挨个勾选发送对象的动作，莫名有些想笑。

她不自觉往后靠了点，扬起手机眉眼微弯，和赵多漫搭话："周北洛搞什么鬼？"

"啊？"赵多漫被问得一脸蒙。

"他昨晚居然群发祝福，还定时零点。"

独在异乡为异客，每逢佳节倍思亲……何况这都不是异乡，直接异国了，看来是十分思念老友，居然不计前嫌把她也选上了。

程晚莫名觉得大少爷有时也挺惨的。

"什么跨年祝福？"赵多漫逐渐变得揶揄，"他没给我发。"

程晚顿时有点笑不出来了。

搞什么鬼？难道是看在两家关系的份儿上，快回国了，准备和她冰释前嫌，所以发出一个友好信号？

"他是不是给你发了？"赵多漫两眼放光。

"……没。"程晚下意识回避，又伸手欲盖弥彰地抓了下碎发，"我看有高中同学发了他零点祝福的截图。"

"嘁，我还以为……"赵多漫有些失望，吸了吸鼻子，自顾自替程晚打抱不平，"好歹你俩也是最早认识的，而且你又喜欢……"

"我不喜欢他！"触发到关键词，程晚立场十分明确，竖起三根手指对天发誓，"我程晚要是喜欢上周北洛，就从天台上跳下去！"

哟……有点毒。

赵多漫嘴角一歪："可高中时你不是经常给他带早餐吗？"

"那都是受父母之托!"

"放学回家你也总跟在他屁股后面。"

"那是因为我那会儿……"

话说到一半她就住了嘴。

她在周北洛家住过半年的事最好还是别往外说了,以身边这群人的想象力,没事都得说出点事。

句子就这么断在那里,赵多漫疑惑地瞄了眼副驾驶座。

程晚正垂眸想着什么,看样子是被勾起了回忆。她睫毛长翘,鼻梁瘦高,脸型优越到能直接拉去拍画报,静止不动时也极有灵气。

赵多漫收回视线,还是不敢相信自己嗑了这么多年的CP竟然是无中生有。

她欲言又止:"那晚晚,周北洛在你心里,到底定位哪种角色?"

"储备粮。"程晚不假思索。

"啊?"赵多漫一时没反应过来。

"末世爆发后,我可能会考虑吃了他。"

一口一个!

会所的侍应生帮忙泊车,几位少爷和小姐下车走了约莫有六七分钟,最终选了个暗木调的"老钱"风包厢钻了进去。

几位都是上京圈子有头有脸的后辈,周北洛家算是涉猎行业最广的,世家人脉也数他积累最深。岩爷家世代行医,齐群家书香门第,赵多漫家开工厂,服装品牌成立了三四个,而程晚……

她爸妈离婚前也能说道说道,但离婚后公司拆分,渐渐也就不太能打了。说赚钱也能赚点,但始终不如之前,幸好有早年积累的几套固定资产带来收入,也能维持住优渥的生活。

一般来说,圈子成员聚在一起都爱谈点生意,但在座唯一有能力的周北洛摆酷不讲话,其余几位倒是想谈……可是肚子里暂时还没装进去货。

一到这种时间,为了不冷场,大家就开始绞尽脑汁去想八卦了。

说到底,四年也就正式聚了这么一次,还是能捞出很多陈年旧事乱侃的。

程晚听他们从老师离婚说到同学出轨,跟着在边上八卦了有二十分钟,她刚要摸出手机看眼时间,脑袋却忽然有些犯晕。

她眨了下眼,盯着杯子里的暗红色液体,开始回忆自己叫的这杯里到底有没有酒精。

"程晚,你的脸血红!"齐群震惊道。

"没事,我去洗把脸。"

"我跟你一块儿去吧。"赵多漫看她这样有点担心。

"不用,两步路。"程晚无所谓地摆摆手,起身走了出去。

暗木桌面放着几听没开封的罐装饮用水,绮丽灯光烘托出氛围的同时也照得人眼花缭乱。

　　齐群瞄见程晚有些虚浮的步子，刚要回头叫自己兄弟去帮个忙，就看见最边缘的男生已经起身跟了过去。

　　周北洛是出来洗手的。
　　程晚洗完脸出来时，正巧看见他在用会所配备的丝质软巾擦手，骨节分明的手指跟棉绸质地的巾帕搅在一起，冷白和深蓝的撞色，说不清有几分撩拨感。
　　她呼吸不争气地停了半瞬，又随手把黏湿的额发拨到一边。
　　洗手间的镜子有拉长人身的作用，程晚的脸被拉得过分瘦削。她静悄悄地侧着头，目不转睛地盯着镜面。
　　她得等他走了再过去，财神爷也得距离产生美。
　　沉黑矜贵的大理石地板倒映着男生沉稳的步调。
　　眼看他的身影已经消失在镜中，程晚深呼一口气，刚要迈出洗手间……
　　"爬呢？"
　　她扬起的笑僵在脸上。
　　周北洛侧着身，双手揣兜，居高临下地往后扫了一眼，视线在她绯红的脸颊上停留半秒："给你弄辆轮椅？"
　　……你敢弄我就敢坐。
　　程晚磨了磨牙，本想呛回几句，但想到李女士的嘱咐，还是选择忽略掉周北洛的挑衅，硬生生把气憋了回去。
　　她快走几步，侧身绕过周北洛，先一步推了半扇包厢门。
　　齐群："程晚真的爱惨了洛哥，我没见过……"
　　不忍了！
　　程晚用力推开整扇门，站在门口，带着火气皱眉向内吼出声：
　　"我最后说一遍！
　　"谁喜欢周北洛谁是狗！"
　　画面像是静止了，包厢里瞬间鸦雀无声。
　　嗓门太大，加之情绪激动，程晚吼得眼有点花。她叉腰一下一下给自己顺气，却在不经意间……把口袋里的照片蹭了出来。
　　照片飘到鞋边，程晚还没弯腰看清上面的图像，就听见背后有人笑了声。
　　世界是个巨大的笑话，她则是里面最搞笑的。
　　在看清照片上那张嚣张且附带少年感的脸时，程晚是有几分想直接晕过去的，但她身后就是周北洛，她再晕就真的像耍心眼一样了。
　　倔强少女对爱绝口不提，口袋掉落的照片却无意暴露心意，最后装晕心机倒在心上人怀里。
　　好好好……老天爷！你在这儿跟我拍电影呢？

被暗光笼罩的包厢另一端，也齐刷刷被刚才这一抑一扬惊得鸦雀无声。

岩峪和赵多漫人均视力5.0，撑着上半身，伸长脖子瞄完照片后瞠目结舌，在场唯一一位近视的齐群也在来时的路上戴好了隐形眼镜。

齐群手里的酒杯都快拿不稳了，他在愧疚自己就这么戳穿老同学的心事时也附带了另外一些复杂的情感。

他嘴唇有点不受控制，有些话藏在口腔内蠢蠢欲动：

丫头，这你还敢说不爱？

你的深情我佩服，你的爱情我守护！

但理智告诉他，程晚快撑不住了，他不能再火上浇油。

齐群吞了吞口水，暗暗退回去，和其他人保持统一战线，跟着充当背景板，以观后续。

墙壁上悬挂的鎏金色壁灯静悄悄地向外晕出光线，勾勒出满月一般的圆弧。

程晚回头看了眼周北洛被暗淡光线映得光风霁月的侧颜，微微咬了下牙。

她抿唇，强撑着要重新找个话题把这事儿翻篇，但还没等她想到合适的话题，就看见身后的男生往前闲适地迈了半步。

周北洛弯腰捡起照片，端详了许久，末了冒出一声悠长的叹息："怎么还偷藏我照片呢？"

拖腔带调的一个问句，夹杂了本人百分之五十的困扰情绪。

他还不乐意上了？她都没好意思说这照片辟邪！

眼看三位旁观者视线轰炸得更为浓烈，饶是程晚谨记教诲也没忍住冲动。

这表面和平是半点都维持不了了。

她松了松一直紧握的拳头，侧头对上周北洛那双饶有兴味的黑眸，片刻后又佯装镇定地挪开视线，不卑不亢道："来之前在宠物店拍了张狗。"

"拍完就一直藏身上？"

程晚一愣。

"你挺喜欢这狗啊。"周北洛手指夹着那张薄薄的相片又稍稍晃了晃。

谁藏了？

程晚无言以对。

李女士临走前把那几张照片全塞她兜里了，航班赶得紧，她奉命接驾也来不及放回去。当时走到小区楼下看见分类垃圾桶时，她倒是有心想扔，但扔这张时，她沉默地低头看了几秒，最后还是塞回了大衣口袋。

倒也不是因为怜惜周北洛那张脸，而是这照片……她拍得太好了。构图、取景、光线全方位胜出，别说是长得凑合的周北洛站中间，就算蹲条狗在那儿，这照片也完胜。

她该在公司当摄影师的，不该每天对着电脑写什么狗屁文案，入错行了。

程晚悔不当初，百口莫辩，早知道其他几张也不该扔，该把这些年李女士塞的其他照片也搞过来，凑52张打扑克都比现在的局面强。

再这么迷惑下去，她都要怀疑自己是不是真的暗恋周北洛了。

"揣着吧。"瞧着程晚实在不会解释，周北洛扯了扯唇，挺大度地把照片又塞回她口袋，一副"虽然你行为看上去很变态，但好歹我们之前有过交集，我暂且不追究了，请你之后好自为之"的模样。

程晚乱糟糟的脑子分解出一堆信息，垂眸看见周北洛放完照片后格外注意地收回了指尖。他微带点红的指尖绕过她大衣上翘起的咖色牛角扣，淡漠地揣回自己兜里，没挨着一点她的衣角。

做完这个动作后，男生往侧边绕了半步，故意踱步走远，最后懒洋洋地陷进了软皮沙发中。他一串动作行云流水，好似她这类狂热追求者只是生活中的插曲，而作为大少爷的他永远骄傲，俯瞰众生。

这么会装，什么牌子的塑料袋？

程晚烦得厉害，望着周北洛低头悠然刷手机的动作，挺了挺背，跟着自然地坐了过去。不仅坐，她还专门坐到他旁边。

清者自清。

羊绒大衣贴蹭在沙发上，落座那一刻，她好像听见身边男生"啧"了一声。

但也仅仅是一声，之后就再无可闻。

程晚默念了三遍问心无愧，随后握住桌上的锤纹琉璃酒杯，苦涩地一饮而尽。

人生如梦，赵多漫今晚的体会尤其深刻。

她真的很迷惑，来时的路上程晚明令禁止了她再撮合他俩，更不许说些有的没的，结果包厢门口掉落的照片又让她再次怀疑……她姐妹不会是个傲娇吧？

乌龙发生后，程晚离她很远，又一门心思灌自己酒，她被齐群和岩昝拉着谈了好久八卦，谈话内容耗费了大量脑细胞，她都怀疑自己是打了一场辩论赛。

齐群依旧坚持初心，表面摇骰子分散注意力，实则咬牙握拳，抛出论据。

"程晚刚说完谁暗恋周北洛谁是狗，就掉出一张照片，她还说照片上的不是我周哥，是宠物店的狗。

"这说明什么？说明就算周哥不是人，她也想和他一个物种！啊，爱情怎么这么伟大！兄弟们，我干了，你们随意！"

赵多漫嘴角直抽，一边掐自己大腿，一边帮自己姐妹澄清，举例说了许多程晚不喜欢周北洛的证据，从高中时代列举到大学毕业，但最后还是没斗过齐群。

她说程晚高中那会儿看都不看周北洛一眼，齐群说她那是为了引起周北洛注意。

她说程晚高中毕业的时候可以选择和周北洛一块儿出国，但她还是留在国内上大学，说明对周北洛不感冒，齐群反驳说程晚打小就不爱吃西餐，肯定是怕吃不惯国外的饭。

她说程晚大学时没主动联系过一次周北洛，要是真喜欢他，肯定忍不住，齐群说程晚爱看日漫，没准真修炼成忍者了呢。

她气极，拍桌子说齐群满嘴放炮。

齐群抬头一脸冷静:"那你怎么解释照片?"

……她解释不来。

赵多漫深吸一口气,摘下发箍,晃了晃被折磨了整晚的大脑,逃去微信打字。

赵多漫:姐妹,到底哪一个是真实的你?

收到这条消息时,程晚刚打车到家。

她呼出一口辛辣的酒气,揉了两下太阳穴,眉心皱出"川"字。

去会所的路上,她严厉批判了赵多漫,还从姐妹感情和工作态度两方面双重威胁赵多漫,若再误解她的"暗恋对象"或者再跟着一起起哄,她就罢工。

言语高深,内容具体,她甚至快上升到人身攻击了,赵多漫才腾出手向她保证之后绝对不会再开她和周北洛的玩笑。

结果刚保证完就发生这事。

程晚满脸心累,从衣帽间找出几件干净的换洗衣物走进浴室,把身上那股酒气冲洗干净了,才重新拿起手机回复消息。

程晚:照片是乌龙。

我暗恋个……

她字还没打完,页面上方显示的"对方正在输入"就跳没了。

赵多漫:最后信你三秒。

之前的据理力争还是有作用的,程晚舒了口气,又慢腾腾地把打好的字删了。

赵多漫这边好解释,周北洛那边她要是不能拿出有力证据……就算她拿出有力证据,他没准也会以为她是设法找的借口。

她放空了一会儿,又点开微信找到周北洛的聊天页面,盯着上面的跨年群发祝福,很久才回过神来。

莹白的指尖打字迅速,飞快键入消息。

程晚:今天的事情不是你想的那样。

程晚边等回复边改策划,隔了大概半小时,微信才跳出一条不冷不热的消息。

周北洛:噢。

噢?

程晚双眸微眯,开始怀疑自己的眼睛。

噢就噢!谁管你!

他不会还以为她对他死缠烂打,准备用这事儿当借口跟他打开话茬吧?

程晚托脸蹙眉,对着屏幕滞了半天,还是没咽下这口气。

她抿唇,手指敲得又轻又快。

程晚:我忘记你长什么样了,照片用来接机认人用。

真不喜欢你,甚至老子连你的模样都认不得了。

靠谱,真洒脱……

点击发送。

扳回一局，程晚忍不住牵唇，等着周北洛吃瘪。

"嗡嗡"，手机紧接着振动。

是条语音，和程晚想象中的弱势截然相反，男生像是刚冲完澡，嗓音湿润，冒出极慵懒无所谓的一句。

"行，以后别再随身携带了。"

好为难的一句劝诫。

……我偏不听你的。

我偏每天揣兜里片刻不离！我打印成传单蹲在地铁口发！我复印一百份贴满城市公厕！

程晚深吸口气，端起马克杯，将半温的蜂蜜水一饮而尽后，随意糊了把额前的碎发，按住语音键。

她指腹贴在光洁的屏幕上，双唇开开合合，连续三次都想不出说什么话才能压周北洛一头，最后只得磨磨牙，挤出一句自以为超带杀气的话："……最好别让我再看见你。"

手机没了动静，萧萧夜风顺着没关的窗吹进来，程晚仅剩的一点酒气也被吹得七零八落，她踩在软绒地毯上轻手轻脚地合上了窗户。

这房子是为了躲李女士误打误撞租的，程晚一向没方位感，住进来之后的某天，才偶然发现这好像是附中附近。

远眺过去，高耸的教学楼灯火明明灭灭，艺术生不住校，没开灯的教室多半是他们的。

现在的周北洛真欠。

程晚脑子里又突兀地冒出这句话，她甚至快回忆不起他好的时候了。不过他跟她第一次见面的时候，貌似就不太好说话，所以他中途对她好的那一小段时光，没准只是青春期突变。

酒气大概没完全散尽，她轻轻眨了下眼，又想起爸妈吵架闹离婚时，她赌气不去上国际学校，于是争吵又跨上更火热的台阶。

你怨我我怪你，来回不休。

周北洛不知道什么时候来的，他站在草木葱郁的花园里，身形被昏暗的路灯照着，在一众反驳训斥中，只随意地笑了下，然后他说，我陪你……

很多年了，程晚像是只记得这句。

第二章

倒带 程早 vs 周南洛

Ni wan zhen de a

程晚的父母权当程晚是头脑发热，不然只要是个正常人，用脚指头想也该知道选择哪所高中。

升学率是一回事，学校的设施、环境、每日饭菜又是一回事。

附中的基础设施虽然在公立学校中数一数二，但还是跟国际学校没法比。

他们还当程晚是娇生惯养的大小姐，甚至已经事先联系了一所国际高中当备胎，静等她后悔去吃回头草。

但她真吃不了一点。

程晚低头调整好书包带，脚边安静躺着一个20寸的灰黑色行李箱，被褥之类的日用品学校已经采购好，她只拿了些换洗衣服和书本纸笔。

其实爸妈感情破裂对她来说不算太受打击，他们恩爱也是她念幼儿园时的事了，时隔久远，她早就已习惯，她头疼的是周北洛跟她一块儿去念普通高中这件事。

好大一个人情，感觉是在少爷飞扬的人生中落了颗老鼠屎。

程晚敛眸给自己刚才倍显夸张的比喻句打了个负分。

普通高中倒也没那么差劲，不过就是需要早上六点起来，发型得统一，没事做做操。

她能扛，周北洛也行。

园丁推着除草机在不远处的草坪上工作，青涩的青草味时不时钻进鼻腔。

程晚从兜里掏出个苹果，用袖子蹭了蹭，啃了一口。

"再掏个。"耳边忽然传来闷哑的嗓音，程晚扭头望过去。

16岁的周北洛已经长到了一米八四，身高腿长，吊儿郎当地从别墅里晃出来，一边哈欠连天，一边伸手朝她讨东西。

革命友谊尤其珍贵，程晚收回打量的目光，咬住苹果，又从兜里掏出一个递过去。

红润的苹果被细长的手指握住，走过场般往白T恤上蹭了下，随后如出一辙地被叼住。

周北洛咬了口苹果,又百无聊赖地往不远处瞧。

他倒很自然。

果香味在口腔里乱窜,程晚垂眸,纠结地思考着该怎样打破沉默。

一周前,在少爷还没说要和她一块儿去上普通高中的时候,他俩的交集……说实话,挺少的。

周北洛和程晚初中虽然在同一个学校但没在一个班,在校没接触,只是双方父母很早就认识,于是时不时举行的半商务性质聚会上,他们总是被扔在一块儿玩。

可"被扔在一块儿玩"并不等于一起玩,只是大人有事,随便把他们打发到一处,免得出去惹麻烦。

程晚一直觉得周北洛贼不太好相处。他看上去总是很冷酷,有时候她跟他讲话讲半天,他都不会看她一眼,不太热络的样子。

问题是在一众本校直升的小圈子小团体中她应该暂时找不到小伙伴,所以她得和周北洛处好关系。可哪怕是暂时的、用来过渡的塑料关系,只要操作对象是周北洛,对她来说都是不小的挑战。

程晚思忖半晌也没想到破冰的方法。

夏末的清晨,太阳还没使力,干燥的风未曾卷上滚烫的热潮,温度一时也算适宜。

行李还没打包完,周妈妈周琪娑在帮忙弄着,等司机就位三分钟后,她才收拾完拎着箱子走出来。

昨夜下了场短促的雨,高跟鞋有些难走,她一路看着脚下,等迈出院门一抬头,才看见两个小孩站在路边自顾自啃着苹果。

样子同样散漫,也不交流,看着莫名喜感。

"东西都收好了。"周琪娑轻笑一声,走近了些,语气倍感亲昵,"晚晚早上是没吃饭吗?"

"……没有。"

程晚回得很快,她边抬头边舔了下被苹果汁水沾得酸涩的唇,想说什么,但还是止住了。

两位祖宗在家忙着吵架,她实在不想听,绕过摆着丰盛早餐的餐厅,在后花园的树上拽了两个苹果就这么出来了。

"跟周北洛一个样,他暑假时从没吃过早餐。"

周琪娑含笑瞥了自家儿子一眼,随后也没任何多余的叮嘱,直接摆手让司机送走两人。

"有事打电话。"她右手比出个接听电话的姿势。

程晚坐在后座,顺着车窗看见周阿姨越来越小,最后变成个微不可察的光点,心情复杂地抿了抿唇。

妈比妈,妈得扔。

这要是李女士,非要拉着他们唠叨三千字的新环境注意事项。

周阿姨真洒脱。

半小时后,面对紧闭的伸缩校门,程晚对自己刚才的想法产生了一丝迟钝的怀疑。

该不会是因为快迟到了,所以周阿姨才不啰唆吧?

遥遥听见操场上新生大会校长的激昂讲话,虽然音效被廉价的麦克风打了折扣,但程晚依然能从中捕捉到"犯错从严""一律记过"之类的无情字眼。

门卫大叔举着登记本一言不发、冷若冰霜的样子像座雕像。

程晚眉心直跳,回头看了眼气定神闲还在等煎饼粿子的小少爷,默默在本子上签下"周南洛"三个字。

两分钟后,本子边上撂着一袋被咬了两口的煎饼粿子,而内页上不甘示弱地多了两个字——"程早"。

烈日渐渐释放出盛夏才有的威力,程晚和周北洛两人开学迟到,此时正并排站在教学楼下感受着来往众人的"注目礼"。

手指有些浸汗,女生微咬牙,被晒得生无可恋:"你说我们都没填自己的真实姓名,他为什么还是能逮到我们?"

父母最近肯定没时间管她的破事,程晚还不知道普通高中的秉性如何,但根据观看广泛的影视剧和小说阅读经验,她分析出这事有百分之五十的可能会叫家长。

百分之五十,也就是说有一半的概率她会死在这学校。

"开学讲话班级会点名。"

点完就剩俩,抓不到才怪。

说完,周北洛耷拉下眼皮,整个人恹恹的。

少年高挺利落,稍微站得松散点,身上那股不羁的势头就全冒了出来。有女生躲在走廊偷偷瞄过来,同时盯上他的还有几个男生,从校服能看出来是高二的,和他们新生的颜色不一样。

中二病时期的男生都喜欢挑战外表看上去很高冷的人,以此来巩固自己在学校中的"地位"。

才站了十分钟,程晚已经第三次听见有人说要找周北洛碰碰这件事了,她没想到周北洛在新环境中会如此"欠揍"。

再一转头,她忽然又能理解了,他现在这种"老子心情不好,都给我滚"的眼神配上微翘的冷峭眼尾,真的很挑衅,谁看谁想揍。

程晚甚至想在他身上挂个写着"有偿人肉沙袋"的小黑板,旁边再附上她的收款码。

斜对面有个黑皮肤男生,根据裤脚和袜子的位置能初步判断为体育生。他盯着周北洛看了很久,刚要上来说点什么,浑厚聒噪的上课铃声就响了。

人群四散而去,没过多久,耳边就只剩下一楼某班的英语朗读声。

程晚半悬的心将将落了下去,她确定周北洛能感受到身边的敌意,但他那副风轻云淡的样子又实在像是没有察觉。

在这生源大多直升的学校中，他们的出现会打破一些微妙的平衡。

不想承认也要承认，学校中确实有些潜移默化的社会规则，尽管大部分学生都两耳不闻窗外事，但那些太惹眼的、一眼就能被人注意到的人，总会主动或被迫地卷入一些纠纷中。

但周北洛应该能搞定，他只需要去电话亭给家里打个电话就能解决这件事。

程晚甩了甩沾上薄汗的额发，已经站得腿酸。有了共同受罚这一经历，她在周北洛面前也更能放得开些。

四下环视，确定教导主任没有来，她才鬼鬼祟祟半蹲下去敲敲腿："哎，周北洛，我问你一个问题呗。"

"嗯。"

她仰头望去："你为什么要跟我一块儿来普通高中啊？"

"爱学。"

程晚不解。

"听说普通高中课密，还能住宿，每天 24 小时待在学校……"黑眸垂低掠过程晚惊悚的表情，周北洛轻轻扯了下唇，嗓音照旧轻慢，"就很喜欢。"

变态……

程晚飞速收回视线，重新端正好自己混吃等死的学习态度，生怕被周北洛不正常的思维影响到分毫。

"你们是十二班的吗？"一位戴黑色框架眼镜的女生像是接了什么指令，猛地从楼梯口小跑过来。

周北洛抬眸，冲她点了下头，随后女生视线不自然地在他们两人脸上都停留了几秒，又腾出时间喘气："洪主任开会去了，让我跟你们说你们可以回班了。"

"终于想起我们了……"程晚疲倦地拍拍裤子，站起身的时候，小腿肌肉倏地一酸。

身后就是台阶，她几乎是本能地快速抓住身侧的什么东西，稳住身形后才长呼一口气。

"差点栽了……"危机解除后，程晚才渐渐松开攀附的手指，转身看过去，这才发现她刚才慌乱中抓着的是周北洛的小臂。

少年的小臂隐隐有肌肉的弧度，青色脉络隐在冷色皮肤下，上面被忽然抓上的指痕正迅速消散。

"不好意思……"程晚后知后觉，干巴巴地补了句。

"不用。"

周北洛嗓音并无异常，只在擦肩而过的那一刻，程晚恍惚间看见他的耳朵有点红。

她飞快望了眼头顶，暗叹九月的太阳还是好毒。

接近十点，摇曳的柏树已经全然浸在了热潮中。

附中教室外的走廊不是全封闭的，走在靠外那侧能望见德训楼下的巨型日晷和绵延廊桥。

程晚拖着步子自顾自欣赏了一会儿风景，目光收回后才蔓延出几分惊愕。

短短几分钟，她和周北洛之间甚至快隔出一个银河了。

走这么快干什么？下次运动会不报三千米你等着！

周北洛好像真的贯彻了爱学习的新人设，一路步子迈得超大，程晚在背后怀着怨怼气喘吁吁地跟着。一直跟到教室，走上讲台，看见班主任的手势，她才清醒过来。

"周北洛。"身侧的少年背阔肩直，没什么表情地自我介绍。

一片死寂。

目光应该没声音，但程晚分明听见台下一众同学旺盛的眼神声波"哗"了两声。

第一声，这男生长得真帅，自我介绍也好酷。

第二声，随着周北洛微侧眸的动作，十二班的注目礼顺着扫到了程晚脸上。

猝不及防的视线围攻。

哪个学生开学就被罚站两小时，刚到教室就上台做自我介绍啊？

程晚没做心理预设，手指藏在侧边掐了两下才回过神。

"程晚。"同样高冷的介绍使得台下气氛愈加轰动，就连身侧的周北洛都瞄了她一眼——你也叛逆了？

她其实昨晚想过自我介绍这一项流程的，也计划按照小学初中的一贯话术"'晚来天欲雪，能饮一杯无'，因为出生时即将下雪，所以取字为晚"应付过去，但猛地被这么多人看着，一时没反应过来……

"没了？"班主任叫马建初，是位四十多岁的笑面佛，饶是表情管理一向在线，这次也被两人的冷漠搞蒙了。

"没了。"周北洛接得很快。

马建初张了张唇，一副欲言又止的样子，最终还是摆摆手放两人回去："行，那你俩下去吧。

"随便找地儿先坐。"

整间教室只剩靠近后门的倒数一排有座位，程晚跟在周北洛身后一路走过去，暗暗扫视了一圈周围的邻座。

前排两位兄弟一个戴眼镜、一个短寸头，两人桌面乱糟糟的，堆满了刚发的新书和试卷，唯一整洁的本子也画满了五子棋的条格，从棋局看，已经厮杀过多次了。

右侧后排一男一女，女生偷嚼着口香糖，周边空气萦绕着若有若无的薄荷味；男生则聚精会神地翻看着手中的卷子，手中红笔时不时画几道。

"你先选？我都可以。"

少年嗓音倦倦的，程晚回头看向他，只见他右手撑着外侧椅子靠背，一副站久了要马上坐下休息的模样。

免得麻烦，程晚还是直接绕过板凳坐了里侧。

附中每个班都有四五十人，教室空间有限，座位排列紧凑，好在他们在最后一排，背后空荡荡的，唯一占地的只有侧后方堆积的劳动卫生用具。

"Hi兄弟，"前排戴眼镜的男生齐群突然扭过头来，他身量高，座位塞不下的长腿延伸到了过道，一边瞄着讲台上老马的身影，一边侧身偷摸搭话，"你们俩是……"

俊男靓女，开学都一块儿迟到，很像约定好的，太酷了好吗。

"不是。"说着，周北洛视线随意地从程晚头顶扫过，后者像是刚有所察觉，呆呆抬起头来。

齐群脸上并没太多八卦的表情，他视线在两人脸上来回扫的时候，程晚正好在低头整理桌上乱摊的新书，避开了，于是她一时间没搞懂两人在说什么暗语，只听见周北洛最后云里雾里的"不是"二字。

"我们不是什么？"程晚满脸好奇。

"他问……"周北洛拖了下腔，撑着脸，懒洋洋的，乌黑眸子没着没落地瞥着她，"你是不是暗恋我，说看着像。"

"……是。"程晚眉心忍不住直抽。

我暗恋你全家，最暗恋的是你妈妈。

"我的天，这么直球？"齐群显然不懂这世界上还有一种语言叫"阴阳怪气"，被小型表白现场震得目瞪口呆，随即转回去跟寸头同桌描述自己刚掌握的最新八卦。

女生大胆承认心动，而被表白的当事人兄弟最后只是轻描淡写地"哦"了一声。

就一个字。

啧啧，太给男同胞长脸了！

齐群对周北洛生出一股莫名的崇拜之情，没过两秒，又缩着脖子探过来："兄弟，中午一块儿去食堂啊。"

"行啊。"周北洛应得很连贯。

看这一来一往多么熟络，程晚暗暗垂下肩来，异常心酸。

最可怕的事情发生了，当你到了一个全新的环境时，你唯一认识的人先你一步交到了新朋友。

男生的友谊来得格外迅速，压力给到程晚这边。桌面上的书本已经全部收拾好放进抽屉，她仰头听了一会儿班主任打鸡血似的亢奋发言，挣扎一番才翻开崭新的笔记本。

程晚轻轻扯下一截素白纸张，瞄了眼少年的侧颜，颠来倒去半晌才低下高贵的头颅，摸了两把纸张的毛边，拿起桌角的签字笔在上面写字。

——不要抛弃我。

小字条顺着光滑桌面蹭到男生那边，周北洛歪头，半弯着冷白的脖颈瞧。

两秒后，程晚好像听见他在笑，但声音很轻。

"那你求我。"

嚼着笑的嗓音像裹了一阵风，程晚忽然觉得两人的距离拉近了不少。她望了眼讲台，暗暗低声道:"求求你……"

有些人高贵的脊梁生来就属于伸缩款,程晚屈尊降贵地卖了个乖。她自认嗓音属于甜美挂的,日后还有考虑去网恋的打算,但周北洛好像完全不吃她这套。

对视间,少年的眸色渐渐沉下去,微翘的眼尾也降下。

程晚看见他忽地收回视线,左臂杵起挡在耳侧,像是再次恢复了生人勿近的状态。

寂若死灰。

就当程晚等到尴尬,以为他不会做出反应时,一声摩擦音传来。

字条又被递过来,周北洛的回应写在下面,洒脱的三个字不知为何显得异常郑重。

——我不会。

回应她上面那个可怜巴巴的问句。

或许每位老师都是时间管理大师,临近中午下课的一段时间还要被规划得分秒不剩。

马建初趁没下课走廊空荡,大手一挥,让十二班的同学全部站出去排队,说是要依照个子高矮和视力状况简单排个座位。

程晚贴墙往后百无聊赖地看了眼,周北洛落到队伍的末尾,依然和眼镜男他们待在一块儿,三个人像三面大墙。

而程晚旁边正巧是刚才那个嚼口香糖、扎着高丸子头的女生。

……这学校管得也不严嘛,上课还能嚼口香糖。

来之前,老妈还声情并茂,半演半威胁地告诫她,说附中不允许携带任何电子设备,学生进出校门都会用扫描仪检测,唯一能和外界沟通的只有一部插卡才能拨的电话。

但她刚才进来的时候也没开箱检查,可能她藏条狗在箱子里都不会被发现。

许是联想太分散,程晚的视线一直虚虚地扫着身边丸子头女生的手指。对方像是有所察觉,食指并上中指稍微拧了一下,没到打响指发出声音的程度,但程晚还是立即从发呆状态中脱离了出来。

四目相望,程晚抿抿唇,还没发挥出社交能力,看似满脸清高张扬的女生就露出一个和她外形完全不符的憨包笑容。

"吃糖吗?"

方形铁盒"咔"的一声打开,程晚再回过神时就瞅见铁盒盖子上的广告语——清新更亲近。

绿色字迹清晰简短,程晚默了一瞬,率先破冰:"下课要不要一块儿去食堂?"

"要,嘿嘿。"女生心满意足地往她手里倒出一颗糖,"你叫什么名字啊?"

"程晚,夜晚的晚。你呢?"

"赵多漫,漫长的漫。"

冷彻的薄荷味淡淡散开。

大多数女生的友谊都是从一句"下课去不去厕所"开启的,程晚和赵多漫大差不差,只不过她们"定情"在食堂。

乱哄哄的搬书换座让学生们忙得脚不沾地,程晚和赵多漫被分在中间倒数第二排,周北洛被摁头和齐群比了比身高,而后两人一块儿被打包扔到最后一排,正巧在程晚和赵多漫两人后桌。

齐群的原配寸头同桌好巧不巧又和赵多漫身侧的努力男生配到一起,落座最靠后门的倒数第一排。

好一场酣畅淋漓的乱配,能看出班主任为了避免男女同桌还是煞费了一番苦心的。

指针不偏不倚打在十一点五十,随后悠长的下课铃响起。

小少爷答应好的事没忘,骨节分明的手指稍稍在前排女生的头发上拨了一下,提醒得漫不经心:"程晚,走了。"

"来啦。"程晚抓上赵多漫的手,快步追出教室。

附中一共有两个食堂,他们去的最近那个。午餐品种还是蛮多的,自选菜和各类快餐都有,口味也是一般食堂的水准,不过好在周北洛和程晚都不挑剔。

但赵多漫被宠惯的性格就遮不住了,还没戳几口就变成像是霜打过的茄子:"饱了,铁子们。"

齐群分外不满,一边使劲扒饭,一边难以置信:"姐姐,这都入不了您的口吗?我小时候只有过年能吃上肉,我爸说粮食是最珍贵的,要感恩食物。"

赵多漫嘴角微抽,盘子一推,生无可恋:"那你帮我感恩。"

"感谢大自然的馈赠。"齐群喜滋滋地接过。

程晚瞧着两人的互动,嘴角挂着淡淡笑意。她刚夹上一片青菜,就听见对面的男生突然开口。

"箱子好像还在门卫那儿,吃完去推?"

这角度刚巧能看见少年高挺的鼻梁,程晚如大梦初醒,点了点头,默契地加快了吃饭速度。

除他俩之外的其他住宿生好像昨晚就去寝室整理过,附中有统一发床上四件套,但她带的薄薄蚕丝被还在箱子里塞着。午休期间,到点全部要上床睡觉,否则会扣班级分,她得赶在规定时间前整理好床铺。

男女寝室都没配备电梯,最高五楼,学生根据学号在寝室楼下的公告栏找自己的对应寝室和床号。

男寝稍近些,周北洛把自己的箱子往男寝门口一推,得到宿管应允后又帮程晚把箱子拎上四楼。得亏他绅士,不然程晚真的没法面对自己如同塞满铁一般的行李箱。

可恶,她明明没装多少东西。

正午的热浪滚滚袭来,大部分学生这时还没吃完午饭,程晚礼貌道谢后又一路跟在男生身后送他到楼下,告完别刚要转身回去,就撞见回寝的赵多漫。

两个女生并肩迈上楼梯,赵多漫咬着刚从超市买来的冰棍,真情感慨:"你们关系好好。"

"……谁？"

"你和他啊。"

蝉鸣更甚，程晚踩在灰色台阶上的脚步忽地顿住，下意识回望了眼周北洛的背影。

第三章

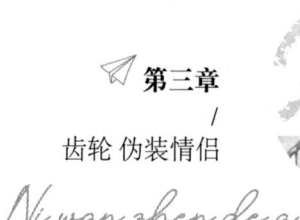

齿轮 伪装情侣

Ni wan shen de a

"我是老了,不是死了。"

程晚刚接通电话,还在迷糊中,就被头一句砸蒙。起床气没消,她眼睛艰难地睁开一条窄缝去看挂在屏幕中间的联系人备注,心想哪个王八蛋敢早上七点给她打电话,最好扛骂。

视线触及备注的那刻,大小姐蹿到喉咙的脏话又齐刷刷瘪了下去。

是李帷清女士。

瞌睡虫被强势赶跑,程晚缩到被子里"哼哼"了两声,试图撒点小娇勾起李女士残存的几分母爱。

"没用。"李帷清气不打一处来,半靠在老板椅上,动动手指把一段视频发到她微信上。

通知栏跳出一条新消息,程晚摸不着头脑,打开微信看见视频封面那刻心才倏地凉了半截。

鎏金门牌、黑桃木隔音门……是昨晚会所的装修风格,包厢门口周北洛倚着门框,而她正动作激昂地对着包厢内说着:

"谁喜欢周北洛谁是狗!"

"谁昨天跟我说两人在机场又抱又搂了?心脏'怦怦'跳?跳成拖拉机?"

在商海浮沉许多年,被画过最大的一张饼竟然来自家闺女,饶是血压正常的李帷清也想嗑两粒降压药提提神。闹翻成这样,还敢谎报成是抱上了。

"存在一定虚构成分……"声波攻击太强,程晚心虚地摸摸鼻子,把手机推远了些。

她妈妈先是拿到了会所的监控画面,还没看见她和某人的聊天记录。她昨晚觉得面子下不来,还放了句"以后别让我再看见你"的狠话来着。

程晚脑回路有点跑偏,忽然觉得要打听一下周北洛近期的活动地点,该有意避避,免得偶遇后不上去左勾拳会显得她怕事。

"我就想问人家小周怎么你了,你非要把话说得这么绝?"听筒里持续传来声音。

手指点在消息列表来回切换,程晚无意戳到昨天收到的两万块转账消息,觉得自己有种拿钱不干事的老赖气质,索性一赖到底:

"李女士,我觉得你这样很不好,我是撒谎了,但退一步来说,你就没错吗?

"我已经成长为一个独立的人,恋爱自由,谁允许你监视我的?谁允许你去调监控的?"

程晚振振有词,一只脚卖力地踢出被子。

"第一,"李帷清压着火气,"我并没有监视你,只是身为会所的隐形管理层,昨晚在你们走后其他包厢发生了冲突事件,我有义务配合警方调取监控查清矛盾源头,在配合警方的时候无意间看见了你的撒泼。

"第二,独立的程小姐,请你先将昨天的两万块转账吐出来再跟我谈独立。

"第三,马上给我一个撒谎的理由,能说服我的。"

女人已经咬牙切齿,火药味浓到不行。

程晚立马尿成一团:"老妈,我爱你——"

以爱为名的绑架,程晚惯用的手段。

百叶窗发出"沙沙"声响,办公桌上安静立着一本厚重的日历,李帷清视线在格子般大小的日期上停留一会儿,手撑额头,无奈地缓缓吐出一口气:"给你三天时间,把关系缓和回来。"

李帷清和周琪娑是二十几年的闺蜜,两家关系一向交好,这两个孩子是她看着长大的,程晚对待感情思想单纯,她这样的条件流入市场活脱脱一个软饭男或渣男吸盘。周北洛是可靠的,不怕被说专制,李帷清是真的想把他俩凑一对,知根知底,放心,也般配。

"我不。"程晚放出狠话,低头是绝不可能的,她高傲的头颅不能再低了,"我们真的磁场不合,老妈,你懂磁场吗?"

她掀开被子,趿拉上拖鞋,走进洗手间后,自顾自握住牙杯。

"你俩八字天作之合。"李帷清一早就找大师咨询过。

"哪儿的江湖骗子给你算的?"水龙头滋滋冒着水,程晚光是想象自己和周北洛恋爱的场景就已经觉得不堪入目,挤出一截直溜溜的牙膏,言简意赅,"免谈。"

"……行,那之后生活费我是不会给你的。"

"等等……"程晚脑筋转了转,忙吐出口中的泡沫,嗓音含含糊糊,"我要是听你的好好找人相亲,这事还能商量吗?"

程晚的物欲不弱,她不喜欢看上哪件东西却得不到的感觉,加上从小就是养尊处优下来的,就算吃穿住上能降下规格,也不喜欢掰着手指算钱花。

格子间的电脑屏幕有些反光,程晚敲击键盘的力道比以往重许多,侧边的长指仙人掌被震得时不时颤一下。

赵多漫抱着沓文件夹路过,看见程晚后猛地抬头,见了鬼似的:"今天不是准你一天假吗?"

跨年帮忙接待摄影师,昨天还牺牲睡眠又跑了趟机场,赵多漫计划给程晚留一天时间补觉来着,没想到上进的员工居然自告奋勇地又回到公司加班来了。

有工如此,上市何求?

"我决定努力赚钱,当一个富一代。"被人拿捏的滋味实在太难受了,程晚恨恨地啃了口干巴巴的面包。

"受什么刺激了?"赵多漫嗅到八卦的味道,推着转椅凑近后又一惊,"你脸色怎么像打了一晚上丧尸一样,这么灰?"

"……一会儿得去约会。"

程晚视线不转,嘴角却已经快耷拉到太平洋了。

"不是,你别再工作了,我害怕。"赵多漫觉得有点瘆人,紧握住程晚的手不松开,"你谈恋爱了?这么快。"

"你觉得可能吗?"程晚沉沉侧眸,"我答应了我妈去跟人相亲。"

……炸裂,铮铮铁骨拿去做铁板烧了吗?你竟然真的屈服了?

犹记得她们大学快毕业时出去潇洒,点了一桌的洋酒、啤酒混着助兴,程晚没喝多少,但也差不多醉了。

灯光忽明忽暗,不知道是谁说了一句"老子打死不生",而后"不结婚""不谈恋爱""姐妹相约养老院抖恰恰"的誓言就如雨后春笋般一个个树了起来。

程晚万年单身,是发誓的主力军。虽然口嗨者数不清,但当时大家都觉得程晚条件好,家境殷实,看着也对谈恋爱没半点兴趣,她实现这些誓言的可能性最大。没想到刚毕业半年,主力军就要走上相亲的不归路。

赵多漫不知道该怎么安慰,挠挠头旁敲侧击道:"那你喜欢那个相亲对象吗?"

疑惑许久没得到回应,赵多漫再抬起头就对上一个白花花的手机屏幕。

——我通过了你的好友验证请求,现在我们可以开始聊天了。

奋斗人生:你好,李阿姨介绍的吗?方便留个备注吗?

绝望主妇钓凯子:程晚。

绝望主妇钓凯子:你呢?

奋斗人生:裕迟风。

绝望主妇钓凯子:好的。

五分钟后。

奋斗人生:在吗?看到了你朋友圈的照片,有几张我还挺喜欢的。

十分钟后,奋斗人生发来一张照片。

奋斗人生:这张照片你的腿好长哦,偷去当壁纸喽。

绝望主妇钓凯子:?

十七分钟后。

奋斗人生：早安。

奋斗人生：你的早安，是我耳朵最喜欢的早餐。

二十三分钟后。

奋斗人生：你的早安，是我耳朵最喜欢的早餐。

"咳咳咳……"赵多漫忍笑差点憋出内伤，"不是，他多少岁啊？我爸都不这么聊天。"

"我妈说他比我大三岁。"坚强伪装下线，程晚的肩膀彻底塌下来，骨头软成一团，"漫漫，你说他会不会只是线上聊天奇怪啊？"

程晚开始不愿面对，她不奢望找一个多满意的应付差事，毕竟不是真的要谈，只要做出几分恋爱的样子应付差事就好了，但这种风格的聊天……她真的应付都难忍。

"只能说有这种可能性。"赵多漫考虑了一下程晚的心理承受能力，没把话说太满。

圈子里除去爱玩沾染不良嗜好的，剩下的其实也没多少，直男直成这样的，说不定恰恰是个单纯不经世事的人。就像一块干净的画板，有缘人可任意涂绘成自己喜欢的样子……捏脸会吗？

"好，那我去了。"程晚深吸一口气，猛地拎着包站起身。

"你去哪儿？"

"相亲。"

奋斗人生先生中午十一点有个会，跟她约了十点半咖啡店见面。

程晚把咖啡店地点报给司机师傅后就一路盯着车载导航发呆。车子顺着主城区路线行驶，弯弯绕绕间停在了她有些熟悉的地方。

CBD区，李帷清女士好像说他是在自家产业打工来着。

程晚出于礼貌还是补了个口红，口红壳子还没盖回去，手机适时响起。

她接听电话，听见对方的嗓音还算清晰："程小姐是吗？我已经到楼下了，怕你看不见咖啡店的牌子，我们先见面，我带你去吧。"

"嗯……谢谢。"程晚目光落在不远处同样握着手机的男人身上，试探着招了下手。

对方一愣，随后迈步过来："是你吗？"

程晚抱以礼貌的淡笑："是的。"

跟一般进入社会的男性相比，这位裕迟风先生的身材还算出众，虽然身高不太使人满意，但目前看来并没有她担心过度的油腻感。

小双眼皮，面部留白有些多，鼻根很高，时间磨灭了罕见的少年气，看着有些过于成熟。

"这边。"男人举手投足不算失礼。

这家咖啡店确实不算醒目，建筑正墙上只挂着一块西式风的标志牌，其余店面主体全在拐弯后的侧面，得绕过去才能看见。

程晚仰头望着标识牌上的字体，猜测这老板可能是陈奕迅的歌迷。

你会不会突然地出现，在街角的咖啡店……

"街角咖啡店"还挺有氛围感。

仍是工作时间，楼下除了收发快递的快递小哥并没有太多人，程晚一路和男人保持着半步距离，边走边幻想着老天会不会给她派个超人在街角。

虽然对方没有太不入眼，但她还是有一种屈服于命运的憋闷感，她不贪心，帮她度过人生的苦难时刻就好。

怀着来自玄学的一点微渺期待，程晚呼吸渐渐放缓，视线随着隔挡墙壁面积缩小而慢慢变远。一直跨过转弯，越过陈列得当的精致外摆区边缘，看见坐在深棕色的藤编椅子上半伸着长腿、浑身散发着懒散气质的男生……

程晚的表情瞬间凝固了。

转角遇见鬼。

老天爷，我再也不拿你当爷了。

程晚在看清男生那张无比熟悉的脸后，当即倒吸一口凉气，放狠话丢面子的事情暂且不提，就光和人相亲被熟人偶遇，已经够她脚趾抠出一座迪士尼。

周北洛不是爱八卦的人，但事有例外，就他俩现在的关系，如果被撞见相亲的是周北洛，她绝对会去小圈子里广而告之，顺便添油加醋丑化他一波。她脏脏又坦诚的心根本受不了这种诱惑。

好在周北洛暂时没发现她。

程晚迅速调整好心态，用包挡脸，蹑手蹑脚地走螃蟹步尝试从大少爷没注意的地方掠过去，步伐稳重又紧凑。

偏偏这时身侧的队友突然"咦"了声，而后在程晚愈加崩裂的表情下，奋斗人生先生直直地朝灾难现场走去。

一级警报。

"周少爷？"裕迟风忙扣好西装扣子，佯装熟络地走上去打招呼。

周北洛跷着的腿没完全放下。

大少爷没倒过来时差，整个人恹恹的，手边的马克杯冒着浓郁的咖啡醇香，他随意地"嗯"了声，头都没抬。

说实话，"少爷"和"大小姐"这两个称呼阴阳怪气地调侃还能听，但现实生活中这么叫就有点虎了，一般关系近的会直接叫名字，这种称呼听着就知道不熟。

周北洛一向倨傲，对凑上来套近乎的人看都不看是常有的事。

程晚舒了口气，无比庆幸周北洛是个眼睛长到天上的人。

"……那您先忙，我有点工作上的事过后再找您谈。"

生意场上似乎并不考虑辈分，人们只看财力大小，裕迟风姿态很低，从钱包中抽出一张烫金名片安静地压在杯碟下面。

他呼出一口气，一边盘点自己刚才的表现，一边转头礼貌性地招呼同伴："程小姐，可以走了。"

等会儿，姓什么？周北洛挑眉，藏在薄薄报纸后的脑袋一歪，懒洋洋的视线正巧和挤眉弄眼地欲和奋斗人生大哥取得联系的程晚撞在一起。

"啊。"男人嘴角微咧，像是捕捉到了一场好戏。

程晚头皮发麻，开始后悔昨天微信放的那句狠话。

直到现在，周北洛才终于肯看裕迟风一眼，目光不算友善，倒也不会让人觉得冒犯，他就是从上而下地大概扫了一圈，目光跟在商场挑选名表没有什么区别。

五分，大少爷轻飘飘地给眼前的男人定了个档。

"你们在谈恋爱？"无波无澜的嗓音，但程晚还是从周北洛眼神中看出了几分微妙的好奇。

她战术性装聋，避开男人的盘问，刚要直接钻进咖啡店点单，就看见裕迟风满脸堆笑，迈步顺势坐到了周北洛……隔壁那桌。

大傻春，你在干什么？

裕迟风看上去有些不好意思，回道："还在接触阶段。"而后又热情地半站起身，向门口的程晚招手，"程小姐，我们坐外面吧？"

程晚回望过去，发现裕迟风身后还有一位在翘首以待着。

算了。

程晚难以形容自己现在的内心感受，站在原地专注冥想了一会儿人民币的样子，半响还是妥协地绕了回去。

厚重的沉木桌面像一朵堆积已久的乌云降落在程晚心头，她借着起身整理挎包的时间，毫无掩饰地往周北洛那儿扫视一圈。

他只带了手机这一种电子设备，屏幕暗着，应该不会录音吧……

相亲流程还挺正式的，双方诉求都要好好交代，程晚不确定大傻春后续会问出什么惊世骇俗的问题，她又会随口撒下什么在熟人听起来觉得离谱的谎，只能提前设防。

程晚抿了抿唇，垂头丧气地掏出手机，找到周北洛的聊天框点进去。

程晚：录音的是狗。

没过三秒，手机"嗡嗡"一振。

周北洛：已录，感谢提醒。

"程小姐对我家的产业应该有所了解。"裕迟风没发现两人暗地的风起云涌，点完单后率先打开话题。他在相亲这方面经验丰富，挑选伴侣的眼光很高，但自身条件算不上最优，好在年龄不算太大，没有众人皆知的丑闻，也能这么慢慢挑着。

"了解。"程晚应声，强迫自己把注意力从周北洛身上抽出去。

按照她的规划，今天上午交谈结束后，她和裕迟风的关系应该处于一个说不清道不明的玄妙地带。在外人眼里，尤其在她妈妈眼中，两人暂时属于慢慢磨合阶段。但真实情况是二人公事公办，不存在一点暧昧气氛。

能挡枪又不至于真的沾染上关系，这是最理想的状态。

程晚略一迟疑，回想了一下之前在网上搜索的"相亲100问"，也抛出一个话题："不知道裕先生对另一半的要求是什么？"

没素质的周北洛在一边把报纸揉出巨响，程晚烦闷地转头，皱眉对上故意找事的男人的黑眸。

视线交错，一秒，两秒……

她用眼神骂过周北洛又转过身来。

裕迟风没想到程晚不聊现实层面，反而先是问理想型，罕见地露出一个真诚的笑，目光流转："我喜欢漂亮的，身材好的。程小姐很符合。"

闻言，程晚微愣，忽然想起裕迟风在微信上说要保存她的全身照当屏保的那件事，生出不自在的感觉。

"我们俩家境相仿，联姻之后生意方面也能互惠互利，我不是求上进的男人，这点你可以放心。我也没有恶习。"

程晚沉默了一会儿，才接上他的话："但是性格方面……"

"您好，咖啡需要放糖吗？"气氛被凭空打破，侍应生端着托盘，弯腰面带笑容地询问二人。

程晚："不需要，谢谢。"

裕迟风淡笑："一颗，麻烦开下发票。"

呼啸的廊风刮过，趁着侍应生往咖啡杯中加糖的空隙，程晚抬头放了一会儿空。

相亲就是开门见山。从小受的教育、兴趣爱好、爱看的电影、喜欢的口味、童年经历都没有被问及，对方只是看了她一眼，然后凭借外在就顺利将她分门别类。

可谈和无后续，她属于可谈的那方。

李女士那边不看她恋爱结婚是绝对不会善罢甘休的，程晚隐约看见一个岌岌可危的未来。

侍应生已经离开，程晚目光回转到光洁的马克杯口，有一搭没一搭地听着裕迟风讲他在凶险的资本市场中大浪淘沙的英雄事迹，脑回路却时不时跑偏到十万八千里外，试图再找寻一条生路。

十分钟后，对面男人的手机铃声响起。

裕迟风点开屏幕，看了一眼联系人信息，刚准备忽略，就听见不远处的一声唤。

"裕迟风。"

声音很御。

程晚回头看到一位踩着亮色高跟鞋、穿着轻奢小香风套装的年轻女人。她缓缓走来的路途中，视线还故意和程晚碰撞多次。

不是吧……程晚默默把桌面滚烫的咖啡杯握紧，生怕遇上什么渣男谎称单身出来相亲，正室怒泼小三咖啡的狗血戏码。

她下意识地回头看了眼周北洛。

男人半撑着脸，好整以暇，耳朵高高竖起，静等八卦。

好一个隔岸观火。

程晚隐隐萌生出趁着御姐没来，赶紧踢椅子逃到隔壁桌的想法。

"裕迟风。"陌生女人又唤一声。

裕迟风终于坐立不安起来，表情苦楚，对上程晚的视线有些难以启齿："不好意思程小姐，其实我今天安排了两个相亲，这约的是十一点十分，但她好像提前到了。"

程晚心想不被泼咖啡就行："那就再见，裕先生。"

"再见。"

离开后的空气都是清新的，迈下台阶，程晚回忆起刚才的二十多分钟顿觉人生漫长。刚准备打车离开，她忽然想起另一件重要的事。

被当猴看了半天，她很不爽。

已经下定决心不靠周北洛，去走和其他男人相亲这条路，程晚的胆子膨胀到之前的十倍，再无顾忌，踩着温暖的棕色雪地靴当即掉头。

掠过布满绿植藤蔓装点的外展区，程晚站定，颇有几分气势地屈着手指轻叩在他桌面。

"点评一下？"她居高临下道。

周北洛耷拉着眼皮，起身随手把杯盏下压的名片扫进垃圾桶："一般。听睡着了。"

从某种程度上讲，程晚和周北洛是一类人。

比如在程晚眼中，周北洛是个很会装的人，而她有时候想压别人一头，翘翘小尾巴的时候，也会想小小装一下，但在他面前，往往无法得偿所愿。或许这也是他们互相看不顺眼的一点原因。

她精心设计的屈指轻叩桌面，居高临下盯他头顶，多么炫酷，他一句"听睡着了"直接反压一头。

程晚拳头紧握，有种打在棉花上的感觉。

"你一会儿去哪儿？"金属碰撞声混杂着风声，周北洛白皙的指节勾着车钥匙，看样子有点无聊。

猛地被他一关心，程晚还有些不适应，抬眸有些提防："回家。"

他不会主动破冰，送她回家吧？

周北洛默不作声地把她的神情收进眼底，随即口吻漫不经心："挺顺路的，那我就不送了。"

周北洛就这么在程晚的目送下轻飘飘走了，丝毫没顾及他们之前的同窗之情。

程晚还没从一上午的痛苦经历中缓过劲来，又遇一次重创，看着不远处挺拔落拓的背影，她越想越气，于是冲动地点开微信按住语音条。

"周北洛，你真的很烦。我告诉你，我程晚就算在地上走，在土里爬，从阴暗潮湿的下水道游，也绝对不会坐你的破车！"

你这个该死的只会看戏的狗东西。

打车软件还没人接单，被冻红的手指在输入框上停留片刻，程晚平复了一会儿心情，屏幕上方突然又跳出条通话邀请。

"老妈?"听从安排的唯一好处就是可以在家人面前挺起胸膛,程晚终于找到一点存在感,说话的分贝都比早上高了许多。

李帷清听她语气,猜想事情应该没搞砸,于是也就不急着提相亲的事,嗓音含笑,听上去心情颇好:"晚晚,我在你小周阿姨这里。"

"周阿姨?"程晚默了一瞬,刚才对周北洛的满腹牢骚被冲散了些。

最近几年她和周北洛确实没交集,但跟周琪娑阿姨反倒比上学时更亲。

周北洛是独生子,周叔叔工作忙到脚不沾地,周阿姨孤单的时候常常叫她去别墅玩。周阿姨跟李帷清是完全不同类型的母亲,温柔得像一汪湖水,平时对她也格外照顾。

"晚晚,你在听吗?"听筒里传来交替的风声,这次冒出的温和声线是周琪娑的。

"在的,周阿姨。"程晚的态度不知不觉中也乖巧了些。

"晚晚,小洛好不容易回国,阿姨想邀请你一块儿来家里聚餐。我刚跟小洛发完消息,他说你俩现在离得很近是吗?这样,你一会儿直接坐他的车过来。"

程晚有点蒙。

"晚晚?"

"嗯……阿姨,周北洛刚才有事先走了,我直接打车过去也是一样的……"

"我让他返回去接你。"周琪娑语气笃定。

"不用不用。"程晚愈加不好意思,快走几步来到街边,想着赶紧找一辆出租车把这事挡下去,却忽然看见街角停着一辆惹眼的大G。

似乎是存在某种心电感应,大G车窗渐渐降下,程晚看见周北洛单手搭着方向盘,另一只手拿着手机,轻轻搭在耳边。

而后,他手指轻点到某处,她的一番厥词就清晰地飘荡在空气中。

周北洛似乎对听筒里的局势了如指掌。

间隔三秒,他懒懒掀开眼皮,有些顽劣地向她做口型:求,我。

"晚晚?"听筒里许久没声音,周阿姨带着试探意味重新开口,"你是不是和小洛有什么矛盾?小洛若是欺负了你,你尽管告诉我!"

两家上一辈交集颇深,自家儿子的狗脾气周琪娑一向了解,三下五除二就推断出了事情原委。

"阿姨,"程晚抿唇犹豫片刻,还是松了口吻,"我们没吵架,我现在……看见周北洛的车了。"

程晚慢腾腾挪到那辆惹眼的大G前,捂住听筒。

两方视线交战对峙,女生先一步挪开目光,硬着头皮,声若蚊吟:"我想上车。"

周北洛笑意更浓,好整以暇:"所以,现在应该怎么说?"

程晚迟疑:"求求你?"

男生发出一声愉悦的闷哼,随后"咔嗒"一声,副驾驶座的车门锁应声打开。

飞驰的车辆川流不息，临近过年，上京市大街小巷全部裹上一层浓郁的年味，喜气洋洋，车内的气氛却截然相反。

程晚默不作声地缩在角落，揣着手，一副生人勿近的样子。

刚在外面被风吹得头痛，静下来后，她发觉除去在周北洛面前失去了宝贵的自尊，自己好像又跳进了另一个坑。

裕迟风刚给她发了消息。

奋斗人生：后面来的相亲对象不如你，我还是更喜欢你一点。

这种拿人当物件比较，在一众选项中取舍的样子真的很让人反感，再加上她现在身处周北洛的副驾驶座，心情更差，于是一时冲动把人拉黑了。

可两家还有商业往来，虽然她不知道贸易的具体比例和关系，但总觉得态度这么决绝不适宜，她又在犹豫要不要把人从黑名单里放出来。

……早知道跟富家子弟相亲这么麻烦，她就该选最近的那位美团团长相亲，肯定好说话。

"你的相亲对象……"周北洛懒洋洋地启唇。

程晚倏地抬起脑袋看过去。

"还可以。"男人不紧不慢地补足后半句，依旧目视前方。

程晚有点蒙：你怎么看出来的？

"但你俩不太合适，"周北洛绕了个弯，口吻徐徐，"那么年轻有为的男生，不该被你糟蹋。"

"我也觉得，"程晚面带微笑，"该被你糟蹋。"

周北洛一愣。

这次聚餐并没大操大办，来的仅有程晚和周北洛两家，两位父亲临时有公务，午餐赶不上，只能回来吃晚餐。

午餐四个人坐长桌确实有些冷清了，程晚本来想问周阿姨能不能把她和周北洛相识的其他朋友也叫过来热闹热闹，但想着客不带客，周阿姨又喜欢安静，于是犹豫半天还是没开口。

开饭前，程晚闲得无聊，兜兜转转走到后花园去晒太阳。

泥土覆了些带着碎纹的薄冰，踩上去有细小的破碎声。栅栏边的梨树比记忆中更加粗壮，枝丫张扬着往上长，像要冲破天际，相比于她家花园中横向生长的苹果树，显得争气得不是一点半点。

梨花也很漂亮，开起来满簇雪白，她高中的时候看过一次。

"程晚。"

冷冽嗓音唤醒回忆，程晚下意识"嗯"了声，缓过神才感到不适应。

周北洛不知什么时候换了家居服，额前黑发显得很软。他扬扬手机示意："我打电话给齐群他们，你去通知赵多漫？"

"可以带他们来吗？"程晚还有点蒙。

"这么点人聚什么餐。"少年又迈着阔步离开，背影透出生涩感，有股和冬天相得益彰的冷峭。

周北洛刚刚叫她的那声，确实让她有点蒙。他很久没正经叫过她名字了，回国后本来就没说过几句话，必要的交谈也是直接说正事。

他俩刚才交流得……好像还可以？

见鬼。

程晚尴尬地揉揉耳垂，掏出手机给赵多漫打电话。

半小时后，除去远赴海城工作的岩岑，其余小伙伴全数在餐桌就位。

周家没有食不言寝不语的习惯，加上齐群本身就是个八卦鬼，你来我往间，程晚去相亲的话题顺理成章飙到了热聊榜第一。

朋友的感情生活，一向是聚餐热议的首选。

程晚打电话叫人前，没想过自己会成为下饭的那盘菜。

齐群和赵多漫被程晚眼神警告过后，显然不敢第一个打开话匣，两人屏息凝神，静等机会跟腔。

李女士蠢蠢欲动半天，等到菜全上齐，终于坐不住了："晚晚，这鱼你肯定爱吃，多吃点。"

程晚的筷子还没伸过去，就听到她继续开口，话题转得异常直接："小裕表现怎么样啊？你喜欢他吗？"

"咳咳……"头顶齐刷刷汇聚一圈存在感极强的视线，程晚瞬间噎住。

她欲言又止，偷偷摸摸望向斜对面的男人，眼神里掺杂着微不可察的怨念。

如果在场只有她和她老妈两个人，程晚绝对会大肆吐槽，添油加醋一顿，好摆脱那位大哥，但在场还有个目击者，她有些难措辞。

赵多漫换公筷夹了片青菜到她盘里，目光期待："别急，慢慢想怎么说。"

程晚停顿了一阵，想到周北洛不久前的评价，犹豫地套用："其实挺好的，年轻有为。"

"真看上了？"气氛瞬间炸裂，齐群兴奋得手忙脚乱，眼神却不住地乱瞄着自家兄弟。

姐妹的银行卡总算保住了，赵多漫也激动到恨不得喜极而泣。

"但配我算是糟践了。"程晚观察完狂热的四周，默默补充。

不好意思，婉拒了。

周阿姨失笑，替她盛汤："晚晚懂事又聪明，谁配你都是他占便宜，要不是你看不上我家周……"

程晚捕捉到不对，猛地一激灵。

"等会儿，"一直没吭声的周北洛听到关键，抬头的动作异常缓慢，似乎是觉得好笑，"谁看不上谁？"

餐厅里鸦雀无声。

心高气傲的周大少爷还不知道他在不知情的情况下已经被人拒了八百次。

两家知根知底,周北洛人品、外貌各方面数一数二,结婚的两项重头戏都已经考察完毕。在相识的长辈们眼中,两人距离携手推开婚姻大门只需要再加那么一丁点微不足道的私人感情。

感情是可以培养的,都半个青梅竹马了,按道理早该浓情蜜意。

于是李帷清女士为了自己心中的女婿人选Top1,每次实行催婚行为时会精挑细选一张周北洛的相片带去,历经半年,程晚现在手头的照片已经能给少爷办个私人写真展了。

她有多少张照片,李女士就给她暗示过多少次周北洛。

如果周北洛是一件商品,李帷清就是卖他的销冠,但这件商品她偏偏只想卖给一个人,而这个人曾经口出狂言,放话说就算死在尼姑庵都跟他谈不了一点。

于是周北洛这款本该畅销的商品滞销了。

"谁看不上谁?"这话,放在大庭广众之下,好像听着是挺侮辱人的,程晚和周阿姨对视一眼,都看出了彼此眼中的顾虑——周北洛知道这件事得炸。

长桌上的气氛一度僵滞,急需一人解围,程晚磨蹭了半天,终于鼓起勇气认命面对。

她苦着脸谨慎地吞了吞口水,而后小心翼翼抬头,对上一双毫无感情的眸子——暗沉的,像雨林中隐藏在深绿巨树后蓄势待发的美洲豹。

"……不是我。"程晚顶着腥风血雨,厚包地举起三指认真发誓,"我暗恋你这么多年,你是知道的。"

周北洛翻了个白眼,刚要呵呵一声表示无语,又看见女生战战兢兢地夹了一小块排骨放进他手边的白色餐盘里。

褐色的小排安静摆在盘中,公筷堪堪收回。

周北洛乌睫微颤,再次抬眸,撞上一个一看就是在装无辜的可怜巴巴的眼神。

女生眼型偏圆,看着乖巧明媚,黑瞳仁在眼眶占比很大,长睫微微翘起,安静地跟他对视时,像蕴含了一汪清水。

程晚在朝他卖乖。

周北洛别过眼,筷子扎在她刚夹过来的排骨上,没再吭声。

快爆炸的氢气球突然被人扎了洞,肉眼可见地慢腾腾瘪下去,低气压云层徐徐消散,程晚感应了一下四周,察觉到危险消退后,才兀自舒了口气。

她神经还没完全放松,又接收到两道不亚于方才的浓烈视线。

曾被程晚明令禁止,不准在她面前提起周北洛的赵多漫抓狂到满头问号,而这么多年一直在心里暗暗揣测分析两人关系的齐群,在刚才的一秒中侦探魂瞬间归位,自信心达到始料未及的巅峰地带。

他!就!知!道!收集证据多年,终于被正主盖了戳,呜呜。

两位好友的眼神一南一北,心思各异,程晚瞥了眼斜侧方还在戳排骨的男人,欲言又止,顿了半晌,还是决定默默缩起脖子装哑巴。
　　有没有可能她的暗恋也是一个类似于薛定谔的猫的伟大实验?
　　周北洛只要不傻,就能看出来她是在开玩笑,至于大家……他们爱怎么想就怎么想吧,只要自己不挨揍就行。

　　一番真情告白后,有周北洛的地方,程晚是一刻也待不下去了,拖着赵多漫一路从餐厅小跑到车库,呼哧喘气。
　　赵多漫站在一旁看着她,解锁车门,情绪状态稳如老狗:"大小姐要去哪儿?"
　　"……回南湾的平层。"程晚不好意思地摸摸鼻尖。
　　赵多漫的越野车应声发动,雾黑色尾气随即冒出。
　　南湾的平层是在程晚上大学那会儿买的,李女士怕她在集体生活中吃亏,直接在学校附近买下一套面积200多平方米的平层。她那时候生活费巨多,除去每月在银行卡中存一部分,剩下的全挥霍购物了。
　　为一双心仪的鞋子要搭遍全身,奢侈品包包也要追逐新款,各类匠人的竞拍手作喜欢的通通收集,日积月累下来,也汇聚了一笔不小的财富。如今卡被冻结,相亲对象已经拉黑,银行卡是保不住了,趁着老妈没反应过来,火速抱走剩余资产变现才是正道。
　　思路清晰的程晚坐在副驾驶座,低眸翻找自己之前的照片,准备先把几个能卖上好价钱的包包截图挂在二手平台。她其实对包不太狂热,但有时候心烦就喜欢冲动消费,卖就卖了,什么都没有她的自由重要。
　　行车期间,程晚又跳去看了一眼自己的微信钱包,余额显示308.45元。
　　她真恨自己为什么之前不把卡里的钱转出来一部分。
　　赵多漫透过后视镜看到焦头烂额的程晚,叹了口气:"公司最近赞助拉不到,有些投资款我是自己垫的,不然我还能给你涨涨工资……对不住啊,姐妹。"
　　如今短视频横行,娱乐口味至上,纯文化类传播价值的纪录片受众实在少。之前拜托程晚去接摄影师那晚,赵多漫去见投资商了,但对方当时说再考虑,一直到今天都毫无音讯。
　　她们最新的片子创意其实很符合当下时段,主题是程晚想出来的,主要找寻各个年龄段的人群,观察他们对传统节日的态度,拍摄观察小孩、青少年、中年人、老年人分别怎样度过春节以及其他传统节日。如果资金到位,应该能拍出生命各阶段对文化社会的体会。
　　当下就快过年,各小组只能快马加鞭上工,边拍边拉投资,但总归仓促了些,风险有点大,员工的工资就只能维持现状。
　　而且赵多漫没说的是,如果不去求家里,以她的资金,恐怕撑不了太久了……
　　程晚被她突然的道歉砸得一滞:"跟你没有关系啊,漫漫。"
　　程晚的工资比业内平均水平还要高一点,起初加入赵多漫的初创公司就是图一个轻松氛围,毕竟在程晚原本的人生规划中,命里最大的劫应该是辆镶了钻的保时捷,谁知道老妈这么穷追猛打……该死的更年期。

指纹解锁成功,咖色原木门应声打开,房内智能通风系统还在持续工作着,客厅开阔的视野甚至给程晚一种恍如隔世的感觉。

追逃数月,她已经很久没住过面积这么大的房子了。

呜呜呜,她的按摩浴缸、她收集的各类古董游戏机、她心爱的漂亮衣服……

等等,她放游戏机的玻璃展柜怎么上了一把锁?

"不对啊,晚晚!"赵多漫拎着自车后备厢拿出来的超大购物袋,从衣帽间小跑出来,神色慌张,"你带衣帽间柜子的钥匙了吗?"

她衣帽间的柜子有锁吗?李帷清,你为了锁住那些包,居然还给我换了个衣柜?

程晚缓了一会儿才虚虚扶着沙发坐下。

"我决定去死。"

"死了也得配冥婚。"赵多漫走过去,慢慢扶住姐妹的肩膀轻轻揉了两下,"不然你雇个人跟你假装恋爱?我感觉你是硬扛不了了。"

粮草都断了,李阿姨是真的狠。

"我就不信了,即便只有308块,我程晚一样能活得好好的!"程晚气呼呼地从口袋翻出手机,刚准备去找同城兼职应急,通知栏突然跳出两条新消息。

——您的追剧萌萌App会员年卡已成功续费148元。

——您的畅听全球App会员年卡已成功续费148元。

程晚静止了,站定沉默,掰着手指头算了下。

308减去148,再减去148……还剩12……

女生拎包猛地站起,甚至还维持着一丝淡笑:"吃沙县吗?请你。"

赵多漫莫名觉得瘆得慌,表情惊悚,刚翻出手机准备给姐妹转账应急,又听到她镇静地发言。

"你说得对。"程晚从冰箱拿出一包没开封的吐司面包揣进兜里,极度冷静。

赵多漫:"嗯?"

"要雇人。"程晚眼神笃定,嘴角一点点翘起,"不就是想看我谈恋爱嘛,我甜死他们。"

不知为何,虽然程晚现在是在笑着,但是赵多漫还是觉得气氛比刚才更阴恻了。她观察了一会儿好友的情绪,有些踌躇不定,半晌才走过去把手机屏幕递给对方。

"我这儿还有一些,先转你应急?"

这种精神状态不稳定的状况下不适合做决定,容易事后后悔。

"不必了。"程晚轻飘飘看过一眼,低头解锁手机,"我去闲鱼上找个龙套。"

"你别冲动,阿姨需要的是你找男朋友吗?她是想要你找个优质的、能当潜在结婚对象的男人。"

"她想我找优质男我就能找到吗?我去找个小混混!"程晚失控摔桌,"把之前酒吧钓你的那个黄毛的联系方式推我!"

"……你真是饿了。"

楼下突然传来刺耳的声音,一下一下响得规律,像把小锤持续在敲太阳穴。

程晚泄了气,揉揉额头,抱着满怀的零食重新盘腿坐回沙发:"实在不行我就把奋斗人生大哥从黑名单放出来,你说我拿多少钱贿赂能说服他陪我演戏?"

"他要是真看上你呢?"

"从……"口嗨中止,程晚觉得自己这次从不了了,怏怏地侧身倚上沙发,拆了包薯片一言不发地吃。

赵多漫叹了口气,转眸忽然瞧见电视柜上散成一堆的照片,她瞬间跳起,茅塞顿开:"晚晚,晚晚!"

"嗯?"

"周北洛!"程晚伸着脖子环视一周,"他什么时候来的?"

"我说的照片!你可以去找周北洛啊!你去租他、贿赂他,阿姨肯定满意。"

人帅事少,熟门熟路,怎么着也算朋友,不可能见死不救。

周北洛……薯片袋子发出声响,程晚迟钝地擦擦手指,眼神有些放空。

如果找他,李女士那边肯定满意,但她的安危就难说了。刚才午餐那会儿要不是她机智,没准就得被尖酸刻薄地针对半天,况且她肯定雇不起大少爷。

周北洛一向怕麻烦,又不缺钱,甚至看她不顺眼,这三点叠起来,就算她能拉下面子去求他,他也未必会同意,到时候丢了面子又没办成事,之后每次见他都抬不起头,这不亏死。

"不行。"程晚冷静地吐出两个字。

"为什么?这么好的选择你都不心动?"

"我怕他嘲笑我。"

"面子能吃吗?何况你俩现在关系也没那么僵了吧?你马上给他发条消息试探一下口风。"赵多漫看程晚不动,气到想抢她手机自己行动。

"哎,我自己来。"程晚躲过赵多漫探来的手,缩头缩脑地打开两人的聊天框,不小心误触到最底端的语音条。她上午怒骂发誓在地上爬都不坐周北洛车的即兴发言将将开了个头,就又被正主慌忙点停。

空气中铺天盖地都是她当时能吓死鬼的巨大怨念,赵多漫捂住额头,一脸迷惑:"你每天都在搞什么……"

"就以前这种聊天环境,我现在发一个'在吗,帅哥'给他不是纯属脑子有病吗?"程晚打起了退堂鼓。

"你还想不想要钱了?"赵多漫跳起来,大手一挥,"晚晚,睁开眼,看看你的地处豪华地段、全屋智能、美式装修的大平层!"

程晚咬牙,低眸,视线重新落回屏幕。

"还有你三个柜子的漂亮衣服和包包!"赵多漫义愤填膺,一个"滑铲"溜到衣帽间门前,手指柜门。

程晚"呜呜呜"了几声,艰难地点开聊天框。

"甚至你大学时满世界淘来的珍藏版游戏机都被关在柜子里不见天日!"

程晚:在吗,帅哥?

空气静止三秒。

"他不理我,不然我还是撤回吧……"

"你以为他是侦察兵啊,天天架把狙埋伏在你微信聊天框,看见消息马上屁滚尿流地回?"赵多漫咬牙切齿地下令,"给我等!"

"而且等待的期间或许也可以搞一些其他能讨好他的行为,增加事情的成功率……"女生摸了摸下巴。

"太卑微了吧?"程晚脸上写满了排斥。

"我求赞助商的时候,在KTV给一个秃顶中年男连吹三瓶啤酒,你……"

"别说了!我懂!"

程晚一甩刚才的忸怩不安,点进周北洛的个人页面,把"不看对方朋友圈"选项取消后,逐条给少爷的朋友圈点赞。

一共五条,条条红心。

做完这些后,女生又咬咬唇,翻到跨年那天的零点祝福,长按发了条回复。

程晚:你也是!新年快乐!

"我服了……你竟然现在才回他新年祝福。"赵多漫彻底信了程晚没有暗恋周北洛的话,谁家暗恋的这么高冷啊?

本来没觉得不回消息有什么,但被赵多漫这么单拎着点出来,程晚也突然觉得自己之前貌似是有点过分。她犹豫不决道:"是不是不该回啊?万一他之前已经把这事忘了,现在看见我的回复又想起来……"

"别撤回,伸手不打笑脸人,周……"

手机"嗡嗡"振动。

周北洛:不在。

程晚无辜地望向好友:"他打了。"

有事钟无艳,无事夏迎春,打的就是你,赵多漫刚准备借机教育几句自家姐妹的处事风格,忽然又听见"嗡嗡"一声。

周北洛:干吗?

要直切正题了,程晚紧张地手扶屏幕:"我要怎么跟他说才妥当?他万一拒绝我,还说我癞蛤蟆想吃天鹅肉怎么办?"

"约出来,"赵多漫一脸笃定,"见面三分情,周北洛不是那种人。"

"……好吧。"程晚踌躇片刻,鼓起勇气给周北洛发了个咖啡店的地址。

为显示自己的合作诚意，程晚甚至刻意早到了十分钟，亲自给少爷点了一杯他爱的美式。

她没给自己点咖啡，赵多漫说她说话语气太冲，让她点个小甜品中和一下。

精致小碟中的乳酪蛋糕细腻甜软，程晚有一搭没一搭地吃着，心跳莫名有些加快。

她刚才用人工智能软件估算了一下这事的成功概率，大数据评估报告显示和死对头伪装恋爱这事翻车概率在98%。

在仅存的2%的成功率下，她的坚持简直令人感动。

评估报告出来前，软件还贴心询问是否确定二人为死对头关系，程晚脑海中对"死对头"这个词的理解不算深刻，但想到两人平时相处的方式，还是选了"是"，或许加上这词的可操作空间……成功率能到5%呢？

程晚惴惴不安地接着等，忽然从侧面的玻璃墙面看见了周北洛。男人套了件淡哑光立领黑色皮衣，眉目懒散，肩宽腿长比例惊人，一眼望去格外醒目。

他酷得很有侵略性，所以不熟悉的人看他的第一眼总会莫名觉得这人很凶。

不过他脾气确实烂，程晚想到高中那会儿……

"有事儿？"大少爷走到她对面坐下，瞄了眼桌前的咖啡杯，扯了下唇，"你几点来的？"

"就十分……半小时前。"程晚故作矜持，"没事的。"她不累。

周北洛闻言挑眉，手指敲了下杯壁，语带嫌弃："不知道等我来了再给我点？"

"凉了。"

程晚深呼吸调整了一下心态，索性开始画饼："周北洛，你今年几岁？"

"跟你一样，你自己年龄记不得？"

"记得，但你看我现在……"程晚指了指自己，一副过来人的样子好言相劝，"我被家里催婚催得喘不过来气了，你难道不担心自己吗？"

"我担心……"周北洛一脸忧愁，"你被逼急了对我下手。"

你做梦。

程晚刚要捍卫骨气蹬椅子走人，下一秒，隔壁桌忽然传来两声轻咳。赵多漫围巾帽子装备齐全，坐在角落口型清晰：冷静，想想钱！

"……我不跟你开玩笑，周北洛，"程晚憋屈地重新找回话题，盯着桌面上盘旋的纹理，口吻认真到像是要拉着他互诉衷肠，"午餐时你也听到了，我坦白，我经常受到双方家长对我们俩的撮合，当然不只是你，还有其他一些富家子弟。我妈对我这方面把控很严，我不知道周阿姨那边有没有……"

"有。"

"嗯？"

周北洛在她愣神时望了她一眼，又垂眸，搅了搅咖啡："她总提起你。"

"那既然双方父母意愿这么强烈，不如我们……演一对情侣？""演"字被刻意咬重了音，程晚忧心忡忡盯着他，眼神胆怯又莽撞，带着生涩的赤诚。

周北洛沉默得突然，视线在程晚脸上迟迟停留，盯到她头皮发麻，以为他不会再出声，才慢腾腾地扯了下唇，笑得有些无所谓："可以啊，我都随便。"

他都随便。

四个轻飘飘的字吐出，程晚蓦地卸下防备，她没想到事情就这么顺利就能解决。

程晚一时间看周北洛都更顺眼了些，觉得他也不是那么烦人，有时候还挺通情达理的。她抿了下唇，垂眸不太自然地开口："谢……"

"没事了？"周北洛抿了口美式，撑着脸望着她。

"没事了。"程晚怔了下，连忙摆手。

"送我回家。"

程晚一愣。

"谁占了便宜不懂？"周北洛的细长指节轻叩桌面，口吻拿捏。

多占便宜多付出，这是周北洛立下的伪装情侣第一条准则。按他的话来说，他的初恋要比她的初二恋值钱，而且到目前为止，他的父母还没有逼婚，他同意和她装情侣纯属是看她倒霉，路见不平，施以援手。为了弥补他的慷慨付出，程晚得感恩戴德，知恩图报，夜以继日。

程晚表面使劲点头，内心疯狂竖中指。

"对了，"程晚虚虚握着方向盘，趁着等红灯的时候，瞄了眼正闭眼假寐的大少爷，"我们是不是要编个在一起的过程？"

回国后事情繁多，周北洛最近都没怎么睡，现下倦得厉害，眼皮微抬，应得敷衍："嗯？什么？"

闷闷的鼻音带了一点沙哑感。

程晚默不作声地把温度调高了些，又耐心地重复："就是说，如果家长或者朋友问起来，我们要怎么说在一起的过程……"

好离谱，有生之年她居然在跟周北洛讨论这些。

"不然就说我真的暗恋你多年，苦苦追求你，分开的四年也一直对你穷追猛打，你看不下去了，终于决定给我个机会？"

"你有这么卑微？"男生喝了一口矿泉水，嗓音恢复了之前的清冽，往靠背上窝了窝，有一搭没一搭地开口，"说我追你不行？"

倒车镜中的车辆飞速掠过，车窗上凝结的小水珠慢悠悠地往下坠。程晚蹙眉思忖道："但这好像不太符合客观实际。"

他一天到晚理都不理她一下，还追她，谁会信？

"我暗恋你，"周北洛耷拉着眼皮看向窗外，不紧不慢地拖着腔调，"藏得比较深。"

你都藏出负效果了……程晚抿了抿唇，欲言又止："也行，那你编一个，别太离谱就行。对了，这件事情目前只有漫漫和你我知道，就不告诉别人了，免得人多口杂走漏风声。"

"知道了。"立领哑光皮衣冻脖子，周北洛随口应了声又合眼睡了。

咖啡店和周家别墅的距离并不远，大概半小时就到了，程晚把车暂时停在路边，伸手戳了戳副驾驶座上的男生，一脸警惕地看向花园廊桥边正准备烧烤食材的两位。

"周北洛你看，我妈跟你妈。"

既然是装作在一起，一会儿就要让她们发现两人的关系有了改变，直接上去官宣肯定是有点刻意的，但要是被动发现的话，得演一点比朋友更亲密的举动。

程晚正踌躇不定时，车门忽然被人从外面打开了。冷风灌过来，程晚瞬间一瑟缩，她下意识仰头去看，就见周北洛下车后手搭车门，站得松松垮垮，仍旧一副没睡醒的样子。

男生的轮廓在落日下晕成朦胧，他打完一个哈欠后，轻拍了下她的肩，语气轻描淡写的：“下来，我揽着你。”

"谁刚谈恋爱就揽着啊？"

"那我扛你过去？"

"……先跟之前一样吧，到时候我随机应变，你负责打配合。"程晚一脸如临大敌，拔出车钥匙后，随手扔给他。

两人的爸爸都是晚上回，所以现在烧烤还在筹备阶段。

虽然程晚她老爸和李女士离婚了，但两人共同好友组的聚会还是会出席的，两人现在的相处模式算不太熟的普通朋友，背地里怎么样不知道，但表面没有扫过大家的兴，看着像是和平分手。

既然是表演，自然是人越少越好，程晚觉得要是现在不演，等一会儿人多起来更紧张。她轻咳一声，慢慢放缓脚步，调整到和男生并肩的距离后，强迫自己扬出一个少女怀春的笑容。

"周北洛，看我。"她翘着唇，神情不变，"我的表情怎么样？"

有没有那种一看就知道在恋爱中的粉红泡泡？

周北洛歪着脑袋仔细盯了三秒，随后磨了磨唇，语速缓慢带着斟酌：“有点……想吐。”

"揽上我！马上把你的臭胳膊放在我的肩膀上！"程晚黑着脸，几欲暴走。

周北洛："等会儿揽。"

脚步渐近，不远处的两人已经瞧见了他们，交头接耳地在说些什么，程晚心跳有些加快，抠着手指调整呼吸。

烧烤架前的折叠桌上摆满了各类食材，周阿姨戴着手套，遥遥递话过来：“晚晚，你俩走远点，这味道不好。”

新鲜的海鲜处理起来有股咸腥味，闻着有些呛人。

"好久没自己动手了。"周琪娑对上旁边好友的视线，莞尔一笑，"你还记不记得我们大学那会儿在日本烧烤？"

李女士跟着回忆:"我记得那次还地震了,都多少年了。"

"真是岁月如梭,唉,你说我们之前班上那两个交流生……"

两位贵妇你一言我一语,言笑晏晏,程晚在一边咳嗽了好几声都没吸引来注意。

李女士还抽空皱眉瞪她一眼:"作什么怪呢?没事就过来帮忙洗菜。"

"……哦。"程晚磨磨蹭蹭地拖着步子过去。

地上扔着刚拆封的海鲜包装盒,程晚踮着脚小心跨过,将将袖子刚端上装满海虾的盘子,就感觉肩背突然贴上了一抹温热,她瞳孔猛地一缩。

周北洛不知道什么时候跟了过来,手肘虚虚搭在她肩膀上,骨节分明的手指自然地垂在她肩头,半搂不搂的。

耳后有小股热气在吹,程晚不敢抬头,但能感觉到周北洛在低头看她。

"我来吧,阿姨。"周北洛单手从程晚手中接过盘子,大方地牵唇一笑,"水凉。"

手中的盘子被轻飘飘拽走,直到周北洛迈步走远,程晚才缓过神来。

虽然伪装情侣的计划是她自己提的,但目前她还没完全进入角色,猛地听见周北洛说出这么温柔的话,跳出第一视角,她脑海中只有一个贱兮兮的声音在反复回荡:"哟哟哟,水凉……"

他怎么这么会装?

水龙头在厨房,大少爷结束完自己影帝般的表演后,只留程晚一人在原地,两位观众都被这微妙的氛围搞得似懂非懂。

周琪娑撞撞好友的手肘,暗示一眼。李女士意会,探头,神态有些局促道:"晚晚,你和小周刚才是怎么回事?"

不可能这么快吧?程晚自小鬼点子就多,保不齐他们是串通好来糊弄她们的……但刚才两人的互动又太自然,她一时也拿不定主意。

程晚面容娇羞:"妈,你别问了。"

周琪娑摘下处理海产品的手套,惊讶中带着喜悦:"晚晚,你和小洛谈恋爱了?"

程晚对上周琪娑的目光,使劲点头。许是点头幅度过大,她回头时忽然对上一个复杂揣测的目光——李女士正皱眉看着她,思考着什么。

"呃,阿姨,我也去帮忙洗食材。"母女俩有没有心电感应程晚不知道,但她再待在这里,估计没多久就会发出几声奸计得逞的笑声。

太难忍了,李帷清!你也有今天!

人的遐想是无限的,前期引子抛到位,后期大部分留白都能被丰富的想象力自然填补完毕。

玻璃格子下的光源渺渺茫茫,座椅摆在花园的两束地灯中间。

昏黄的光线下,看狗都深情。

程晚和周北洛两人刻意躲开人群,害怕还没磨合好的演技一不留神就会露馅,于是两人在远处激情互撑的情形,落在中年四人组眼中就成了十足的卿卿我我。

小年轻太黏腻了……

四位友情二十余年的老友视线模糊，统一收回目光，举杯。

"多年好友心愿终于达成，我这心里……什么都不说了，对饮一杯吧，各位证婚人。"

月光落幕，觥筹交错到了收尾阶段，周北洛裹着长款羽绒服缩在靠椅上慢腾腾地醒来。

少爷时差倒得想死，睁眼就看见还在一边撸串的程晚，烦得"啧"了一声。

程晚莫名其妙地投去一眼。

"晚晚，时间不早了。"周琪娑从不远处走来，脸颊微红，显然有些醉意。

"那阿姨，我就先回去了。"

"哎晚晚，让小洛送你。"周琪娑单手在她肩上轻轻按了下，语气稍有揶揄，"有些话，我们长辈在，你们不好讲。"

程晚头皮一麻，慢慢回头去看起床气还在线的少爷。

周北洛唇边压着点要扯不扯的弧度，脸上带着点酡红，他是被冷风吹醒的，在场只他一人没饮酒。为了展现初恋小情侣的"如胶似漆"，少爷没吃两口，困了都在室外窝着假寐。

讲真的，周北洛体力挺好的，要是她时差没倒回来还被左拽右拽，当砖一样哪里有用哪里搬，她是要翻脸的。

好在周北洛还算靠谱，没表现出太多不耐烦，裹紧衣服懒倦地站起身，高大身形投下剪影。他走近，利落地扯下头顶的帽子扣在程晚脑袋上，嗓音带着哑意："走吧。"

毛线帽还带着温热，程晚一僵。

男生拽着她半截衣袖拉着她往外走，在听见周琪娑"一定要送到楼下"的叮嘱后，还抽空应了一声。

周北洛这人……要真谈起恋爱，貌似还挺带劲的，不知道哪个姑娘真能把他收住。

程晚微醺着，脑子里杂七杂八地想，一直到坐上副驾驶座，没系上安全带都恍若未知。

"回神。"冷风"呜呜"作响，周北洛手掌伸展在女生面前晃了两下，"想什么呢？"

程晚蒙蒙地侧头看他，思绪还没回笼。

"拿根绳子把自己绑住，别一会儿惯性撞我身上。"男生侧头，微懒地抬了抬下巴。

程晚收回刚才的想象，腹诽：您的自我保护意识还真强……狗嘴中满是象牙的人不配谈恋爱。

程晚拍了拍又烫又红的脸，清醒了些，还记得回嘴："你死了这条心，我就算跳车也不会往你身上栽。"

"不是，我说你这人真有意思……"

"承认了？"周北洛单手打着方向盘。

"什么？"

"对我有意思。"

是怎么能误解到这种程度的?

程晚噎住,彻底懒得跟他讲话了。

许是酒精加暖风的双重效果,女生一路浅浅打了个盹。

程晚最后是被周北洛拍醒的,他还谨记着妈妈的提醒,下车后又跟着送到单元楼下才停下脚步。

从下车到走到单元楼下,大概五分钟,如此长的时间内,周北洛竟然什么都没说什么都没做,程晚惴惴不安,甚至有些不敢上楼。

她回头盯着男生漫不经心的神情,水眸涟漪,像是有话要说。

周北洛有些无语,挑眉,看透般地开口:"怎么,想邀请我上去坐坐?"

"滚,死变态。"程晚怒骂出声,爽了。

这是独属他们的告别仪式,几分钟不互骂,她就会感觉人生缺了点什么。

例行完惯例后,女生心情颇好,三步并作两步地刷卡开门,头也不回地进了电梯。

这次回的是中午才搜刮物资的大平层,程晚刚才在晚餐时已经趁机解冻了银行卡,美滋滋地退掉了之前租的廉价小区,这次她是翻身农奴把歌唱,要享受优渥的居住环境了。

刷指纹解锁进屋,顺手从冰箱拿了盒切好的蜜桃,程晚顺势把自己砸进沙发,视线一瞥就看到了临走前没关的电脑屏幕,蓝色屏幕上显示着大数据评判出来的高达98%的翻车率。

程晚揉了揉太阳穴,绞尽脑汁地想办法。

2%,只有2%的概率不会翻车……

叉子扎上一块桃子,甜腻的果香在口腔散开,程晚忽然想到一句话——细节打败一切。

细节都能打败一切了,打败一个区区98%的失败率有什么难的?能流传下来的名句总归不是骗人的。

程晚怀揣着内心中的一点小希望,决心做一个完美无瑕的计划来保障这件事情顺利进行。

从影视剧以及各类现实文学作品中取样,参考现代人的恋爱模式,半小时后,程晚将恋爱过程大致做了个划分。

羞涩期——热恋期——相看两生厌期。

一般情况都是先青涩害羞,小心翼翼地相互试探,然后再热恋,形影不离,最后倦怠,出轨劈腿或者单纯失去兴趣,分手。

大致完成这么一段流程,应该能浇灭了双方父母的撮合之心。

父母们一直鼓励他们在一起,无非就是十分看好这段感情,想看看两人在一起的可能性。

倘若她真的把这个流程演一遍，让家长们看到他们和世俗中的普罗大众并无两样，恋爱了也一样会分，那这种执拗就显得没有必要了。

程晚托腮认真考虑了一番，最终落脚点放在了相看两生厌处。

虽然他俩对这个阶段拿捏得十分得心应手，属于闭着眼睛都能演完，但一般意义上的冷暴力或感情淡薄，根本说服不了固执的家长，所以得来点狠的。

将各个阶段做成简单图表保存到桌面，程晚看了眼时间，拖动图表往"战友"周北洛的聊天框发了一份。

凌晨一点零五分，一直见缝插针补觉的少爷现在应该已经休息了。

程晚刚准备合上电脑，就看见微信闪动两下。

周北洛发来一个简短且不耐烦的问号。

程晚：你没睡觉？

程晚：我刚做出来的表格，感觉还是有计划一点比较好，你看下，如果同意的话，我们就按这个进行。

周北洛应该是去看了，过了两分钟才重新回复过来。

周北洛：麻烦帮我念念最后那个阶段，倒数第一句写的什么玩意儿。

怎么这么冲？

屏幕蓝光照在脸上，程晚抿抿唇，硬着头皮回复他。

程晚：我找个托去宾馆假装开房，然后你找人一块儿去捉奸，简单来说就是……我得绿一下你。

好兄弟，绿一下，拜托了。

页面上方迅速切换为"对方正在输入"，程晚背脊僵直，惴惴不安地等着。

意想中的同意或是不同意都没被发来，反而是她最开始的那条"你没睡觉"被引用回应。

周北洛：睡不着了。

短短四个字，外加一个阴阳怪气的微笑表情。

程晚垂眸盯着屏幕愣神，两秒后，语音电话忽然弹来。

四周静悄悄的，铃声响得格外突兀，衬得来人气势汹汹。

程晚壮着胆子按下了挂断键，清了清嗓子，点开语音键，口吻公事公办："我们只是伪装情侣，这个点打电话多少有点暧昧了，请你自重，朋友。"

强撑着维持语气正常，长长一段语音发过去，没多久对面也跟着弹了条语音。

语音时长两秒。

似有预料，程晚把手机拿远了点才点开语音条。

"暧昧你个头。"

极度讥讽的语气。

程晚舔舔唇，还想再从"背叛和男性面子"的理论层面谈谈劈腿这招对付事后劝复合是多么管用，对面又发来一条语音，语气没了开始的冲劲，甚至没有太多起伏，周北洛带着点磁性的声线清冽寡淡,无波无澜。

"不接电话行,半小时,我开车去你楼下点一圈心形蜡烛,对你真情表白。"

……好恶毒的威胁。

跳动的语音通话邀请显示在手机上方,程晚犹豫了两秒,还是决定愤怒接听。

沉寂缥缈的夜通过两部手机连接在一起,喑哑的背景音下似乎夹杂着金属打火机的响动:"把刚才表格里的话,一字一句地跟我重复一遍。"

气场有点强……

程晚弱弱塌下肩颈,退了一步:"那换我被绿?我去酒店抓你和其他女生?"

"我有病?我半夜能跟谁去酒店?"

"你找个演员嘛。"程晚蹙眉据理力争,"如果不采取点措施,按照我原来的剧本和和美美下去,他们明年就敢让我们订婚,你信不信?"

"不信。"男生随口甩来俩字。

程晚噎得突然。

好一个不信,你还想赌一把是吗?

呼啸的夜风撞上窗户,纱帘摇摆着,有些吓人。程晚一边站起身关窗,一边把手机搭在耳侧,语气甚至算得上苦口婆心:"周北洛,我知道你烦我,我也烦你,那我们早合作早散早解脱,你这么抬杠……"

"嘟嘟……"忙音灌入耳郭,直到看见代表结束的通话时间,程晚才意识到这不是她幻听。

挂了?不打一声招呼就挂?突然耍什么少爷脾气?

程晚气得想砸手机,气冲冲地踢了拖鞋把自己摔到床上,裹着被子滚了一圈,才听见手机传来"嗡嗡"两声。

周北洛:手滑。

周北洛:困了。

程晚心烦得厉害,索性直截了当地问出口:"那你到底同不同意我的方案?我被绿也行,但我怕到时候传出去对你名声不好。"

消息迟迟未回,一直到第二天早上醒来,程晚才看见周北洛的答复。

周北洛:随便。

随便就随便!权当他是同意了。

程晚翻身下床,洗漱完毕后,随便啃了个面包,拿起矮柜上的车钥匙,开车去上班。

拍摄的节日纪录片策划其实整体已经弄得大差不差,但具体细节还是要开个会举手表决,程晚作为主要策划者,开完拍摄组的会又单独和赵多漫开了个最终拍板的小会。

程晚按照本来构想的理念讲了讲脑海中的雏形,而后点出几张PPT,言简意赅道:"这几个布景所需费用高一些,如果最后投资金额不理想,可以适当缩减。"

"还有漫漫,我的银行卡解封了,如果你有需要,随时开口。"程晚口吻认真。

选中的页面边缘泛着清晰可见的黄光，赵多漫笑了下，低头往屏幕上看："不用了，如果真的撑不下去，垮就垮了。"

片子拍出来赚不到钱，也不必再打着情怀的招牌一直赔本赚吆喝。

"风险不是靠不停注资就能解决的，没人会一直坚持做没意义的亏本行当。"赵多漫耸耸肩，一副无所谓的样子，"破产就滚回去等候差遣，反正我妈早想调我去她手下受虐。"

程晚垂眸，攥住好友的袖口："反正你有需要就开口，我一直和你在一块儿。"

"好。还好有你，晚晚……"

口袋中手机忽然响起，程晚脸上停留的温情在看见消息发送人后瞬间降到冰点。

"周北洛？"赵多漫探头看到后，眨了下眼，"对了，你昨晚顺利吗？我看你俩在咖啡店很快聊完。"

"你问的是进度还是心情？"程晚点开微信，划到周北洛的聊天框。

"进度。"

"十分顺利。"

"心情？"

"万分糟糕。"

有成效就会有牺牲，应该的。

赵多漫没再多说什么，只是鼓励地拍拍程晚的肩，抱着文件夹退出了会议室。

屏幕上的内容落入眼中，程晚看见周北洛发来的"出来"面露不解，她还没来得及打出问号，随后就收到一张聊天记录的截图。

是他和周阿姨的。

周阿姨明里暗里地打听两人近况，周北洛了然，答应得很顺从。

周北洛：我中午接她一起吃饭。

程晚抿抿唇，发了个位置过去。

程晚：到楼下打电话，我下楼。

周北洛：行。

程晚思考了一会儿，又把昨晚表格上的第一阶段圈红发了过去。

条理清晰，字字有理。

第一阶段：害羞青涩期。

重点：眼神戏，肢体语言。

必要动作神态：脸红，对视闪躲，扭捏。

注意事项：举手投足不可太过粗放（切记）！

午休时间，楼下来往人数不少，程晚所在的小公司租的只是其中一层，跟她隔了两层楼的那家传媒公司，李女士是股东，隔墙有耳，稍有风吹草动都会积攒成惊涛骇浪。

程晚握着员工卡小跑下楼,一路已经严谨调整好自己恋爱初期的痴汉表情。她面露红晕,抬眼就看见周北洛正斜靠在一辆黑色越野车边,拎着杯咖啡,一脸肆意冷酷,低头自顾自玩着手机。

……所以就她自己痴汉?

程晚指尖轻掐,迎着周北洛的方向小跑过去,恶狠狠地咬牙,小声质问:"周北洛,你还演不演了?"

"演。"男生收起手机,环视一周,低眸,又把视线放到她脸上,"怎么演?"

"看我一眼,然后脸红。"程晚语气生硬。

"脸,红?"男生眉峰微挑,似乎是觉得好笑,口吻洒脱干脆,"我的脸从来不会红。"

大哥,我们之前不认识吗?你高中脸红频繁到老子怀疑你得了玫瑰痤疮。

看透不说透,为了维持表面和平,程晚噎了一会儿还是没跟他讨论他的皮肤顽疾。

眼看周北洛还是一副我的风度我守护的狗屁样,程晚脑筋活泛了点,决定把线下秀恩爱改为线上撒狗粮。

她平时不发朋友圈,周北洛倒是偶尔会发,但都是一些风景照,没表现出太多个人风格。

程晚偏头又去观察身侧的男生,他倒是没半分演戏的紧张感,松弛得甚至有些百无聊赖。

周北洛察觉到她在看自己,黑瞳悠悠对上她的视线,要笑不笑的,暴露了一贯的懒怠:"……请保持深情。"

程晚嘴角微抽,还是没忍住提醒他:"深情已经死了。"

似乎是程晚无语夸毛的表情戳到了少爷的某个点,周北洛笑了下:"我妈给你带了午餐,在车上。"

周琪娑做饭很合程晚的口味,女生眼神一亮,径直打开车门,毫不客气地坐上副驾驶座。

保温餐盒放在后排,被密封得很好,程晚透过玻璃层看见了她的挚爱小排,兴冲冲地要打开盒子,突然想到些什么,又看向外面:"我在你车上吃饭是不是不太好?"

"吃你的。"阳光下,周北洛的下颌线条立体出众,随口敷衍道,"我给你站岗。"

"……你上车,你这样,看着我们像吵架了。"

程晚伸出去的腿蠢蠢欲动,很想顺着车门延伸的弧度往他腿上踹一脚,但还是收住了。

谁家情侣吃饭一个在车里一个在车外啊?

你好冷漠,像是我们中间隔了一道马里亚纳海沟。

程晚看见周北洛略有几分不耐烦地瞥过来一眼,又想到昨晚她说要绿他的大胆发言,思考了下,还是挤眉弄眼地冲他卖了个乖。

周北洛有些无语。

十秒后,程晚侧头笑眯眯地看向驾驶位上的男人,友好地递过去两个餐盒:"你的。"

大少爷现在已经有点饿过劲了，没半点想接的意思。他的背贴上座位，皱眉半晌还是接了过来。

秀恩爱的方式种类繁多，程晚决定直接采取深情风。

虽然她不太想大胆地面朝众人大声宣布她爱上了一条狗，但现在年轻人的官宣中年组容易看不懂，还是得简单直白些。

"暗恋你的第五年，我终于得偿所愿。"

无语，男人忽地睁开眼。

"这个文案怎么样？"

周北洛没好气地白了她一眼："有病。"

"……那你说一个没病的。"

周北洛顿了一下，随手从口袋翻出手机，细长指节在上面点了几下。

程晚凑过去盯着他的手机屏幕，没过一会儿就冒出满头问号："暗恋你的第七年，我终于得偿所愿……

"请问，这跟刚才我发的那条有什么区别？"

多加两年就更深情了？

随便吧，也没有多大影响，程晚心态很好，又往嘴里扒了一口米饭，边嚼边按他的版本改了两个字。

她还没来得及给队友看一眼，就听见身边男人嗓音带着点闷，语速很快："发了。"

"你发了？我们的剧本不是我暗恋吗？"程晚连忙退出，点开这条动态，看见已经有零星几个点赞，其中齐群和赵多漫冲在最前线，"99"二字刷遍公屏。

"那我发什么？"

周北洛视线仍旧没从屏幕上移开，语气闲闲的："被暗恋的第七年，我决定忍辱负重。"

程晚觉得嘴里的肉排瞬间染上了一股酸涩的味道……

哥，太卑微了，你是真不在乎自己的面子。

程晚哑然，想了想，还是把他这条朋友圈截屏做配图，文案配了"爱你"二字，简单直接。

李女士和周阿姨的点赞接踵而至。

程晚收起手机，把最后几口饭扒完，推开车门，冲他晃晃手中的盒子："餐盒我明天洗好给你。"

"好。"

程晚已经弯腰退出车外："那你现在回去？"

周北洛眼睛跟着她荡下来的发尾晃，没一会儿又扭过头，答非所问："你没午休？"

"有啊，"女生掏出手机瞄了眼，"下午两点半上班，现在是十二点四十。"

"哦。"男生漫不经心地扯了扯唇，半边脸被细碎光线照得斑驳，"你不深情。"

"嗯？"程晚被声讨得有点蒙。

"初恋小情侣，"周北洛的手指在两人中间比画了下距离，懒洋洋地说，"比现在黏。"

有道理。

程晚手搭在车门上要关不关的，嘴唇嚅动两下，还在考虑现在就演出黏的状态的话，之后热恋期该怎么办。

思绪反复拉扯，她还没做出决定，身后突然传来一个熟悉的嗓音。

齐群看看手机上的官宣动态，又瞅瞅车内外僵滞的两人，笑得明朗："程晚，周哥！"

"恭喜啊恭喜，我就说我当初的判断不会出错！"

程晚咬牙。

当初他们的计划就是身边同龄人中对谁都可以不保密，但齐群这个二货必须要瞒住，他是出了名的大嘴巴，她非常怀疑她被深深误解爱周北洛爱得死去活来的这条不实言论就是这人散布的。

齐群乐呵呵地叩了两下后排的玻璃，手机搭在耳边，像是在等接电话。

"我叫赵多漫也下来，我就说昨天晚上她火急火燎地把我拽走干什么，原来是给你们创造独立空间。"

程晚干巴巴地转回去，又被他拍了下："哎，程晚，你们公司在第几层？赵多漫没接电话。"

"就……"

格子窗一层一层爬着，她还没伸出手指认真数，一个显眼的手持望远镜、站在落地窗前的女生瞬间映入眼帘。

……又一个侦察兵。

十分钟后，四人围坐在深色木艺桌前面面相觑。

程晚盯着手边的纯白咖啡杯，回忆起她不久前刚跟相亲对象坐在这儿乱七八糟地胡侃，周北洛那会儿还在隔壁桌看着好戏，没想到这么短的时间内，他就被卷进来入了局。

真是世事无常。

这是程晚第一次跟周北洛共情，女生怜惜地看了他一眼，自作主张地往他的咖啡杯里放了两块糖。

"爱情……"

两人同时被抓住时机感慨的齐群吸引了注意力，喝咖啡从来不加糖的臭脸周北洛和阴谋得逞故意整人的程晚纷纷撂下动作，等他说剩下的话。

"就是如此啊。"

男生摇头独自神伤："喝咖啡都帮忙加糖，为什么我还没找到一个能托付终身的人呢？"

"悬，"周北洛接得随意，他瞄了一眼旁边女生得逞的表情，默不作声地把两人的杯子调换了，"得整个容。"

"滚!"

赵多漫被齐群号得烦躁,"啧"了一声,扯着凳子离远些。

"程晚,"周北洛怡然自得地喝了口她的拿铁,语气装得温柔且虚假,"你怎么不喝?"

"……马上喝。"程晚眉毛拧成一团,还刻意挤出一个违心的笑,"谢谢你啊。"

演技太流于表面,赵多漫扶额,开始担心两人昨晚是否真的骗过了双方父母。

"……你俩有点不对。"

看着齐群有点反应过来的样子,程晚心中警铃大作,立马牵住周北洛的手,用力扯他起来。

手掌相贴,男生岿然不动的神色僵了一瞬,低眸看向两人桌下缠绕的手指,眸中焦点一点点变小。

程晚在齐群怀疑的眼神中犹犹豫豫道:"……我们去个洗手间。"

"洗手间……你俩一起去?"

赵多漫实在看不下去了,伸手往多嘴讨厌的人帽檐上拍了一巴掌:"你管人家,你懂恋爱怎么谈吗?谈恋爱都是这样的!"

一路牵着衣袖穿过繁杂人群,程晚站在楼梯间,警惕地环视了一圈四周才松开手。

她回过神来,想到刚才她没经过周北洛同意就牵他手,一时有点尴尬。她拍了拍有些发烫的脸,装作不在意的样子又低头帮他整理了下衣袖,认真中透出些愚笨。

周北洛低头任由她操作,没吭声。

"我突然想到一个问题。我爸最近好像和齐群老爸在合作,我妈提到过他俩经常出去吃饭,所以如果齐群发现就是我爸发现,而齐群和我们平时接触也太多了,在他面前演不得累死。"程晚内心的阴暗小人蠢蠢欲动,语速超快,"你有没有他的什么把柄?我们可以威胁他。"

"你懒得装就要威胁别人啊?"周北洛轻笑一声。

"这不是怕你累吗?"程晚拍拍脸,欲盖弥彰,"我反正不累,我怕你懒得演。"

"我不累。"周北洛十分善解人意,迈腿就欲走出楼梯间,言语干脆利落,"走,继续演。"

"……行吧,是我觉得累!"程晚软下来,疲惫地吸了口气,"你到底有没有他的把柄?你们高中时不是一直混一起吗?他实在太狂热了,简直是我们的CP粉。"

自从高一开学他们一起迟到,齐群就在心里埋下了扭曲又深刻的种子。

打那之后,她做什么,在他眼中都有一种在偷偷暗恋周北洛的滤镜,而周北洛平时和女生边界感很强,身边混着的女生就只有她,以及一个和她一块儿玩的赵多漫。

他心里深深地以为两人会在一起,周北洛出国那会儿,他还落寞了几天,现在重燃希望,实在是难敷衍的角色。

周北洛站得落拓,垂眸静了两秒,脱口而出:"没。"

"你到底想了没有?"

"他不杀人不放火能有什么把柄?"

手机"嗡嗡"振动,程晚吃瘪,想说什么还是压下,抿唇先掏出手机。

赵多漫:*齐群也去上厕所了。*

"不行!还得跑。"程晚故技重施,拉着周北洛就跑,另一只握着手机的手却不小心触到了朋友圈。恍惚间,她看到周北洛似乎又发了一条动态。

是张照片,场景在附中门口,天空亮白得发暗,周北洛穿着件黑色T恤站在校外,她穿着天蓝色校服站在校内,手中攥着几颗艳红的荔枝。伸缩门隔断了两人,他们比着同样稚嫩的剪刀手。

遥远的记忆逐渐回笼,带着周北洛逃跑时,程晚忽然想到这照片的来历。

高一那会儿,周北洛和同学闹矛盾被命令回家反省,程晚觉得那件事处理得不公平,执拗地为他抱不平,最后得罪老师被批评罚站半天,躲在走廊悄悄地哭。

周北洛听说后,很快从家里赶到校门口,顶着高烧隔着校门笨拙地递给她几颗新鲜的荔枝。

这事发生在高一,距离今天,刚好七年。

第四章

倒带 别扭的青梅竹马关系

Ni wan zhen de a

将近半月的磨合,十二班从年级最沉闷的班级变成了自习课最吵的班级。

如此巨大的变化,程晚、赵多漫、齐群三人功不可没。

第三次被纪律委员记上名字的时候,程晚决心在今天晚自习当一个冷面杀手,人酷话少的那种,绝不会再张一次嘴。

同桌赵多漫忘记着程晚上课前的立誓,打着手语询问程晚英语作业写完没,写完借她参考参考。

程晚把头从繁重的作业堆中抬起,云里雾里地看了几遍赵多漫自编的手语,仍旧摸不着头脑。

赵多漫顿了一会儿,干脆地撕下一张便笺纸,埋头写了什么,然后又传给她。

——英语作业,你写完没?

程晚这才抬头往写满作业任务的黑板上瞧了一眼,蒙蒙的视线停在"小题狂练20—25页"上,三秒后,自顾自缩了下脖子,握起笔在字条上回得洒脱。

——握不住的沙,不如随手扬了它。

一直盯着她动笔的赵多漫目瞪口呆。

程晚对英语的态度很随性,她从小接受双语教育,一般都赶在最后紧要关头才会冲刺一波作业。前几天的摸底考试中英语单科考到了班级前三,女生尾巴又翘高了点,更理所应当地把英语作业安排在待写作业的最末端。

后桌等着"吃剩饭"的齐群显然也染上了些失望,他刚要开口求求自家兄弟借他作业抄,手还没伸过去就想到程晚中午透露出来的消息,于是作罢。

跟李女士的每日电话从不间断,今天午休前,程晚照例去了电话亭。李帷清除了叮嘱她好好吃饭好好学习,还额外向她打听了周北洛的情况。

是周阿姨托她问的,说是周北洛昨天发烧到 38 度,但他报喜不报忧,今天也一直没往家里报平安。

程晚听到后疑惑了一瞬,自从开学后他们几个就混在一起,算是很称职的饭搭子,但从昨天到现在,周北洛顶多是话少了点,课间打盹多了些,就连昨天的体育课惯例跑一千米他也没请假,跟之前一样拿了男生组第一。

如果不是李女士说,她真的没看出来他在发烧。

繁乱的数学公式在脑海中蹦来蹦去,程晚从课桌中掏出手表,看了眼时间,犹豫片刻又从赵多漫刚才递来的字条上撕下来一小块。

她拿起笔,飞快写下一串字迹。

——晚上漫漫和齐群都要留下做值日,我陪你打点滴?

中午他们一块儿陪周北洛去了趟医务室,但午休时间太紧,校医只给拿了一些退烧药,叮嘱说如果晚上还不退烧再过去打点滴。

一般这种事情是该齐群陪周北洛的,但他今晚要做值日,周北洛的性格肯定也不会主动开口,程晚只能硬着头皮先跟周北洛搭话。

虽然都是一起吃饭的关系,但程晚总感觉周北洛对她怪怪的,非必要情况下他从来不看她,有时候讲话也不会看她的眼睛,但他跟齐群他们打闹调侃时又很自然。

程晚心里闪过一丝委屈,心想:要不是看在你生病的面子上,我绝对不会主动贴你的冷脸。

后座少年圈臂睡着,手指攥得很紧,白炽灯下的黑发泛着一圈柔柔淡光。

程晚回头见状一怔,猜他肯定烧得更厉害了,于是只小心翼翼地把字条塞在他的桌边。

不知道是不是生病的人太过敏锐,她刚做完动作还没转过身去,就见周北洛醒了过来,而后她突兀地对上一双通红的眼睛。

窄长的眼里布满血丝,窗外适时吹来一股罕见的凉风,周北洛被吹得眯了下眼。程晚下意识地握住摊在桌上的数学试卷,挡在他脑袋边上。

少年的动作比以往慢些,视线在卷子上停了几秒,而后转头看向她。

四周皆静,程晚清晰地听见了他的低笑声。

课前发誓的不讲小话此时已全然抛诸脑后,程晚缩头缩脑地凑过去,小声开口:"要不要现在就帮你打报告去医务室?"

只有一位副科老师在讲台前坐着,周北洛视线收回,好久没开口,嗓音也变得沙哑:"你作业写完了?"

自习讲话扣1分,不交作业扣1分,每人一学期10分,任意科目随堂测验拿到班级前三可消1分,令人惋惜的是,目前英语科目还没有开启过随堂测验。程晚之前升旗还迟到过一次,重要活动迟到扣3分,刚开学半月,她已经耗了一半血条。

程晚微微愣神,不理解他话题怎么转得这么快,转回去翻了一遍桌上的卷子。

"还差两科。"

"你先写,"周北洛半支起脸,手指捏住她刚才蹑手蹑脚塞来的字条,"晚自习结束再去。"

"……好吧。"程晚又打量了一圈周北洛的脸色,确认他短时间里不会有大碍才慢慢扭回去。

热气在晚上九点后慢慢褪去,附中还专门挖了个面积不小的人工湖消暑,九点半晚自习结束后,校内的空气甚至还带着一些不属于这个时节的凉意。

随着下课铃声落下,教室逐渐开始恢复乱哄哄的气氛。

程晚跟赵多漫他们打完招呼就抱着水杯在后门等周北洛,她拿的是男生的杯子,以防一会儿大少爷找水喝。

男生走路的速度仍旧跟平时一样,只是脸比平时看上去更红了些。他鼻音有些重,走近她后,才淡声道:"走吧。"

程晚掐了掐手心,忙快步跟上去。

校医室在人工湖的另一端,大概要走七八分钟,这条路跟寝室楼是完全相反的位置,但和走读生平时停车的车棚是同一方位,对学校熟门熟路的高年级男生会在这附近跟教导主任打游击。

程晚沿着透明隔板望去,听见了夹杂着脏话的骂声,女生刚品出这声音有些耳熟,还没觉察出不对,迎面就和两个颇为眼熟的男生撞上。

是开学那天扬言要跟周北洛碰碰的黑皮男。

面对面,只余三米距离,不知不觉间,两方都站定不动了。

黑皮男生扯了下唇:"真巧啊,刚才还在说你。"

"听说你中午去医务室了?虚狗啊。"

"没你虚。"周北洛眼皮懒懒地掀了下,语气还带着嘲讽的劲。

短短两句话,局势已然剑拔弩张。程晚虽然很想跑,但她摸着自己的良心想到周北洛还在生病,于是咬牙站到了少年前面。

"你们想干什么?我告老师了!"

周北洛愣了愣,轻轻推开程晚:"一边儿去。"他随后快跑两步,眼神变得极冷,踹得毫无征兆。

爆发力极强的动作让人愣神。

黑皮男的兄弟反应过来,眼睛一瞪,捋起袖子,红着眼就冲上去帮忙。

程晚被这场面吓得不轻,忙后退几步,小声喊着:"周北洛……"

周北洛躲过一阵拳风,刚要应她,又听见黑皮男骂脏话。

周北洛瞳孔更冷,动作迅速地钳制住了黑皮男和他兄弟,叫道:"程晚。"

"嗯?"

"转过去,捂住耳朵。"

程晚心跳飞快,飞速转过去捂耳。

"你给我听好了,"周北洛一字一句说得极为阴狠,"你要是不服,随时找我,但那边的女生，你敢多看她一眼……"他手上发力，两人更无反抗余地，"可就不是今天这么简单了。"

"滚！"他说完猛地松手，黑皮男和他兄弟都卸力瘫坐在地上。

程晚心跳如擂鼓，她把耳朵捂得很紧，风声掠过，她没听见周北洛一改往常、百般维护的那句宣誓。

程晚一路上大气都不敢喘，和少爷的距离拉开，一直到周北洛立在女寝门口，她还停在五米远的距离。

"快点。"

接收到真正的冷面杀手的催促，程晚不禁抖了抖，匆匆小跑过去。

"……那我先上去了？"

不对，他好像还没去校医室。

程晚纠结半刻，欲言又止的，手肘搭在台阶的栏杆上，轻轻"哎"了一声。

少年顿住："怎么了？"

月光下，他高挺的鼻梁衬得轮廓更为立体，程晚看见他右脸有处细小的擦伤，隐隐透着血痕。

"你还要不要去校医室？"

"不了。"周北洛看着她，身上的戾气褪了个干净，依旧没有跟她对视，"程晚，在有些人眼中，每个人脚下都是有条线的，你越往后退，他就越把线往后推，要踩到你头上。

"他们这种刺儿头，不一次性制伏，以后就会一直被纠缠。

"我动手时心里有数的，所以……"

他这时才敢看程晚一眼，黑眸中的血丝仍旧没消，看着甚至有些弱势。

程晚呼吸一滞，听到男生很认真地问她："你能不能别觉得我凶？"

少年望过来的眼神太赤诚，在明晃晃的月光下生涩得不加一丝杂质。某个瞬间，程晚甚至短暂地产生了周北洛很在乎她的想法。

见鬼。

次日。

十二班的气氛比以往都要闹，打架显然是无趣高中生活中少有的调味剂，何况主角还是刚开学就引起热议的周北洛，环顾四周，没有一人不在议论这事的。

没到早读，程晚就把昨晚的后续听了个七七八八。

听说昨晚教导主任例行巡视的时候撞见了倒在地上半爬着的两人，吓得魂和假发都要一起掉了。回过神后，他连忙联系双方班主任和值班老师将受伤的两个学生送往医院，接着怒不可遏地冲去监控室，锁定目标人物，最后在凌晨两点把睡着的周北洛从被窝里拽了出来。

少年似乎早有预料，揉了两下惺忪的眼睛，抓起夏季校服T恤套上，跟在教导主任后面慢步走出寝室楼。

周北洛跟其他犯事学生不同，别人狡辩他不，别人哀求他不，最后还是站在一边看不下去的班主任偷偷拍了他一下，他才低眸服了个软，说他知道错了。

周阿姨半夜被叫去医院缴费，周北洛后面可能和她待在一块儿，反正没回过寝室。

现在早上七点，他的座位是空的。

齐群最坐不住，瞄着右侧空荡荡的座位，急得额头冒汗："你说我昨晚值什么日，要是我陪他，他也不用一打二……

"不对，要是我在，我一定拽着他手不让他打，这玩意儿要扣多少分？不会被开除吧？"

背后喋喋不休的声音冲得耳膜发胀，程晚从昨晚就开始心慌，她敛眸从抽屉里掏出耳塞扣上，直到班主任走到过道前叩了叩她桌面，她才缓缓回过神。

早读声突然静了片刻，在众人的注视下，程晚低头跟在马建初身后走出了教室。

有不安分的学生把眼睛贴到窗户上看，程晚站得很直，杏眼一直盯着脚底从窗外映进来的光圈。

"说说吧，昨晚你也在场。"

跟着跑了一夜，安抚家长、协商赔偿，马建初身上除了疲态，还透着一股浓厚的沉闷气质。程晚攥着手，慢慢抬头，第一眼看见的就是他脸上明显到不行的黑眼圈。

涩意缓缓升腾，程晚心里不是滋味，小声嘟囔："对不起，老师。"

她其实昨晚也没睡好，一直做稀奇古怪的梦，脑海中周北洛打架的身影在梦中循环出现，惊醒时发觉自己还保持着捂耳朵的动作。

马建初叹了口气，想拍拍小姑娘的肩，最后还是顿住了。其实事情经过在监控中已经看得清楚，是周北洛先动手的。

校规明确写着，不论事由，先动手的总是错。

程晚抿了抿唇，小心翼翼地替周北洛解释："老师，周北洛其实没想动手的，但后面形势到了，是他们先骂人的，况且一打二，他是为了自保……"

"那也不至于下那么重的手。"

周北洛成绩很好，摸底考试高一段年级第一，金字塔上的尖子生，本来开学迟到事件加个人气质，马建初开始以为他会是个恃才傲物的主，没想到男生乖得很，开学的那半个月里没惹过一次事。谁想到这想法还没维持几天，就悄无声息地爆了个大雷出来。好在周北洛的妈妈态度很好，在医院答应给被打学生的家长三倍补偿，对方才没来学校闹。

但事情已经传开了，影响恶劣，必须要给个交代，树立典型以绝后患。周北洛肯定是要被处罚的，现在就是要看看目睹现场的同学有没有需要补充的，马建初好帮着在主任面前求情，争取从轻处罚，不在档案上留下记录。

马建初的反问一出，程晚的视线瞬间僵住。她不知道还能说什么，周北洛下手确实重了些。

不知道老师会不会理解，她想了一会儿，还是决定把男生之前说的话讲出来。

"老师，周北洛说他之前听说过他们那个小团体的事，他说如果不一次让他们害怕，之后事情会越来越多……

"而且我可以做证，从开学第一天，我们迟到在教学楼下罚站，那两个男生就说过要找周北洛'碰碰'的话。"

马建初一怔，低头自言自语："这倒是个线索。

"行了，你回去继续早读吧，别被分散注意力啊，这事老师来处理，好好学习。"

马建初念叨完又急匆匆小跑到楼梯口。

中年男人被风吹过的衣角皱皱巴巴的，很快走远了。

"老师，周北洛他现在……"程晚还想问些什么，却赶不上马建初下楼的速度，最后只能站在原地，望着空荡荡的楼梯，声音越来越小，"人在学校吗？"

上午课间操结束后，洪主任又站在发言台上大谈特谈了一遍打架斗殴带来的恶劣影响，还说准备在半个月内请附近民警给学生们讲述一些法律的经典案例。

程晚藏在十二班队伍中，每次听到劣质话筒中含沙射影的"极个别好斗分子"和"难以控制情绪的暴躁同学"就翻个白眼，她势单力薄，翻到眼皮险些抽筋。

身边的赵多漫和齐群也跟着小声吐槽个不停。

齐群热得满头大汗，用蓝白色校服T恤的下摆扇风，表情纳闷："说了一堆也没说到点子上，他怎么不说这事的处理结果？"

赵多漫捏着湿巾擦汗，忧心忡忡道："我倒宁愿他不说，你说周北洛不会被开除吧？"

话音落下后，四周的气氛都萧瑟了许多。

粗线条的齐群率先调整过来，压低声音猜测："应该不会吧？"

站在他们中间，一直被迫听两人谈话的程晚被晒得脸发烫，暴露在外的每个毛孔都仿佛在喷着蒸汽。她揉了揉肩颈，轻声辩驳道："他不会。"

齐群下意识"啊"了声，还没搞懂她在说什么，右侧的女生就朝他望过来，眸底含着一抹难辨的认真。

解散后，大家往教室走，程晚早上被马建初叫出去的事传开后，她时不时就被路过的陌生女生戳下肩。她们脸上挂着红晕，小心翼翼地询问她知不知道那件事的后续。

程晚摇头，说她也没问到。

课间不时有女生脚步匆匆而来，隔着玻璃窗瞥一眼后排男生的座位。程晚坐在凳子上，回头看见她昨晚递的小字条还叠得整齐在他的练习册里压着。

"晚晚，晚晚。"班里不知何时安静了下来，赵多漫抬起手肘撞了撞程晚，坐得端正，视线引她去看讲台。

刚才在演讲台上高谈阔论的洪主任不知什么时候又登上了十二班的讲台，他胡楂杂乱，唇线绷得很紧，背着手，威压极重地扫视讲台下。

程晚收回向后看的视线，不知为何，萌生了反叛的心，肩背塌得比以往更厉害了。

教室里鸦雀无声，提前来备课的实习老师也不敢轻易进来。

洪主任的视线在程晚身上停了两秒，在触及女生不卑不亢的视线后，中年男人终于有了表情变化："我希望咱们十二班极个别同学能在平时的生活学习中安分一点。

"平时就数咱班纪律最差，我知道你们年纪轻，忍耐力稍差，但动手打人就是鲁莽了！

"有事怎么不知道找老师？某些人从开学起我就看出是爱惹麻烦的主。"

齐群瞠目结舌，俯身朝前，小声搭腔："他点谁呢？"

前排的程晚紧攥的手指徐徐松了，忽然笑出声，她胆子仿佛一瞬间变大，在身边同学讶异的眼神中问得很慢："老师，那是不是拳头打到脸上我们都不能反抗？"

她不信老师们会看不见，不过是为了方便集中管理，所以冒出雷就直接摁下去。周北洛打架是错，但教育学生遇事不分黑白，一律委曲求全绝对也不能算正确。

就知道出声会被罚，程晚抱着课本站在走廊墙边，教室空调的冷风被墙壁挡得严实，她抱着书和刺眼的日光做着斗争。

一个人在外面罚站倒也清静，为了确保自己后背倚的一直是带凉意的瓷面墙，程晚步子挪得很勤。

外面树叶"沙沙"响，她踮脚看见学校正门处的巨型日晷，忽然想到之前周北洛头脑一热的那句话。

他原本就不用跟她一块儿读公办高中。

齐群和后排其他男生讨论的关于打架事件处罚的猜测时不时在脑子里荡一圈，程晚垂眸盯着干净的白瓷地砖，鼻子猛地发酸，而后在没有任何人看见的时候悄悄拿袖口蹭了蹭眼睛。

教导主任给的处罚是站一上午，午休结束后，程晚的小腿已经没有了久站胀痛的感觉。附中基础设施还算可以，寝室是六人间，带独立卫浴，有空调，但夏天最大的考验其实是户外活动。

赵多漫洗了把脸，刚走出寝室楼，脸上的小水珠就被热风蒸得无影无踪。

今天下午第一节课要做实验，所以十二班的人没往教学楼方向走，而是直接去的实验楼。程晚中午还是没睡着，她没什么精神地被赵多漫挽着，顶着乌黑眼圈，额前碎发黏糊糊的。

去实验楼要途经男寝，寝室门口的学生乌压压一片，空气显得更加闷热。程晚蹙了蹙眉，刚想加快脚步，身后就传来熟悉的声音。

"哎，程晚！"

齐群和岩岙并肩走着，两位男生身高腿长，一时间吸了不少人眼球。

程晚下意识回头，看见齐群手上握着卡片一样的东西在朝她晃。

他跑了两步，被行人挤得气喘吁吁，捏着卡片递给她，开口道："这是洛哥留在枕头上的电话卡，我午休回去看见的，你要不要……"

他话还没说完,程晚几乎是抢了电话卡就跑。

同行的损友赵多漫怔了一瞬,一边挥手,一边大声"密谋":"那我跟老师说你胃疼去医务室了啊,晚晚!"

荡起的马尾引人止不住地往她身上望,女生没回头,伸手朝伙伴比了个OK的手势。

电话亭更远些,已经是下午一点五十分,程晚一路狂奔还是踩着两点的上课铃才到电话亭。

六部黄色电话安置在白墙边,排得整齐。耳边是响亮的上课铃声,程晚看见徘徊在外的学生飞速冲进教学楼,一眨眼的工夫,附近就只剩她一个人了。

女生站定冷静了一下,感觉自己喘得不是很厉害了,才把拿到的卡插上。

"嘀嘀"五声后,听筒里终于传来声音。

周北洛很轻地"喂"了一声,程晚的鼻尖却又开始酸了。似乎是少年人独有的与世界为敌的中二思想,程晚莫名觉得昨晚之后她和周北洛已经被装进了同一个箱子,他们是命运共同体,此时都被打趴在原地。

在每天烦恼不过是食堂难吃、作业好多的年纪,被罚回家、被记过、被单独拎去走廊罚站,已经是一等一的大事。

"程晚。"空气静了一会儿,周北洛不甚确定地开口。

"是我。"思绪回笼,程晚清了清嗓子,胡乱地把碎发塞到耳后,低头重新问得小心翼翼,"周北洛,你什么时候回来啊?"

她打的是周阿姨的手机,所以周北洛现在应该是和他妈妈在一起。

程晚说得慢腾腾的,像是嘴里含了块不化的糖。对面的少年似有所察觉,顿了一会儿没吭声,过了三秒才又启唇,声音温和得像柔软的风,语气却凶。

"程晚,你哭什么哭?"

他听出来了。

传言中记大过、留校察看和开除的呼声最大,假如周北洛没有陪她念附中,这件事就不会发生……程晚潜意识里总觉得是自己给周北洛和周阿姨添了麻烦。她不想周北洛反过来安慰她,于是努力让自己的嗓音听起来正常,慢慢吸了吸鼻子,含混道:"我没有。"

"哦,那是谁在哭?"听筒里透出一丝不经意的笑意。

男生语气中的打趣不算隐蔽,程晚不吭声了。

她弱下来的声音太柔,情绪缓解后想跟他呛又怕输阵。

程晚嚅了下唇,懒得跟周北洛罕见的插科打诨计较,强撑着提高了点分贝道:"你怎么听上去一点也不担心?他们都传你会被记过、留校察看,甚至开除……处罚到底下来没有?"

"下来了。"

闻言,程晚的心一紧:"什么处罚?"

"记过,留校察看,作检讨。"周北洛语气没多少情感,似乎已经接受了命运,"处罚是能消的那种,我之后好好表现就行。"

"不公平。"程晚沉默了一会儿,闷声闷气道。

对面没声音了,她怕自己的情绪影响到周北洛,又忙追问了句:"那周阿姨说什么了吗?"

"她说之后不许我动手,我答应了。"

"周北洛。"程晚突然叫他一声。

"嗯?"

"……你后不后悔跟我一块儿来附中啊?"

"不后悔。"少年回得没有一丝犹豫,轻飘飘兜下她所有奇怪的愧疚心,"程晚,是我长得欠揍而被打,你一直往自己身上揽什么?"

"我就是问问……"程晚总觉得这通电话里周北洛对她态度好了不少,让她都有些不适应了。

听筒里传来"咚"的一声,像是手机被放下的声音。

周北洛翻下病床,突兀地开口:"你还在不开心吗?要不要吃荔枝?"

"啊?"程晚一脸蒙。

"我去给你送。"

"现在?"

"半小时后,校门口等我。"

"不是……"

话题什么时候转到这了!

少年清冽的嗓音消失不见,随之而来的是忙音。

程晚云里雾里,站在原地,慢腾腾地把听筒放好,电话卡塞进口袋,直到想到某种可能后,见鬼一般地飞快往实验楼赶。

实验课自由度相对较高,教室比正常课程要闹腾些,程晚轻易混进小组中。

她脸颊有些跑步后的余热,伸手轻轻戳了戳摆弄着滴管的赵多漫,脑子抽风一样问出口:"荔枝的花语是什么?"

赵多漫回头看她,随后脸上染上一层嫌弃:"荔枝有个鬼的花语。"

"也是噢……"

荔枝没有花语,周北洛可能是烧迷糊了。

心理斗争持续了二十多分钟,半小时还没到,程晚就打报告出了实验楼。她低头纠结地走着,刚绕过日暑就看见不远处穿黑T恤的少年。

周北洛眉眼并不是深邃的那挂,看什么都好像漫不经心。

他手中拎着袋艳红的荔枝,站姿随意,整个人像是夏季遗漏的部分,看着丝毫没有燥热的黏腻感,干净又清冽。

程晚回过神来,立即快走几步过去,临近后发现他手背上贴着方方正正的白色输液贴。

"你打点滴了?"

他前两天发烧的病气已经散得差不多了。

周北洛敛眸,手越过伸缩门把塑料袋递过来,"嗯"了一声,算是对她的回答。

女生反应很快地伸手去托袋子。

冰镇过的荔枝解暑得很,程晚没多拘束,直接捞出一颗咬开。甜腻的汁水散在口腔,她瞬间觉得早上的罚站值了。

"你不知道今天洪主任在课间操的时候怎么含沙射影的,他甚至还跑到班里去内涵你了。"

"我知道。"周北洛牵唇笑得很轻,"齐群告诉我了。"

程晚一愣。

"他还说你帮我说话,被罚去走廊站了一上午。"

"……齐群真多嘴。"程晚眼神不自然起来。

"所以,"少年歪头,拖着点腔调,黑眸直直地睨着她,"你上午为什么要帮我说话?"

程晚心脏倏地收缩,咀嚼停止,她忽然感觉手中攥着的荔枝冰得皮肤发疼。

周北洛有点怪。

自从那天中午他专门到学校送荔枝后,程晚心里就产生了一种说不出的感觉。

其实那天两人前面的发展还挺正常,她随便打个哈哈就把话题揭了过去,但后面下课铃响了,校门口侧边是一家小卖部,老师和学生通通从教学楼拥出来,人流量巨大。

被众人用奇怪的眼神打量过无数遍后,程晚自己都觉得自己是不是真的跟周北洛有点什么了。尤其最后,班主任抱着书从教学楼走出来,同情地看向他们,硬说感觉到了他们受的委屈,非要给两人来张合照。

程晚一边沉思着拍照和消除委屈有什么必然联系,一边攥着荔枝,生硬地比了个剪刀手。

像素不太高的照片中,周北洛在校门外,她在校门内,搞得像是在探监。

直到第二天和李女士日常通话,程晚听她讲述才知道事情的真相。

马建初拿这照片发了家长群,还配了字。

——铁窗泪——冲动的代价!

还在下面洋洋洒洒写了一长段关于家长如何配合学校管理学生,培养学生耐心之类的套话。

但十二班同学对照片又是另外一种理解了,学习委员用马建初手机上的黑板报存图做参考时无意划到了这张照片,自此一个荒诞的传言就散布开来……

早上七点,程晚抱着水杯去接水时,忽然想到周北洛那天说的返校日期,她掰着手指算了下,确定是今天后,顺带好心地也抓起了他的杯子。

五分钟后打水回来,她刚迈进后门,就看见周北洛的位置边围了一圈人。

其中的核心人物齐群嗓门最大:"你们知道吗?其实我洛哥这次打架就是为了程晚,怒发为红颜,酷毙了好吗。

"据我所知,是那天两人去医务室的路上,体育班的两位渣渣欺负我晚妹,然后非要她留个手机号才放她走。我洛哥是什么人,他能同意吗?"

"洛哥当场冷脸,上去就是一通左勾拳右勾拳。"齐群比画着手势,振振有词,说得像是亲临了现场。

"程晚站在一边,看着我洛哥英雄救美,情不自禁地为自己的英雄鼓掌,要不怎么那天当着老洪的面还敢杠他呢……那词叫什么来着?猛地记不起来了。"

戴眼镜的学习委员思忖一会儿,第一个接话:"护犊子?"

"对对对!就是这个!"

背后的程晚哑口无言。

身边并肩站着的损友赵多漫也听得津津有味,甚至嫌姐妹不够了解坊间传言,还和盘托出了自己听说的版本。

"小道消息称你和周北洛在初中就是一对,后来恋情被学校抓到,校长决定取消你们的直升高中资格,于是你俩乔装打扮一起来了附中。

"并且汲取了初中的经验,你们决定这次悄悄恋爱,在同学老师面前从来不展示亲密的那面,只在晚自习下课后溜到廊桥附近偷偷咬耳朵。"

"咬耳朵……"程晚眉心直抽。

她再没忍住,愤懑地拨开外围的八卦同学,重重地把水杯磕在周北洛的桌上:"想象力这么丰富,你们怎么不去当编剧!"

"这是……"

众人目光瞬间被她刚放下的水杯吸引。

"洛哥的杯子。"带头的齐群双眸骤亮。

"……别逼我讲脏话。"程晚皮笑肉不笑地冲他挥拳。

齐群见势不妙,立即把自己的造谣小队遣散了:"呃……好了好了,快早读了,都散了吧!"

程晚这才冷哼一声,直直地掠过他坐回到自己位置。

……万恶的教育环境,男女不能同桌就罢了,日常互动都少得可怜,帮忙接个水、说个话就算是互有好感了?

程晚耷拉着眼皮,义愤填膺,刚掏出英语课本,预备早读把新讲的课文背了,余光就扫见过道闪过一个挺拔的背影。随之而来的,程晚感觉到四周投向她这边的目光成倍叠加起来。

周北洛踩着新款球鞋,走得利落,三秒后,身后的凳子发出一声拖拽音。

程晚没犹豫,黑着脸往后扭头,叩了叩男生的桌面,企图寻找增援:"周北洛,我帮你接水了。"

"谢了。"男生忙着收拾桌上新发的试卷,头也没抬,随口应她。

程晚继续面无表情地扫着身后少年的脸:"班上同学都说我俩谈恋爱了。"

周北洛眼眸稍抬:"那别瞒了。"

程晚惊呆了。

雪崩的时候,没一朵雪花是无辜的。

程晚听着耳边越演越烈的议论声,有种即将玩砸的紧迫感。齐群和赵多漫眼睛瞪得像铜铃,更别提其他远距离齐刷刷地飞射来的视线,快把她脊梁压垮。

她终于慌了,压低声音开口:"你搞什么?"

将桌面上积攒的卷子折叠后塞进抽屉,周北洛掀起眼皮,终于肯对上她的眼睛。

不知道是基因使然还是什么,程晚眸底总蕴含着盈盈水光,蹙眉盯人时显得格外乖顺无辜,朦朦胧胧的,引起人的保护欲。

周北洛低眸默默不作声地把视线挪开,还没开口就听见对方奉陪到底的刚硬语气。

"……行,公开就公开。"程晚撼了根手指在他桌面,语气胁迫,"晚上跟我去廊桥咬耳朵。"

莹白指尖泛着淡淡的红,少年垂眸,目光灼在上面,刚要启唇就听见身侧传来一个弱弱的声音。

齐群默默举手:"报告,我能不能去偷看?"

英语随堂测验安排得令人猝不及防,据说这次的考题很大一部分都来自每日早读安排的课文和单词背诵。

十二班的英语老师姓郭,一头蓬松的大波浪衬得人干练美艳,行事风格也异常雷厉风行。她考前就放话,谁要是敢考到 60 分以下,每个课间都要去办公室找她抽背,直到滚瓜烂熟。

这消息放出后,十二班哀号声一片,挨着的数学课都有人偷摸把英语课本放在数学练习册下,时不时背一下,临时抱佛脚抱到下课铃响都没一个人动弹。

罕见的好学氛围……

程晚探头张望一眼,露出一个老母亲般和蔼的笑容。作为为数不多的坦然选手,她为目前班上欣欣向荣的崭新学习面貌感到由衷的自豪。

齐群焦急得像热锅上的蚂蚁,时不时趴在桌面看一眼自己用铅笔写下的小抄:"怎么一点也看不见?程晚,晚姐!"

程晚转身的间隙,周北洛忽地站起身往前门方向走了。

擦肩而过时,她闻见男生身上干净的洗衣粉香,淡淡的,夹杂着一丝冷冽。

"晚姐!"

"嗯?"

齐群用手指做了个跪地的姿势,满目惆怅:"您一会儿写完后能不能往桌边稍微放放?"

奋笔疾书的赵多漫挤出时间朝后竖了个中指，语气嫌恶："我鄙视你。"

"我真是没办法，我对英语一点热爱都没有，我宁愿写一百道数学题！"

"你怎么不看周北洛的？"程晚有些好奇地问道。

"洛哥前面三天不是没来嘛，我怕他……"齐群欲言又止，又一脸谄媚，"抄他的不保险，还是晚姐靠谱。"

"行吧。"大小姐受到吹捧，骄傲地收了收下巴。

她决定一会儿写完就把自己折成纸片，如果身后的周姓某人有不会的题也可以勉强给他看几眼。

他们伟大的友谊就此开始。

走道有女生拎着水杯脚步匆匆，齐群得到程晚的保证仍旧不敢松懈，抬头"哎"了一声，拦下那女生，好言好语开口："萌萌姐，帮我也打杯水呗。"

"不对……"男生想起些什么，又嬉皮笑脸地往程晚脸上扫了眼，"还有我晚姐，你顺手也给接了。哎呀，我明天帮你打一天水。"

被叫作萌萌姐的是位长相软萌的女生，作为十二班的英语课代表，她每晚都会带课本回寝室温习，是目前为止班上少数几个和程晚一样稳坐钓鱼台的大佬级人物。

女生很好说话，推了下黑框眼镜，淡笑着看向还在发蒙的程晚："杯子给我吧。"

"……谢谢。"程晚反应过来，转身要去抓水杯，回过头却发现桌角空无一物。

她诧异地"啊"了声，刚转过头来，要说些什么，就看见周北洛捏着干净的纸巾，正低眸帮她擦着杯口外溢出的水珠，而她透明的玻璃矮杯中涌动着清澈的纯净水。

杯子满的。

周北洛帮她打水了……

被关在牢笼的附中学生终于在开学第18天迎来第一个短暂的小假期。

赵多漫在假期前闹了一次肚子，程晚陪她去校医室时等得无聊，站上旁边的体重秤才恍然发现自己比半月前轻了三斤有余。

李女士提前打好招呼说这次假期有事要处理，让程晚跟周北洛去周家住两天，程晚懒得问发生了什么事，随口答应下来。

学校有刷卡可用的洗衣机，最近也没有换季的需要，女生的随身物品很少，只背着个中等大小的帆布白包，在校门侧边低头踢着石子，等少爷出场。

他们跟赵多漫和齐群约了先去电玩城遛一圈。

在校期间，齐群把自己的抓娃娃技术吹得上天入地，赵多漫对此表示质疑，男生当即拍桌说给他们一人抓五个，多不用退，少还补。

玩起来没个具体时间，商场离周家也近，所以他们准备散场后自己溜达回家，原计划要来接的司机叔叔得了清闲。

说实话，最近程晚和周北洛的关系确实缓和不少，之前她总以为对方对自己有意见，但自从他被罚回家再返校后，他们的关系似乎迎来了一个质的飞跃。

周北洛会帮程晚擦够不到的黑板，程晚会帮他接水，食堂吃饭时他们会面对面坐，体育课上男女一对一的篮球教学，他也会和其他男生换位置，站在她的面前。

这种关系偶尔会让程晚想到两人不太熟络的过去，周北洛先前的冷脸在记忆深处漫长了一个世纪，近期才终于被他友好的一面更新迭代完毕。

如果没有一起来附中，他们之间一定不会是这样。

从电玩城出来又吃了烤肉，走出商场时已经是晚上七点，赵多漫和齐群坐地铁去了，程晚和周北洛迎着傍晚的凉风绕到隔壁不太繁忙的街道。

"好久没这么放松了，没被监狱关过就无法体会自由是多么珍贵……"风把衣衫吹得很鼓，程晚仰着脸由衷感慨。

周北洛落后她半步，少年身高腿长，一路回头率极高，在后面不经意弯了唇，坏心思地泼她冷水："三天后又要返校。"

程晚瞬间蔫了，无力地哼唧出声："你好烦。"

对方再没回音，只传来一声意味不明的低笑。

程晚觉得憋屈，深吸口气，刚要回头用眼神战斗，忽然望见连接街道的巷口冲出几个熟悉面孔。某种不好的预感盘旋心头，她反应很快，低声道："周北洛。"

男生敏锐察觉到她的语气变化，微微抬眸，面无表情地顺着她警惕起来的视线朝后看去。

六七个已经换上常服的男生并肩走得很痞，谈笑间，嘴里不时冒出几句引人不适的脏话。

好像跟那两个体育生是一伙的。

其中有人也注意到他们，而后不知谁说了句什么，几人的视线全数落在了他们身上，缓步走来。

报仇来了……

程晚自认为不是一般的柔弱女生，上次让周北洛动手已经是她作为哥们的最大失误，这次她发誓再也不会让步。

谁折她兄弟翅膀，她必废谁整个天堂！

女生给周北洛递了个别慌的眼神，转身飞速冲进便利店。

门前的摇晃风铃发出清脆响动，程晚直奔厨具区抓了口平底锅，小跑到收银台前结账。

虽然不知道这锅能不能威胁到他们，但她一定要牢牢握住锅柄，保证锅不被任何人抢去。

敌人数量太多，周北洛肯定会挨揍，如果他们实在打得没轻没重，她就会立刻化身红太狼，大喊出声"我跟你们拼了"！

周北洛就靠她了。

程晚油然生出一股悲怆感，掏出五十块钱拍在收银台上，在收银小姐姐一声声"找你钱"的执着嗓音中，头也不回地冲出便利店。

"你们不要再打了！"程晚举锅，神情透出一丝慌张。

一阵寂静后，风卷起地上的纸屑悠悠飘过。

周北洛被簇拥在男生堆里，最为出挑，他手里正捏着一块旁边人递过来的口香糖，闻声朝她远眺过来。

远山眉微扬，从他的眼神里，程晚依稀可读出五个大字：

你，在，干，什，么？

丢人，太丢人。

离她近些的台阶上蹲着个头扣鸭舌帽的男生，样子很清秀，神情却莫名轻佻。他仰头闷笑出声，没半分拘束地望着她的眼睛。

程晚没发现这边有人，微怔，被突然冒出的陌生人笑红脸热。

女生虚虚地把锅藏在身后，刚要迈步过去找周北洛叫他回家，忽然又被搭了一声腔。

"同学。"

程晚脚步一滞，看见戴帽子的男生从台阶上站起来，手指夹着张薄薄的小卡片："你学生证掉了。"

他笑得狡黠，趁程晚伸手的时候，又故意往回一缩，眸光打在上面，一字一顿咬得清晰："程……早早同学。"

任放嗓音带笑，直到看见女生耳尖一点点红起来才终于肯把学生证放到她掌心。

手指不经意蹭到她掌心柔白的皮肤，任放懒洋洋地叮嘱道："下次可不要再这样粗心了。"

"好……"程晚心很慌，莫名不敢对上他的眼睛。

五米外的画面明晰清亮，周北洛隔着距离看到程晚眼睛一寸寸亮起，眸底深处汇聚起细碎的光点，某些未萌发的情感正渐渐消弭，有新的什么东西疯长出来。

少年攥着玩偶袋子的手指突然一松。

程晚好像正在心动，对另外的人。

任放在附中同样出名，程晚刚入学时就听说高二的某位学长生了双狐狸眼，眼尾斜斜吊起，晕得暧昧。听闻他虽然整体长相不突出，但看着人笑时那双眼像莫名产生了股吸力，平白让人生出几分好感。

狐狸眼和多情挂钩，他也总是出现在很多班级门口，等到下课后，门口就会蹿出蹦蹦跳跳的女生，与他打打闹闹。

女生们都以为自己会是多米诺骨牌中结束循环的独一无二的那张，以为他含情的眼睛只会看向自己，却忽略了他从来不缺异性朋友。

程晚做好决定，绝不当卡牌中的某一张。

后门外的身影孑然站着，十二班的往来学生像是达成了某种约定，不由自主地全部选择从前门进出，生怕来往行走间挡了什么可能会发生的八卦。

任放出现在这里很突兀，高一、高二的校服不同颜色，他的黑白T恤在一众蓝白中尤为扎眼,没人知道他是来找谁的,但隐隐地,众人又会有那么几个人选。

投射来的视线若有若无,程晚托腮,脑袋缩着又往下陷了几寸,她承认那天傍晚自己有点上头。

为保护视力预防斜视,班上座位有了调整,保留原有排列不变,全部向左平移,程晚也从原来的中排靠左,变成了贴窗最左。

还是好奇……

程晚悄悄往左边看了眼,看见穿着黑白校服T恤的男生正跟人搭话,而后那人从抱着的本子中撕下一页递给他,手中的笔也顺着借过去。

任放低眸认真地在纸张上写字,似乎是打量的视线太强烈,他漫不经心地扣上笔盖时,还往她这里望了一眼。

像是被戳破心思,程晚立即轻咳两声,干巴巴地收回目光,正准备趴在桌上彻底装死时,听到后排传来本子砸在桌面的巨响。

扭头看去,她对上一张面无表情的冷脸。

在逐渐褪去热潮的初秋,大少爷似乎进化出了制冷功能,一张脸冷到能结霜。

程晚顿了下,还是没敢直接建议他去校医室兼职藿香正气水给人解暑,只轻声提醒他:"你的本子……"

"咚咚"两声。

紧挨着的玻璃窗发出声响,程晚下意识回过头去,看见窗玻璃上摁着一张字条。

干干净净的男生站在外侧,透过玻璃能看见他细小的手指斗。

——下晚自习后等我。任放。

字迹工整到和本人风评异常不符,不得不说,他长了一张很会骗人的脸,又惯会用眼神装单纯。

程晚被那双眼睛看得喉咙一紧,同时也察觉到后脑勺的视线愈加浓烈,转回去看时又只看到周北洛低头面无表情整理笔记的样子。

只短短一个分神扭头的工夫,原本立在窗前的少年已然消失不见,那张字条在确定她看清上面的内容后,也一并被拿走了。她张了张唇,想解释些什么,话音未起就收了音。

她凭什么要解释?

身边的赵多漫已然嗅出点不寻常的味道,放下手中的解压捏球,贴过来刚要说些什么,上课铃声响了。她抿了抿唇,还是作罢,赶在老师没来前小声道:"中午食堂再问你。"

程晚看着她,轻轻点头。

为避免食堂过于拥挤,附中很多年前就开始实施错峰吃饭,高三的学长学姐们学习任务重,理应先吃,然后是高二,最后才轮到他们高一新生。

好在食堂并不是只有自选菜这一类,其余单点的窗口也很多。程晚中午想吃鱼,自顾自和赵多漫排在烤鱼饭的冗长队列中。

其实排长队也有点私心，周北洛和齐群打的食堂自选，有些话当着男生的面不好说，她只想跟赵多漫讨论这个话题。

餐盘垂在身侧，四目相对间，赵多漫焦躁地仰了仰头："躲躲？"

程晚低下头，皓白手腕上系着根最普通的黑色发绳，她几乎是条件反射般开口："凭什么？"

凭什么要躲？她没做任何亏心事。

"我等晚上直接拒绝。"程晚做决定的声音清澈有力。

"要我陪你一起去吗？"

"不用……等等，不对，"程晚心里还是有些打鼓，"他应该不是那种强硬的人吧？"

"……我还是跟你一块儿去吧，他要是敢对你动手，我直接一嗓子把齐群、周北洛他们叫来。"赵多漫拍着胸脯保证。

"别。"

"嗯？"

"这事别跟周北洛……和齐群他们说。"程晚的神情忽然有些不自然。

"这事……"赵多漫十分不想打破自己姐妹的幻想，但还是残忍地说出了真相，"在一小时前已经登上了十二班八卦小报头版头条。"

一路上，赵多漫把八卦的五六个版本细细跟程晚描述了遍，一直走到两位男生占座的位置，程晚脑子还是蒙的。她想到和周北洛之间那些本人不知的数版爱恨纠葛，端着餐盘的手忽然有颤抖的预兆。

少年似乎没察觉到她来，头也没抬，程晚从这个角度能看见他头顶的细小发旋。

鬼使神差地，程晚在迈进餐桌内侧后又猛地往边上挪了一步，于是原本应该和他面对面的位置变成了对角。

这次不光是赵多漫，就连神经大条的齐群都从餐盘中抬起了头，震惊地看向自己的正对面："程晚你……"

你不坐洛哥对面了啊？

齐群审时度势，狠狠憋下心里的疑问，视线却不住往自己兄弟脸上扫。

周北洛被看得烦，夹菜的动作一顿，直直端起盘子，轻嗤了声："不吃了，打球。"

他临走时，和程晚撞上视线。

少年眸色平淡如水，看着她的眼神冷得骇人。

一整个下午，程晚都被周北洛的眼神搞得烦躁抓狂，她站起身到走廊吹风，等到快上课才回来。

班上气氛蠢蠢欲动，就连死党赵多漫和齐群都不太敢跟两人说话，生怕油桶一点即炸。

程晚面上半点事没有，上课前还去借了其他同学的笔记，谈笑声一如既往。

等到本子借到，预备铃敲响，她才看见桌角孤零零的玻璃水杯。

周北洛去打过两次水，但一整个下午，她的水杯都是空的。

……真是被惯的。

她拿起杯子走出教室。

今天不知道刮的什么妖风，卷起地上的尘土一直往天上扬，空中隐隐透着泥黄色。附中的窗户被后勤老师们全部关上了，闷了一整节晚自习，程晚的鼻子都有些堵。

原计划还得进行，女生悄悄望了赵多漫一眼，两人眼神传了个信号，飞速收完东西，静悄悄冲出教室。

除了教室和寝室，任放的日常活动地点就是美术楼二层的楼梯隔层，所以就算任放没说具体地点，但根据以往的八卦总结，也知道他说的应该是美术楼二层的楼梯间。

这边走廊上是声控灯，赵多漫有点怕黑，程晚一路跺脚、鼓掌地往前走，顺带着还增长了一波自信。

"晚晚，好像在那儿……"赵多漫瞄见不远处的一点光晕，有些拿不准主意地指过去。

"漫漫，你等我三分钟。"程晚顺着亮处看过去，兀自摸了摸口袋中轻盈的美工刀，眼神很稳，"我马上回来。"

戏谑的浪子从不会催促要进笼的猎物，任放看着程晚有些谨慎地一步步迈过来，轻笑一声，又开始打趣："你怎么这么胆小？"

青春期的男生和女生相处时或多或少会避嫌，所以一般女生听到异性在边缘试探的这类言语总会脸热，何况他身上那股轻佻慵懒的劲实在像潘多拉魔盒，程晚不敢多周旋，拇指掐着美工刀，在距他三米远的地方站定。

"你找我有什么事？"

"啊……"晦暗的灯光下，少年耸了耸肩，失笑一声，"我只是想和你交个朋友。"

见提防的眼神又扫来，男生彻底笑开，眼尾微微荡起涟漪："不是，你怎么这么认真啊，有点可爱。"

感受到他要往前迈来，程晚退后一步。

任放脸上的笑才终于收了，语气有些挫败，歪头温柔询问："跟你做朋友这么难？"

程晚腹诽：主要是你风评不咋好吧！

她有些不耐烦了，脑子里乱糟糟一团，还担心漫漫一个人怕黑，不自觉扭头往回望了眼。看到漫漫没有不适，仍旧专注地观察着这边，她便安心下来，抿唇即将转回头来之际，鬼使神差地想到漫漫中午跟她讲的那些关于她和周北洛的八卦。

然后周北洛冷冰冰的面孔就出现在她脑海中，一发不可收拾。

……什么鬼兆头。

她的视线仍旧没收，走廊尽头的声控灯亮起，刺眼又模糊。

程晚呼吸不由自主地停了一瞬，像被带着软刺的青草扫过心脏边缘，分不清是痒还是疼。

她有些眼花，怎么感觉看到了那只夋毛狗。

齐群鬼鬼祟祟地躲在走廊尽头的空教室里，探头探脑地瞅了眼头顶的白炽灯，又耐心地塌腰帮忙盯着："不是洛哥，你跟着干吗？"

"蠢死了，怕别人欺负她啊。"少年的目光没几分波澜。

"那你怎么不自己看？"

周北洛站在光圈最边缘，扯出一个随意的笑："懒得看她。"

声控灯随着脚步的远离渐渐全熄，美术楼在两分钟后彻底融进了黑暗中。

楼底暖黄的地灯在衣服上打出错落阴影，程晚疲倦地半抱着赵多漫，整个人像是挂到了她身上。

"不是，你倒是给我讲讲啊，我在边上什么都没听见，好奇死我了！"

与程晚的摆烂不同，赵多漫亢奋得出奇。

"简单来说就是，"程晚舔了舔唇，忽然又绝望地摇了摇女生的肩，"他想跟我做朋友，我拒绝了，结果他更想跟我做朋友了，然后说了些什么乱七八糟的……我走神了，没听。"

"啊……"赵多漫托着下巴冷静思考，"也就是说还要纠缠一段时间？你信他说的话吗？"

"我像傻子？"程晚终于找回了点力气，收回手臂整理了一下T恤领口，语气又虚又清醒。

"我不信他说的话，"程晚语气无奈，"而且我刚认识他三天。"

赵多漫得到自己想要的答案，总算舒了口气，松松肩颈，眼神有些揶揄地调侃道："那就好，周北洛就放心了。"

程晚腹诽：跟他有什么关系。

她鼓了鼓腮，眼神越发厌世，低头踢了脚地面的小石子，鬼使神差地又往背后的美术楼看了眼。

高耸的楼体在漆黑夜幕中静谧庄严，沉寂得没能发出一点亮色。

……全暗的。

心里某种荒诞的想法渐渐落地，女生敛眸正准备收回目光，三楼最边缘的外窗却亮起莹白的柔光。一众昏黑中，那束光亮得几近刺眼。

石子滚动，"咯噔"一声陷入低洼。

四下皆静，程晚脚步下意识顿住，瞳孔蓦然收缩。

听说解决失眠的最好办法就是睡前不要想自己的事，多想想其他解决不了的问题。

程晚在怎么摆脱任放和周北洛今晚到底有没有出现在美术楼两个问题中来回跳跃，直到看见手表显示已经到了凌晨一点，才强迫自己关心起国际局势。

关于世界公平贸易和发展中国家的生存问题，某位程姓女生表示她目前真的爱莫能助。

于是带着强烈的愧疚感，女生一觉昏睡到第二天六点二十分，直到隔壁床的赵多漫洗漱完回来拍打她枕边的栏杆，才痛苦地睁开眼。

睡眠的亏空一半在课上补回，另一半则留在课间，她小鸡啄米似的点头点了半天，临午餐时睁开混沌的双眼，突然看到自己桌角的水杯是冒着热气的，瓶底还压着一张字迹清晰的字条。

——为了不破坏某种平衡，我刚才打水的时候特意没捎上你的杯子，所以帮你接水的另有其人。赵多漫。

程晚的手指轻轻蹭了下瓶身外细润的水滴，心里不知为何轻松了些。

一上午都没敢伸直的脊背悄悄往后靠了些，她做贼一样轻咳一声，而后飞速拧开瓶盖喝了口水。

那口温水还没吞下，身后忽然传来笔盖扣上的声响。

程晚像被看透了小心思，神情微滞，抿唇转过去看了周北洛一眼。

男生撑脸百无聊赖，对上她的视线照旧高冷得离谱。

程晚"咕嘟"一声咽下温水，气势看似丝毫不输，但其实已经输得离谱地把目光向后移了45°。

我是在看表好吧……

破冰的进度慢慢腾腾，为了躲任放，程晚一路与浩浩荡荡的就餐人员背道而驰，独自晃悠到小卖部，买了块面包，又咬着一根冰棍走出来。

困乏的感觉还是没退干净，她决定提前去电话亭跟李女士报个日常平安，然后滚去寝室啃完面包呼呼大睡。

一般很少有人会放弃就餐时间来打电话，程晚远远瞄见一排空荡荡的大部头电话机，小跑几步上前插上电话卡。

电话亭只有最东和最西两块挡板，透明亚克力板虚虚拢着，根本没半分阻挡热气的功效。

程晚咬下一块冰，听见听筒中传来"嘀嘀"两声，而后是一声熟悉的"喂"。

"老妈……"冰块滑进喉咙，程晚被冰得龇牙咧嘴"嘶"了几声，刚要开口用"一切安好，明天再见"的惯用语录敷衍完，听筒那边忽然没了声音。

以往的唠叨叮嘱总是贯穿通话始末，这么一清静，程晚心里忽然涌出一股怪异的不安感。

她顺口咬下最后一点冰棍咽下，双指捏着沾上甜味的黏腻木棍，又轻声叫了一遍："老妈。"

"晚晚……"

愈加犹豫的嗓音加重了程晚的预料。

她喉咙一紧，几乎是紧跟其后出声："离了？"

她一直有意无意地给自己做着心理预设，直到真的该要面对时却还是心里没底。

婚姻是封闭的，人是渴望自由的。程晚不想让自己的存在变成爸妈之间的隐形绳索，所以在他们互相指责争吵的时候，她总是一遍遍地告诉自己，人和人之间本就会有分歧，就算是伴侣也一样。

不知道在什么时候听过，父母吵架，孩子第一反应会是自责的说法，一开始，程晚还觉得荒谬，直到现在，她真的想问问妈妈，是不是她有哪里做得不对，或者她怎么做才能让他们不分开。她想让他们一起爱她，这是从出生时她就拥有的东西。

身体冒出强烈的无力感，眼眶逐渐弥漫出水汽，程晚挡住听筒，清了清嗓子，强撑着耐心等待回复。

"还没有正式离。"听筒里寂静了一会儿，李帷清的声音很缓，像是怕吓到她似的，"只是晚晚，我和你爸爸都想问你，如果我们离了……你跟谁？"

二选一，千古难题。

就好像是原本完整的爱被分割成两部分，问她想选哪个0.5。

"能不能等我18岁时你们再离？或者……"木棍蓦然掉落在地，程晚盯着脚尖，含混嘶哑的嗓音有些难以抑制。

18岁就可以独立了，或者现在她哪个都不跟……她不想抛弃任何一个亲人。

砸过花瓶的手温柔地摸过她的头，互相指责的嘴唇也说过永远一起的誓言。

回溯的记忆沸沸扬扬，燃得像团火，她总觉得自己被两个人抛弃了。

大颗泪珠不自觉落下来，直到情绪处于崩溃的边缘，程晚才意识到自己其实没有想象的那么成熟洒脱。

电话亭里闷着股积攒已久的怨念，她的指甲快把虎口掐出血，哽咽着，终于爆发，几乎是吼出声的："你们的事情为什么要让我做选择？你让我怎么选？我要你就不能要爸爸，你们没有感情当初为什么要结婚？"

"晚晚……"

听筒猛地扣断了未说完的话。

如果他们真的离婚，她就自己生活。

程晚缓缓松开颤抖的手，眼圈通红，慢慢挪步坐到旁边等位用的长椅上，环臂埋着头，瘦弱的肩膀微颤。

空旷的风荡过，烈阳照着的蜷缩身躯突然被更大的阴影笼罩住。

燥热的温度中倏地冒出一声懒洋洋的安慰。

"好可怜……别哭啦。"

陌生嗓音凭空出现，程晚如惊弓之鸟般猛地抬起头，对上一双含情的狐狸眼。

被撞破私事的本能羞耻感升腾，程晚皱眉，口吻冷到厌烦。

"……滚。"

她从没这么敌对地跟人讲过话，唇绷成条冷漠的直线，站起身正准备离开，身后却突然传来一声了然的笑。

"学妹,你知道结婚的前提是什么吗?"

任放散漫地解开黑色上衣的一颗扣子,捡起她刚才手滑掉在地上的木棍,随手扔进一边的垃圾桶,在看到女生脚步顿住后,才拖着腔慢慢补话,却很认真。

"可以养育家庭的资金,能遮风挡雨的住所,能生育的子宫,以及……一丁点,或者根本没有的爱。"

堵塞的感觉更甚,有什么东西呼之欲出,口袋中的面包塑封袋被挤压得乱响,程晚攥紧拳,回头想说些什么,却在察觉到男生不同以往的认真时没能出声。

"你认为爱能存在多久?"

"或者说……你认为爱情是什么?"

"强烈的探索欲、初见的新鲜感、异性间原始的荷尔蒙的冲动,这些组成爱情。"

任放坐在她刚离开的长椅上,手臂支在靠背上,往后仰着看天。

程晚看见了他锋利的下颌线,思考时紧抿着、颜色很淡的嘴唇,她别过脸,步子却依旧没挪。

"会耗尽的新鲜感占主导,探索欲随着了解慢慢消耗殆尽,原始荷尔蒙异性间对谁都能有。

"就算是喜爱一个人的皮囊,看多了也会厌倦,世界上从来不缺漂亮的人,所以……感情其实不是稳定的东西。

"如果爱情的定义是永远爱一个人,那爱本身就是不存在的。"

任放又恢复了之前那副吊儿郎当的样子,哼笑了声,继续说道:"所以结婚就是找物质条件符合的,因为爱早晚都会消逝。

"甚至太爱了会很麻烦。"

高挑男生缓步走到女生身边,弯腰与她对视:"学妹,你想一下,如果开始就没爱,还要一直维持婚姻是不是很惨?

"父母对子女的爱是本能,他们不会像对待对方一样对你。

"同样,友情也比爱情要牢靠得多。"

"程早早同学,"任放眼眶泛红,一字一顿问得认真又蛊惑,"你要不要跟我交个朋友?"

程晚的睫毛轻颤了一下,飞快别开脸,往后退了一步。

四周一片寂静,柏树摇晃着稠密的枝叶。程晚抬手飞速擦干脸上的泪痕,对上身边男生的视线,眸底涌着平静的倔强。

"可以。"她回得很快。

持续的沉寂。

任放似乎没想到这么顺利就能得到想要的答案,他牵唇轻笑开,伸手要揉面前女生的头发,却被人避开了。

"……嗯?"

女生扯唇,笑容却不达眼底,抬眼一字一句地把他所有摆不上台面的心思都说得分明。

"我知道你根本不缺朋友，虽然不知道你为什么三番两次找上我，但我事先声明，我只会把你当普通朋友。"女生肩背极薄，额前的碎发随风荡着，视线轻柔，丝毫不退。

"学妹……"任放似乎是第一次见到交个朋友还能警惕成这样的，他无奈地盯着她，一时有些讷讷的，"倒也不至于这么防着我吧？"

"我认为什么都说清楚一点比较好。"程晚反驳得很正式，"还有……"

脑海中猛地掠过一个落拓的身影，程晚敛眸，合眼，又睁开："刚才你听到的话，不要对任何人说。"

"好。"任放扯唇，笑得很浅，"听你的。"

学校便利店的关东煮炖得很香，每到课间会有很多人光顾，现在临近午休，是唯一不需要排队的时候。

程晚端着热乎乎的关东煮，和任放穿过人群，并肩走到女寝门口。

"我先走了。"

"好。"

爬山虎郁郁葱葱，寝室楼大门前的台阶整齐缓和，程晚戳了一颗鱼丸，在赵多漫惊讶的眼神中扔进嘴里。

"你看什么？"

"晚晚……刚才那个是任放？"赵多漫瞪大眼睛，想极力否认现实。

"嗯。"程晚的手指不自觉颤了下，而后口吻更加随意，步伐依旧没停，"他现在是我的朋友。"

"啊？"质疑中带着难以置信，赵多漫几乎是脱口而出，"周北洛知道吗？"

"关他什么事？"

水房传来洗衣液的香味，程晚嘴里莫名发苦，她咧了下嘴，随手把没吃完的关东煮丢进走廊的垃圾桶。

"你没吃饱吧？正好这个给你。"

赵多漫塞给她两个餐盒，小步拐入水房。

手中的盒子滚烫灼手，程晚眼眸微闪。

赵多漫在快要跨进水房门槛前才回头，轻声吐出一句缓慢的话。

"你知道是谁给你打的饭。"

程晚中午睡得很沉，梦到了许多小时候发生的事情。

她想起初中时在爸爸手机中看到的合照，想起无意间碰到和人一起逛商场的李女士，想起那些客厅中刻意压低嗓音的争吵。

有些事情只要一戳破，细枝末节的佐证就会自然随之汇聚而来，程晚此时才意识到，她的家庭中好像没有真实的爱。

……她开始怀疑作为交集的自己，是否具备爱人的能力。

刚迈入教室后门，就被人群齐齐扫来的目光打量了个彻底，程晚揉了揉还没完全清明的双眼，照常低头走到座位上坐下。

赵多漫是跟她一块儿来的，前排两位女生也早已端正坐好，上课铃快响了，四周渐渐只剩后排两位男生的位置空着。

程晚意识到自己思想跑偏后，又蹙眉从抽屉翻出数学课本，准备上课。

赵多漫似乎也察觉出自家姐妹的心不在焉，她回头看表，嘴里不停碎碎念："还差两分钟就上课，一会儿洪主任就来后门偷瞄了，他们俩……你们干什么去了？"

声音飘荡。

背后荡过一阵风，程晚背脊不自觉收紧，随后听到几声扯板凳的轻响。

"打篮球啊。"齐群把买来的矿泉水立在桌角，甩甩掌心的水珠，有几分侥幸在，"今天老洪休息，午休我们溜去篮球场了。"

"没了？"赵多漫下意识追问。

"还能有什么？"齐群纳闷。

"……行吧。"

短暂的对话似乎与平常并无区别，程晚敛眸又将注意力重新投放在往常那些恼人的数学公式上。

在发觉到数学需要全身心投入计算，附加好处是腾不出脑子胡思乱想后，程晚感觉自己要触底反弹了。

那种网传的受挫后逆袭考清北的帖子也不是全无道理，这些公式比她爸妈的脸好看多了。

程晚一连狂刷了三节课的数学题，赵多漫在一边都看呆了，控制不住地戳了戳依旧咬着手指、聚精会神的同桌，小心翼翼地开口："你没事吧？"

"漫漫，你快看这题……"程晚懊恼地把练习册推过去。

"打住！我去打水，别给我看数学！"赵多漫拎起两人的杯子飞速遁走。

"不是，我感觉我的计算过程都对，但得数……你别走啊，周……"

习惯害人。

吵嚷的四周瞬间安静下来，程晚又张了下嘴，还是没能完整叫出他的名字。

她正准备放弃装作无事发生时，身后才延迟性地传出一个嗓音。

"等会儿。"

周北洛在给齐群千疮百孔的试卷批注，头也没抬。

侧着的身子渐渐回正，直到听见身后再没了讨论的声音，程晚才犹豫地抱着练习册转过去。

她看见周北洛神色冷淡地垂着眸，三秒后才掀起眼皮直视她。

"代错已知项了。"

程晚一噎，有种想拍自己脑门的打算。

"你每天脑子里在想什么？"少年掰字酌句，远山眉平直，目光像是钉在她脸上，话说得极缓。

程晚正欲抬头的手势顿住，总觉得他像是在说别的什么，心一沉，别别扭扭地撂下句"不用你管"，而后猛地抽出练习册转了回去。

她心乱如麻，把答案按照正确的已知项更改过来，刚按下签字笔，窗外忽地传来叩动的轻响。

任放隔着玻璃吊儿郎当地冲她挑了下眉，狐狸眼微勾，还做了个招手的动作。

下课时间所剩不多，程晚微张唇正欲回绝，又看见他被路过的男生拍了下肩，侧过头攀谈起来。

她蹙眉，起身准备出去先让他离开。

转过头的一刻，她脚步又瞬间停在原地。

周北洛不知道什么时候站到了后门那边。

前门围着分发测验试卷的众多学生，水泄不通，程晚攥了攥衣角，还是强撑着顶着存在感极强的目光一步步往后门走去。

周北洛靠得很松散，居高临下的，看见她来，还刻意把脚踢在门框边，长腿蛮横地挡住出口。

"……我过一下。"

周北洛没理，神情阴沉，他本来就窝着火。

"你俩怎么回事？"

"跟你有关系吗？"程晚的语气也莫名泛起一股火气。

"有没有你心里没数？"

程晚呼吸一滞，还没反应过来，又听见他克制又锐利的嗓音。

"程晚，你到底在气什么？"他背脊一寸一寸压下来，眼中携着从没见过的寒冷风暴，"老子都没气。"

那些说不清道不明、只能被本人感知到的情绪蜂拥而至，或许连他们自己都难以把控这种细如抽丝般稚嫩的感情。

懵懂无知的两只小兽互相抵着角对峙，一个觉得被背叛，一个觉得越界。

烈日炽热，白瓷地砖上映着两人僵持的倒影，走廊上和人闲聊的高大的少年远远看见后门的情形，收了话题揣兜走来。

愈加逼近的脚步声像是响在脑海中的警报，程晚蹙眉瞪周北洛，几近抓狂。

"周北洛，放我出去。"

他的问题被完全忽略，男生沉寂地望向她，神情缓慢地转为平静。他牵唇勾出一个讽刺的笑，在看清她眼底的为难后，阻拦她的腿一寸一寸放下。

长腿和门框之间留出一条能过人的空隙，却也没有太宽敞。

程晚咬牙缩起肩膀迈过，擦肩而过的一瞬间，她听见周北洛淡到几乎听不见的问句："你就非要跟他做朋友？"

临近午餐的最后一节课,班主任抖了抖课本上的粉笔灰,站在讲台上镇定地宣布月考将至。

附中实行优胜劣汰的丛林法则,每个班倒数十名得被抽出去重新组班展开魔鬼训练,听说重组班的作业是平时的两倍多。

十二班的小鹌鹑们心头齐齐笼上一层乌云,班级从上至下就此弥漫起一股疯狂的学习热潮,"能看书不吃饭,能背诵不闲谈"的口号就此打响。

最近的话题人物程晚也渐渐没了多少人关注,她的成绩其实不复习也能混过这次月考,但周围人鸡血打得太足,磁场中潜在的压力也引得女生有几分不安。

任放是高二年级重组班的常青树,早就彻底放弃挣扎,于是在大环境下越发显得悠闲。他时常敲程晚座位旁的窗玻璃,然后在程晚摆着的冷面下弯腰瞅她,懒洋洋地递给她一些稀奇古怪的东西。

新口味的薯片、校外奶茶的新品、印着 Hello Kitty 的小贴纸……

不可否认的是,任放确实是个还不错的朋友,对程晚没所说,但程晚总觉得很别扭。

班级里打闹声响很大,女生安静接过任放手中的白色耳夹,刚要说些什么压住内心的不适感,就听到齐群几欲吐血的一声:"代错选项了!"

她猛地愣住,又听到赵多漫强撑着尴尬地吼回去:"你管我,我乐意这么做!"

"程早早,"任放的低音从高处传来,男生狭长的笑眼无辜地望向她,"晚上要不要一起出去玩?"

程晚的心思还在没做完的几道数学题上,她摇头简单拒绝后又开口:"任放,如果我让你好好学习,你会做到吗?"

"会啊。"男生笑得更开怀,修长脖颈白得泛光,口吻却一贯的散漫不正经。

程晚低头顿了一会儿,也笑了:"那你这次考出重组班。"

"好。"任放勾唇,答应得轻松。

月考前夕有许多筹备工作,程晚被学习委员安排给课桌贴考号,叠得齐整的方正号码纸片陆续贴上,女生弯腰低头时,耳边的碎发飘荡。

从前门第一张座位贴到后排倒边,程晚手中利落的动作忽然变得卡顿。

齐群和赵多漫去办公室请教问题了,目前后排只剩一个趴在桌上补觉的冷面煞神。

程晚的脚步逐渐放缓,盯着周北洛头顶柔软的发旋,眼神逐渐染上一层犹豫。

自从那次对峙后,他们再没讲过一句话。

偶尔齐群故意缓解气氛的欢脱打趣也会被周北洛用眼神呵止,他最近脾气大得离谱,跟人搭腔都懒得抬眼。

手中仅剩的几张字条被攥得皱巴巴的,程晚心里七上八下,瞅了眼四周都在忙的同学,还是纠结地走了过去。

座位号要贴在桌角,她蹑手蹑脚地拿起男生的水杯,刚要放下印着 47 号的纸片,近在咫尺的少年手指忽地下意识朝那个位置抓去。

程晚吓得飞速缩手,而后对上一双困倦的眼睛。

男生的眼神这时才多了几分温度,他的视线在自己手指上转了一圈,又低眸换臂趴好,盯着桌角,没吭声。

乖得不正常……

程晚甚至觉察到几分诡异。

她不敢多待,速战速决地贴完考号放回水杯,转身离开时,又听见少年因为趴着被挤得沙哑的嗓音。

"程晚。"

程晚感觉身上像有无数只蚂蚁在啃噬,背脊瞬间发麻,不敢回头。

周北洛半张脸闷在手臂里,侧着脖子看她的眼神不甚清醒。他姿态放得很低,跟平时判若两人。

"……我们以后能不能再讲话?"

他不凶了。

程晚从没想过周北洛会用这种语气跟自己说话,悬在心里的巨石好似被放下,她轻舒了口气,挂上一个友好的笑。

"当然。"

冷战是最消磨情绪的,虽然起因不清不楚,但有人喊休战,她自然欣喜。

程晚以为周北洛接受了。

直到考试结束后,在他的生日宴会上,大家嬉闹着玩游戏,任放被抽中在现场随机选一个人拥抱五秒,随后第二轮,周北洛选到大冒险,在一众好友面前,要她离任放远点。

程晚这才知道,他一直都没想休战。

地狱模式的月考过后,附中预备放一个不长不短的假。

一来是最近有社会考试需要借用学校部分教室当考场;二来是刚考完试,老师需要时间判卷,重新规划教学进度。

齐群作为班级吊车尾,此时心情已经快到了崩溃边缘,放假前的自习课上,格外坐立不安。

"这规矩谁定的?倒数十名滚蛋,考完直接公布也好啊,还放假,我现在感觉自己生活在水深火热之中。"

桌角刚发的练习册还没写上名字,男生昂起脖颈,胡乱抓起一本签上名字,三秒后又去抓下一本。

纸张翻阅折腾的声音极大,赵多漫回头无语地瞥了他一眼:"麻烦注意一下。"

"你倒是不着急,"齐群泪眼婆娑,情绪极为激动,"我们几个里面就我岌岌可危!"

对去重组班这件事其实无所谓,但在学生时代最恐怖的事莫过于玩得来的朋友都被分在了其他班。

没人跟他玩了！

孤独是至死都难解的人生课题，他齐小少爷还不想感受得这么早。

"你担心什么啊？"赵多漫蹙眉，实在看不下去才出言安慰道，"周北洛不是给你开小灶补习了？你稍微吸收那么一点也不至于考倒数十名吧？"

"我吸收不了一点，"齐群嘴角挂着一抹暴风雨来临前平静的淡笑，"我脑子是不锈钢的，任何知识都可以从上面顺畅地溜过而不留下一丝痕迹。"

赵多漫有些无奈。

"程晚。"他们一来一回的嘴仗中，侧边低眸更正试卷的少年忽然出声。

周北洛撑脸，夹着笔轻轻在前排女生的背上敲了两下，而后在两位路人甲惊惶的眼神下，语气异常自然地开口："看下你的英语卷子。"

简单两句话，却让齐群和赵多漫的脑细胞瞬间炸掉一半。

"等下，我先想想那几道完型填空。"程晚接得熟练，头也不抬。

"砰"的一声，那两人清晰地听见自己剩下的一半脑细胞也炸没了。

赵多漫和齐群对视中都看到了彼此眼神中的惊愕：他俩什么时候和好的？

四人小组因为程晚和周北洛这段时间的冷气场弄得战战兢兢，差点给自己起名为"薄冰小组"。

齐群和赵多漫每次打饭就餐都千方百计降低自己的存在感，以防哪点说得不对导致几人关系天崩地裂，走到无法挽回的末路。没想到他们居然不动声色地休战了，互动还一如往常。

赵多漫吞了吞口水，随后看见程晚飞快把自己的卷子甩到后座："仅供参考，完型填空画红圈那几道蒙的。"

程晚这几天没休息好，之前她考英语的时候就算中途走神，脑子被几首口水歌占领思路也能留出 20 分钟时间检查和誊抄答案，但这次月考她写完作文就收卷了。答题卡上的选项都没来得及往卷子上挪一份，想估分只能半回忆半动脑地重做一遍。

放假前的最后一节课，纪律委员总会松懈一点。程晚听着四周"嗡嗡"的人声，揉了揉太阳穴，又借了周北洛的数学卷子对答案。

男生字迹清秀有力，独有自己的一套笔锋，程晚简单对了遍选择和填空就转头把卷子还了回去。

"等下。"纸张被一只泛起冷白青筋的手按住。

程晚视线从桌角挪到男生脸上，带着疑惑。

"明天晚上你有空吗？"

似乎是察觉到她的犹豫，周北洛又轻飘飘抛出一句话："明天我生日，我约了个练歌房聚会，很多人，不止你一个。"

程晚似乎也意识到自己刚才惊疑的眼神有些不妥，抿抿唇，回道："可以去的，七点半之后我都有时间。"

少年笑了一下。

不知是程晚看错了还是什么,她感觉到周北洛听到她的答案后眼神里闪过一丝挑衅,而后回得极快:"七点。"

程晚静默几秒,嘴角不自觉抽了抽,试图从周北洛的眼睛中找到点什么,却只在最后要收回目光时看到了他有些泛红的耳尖。

淡淡的粉,跟一脸阴郁的表情格外不符。

"……可以。"

看在耳朵的面子上。

"你明天七点前去干什么?"周北洛垂眸,冷不丁又问了一句。

他的语气很平淡,似乎只是随口一问,但程晚的嗓音还是没来由地透出了几分不自然:"跟人约了看电影。"

"哦。"

"那你爽约……"少年按了下手中的笔盖,抬眸看她,笑容忽然变得很浅,"对方不生气吗?"

这什么语气?

一直都在竖着耳朵正大光明偷听的赵多漫和齐群瞬间亢奋,甚至有种想推车叫卖花生、瓜子、爆米花的冲动。

被四面八方的视线戳到扎脸,程晚迟疑半响实话实说:"他不敢。"

注视在脸上的目光倏地变暗,少年渐渐收了初始的玩味,嘴角小幅度扯了一下,支着下巴随意道:"明晚他有空没?也来玩。"

修罗场会是怎样的画面,齐群其实很少在现实生活中看到,虽然他兄弟面上一副程晚爱跟谁玩就跟谁玩的架势,但他总觉得兄弟并没有表面看上去的那么坦然。

但……

"唉。"齐群低低叹了口气,捏扁了手中的易拉罐。

班上几位有名的麦霸正撕心裂肺地唱着情歌,在这种歌词甜蜜、声线诡异的气氛下,赵多漫握着手中的酸奶瓶子,眼神看透一切:"我真搞不懂你一个男生怎么那么喜欢八卦。"

幽暗的房间被星星点点的氛围感射灯照着,齐群半盘着腿,呈现一个破防的动作:"啥八卦啊,我一个男生怎么会喜欢这种事情!"

"你以为我不知道?"赵多漫幽幽扫了他一眼,"晚晚和周北洛之前那些八卦都是谁放出来的?"

"……不准说出去。"

"三篇作文。"女生胸有成竹地咬了下吸管。

"……成交。"

任放和程晚到得稍晚了些，主要是周北洛生日，她还多带了一个人，礼物要更斟酌点。

于是女生在篮球、手表、名牌鞋中犹豫不决，最后在任放的建议下，还是选了一款价格适中的香水。虽然有些偏商务，不太符合这个年纪，但周北洛需要出席一些重要活动的时候没准能用到，也不算拿不出手。

包装完好的礼品盒被顺手塞到角落琳琅满目的礼物堆中，程晚才想到她忘记写祝福卡，忘了署名。

她正想着，灯光突然暗下。

原本嘈杂的音乐被换成了生日歌，包厢的门缓缓打开，齐群推着三层大蛋糕慢慢走来。

门边有同学半藏着，举起礼花"砰砰"两声，在静谧的环境中响得像心跳。

时间仿佛在这一刻定格，程晚看到周北洛面对他人的精心筹划接受得从容不迫。他穿得休闲，黑色 T 恤简单又冷峭，随口笑骂了几句矫情后，迈步任人在头上戴上生日礼帽。

给他戴帽子的那位是班上有名的百灵鸟，是个声音好听举止也大方的女孩子。

周北洛礼貌性地俯首，任人在头顶动作，随后闭眼，低头在蜡烛前停了大概三秒，最后吹灭烛光。

"OKOK，搞定搞定！"

"周哥，你许的什么愿啊？是不是计划……"

"切蛋糕切蛋糕！"

响彻包间的生日歌瞬间转换为热情的捧场声，程晚看到男生被簇拥着问问题。

回忆忍不住倒带，她猛然意识到，在旁观者的视角中，周北洛好像一直都是这样众星捧月的。

小少爷从来不需要看任何人的脸色，虽然他们家境相似，但她和周北洛似乎不是一个世界的人。

她没有强大到坦然接受别人的好，在这种环境下，自己或许会感动得忍不住流泪。

"程早早。"不知道愣神了多久，程晚再缓过神来时就听到任放无奈的声音。

周围同学视线灼热，百灵鸟女生眨了下眼睛，友情提醒道："晚晚，任放抽到了现场随机找一个人拥抱的大冒险卡牌！"

桌面上的卡牌只堆出浅浅一层，正中央的游戏转盘的箭头正对着任放方才坐着的位置。程晚本能地朝黑色沙发中央的男生看去一眼，却只对上他漆黑沉寂的眼眸。

任放是程晚的朋友，全场就她一个熟人，自然就走到了她边上。

周围满是起哄声，程晚一时进退两难，她抬头注视着身边伸展小臂、站得落拓的男生。

只见他眸光落在她脸上，言语促狭："要不，意思一下得了？"

程晚憋着股劲，有意略过右边那股浓烈的视线，刚想凑过去，包厢内忽然发出"砰"

的一声巨响。

正看热闹的众人被吓了一跳，下意识往声源处瞄去，就看见了一张面无表情的脸。

周北洛不小心碰碎了手边的锤纹玻璃杯，晶莹的玻璃碎片落在脚下，他没管，眉梢微抬，眼底透出躁意："抱？你们什么关系就抱？"

两人顿时尴尬地僵在原地，室内气氛骤降。

程晚脸色一僵，和周北洛对视几秒，看见他随手抽出一张卡牌。

同学们的视线集中在他的手指上，只见他随手将抽出的卡牌翻转过来公之于众。

"程晚。"

男生手中捏着开挂般的任意冒险牌，幸运到让人惊叹。

周北洛噙着笑，在一阵唏嘘中，清醒地感知到他的话把整个房间的气氛都带到了狂躁的顶点。

"离他远点。"

第五章

齿轮 情人节

Ni wan zhen de a

曾几何时,程晚认为情人节这日子和自己的关系,就像糖浆山楂和春运高铁——八竿子打不到一块儿。

直到最近,在大润发杀了十年鱼的她被逼走上了演员道路。作为处于"热恋"期的女生,她必须强迫自己喜欢上这个充满粉红泡泡的节日。

一路飙戏演过春节年假,程晚大致摸透了自己身边的一些潜在观众。

中年家长组不必多说,齐群这个狂热粉也毋庸置疑,最让她头疼的是办公楼里可能被李女士安插的眼线,以及时时刻刻都可能遇到的同事、好友。

复盘下来,程晚得出一个结论:除了互联网冲浪,她和周北洛在三次元世界相处都必须戴上伪装面具,甚至连微信沟通都貌似会有被双方父母看到的风险。

程晚思忖片刻,盯着屏幕上的"出来挨打"四个字,犹豫要不要撤回重发。

别墅区春节气氛更浓,物业小哥架着升降梯加固树上的彩旗、灯笼,有年轻业主穿着休闲,一边遛狗一边晨跑。

程晚环视一周,补发了条语音,目光又悠悠落到别墅二层右侧的窗边。

下午四点,窗帘还是拉着的状态。

……周公都轮休了,你还在呼呼大睡!你把我当湿衣服晾着吗?

嘴里的脏话欲言又止,程晚顿了一会儿,想到周阿姨和周伯父可能在家,还是选择温和地拨通了周北洛的电话。

听筒中"嘟"了好一会儿,程晚搓了搓快要冻僵的手,终于在耐心告罄前听到了周北洛瓮声瓮气的嗓音:"程晚。"

"周少爷……你知不知道今天情人节?"饶是故意克制,程晚的阴阳怪气也不自觉泄露了几分。

一阵空旷的寂静,程晚感觉到周北洛卡壳了一会儿,半分钟后,二楼的墨色窗帘被拉开。

高挑落拓的身影立在落地窗边,他黑发松软,半遮不遮地压着乌沉的深色瞳孔。

"等我五分钟。"

周北洛最近很忙,日常接触中,程晚总能听到他电话响,听他的描述和李女士平时吹的风,她大概知道他在筹备着开游戏工作室。

这事在国外留学时周北洛就已经有所涉及,他比一般留学生回得晚,也是因为在当地一家游戏公司当了一阵实习生,积累经验。

其实依照周北洛家的条件,他大可以直接开家游戏公司,或者收购几家小型游戏公司合并试水研发,但可能是他们二代们的通病,都比较爱跟自己较劲。

赵多漫是一个,周北洛是一个,都想看看不从家里拿钱,凭借自己闯能做到什么地步。

程晚敬佩他们,且敬而远之。

手机连同手掌一同揣回口袋,热乎乎地焐了一会儿后,冷意褪去了些,程晚担心被周阿姨看到后硬拉到屋里唠家常,又往偏僻点的地方缩了缩,静等着。

恍惚中,被不远处的绿色垃圾桶吸引了视线……

那垃圾桶上面好像立着捧花?

谁在情人节这天当了小丑?

昨晚被拉着灌酒到深夜,周北洛头疼了一晚,直到上午才慢慢睡着。

男生换了件黑色羽绒服,长到膝盖,他走得利落,临下楼前还抽了支烟提神。

程晚盯着人模狗样的少爷,忍不住想"呵呵"两声,但想到什么,还是抹不开面子般地把怀中的花束扔到他身上。

"喏,送你。"

周北洛被砸得一怔,随后才低头端详起怀中的花束。他对花了解不多,只能看出这玩意不是玫瑰。

周北洛修长的指节攥着包装,扯了下唇,似乎觉得好玩,刚想说话,紧接着身侧又贴来一抹暖热。

怀中的花束被一只纤细的手飞快整理过,周北洛感受到女生表情变化得迅速,望着他的眸底润得能滴出水来。

程晚演得羞怯娇俏,半响才转头佯装惊讶地看向身后的周琪娑:"周阿姨……"

程晚注意到周琪娑看到花束惊讶的眼神后,又好似脸皮薄地轻声细气道:"我听说很多男生人生中从来没收到过花,所以就给周北洛买了一束……"

程晚鬼机灵地踮脚看了眼花束,在周琪娑赞赏的目光下,又毫无心理负担地乱侃道:"是蔷薇混搭粉玫瑰,寓意着……"

女生磕绊了一下,总算憋出一句:"长长久久。"

原来有玫瑰啊,周北洛懒洋洋低头,戳了下粉玫瑰的花蕊。

怎么感觉心脏软得像水？程晚装乖技术牛死了。

"好好。"周琪娑显然被两人这副你侬我侬的表象迷惑住了，初三那天两家聚会，她无意撞见两人在后院于彼此互翻白眼的事瞬间被抛诸脑后。

周琪娑甚至觉得自己儿子不配跟程晚这么好的女孩相处，哪有情人节这天让女孩子在家门外等他的？

她没好气地看了眼周北洛，怜爱地扶了扶程晚的肩："晚晚，你跟小洛谈，是他的福气。"

"是的是的。"程晚笑成一朵花。

周北洛一愣。

"呃……不是不是。"残存的理智拉下刚翘起来的尾巴，程晚飘得很后悔。

周琪娑也被逗笑。

记得今天日子的特殊，优雅的女人抿唇笑得含蓄，手掌在自家儿子的手臂上暗示性地拍了一下，就识趣地把空间留给了小情侣。

危机解除，程晚伸手在下巴处比了个"v"，略显臭屁地开口："轻轻松松。"

周北洛没接她这茬，只指了指怀中的花，挑了下眉，语气拖腔带调："长长久久？"

程晚猜透了周少爷的心声：你还打上持久仗了？麻烦人还嫌麻烦得不够？

"我胡说的，它的花语其实另有一套。"为避免误会，程晚弯唇，颇为神秘地开口，"蔷薇的花语其实是……"

"你的强来了。"

今后你无须再坚强。

铺垫的浪漫气氛荡然无存，周北洛没精打采地耷拉下眼皮，转身欲走："拜拜，你自己过吧。"

"哎，别啊。"程晚连忙解释，"我就是想说我没想长长久久，我不会耽误你太长时间的。"

最近几天她已经开始逐渐小波小波地刷卡转移资产了，处事严谨程度一度像出轨后担心被分割财产的死渣男。

等到财产积累到一个满意的数额后，她就可以完全摆脱李女士的控制，随便去个什么小岛、古城，青灯古佛，了却残生。

结婚是不可能的，结核都不可能结婚。

"……行。"男生唇线缓缓绷直，最后才佯装无所谓地耸了耸肩，"这么麻烦的事情最好快点解决。"

程晚"嗯"了两声随意应付过去，视线又扫到男生怀里的花束上，眼神不自在地往不远处的垃圾桶盖子上看了眼，小声开口："你要不要先把花放家里？"

这东西虽然她捡和送的时候毫无心理负担，但看着周北洛就这么一直抱着，突然又有点良心发现了。

其实那束花挺干净的，物业保洁人员每天都会擦拭垃圾桶，她捡的时候也细心擦过，弄脏大少爷的衣服之类的事完全不会发生。

"不放。"周北洛轻描淡写道。

"为什么？"

"要你管？"男生斜斜睨了她一眼。

程晚哑口无言。

她气不过，只得握握拳，像是没话找话，嗅到一股淡香后，终于找到由头生硬地吐槽："喷的什么骚包香水，难闻死了。"

"你送的。"

"我什么时候送过你香水？"女生脑子有些短路。

周北洛"啧"了声，随后先一步往前跨步，口吻有几分不耐烦："自己想。"

回忆摇摇晃晃，程晚半放空地跟上他的脚步，思考了一会儿才迟疑开口："好像是有过。"

她抿了抿唇，又别别扭扭道："但那不是我挑的，是……"

似乎是触及了什么记忆开关，男生的脸瞬间沉下去。

以防周北洛一个不满意提及她的案底，程晚连忙扯开话题。

"我们一会儿去哪里约会啊？还要想发什么朋友圈给他们看？你有什么想去的地方吗？"

"随便。"周北洛摆着一张臭脸，周身阴郁得不行。

他现在只想赶快把这身烂品位的香味卸了，顺便等晚上回家马上把那瓶香水包起来扎小人。

快到门口时，有个鬈发男生小跑着从小区侧门进来，急匆匆的。

在看到周北洛怀中的花束后，鬈发男生先是愣了几秒，而后脚步戛然而止，打量了数十遍后才走上前去。

"打扰了。"纠结三秒，男生还是选择直接伸手进花束中掏。

周少爷没动，似乎静止才能表现出他被这场面雷到的程度。

包装纸窸窸窣窣的响声像是在程晚的心脏上持续不断地开枪，她有强烈的预感，自己待会儿会死得很惨。

"这口红应该还能卖点钱，这卡片……"男生手指夹着一张卡片在两人面前晃了下，"你们不要了吧？"

卡片上写的"芳芳"二字字体Q萌，有那么一瞬间，周北洛想给自己改个名。

"程晚，"背后踮着脚要溜的女生动作麻利，男生勾唇，笑得有几分危险，"站那儿。"

周北洛觉得自己挺傻的，情敌挑的香水他当宝贝供了七年，程晚不知从哪里捡来的花他抱了一路。

……他就这么贱着挺好的，谁都别管他。

鬈发男生见势不妙，握着没开封的口红立即逃之夭夭。

程晚羡慕的目光简直快要钉在男生背上，直到男生的背影逐渐消失，一阵冷风吹过，她才缩头缩脑地回归现实。

空气中微妙的寂静携着一股迫人气势，像是抽空了方圆几米内的氧气，程晚有些难挨，尴尬地抓了抓衣角，做了半分钟的心理预设，才敢抬头对上周北洛的视线。

周北洛嘴角透着嘲讽，窄长双眼疲倦地坠着，目光稍显空洞，面无表情地望着她。

这该是一种审视。

程晚开始努力回想花束中玫瑰的刺有没有清理干净，因为周北洛可能会把花扔她脸上。

目光相撞两秒，程晚张了张嘴，还是抹不开面子出声。

黑瞳捕捉到她的神态，周北洛"呵"了一声，看都没看她一眼，抬步转身就走。

"哎，周北洛……"程晚有些心慌，追在男生身后，"我错了，真的，我不该送你捡来的花……

"本来是感觉扔了挺可惜的，我打算拿回家插瓶子里独自欣赏来着，结果你一走出来……你真不知道你刚才逆光走出来有多酷！我真没忍住，看见手里的花就想跪下来送你。"

程晚本以为两人掐了这么多年，自己是绝不可能低头认错的，没想到自己体内的屁蛋基因影响这么深远，猛地道起歉来还有点刹不住："真的，当时我都震惊了，你别走嘛。"

周北洛脚下生风，走路的姿势挺帅的，身高腿长，头肩比优越，没有一丝一毫的多余肢体动作修饰，骨子里透着一股生冷劲。

当然，这股冷要是不用在她身上就更好了……

搬起石头砸自己的脚，程晚有些欲哭无泪。

她追得很费力，顿在原地等了两秒也没见周北洛停，意识到周北洛这次是真生气后才又重新鼓起勇气，小跑着冲上去，双手抓住他的小臂。

充盈膨胀的羽绒服捏起来很软，程晚仰头无辜地看着他："我真错了……"

周北洛低眸瞟她一眼又错开得迅速，神情没改，反添了几分不耐烦，声音极淡道："撒手。"

怎么这么难哄？

程晚瞄了眼凶巴巴的男生，预估了一下两人在小区内掰手腕的不雅场面，还是慢动作地松开了手指。

"你真松？"周北洛气不打一处来，自嘲地冷笑一声，"行，我滚。"

高挺身影瞬间与她拉开一段不远不近的距离。

不是你叫我松的？

程晚一头雾水，又咬牙重新追上去抓住他的小臂。她脑回路弯弯绕绕，尝试用周北洛的方式与他沟通。

"我不松了，我这次死都不松！"

"别,松开好。"周北洛别着脸懒得看程晚,虽然没挣开被抓着的手臂,但他整个人都像没力气似的往程晚位置的反方向偏,看上去烦得很,却被迫待在这里,嘴上仍旧不饶人,"花也送得挺好,我喜欢死了。"

程晚一噎,嗓音不自觉染上几分哼唧:"花的事……确实是我的错,我真的知道错了……

"我把它丢掉,然后一会儿再给你买一束新的!"

"买哪种?"周北洛眼神低下来,声音瓮声瓮气,像是随口一问。

"你喜欢哪种我就买哪种。"

程晚直勾勾地望回去,绷紧神经,不敢懈怠一点,继续用力抱着他的手臂。

视线在半空相撞片刻,扑克脸有了缓和的迹象,周北洛撇了下唇,十分勉强地软下脾气,口吻随意道:"你最好是。"

"我发誓!"程晚忠心耿耿地表态。

一直到两人恢复和平,祥和地并肩走到小区门口,女生才后知后觉缓过神来:"不是……你觉不觉得我们刚才有点暧昧?"

男生脚步一顿。

"是吧?"程晚有些拿不准,喃喃道,"真的很像恋爱闹脾气,我哄你。"

越品越觉得不对,她刚才居然还说出一看见周北洛就想跪下来送他花这种终极无敌的话术……而且,为什么她松开手,少爷会表现得那么生气?他不应该是在她手伸过来的一瞬间就光速弹开,然后再冲着她的方向怒喷100ml杀虫剂吗?

他俩有点过于暧昧了……

诡异的尴尬弥漫,程晚探究地往周北洛脸上扫了一眼。

男生已经调整过来,冷静自持地睨过去:"所以,你想表达什么?"

我……我表达个鬼啊!

隐形的窗户纸挡在中间,谁捅破谁就是罪人,程晚想到周北洛四年多的留学史,说服自己没准在国外这就是普通朋友的正常相处模式。

犯错就道歉,只不过道歉的方式稍稍够了那么一点儿。

这不过是避免自己挨骂的正常手段,而周北洛那么气,也没准只是因为他气性大,矫情怪,一切都没什么大不了的。

周北洛的过分淡定促使程晚完成了一套自我剖析。

程晚也不是那种迂腐的人,讪讪地摸了摸鼻子,说道:"当我没说。

"所以我们今天去哪儿啊?"

情人节,其实程晚打算直接窝在家偷两幅图发朋友圈交差的,但她下楼扔垃圾时恰好碰见了社区管家。管家是个大喇叭,和李帷清女士偶遇后时常会进行长于五分钟的闲聊谈话。为了避免管家有意无意地泄露出她在情人节当天穿个睡衣邋里邋遢地下楼扔东西这件事,她飞速上楼换了身衣服、化了个淡妆出门。

临走时还特意跟管家小哥道了声"goodbye"。

临时起意的出发没有任何规划，已经下午四点半，随便找个地儿逛逛就回家行了。

他们现在的关系还停留在害羞相互试探期，晚于八点回家会崩人设。

周北洛随手叫了辆车，回望程晚一眼，游刃有余道："逛商场？缺包吗？"

"缺！"女生瞳孔骤亮。

周少爷嫌弃地把捡来的花丢进了另一个垃圾桶，程晚临走时还有点依依不舍，但一到商场，就彻底把此事抛诸脑后，撒了欢。

她购物很大程度上只是为了获取拿到新鲜物品那一刻产生的多巴胺，但今天除了多巴胺，她还幻想着收获另一种新奇体验。

程晚真的很想让周北洛随手一指，对着柜姐不紧不慢道"这个，还有这个"，然后柜姐点头微笑，说"好的先生，我把这两个给您包起来"，然后附中高冷王专业对口，淡然地瞥她一眼，口吻拿捏，"除了这两个，其他的都包起来"……

彼时自己要是站在他旁边，一定会被注目礼埋没，大家都会认为这个女生有点东西。

中低饱和的装潢风格低调奢华，似乎是为了应景，每位进店的女士都能获得一束娇嫩的红玫瑰。

程晚接过玫瑰，献媚地双手捧给身边的男生。

周北洛终于扬了扬嘴角，远山眉舒展，看着蛮受用地启唇道："也算过关。"

程晚倏地松了口气。

树枝形暖光吊灯悬挂中央，硕大的华美欧式镜柜倒映着一旁展柜中颜色各异的包包，程晚随意地扫视一眼，却在最后收回视线时警铃大作。

"嗖"一下，躲到周北洛背后去了。

店外，身穿长款黑色呢子大衣的男人狐狸眼透着风流，正揽着位露肩装美女缓步走来。

周北洛还没察觉，回头瞧了眼畏缩的女生，打趣道："见鬼了？"

"……比鬼还可怕。"程晚冲他挤眉弄眼，"掩护我出去，求你。"

周北洛微挑了下眉，刚刚意识到不对，侧头就瞄见了右侧那位骚包男。

嚯，真够巧的啊。

他眉挑得更甚，视线在程晚身上的黑色长款呢大衣上打量了一圈，又慢动作地落回到不远处的男生身上。他散漫地插着兜，轻嗤一声，眸底透着倨傲。

"这么多年了，还约着穿上情侣装了呢。

"出来就是为了遇见他的呗。行，我走了。"

程晚恨不得当场把外套脱下来踩几脚。她紧张地拽住周北洛的衣摆，也顾不上拌嘴，声线弱得不像她说的话："周北洛，我真的求你……"

"当初你不是硬要跟人做朋友吗？"

周北洛眼睛微眯，只顾着看任放，突然，像是找到了什么好玩的，随手把遮了点双眸的黑色冷帽往上推了推，不躲反冲："我去打个招呼。"

"你打什么招呼啊！"程晚压着嗓音，强撑着不让自己拿拳砸他后背。

"你紧张什么?"周北洛的黑眸猝不及防地投下来,嘲弄地扯了下唇,拖腔带调地开口,"你还想跟他做朋友啊?"

多少年了还能碰上,拿的什么久别重逢的烂剧本。

周北洛有点躁起来了。

"我还跟他有牵扯我就是狗!"程晚想到之前的事情就想倒档回去重活一遍,"当时就是年纪小,感觉他人也挺……"

挺不错的?

她都忘了自己那时候为什么要跟任放走近了。

程晚没说完的后半句话就这么卡在喉咙里,双方都好像顺着这个线索短暂地回了一次高中,但程晚不说清楚,周北洛就不想放过她。

人真的很容易边界感不清,周北洛停了三秒才想起来,他和程晚是假扮的情侣。

关于她的私事,他也无权过问。

男生的神色忽然变得阴郁,唇线一点点绷直。

许是两人僵持得太显眼,话题中心的人不知何时望了过来。

"周北洛,程……"狐狸眼顺着唇一并翘起,任放甚至有些不敢靠近,"早早?"

男生在原地怔了一会儿,才洒脱地走过来:"程早早。"

程晚被那双眼睛直勾勾地瞧着还是有些不适应,别过脸,没吱声,又听见身侧男生傲慢地嗤了声:"你俩衣服挺搭。"

周北洛永远有一种在火烧起来时添把柴的能力。

程晚嗔怒地瞪他,触及男生反叛的眸光后,又听见他丝毫没收敛地说道:"多少年没见了,找个咖啡厅聊聊?"

"周北洛!"程晚要疯。

她这副样子跟高中时没差多少。

任放轻笑着,伸手要去摸多毛猫的脑袋安抚,却在手指即将触到时被避开了。

周北洛勾着程晚的肩膀躲开他的手,手腕有一搭没一搭地垂在程晚纤薄的肩头,调侃的目光一瞬变得冷峭乖张。

"她喊的是我。

"让你碰了吗?"

商场沉闷的空调热风中混杂着百分之二十的鼠尾草淡香和百分之八十的火药味,鼓吹在两人中间。

程晚站在风口,有种风暴中心的即视感。

她是个实在人,只想远离这个是非之地。

任放懒洋洋地收回手,脸上照旧挂着淡笑,甚至嘴角又往上咧了些,像是丝毫没察觉到周北洛的敌意。

他没吭声,不知道在想什么。

揽在肩膀的手指扣得很紧,似乎在宣示着某种主权,程晚极力做着表情管理才抑制住自己的龇牙咧嘴。她侧头看向周北洛的脸，却没对上他的视线。

男生的五官立体冷峭，望着任放的眼神挑衅，搭配他随手扣在头上的黑色冷帽，周身气场平等地看不起所有人。

大少爷这种高冷从高中起就无差别攻击着身边每一位生物，其中任放……算是他火力最集中的那位。

从周北洛第一次被堵在科技楼，他对那帮老派嚣张团伙就已经心存芥蒂了。

之后虽说是把人收拾服气了，维持了个表面和平，但一般情况下，双方还是井水不犯河水，少爷不理那帮人的邀约，相处甚少。但任放有程晚这层关系，免不得一直在十二班门口晃荡，所以两人就像两块打火石，蹭来蹭去的，不知道哪天就冒了火。

他们好像起过几次冲突，有的程晚知道，有的她也被瞒着。

虽然很想重温昔日的少年意气，但……程晚环视四周……

展柜上的皮包和不远处银白色衣架上的新款服装被贵气温馨的灯光笼着，不受控地散发着人民币的气息。

要打也不能在这里，赔起来太冤种。

程晚的黑眸滴溜溜转了一圈，刚要开口，就被一道阴恻恻的视线砸中。

周北洛扭头，嘴角勾着一丝冷笑，威胁得明目张胆："敢向着他，你就死定了。"

程晚马上回应："我向着你。"

周北洛现在一点就炸毛，反正真弄坏点什么也是他赔，她一会儿瞅准时机，站远点就行。

许是他们之前的相处模式太分裂，任放嘴角的笑意更浓了点，敏锐地捕捉到程晚情绪的微妙变化，牵唇轻笑一声，卸了身上对峙的锋利感。

"不闹了。

"程早早同学，最近过得好吗？"

程晚下意识仰头，乖巧地等着经纪人替她发言。

许是被她仰头眼神询问的动作取悦了，周北洛的情绪总算没有那么紧绷，很是受用地稍扬下巴，言语里夹杂着一丝得理不饶人。

"挺好。"说完他又乘胜追击，"我照顾的。"

你行吗？跟你相处的时候，我就没开心过。

任放探究的视线下挪到程晚的脸上，女生秒懂，立即配上一个长期泡在蜜罐里的陶醉表情。

她微眯起眼，拖着长音沉浸道："和周北洛在一起的每一天，我都过得无比……幸福。"

后半句话情绪难顶上去，程晚狠掐自己大腿，声线甚至生出几分异样的微颤。

周北洛无奈地看她一眼。

任放没忍住，又笑了一声。

进门时，被任放揽着的露肩美女选购完毕，终于发觉身边少了一人，拎着一条小香风腰带走来,一边箍着任放的腰,一边打量着静止的三人。

女生气质很文静,试探性地叫了声:"任放?"

程晚身上一贯打哈哈的不正经气场这才消了些。

这位女生,看上去怎么有些眼熟?

同样是五官没有一丝棱角生硬转折的乖脸,杏眼柔软无害,只不过程晚的乖更流于表面,骨子里还透着一股灵动的生命力,露肩美女则偏于柔美,更有女人味,小家碧玉型。

程晚同样注意到了女生眼中的诧异。

只不过一瞬之间,女生的神情就调整过来,望着任放旁若无人地撒娇道:"任放,给我买这个好不好?"

熟悉的嗓音传入耳中,似乎是一场梦清醒,迷雾散尽就要回归现实。

任放低眸,嘴角拉平,两秒后才熟练地揉了揉身后女生的头,递了张银行卡过去:"宝宝,你想要什么都可以。"

宠溺的笑,害羞的躲,粉红泡泡直接拉满。

程晚眸光一亮,掏出手机开始记笔记。

周北洛看她摆弄手机,"啧"了一声,还以为她是要拍个旧友照留念,直到看见备忘录中那些脑抽的句子,才无语地蜷指敲她头。

"你要不要这么傻?"

"知道什么叫恋爱达人吗?人家谈过的女朋友比我抄过的数学作业都多,出去开班都要收费的。"

程晚执着地分析着任放的恋爱技巧,并尝试三英一汉全文背诵。

演技浮夸,感情虚假,动作敷衍。

她和周北洛的每一次相处飙戏全靠双方状态撑着,时常在翻车的边缘试探,现成的恋爱大师,怎么能不取取经?

通过短暂的肢体语言仅仅提炼出一点儿有用信息,程晚盯着露肩美女,甚至有点意犹未尽。

她神经大条地凑上去,在周北洛要砍人的目光下,碰了碰任放的手肘。

"任放,你俩一般都这么相处吗?"

男生转过头来,一脸认真:"是的,我心里还有你。"

程晚蒙了。

周北洛微眯眼,捋袖子,暴躁地扒开程晚:"你再给老子耍下流氓?"

局势即刻变得剑拔弩张。

任放笑得肩膀都抖起来了。

"你俩怎么跟高中时一模一样?"

一个撩不动,一个一听到她的事情就没办法保持理智。

任放的笑点莫名其妙,等了半分钟才缓缓停下。他轻咳几声之后,揣兜往前迈了半步,嗓音笃定从容。

"程早早、周北洛,你们是真的在谈吗?

"我看着蛮不像的,但我也无权过问你们的私事。"

任放耸耸肩,眼神转到程晚脸上时又变得复杂了。他嚅了嚅唇,语气温柔道:"程早早,刚才问你的问题其实是想让你问我。

"我想你问我过得好不好。

"我过得不好。"

"啪啪"两声,周北洛在一边鼓掌鼓得飞起:"噢噢噢,我挺同情你。"

程晚眉心直抽,瞪了一眼侧边挑事的男生,才接住任放看起来并非玩笑的话题:"你怎么了?遇到什么难事了?"

纯洁无瑕的灵魂总会惹得久居深夜的人栖居,他们贪恋单纯的人给予自己的安全感,几乎是情不自禁地就会依恋上对方。

任放当初就察觉到了自己对程晚的特殊情感,直到现在,他才能将自己的这种感觉用文字表达出来。

程晚是单纯的,周北洛也是。他们会在察觉到安全后,不计较地释放自己的善意,而他这种烂人,跟他们在一块儿就像是充电。

太复杂,讲不清楚。

任放松松眉头,又笑了:"我只是发现自己好像……没办法停下来了。"

安全感不够就反复用新鲜感和欲望顶替,一个接一个,时间越来越短,结束一段恋情后的空虚感太磨人,他吃不了苦,就一直在换。

真诚的人越来越少,再加上他现在也缺乏耐心去应对人际交往,因此只能沉溺于那些随性的恋爱关系中。

有时候……他真挺羡慕程晚的。

她永远不会被折下,永远不向他透露真实的想法,就像一个无尽的宝藏。

任放抛开繁杂思绪,视线又转到周北洛身上,笑得轻松:"这次是你在握亮着的灯泡。"

七年前的趣味晚会,高中全级段派代表上台玩游戏。

器材室里有一串报废的星星灯,只剩一颗能亮了,各班派一位男生上去盲选小灯泡,程晚倒霉被抽中上台,她需要背对观众在全校师生面前猜出亮起灯泡的班级序号,否则就要当众表演节目。

女生死马当活马医地盲选了任放的班级。

最后在淡蓝黑夜中,少年轻轻举起手中发亮的、像是漫着雾气的黄灯,上前和程晚站到一排。

郎才女貌,模样登对,像是公主选中了她想要的骑士,大团圆结局。

周北洛站在舞台边缘,是没被选中的那个。

他手中的小灯泡也没在发光。

从商场出来已经接近傍晚，程晚拎着大包小包，仰头深吸了一口新鲜空气。

她像是忽然想到什么，歪头去瞧身侧的高大男生："对了，任放刚才说的是什么灯泡啊？"

周北洛从出店后就一直没什么表情，低头抽出一支烟，听到这话后，又烦躁地轻嗤了声，腔调冷淡。

"蠢货。"

什么都记不得。

"……蠢狗。"

没等到他的解释，程晚索性懒得跟他计较，低头瞄见由某人付款的战利品，自顾自把气消完，又随口嘱咐道："你别忘了把刚才柜姐的名片推我。"

"知道。"

程晚刚才看中的一款大衣深灰色的没货了，柜姐说要去其他分区调货，到货可以第一时间联系他们。程晚手机没电关机，微信又设了陌生人禁止添加，只好顺手让周北洛先加上柜姐，等候通知。

猩红光点逐渐黯淡，烟灭得很快，周北洛长身立在避风的一侧，顺手把烟蒂扔到垃圾桶，点开手机把联系人推给程晚。

即将退出微信时，男生瞄见有条冒着红点的未读语音。

下午三点五十八分。

那时候他刚醒，还迷糊着，没注意到消息。

车子在地下停车场，周北洛撂下句"走了"后，百无聊赖戳了下语音条。

带着风的踱步中，一声夹着软音的嗲声慢腾腾地从听筒中挤出来，瞬间传播在商场1号门方圆五米内。

"哥哥起床——"

程晚一愣：什么鬼动静？

周北洛脚步瞬间顿住，慢动作回头，迟疑地看了眼屏幕，再抬头时，脸上刻满了匪夷所思。

"你疯了？大早上给我发这种语音？"

"……是下午，我那不是怕叔叔阿姨在你旁边听见……哎，周北洛你又往哪儿走？"

"回去再逛逛。"周北洛扬唇，一把拽过程晚的帽子，不容抗拒，"刚才那浪男上几楼了？"

作为一位合格的成年女性，程晚的愿望在这一刻发生了重大转折。

她上次过生日许愿是希望有花不完的钱，而现在，她决定放弃物质层面，转而对自己肤浅的外在进行祈祷。

她要长到二米八！她要肌肉撑爆衬衫！她要在被人扼住命运的后脖颈时有反抗的

能力!

她要单手把周北洛揪起来,而不是像现在这样被他揪住后脖颈无! 法! 反! 抗!

内心的嚣张气焰在冰冷的三维世界毫无体现。

商场入口处分散着几个奢侈品专柜,陈列精致的展柜弥漫着淡淡的脂粉香,程晚被抓着从边上走过,仿佛也沾染上了不知名香水气息。

……焚香、广麝香,以及苦檀木,整体心情沉重得像是在上坟。

"周北洛,你幼稚不幼稚?"

被质问的男生手肘散漫地搭在电梯扶手上,脑袋稍偏,对上同一台阶上程晚崩溃的眼神,嘴角高高扬起。

"我成熟死了呢。"

孟浪的音调也不知道从哪里学的。

明明高中也不这样,出国一趟性格都变了吗?

程晚闷闷不乐地埋下头,却在迈下电梯的那刻又被男生强制勾着脖子带走。

脖颈处弥漫着细微的麻痒感,像几颗小水珠从高处坠下落在皮肤上,又凉又涩,女生不自觉地动了动脖子。

押犯人吗? 一步都不松。

双方走姿分裂到了一定境界。

程晚是扭捏的那个,凭良心说,她觉得和周北洛拉拉扯扯有点丢她的脸。

周北洛却好似沉浸在自己的胜负欲中,一路步伐松弛,肢体胁迫。

对程晚的态度大概是:有事? 憋着,我先爽。

上京市原本消费能力就强,加之今天情人节,小情侣要出来见面,没恋爱的也想出来凑热闹当灯泡,现下四周的人流量大到像是要攻打整座商场。

周北洛和程晚两人本身独行就够惹眼,目前他们的诡异互动姿势又给关注度加了一个度。

直勾勾的眼神从四面八方汇聚,程晚不是很爱出风头的性格,被看得背脊一寸寸发僵。

她纠结半晌,还是咬牙拽住了男生的袖口:"等等……周北洛。

"你到底在跟任放置什么气?"

莫名其妙的。

"他说,"周北洛脚步顿住,黑眸静悄悄地在女生脸上瞥了下,像水面上落了一层清浅的涟漪,他眼中忽地掠过一丝轻蔑,"我们不像一对。"

该死,被识破了。

程晚悲伤地摇摇头,讷讷认命:"不像就不像吧,可能我们看着就不是很般配。"

"别自卑。"

闻言,程晚疑惑地抬眸。

"你配得上我。"

程晚感到无语,正忍着脏话,脑袋又被男生弯腰敲了下。

周北洛逗完她又恢复正经,语气颇有嫌弃,嗓音淡然:"脑子稍微转转行吗?"

他望着程晚纳闷的呆样,轻描淡写地补充道:"任放之前就是个'交际花',附中群里人多口杂,他稍微说漏一点,之前同学不都知道了?到时候你妈我妈,哪个是省油……"

"懂了。"

再说就像骂人了。

程晚紧扣衣角的手指慢慢放松了些,心里那些一闪而过的荒诞想法一扫而光,望着周北洛的眼神逐渐放松,甚至还哥俩好地拍了拍他的肩。

"不早说,兄弟。"

男生嘴角小幅度地扯了下,低眸百无聊赖地盯着地板,随口道:"不然你以为还能是什么?"

……总不可能是吃醋。

空气沉寂下来。

程晚也觉得自己刚才的揣测蠢到离谱,欲言又止,过了一会儿意识到周北洛真的没有接过话题的意愿,才小心试探道:"万一……我看上你了呢?"

她写字时,笔尖突然180°变向,飞进眼睛里,扎瞎了眼呢?

"别,"周北洛唇线倏地拉直,语气丝毫没有情感起伏,"求你放过我。"

悬着的心总算落了地。

程晚讪讪一笑,瞧见周北洛已经被她恶心走了,连忙小跑着追上去解释道:"你别误会,我刚才是开玩笑的。"

"你认真的。"周北洛头也不回。

"我真是开玩笑!"

"离我远点。"

"……贴贴。"

人有时候真是个矛盾体,虽然程晚烦周北洛,但当周北洛讨厌她的献媚示好时,她的外在表现形式竟然可以转换为热情主动。

这种犯贱的感觉太爽了。

心情舒畅,程晚一路笑眯眯地跟着男生逛来逛去,愉悦的心情在看见任放的那刻才猛地被打破。

任放正跟女生对酌咖啡。

落地玻璃窗清楚地透着两人的身影,拐角的复古风古铜色门框边的风铃摇晃发出悦耳的响动。

"我们要不要商量……"

半抓不抓的手悬了空,程晚扭头,看见某位实干家已经大步流星地迈到了那两人对酌的吧台前。

透明玻璃窗投下一个煞风景的背影,任放和那个女人几乎是第一时间就抬头看了过来。

大少爷根本没管挡没挡人灯光,抬手点了几下手机屏幕。

听到她那句嗲兮兮的语音从听筒里冒出来时,程晚还是有些坐立不安的。

她正头脑风暴着,手机就振了起来。

她下意识朝不远处看去,身高颀长的男生正耷拉着眼皮睨着她。

视线交错,程晚像被唤醒一般接通电话,不用周北洛指挥,她已经无师自通了。

"你在哪儿呢?"女生在原地装模作样地转了两圈,一副方向感极差的样子。

"笨蛋,左边。"

听筒中的男生口吻宠溺,程晚一时差点没缓过神。

她轻掐虎口找回理智后,才小跑着凑到周北洛身边。

两人"浓情蜜意"地在透明玻璃窗前花式比心摆 Pos 拍照半天后,屋内的任放终于忍不住了。

听到两声敲玻璃的声音,程晚佯装惊讶地回过头去。

"任放?"

隔着玻璃窗的声线发闷。

这是程晚第一次看到任放表情管理掉线,额头好似浮出三条黑线,唇一张一合。

"你们没钱进来喝咖啡吗?"

非要站外面,在他眼前比心?

比五分钟了!这是什么网红打卡地吗?

"啊,已经很久了吗?"程晚装傻,诧异地抬头询问身旁的男生。

周北洛远山眉安静敛起,低眸,眼神温柔得能掐出水来,声音更荡漾:"没感觉呢,跟宝宝在一起,时间总是过得这么快。"

鸡皮疙瘩漫布全身,程晚死死咬唇不让自己嘴角抽动。

不行,她绝不能输。

程晚飞速瞥了眼任放的迷惑表情,踮脚翘唇朝他笑得明媚。

"嗯嗯,我也想跟哥哥在一起。"

娇气的那面展现出来了,水眸涟漪含情。

周北洛盯着盯着,忽地轻笑,眸底是冒出坏气的玩味。

他的手指绕了一缕她的柔发,语气慢条斯理:"有多想?表现出来。"

程晚完美的假面破碎,营造的纯真笑容顿时僵在脸上。

……有种被架在火上烤的焦灼感。

不是坑任放吗,怎么坑起她了?

相加的视线摩擦交锋,在空气中碰撞出细微的火药味。

周北洛好整以暇，整个人贱得像某玄幻小说中百年难得一见的剑道奇才——自出生就在耍剑这事上天赋异禀。

她配合得天衣无缝，最后反被自己人坑……

有没有良心？

澄净的玻璃窗内，任放的手臂搭在沉木桌面，托腮等得专注，眼神好奇中甚至微微夹杂着一丝期待。

前有狼后有虎。

程晚表情微微扭曲，纠结犹豫了一番，手指伸出又缩回，最后只轻轻勾住面前男生的衣角晃了晃，欲盖弥彰道："这里人太多了嘛，我不好意思……"

有本事去天台！那里人少，我送你下楼，不走电梯也不走楼梯！

程晚内心的"谋杀计划"大致打出一个草稿，对面的男生才轻笑出声，不紧不慢地瞄了眼玻璃窗内，手肘自然地搁她肩上："懂了。"

"我们去找没人的地方。"

偏低的嗓音几乎贴着耳郭流入，程晚打了个冷战。

一番对话蜜里调油，任谁听了都得掉几层鸡皮疙瘩，两位奥斯卡影帝影后演完又如胶似漆地挽着手臂退场了，徒留给当季浪子一个潇洒神秘的背影。

苏池撑着下巴也一并看完了这场戏，女生天生嗓音就魅，音调中冒出零星的吃醋意味："你的白月光还挺有趣。"

醋感只有一点，都是玩玩的关系，两人都不走心，没什么不能说的。

任放笑了声，低头用勺子搅开杯面浮着的白润拉花，叹息一声，不知是真情还是假意地答非所问："我们大概一辈子都要陷在这泥潭里了。"

滥情的下场是收不住底，过于纯情的下场是排斥与异性的身体接触……两个都好不到哪儿去。

但程晚发誓，自己刚才松开周北洛手臂后又条件反射般拍了拍自己的衣袖，做出掸灰尘之类的嫌弃小动作，这一侮辱人格的行为……她确实是故意的。

在七夕这天想找个没人的地方的难度堪比登天，楼梯间有小情侣在拥抱，拐角有男生在帮女生抹冰激凌的奶油渍。

走了一圈，程晚意识到再这么走下去就要荣登步数排行榜第一时，终于出手拽停了周北洛。

鉴于两人社会关系复杂，周围人流量密集，还是不能做出当场翻脸的举动。程晚压低头顶的毛线帽，默不作声地环视四周，末了狠狠把手揣进兜里，歪着头，眼神挑衅附加质疑地看向对面的男人。

这动作与四周的甜蜜氛围格格不入，女生声线压低，冷笑一声直奔主题："没什么想解释？"

人潮川流不息，周北洛驻足，正对上女生的目光。

他瞳孔深处隐隐藏匿着不明晰的兴味，是理直气壮，只懒洋洋蹦出一个字："没。"

强硬绷不住耍赖,程晚不想和他周旋,嗤了一下,蹙眉愤愤挑明:"我刚才配合你,你最后为什么要刁难我?什么叫有多想,表现出来?"

"我要怎么表现?"

略带怒气的琥珀色瞳仁里清晰地倒映着男生忍笑的神态。

在意识到程晚快暴走后,周北洛才悠悠收回欠样,不慌不忙地开始胡诌,模样甚至装出几分无辜。

"我怕他不信。"

你是他肚子里的蛔虫?他告诉你他不信了?

程晚攥紧拳,平复完情绪,又听见这人慢条斯理地开口:"如果那会儿是我,为了这段关系能平稳发展,我也是愿意吃亏的。"

吃、亏?

程晚嘴角忍不住抽了抽,但总感觉她不该抽这里,该抽周北洛的大嘴巴子。

"……不玩了,回家!"

当着周妈妈的面出门,只不过是情人节计划中的一部分,后半部分主战场已经转移到了线上。

朋友圈已经有工作党发出了玫瑰花束和爱心小蛋糕,其余有钱有闲的小情侣更是全国各地到处飞。每到七夕,朋友圈总是争奇斗艳,比文案比内容比新意。

程晚以前划手机划得不亦乐乎,还评出了最佳秀恩爱金银铜奖,没想到今年,她就要加入其中。

世事无常。

编辑的光标实时跳动,程晚咬手指又发愁起了文案。

人是社会性动物,虽然她个人感觉这次情人节过得稀烂,不及以往跟赵多漫她们参加单身女性限定趴,但毕竟是在一起之后的第一个情人节,就算心里觉得它像屎,也要在表面涂一层蜜。

从先前应付任放拍的比心照里选了最为做作的一张,程晚看着照片一时有些出神。

人的演技居然可以进化到这种程度,她高中时嗑的那对娱乐圈 CP 果然是营业营出来的。

照片中,两人手臂贴在一起,距离近得一个镜头就能放下。

他们都在笑,周北洛低头,眉宇间的戾气消散得干净,眼睛似乎在看程晚。

男生摸着她头顶的碎发,露出干净的细长指尖,看着像坏心思地摁她脑袋,但实际没怎么用力。

程晚对着镜头笑得纯真,唇边缀着两点很浅的梨涡,也丝毫看不出对他的排斥感。

她居然会觉得自己和周北洛那个浑蛋般配?

程晚连忙压下心里见鬼似的想法,咽了口口水。

调整完状态后,她才点开和周北洛的聊天框,打了个语音电话过去。

"突然打什么电话？"周北洛声音清越，嗓音裹着一层密密的沙砾感，他貌似有点感冒，有微微的鼻音作祟。

程晚冷情锁心："马上把这张图发朋友圈，不发我就冲过去揍你。"

文案干脆就配个表情好了，程晚垂眸审视着自己编辑的动态，忽然听到听筒中闷堵的男声。

"我刚才在外放，我妈听见了。"

按着收音孔半天没发出声音，程晚干巴巴地咧了下唇。

她急切地试图补救，手指在屏幕戳出残影。

程晚：真的假的？那我怎么办？

周北洛：我妈问我是不是跟你吵架了。

完蛋……

程晚头皮一麻，清了清嗓子，慢腾腾地把收音孔松开，捂嘴轻笑得做作："哈哈，这是我刚才在朋友圈看见其他人给男朋友发的消息。

"她好凶啊，怎么这样讲话，我不会这样凶人的，哥哥，你放心。

"你吃饭了没有呀？"

听筒里寂静无声，过了良久，程晚才提心吊胆地听见一声低笑。

是从胸腔里挤出的闷音，一听就是没忍住。

演这么久了还笑场？

程晚：你再笑场就死定了。

周北洛：那我死了。

程晚：别！阿姨会找我妈的！

周北洛：那我怎么说？

程晚：回我刚才的话，含情脉脉一点，去阿姨旁边演。

周北洛：我恶心怎么办？

程晚：……要我跪下来求你吗？

聊天框许久没跳过新消息，三秒后，周北洛自然又温柔的语音从听筒中流出。

只因为他有些感冒，嗓音更沙哑了些："那你下次凶我怎么办？"

该接的明明是问他吃没吃饭那句，这句确实更暧昧，但有点难演。

不得不说，周北洛现在挺娇的。

好怪。

"如果我再凶你……"程晚缩进沙发，扯了一床米白色的毯子搭在小腿上，背脊不自觉放松下来。

她还没想好要怎么回，忽然听见男生拖着尾音思考道："那我就原谅你。"

程晚一愣。

"你可以凶我的，程晚。"他又补了句。

见鬼了，周北洛还有这一面？

程晚忍不住想演出恋爱小女生的娇嗔，翘着唇拿腔拿调："但你不可以凶我。"

"我知道的。"

"那你重复三遍。"

"我不会凶程晚，我不会凶程晚，我不会凶程晚。"

周北洛耐心复述了三遍，嗓音还是夹了点懒味，又扮乖："还要不要？"

"不要了。"程晚心脏跳得快要死了。

她理解乙女游戏为什么好玩了，因为体内逐渐分泌出一种充沛的荷尔蒙。

有周阿姨听着，程晚也不想表现得太骄纵，乖巧学舌，嗓音温温润润："我也不会凶周北洛，我也不会凶周北洛，我也不会凶周北洛。"

"嗯，那你以后……"

"少爷你回来了？"听筒里突然冒出一个女声。

这声音程晚认得，是住家保姆张妈，她安静等着，随后听见张妈声音更清晰地说："夫人两小时前出门特意交代，说她今晚不回家吃饭，要我问你晚餐吃什么。"

夫人两小时前出门……

两小时前，出门……

好好好。

通话时间一分一秒滚动着，听筒里却许久没出声，周北洛语速飞快抢先开口："你说你不凶我的。"

"周北洛，你真该死。"程晚嘴角微扬，声音缓慢到一字一顿，"你等着吧，我会杀了你。"

程晚觉得自己现在就像是刚被甩了一缰绳的陀螺，被周北洛拙劣的演技抽得团团转。

手机提示音"嘀嘀"响个不停，她随便发了条能凑合看的情人节动态，心重新恢复到大润发杀鱼的冰冷状态，情绪毫无波澜。

平静地把手机静音键打开，四周终于恢复寂静。

程晚掀开薄毯，趿拉着拖鞋，从远处置物架的抽屉里把之前从李女士手中得到的周北洛照片翻了出来。

半指厚的相片排队挨个挂在飞镖盘上接受审阅，直到最后一张照片也被扎得千疮百孔，程晚心中的愤恨终于减轻了些。

她决定以后只靠豆浆来补充雌激素，连偶像剧都不会再看了。

该死的满嘴谎话的男人，她永远不会再上头！

次日上午。

情人节过后，打折促销的多头玫瑰插在清水桶中整齐地堆放在地铁口，等人自愿扫码支付。

程晚从这边路过，裙摆都似乎染上一抹淡雅的花香。

她是往公司去的，众所周知，上班买花大概率只发生在初入职场不足半年，且对工作抱有憧憬滤镜的呆萌实习生身上。像她这种已经有工作经验，且一身班味的老狐狸来说，上班给自己买花，无异于驴给自己买长鞭。

程晚步伐紧凑地路过卖花的路边摊，径直走进大厦刷卡上楼。

这天是初六，原本还在年假之内，但考虑到公司这段时间比较艰难，她还是提前复工了。

这公司初创时就只有程晚和赵多漫两人，公司的指纹认证和钥匙都有她一份。

工位上鲜绿的蕨类植物扬着幼小叶片，像一簇簇充满生机的绿团。程晚扔下挎包，视线停留在绿色叶子上，自顾自拿起浇水壶做起了后勤工作。

淅淅沥沥的水雾淋下，程晚眼尖地望见绿团中似乎……混入一团金发。

"……漫漫？"

刚补了几分钟觉的赵多漫猛地惊醒，脸上还透着熬夜虚亏的红晕，瞳孔过了五秒才聚焦起来，而后手指用力地揉搓脸颊，嗓音黏黏糊糊："晚晚，你怎么来了？"

浓郁的酒气随之袭来。

程晚想到些什么，低头又在地上找到两个白朗姆的酒瓶。

"你大过年的不回家，跑来公司喝酒？"

"回家烦。"赵多漫捋了捋耳边的碎发，刚要低头帮着收拾酒瓶，弯腰下去的一瞬差点栽倒，"我……"

"你别弄了。"程晚表情嫌弃又心疼，侧身扔给她一瓶矿泉水，蹙眉低声问道，"怎么搞的？"

赵多漫弱弱地瘫在黑咖色的人体工学椅上，扶摇摇头："一回家就要被问创业的事，只能跑到公司来躲清闲。就我们现在的负债率，我编都没法编……我爸准备出手了。"

一口清水下肚，混沌的大脑终于清醒了些，赵多漫向来神经大条，说完就悠哉地支着腿刷起了朋友圈。

"之前投资商不是说……"

"说屁，都嫌没市场。"赵多漫愤慨，没一会儿又兴致高昂，举着手机声线拉高，"哟，任放这搞什么鬼？"

想想都知道是合照的事，程晚不由得为自己的小心机骄傲了一下，手指蹭蹭鼻子："没什么，就偶遇了一下。"

"不是，我是说他的动态，"赵多漫盯着程晚的骄矜样儿，云里雾里地又埋下头，"除却巫山不是云……

"配图……这是为谁买醉呢？比我喝得都多，又深情了。"

女生"啧啧"点评，隔了三秒又爆出一声惊呼。

"周北洛怎么跟我想的一样？"

程晚一头雾水地接过赵多漫递来的手机。

屏幕中显示着两条动态,下面那条出自任放,"除却巫山不是云"的短句配了一张德式黑木风房间角落的图片,四散的酒瓶和烟蒂打破了男生一贯的自持气质,平白生出几分颓废感。

上面那条则简洁得多。

周北洛:深情哥。

还带了个"献花"的表情包。

熟悉周北洛的人都懂,他绝不是那种为了营造人设效果专门发朋友圈的人,平时分享生活很少,这条百分之九十九是用来落井下石的。

程晚腹诽:你就非要掺这么一脚?幸灾乐祸得这么明显,不怕人酒醒了过来揍你?

"……啧啧,你这情人节过得可真精彩。"

闻言,程晚嘴角微抽,她还不知道自己关网休眠的一晚又成为话题中心。

虽说优秀的人总会被多关注,但也不至于秀到这种程度!

她何德何能,人生居然这么狗血。

不是,周北洛有病吧!

程晚打开微信才想起来她昨晚把周北洛设置免打扰了,现在消息旁边堆着醒目的红点等待查阅。

她深吸一口气,耐下性子点进去。

最新一条。

周北洛:任放这么难过,我发这条朋友圈,他不会生气吧?

程晚重新锁屏,生无可恋地把自己砸进另一张椅子里。

一边端详两人合照许久的赵多漫顺势点下一个赞,忽然生出一个诡异的念头:"哎,晚晚,你和周北洛……不会假戏真做吧?"

赵多漫曾在一个关于"喜欢一个人到底能不能蛰伏在 TA 身边做朋友"的帖子中看到一条高赞发言。

楼主是个女孩子,她的回答为否。

——喜欢一个人是没办法忍住只和他做朋友的,在他和其他女生打闹微笑的时候,我都掐着手心告诫自己不要崩溃。后来我只能装作讨厌他,慢慢疏远这段关系,或许他现在都觉得我当时是在无理取闹。

程晚和周北洛当初也友情破碎了来着。

赵多漫的表情越发奇妙。

"如果我们出演的是互砍剧本,倒是有可能假戏真做。"程晚阴恻恻地开口,"别让我再逮到他,再逮到他,我绝对狠狠把他揍一顿。"

眸底的杀意蓄势待发,她正按捺不住准备打去电话把人痛骂一顿,手机铃声就响了起来。

来电显示是周北洛。

自己送上门。

程晚眯了眯眼,从宽大袖口中把手腕伸出来,雄赳赳气昂昂地点下接听键,粗声粗气道:"干什……"

"你把我拉黑了?"男生憋着火,质问的语气像是兴师问罪。

程晚当即泄了气,避开赵多漫八卦的目光,不自然地摸了摸鼻尖,小声撒谎:"……没有。"

"没有?我刚给你发的图片你没看见?"

"什么破图片?"程晚想到周北洛在朋友圈的擅自行动,还以为他要犯贱地过来邀功,脾气瞬间又上来,一边跳去微信查看消息,一边愤愤地吐槽,"周北洛,我发现你真的有病……"

在视线触及最新发来的图片时,程晚没吐出的污言秽语顿时卡在喉咙里,胀得她脖子生疼。

"骂,接着骂。"听筒中男生声线格外冷静。

"……我错了,哥。"

"你没错,"周北洛牵唇,嗓音听不出一丝生气,程晚大概能想象到他冷笑的样子,"拿我的照片练飞镖,你一点都没错。"

"我那是……"

"闭嘴。"

"……嚯。"

周北洛发来的图片是张李女士和他的聊天记录,两人的对话其实很简洁。

李阿姨:小周,你和晚晚闹矛盾了?

周北洛:没有的,阿姨,我们相处很好。

李阿姨:但我今天去她家,好像看见她拿你照片练飞镖。

周北洛:?

然后是李阿姨发的一张图片。

图片清晰地展示出程晚的高超射击攻击,以及她百发百中的命中率。

虽然照片中背景和人物布局分散,但她每次都能精准避开背景,保证飞出去的镖体戳到周北洛的额头及脸颊。

老妈还拍得挺清楚,透过小图都能看见周北洛被戳成马蜂窝的帅脸。

程晚内心呐喊:我要换房子。

"那最后……"被抓到小辫子后,程晚的声线都不甚清朗了,清了清嗓子才重新弱弱发问,姿态低得不行,"你是怎么解决的啊?"

"我说,这是我们的小情趣。我把你的照片打印出来,每天和我的臭袜子放在一起。"周北洛的语气干脆利落。

程晚咬牙:"你敢!"

"嗯?"

"……没事。"她没理在先。

程晚缩缩脖子，又卑躬屈膝了半天才把人哄好，挂断电话的那刻她才松了口气。

旁边听得乐滋滋的赵多漫找准机会，学着程晚刚才的样子认真挥拳："别让我再看见他，看见他我绝对要狠狠把他揍一顿！"

程晚有气无力的："……别玩了。"

"我不能在这儿待了，周北洛那番说辞应该糊弄不了李女士，我得回家看看。"

她从挎包中挑出这几天做出来的风险应对方案放在桌上，拍了拍战友的肩膀后，一脸郑重道："靠你了，姐妹。"

赵多漫握拳敲了敲左肩，抬头望她："交给我，放心吧。"

程晚赶回家时，李帷清已经离开了，家里被收拾得整洁，拉开的白纱帘让整个客厅笼在温柔光晕下，冰箱里塞满了各类水果、肉类，奶黄的冰箱贴上只压了一张小尺寸的字条。

——晚上回家吃饭。

……李女士这么简单就放过她了？

紧绷的神经慢慢松缓下来，程晚又跑到卧室，发现飞镖盘上被戳得不成样子的照片已经不翼而飞。

李女士的更年期治好了？

程晚一路乐呵呵地休息到晚上七点，赶到别墅时，耳机中的鼓噪摇滚还在养护着耳朵。

她刚要指纹解锁开门，身后突然生出一股凉意。

"老妈！你怎么这么吓人？"

"晚晚，"像是凭空冒出的李女士面带微笑，从她耳郭上摘下一只耳机给自己戴上，语气十分温柔地提议道，"要不要把小洛也叫过来一起吃饭？"

"没有这个必要吧？"程晚表情万分抗拒。

"让他来吧，你想他了。"

好的，我想他了。

有了上午的事，程晚几乎是不敢反抗李女士的指令。

程晚咬咬牙，准备给周北洛打去电话，在察觉到一只耳机落到自家老妈手中后，眼疾手快地要切断蓝牙，换用听筒播放。

手上动作却突然被一根保养得当的手指挡住了。

李帷清自然地和她对视："就用蓝牙。"

监听……

程晚虚弱地看向李女士，被摇滚乐振奋起的心率瞬间又飙升了几分。

她就这样在边上站着，想搞什么小动作通风报信也没办法，怪不得今天这么容易就被放过，原来是敌人的技术升级了。

要考验临场发挥了,还好她之前跟周北洛单独培训过这个项目,只要打电话时她语气不自然,加内容,发嗲,就是有外人在场。

晚风吹得身体发冷,程晚咽了咽口水,裹紧风衣后,还是犹豫着拨通了男生的电话。

"嘀嘀"两声,屏幕上的通话时间刚跳成00:01,程晚就抢先开了口:"你在干什么呢?"

女生的声线磕磕绊绊,格外不自然,加之刚接通信号不稳,周北洛握着手机躲了点人。

他那边很闹,像是在聚餐,隐隐听见有人劝酒和瓶子碰撞的声音。

"什么?"周北洛压着嗓子,声线被酒辣到发哑。

"我说……"程晚突然有些不自然地舔了下唇,"你在做什么?"

"喝酒,有应酬。"周北洛站在暗处,周身朦胧。

听筒里许久没声音,男生回头看了眼纷乱的众人,隐隐觉得程晚今天有些不对。他耐着性子又问了声:"有事?"

程晚掐着手心,嗓音挤得清甜又娇嗔:"有我这样的女朋友,今晚你几点回家?"

我相信你一定懂的!我在向你紧急预警!

周北洛沉默一瞬,眉梢微挑:"你先等一下,我借个东西。"

程晚正惴惴不安,担忧周北洛是否真的听懂了她的暗示。她正要追问他借什么时就听见听筒中的嘈杂声更重了。

喧嚣吵嚷的气氛中,周北洛的声线是独到的嘲讽。

"谁有头孢?借我吃两粒。"

先吃头孢再喝酒,天堂在哪儿跟我走。

别说几点回家了,周北洛准备直接暴毙在外面。

好好好,你不死你是狗!

程晚刚准备输出就察觉到身旁老妈狐疑中夹杂着探究的眼光。

女生顿了下,按捺住蠢蠢欲动的心,侧身有些心虚地挡住了李女士的视线,小心翼翼地指了指屏幕。

"闹脾气了。"程晚干巴巴地吐出这一句,末了又挺了挺胸脯,也不知哪来的底气,对上老妈的视线,扬眉补救道,"……我一哄就好。"

李帷清腹诽:人家都宁愿去死了,你哪来的自信?

程晚吞吞口水,躲开李女士质疑的目光,头脑风暴急速运转,试图给自己寻到一条能走的生路。

周北洛这狗什么时候犯蠢不好,偏偏这时候犯,之前约定的誓言难道他真的都忘记了?她还怎么救场?

另一只耳机还掌握在敌人手中,听筒中仍旧透出包厢内喧嚣的人声,周北洛呼吸清浅。

但幸好,他没挂断。

程晚死马当活马医，甚至做好了就此暴露的准备。

"周北洛……"女生心跳如擂鼓，喉咙溢出不甚熟练的示弱口吻，一字一顿地放慢语速，"我需要你。"

吵嚷的劝酒声和闲聊声仿佛就停在了这瞬间，周北洛视线倏地僵住。

他瞳仁震颤，眼神里的散漫懒意荡然无存，被酒浸过的喉咙不自觉地压低声线，态度转变得突然："你在哪儿？"

清醇的嗓音夹着微不可察的试探之意，像小猫仰头往手心里拱的柔软。

代驾还没停稳车，周北洛就看见别墅外的程晚龇着大牙冲他笑得灿烂。

一路有多提心吊胆，现在他就有多无语。

空旷的街道路灯昏黄，程晚遥遥看见少爷的豪车驾到，立即小跑去接驾。

要不是她手快，在车停后死皮赖脸地把周北洛拖下来，这狗还貌似准备直接让司机打道回府。

程晚攀在周北洛衣袖上的手腕执着有力，祈求地对上他的目光。

"我需要你——"

少爷耷拉着眼皮，视线落在远处，静等她拖着腔的后半句。

"帮我演戏。"程晚仰头看他，可怜兮兮地补充。

行，还真等到了。

星星眼灌注着满满的期待，周北洛把目光挪回来，面无表情地弯腰拉近两人的距离，回应得冷情又极具压迫感："我有事儿，没时间帮你演戏。"

这是单方面撕毁条约？

事情有了脱轨的苗头，程晚眉心隐隐发涨，犹豫着小声问道："你有什么事啊？"

"回家打飞镖。"

她回去就把飞镖盘扔了。

手心攥着的一小块布料考究细腻，程晚默默松开扯他的手，语气卖乖："你就陪我吃一顿饭嘛，求你了，哥。"

"不吃了吧，"周北洛懒懒散散地晃着视线，唇边嘲讽的冷笑一直没落下过，"我回去打飞镖。"

"……你必须吃。"

站着没走就是还有戏，程晚豁出一张老脸，手指硬生生地又抓住男生的胳膊，然后用力拖了一下，没拖动。

"换两只手试试。"

男生语气欠欠的，站得松散又慵懒。

空气寂静片刻，跨踏垂在侧边的左手也顺从地攀上去，双手攥着不好使力，程晚尝试了一瞬，三秒后再次停下。

又没扯动。

她耐心降到零点，蹙眉刚要发火，就感受到了一丝细微的松动。

周北洛掌握住分寸，很给面子地往前挪了半步。

"拖我过去就陪你演。"他语气吊儿郎当的，在捉弄人。

这是个力气活。

程晚安静对上男生的视线，察觉到对方眼神中毫不掩饰的坏后，手腕一转，顺着绕上他的小臂。

原本的握攥变成了环抱，两人周身的氛围逐渐染上一层说不清道不明的意味。

你如果不嫌硌硬，那我就抱你手臂了哦。

程晚吸吸鼻子，忍住此刻怪异的感觉。不知是不是她的错觉，周北洛被她抱着小臂后，行走速度确实比刚才快了些。

果然，他也觉得恶心。

内心竖着红色尖角的小恶魔蠢蠢欲动，直到跨进玄关，程晚才如释重负地松开手臂，擦了擦额头莫须有的汗，口吻暗暗挑衅："有什么感觉，哥哥？"

别憋着，我知道你快吐了。

程家的软装明亮典雅，程父程母假装很忙，实则投来视线打量。

周北洛半边脸被玄关柜的淡色射灯照得褪去了冷意，神情隐隐还透着点不知羞耻的满足。

知道有人在看，他轻笑着低头，点评得简洁。

"舒服。

"胳膊软死了，下次还抱。"

闲闲的浪荡话脱口而出，话毕，男生像没事人一般自然地换鞋进屋。

老爸老妈的眼神不时扫来，程晚忙转身藏住表情，在原地缓了半晌才整理好情绪，把崩裂的假面拼起来。

去死，臭流氓。

晚餐进程仍旧演得天衣无缝，餐桌上的菜都被双方你来我往地夹了个遍，周北洛甚至还即兴表演了一段吃醋梗，半真半假地把任放的事拿出来做文章。

先前电话里的冷淡也有了由头，李女士顺理成章地把周北洛刚才通话中的态度总结为吃醋。

吃醋是什么？

是在乎。

你会吃路过阿姨的醋吗？你会吃早餐店大叔的醋吗？

小周为什么吃程晚和别的异性的醋？还不是因为在乎她。

一番自我洗脑进行得如火如荼，程晚看着老妈的表情精彩纷呈，紧接着又听见李女士满意过后临时冒出的浪漫提议。

"小洛，你别急着走，一会儿和晚晚一起去露台看星星吧。"

吴妈把露台新修了一遍，新搬去的几盆山茶花开得正艳，适逢今夜微风，看星星已经是理工女能搜集到的最适合情侣做的浪漫事情。

口中的食物突然变得难以下咽，程晚轻咳两声，眉心跳了跳，支肘挡脸忙给周北洛使眼神——说你有事要忙，不能去。

痛苦地皱眉闭眼摇头后，程晚捕捉到男生理解的视线，随后她还没来得及坐直，就听见身旁男生淡笑着跟她打反腔："好啊。"

程晚一愣。

"阿姨的提议很好，我们早就想一块儿去看星星了，是吧？"周北洛撑着脸侧头望向程晚，吐字慢到像是在嚼她的姓名，"程早早。"

程晚怔住，瞳孔忽闪，恍了恍神。

他好久没这么叫她了，自从任放这么叫过后。

露台被边框细窄的玻璃推拉门做了隔断，程晚裹着围巾躺在白色的田园摇椅上，右手慵懒地搭着低矮茶几。

浩瀚的夜空中零星几点闪烁着，虽然身边的某人扫兴，但她貌似很少有这种全身心放松、不看任何电子设备的时间了。

程晚揉揉发涨的太阳穴，裹着毛毯，想到些有的没的。

有时候她总觉得应该在家里安装玻璃门窗的位置立个标牌，类似于荒无人烟的野外标牌上写"注意危险，前方野兽出没"，而她家就写"注意危险，前方老妈出没"。

玻璃窗能映出大致的人形，所以即使程晚现在多么想拉开躺椅独美，也只能委曲求全地和周北洛相距紧密。

好在这门虽然透光，但还算隔音。

程晚鬼鬼祟祟回头看了眼，意识到安全后，才拢了两下凌乱的发丝，借机拿乔："我能采访一下您吗？周北洛先生。"

她没等男生回应，又顺势兴师问罪："请问您是出于什么心理，答应我老妈的看星星计划？"

看星星，太文艺。

她和周北洛，太没戏。

刚赶回来那会儿就喝了不少，刚才又陪程父干了一杯红酒，周北洛想起自己两小时前为散酒气在停车场抖衣服的样子，忽然觉得自己像个傻子。

尤其在程晚阴阳怪气后，这种想法更是浓烈了无数倍。

男生"啧"了一声，表情烦躁，回得驴唇不对马嘴："你跟任放还联系着？"

不然他昨晚抽风在朋友圈发什么"除却巫山不是云"？

程晚叹服周北洛转移话题的能力，刚准备跟他打打嘴仗，就望见他格外郁结的眉心。

她莫名有些于心不忍，慢腾腾地从躺椅上爬起来，抱住毯子，嗓音细腻认真。

"没有，真的。"

"只是留着一个好友位,平时根本没聊过天。"

夜风呼啸穿过,山茶花枝叶被吹得摇晃,在角落打出藤蔓般的黑影。

周北洛嘴角还是耷拉着的,没看出几分情绪变化,闻言只淡淡扯了下嘴角,"哦"了一声。

哦……

不是,你就"哦"一声?

程晚有股不知名的憋屈感,身为她的对手,他怎么能这么丧?

"反正你就拿我练飞镖,不拿他练呗。"周北洛酒气正浓,自己也不知道自己在说什么。

他一定会被笑。

"我没有他的照片……我没事打印他照片干什么?我朋友圈都屏蔽他的,上午还是漫漫给我看的朋友圈,我才知道他发了那条动态。还有……"程晚说得烦闷,"啪"的一声磕下刚才不知何时握住的水杯,语气浓烈,"周北洛,你知不知道演戏怎么演啊?

"你现在是什么身份?你去跟他互动个什么劲?"

男生别过脸,垂眸,没看她,重新把皮球踢回去:"我现在是什么身份?"

"你说呢?"

演这么久了还没进入状态,还想不想干了?

"我不知道。"

他又气人了。

程晚深吸口气,嗓音坚定又无奈:"算我男朋友。"

哦,算她男朋友。

周北洛觉得自己又行了点。

在寒风中摇曳的白色山茶花漫出淡香,不远处的地灯射出温暖的黄光,两张柔软的躺椅并排,像两艘帆船,隔着不远不近的距离。

人的本性是不知足,周北洛在尝到示弱的甜头后,借着酒劲又想拿乔,想贪得更多。

他像发现了什么新大陆,慢腾腾地挑了下眉,音色依旧平淡:"所以你就是觉得我发那条朋友圈,你不舒服。"

"我招惹任放,你就不舒服。"

刚才在餐桌上,程晚就怀疑他喝大了,毕竟他在看懂了她的眼神暗示后,还是答应了老妈提出的看星星活动。

这活动一次硌硬两个人,他除非不清醒,不然不会妥协。

不算呛的清浅酒气随着晚风传过来,程晚好奇地探头往男生侧过去的黯淡脸颊上看了眼,隐隐露出几分兴味来。

有点罕见。

高冷王喝酒后都这么会撒娇吗?

她好像从他刚才的语句中听出了点不一样的风味。

这是什么千载难逢的整蛊他的好机会！

程晚一肚子坏水晃荡，舔舔唇，鬼鬼祟祟打开手机录音功能，嗓音克制不住地透露出一丝恶趣味："周北洛。"

"嗯。"他声音闷得不像话。

"三年级（2）班的周北洛小朋友，"程晚嘴角勾起笑容，半边身子都几乎要探过去，举着手机做出采访的样子，"你喜欢爸爸还是喜欢妈妈？"

有那么一瞬间，周北洛是想停止这种傻子伪装，抢过她的破手机拿去打水漂的。

还笑，笑个鬼。

刻意发散的瞳孔聚焦一瞬又晕开，黑眸中的流光一晃而过，男生拉平嘴角，眼皮耷拉着，嗓音含混："你转移话题。"

还挺不好骗……

程晚莫名有些尴尬，欺负喝醉酒的人确实有点像欺负小孩一样。

他要是彻底昏睡或者醉到失态，她的心理负担也没这么大，但如果是没断片，事后能想起来的程度，她还不得又失去这个盟友？上哪儿找这么物美价廉的合作对象？

程晚默默收回手机，努力想了半天才记起他刚才的话题："呃……你是不是有点抬举他了？"

"如果你是在说我的案底的话，那我只能说，那条朋友圈……"程晚手指轻搭在男生肩头，转瞬又收回，诚意十足地对上他的视线，"发得好！"

周北洛被她拍得突然，眉梢微挑。

计量时长的录音条还在滚动着，程晚悄悄看了眼，内心的小九九持续在线的同时，嘴又超甜："作为伪装的现任男友，你这么做肯定有你自己的考量，我要做的就是无条件相信我的队友。"

程晚有些控制不住自己的情绪，手掐大腿，喉咙艰难地挤出几声颤音，凸显深情："……我是真的很感谢你这么不遗余力地帮我，谢谢你，周北洛。"

等明天早上，她就把这份录音发给他。

少爷耐心不足，听不了长音频，晚上还要剪辑一下，到时候她要剪得声泪俱下，务必把她一点都没有的诚意营销造势成百分之七十。到那时，周北洛就算是石头般冷的心，也会被她温柔的涓涓细流腐蚀瓦解。

不管两人过去关系如何，现在的和平来之不易，如果用一时的憋屈换来长久的休战，那她也挺愿意和平共处演完这段时光。

之后老爹端茶，老妈倒水，功成名就，再一脚蹬了周北洛。

未来的美好光景似乎已经在向她招手。

程晚眺望远方，吸了吸鼻子，有感而发："……真没想到我们还有这天。"

17岁的程晚肯定没有想到，她有一天会和讨人厌的周北洛单独在露台看星星。

周北洛稍稍有些意外，瞳仁微不可察地颤了颤，眼底的情绪短暂波动："你……"

"毕竟你自私、爱摆谱、'凡尔赛'，还谁都不服，说实话，挺难相处的。"女生迅速从感伤中调节出来，半捂着唇，缩着脖子感慨得真挚小声。

她发完牢骚，重新靠上躺椅椅背，优哉游哉地沐浴着月光望天，人格分裂到仿佛刚才煽情的不是她。

周北洛腹诽：自私、爱摆谱、"凡尔赛"、难相处，可以……

这录音本来就打定主意要剪辑的，所以现在不管口出什么狂言都能后期消除，到时候只留好印象的语句就可以。况且她声音很小，周北洛醉成那副模样，都晕到在她面前示弱了，肯定记不得这么细节的对话。

想通这点后，程晚整个人都放松了不少，懒洋洋地伸了个懒腰，拖过一边的小毛毯重新把自己盖得严实，接着又小分贝臭屁道："别说了，我知道我这段时间一直狠狠包容你，不用感谢姐，姐不生产真善美，姐只是真善美的搬运工。"

抬高自己，贬低他人——永恒不变的人生信条。

妈妈今晚的提议真是太妙了，有什么比晚上一边看星星一边偷骂周北洛还惬意的事呢？

黑色的夜空中缀着几颗星星，花园的灌溉系统还在持续不断作业，发出规律的沙沙低响。

女生心情极好，刚要再走脑不走心地说两句出卖人格的话卖乖当剪辑素材，身旁的动静忽然大了起来。

她下意识仰头，只望见周北洛锋利冷峭的精致下颌和一双皮笑肉不笑的乌黑眸子。

男生身量极高，居高临下地扯着笑，看着有些吓人。

"稍等一下，我去摊牌。"

"你听见了？"

不妙的预感冒出，程晚良久才反应过来。

在看见周北洛隔着一扇模糊玻璃窗，拔下露台推拉门的锁扣后，她悬着的心终于死了。

这推拉门设计得不合理，唯一的锁扣在房间里，只要锁住，就没办法从外面再开门。

焦躁的热潮充斥在胸腔中，程晚坐立不安，手心都开始冒汗。她握拳敲了两下玻璃门，又飞速打电话给楼下的吴妈过来给她开锁救命。

手机收回时，无意点到微信，女生脑子转得很快，飞快把周北洛从免打扰中放出来，手指在屏幕上按得飞起。

程晚：求你了，哥，我真的以为你喝醉了，随便发发牢骚。

程晚：不对，有没有可能喝醉的是我，而不是你？我撒酒疯不行吗？喝醉酒说的话不能信的！

程晚：周北洛，你是真小心眼，你应该还记得我们当初定下的契约吧？有没有一点契约精神？

…………

一连十几条输出，软的硬的都来了，三分钟后，程晚才终于被姗姗来迟的吴妈拯救出来。

目光所及，周北洛挺拔的身形挡住李女士，两人正在同层的副客厅交谈得火热，神色皆看不清晰。

程晚有些忌惮，慢腾腾咽下口水后，才壮着胆子纠结地奔了过去。

"哈哈，怎么出来了？"程晚挂着干笑，尴尬挤进两人当中，硬生生把他们的距离挤远了些。

她额头都渗出了细密的汗珠，叉腰佯装轻松地搭讪："老妈，你们聊什么呢？跟我也说说呗。"

目光扫到李女士脸上，程晚讨好地笑着。

目光扫到周北洛脸上，程晚忍着屈辱……讨好地笑。

环视献媚了一圈，空气静止了三秒。

程晚宣布，这是她人生中最尴尬的瞬间。

"阿姨，程晚她说她……"

黝黑瞳孔对视，程晚看见周北洛眸中蓄势待发的某种信号，眉心直跳，咬唇猛地冲上去抱住男生的手臂。

"哥哥！"

一声猛喝十分亲密。

李女士退后一步，识趣地没出声，脸上露出满意的淡笑。

凑在左肩的脑袋毛茸茸的，弄得周北洛发痒，他低眸看见程晚撒娇撒得手到擒来。

"刚才不小心睡着了，梦到你离开了，我都没来得及送你……好难过。"

小情侣，离开是要送的。

她看过，电视剧里演了，男主把女主送下一楼，女主又把男主送上六楼，循环往复，然后两人靠着空腹爬楼，一个月瘦了十斤……

好吧。

她觉得那两人都不太正常。

很巧，她现在也离谱得恰到好处。

周北洛投过来的视线像是一种考察，微挑着眼尾闲闲地望下来。

程晚背脊发麻，强忍着又默默把脑袋倚得更近，甚至还小幅度乖巧地蹭了两下："我知道哥哥不会那么狠心对不对？一定会愿意让我送的……"

紧贴着的胸腔有轻微的震颤感，是周北洛在笑……程晚委屈地偷偷吸了吸鼻子，又闻到他身上除了酒气的萧瑟木质淡香。

"那我就先走了，阿姨，你早点睡。"

他总算松口，嗓音尤其清晰，程晚倏地松了口气。

"晚晚，别傻站着，你不是要去送吗？"

"……好。"程晚半咬着牙，垂头挡住脸上的愤愤神色，刚从软体动物的状态恢复过来,下一刻又听见老妈被什么吸引了注意力,"咦"了声。

"这是你的手机吗,小周?"

黑壳手机放在茶几上,周北洛淡笑着点了下头:"是,阿姨。"

许是传递的时候点到了屏幕,接过手机的一瞬,屏幕忽然亮了起来,清晰的光屏上消息醒目。

其中微信消息甚多,备注挂着"程晚"二字的消息层数最厚,最新一条覆盖着其他几条折叠起来的,看着很急。

快要递过去手机时,李帷清下意识复述出了最新的那条:"敢出去乱 bb……"

周北洛和程晚都愣住了。

半句话,程晚当时没打完就冲了出来。

李女士保养得当的脸上透出一股谨慎和揣测,表情转换得迅速:"这是……什么意思?"

……报告老妈,这是脏话的意思。

程晚光是幻想了下她这么回答的画面,就想当即把舌头咬掉。

她脾气是要控制一下,果然说脏话不是什么好事。

女生郁闷到要炸,抬头求助地看了眼周北洛。

周北洛倒是坦然,环臂好整以暇地看着程晚,眼神就已经表达出情绪——你知道怎么圆。

bb……

"宝宝"这两个字好像带刺,程晚真的没办法对着周北洛这张脸说出来。

女生纠结半响,眉头拧成川字,讲话都磕绊了:"少……少打了一个字母,其实是 bob。"

程晚目光躲闪,随手指向身侧的男生,语气艰涩:"周北洛的英文名叫'鲍勃'。"

重生之我的同学叫"鲍勃"。

不知道为什么,"鲍勃"这名字总让程晚想到一部美剧。

白人老板杰西卡经营着一家汉堡店,店铺地理位置并不好,所以杰西卡只能极力压缩经营成本来维持收益,于是她如愿以偿从人力市场找到了最廉价的劳动力——鲍勃。

破碎的鲍勃有个嗜赌的爸和沾毒的妈,他身材高大,站立时头顶和黑棕色的抽油烟机齐平,沙拉酱无意挤到外面时,他会条件反射地低头从脏兮兮的手指上舔掉……

画面感太强,程晚有种很难再直视周北洛的感觉。

恰好周北洛现在也不是很想看见她。

周北洛的眼皮耷拉得很彻底。

白色摆柜前一左一右静立的两人像两款新购入的雕像,李帷清站在他们对面,不懂两人身上萦绕的反感气场从何而来。

周北洛有个英文名这事并不稀奇,毕竟刚从国外留学回来,一时半会儿不习惯被叫中文名也可以理解。

新灌输的知识涌进脑子里，李女士只顾着记他的英文名，甚至都没深究屏幕上的"bb"两字换成人名是否通畅。

从外面涌进的冷风格外萧瑟，屋内的梨花木香熏燃出一截灰烬，程晚密切盯着李女士，忐忑地等着后续。

李女士先是蹙眉琢磨了一下现在年轻人起英文名的审美，而后神态肉眼可见地浮现迷惑，心神交战的最后，她选择绕到男生身侧鼓励地拍了拍他的肩。

"加油，鲍勃。"

"噗，哈哈……"

程晚没忍住的笑被一道漠然投来的冷冽视线叫停，她察觉到少爷不爽，干巴巴地收回放肆的嘴角，低眉顺眼，朝他递去一个委屈的眼神。

周北洛咬牙。

"时间也不早了，"眼看今晚这两人的氛围是烘托不起来了，李帷清望了眼不远处墙壁上的米色挂钟，淡笑着往楼梯的方向走，"晚晚一会儿记得去送下小洛，你俩有什么话想说的，继续。"

刚才看星星看到一半出来，肯定憋着一肚子的话要说。

李女士的身影逐渐消失在螺旋式楼梯口，周北洛回头望着夜空中稀疏的星星，揣兜冷漠地裹紧大衣："程晚。"

女生硬着头皮蚊子似的"嗯"了声。

"你看那颗星。"男生走过来扭正她的脑袋，手肘有一搭没一搭地拍她肩头，居高临下，存在感极强地迫使她扭头。

"看到了……"

周北洛周身的气息像要把程晚整个包围住，后知后觉的程晚耳尖染上一抹红，心跳快得有些突兀。

"像不像你没发育完全的小脑？"少爷黑眸沉寂，侧头没任何情绪地凝视着她。

冷白的指节抓过柜子上的手机，周北洛利落收回落在她脸上的视线，没丝毫停留，转身下楼。

"等等。"程晚反应过来，有些慌神地追下去。

人果然是贱的，这是第一次她被骂了还要去哄对方。

一直小跑到玄关，女生才喘着气扯住周北洛的袖口。

"松开。"高大身影投在地面，周北洛嗓音松垮平淡，不细听，甚至觉察不到他在生气。

程晚在犹豫要不要撒开手。

"松开我这个自私、爱摆谱、'凡尔赛'，还谁都不服的人的衣服。"少爷牵唇，笑得大方，"顺便放我这个自私、爱摆谱、'凡尔赛'，还谁都不服的人离开。"

不能松，他果然在生气。

程晚手指死死揪着他的衣袖，仰头，有些欲哭无泪："我是乱说的。"

"乱说都跟我的情况这么吻合，"周北洛接话很快，"啧啧"摇头，"真行。"

"你一点都不自私！不爱摆谱！是我嫉妒你！你压根不'凡尔赛'！"

"知道了，你烦自私的人，好的，我走。"周北洛难过地皱了皱眉。

"我真的错了！我就是口嗨。"

"自私"这词确实跟少爷沾不上边，他之前出国，学校一些能得但没大用的奖都让出去了，请客吃饭也是常有的事；"爱摆谱"这点单纯是程晚个人视角……她总觉得高冷哥干点什么都比别人有派头；"凡尔赛"……他确实有时候挺"凡尔赛"的，但这时候不能挛。

程晚从他手臂边绕过去，故意钻到男生视线停留的位置，无辜地望着他，试图跟人讲道理。

"这些话，我确实说得有点过分……但是你为什么要装醉？"

前期蔫得像是要与世长辞了，后期推门出去告状的时候又跑得比谁都快。

程晚想起来了，这人不管是刚才还是现在，步伐都稳得很，压根不存在醉酒后走路歪七扭八的状况。他好像真的没醉，但不醉怎么会那么撒娇？

男生笑容更甚，嗤笑着弯下腰，一字一顿道："因为，我自私、爱摆谱。"

程晚噎了半响，实在找不到扭转局面的方法，干脆破罐子破摔小声道："……你也不要灰心，是人都有缺点。"

"程早早，"周北洛语调闲闲的，像是随口一问，"你工作一般不和甲方对接吧？"

"我尽量不和甲方直接对接，但偶尔缺人手了我会顶上。"程晚回得真诚，脑回路跟着跑偏，压根没意识到话题跳得多快。

"那还好。"

云里雾里的一番对话，虽然有些摸不着头脑，但程晚的直觉分辨出周北洛在讽刺她。

女生刚准备反驳回去，手机铃声响起。

她是接听后才看见来电人姓名的，赵多漫。

她白天在公司点个卯就匆匆回家了，最近公司事情多，赵多漫一个人肯定忙不过来。

程晚回忆起早上赵多漫的颓废样，温声安抚道："漫漫，你稍等，我忙完就回公司帮你。"

"不用了，晚晚，"赵多漫语气有股平静的发疯感，"三分钟前，公司倒闭了。"

程晚惊呆了，她才离开半天！

有时候程晚觉得古人说的话还挺有智慧的，例如他们总结的"病来如山倒，病走如抽丝"完全可以丝滑套进其他公式中而毫不违和。

比如破产如山倒，创业如抽丝，还比如花钱如山倒，赚钱如抽丝。

得到总是老骥伏枥，兢兢业业，大厦崩塌却只在一瞬间。

糜丽的射灯变着方位照在卡座上，赵多漫已经住在酒吧好多天了，程晚找到她时，女生正窝在沙发上抱着瓶 700ml 的红酒小憩，身侧坐着个样貌清爽的男服务员。

这家纪录片公司是赵多漫大四时就憧憬筹划的,程晚高考那段时间像是把这辈子的努力全贡献了,大学混了四年,一直到毕业都没有决定自己要做什么。幸好那时赵多漫有创业的想法,她就跟着蹭了一份工作。

赵多漫不管对工作还是对人生都一贯有种"能活活,不能活就死"的极致洒脱感,她现在这样,还真挺罕见的。

程晚心里涌上一股酸涩,走到沙发前蹲下,慢慢从她手中把酒瓶拿了过来。

迷蒙的双眼逐渐睁开,陷在卡座里的女生还有些发愣,停了三秒后,才习惯性戴上自己的面具,朝着一边的男服务员大大咧咧地招了下手:"再去叫个兄弟过来。"

程晚垂眸把酒瓶放在黑色茶几上:"麻烦拿条热毛巾。"

喧嚣的音乐声几乎要把耳膜冲破,心脏似乎只能跟着鼓点跃动,程晚没吭声,只静静看了赵多漫几秒,而后对方的眼眶就莫名其妙湿了。

"其实我还挺想做成点事儿的。"赵多漫拿脸蹭了蹭袖子,随后声音更加闷堵,"……但是怎么就这么难啊。"

跑赞助、找大拿,关关难过关关过,初期的时候,她和程晚直接睡在公司,每天早上在洗手间并排刷牙的时候都要对着镜子笑彼此碗大的黑眼圈。

但好像这条路生下来就是死的,快节奏狗血的爽剧兴起,很少再有人肯沏杯热茶,平心静气地坐下来看一部纪录片。因为赛道选错了,所以之后的一切努力就都没了意义。

程晚心一揪,张唇想说什么,又忍住了,眼底也泛潮,凑过去轻轻揽住赵多漫的肩,想给她安慰:"我们已经做得很好了。"

软底卡座摩擦出细微声响,赵多漫吸了吸鼻子,眸底染出触底反弹的欲望:"我之后一定……把公司再争出来。"

纪录片不好做,但也有人在做,那既然别人能做成,她也一定行。

她有家底有同僚,肯花心思,成功只是时间问题。

程晚见她燃起斗志,总算舒了口气:"我随时准备和你并肩作战。"

"好!我们一起!"

朋友的拥抱永远是逆境中吊着的一口气。

松开彼此的同时,赵多漫远远招呼新来的男服务员,嘱咐得缓慢又关切:"照顾好我姐妹。"

程晚不明所以地和旁边的清秀男生对视,那男生看到她时还不好意思地红了耳朵。

微红的耳郭引出了过往的某些记忆,程晚恍神,思绪有些飘远。

记忆还没倒带回去,她搁在茶几上的手机突然跳出两条消息。

周北洛:八点钟方向。

周北洛:叫上你的新欢,过来碰两杯。

新欢?

程晚一头雾水,侧眸瞄了眼身旁正剥着橘子的男生,低头仔细品了品周北洛的消息,突然生出一股心虚来。

但这股感觉刚冒出头就被掐断了。

不对,她怕什么,周北洛凭什么管她?这只是演戏,还给他装上了?

想通这点后,程晚强撑着维持镇定姿态,回头望了眼八点钟方位,纯黑卡座中坐着一个被众人围绕的冷冽少年。

灯光昏暗,只有蓝紫色的气氛灯锲而不舍地探照,周北洛陷在沙发里,半张脸被色彩映得斑驳绮丽。她目光刚探过去,他就好似有所感应般地撩起眼皮,直直撞上她的视线。

少爷表情从容,只眼底流露出一丝睚眦必报的挑衅。他收敛得极快,而后又懒洋洋偏头,拍了拍旁边的位置。

去就去!

程晚腰杆挺直,抱着剩下的酒站起来,杵了杵赵多漫的肩:"漫漫,我们去那边。"

金发女生不明所以地顺着她手指的方向看去,混沌的视线在触及熟人的那一秒立即变得澄澈。

"天啊,周北洛……我把你害了,姐妹。"

那个离谱的传言好像至今都没法散去,就算知晓他们的情侣身份是伪装的,赵多漫总还是认为她姐妹应该和少爷发生点什么……

打量了一圈,他们那个卡座倒是干净得要命,被绝杀外貌吸引,自带酒的美女都被座位两侧的两张扑克脸挡了回去。

清一色的男性,方圆两米内唯一有点女性气息的可能是桌上那杯血红玛丽——毕竟"Mary"应该是个女生名。

不是,你们要是真这么禁欲,真的不如去茶室。

赵多漫在此刻莫名鄙弃自己的庸俗。

程晚和她对视一眼,各自往身侧的男生身上打量一眼。

毕竟是花了钱的,她又没想干什么,戴手套扒个橘子皮,帮忙倒个酒也算消费过。

程晚低眸思忖片刻,大手一挥,朝旁边红耳朵男生招呼一声:"走!"

"慢着……"芥得实在出格了,赵多漫紧赶慢赶拽住姐妹,四周嘈杂,她语气显得更急,"不能把人带过去!"

虽然没经历过,但她也明白,就算是开放婚姻的夫妻也该知道,不管在外面怎么乱玩,绝对不能把人带到家里去。

程晚知道赵多漫怎么想的,她又回头瞄了眼正低眸握着酒杯出神的男生,内心缓缓升上一股博弈感。

不带过去好像显得她怕了一样。

这地儿光线这么暗,应该不会被老妈的熟人认出来,就算被认出来……她也只不过犯了一个全天下女人都会犯的错误,甚至还能为第三阶段相看两生厌期的劈腿奠定基础。

女生收回假意窥探的视线,吸了吸鼻子,声线略微有些不稳,但语气仍旧坚挺道:

"你放心,漫漫,我有分寸。"

说罢就带人雄赳赳气昂昂地杀了过去。

赵多漫愣住了。

绕过端着托盘的侍应生,程晚指挥着小哥一路绕到另一个卡座。

周北洛旁边的位置自刚才起就腾了出来,程晚想到男生刚才的动作,自然以为这座位是留给她的。但她走过去,在面前茶几和沙发窄窄的空地间等了三秒,对方和对方按在座位上的手都毫无反应。

像年久失修的破电脑,一点开就卡顿半年。

……搞什么鬼?你叫我来的!

程晚愤愤,怒气飙到喉咙,还没来得及发出来,忽然手肘被有意撞了下。

"哈哈,来晚了来晚了!"一连颓废了几日的赵多漫虽然笑得比哭都难看,但好在还是找回了自己的精气神,她从没像现在这样发挥过临时救场的本事。

气氛过于寂静,金发女生静默一瞬,猛地把左前方程晚身侧的男生拽下来,硬着头皮道:"别误会……都是我的。"

已经喝到半晕的齐群闻言,呆滞扶额:"你是真有钱。"

"谢谢,刚破产。"

天就这么被聊死了。

程晚总有种捕捉地狱笑话的能力,她成年后体质其实挺特殊的,越逆境,越倒霉,就越想笑。

她扬唇冷不丁地咧了下嘴,还没敢笑出声,回头又忽然发觉大少爷按在座位上的手挪开了,松软的黑色皮沙发上只留一人的空隙。

程晚感到莫名其妙,顿了两秒,还是坐了过去。

随着她坐下,四周一圈男子矜持的目光顿时增强了几倍。程晚挂上淡笑,不怎么怯场地跟人点头眼神交流。

周北洛想创立的游戏公司需要一大批眼界开阔的年轻力量,在座的都是潜在的技术骨干。初创本就是摸着石头过河,万事开头难,他不是那种古板的领导者,于是直接把开会地点定在了公司附近的酒吧,工作早就讨论完了,想留下放松的就留下,不想留的随意。

这是已经走了一部分的情况。

齐群是半路过来蹭酒的,他撺掇说把程晚她们也叫来,周北洛一开始是没打算叫的,但耐不住他一直在耳边吵,索性应付地给人发了条消息。

消息发在十五分钟前。

周北洛问程晚在干什么。

程晚说在家背单词。

挺好,十五分钟后,背到小帅哥边上去了。

男生低垂着眼,不知在想些什么。

吵人的音乐继续，卡座方才中断的拼酒气氛重新燃起，赵多漫携两位男陪兄弟一路搅浑水，直接推着比拼进行到白热化阶段。

周北洛不知道抽的什么风也跟着一起玩，他酒量好，架势也莫名激进起来。

程晚边嗑着瓜子边看他一杯杯灌，忽然记起他们目前的对外关系，于是含着嗓子假模假样地劝了两句少喝。

周北洛懒得理她。

炸耳的噪声持续不断在鼓膜上震颤着，虚狗程晚实在有点受不了，手掌伸进包里，刚把耳机掏出来，一旁的齐群不知什么时候换了座，已经凑到了她面前。

"嘿嘿，程晚，你刚刚是故意让周哥吃醋吗？"

故意让对方吃醋……情侣原来会干这么无聊的事情？

齐群问个不停，持续不断跳出的求知欲像是直接砸在程晚脸上，好像恨不得马上从她喉咙里把答案抠出来一样。

狂热的CP粉头子可不是那么好应付的，程晚想了想，半真半假道："钱场失意，情场失德，很合理。"

"但是你不应该关心一下你男朋友吗？"

你撒不撒糖！你说话！

确实该关心，齐群嘴最大了，糊弄不过去都没好日子过。程晚考量了一阵，总算慢腾腾地偷摸握起周北洛斟满的酒杯："我帮你喝。"

但她手腕还没抬就被轻打到一边。

起哄声巨大，男生眼尾已经泛红，投下来的眸子乌沉。

周北洛指着她的低度果酒，嗓音半含沙似的："去一边养鱼。"

韵调半扯着，跟瞧不上她一样。

看，不是她不挡酒，是他觉得她不配。

程晚喝了半口荔枝果酒，欲言又止地跟齐群对视一眼，而后慢腾腾地启唇道："换个思路，其实周北洛喝醉酒挺好玩的……"

看星星那天，喝了酒的他还没被冷风吹醒的时候，可爱得紧，比他清醒的时候可爱多了，甚至会撒娇。不知道目前的医学能不能无缘无故给人做个手术，如果可以，她希望给周北洛胃上插根管，管口直接对接40度的伏特加酒缸，一步到位消灭他的坏脾气。

"你确定……好玩？"

"好玩的，"程晚再次肯定，"他喝醉就撒娇。"

"撒什么？你从哪儿听说的？"齐群瞳孔炸裂，像发现了新大陆。

"我亲眼看见的啊。"程晚"啧啧"摇头，表情仍在品味当初，没一会儿又翘起尾巴，"可能是对我这样吧，你知道的。"

女生手指在两人中间虚虚比画了一下，给了齐群一个懂的都懂的眼神："毕竟谈着呢。"

"不是，他喝多了就收不住脾气，高中毕业后有次喝醉，跟人起冲突要打人，而上次差点闹到派出所去，还是我给人当孙子才说和的。"

齐群做了个发誓的动作，表情有种和程晚没在同一个世界的割裂感。

程晚微怔，突然发现了一个她上次就该发现但没发现的事实——周北洛那晚好像是在装醉跟她撒娇。

两小时后，告别了酒吧的音浪冲击，程晚和齐群一人身上挂着一具拼酒"尸体"在路边打车。

听到周北洛过往醉酒的凶残史，程晚果断选择离他远远的，但她怎么都没想到的是，赵多漫彻底醉酒后的酒品更烂。

刚才程晚想耍巧去扶赵多漫的，但还没挽上就差点被一记无名神拳打到鼻子。齐群当时刚扶住周北洛，见状惊恐地把人换过来。

他扛揍些，并且他的CP必须在一起！

然后就是两种不同程度的鸡飞狗跳。

程晚几乎是用身体把男生撑起来的，周北洛喝了不少，垂着脖子，耷拉着眼皮，只顾着往下坠。

"别往下滑了。"

"你最好现在是真的没有意识！我警告你，周北洛，你最好自己走两步，我扶不动你的，你要是把我绊倒……"

凌晨的风凛冽，吹得人发冷，男生似乎被叨得烦了，本能地往温暖的地方躲。

时间都仿佛在这刻静止。

颈窝处的热源像是带刺，程晚瞳孔猛缩，惊愕地低头看着周北洛，他正缩在她肩膀上。

男生身材高大，窝上去时背脊蜷缩，看着束手束脚的。

脖颈上不时传来灼人的热气，烧得那块皮肤都发麻了。

……酒味好冲，他喘息的时候总会传来这股味道。

程晚下意识吞咽了下口水。

她被拖得彻底迈不开步，好在下一刻就看到了熟悉的车牌号。

司机刘叔一眼就看到了他们，当即一脚刹车，把人扶上后座。

意识不清的人不会反抗，周北洛比绝大多数时候都更任人摆布，程晚看见他在后排坐好后，才婉拒了刘叔的好意，自己打车回了家。

浴室镜子上的水汽晕得看不见人形，女生撑着洗手池，单手抹开镜面上的水雾，眸光不由自主又滑落在脖颈上。

被热水冲洗过的肌肤透着淡淡的红，滚烫的呼吸被水流晕过似乎扩散得更开了。

临到晚上爬上床，拉灭夜灯的那瞬间，她才恍然记起周北洛倒下来的那刻好像说了什么话，含混不清的。

好像是"程早早，你不准这样对我"……

程晚别扭地拉高睡衣领口。

万籁俱寂中，一只手倏地伸出勾住琉璃灯罩下垂着的细绳，而后纤长手指轻轻一拽，低矮木柜上散发出莹莹光晕，整个卧室重新亮了起来。

程晚闷在被子里良久才伸出半颗脑袋。

她一点困意都没了。

"程早早，你不准这样对我。"

如果孙大圣的紧箍咒有形态，那一定是这句话的样子。

任谁都能听出这话的不寻常意味，周北洛像是在索求着什么，并且不满她目前的态度。

可……为什么呢？

程晚还记得周北洛带着醉气缩在她脖颈呢喃的样子，他最近示弱次数太多，简直不像本人……或许，有没有可能是她听错了？

裸露在外的小臂肌肤爬上薄薄凉意，程晚思忖片刻，从枕下摸出手机，找最了解周北洛的齐群打探消息。

程晚调出两人的对话框，很快敲去一行字。

绝望主妇钓凯子：睡了吗？跟你打听个事。

齐天大圣：还没有，你说。

绝望主妇钓凯子：周北洛最近有没有和其他什么人密切接触？

齐天大圣：你们的感情这么快就出现第三者了？

绝望主妇钓凯子：也不是，只是我太爱他了，就容易胡思乱想。

程晚挣扎着摸摸鼻尖，用自己微不可察的想象力展开联想。

绝望主妇钓凯子：例如，他身边有没有出现一个叫迟渺渺、方晓晓，或是时皂皂的人？

……没准感情是真的，但名字念错了，这种抓马的事在她的人生中出现并不新奇。

程晚打完字，焦急地等着回复。

齐天大圣兄弟良久才扣出一个问号，而后像是绞尽脑汁终于想到了一个他兄弟最近交往过密的人。

齐天大圣：赵大刚行吗？

周哥最近初创，跟团队骨干赵大刚关系不错，而且赵大刚大名叫赵刚刚，符合她名字要求的 ABB 结构。

这跟 ABB 结构有什么关系？

程晚心中一团乱麻，随便找了个借口结束话题就扔下手机重新蜷缩回去，松软的白被包裹住肢体，纠纠扰扰的情绪也渐渐沉寂安分下来。

爱叫谁叫谁，不管哪种情况，她最近几天都躲着周北洛好了。

杂乱的思绪渐渐平静，困意渐渐袭来，台灯绳子一扯，昏黄的光线瞬间又在卧室中消失了。

逃避虽然可耻，但有效。一连几天，失业人员程晚都缩在家里没出门。

租的平层公寓楼上又在搞什么重新装修，施工大叔每天大锤抡得飞起，一下一下都像是砸在她本就脆弱的神经上。

她索性直接搬回了家，对外宣称得了什么传染病，自我封闭起来天天划招聘软件。

李女士和程爸本来是想试着给程晚在名下的企业里找个职位历练的，但这明显是圈套的手段，程晚绝不会上当，她宁愿在外面拿点小工资也不愿意做什么都被监视。

在跟 5 个 HR 发完"打工人早上好"表情包后，程晚懒懒地翻身下了床。

二楼整个活动区域都是安全的，除了吴妈会上楼给她送饭，没人踏足。

晨间倾洒下的丝丝缕缕阳光驱除身上的浊气，程晚推开露台门，悠闲地伸了个懒腰，眯起杏眸正感受着太阳的温度，忽然听到李女士的声音。

她似乎在浇花，淅淅沥沥的水声中，间或夹杂着一声热络的寒暄。

"小洛，你今天在家啊？"

程晚耷拉着的耳朵瞬间竖起，忙往视野盲区躲，却还是在藏起来的一瞬间被楼下男生的视线逮了个正着。

周日，罕见的晴天。

周北洛根据气温调整穿着，单套了件松松垮垮的黑色卫衣，仰头时，冷白脖颈线条和下颌轮廓明晃晃地刷着存在感。

骨骼感强的人稍微打扮下就轮廓鲜明，像是从漫画中走出来的。

周北洛的模样冲击性极强地闯进脑海，程晚心中警铃大作，忙滚回房间，临关门还捞走了碗吴妈放在茶几上的板栗鸡汤。

房门关闭上锁，女生惴惴不安地想着那晚的画面。

其实不光是那晚，之后几天周北洛也给她断断续续发过几条消息，类似于"你最近失踪了吗"或是"终止合作请扣1"的阴阳术语层出不穷。

而程晚除了回复了个"t"退订后，就再没理过他。

程晚做事就这德行，如果说每个人都像一种动物，那她最像乌龟。

缩头缩得很利落的那种，遇事不决就逃避。

叩门声不轻不重地响起，程晚盯着没有丝毫移动的锁芯，安心地端着碗在床边静静喝了口鸡汤："谁？"

含汤的声音正好模拟了重病的虚弱感，程晚嗓音糊得黏腻，夹杂着淡淡的羸弱，就像是刚从睡梦中惊醒，出了满头虚汗的重症患者。

刚在楼下瞄见她的周北洛无语了一阵，而后半撑门框，淡淡地吐出个单字。

"装。"

口感醇香的板栗鸡汤顿时卡在喉咙里不上不下，程晚坐立不安起来。她清了清嗓子，慢慢挪到房门口,隔着门,耐着性子好声好气地跟恶人交流。

"是你啊,好朋友,我最近得了传染性疾病,为了你的健康,我就不开门了。"

"可以,你别开,"周北洛脾气很好地应下来,随后撤步,"我刚好有点事想跟李阿姨交代,那我下去了。"

"别——"软肋被戳得精准无比,程晚迅速单手开锁扯门。

她小脸皱成一团,烦闷的表情还没来得及收回就被男生捕捉了个透彻,一同被来回打量的还有她手中精致的白瓷小碗。

周北洛的视线在瓷碗上停了好几秒,而后牵唇笑得缓慢:"喝鸡汤呢?"

"……随便养养身体。"程晚强撑出一个干巴巴的笑,随即放下碗碟,移动速度降低三倍,几乎是爬一般地缩上床,认真裹好被子。

周北洛挑眉,随后听见女生装模作样地轻咳两声,口鼻捂得严严实实,眼里像漫了一层水汽,轻声道:"这病真的传染,有什么事我们漂流瓶联系吧。"

"什么病?"男生抱臂懒洋洋地站在床尾,压根不接茬,"你还知道漂流瓶联系?你微信号被盗了?"

"……最近家里网不好。"

黝黑视线打下来,扫得程晚浑身不自在。

事实上,自从她脑海中冒出周北洛可能喜欢她这个诡异想法后,她就没自在过。

这是什么天方夜谭?就像小灰灰爱上了美羊羊,熊大开始追求光头强。

翻涌的情绪抑制不住,有些想往外冒,程晚别过脸,强忍住要揪他领口把人晃清醒的冲动,艰涩地开口:"……我之后会努力回你消息的。"

其实现在她对周北洛的排斥相较之前已经好太多,不回消息也是在抑制自己的自恋冲动。

毕竟对昔日死对头问出"你是不是暗恋我"这种话,真的……

如果是她,绝对会把这幕拷贝在大脑皮层,时不时拿出来360°立体环绕,来驱散黑暗。

兄弟,你真的很让人发笑。

沉默过久有些不合时宜,周北洛见程晚的表情确实有些不对劲,便揣兜往前迈了两步,弯腰伸手探向她额头。

微凉的触感贴在额头,程晚下意识看向他,视线扫得有点没力。

周北洛年少时长得就拈花惹草,现在比起之前更是有过之而无不及,她自以为有他坏脾气的负面滤镜会对这张脸免疫,但他忽然凑近,她还是被这张脸晃得一愣。

周北洛其实更像单眼皮,只是眼尾多出来一小截虚虚的褶皱。多了一小段阴影,他垂眼看人时,莫名显得冷漠的情深。

冷漠和情深怎么能挂在一起?

积攒的情绪翻涌,程晚又开始犹豫:"周北洛……"

体温显示正常,从刚才她有滋有味品鸡汤的模样也能琢磨得大差不差,男生掀起眼皮,懒懒扫了她一眼,挤出一声低哑的鼻音。

"嗯?"

"你……你……"程晚支支吾吾。

周北洛盯着欲言又止的她看了两秒,顿了下,忽然低下头,欠欠地掏出手机:"知道了,帮你砍下拼多多。"

"你是不是暗恋姐?"有了周北洛的插科打诨,这句难开口的话顿时产出得轻松,程晚破罐子破摔地抬头,认真观察身侧男生的举止。

握着手机的手倏地停住,男生优越的眉眼从屏幕转到她脸上只用了半秒,饶有兴致地对上她的视线,扯出的笑几乎称得上恶劣。

"是,而且难以自拔。"

听着怎么有点不对?

程晚额头冒出几根黑线,不理解他为何这种时候还能不正经:"我认真问你的,你好好说。"

"程早早,"男生慢腾腾地从床侧站起身,又弯腰笑得有些傲慢,腔调拿捏得不可一世,"放风筝呢?飘这么高。"

好好好,听到你还是这么会损,我就放心了。

这要心理素质多么强大才能在喜欢的人面前这么嘴贱。

要她说也不可能,因为她了解周北洛。

程晚终于能成功呼出那口堵了好久的气。

元气值充满,她瞬间掀开被子,活力满满地跳下床,嗓音都比刚才澄亮许多:"你真是吓我一跳,那天你喝醉,我不计前嫌地驮你走了一阵,你不知道你有多重。"

程晚趿拉着拖鞋又奔向白瓷碗,碎碎念抱怨完,没听见回音,纳闷地回头看了眼,却见男生不知何时站到了她背后。

"嘘——"周北洛一脸深情,"别对暗恋者这么说话。

"我怕我爱死你。"

"爱死你"明显是句大胆的宣誓,但这类情感浓度过强的词汇如果宣泄的场合不妥,极大可能是对方在阴阳怪气。

程晚木木地盯着白瓷碗中的板栗鸡汤,内心有些懊悔。她为什么不在周北洛刚来的时候就把汤泼他脸上呢?现在汤已经冷了,可能没办法再冲破厚脸皮的铜墙铁壁。

她抬头挪开与周北洛的对视,麻木地闭了闭眼,随后像是做出了什么心理建设,拿起碗,一边走出房门,一边切换话题。

"谢谢,最近没什么减肥的打算,就不用你过来帮我催吐了。"

男生不甚在意地挑挑眉,口吻又恢复之前的吊儿郎当:"没什么好谢的,我妈让我来的。"

少爷的言外之意是探病这一举动本身就不是他自愿的。

程晚脑海中倏地闪过他探她额头的亲昵动作,许是认识时间太久,平时在外演得过于习惯，她刚才竟然忘记躲。

缩着脑袋偷偷瞄了眼周北洛的神情，程晚莫名读出了点封建社会乱搞男女关系的无妄罪名。

周北洛这样的人，虽然表面对女生敬而远之，但他跟异性相处的时候也都是大方坦然的，从来都是别人红着脸看他……除了他疑似长玫瑰痤疮那阵。

少爷可能觉得这没什么大不了的。

其实对程晚而言，两家关系走这么近，周北洛如果发烧，她探下体温或是帮忙临时照顾一下都不算个问题。

额头的怪异麻腻感渐渐扫光，程晚下意识伸手揉了揉脑袋，问道："周阿姨叫你来干什么？"

话刚问出口，程晚才迟钝地想起两人的对外关系，她卧病在床，周北洛确实是应该来看两眼的。

然而周北洛还没动作，程晚就听见楼梯口传来一阵急促的脚步声。

神经骤然紧缩，女生顿时惊慌失措地把碗放在茶几上，而后拉高领口，遮遮掩掩地捂住口鼻往卧室跑。

旁边的闲人饶有兴致地靠着门，瞧着她惊慌失措的样子。

"晚晚——"李女士已经提步走上来，用眼神遏制了程晚的下一步动作。

程晚顿时虚弱摇晃，条件反射般就近扶墙，却在手臂伸出去的下一刻摸到一个硬邦邦的胸膛。

周北洛一愣。

程晚也愣住了。

触感放大十几倍，指尖蜷缩的弧度都仿佛夹杂着什么不可告人的心机。

周北洛先是怔了瞬，而后垂眸，视线漫不经心地从她摁着的地方慢慢挪动到女生脸上，尾音莫名上挑："动作计算得……挺精准。"

程晚抿了抿干燥的唇，刚想为自己的失手辩解几分，弯折的小臂又猛地被一股力道托起。

周北洛游刃有余地托住她的手臂，弯腰揽上她的肩膀，语气变化得急速："小心。"

一贯冷淡的嗓音中流露出淡淡的关切和少有的心疼。

如果非要精准计算，那音色中的关切占七分、心疼占三分，这种对情绪的精准把控，程晚之前只在霸总眼中的扇形统计图中见过。

……膜拜了，影帝。

李帷清站在两人背后看到这幕，不禁露出一个欣慰的笑。

虽然违背了传染病护理法则，但某种意义上怎么不能算看出了些问题呢？

谁不想自己女儿被认真对待，尽管晚晚宣称自己的病具有传染性，但小洛仍旧丝毫不在意地搀扶住她，不跟她保持距离。

人都是双标的，能够这么用心地对待自己女儿，李帷清对周北洛的印象更好了三分。

"李阿姨，"周北洛回头，甚至还体贴地嘱咐她一句，"你注意戴口罩。"

三分……已经满足不了了，直接再提六分。

程晚被雷得轻咳两声，转头看到老妈脸上的欣慰和满意后，又麻木地把视线转移到周北洛脸上。

她开始怀疑装和演是不是共同的，这人实在太懂得怎么演戏了。

小臂仍旧被托着，隔着布料依然能感觉到不轻不重的力道，程晚垂眸，心里忽然生出不适的痒意。

李女士摆手算作对周北洛的回应，口吻体贴得分不清是谁的亲妈："小洛，你要注意防护才是。"

"没关系的，阿姨，"周北洛演得得心应手，乖张目光在程晚脸上绕了一圈，再转回去时又变得温和惆怅，"早早这么难受，我就算不能代她受过，也想和她一起承担。"

程晚腹诽：你信不信我现在不装了，把病历本甩我老妈脸上？

"程晚。"

扎刺的思绪在一声附带警告声中截止。

程晚不明所以地看过去，就看见李女士正严肃地盯着她："你什么表情？小洛的话你没听见吗？要怎么回复？"

程晚低头盯着少爷的球鞋，强忍住要踩上一脚的冲动，吐音艰难，像刚跑完八百米又要去爬山的勇士："……谢谢，爱你一万年。"

"我也是。"头顶传来更加深情的口吻。

她真贱……真的，如果要给这份贱加上一个时间，那将会是，一，万，年。

程晚欲哭无泪。

"对了，阿姨，上次你拜托我的让程早早去我公司上班的事情，我这边是可以的。"

李帷清："真的吗？小洛，我们晚晚之前还没接触过游戏领域。"

周北洛："没关系的，阿姨，我也是初涉猎，公司的员工都是一点一点学的。"

程晚表情诡异："喂……"

这是什么时候的事情？怎么没有人问过她的意见？

李帷清："那在那边具体是做什么工作呢？"

周北洛："她可以做一些游戏文案，但是如果觉得吃力，可以做我的助理。"

"助理不就是小弟？"程晚瞬间瞪大双眼。

李帷清笑得跟朵花一样："程晚这几天因为工作的事都累病了，没想到这么简单就解决了。"

"阿姨，你放心，如果早早不同意，坚持要上班……其实她不上班，我也能养得起她，盈利都归她也可以。"

……等等，这个她同意！

"小洛，阿姨真的不知道说什么了，"李帷清有一瞬间的失神，"晚晚能遇到你……"

"遇见她……"

程晚感觉手臂上的力道又重了些,恹恹地抬眸看去,正好对上周北洛唇边轻笑的弧度。

男生注视着她,扯唇,一字一顿地放着懒音:"才是我这辈子最大的幸运。"

李女士被忽悠得一愣一愣的。

程晚在傍晚时分成功被打包推出来跟周北洛放风,美其名曰要她去去身上的病气。

夜间的风格外轻柔,还带着前几天降雨残存的潮湿感。

女生裹着毛茸茸的睡衣,慢腾腾地散着步,表情已经全然佛系。

其实她很怕做选择和决定,最好只缩在一个舒适圈中永远不出去。这次漫漫的公司倒闭,她虽然没表现出颓废,但还是有点奇怪的慌张。

可能有时候不抱期望是最好的。

她还记得大学快毕业那会儿,两人脑门一热就做了这个决定。大多数时间,她对人生是没有规划的,在大家都积极为未来考虑筹划的时候,她倒显得手足无措起来。

也不能说是不敢面对未来,只是选择太多,她怕走错路。

好在赵多漫是个风风火火的性子,拉着她大手一挥就创办了公司,之后的日子虽然累,但也顺风顺水。日子有奔头,她们有共同的目标,努力起来也不觉得吃力。

这次重新投简历算是把大四时欠缺的对未来的规划都补了起来,与此同时,程晚也认清了一个残酷的现实——或许大家在找工作时都是不太考虑自身精神追求的。

薪资、工作时长和对口专业才是首要筛选标准,理想与热爱这种事在大多数人眼中都和工作扯不上半毛钱关系。

工作只是工作,只用来养家糊口。

去周北洛的公司上班恰好能治她的选择恐惧症,她其实也更倾向于初创公司,不太喜欢每天按部就班地工作,最好能让她感觉到公司一点点变完善的过程,这样才能带给她更多成就感。

……只是之后两人在同一家公司,演戏的场次要成倍翻滚了。

痛苦。

"周北洛,"程晚惋惜地叹了口气,"你能不能……从你公司退出,让我自己去上班?"

"能啊。"卫衣被风吹得鼓起浅浅的小包,男生揣着兜往后退了半步,慢悠悠地说道,"程早早说什么我都能。"

这人居然还不出戏……

周北洛今天像是长在程晚家了,看似在陪护病人,其实大半时间都在二楼客厅玩游戏机,只有中午和晚上给她送了两次饭。

他托着餐盘推开程晚房门的那刻,莫名又激发了程晚努力赚钱的上进心。

她决定暴富之后雇三个这种姿色的男保姆每天在身边服侍。

思绪纷乱时,程晚低头瞅了眼两人中间的空隙,下意识又想起他醉酒时说的那句话。

……那名字实在太引人探究。

今天的相处貌似还算融洽，程晚纠结一会儿后还是拉开距离，佯装平静地问出口："周北洛，你最近是不是追了什么古早偶像剧？"

周北洛不解。

"什么欧浩辰、迟早早的剧，叫什么《爱情是从告白开始的》，你看过没？"

她追剧狂热的时候没准也无意识地念过里面的台词，更别提别人喝醉后表现千奇百怪。

虽然可能性有点小，但万一真是这种情况呢？

"爱情是从什么开始的？"少爷的脚步微不可察地顿了顿，语气闲散，慢条斯理，"没听过。"

"你再仔细想想，或者其他什么关于爱情的……"

"程早早，你什么意思？"周北洛扯了扯唇，打量着程晚的表情。

"嗯？"他语气似乎有些郑重了，程晚不明白他为什么会有点生气，一时间有些茫然。

"你说告白干什么？"周北洛被她这副呆样搞得没脾气了，忽然压低身子，似笑非笑的，想吓一下她，"你暗恋我啊？"

"暗恋？我俩跟这个词没一点关系，我暗恋你的传闻是假的。早上我问你是不是暗恋我也是脑子抽风，我们……"

"如果，"男生被程晚的快语速吵得头疼，他点点耳朵，身形在路灯下显得更落拓，这会儿正好走到背光处，程晚看不清他的脸，只听见他清冽又淡然的嗓音，"我是真的暗恋你呢？"

心跳慢了一拍。

好熟悉的场景。

高中的周北洛，好像也是在这样一盏路灯下，站得挺阔肆意，他那时没背光，但程晚低着头，不敢看他的表情。

她只记得，那会儿他说的是——

"程早早，你能不能离任放远点？"

……好下流的心理战。

程晚抱腿瑟缩在卧室的飘窗上，身边的赵多漫乐呵呵地嗑着瓜子，一副吃瓜群众的模样追问着后续。

"所以你后面是怎么回答的？"

"我还回答什么？"程晚回忆起当时的场景，神情渐渐流露出些许恐惧，手撑软垫，情绪明显比之前激动不少，"那种情景下只能跑了好不好。回来的时候，我妈看到我飞奔那么健壮，追到我房间通知我明天就去周北洛的公司上班，我……"

"哈哈哈。"赵多漫没绷住，刚放肆地笑了几声就被一记眼刀警告，只好收敛些，吐吐舌头,"抱歉,没忍住。"

"……你还听不听了?是谁说要来给我排忧解难的?"

赵多漫听说这个消息后,一路油门飞奔过来,程晚发完消息,冲个澡试图冷静下,听到卧室门被敲响时,头发都没干。

真正的好朋友就是该在需要的时候瞬间出现,程晚刚才还感动了好久,直到听见身边的人第三次憋笑出声。

谁都指望不上,这人就是过来听八卦的……竟然还自己带了瓜子嗑。

半潮的头发垂在颈后,程晚哭丧着脸,陷入深深的绝望中。

"晚晚,你也别太伤心了,被周北洛喜欢也不是什么坏事。"赵多漫抬抬下巴,揶揄地给她递眼神。

"这招……简直下流。"凝视软垫的视线逐渐聚焦,程晚慢慢想清了事情的真相。

赵多漫一脸问号。

"他知道我恶心他,就专门说这种话来报复我。好好好,我马上找家婚庆公司帮我谋划,我要向他求婚!看谁恶心死谁!"

程晚单脚点地翻身下来,攥着皱巴巴的睡裙,气冲冲地要找手机喊人。

赵多漫惊愕,连忙拖住她:"不是,你冷静点,晚晚,你为什么就不相信周北洛是认真的呢?"

明朗嗓音像是震荡在脑海中的一轮旋涡,愈加凶猛地冲击着神经。

女生脚步微顿,小臂被拽住,指节重新蜷紧,又想起刚才周北洛在路灯下弯腰认真跟她讲话的样子。

他光风霁月的,揣着兜,被盈盈月光绕着,眉梢轻扬,好像还是那个不可一世的17岁少年。

"……不可能。"程晚下意识否定道。

17岁的周北洛像恶魔口中最锋利的尖牙,兴趣上来不会顾虑任何教条和世俗。

不论是喜欢谁,他都不会采用暗恋的方式。

周北洛不可能喜欢她。

他对她态度一向很差。

"万事皆有可能,丘比特的箭逮谁都射。"

爱神丘比特是位极具个性的神仙,射箭还蒙着眼。

兴许是天上人少职位多,HR(人事)考核不严谨,要程晚当面试官。这种明显影响工作状态的眼疾患者,她绝对第一个Pass(淘汰)掉,换一位裸眼视力全是5.2,且祖孙三代全部没有青光眼病史的健全人来担任。

但程晚今天来上班绝对不是爱神出招,而是财神出手。

早上九点,高耸建筑楼的大厅里全是步履匆匆的财神信徒,程晚低眸看了眼手机屏幕上的对话框,黑色头像旁是一条简短的楼层消息。

23层。

初创游戏公司的成员大多是从各大高校中拉拢的业务骨干，眼光新锐，嗅觉灵敏。

听说周北洛在大学期间就在积累人脉，这群骨干自从得知他归国后就集聚起来，还没租下办公楼时就经常在烧烤摊、酒吧等地方探讨研发方向。

杂七杂八的小道消息打听下来，程晚感觉自己这次就职很像是手拿平底锅混进一群满配狙击枪的职业大佬中。

世界是个巨大的草台班子，班子中的其他人都是台柱子，只有她脸上写了个巨大的"草"字。

……真的很草有没有？

电梯缓缓升到23层，女生顶着一脸视死如归的表情迈出电梯。

和大多数写字楼内的布局都差不多，绕过几张陈列简洁干净的格子间，程晚望见办公区内有间全玻璃的单间办公室，侧面清透的玻璃隔层罩着干净的米色百叶窗，沉寂地阻挡住外人继续向内窥探的视线。

门外的鎏金挂名框空荡荡一片，程晚站在玻璃门外，踌躇着要不要先在手机上给周北洛发条消息，面前的门突然从里面被拉开了。

走出来的是位娇小女生，柔顺的栗色长发披在肩后，手中抱着湛蓝色的文件夹，见到程晚时眼睛忽地睁大，探头朝里通报了声。

"程晚姐姐来了。"

话是朝里递的，但一声之下，办公区里所有气息尚存的人齐齐昂头把视线投来。

好奇、惊诧、崇拜，混杂着各式各样奇怪情绪的眼神蜂拥而至，像被人摁头压进气泡绵密的水池中。

程晚今日状态不佳，很难像以前一样伪装社牛大大方方地打声招呼，于是当即头脑发蒙，飞快扯开玻璃门钻进去。

"这些人怎么……"

黑木桌上是安静撑脸的周北洛，他微扬的眼角有时很像狡诈的狐狸，但并不是任放一般的矫揉媚态，而是更像运筹帷幄，静看人表演的狡黠。

程晚没吐出的话径直被咽了下去，禁锢的大脑又开始死命冒脏字。

只顾得躲外面，忘记躲里面这位了。

周北洛那晚的话虽然被程晚归结于耍贱，但演得太像，她实在很难全然卸下对他的防备，狗头军师赵多漫的话萦绕在脑海里，让人心里更打鼓。

他要是真喜欢她……她宁愿卸下这层伪装，直接浪迹天涯去街头讨饭。

周北洛和她……不行，绝对不行。

程晚的表情像是被男生截图下来逐帧分析，男生垂眸轻笑一声，随即自然收起刚才的神情，嗓音很淡："玩呢？还不过来？"

程晚警觉的神经逐渐放松。

她有时候真的怀疑自己是不是有什么属性，周北洛这么不给她好脸，她心里真的很舒服……

兄弟，好喜欢被你骂，嘿嘿，骂得我心里暖暖的。

警惕心渐渐消失，程晚实打实地松了口气，终于敢把刚才没问完的话说出口："怎么外面的人都认识我？"

"新公司，人多口杂。"男生吐字简洁，点到为止。

提前说一下两人的关系，免得之后被人打听起来说漏了嘴。

程晚了解地点点头："那第一天我需要做些什么？我查过，好像说有什么剧情策划或者文案的职位……"

"不急，先熟悉公司。小祟。"

刚才那个栗色长发的女生随即推门进来，眨眼等待通知。

转椅上的男生稍牵唇，淡漠的视线在触及程晚的脸后倏地变温柔，笑着开口："带她熟悉下环境。"

小祟的眼神在两人身上打量一圈，像是在八卦，但隐隐又透露出别的意味，程晚明显察觉到她和周北洛眼神交流得更多。

但程晚低头还没细想，手臂就被人轻轻挽住，女生甜美的嗓音顷刻间将她的注意力全数吸引走："程晚姐姐，我是公司的实习生，今天我负责带你。"

走完流程已是中午了，手中的拿铁温热暖甜，程晚在小祟期待的目光下喝了一口，再抬起头时惊叹："口感真的好好。"

"是吧，小周总在楼下咖啡厅充了年卡，给我们一人发了一张，畅饮畅食，我们听了后都惊呆了，竟然连我这个实习生都有。"

小祟揶揄地看着程晚，表情透露出几分八卦。

"程晚姐姐，你能给我讲一下你和小周总的感情经历吗？我身边真的没有像你们这么登对的情侣！"

"你不知道，我看见你的第一眼就觉得你和小周总的感情一定很好，我那结婚快20年的爸妈都没你们看着登对。"

程晚嘴角微抽，张了张唇，不知如何开口。

姐没什么好教你的，唯一给你句忠告就是不要相信自己的直觉。

程晚强撑出一个尴尬的笑，看小祟实在羡慕，她顿了下，只能盯着桌面小声撒谎："我们确实……'狠'幸福。"

"程晚姐姐，你教教我怎么挑男生吧。"小祟鼓腮，有些愁闷，"感觉现在的感情都太不真挚了，遇见的人都不知根知底，总是让人不放心。我室友前段时间就被骗了，每天在寝室以泪洗面。世界上渣男怎么这么多！"

"学校里也有人追我，但是像小周总这种温柔大方、有礼节、帅气、脾气好、家世优越，嗯……还有，"小祟乘其不备，飞速偷瞄了眼手腕上的小抄，"专一深情、浪漫潇洒的男生，真的好难找。答应我，千万千万要珍惜他，让他溜走后，你一定会后悔的！"

女生说得激动，还认真握住程晚的手。

听别人全方位立体化地夸周北洛，程晚的心情异常玄妙。

她很想说点什么坏话，犯下贱，但作为初出茅庐的小情侣，周北洛现在吐口痰，她都要夸它是口 82 年的古董老痰。

程晚神色有些不忍，或许这姑娘是真的喜欢周北洛。

小崇为人也挺好的，热情大方、可爱得体……

相握的手忽然变换位置，程晚纤长的手指盖上女生的，像是做了什么重大决策，口吻却异常洒脱："实在不行，等我们分了，你们俩谈。"

接收到小崇震惊的神色，程晚怕她不信，眸色又正经了些："放心，不会让你等太久的。"

……听说过下午茶预约、图书馆预约，还是第一次听说恋爱预约。

小崇内心呐喊：姐姐，你的心真的这么宽吗？

起初小周总交给她这项任务时，她还很不理解，毕竟他看上去不大像那种现在风靡的患得患失的失落小狗人设，但刚刚听到程晚姐的表态，貌似……摸出了几分脉络。

原来 Boss 的担忧考量不全无道理。

小周总步步筹划前进，而程晚姐每分每秒都在后退！

她宣布，从这一刻开始，这将不只是 Boss 交给她的任务，她必须守护好对爱情岌岌可危的美好憧憬！

临近午休，写字楼一层大厅内穿着简洁精致的男女穿行，角落咖啡店的白色工艺椅上，两位女生相对而坐。

感受着白瓷咖啡杯的温热，历经大半分钟的沉默后，程晚平静地把视线从小崇脸上挪开。

果然，周北洛就是块烫手山芋，小崇应该也是觉得周北洛长得太浪荡，在犹豫不决。

程晚从小就从众，别人不要的，她也不要。

不知道为什么，得知周北洛行情不好，她隐隐有些想笑，杵着脑袋思索一会儿，憋了三秒还是打开了微信。

程晚：周北洛，你听我的，你是一棵烂叶菜，除了我，没有人愿意和你谈恋爱。（虽然是伪装的，但我也很掉面子怎么办？）

周北洛：你再贬低我一个试试？

周北洛：老子配 800 个你不带转弯。

程晚：你自信的样子像极了村口配钥匙的大爷，他生意好的时候，确实一天配 800 把。

手机"嗡嗡"振动，这次回复比刚才间隔的时间长些，程晚已经想象到了周北洛的冷漠黑脸。

周北洛：你一会儿最好别回来。

说不过就威胁。

程晚眸光垂落在杯底，前几日担忧真的被喜欢上的阴霾一扫而光，就这种态度跟人家讲话，就算你摁着别人表白都不会信的吧？

"程晚姐。"

"嗯？"

"小周总很关心你，他对你的感情……我无法形容。"小崇神情真挚迫切，像要急于传达某种情感。

能形容出来就奇怪了，他对我根本就没有感情。

手心微微出汗，窗外凉风静悄悄地拂动发丝，程晚顿了一会儿，迟疑道："你看见他的手机屏保是我了？"

小崇作为周北洛的临时助理，应该有机会看到周北洛的手机，周北洛为演戏随便设置个屏保也能说得过去。

"呃……没有。"

"他办公桌上摆了我的照片？"

"也没有。但这不是刚正式上班吗？我相信之后他一定会摆上的。"小崇对自己说回去就提醒Boss！

程晚腹诽：如果不是这两项常见的上班秀恩爱操作，还能是什么？都秀到让别人觉得爱到无法形容了，真该死啊，也不提前跟我串通一下。

……千万不能露馅。

"程晚姐，其实……"

事实上，小崇也只见过一次周北洛流露出那种特别的在意。

上次聚餐，有位和小周总感情很深的朋友计划出国生活，不能再继续和小周总一起工作，小周总整场聚餐都表现得周到自如，没躲任何一杯酒，只是快到收尾时接了个电话，突然匆匆离开了。

当时以防大家喝多，她作为实习生正轮圈帮着递热水，小周总接电话的时候，她正巧听见听筒中的女声。

说的好像是什么……我需要你。

那声音很柔，她当时见小周总一下就清醒了，道歉出门走得匆忙。

从没见过他那么失态的模样。

小崇眼神纠结犹豫地投在对面的程晚脸上，望着程晚漂亮精致的脸蛋，有些不知道怎么补完刚才的话。

"我只是想说，其实男生有时也会缺乏安全感的。程晚姐，你平时没事可以多关心一下Boss，最近工作任务挺重的。"

宁愿让她一个外人来旁敲侧击，也不愿意开诚布公地和自己女朋友谈一谈，谁能想到小周总在爱情中居然这么自卑。

"还有，程晚姐，小周总是真的很在乎你，如果你也喜欢他……千万千万不要抛弃他。"

最近类似被雨淋湿的小狗的伤感文案刷多了，小崇总觉得 Boss 身上有种诡异的破碎感……尽管他看上去像是能一拳把别人打破碎的冷漠酷哥。

最近工作很累吗？

程晚有些意外地怔住。

"我不会抛弃他。"

被人追着瞧，誓立得彻底，程晚说完又讷讷抿了下唇，想补句什么，最终还是住了口。

深情还是要演的，加之第一天来报到，程晚本身就想表示表示，再回 23 层的时候，拎了一堆从餐厅带来的打包盒。

餐厅的两名送餐员外加小崇，一块儿帮忙才勉强把战利品提回来。

有小崇帮她说出请客的话，工位上的未来同事们都格外热络地起哄夸 Boss 的眼光真好。

本来就是既是同事又是朋友，吹捧起来格外没大没小。

程晚站在众人面前莫名红了脸，他们起哄时，周北洛就站在她身后。

鬼使神差地，她回头看了他一眼。

男生西装没好好穿着，外套扣子全散的，领带也嫌麻烦没打，好像穿这类正装只是做个样子，骨子里还冒着懒散不可一世的少年气。

他嘴角也弯着，眉眼的冷融了一截，像山尖尖上独被晨光宠幸的一块雪山。

除去平时交谈时嘲讽的冷笑，周北洛其实真的蛮少笑的。

"周北洛。"程晚像被下了蛊，直到叫出他名字，才渐渐回了神。

她不知道什么时候退了一步站到了他侧边，现在半抬头看着他，距离确实过于亲昵。

"嗯？"周北洛垂眸看下来，嗓音带着淡淡的鼻音，眼中不多见的温和未曾消减，看得她指节发僵。

她真是疯了，竟然想对他说他笑起来很好看。

"没事，"程晚压抑着心里奇怪的冲动，察觉到会被追着逼问时，又硬着头皮补了句，"……你以后可以去卖笑。"

周北洛咬牙。

"别骂我，"程晚预判着，撇唇，可怜巴巴地递过去一个餐盒，"这份专门按你口味点的。"

偏爱是一种模糊不定的情感，具体表现在对待某一个人和其他众人的态度差异上。

周少爷顿了下，抬手接过餐盒，轻飘飘地道了声谢。

"谢早了，Boss。"小崇嬉皮笑脸地凑过来，又递了一杯咖啡过去，"这也是晚晚姐帮你买的，要不是她提醒，我都不知道你喝咖啡不加糖。"

热情观众突然靠近，程晚咬着刚才趁机打包的果茶吸管轻咳两声，有些害羞地埋下了头:"他的喜好我一向记得的。

"我还知道他不吃香菜。"

其实他吃。

"也不吃葱。"

其实他也吃。

"晚晚姐真是对 Boss 太了解了。"

试问,除了父母和挚友,还有谁愿意花心思记住别人的喜好?恋爱还是得别人谈。小崇有种我家有女初长成的养成爽感,感慨地看着两人岁月静好的登对模样。

晚晚姐果然听进去了她刚才的话,知道对小周总好了。

"……你去茶水间领套杯子。"

程晚正不好意思地笑着,就感觉到身侧的男人在她后颈不轻不重地拍了下。

"现在?"她语气迟疑,想午休完再去。

视线相撞,没坚持三秒,程晚就被男生冷冽的视线挡了回来。

"好吧。"

侧身绕过工位,推开茶水间的门,还没进去的那一刻,程晚忽然回头看了眼。

小崇和周北洛正神色严肃地说些什么,似乎是她目光太过直接,高挺落拓的男生微一皱眉,又直直地睨过来。

半挑起的眉明显彰显了某种不悦。

动不动就不开心,奇奇怪怪的……

茶水间面积并不大,布局是窄长的一条,台面上只放着几台咖啡机和成箱的各类饮品。

这处并没有和就餐区连接,倒是做了不少收纳橱柜。

程晚走进来——和饮料瓶对视,神态放松,正要蹲下身去透明橱柜中拿出杯具,身后的门忽然"咔嗒"一声,打开了。

她半俯身的动作一滞。

一股莫名难挨的气压笼罩四周,程晚吞了吞口水,慢动作地扭头偷瞄过去,看到一条长腿不耐烦地一勾,"咔嗒"又一声,门重新关上。

逼仄的窄长空间里只剩两人,空气都仿佛稀薄起来,程晚的心跳得更凶猛。

从刚才进茶水间前的那一眼,她就觉得周北洛的心情突然变得很糟。

但没理由啊,她刚才什么都没干。

男生仍旧没吭声,微上扬的双眸显得格外冷漠无情。

程晚弱弱地往后缩了下。

她有时候紧张会控制不住自己的思路,但没想到这次除了思路,连嘴都没控制住。

"你……

"平时看小说吗?

"最近的小说很流行那种他和她是永远不会相交的两条平行线,他张狂恣意,她温润文静,然后谁都不知道的是,无人问津的茶水间里,他们吻得难舍难分。"

周北洛一呆。

"没有要你吻我的意思……只是最近喜欢看这类文,"程晚越描越黑,盯着男生的眼睛恳切得卑微,"真的。"

浅淡的咖啡气味熏得眼睛热烘烘的,不知道是味道影响还是气氛使然,程晚现在真挺想哭的。

不是,这种话怎么会从她的嘴里说出来啊?

程晚,你真的长大了,连吻得难舍难分这种话都能说出来,以后谈个恋爱还不得主动牵人家男生的小手!

玻璃橱柜中未拆封的杯子放置整齐,女生悲怆的视线停留在上面,良久才硬着头皮随便拿了个盒子,慢腾腾地站直。

空间逼仄的坏处在此时体现得淋漓尽致,窄长的茶水间,几乎只容得下一人通行。

她的视线不容筛选地直直落在面前落拓男生的脸上,恍过神来后又强制移开。

小窗不知何时被打开了,初春的微风静谧地吹在两人中央,收回视线时,程晚下意识扫见周北洛的衬衫领口。

做工考究的白色领口不太服帖地靠着锁骨,男生喉结透着若有似无的骨骼感,修长脖颈上依稀可见淡淡的青色脉络,像早春盎然青翠的绿树萌芽,与木讷沉寂截然相反的生命力。

"难舍难分。"

周北洛话音突然响起,程晚遽然抽离出来。

他嗓音冷淡,手指轻描淡写地点在被注视着的喉结上,脖颈微昂,下巴也顺势高傲挑起:"是吻在这儿?"

刚才的画面源源不断地冲击着视网膜,程晚耳尖淡红,扭捏得彻底。

"来,你过来。"

程晚立马厌了,即刻后退半步,飞快挪开视线,解释得飞快:"我刚才真的是突然想到就随口说出来了,不好意思,冒犯到你了。"

"没事,我还挺喜欢被你冒犯的。"周北洛半笑不笑地走过去,揪住程晚的衣领,"来不来?不是要吻得难舍难分?"

被带着点凉意的手指捏住后颈,程晚觉得被碰到的那处皮肤像是爬上了某种无脊椎软虫。

她欲哭无泪,下意识恳求,声音没来由地变得甜柔:"我真的错了,我下次不这样了……"

男生突兀地冒出一声淡笑,饶是听到求饶,拽着她的手也没有半分想松的意思。

周北洛的视线落在程晚局促的脸上,觉得有趣,正要启唇再逗两句,"吱呀"一声,门倏地被人从外打开。

小崇握着咖啡杯，和人说说笑笑迈进来，在看清里面的局势后表情剧变，刹那间猛地退出去，顺带着还欲盖弥彰地紧闭了房门。

程晚神思放空，浑身僵滞，还来不及尴尬，只听见小崇不同于以往形象的霸气嗓音萦绕在办公区域："未来一小时内！谁都不许进茶水间！"

好怪。

如果没有那份伪装恋爱协议，这种情况下，她可以埋怨地瞪周北洛一眼，或者情绪上头了给他一拳也能说得过去。

但现在……程晚憋屈地瞄了男生一眼。

她甚至还要感谢他，他们的恋爱关系坐实得更牢靠了呢，呜呜呜……

许是看出了程晚眸中的暗骂，男生勾唇，甚至还敢邀功。

"满意吗？"

"我计划好的。"

少往自己脸上贴金。

程晚一把推开眼前的男生，没理他，带着点怒气，飞快拆开手中的杯具。她握着透明玻璃杯凑近水龙头简单冲洗时，瞥见周北洛步伐轻慢地迈了出去。

细润的水珠蔓延在掌间杯中，她垂低的眸不由自主又往紧闭的门上晃了眼。

是有什么毛病吗？他刚才进来的时候气势汹汹的，现在背影倒是轻松了不少。

程晚对游戏的狂热程度其实居中，大学时有位室友是狂热游戏迷，几乎每类游戏都会上手试玩，从中筛选出可玩性最高的，而后逐级向外推广，有几款卡牌类游戏和射击类游戏都是程晚从她那里吃的"安利"。

下午开了个不长不短的会，主讲人赵大刚十分细致地给她这个小白整理了现在游戏的玩法、分类。

程晚事先有过了解，有领路人梳理后，思路更清晰了些。

她了解到目前在孵化的游戏还在初步构建阶段，类型大致混杂了SLG策略类以及RTS即时策略类，或许还有一点儿的建造。

游戏背景和世界观大致设定完成，但角色分类还存在分歧。

保守派建议参考某著名游戏的设定，把角色职业分为八类，可还有一部分人觉得，既然决定从零开始，就不应该模仿国内外的热门游戏，应该扩大职业类型，弄出点新花样。

目前周北洛和赵大刚应该属于创新派，老派游戏高手小崇和几位戴框架眼镜的程序员站保守派。

而程晚……由于没有玩过策略类游戏，暂时没有战队，并且还被分了个任务，非常痛苦。

赵大刚委婉建议她入手一门类似游戏，并尽可能深度地玩透游戏，以增加对项目的更多认识。

程晚答应前夕，看了真正的 Boss 一眼，周北洛撑着脸，一副自己看着办的模样，于是她骨子里仅剩的叛逆开始隐隐作祟。

她当着在场一众同事的面立下军令状，决定七天之内把游戏玩透，并且会发表出自己的独特建设性意见。

这事其实挺难办的。

她对这类游戏并没有太大兴趣，但目前公司里聚集的都是从一两年前开始筹划思考的优秀同事，要她以"Boss 女朋友"这一身份在这里生存……她还没那么厚脸皮。

角落的咖啡杯续了又续，程晚连续玩了两小时游戏后，眼底清澈的愚蠢就只剩下了愚蠢。

"谢谢你，小祟。"咖色液体灌入口腔，程晚觉得自己的生命力又续了百分之二十。

"这本来就是我的本职工作，程晚姐。"小祟蹭掉手上的透明水珠，鬼鬼祟祟地环视一周才埋下肩颈，压低声音，"我帮你旁敲侧击过了，虽然 Boss 的手机壁纸不是你，但也绝对不是别人。"

这么慎重的语气，她还以为小祟能告诉她这游戏的制霸版本。

经由中午的交谈，小祟已经彻底成为自家 Boss 和程晚的爱情保安，她临近毕业事务繁忙，公司的人都对她百般照顾，她必须要知恩图报。

虽然专业能力跟不上，但好在她找到了一条曲折但不失光明的报恩道路——小周总的感情生活岌岌可危。天底下还有这么好搞定的事吗？

身为室友的爱情军师，这件事情就包在她身上了！

程晚姐对 Boss 的感情似乎已经开始退潮了，但经过她对刚才两人对话的反复研究，还是依稀从中找到了些可排除的潜在隐患。

例如程晚姐中午忧心忡忡问她的两个问题：

一、他有没有摆他们两人的合照？

二、他的手机壁纸是不是他们？

目前她已经伸长脖子，借着送文件的理由"偷窥"到了 Boss 的手机壁纸——默认壁纸。

很好……但也有点不好。

一番雄心壮志运转良好，小祟察觉到程晚的疑惑，又补充了一句："我之后会暗示 Boss 把手机壁纸换成你的。"

空气静谧，两人岿然不动，只余不知名的绿植在摇摆枝叶。

程晚盯着小祟娇媚的脸颊，一份猜测缓缓落地。

小祟是妈妈安插在公司的间谍……

不然明明刚认识半天，为什么小祟会对她和周北洛的事情这么上心？何况中午在茶水间的时候，也是小祟误打误撞冲进了茶水间，天底下有这么巧合的事吗？

如果当时她和周北洛举止不是那么亲密，或者更离谱点，比如他们当时是在互殴，这份伪装就彻底暴露了！

……好险。

想考验她，考验她和周北洛的感情？

呵呵，不可能。

不对，她中午貌似已经大放了让小祟等他们俩分手的厥词。

内心的笃定松动不少，程晚忐忑不安，但仍强装着凝视小祟貌似好意的眼睛，字斟句酌地宣誓，神情是前所未有的严肃："我对周北洛有绝对的信任。"

周北洛的手机屏保就算是其他女生，在她死鸭子嘴硬的口中，那也是高 P 版的她程日免！

缺乏安全感，患得患失，且自欺欺人，难道说中午不在意的那句话，看似在推 Boss 远去，其实反映了自身艰难的情绪状态？

有些女性总是在恋爱关系中过分委屈自己，小祟觉得自己一定要在旁观者角度积攒好经验，才能之后不当局者迷。

小祟眼中的心疼更甚，半叹气地摇了摇头："别装了，晚晚姐，我都知道了。"

为什么不敢露出你的脆弱？在我面前你还装什么坚强呢？

Girls help girls（女性互助运动）！

"工作原因，Boss 平时确实也接触过一些其他女生。"小祟尽可能地放缓语速，唯恐伤到这个给自己印象很好的小姐姐的心。

她说到这儿顿了一下："除了手机壁纸的事，他的桌面也确实没有你的照片，但没关系，如果你相信我，晚晚姐，我愿意帮你监督他！

"你们之间发生什么事情也可以跟我说的！我嘴很严。"

都开始酝酿碟中谍了，无间道吗？李帷清女士，你没出生在三国时代简直是刘备、曹操他们走运。

程晚双眸流转，人间清醒，根本不会被任何糖衣炮弹迷惑。

一人对垒，女生焦躁不安，环视周遭，三秒后像是溺水的人眼尖地望见自己的救命稻草。

程晚一把抱住路过的周北洛，情绪极为丰沛地把自己揉进他怀里。

"Darling！

"玩了两小时游戏，突然觉得好想你！

"呜呜呜，可爱晚晚有资格出现在你的手机屏保和桌角相框上吗？"

程晚一直都试图把自己活成反派。

可爱的反派角色在事情发生时丝毫不慌，反而还邪魅一笑，赞道：事情开始变得有趣了。

但现在，她听见周遭起哄的巨响，脑袋整个缩到了周北洛怀中，手指半抓不抓的，只想抓狂一句：……事情开始变得有病了。

讳疾忌医，她还是得把装病进行到底。

程晚咬牙，又多蹭了两下脑袋，半眨眼弱弱抬头，看向她犯病后的受害者。

周北洛还蒙着，手臂半张，没着没落的，劲瘦腰身被她箍出大致轮廓，黑眸垂着，眼神中倒是没看出不耐烦，漆黑一片，也不同于以往拒人千里的冷淡。

别吵，他应该在思考。

程晚壮着胆子轻轻点在男生的脊背上，昂着头，照旧希冀地看着周北洛，试图唤起他的某些远古记忆。

对不起，是她临场发挥了，但一个优秀的演员怎么能不会即兴发挥！

是忘记我们之前的协议了吗？

我这么嗲，你还不接招？

别让姐活得像个小丑，求求你。

周遭的起哄声渐小，正当小崇不忍看见程晚独自窘迫，准备大声提醒 Boss 快行动时，周北洛忽然动了。

头顶的软发被温柔地揉了下，程晚上身一颤，继而听见偏沙哑的嗓音随着呼吸声一齐传入耳郭。

"我还不够听你话啊？"

他是轻笑着的。

"屏保一直是你，至于桌角的相框，你肯给我照片的话，随时。"

随时把你照片放进去，就看你给不给。

周北洛仿佛自带某种魔力，程晚深知自己演戏时有些做作，略显浮夸，但周北洛坦然许多，男生举手投足都貌似纵横情坛的老手，就连说情话、演暧昧都游刃有余，一副任凭你处置的宠溺模样。

这种偏爱在一般男性身上都是稀缺属性，况且周北洛平时还是笑都不怎么笑的冷面煞神。

特殊是对比出来的，反差感简直太杀人。

……爽了。

偷偷爽的同时又想到他之前的臭脾气，于是程晚变得又爽又恶心。

小崇呆若木鸡："世界上原来真的有真感情，Boss 和晚晚姐虽然秀恩爱的时机有点莫名其妙，但仍然很甜是怎么回事……"

程晚嘴角微抽，什么叫秀的时机有点莫名其妙？

好吧，她确实秀得有点傻了。

略显松垮的白衬衫和针织长裙布料磨蹭在一起，程晚后知后觉地撒开了抓在他后腰上的手指。身边的起哄声轰到顶峰，她刚要完成任务般拉开距离，眼前倏地出现一个手机屏幕。

原始屏保解锁后，屏幕上只有一些基础 App，颜色各异的图标之下……是不太亲昵的两副面孔。

这不是之前为了恶心任放，在咖啡店门口花式比心的恶搞照片之一吗？甚至都不是情人节她挑出去让他发朋友圈的那张。

那张是手摁脑袋的,看着很甜蜜,而被周北洛当作壁纸的这张其实没什么动作。当初按下快门时,她好像被商场内放着童谣的卡通小火车吸引了注意力,侧眸正走神望向那边,周北洛则仍旧望着镜头,黑眸中没有多余的情愫,由于没摆动作,表情也蛮冷的。

她在看其他地方,他在摆臭脸。

好熟悉,好像……他们的整个高中时期。

生涩别扭,互相对峙,又说不出真正讨厌对方什么。

一股说不出的惊愕感从胸腔慢慢升腾而出,程晚自己都说不清自己为什么会有这种感觉。她下意识瞄了眼周北洛的脸,看见他懒洋洋地扯唇做了个口型——

感动吗?

刚才有点,但现在一点都不感动了。

"所以你为什么把我们的合照设成壁纸?"程晚手指松得飞快,借着周围嘈杂的环境,小声问道。

女生顿了下,还没等到回答就自己找了个可能性最大的答案,揣测出声:"周阿姨让的?"

"没。"周北洛唇挑得贱兮兮的,歪头盯着她,低眸,一字一顿的,"戒网瘾。"

程晚隐约摸到点不是好话的苗头,提防地看着他。

"工作集中不了精力的时候总是想看手机,"男生开口随意,口吻不咸不淡,"但把你设成屏保后……"

"可以了,"程晚听得胸口闷堵,水眸酝酿着几分愠怒,伸手制止他,"再说我就破防了。"

她鬼鬼祟祟地望了眼小崇的表情,悄悄又拽了下周北洛的袖子,小声说:"哎,跟你说件事。"

"干吗?"褪去了演技,周北洛似乎又变成了那副死样子。

程晚没跟他计较,视线一直在小崇四周打转,直到看见她返回到不远处的工位喝水,才偷偷抬眸瞅着周北洛,认真严肃道:"小崇是间谍。"

视线碰撞多时,男生很给面子地"哦"了声,继而收回目光懒懒道:"那我待会儿给国防部打电话。"

"不是那个间谍,是我妈派来的间谍!"程晚信誓旦旦,"小崇的底细你认真调查过吗?我觉得她很有可能被我妈收买了。"

"你的理由呢?"

"她总问我一些奇奇怪怪的问题,并且对我们的关系格外关注,今天中午一直在旁敲侧击地打听,太奇怪了。"

空气有了短暂的停滞。

周北洛现在表情蛮微妙的,这事儿他知道。

"别发愣啊,不然她一会儿又过来了。我就想跟你说,我们两个在公司必须演得天衣无缝，尤其在小崇面前，不能露一丝一毫的马脚，不怕过界，就怕生分。"程晚语速飞快，话毕恨恨地看着周北洛的手，又看了看自己空荡荡的腰，话题转得飞快，"你为什么不能抱我入怀？"

"不好吧？"周北洛看了眼女生纤细的腰线，语气有些勉强。

"求你了，少爷……"

"但你之前不是在微信上说让我离你远点，骂我是个臭流氓，让我之后演戏都要经你同意吗？"少爷尾音拖长，慢条斯理地翻起旧账。

"那都是多长时间的事了，当时不是刚建立起契约关系，而且……"程晚默不作声地摸了摸鼻子，"我当时肯定喝醉了，不然不可能那样对你。"

"你当时说完还给我倒背了段绕口令，证明你非常清醒。"

她之前怎么干过这么多混账事？

隔着繁乱的工位眺望了眼小崇，见对方放下水杯正要过来，程晚紧张兮兮地吞了下口水，刚要开口催促，忽地察觉到腰间多了一股温热触感。

始料未及，她条件反射般回头，肩头猛地又压下重量。

周北洛演得丝毫不作假，整个身体的重量几乎全压在了程晚身上。

周北洛把她圈起来了，下巴搁在她肩膀上。

脖颈的酥痒感像会传染一样迅速流窜全身，整个上身瞬间僵直。

程晚没想到周北洛会做到这种份上，她有些不适应地转了转肩膀，抿唇，嘴上习惯性不饶人："周北洛你越界了。"

"哦，那我松了。"

"别——"腰际的指腹迅速抽离，程晚警铃大作，顺势拽住周北洛要抽回的手腕。

他们大张大合的亲密动作让人看着似曾相识，小崇最先反应过来，瞠目结舌。

"你们在……跳华尔兹？"

还在纠缠的周北洛和程晚无语。

下午的"华尔兹小插曲"并未影响太多程晚的心情，但她现在之所以想不走楼梯也不走电梯地到一楼拿份外卖，是因为在戏散场后，她无意看见周北洛快走到办公间时伸手拍了拍胸口。

不，准确来说，应该是掸了掸。

像是身上落了灰玷污了他大少爷的身躯。

程晚热心肠地帮他想了想，最后发现那层"灰"好像是她。

是她不打招呼扑到少爷怀里，惹人嫌弃了。

虽然他们真的没什么关系，但明眼人都知道她程晚也不是那种三年不洗澡的小邋遢，长相什么的都还过得去，他大可不必这么侮辱她。

幸好这伤人自尊的动作持续时间不久，并未被小崇看见。

有了这份不忿加持，程晚后半程打游戏几乎没有察觉到枯燥，一门心思投入到广阔的游戏世界中。

聚精会神得太过头,再抽出精神已是三小时后,胃早已瘪下去了。

她现在这么努力,还不就是为了稳妥地享受李女士的糖衣炮弹吗?这时候不享受什么时候享受?

程晚点进手机银行,看了眼卡内余额,忽然记起赵多漫之前跟她分享的什么热门网红店。

有家粤菜店最近火得出圈,听说老板是电影学院毕业的,因为就业形势严峻,只能自己创业,最近还鼓动校友兼职,推出了帅哥送餐服务。

价格虽然略高,但在程晚这个心里憋屈只想一掷千金的伤感小女生眼中简直不值一提。

她随便点了几份精致小菜,甚至额外多打赏了一倍价钱,要求店里长得最好看,最好还带点凶悍气质的男生过来给她送餐。

她不缺钱,但贫瘠肮脏的精神最近实在匮乏得要命,找个跟周北洛气质类似的给她服务,她要龌龊地把人幻想成代餐,满足自己变态的胜负欲。

傍晚时分,夕阳映在办公楼上,流光溢彩。小崇面带微笑地送走一位意向投资方代理人,终于放松下来,揉了揉笑得僵硬的脸。

她正准备向周北洛发表一下对这次合作方代表的个人见解,就看见身侧的老板虽然还散发着落拓不羁的气质,但整个人像是碎了。

好矛盾。

小崇带着疑惑顺着他的视线看去,内心同样一梗。

程晚正从三位身形俱佳的男生手上接过类似于礼物的包装盒,依稀能看见她右手还捏着枝艳色红玫瑰,脸上的笑容是从未有过的真实自然。

程晚姐发自内心的笑居然是这样的……

周北洛眸底暗得吓人,小崇看见男生已经从烟盒中拿烟了,不由得战战兢兢,不知从何处开始安慰,慌乱之下,难免口不择言。

"……Boss,你也别太难过,好歹算是正室。"

"气量要大。"

"程晚姐只不过是犯了每个女生都会犯的错误。"

任何一家口味一般但营销至上的网红店能火起来都有其独特的原因。

为了下午能专心致志地打游戏,程晚中午只抓拉了几口米饭,一直到刚刚店主亲自提醒她外卖已配送到楼下,请她下去拿,她才飞奔下楼,当着帅哥的面当场打开包装盒,并不十分落落大方地往嘴里塞了一只虾饺。

……皮有点厚,虾肉也不够嫩,但胜在秀色可餐。

不是,怎么一下来了三个?

捏过虾饺的手指染上一层特殊的滑腻感，程晚有些悻悻地要从包中抽纸出来擦，却在下一秒听见配送服务员之一温柔的清爽嗓音。

"用这个擦吧。"

骨节修长、肤感白皙的手递来一张干净纸巾，程晚下意识接过，注意力自然地移到男生脸上。

或许相由心生的确有那么一点依据，递她纸巾的这位纯情男生长了一双无辜的狗狗眼，盯着人看的时候，程晚心里有种异样感，总有什么在蠢蠢欲动着……

她花三秒钟思考了下，发现好像是自己打赏小费的钱包在蠢蠢欲动。

果然这种没有丝毫攻击性的长相才能从事和顾客直面交流的职业。

无辜狗狗眼男生顿了一下，像是猜透了程晚的心思，口吻有些抱歉道："小姐姐，你好，我们家暂时没有长相很凶悍的男生任职……不对，之前貌似有一个，但是脾气不好，被顾客投诉后被开除了，所以店主就派我们三个一起过来。"

"我们从量取胜哈，你不要介意。"

傍晚的微风吹得人心里舒服，程晚在听见长相凶悍的男生被开除了后更加满意了。她接过另一位男生递过来的红玫瑰，被三位男生围着讲笑话，持续了大概十分钟，才挂着舒心的笑容和他们挥手告别。

心情好到飘飘然，被取悦到嘴角轻扬，程晚怡然地转身，视线转换的第一眼就被吓到怔在原地。

橘光倾洒，行人往来，距她三米处是面无表情、浑身戾气的周北洛，以及眼神莫名崇拜、好似已经把她当作妇女偶像的小崇。

……什么叫男色误人？

小崇还在看着。

程晚有些后怕，内心是说不出的慌张，拎着包装精致的外卖快速小跑过去，口吻惶急。

"周北洛，你听我说。"

"别碰我。"她想抓他小臂的手被中途躲开，周北洛冷笑一声，又把没点燃的香烟塞回盒子里，脾气不太好地揣兜，抬脚就走。

"那是我点的外卖的配送员！"程晚是真有些着急，她忽然记起协议上好像有几条附加条款说在伪装情侣期间不能和其他异性交往过密，以防节外生枝。

包装袋是保温设计，米白外观很简约，没有任何能证明这是外卖的标识。程晚手忙脚乱地又去里面翻找包装盒，终于在迈入电梯的下一秒看见了盒子上极小的、印有店名的淡红色 Logo。

塞在袋中的玫瑰花瓣被大幅度的动作搞得花瓣抖落，她还没来得及展示，就见周北洛倏地半蹲下，后撤的长腿屈起，半勾着唇，捡起地上的玫瑰花瓣，有些伤春悲秋的模样。

程晚下意识瞄了眼抓着文件袋的小崇，心下多了几分了然，她思索片刻，乖乖巧巧地蹲在旁边。

小崇诚惶诚恐地挪到电梯角落，有些后悔自己跟上这趟电梯。

但初生牛犊的大学生根本不知道什么叫职场生存法则，面对八卦的诱惑，躲到角落的她还是抿抿唇，竖起了耳朵。

蹲下盯着地板的两人像两个幼稚的蘑菇，气氛僵滞了大概半分钟，小崇听见其中那个小一点的"蘑菇"语气讨好道："你喜欢玫瑰啊？"

"……我恨玫瑰。""大蘑菇"语气怨恨。

"那你还耐心地抚摸玫瑰花瓣？"程晚摸不着头脑，盯着男生的细长手指看。

"这是别人送你的玫瑰……"

"虽然他送了我玫瑰花，但昨晚我真的没睡他。"周北洛话音未落，程晚的脑回路却突然抽风对接错了频道，接歌接得无比丝滑，刚准备嬉皮笑脸自我夸赞一番，抬眸触及男生带着审视的漆黑眸底，又蔫了，"对不起。这是那家网红店的活动，点单都送。"

"你再骗？"周北洛存在感极强的视线冷冽地往边上扫。

"我说真的，"代入感太强了，程晚莫名真的感受到了冤枉，语速都快了不少，态度诚恳，"包括刚才的帅哥送餐，也都是那家店的卖点。"

女生顿了一下，又甩锅补充道："漫漫推给我的，我说我不点这家，她非要我点，那我说好吧，我试试。"

"……你这就试了？"

"你也知道，我和漫漫感情很脆弱的，她是个玻璃心，如果我不尝试她推荐的东西，她会心碎的。"程晚捂着胸口，装模作样地摇头感慨。

电梯穿行在高层，小崇见证了 Boss 追问朋友重要还是他重要，以及程晚姐钢铁直嘴的洗脑回复。

大概从"朋友如手足，男人如衣服"，以及"心疼男人，倒霉一辈子"的热门论点中延伸出的歪理，程晚姐把其中的利害关系掰开揉碎了讲给了心碎蘑菇听。

不知道 Boss 心里是什么感受，但作为局外人，小崇总结下来就是一句话——

男人，不要无理取闹（狂酷炫霸总口吻）。

心累扶额。

"叮"的一声响起，眼看男生头也不回地迈出电梯，程晚欲哭无泪，眼神求助地望向小崇："他怎么就听不懂道理呢？"

小崇深吸一口气，强撑出淡笑，嗓音温和甜美："晚晚姐，你一会儿有时间吗？"

周北洛这次的绝情不是装的，程晚已经搞不懂他究竟是为了在外人面前装出设定内的男朋友吃醋模样，还是真的对她不认真遵守协议反感了。

她刚发出的消息仍旧石沉大海。

程晚：我以后会认真遵守规定的，这次对不起。

"你在听吗，晚晚姐？"

程晚微怔，神思缓缓从手机屏幕上抽回。

游戏公司忙起来的时候忙飞，但一般情况下也能按时上下班，此时已经是晚上八点，透过落地窗，能看见夜幕中的星星点点和其他建筑里一小格一小格的淡淡灯光。

公司中有事要忙的员工已经打卡离开，但几位骨干和周北洛仍旧在加班加点地赶工。程晚其实现在也能离开了，不过她还尚存的潜意识告诉她，如果现在她走了，以后就别想见到少爷的好脸了。

小崇把程晚拽到一间小型会议室，郑重地打开投影仪，手握电容笔，蓄势待发地正色道："程晚姐，你之前谈过恋爱吗？"

亏她之前还以为程晚是能把 Boss 玩弄于股掌之中的高阶玩家，刚才在电梯里她才发现，程晚就是只小趴菜，这段感情全靠 Boss 这个恋爱脑死撑。

突然被点名，程晚呆呆地抓了抓脑袋："也可以说没谈过吧。"

"你知道你刚才在电梯里犯了什么错误吗？"

程晚双臂自然地搭在面前的桌子上，看见小崇突然放大的脸，情不自禁地开始心虚。

"我应该大概……没犯什么错误吧？"

不会露马脚了吧？

小崇神色严肃道："就拿刚才的事件举例，晚晚姐，你刚才的表现就明显缺乏态度，要在该正式的时候正式，要学会倒打一耙。"

程晚听得一愣一愣的，这是该有的态度吗？

"假如换成是我，我的男朋友因为误会或者是真的因为我劈腿而生气，记住，千万不要慌。比如他质问你，你应该冷静地面对他，反问一句'你对我的信任就只有这点'吗？"

程晚醍醐灌顶。

"如果对方没有被反问住也不要着急，你可以用诅咒自己的方式让对方心疼。刚才你就该说，如果我真的做了对不起你的事，我出门就被车撞死！"

"不仅证明了你的立场，还能博得 Boss 的同情，男人是抗拒不了这招的。假使他真的任由你发誓，这时你也已经占据主导权，可以反问他一句——你是不是不在乎我？"

程晚极力摁下自己想鼓掌的手，思绪再次被绘声绘色的教学活动带走。

"但在你强制压住对方的火气后，也要记住一定给他点甜头，比如适当示弱，你可以眼含泪水，说你也不知道怎么了，总是惹他生气，如果自己做事情更细心点就好了……Boss 肯定扛不住你这样的。"

"或者换种方式，还可以表达对对方的在乎，例如，我真的第一次对人这样，只是因为太在乎你了才总是出错。记住，一定要用歉疚的语气说出口。"

"这些经验……"程晚"石化"了，良久才找回自己的声音，"你都是从哪里学来的？"

"在追求爱情的道路上，我一直都潜心求学。"小崇傲娇地理了理刘海，下一秒迅速趴到桌前，好奇地盯着程晚的手机屏幕。

"快,晚晚姐,你实践的时候到了。"

程晚指腹摩挲着冰凉的手机屏幕,咬咬牙,还是决定试一试。

虽然不是那种关系,但这个套路实在太牛了。尊严是什么东西?她决定在这一刻抛弃。

半举着屏幕把对话框里一些露出马脚的话删除完毕,程晚才把手机放下来,安静地敲键盘。

程晚:刚才的事真的是误会,如果你觉得我态度不严谨,那我向你道歉,对不起。

女生打完,成功得到"恩师"一个满意的笑容:"继续。"

程晚:我发誓,如果刚才我真的骗了你,之后出门就被车撞死。

手机"嗡嗡"振动。

周北洛:你再给我讲这种话试试?

小崇:"不用管,他已经心疼了,继续发挥。"

程晚托腮思索片刻,继续打字。

程晚:其实我一直都没告诉你,我真的不太会谈恋爱,也不太会爱一个人。你难过我也很难过,我不知道怎么哄你。

程晚:我真的很依赖你,能不能不要生我的气?

周北洛:你难过?

程晚气愤地敲桌:"他怎么还不接招?"

"再等等。"小崇手撑桌面,稳如老狗,"给他两分钟时间做心理斗争。"

程晚认命地撇了撇唇,失落的视线刚下移到屏幕,就看见页面新跳出条语音消息。

"老子的错,行了吧?"

周北洛可能刚抽完烟,声音微微沙哑,语气还是有些冲。

怎么跟教的不一样?程晚心里短暂地委屈了一瞬。

委屈还没深入,一条两秒的语音再次跳出。

程晚不抱什么希望地点开,又听见一声和刚才截然相反的、带着哄意的温柔嗓音。

他气还没消,能听得出在强压着脾气,尽可能地放软声音。

"你别难过了好不好?"

好,不,好。

……他居然会这样对她说话!

也不能说这种句式程晚之前没听过,她在买水果的时候,路边阿姨总会问她"加两颗草莓凑个整好不好",高中时,赵多漫也时常引诱她"一起去超市好不好""借我作业抄一下好不好"……

程晚继续用心想了想,发觉周北洛也不是第一次对她说这三个字。

她之前犯蠢的时候,周北洛曾经无比认真地看着她说过"你去死好不好";她犯贱的时候,也被他骂过"你脑子正常点好不好"。

但这次的"好不好"前面加的不是辱骂性质的话,而是关心。

贱骨头的程晚一时间还有些不适应。

你别难过了好不好？

她如果回一个"好"字，岂不是太听话了？

乖到这种地步，这小子万一爱上她怎么办？

指导老师还在一边看着她，等她趁热打铁一举拿下 Boss。

程晚沉默一会儿，鬼使神差地又把那两条语音点开重新听了一遍。

一前一后的反差感太强，程晚心跳异常明显。周北洛的声音实在好听，又夹杂着与以往不同的示弱感，平白地让人心尖发痒，像春天刚飘下的柳絮轻蹭过脸颊，痒起来都不知道到底是因为喜欢，还是因为过敏。

等等……

眼神模糊的程晚瞬间清醒，视线落在画着"态度"二字的光屏上，又如梦初醒般看向小崇，吞了吞口水，有种大祸临头般的慌张。

什么情况，有生之年，她居然会被周北洛迷惑住？

甚至说迷惑都不准确……她心跳加速什么啊？

小崇接收到程晚慌乱难以自持的眼神，更加臭屁地认同了自己的理论："好了，晚晚姐，你现在可以玩每天早上把 Boss 惹生气，然后哄一天的游戏了。"

"不要怕，现在你说什么 Boss 都不会生气的。"

说什么都不会生气？

程晚眸光微闪，随后在小崇鼓励又欣慰的视线下，飞速打下一串字，迅速发送。

程晚：不好意思，发错人了。

小崇当即发出尖锐爆鸣："不行！晚晚姐！"

阻拦超时，消息已经发出。这声尖叫简直媲美她在爱豆十周年演唱会上的呐喊。

会议室里闹出的声响太大，就连工位距离最近的赵刚刚都没忍住打开门，担忧地问了声："是刚才那个投资商出现什么问题了吗？"

程晚瞄了眼小崇糟糕无望的脸色，畏畏缩缩地接话："没有，是我脑子出问题了。"

满脸疲惫的赵刚刚抓着门把手，顿时长吁了口气："投资商没问题就好。"

程晚一头雾水。

工作狂人赵刚刚随即退出，会议室的门应声关闭，微弱的风静静拍打着映满夜色的落地窗。夜景好得出奇，气氛静得有些离谱了。

不论是手机，还是小崇，都觉得好安静，我以为我们永远有话说……

程晚有用完手机按灭屏幕的习惯，从她刚刚发完消息后，屏幕就再没亮过。

心隐隐作痛。

曾几何时，小崇听在当老师的高中闺蜜多次吐槽班上的浑学生怎么教都教不会，把她气得心脏疼，还幸灾乐祸地教育她，心脏疼是器质性疾病，跟生气这种情绪问题扯不上关系。现在才发现，气到一定程度真的会感受到疼痛。

"你怎么了，不舒服吗？"察觉到小崇手捂胸口，程晚神色一变，飞速绕过会议桌准备扶她。

搀扶的手在下一秒遭到了拒绝。

小崇脸色糟糕，半撑着桌面的手微微颤抖：“你知道刚才我们为什么没有听见Boss心碎的声音吗？”

程晚悻悻收回手，抿唇缩成鹌鹑。

她不知道，不要问她。

"因为我刚才叫的声音太大了。

"正常来说，应该是能听见他心碎的声音的。我说什么都可以说，但也没让你说发错消息这种话啊！你快点跟他解释说你是开玩笑的，快！再晚一点就真的挽救不回来了！"

突然，小崇蹙眉醒悟，点清一个事实："不对，你们又不是异地恋，为什么总在微信里聊来聊去的？"

"晚晚姐，快去Boss办公室亲自解释！"

当面处刑比躲在网上放冷枪更考验表情管理，程晚边哼哼边被推，五分钟后还是被按在了雾色玻璃门前。

透过釉面玻璃门看去，隐约可窥见周北洛半靠着墨色办公桌，肩背半塌不塌的，指尖的烟明明灭灭。

"晚晚姐，"小崇颇不放心，直视着程晚，耐心规劝，"人的情绪推拉是有限度的，Boss也没有很差吧，你不能一直这么对他。加油！"

紧接着，女生屈指叩了两下门。

程晚心情复杂，回头望着小崇小跑离开的背影，在听见里面传来低沉的一声"进"后，停顿了三秒，还是推门走了进去。

周北洛的确在抽烟，房间里安装了空气循环系统，落地窗半开着，他顺着薄薄的烟雾无所谓地看向程晚的那刻，程晚只闻到很淡很淡的烟草味。

周北洛不是好相与的，特别是被惹着后。

他本身就是爱搭不理的淡漠性子，现在对程晚就更不可能有什么好脸色。

桌面上的文件堆积，显出几分散乱，程晚抿抿唇，想上去帮忙整理一下献献殷勤，又担心万一给理错了位置，于是提步走到一半又退了回去。

"刚才小崇在，她教我说了几句，你不会介意吧？"

这话说得很巧妙，说是甩锅吧又不算，在外人面前装样子是本来就约定好的，这本身就是事实，所以他当真了就是该。

随便哄两句又说发错了，哄的不是你，人家跟你闹着玩呢。

周北洛用手指点了截烟灰下去，扯了扯唇，又点着一支，两指夹着。他唇形本身就平直，不开心时更显得下垂，一副厌世冷脸样，没理她。

程晚的视线停在男生脸上都没移开过，抿了抿唇，想说什么，又吞了下去。

楼下车水马龙的道路堵塞得厉害，但高层风声太大，听不见吵闹的鸣笛声，程晚与周北洛的距离不近不远,以为他不会再出声时,忽然听见一个沙哑的声音。

"没了?"

程晚当即露出一个微笑,摇头讨好地望着他:"还有的还有的,你要吃晚饭吗?我去买给你。"

"不用。"周北洛上下扫视过女生的脸,又平静地把目光移开,言语近乎刻薄,"协议上都写着,我刚才也是装的,没那么在乎你对我的态度。"

程晚哑然,心里冒出点说不清的揪痛感。

周北洛没收到回应,转身沉默地把烟蒂摁灭在烟灰缸里,抽出张纸巾,单手蹭干净指节上零落的灰色尘埃后,才把视线又投到程晚脸上。

女生巴掌大的脸上写满了无措,一向晕染着水汽的灵动双眸也像罩了一层灰暗的雾。她似乎没被这样对待过,只纠结地盯着脚尖不吭声。

不走,也不表态,就这么站着磨他的心情。

周北洛烦躁地"啧"了声,拖着步子走近了些,俯身,不耐烦地盯着她的眼睛看,腔调平淡:"你难过什么?"

程晚自己也说不清,她躲闪开目光,垂下去的双眸只略略扫上周北洛笔挺的西装长裤。

"好了。"周北洛抬起的手顿在半空,视线晃了片刻,才又随便摸了把她的头顶,"不用担心,之后还会陪你演的。

"晚上齐群说聚餐,你去不去?"

"……去。"憋了半晌,程晚才吐出一个单字。

程晚跟在周北洛背后离场时,小崇默默在后面给她竖了个大拇指。她尴尬地挪开视线,知道他们并不算真的和好。

电梯刚下到 B2 层,手机忽又振动一声。

小崇中午就跟她加了微信,不用去想都知道是谁发来的消息。

程晚默默后退一步,等周北洛先走下电梯,躲藏着屏幕,磨磨蹭蹭挪步出来。

虫虫: Enjoy tonight!

程晚一愣: 现在大学生脑子都这么活泛吗?

简短回了消息后,程晚才缓缓走过去。

周北洛这次开的商务车,她刚打开副驾驶座的车门就看见驾驶位上的熟脸司机叔叔。

车子平稳行驶着汇入夜晚车流,窗外流离光景晃得人眼晕,程晚挪开视线,拘谨地端坐在真皮座椅上。

借由余光,可见周北洛目前和她保持着有限范围内的最远距离,如果不是车门关着,她都怀疑周北洛会半只屁股坐车门外。

男生侧颜优越,闭目养神,高挺鼻梁撑起骨相极佳的面部轮廓。

程晚欲言又止，刚要提起什么话题缓解一下刚才有些闹僵的关系，忽然瞄见他冷白色的耳垂上挂着的蓝牙耳机。

——大写的别跟我讲话。

但程晚一向是个讨厌鬼，她有些难为情地看了眼司机大叔，深吸口气，还是扬起一张明媚的虚假笑脸："你在听什么呀？"

男生松松耷拉着的眼皮懒懒掀起，瞥了一眼程晚，修长指节摘下右边耳机，不算温柔地直接塞到她耳朵里。

程晚一怔，随即左耳传来旋律感极强的音律。

她静下心来才听清歌词的内容，男歌手似乎带着点怒气。

> 我们到底算什么关系，
> 我到底算什么东西，
> 别再跟我画圈打太极，
> 你这又臭又不要脸的大马哈鱼……

大马哈鱼是什么东西？

程晚嘴角微抽，感觉自己好像平白无故被骂了，但她找不到证据，噎了一瞬才开口："这什么歌？"

男生视线移到她脸上，平静开口："《我算哪条鱼》。"

这个歌名……

程晚愈加觉得刚才听到的歌词也是在内涵她。

她默不作声地扫过身旁懒懒坐着、不想搭理她的周北洛，内心交战了半响，才摘下耳机，语气认真："周北洛。"

"嗯？"他闲闲地应了声。

"微信上说的发错了其实是胡乱打的，并没有第三个人。"程晚正色，嗓音在安静的车内被衬得愈加清晰。

身侧传来布料摩擦的声音，周北洛望过来，侧脸轮廓被窗外绮丽的灯光照得生动。他瞳孔隐隐泛着淡光，不甚清晰的视线漠然投在程晚脸上，似乎在考量些什么。

男生周身气场本就强烈，光眼神就看得人坐立不安，程晚尽可能地强迫自己不去躲他的目光，佯装镇静。

其实她心里也挺没底的。万一人家只是喜欢听这歌的旋律呢？万一人家根本不在乎你身边有没有其他人呢？

不知道为什么，在周北洛面前，程晚总是特别在意自己的面子，她会害怕自己有多那么一点点的自作多情。

气氛僵持不下时，手机铃声忽然响起。

程晚顿了下，看着屏幕上跳跃的"齐群"二字，想了想，还是选择了接听，又点了免提键。

齐群也在路上,听筒中风声占了一半,男生嗓音放大了两倍,几乎是吼着催促出声:"姐们你知道今天同学聚会吗?快到点了,捯饬起来没有?

"周哥跟你在一块儿吗?怎么打电话没接呢?你俩真有意思,群里是一条消息都没发!"

繁杂信息疯狂涌入脑海中,程晚听得一愣。

同学聚会?

她怔怔地点开手机,从折叠群聊中翻出尘封好久的十二班班群,手指滑动,看见里面好几条@全体成员,大家都在热络地商讨着聚餐地点。

程晚往下翻了翻,又发现好几条单独@他俩的,其中齐群贡献了三次,漫漫也@过她一次,问她要不要去。

消息框中的层层高楼勾起了程晚的远古回忆,在那个微信还不太流行的时代,他们还背着老师私拉过群聊。

周北洛之前天天被@,齐群大喇叭,一到放假就去群里喊人打球。

听筒中又传来催促声。

周北洛"啧"了一声,许是嫌烦,声音有点沉地开口道:"这软件早卸了。"

"你俩真在一块儿?"齐群CP嗑爽了,又喋喋不休起来,"周哥,你怎么也不回我微信?"

周北洛往车窗松散一倚,程晚感觉一道视线在头顶晃了圈,随后听见身侧的人吊儿郎当的腔调。

"看见了,没回。

"被伤狠了,在疗伤。"

"谁伤的你?"齐群闻到八卦的味道,迅速追问。

程晚神经一跳,猛地埋头对着座位上的手机,接过话题解释道:"我手机静音了,这个群聊之前太吵,屏蔽过,所以没看见消息。我们已经在路上了。"

"啊!好好,"听筒中男生声音放低了些,"行,那就见面再说,我都没好意思在群里宣布你俩的关系。"

一些不太联系的同学毕业后都杳无音讯了,程晚和周北洛只在朋友圈发了互动动态,实际上还是有一部分同学不知道他俩关系的。

程晚盯着电话挂断后漆黑的手机屏幕,明白一会儿又是场难打的仗。

许是她发愣的时间太长,再回过神来时,侧边的男生已经重新合上了眼。

远山眉淡淡敛着,半露不露的锋芒也似乎被装进了鞘里。

已知周北洛是闭目的状态,程晚打量得就放肆了许多,过了两分钟她才悄悄把视线从他脸上移开。

刚才的话题再接又显得奇怪了,不知道他有没有觉得她的解释很多余……

她当时不该说什么发错了的,这张嘴实在是能跑火车。

程晚虚虚叹了口气，沉寂半刻也学着周北洛的样子，缩着身子闭目养神起来。

是真的累了，不到半小时的车程都能睡着。

打开车门时，寒气险些把程晚逼回车内。她脸上带着惺忪睡意，脚步虚点地，刚钻出车门，背后仿佛被窥透般，裹上一层温暖布料。

带着温度的西装外套罩在身上，程晚震惊得险些路都不会走了。她微张唇，回头望见周北洛身上只余一件白色单衬衫，在初春的夜晚看着实在凉了些。

她指尖下意识抓住领口，有些不自在道："不然还是……"

"程晚。"

动作被叫停，女生有些愣怔，缓缓看向周北洛的眼睛。

他很耐心地引导着她的视线，口吻听不出一点开玩笑的意味："下次不要开这种玩笑。"

你说发错了，谁能知道你这到底是不是真话。

少了个任放，谁知道还有没有其他什么放，他也不能一直当备胎。

话题就这么突兀地接了回去，周北洛知道程晚能听懂。

抓着领口的指节有些发痒，程晚低眸躲开男生的视线，慢腾腾地点了点头。

看着蛮乖的，就是不知道有没有往心里去。

"懂了没？"

"懂了……"

"嗯。"周北洛视线收回，随便应了声，先一步上了台阶。

这次聚会地点是大家投票出来的，还没走进去，程晚就从餐厅外部的装修风格得知这顿吃日料。

她落座时，长长的矮桌两旁已经坐了不少人。

随意环视一圈，程晚发现这次聚餐貌似和她想的不太一样。

木色坐毡软绵绵的，整张长桌都是女生，吵嚷的男生在另一张座位，两张桌子中间隔了个透光的屏风，淡淡的酒气传来。

这还挺好的。

程晚双眸瞬间亮起，如释重负地弯了弯唇，聚精会神地审视桌面的小盏碟。

放假放假。

她想多了，今晚不用演了。

屏风另一侧，周北洛趿拉着店内发放的一次性拖鞋，还没到地儿就被齐群拖了过去。

屋内暖气很足，夹杂着烧酒的清香，男生没落座，居高临下地睨着没怀什么好意的兄弟，站得懒散，眼神有些放空。

"哥们哥们，你受的是情伤吗？"从刚才挂电话齐群就想问了，等了半天终于把人等来，他极力压着自己的八卦心理，眼神还是透露出一股藏不住的强烈求知欲。

周北洛被拽着坐下，舔了舔唇。

他忽然觉得挺没劲的，程晚又不在，他一个人还演什么？

齐群有病，一个大男人成天嗑CP。

没演黄都要被他嗑黄。

周北洛莫名看齐群不爽，唇线上翘，凑近，顶着一抹我不好过谁都别想开心的恶劣笑容，轻描淡写道："我和她，我和程晚，演的，没谈。"

"不可能……"齐群瞳孔震颤，沉默半响，灌了口烧酒，才找回自己的声音，下意识否定，但看着周北洛的表情，又隐隐觉得他没在开玩笑。

这对CP粉的冲击力未免太强，齐群的智商都被冲得散落天涯，他亲耳听见自己不死心地又问了个傻瓜问题："那你俩现在是什么关系？"

什么关系？

周北洛琢磨了一下这个问题。

微信可回可不回的关系，她稍微勾勾手、示示弱，他就没理智可言的关系，被耍了还要倒哄的关系，要陪着演戏，且不能暴露任何真实情绪的关系。

不问还行，一问他又把烦闷的一天回忆了遍。

胸腔里躁得不行，周北洛抽出一支烟夹着，扯了扯唇，简单明了地概括道："老子目前是她的狗。"

程晚玩他，确实跟玩狗一样。

这种把自己放在下位仰视其他人的话，齐群总觉得不该从周北洛口中说出。

他怎么会放任自己堕落成这副样子？

齐群觉得喉咙里像塞了什么硬物，想咽却咽不下去。他下意识往侧边瞄去，看到周北洛指尖夹着没燃尽的香烟，平静地吐出口雾气，眼神冷淡地与他对视，眸底黝黑。

烟酒味发散在日式包厢里，老同学陆续到来，齐群听着四下更嘈杂的寒暄，低眸又找到一个语言漏洞。

"你喜欢程晚！"

高中时流言传的是程晚苦恋周北洛，而周北洛的心煊不热，高考完直接出国。

虽然当时的流言有齐群添油加醋的成分吧，但在周北洛身边这么长时间，这人对谁都平平淡淡的，程晚确实是让他情绪波动最大的异性，但……这波动反馈是不是反了？

你喜欢人家，那整天凶人家干什么？

齐群脸上的震惊更上一层楼。

周北洛没看他，忽然觉得嘴里没什么味道，掐灭烟，盯着暗沉沉的灰烬扯了扯唇。

好像从来都没有人问过他是不是喜欢程晚。

他那份拿不出手的暗恋从没见过天日。

没人看得出来。

因为他太别扭了。

什么是喜欢？

支支吾吾中唯一的勇敢，勇敢中唯一的支支吾吾；面面俱到唯一的怠慢，怠慢中只此一处的周到。

喜欢是例外。

虽然答案有些奇怪，但周北洛喜欢程晚的方式确实是"只欺负你，只对你犯坏"。

他不明白这种怪异的表达形式有多少对"你为什么不喜欢我"的质问感，当时懵懂着，只知道她不喜欢他，他很烦，于是很想在她身上找点存在感。

有段时间里，他甚至以为自己真的讨厌上了程晚，但偶尔看见她笑，只是短短一瞥，心里的揣测就瞬间消失得一干二净。

他不讨厌程晚，他喜欢看她笑，他讨厌的只是不被同样喜欢的自己。

周北洛有段时间很厌恶自己，这些没人知道，说出去大概也没人会信。

答复拖得有些久了，服务员新上的生烤牛肉滋滋冒油，香气扑鼻，周北洛在等17岁没勇气的自己。

偏黄的淡色灯光下，隔着男女座位的屏风像是要被视线烫出小孔，他闷了一会儿，莫名其妙地自嘲笑出声。

"是。"他终于敢承认，他其实是个不敢往前迈步的胆小鬼。

气氛乱得出奇，周北洛声音很淡，他说完就听见隔壁赵多漫姗姗来迟，在跟程晚大声吐槽路上撞她车的一位脑残男士。

程晚的声音小些，他没听清她说了什么。

齐群瞳仁震颤得厉害，手中的酒杯一时都有些打滑，他是真没想到周北洛和程晚的关系会是这种走向。

误认了这么多年两人在情感中的站位，他多少有些不敢相信大情种原来就在自己身边。

齐群艰涩开口："那你……哎不是，你真的瞒得挺好的。你们到底为什么演戏啊？你这样不难受吗？"

距离这么近，每天帮着演，但心知肚明对方不喜欢自己，这不是自虐吗？说给周北洛颁发个小丑奖杯，齐群都觉得不够严肃。

这真的涉及智商问题了，要他这样得被憋屈死。

"她爸妈逼婚，拿我当掩护。"

回国在机场那次，周北洛其实早就看见程晚了。

有时候命运真的很喜欢跟人开玩笑，他在国外清心了几年，在飞机上也决定这次一定忘记她，但一下飞机，眼睛看见的不是面前的岩昝、齐群，而是在角落摆弄手机的她。

穿得没有太好看，低着头，脸被挡了大半，可他做了又做的心理建设还是瞬间崩塌了。

程晚找他伪装情侣时，他盯着她看了好久，莫名想笑，也很想让她不喜欢他就别来招惹他，但事实证明，他还是贱。

他太喜欢被人牵动起喜怒的感觉了,好多年没见,怎么还是只有她能做到?他不想日子过得那么平淡,于是宁要坎坷,不要平庸。

他宁愿拿虐心剧本,也不要看着她和他渐行渐远,慢慢和其他人走过漫长乏味的一生。

他会没办法活的。

周北洛甚至分不清这算不算一种执念。

"……太惨了。"齐群缓了好久才平复情绪,"但这不该是你啊!兄弟,你告诉她啊,爱要大声说出来。"

"她不喜欢我。"

他曾经绕着弯子问过,而且……

"她不敢和人进入亲密关系。"周北洛没忍住,又点了一支烟,肩背驼了点,显得人有些慵懒,"只要我说出口,她会马上跑。"

程晚是回避型人格,可能是原生家庭影响,他能感觉到他一旦热情些,她就会往后退。

只有他表现得不在意她的时候,她才不会防备他。

"她还有这个毛病?"齐群挠头,内心生出一股焦躁,"但你也不能一直这么耗着吧?说真的,哥们,你会耗出心病的。"

"这事也不是没办法解决吧?"

"你释放魅力,但表面假装不在意,等她主动,让她拿捏感情进展不就完了?"

总归不会自己把握尺度都害怕吧?

"没魅力。"周北洛往后靠得散漫,垂眼回得随意。

听着是没自信,但落到旁人耳中就不是这味了。

"……别装。"齐群嘴角抽了抽。

他是真想拉他哥们一把,闷头饮了两杯烧酒,开始犹豫着运用自己微乎其微的恋爱经验分析。

"根据过往经验得知,程晚喜欢狐狸眼、喜欢浪荡的,恕我直言,其实你不算她喜欢的类型。"

周北洛抬眸:"我拿杯子砸你信不信?"

"你先别破防,哥,这不是找到问题才能逐个击破吗?很好解决的。"齐群撑脸,绞尽脑汁找了个贴切的比喻。

"这么跟你形容吧,男人就像菜市场的白菜,具体受不受市场欢迎要看竞争力的,竞争力最好一百比一。你竞争力够了,但标价太高,最好设置成零点秒杀,降价促销,那才有心惊肉跳的争抢感。"

"说人话。"

"她不是喜欢浪的嘛,你就浪点呗,平时多接触接触女性,没准程晚看别人喜欢你,一时想不开,从众了呢?"齐群觉得自己说得很有道理。

"我对你浪行不行?"周北洛冷笑一声,没打一声招呼,就摁住齐群的后脖颈。

"我开玩笑的,你别亲老子!"齐群硌硬坏了,挣脱后才终于能好好说话,"我开玩笑的,但你真的要考虑之后浪一点。

"行为举止浪荡,让她猜你心思,但关键时候又表现得根本不在乎她,这叫什么?带有松弛感地撩拨。"

周北洛微挑眉,嗓音缓慢:"钓鱼。"

"对对对!就是这个词。"齐群刚才一时半会儿没想起来怎么形容。

周北洛感觉自己有病,居然真的考虑了这事的可行性。

沉默了半分钟,男生耸耸肩,嗓音坦然:"不开玩笑,我玩不过她。"

"你玩不过她?我让你忍着假装玩,没让你说内心真实感受,起码表面你能撩得过她吧?"

程晚一个死直女,作为 CP 粉,齐群把她的个性摸得透透的,他哥们是不实施,其实骨子里还是有些浪漫细胞的。

"不知道,反正今天段位很高,老子差点被她的变脸玩死。"

微信上跟他说的那些话,跟换了一个人似的。

"那你到底钓不钓?"

"钓。看看谁钓得过谁。"周北洛心情缓过来点,语气又开始贱,"还蛮喜欢被她虐的。"

您不早说。

您就适合暗恋被虐心。

齐群拢拢外套,头扭到另一侧,彻底不想跟变态讲话了。

餐桌上的食物被消灭得迅速,程晚心不在焉地听赵多漫痛骂路上撞她车的油腻男,正要往嘴里塞第五块寿司的时候,手腕突然被人握住了。

"不对……"赵多漫脸色一沉,"你今天不对劲。"

程晚把口中的滑腻蘸料虚虚咽下,吞了吞口水,心想:还真是什么都逃不过漫漫的眼睛。

其实她也说不清自己烦些什么,脑子里只反复回荡着在办公室时周北洛说的那句"我刚才也是装的,没那么在乎你对我的态度"。

在听到那句话时,程晚清晰地感知到了心脏被扯拽的痛感。

她又想起上次周北洛无意说的那句"如果我是真的暗恋你呢",当时她除了胆怯,貌似还有点什么东西蠢蠢欲动着。

她不敢深究,但她不傻,也知道对男生产生这种感觉是为什么。

在这个精神病高发的春天,她有病地对周北洛产生了点超乎友情之外的越界情绪。

程晚咬牙半天,才把自己的情况婉转地告诉赵多漫。

"你……爱上了周北洛?"赵多漫惊叹。

餐桌上有一瞬寂静。

程晚环视一周，狠狠点头，又一脸阴沉地扯住赵多漫的袖子，让她俯身在桌下讲话。

"但你不是说不谈恋爱，不婚主义？"身为姐妹，赵多漫对程晚的情况也了解颇多，她小姐妹面对感情确实第一个想的就是逃避。

这事不能细想。

以防身旁的女生又产生退却情绪，真的孤独终老，进攻型军师赵多漫大手一拍，语气拿乔："没事儿，搞不清楚内心想法没关系。"

程晚眨眨眼，依赖地看着她。

"先玩了再说。

"渣他。"

赵多漫义正词严，瞅着程晚的黑亮瞳仁，语气笃定。

渣周北洛……

这想法太叛逆了，程晚愣了愣神，有些不敢相信自己的耳朵。

"我认为回避型人格形成的底层原因是害怕关系进一步发展会对自身造成伤害，而防止自身受伤的最好解决办法就是先把别人伤了。"

"但是……这会不会太没道德了？"

发酵的酒香在周围密布，空气静止半刻，赵多漫侧过身，问得礼貌："你有很多道德吗？"

"好像……"程晚仔细回想了下，"也没有。"

那不就完了。

两位女生眼神交锋对峙，半分钟后，怯弱的程晚草草落败，灰头土脸地缩起脖子装乌龟。

没道德归没道德，但她从来没有玩弄过别人的感情。

她害怕自己玩不过。

程晚低眸踌躇时，缩脖颈的动作牵扯到下颌，下巴无意贴上周北洛罩在她身上的男士西装。

鼻尖萦绕着若有似无的清浅木香，女生想起下车时他不容抗拒地给她披上外套的动作，又被扰得六根不净，"哼哼"两声："可我们两家关系太近了，如果我真的渣他……"

"到时候就说是我说的！你就说是我赵多漫道德败坏，见不得身边有女生这么纯情，所以派你去撩拨他，为的就是给我枯燥罪恶的生活增添更多的恶趣味！"赵多漫宛如一朵铿锵玫瑰，仗义地把全部责任都揽在了自己身上。

顿了一会儿，她忽然又发觉到什么："不对啊，也不能叫作渣，如果过程中你觉得自己应付得来，那不就自然而然谈上了吗？

"就是如果你玩弄到一半觉得无趣，或者感觉承受不来跑了，可能会显得有些玩弄周北洛的感情。"

玩弄周北洛的感情……

这字眼今晚出现太多次,程晚瞳孔轻晃,有些难以置信地动摇了几分。

她是条屄狗,还是条喜欢在危险边缘试探的屄狗。

回避型人格享受爱情的乐趣其实在于一种追逐,就像面前摆着一摊不知深浅的水注,她捋起裤脚探一截,在确认安全后才会再探。

倘若被水草缠住直接迅猛地被拽下去,她肯定是受不了的。

所以最好的状态应该是在她感兴趣的时候,可以让她主动挽起裤脚试探;在她丧失兴趣的时候,水草还能主动请缨,勾着她腿挠痒痒。

试探着,心照不宣地搞么一套像竞技般的暧昧。

如果中途觉得不合适,还能拔腿就跑。

程晚吸吸鼻子,准备说些什么,但还未开口就又被赵多漫喂了一颗定心丸。

"你就放心大胆玩,不会玩脱的,周北洛一看就难追。"

也对。

程晚磨磨唇,勇气涌上来了些。

周北洛现在对她的温柔极大可能全部来源于契约精神。她就放心大胆地试探,反正在追他的泱泱大军中,按时间排序,她应该也轮个三年五载的。

菜吃到一半,室温上涨了些,程晚凝神瞄了眼披在肩上的男士外套,回头默不作声地望了眼碍事的遮挡屏风。

赵多漫和程晚相处了七八年,这屄包脑子里憋什么坏水,程晚都一清二楚,她眼珠微微一转,忽然叫出对面一位老同学的名字。

"哎,胡可可,你身上的衣服款式和晚晚的好像啊。"

胡可可,当年十二班公认的小喇叭,身高不高,但嗓门及八卦程度无人能及。

程晚一顿,泰然自若地夹起一块牛肉,等着被大神带飞。

如两人所料,小喇叭在大学历练几年功力更盛,惊讶的目光打量过来,随即一声惊呼:"西装外套?程晚,你恋爱了?"

来参加同学聚会还要特意给披上外套宣示主权,这是多么变态的占有欲。

胡可可摇头,不免有些感叹。

显然,毕业后的胡可可成了两人朋友圈外的漏网之鱼。

程晚敛眸笑得羞赧,还没轮到她回应,整桌女生像多米诺骨牌般轮番炸了锅。

"不是吧,小喇叭,难道你还不知道?"

"程晚和周北洛谈的,我们以前不是都一直以为是程晚暗恋周少爷吗?其实错了!我那天看见他们发朋友圈才知道,少爷深情专一地暗恋了程晚七年!"

"真的,看见朋友圈的那刻,我都惊了,七年!男人的一生有多少个七年!不对,周少爷人呢?他俩怎么不坐一块儿?是谁这么狠心让他俩分开坐的?"

"谁在中间摆的屏风?不行,我得去把屏风撤了。"

赵多漫捂住口鼻,掐着腔调混迹其中:"屏风撤了也没用啊,得把周北洛拽过来,让他俩当场给我们秀一段才行!"

"对啊……必须把他叫过来。"

众人如梦初醒,起哄的声音越来越大。

程晚越发羞涩,如同复读机一般持续娇滴滴地说着"不要啦",实则手掌藏在桌下已经给自家姐妹竖了三分钟的大拇指。

齐群正给周北洛普及着恋爱法则,忽然听见屏风背后汇聚的起哄声。

他一脸深沉地望向众望所归的周北洛,最后一次叮嘱道:"记住,若即若离,掌握分寸,时刻推拉。"

"渣男什么样,你就什么样。"

将将撤开的屏风拓宽了视野,周北洛抬眸时正好撞上程晚矫情做作的表情。他刚挑了下眉,准备应下齐群的话,身侧男生忽然像变了一个人般,站起身来大力拽他,表情捶掇,看热闹不嫌事大,好像从刚才开始就已经和群众打成一片。

"来吧,兄弟,别害羞,给我们看看恋爱是怎么谈的,快过去吧!是不是啊,大家!"回应是一片热烈的应和。

周北洛咬牙。

戏来得太快,事先没彩排,群众热情异常高涨。

热心市民赵多漫躲在桌下,"啷啷"两声探头串供:"一会儿我起什么哄?让你俩热吻还是深拥?"

程晚眉头轻蹙,思忖片刻,仿佛下了很大决心般一字一顿道:"不然就酣畅淋漓地牵个手吧。"

没出息的东西。

赵多漫实在没想到,现在这社会有人牵手都要下好大一番决心。

牵手是经过深思熟虑的。

程晚仔细回想了一下,她和周北洛现阶段还是不能把戏演太足,如果进度过快,直接进入到相看两生厌期,那她就要去酒店给周北洛戴绿帽子了,那还有时间留给她试探吗?

"牵手"两个字放在这种场合下,甚至都有些喊不出口,赵多漫嘴唇上下触碰半响,才终于鼓起劲,热情洋溢地喊了出来。

周围空气有一瞬的僵滞。

赵多漫顶着满身的信念感才认真地和投来的目光对视点头,努力争取更多信徒来支持她的提议。

她也知道这种情况很像是拿了两个亿的赞助,最后只拍了部十八线小网剧。

她姐妹什么时候能支棱起来啊?

人性永远是逆反的,程晚见势不妙,立刻抗拒出声:"不要了吧,这么多人呢,我们手牵在一起太不合适了……大家都快吃饭吧,别拿我们开玩笑了。"

当着旁人的面都牵手了,背地里还不得贴贴啊?

此话一出，周围同学又蠢蠢欲动起来。

有的在打听两人现在发展到哪一步了，有的在催他们订婚好喝喜酒，有的一身反骨，偏偏要他俩拉拉小手……

程晚埋头，时不时瞄周北洛一眼，眼中的少女羞怯被同学们捕捉得一清二楚。

甚至都有人怀疑了。

"你们到底牵过手没啊？"

朋友圈的照片看着挺贴的，谁知道这么纯情。

说起来，这个问题……程晚的视线在周北洛脸上停留了一瞬，貌似他们是真没牵过，冬天假扮情侣的好处就是穿的衣服厚，就算场面上的搂腰揽肩也都不会觉得太尴尬。

夏天就惨了。

不对……她现在是要玩弄周北洛的感情，她应该期待夏天才对。

而且从某种意义上来讲，周北洛好像还是初牵。

程晚抿唇，眼神不自觉地透出点怜悯，刚准备主动引导他牵手，就看见男生左手插兜，修长的右手轻而易举牵上了她，唇掀得娴熟，口吻浪得离谱："怎么了宝宝，私下不都亲很多次了？"

"我的天，真的假的？"

"亲一个亲一个！"

"你们倒是亲给我们看看啊！老同学别见外嘛。"

包间瞬间炸锅，原本以为已到顶点的气氛又飙到另一个小高潮，包括赵多漫和齐群在内的当年十二班成员一瞬间全兴奋了，在场唯一情绪呈现负面状态的貌似只有当事人程晚。

全场的注意力聚焦在她身上，暖黄灯光下，程晚的表情变了又变。她知道自己现在应该娇羞地捶捶旁边某人的胸口，最好再嗲声嗲气地说一句"讨厌啦，不要把这种事说出来"，但身边没趁手的1000磅铁锤，所以她不想捶。

愤愤的视线悄悄转移，对上身旁男生的。

少爷正好整以暇地垂眸看她，嘴角若有似无地勾着。他本身就长相惹眼，现下像是故意给人下蛊一般，眼神说是挑衅，但其实挑得有些暧昧了。

换个更贴近的词语，应该叫……调情。

可调情未免过于越界。

程晚耐下性子认真思忖，经过一番流畅的阅读理解，她初步判定周北洛现在应该在发骚。

喝多了吧，哥们。

长久的沉默压得气氛开始冷却，人群中已经隐隐有怀疑的声音涌出，周北洛仍旧岿然不动，视线只缠在程晚脸上。

手仍旧被牵着，她几乎不敢动，过了大概十秒，触感才蓦然有了变化。

有些浸汗的掌心被轻点了两下，程晚紧了紧心神，指节不适应地磨了磨："我……"

"太浪漫了！"赵多漫适时接过话茬，托腮认真看着两人，羡煞得目光迷醉，"大家快看看，这是什么样的青涩情感，吻都接过那么多次了，牵手的时候程晚还是紧张到说不出话，她太、爱、了！"

程晚没忍住眉心一抽。

但以防露馅，女生还是缓缓低下头，倏地抽出掌心："……没有啦，漫漫你不要再说了。"

众人顺着视线，只看见程晚纤薄的脊背和肩膀在轻轻颤动，在漫着酒气的浑浊气氛中活像只振翅的雨季蝴蝶，带着初恋般的倔强和羞涩。画面加持，加之刚才的言语，已经有不少人瞳孔震惊，不自觉倒吸了口凉气。

"天老爷，现在的快餐时代，竟然还有这么纯真的恋爱……"

"牵手都这么害羞吗？"

"程晚确实更爱周少爷。说实话，刚才看见少爷主动，感觉他还挺 Man 的，但现在仔细一对比，怎么感觉有种轻浮渣男的味道？"

正努力浪荡的周北洛愣了愣。

察觉到头顶投来的视线渗透出危险气息，齐群彻底绷不住了，他扒开挡在前面的男生，口吻严肃公正："我做证，其实周哥平时也很小心的，他经常……经常深夜给程晚手写信，每次写三千字。"

"三千？"人群爆出尖锐鸣叫。

多道赫然目光重重打在周北洛脸上，其中数程晚的那道最扎眼。

在大庭广众之下被戳穿私事，男生似乎有些难为情，顿了一会儿，才视线缱绻地回望过去。

"有时也能多 500。"

……您有出书计划？

许是程晚的神情嫌弃得太明显，周北洛戏瘾没过，眸光隐晦地暗了一瞬，接着眉眼静静淌出灼眼的温柔。

男生嗓音带着不易察觉的期盼，启唇道："宝宝，你还记得里面的一些句子吗？"

程晚唇边暗藏的嘲笑瞬间僵住了。

众人期待的目光像张无形大网罩住她，她抿抿唇，决定冒着协议崩塌的风险，开启自己的反客为主。

女生表情受伤，语调怅然："我还记得你说过，虽然我不符合你的择偶标准，但你还是喜欢上了我，你要我对你好一点，不然你会跑。"

人群顿时气氛骤降，七嘴八舌地讨论起来。

赵多漫混迹其中，一拍桌子："这不是 PUA 吗？"

齐群也拍桌："谁会这么写情话？一定是程晚记错了！"

兵荒马乱中，一声清晰的、带着自嘲般的轻嗤声瞬间吸引了众人的注意。

周北洛低眸，嘴角讽刺地勾着，游刃有余地控场。

"是他吧？"

"记混了，你念的是他给你写的。"

……好家伙，被反杀了。

程晚大脑急速运转，蹙眉，腔调拿捏到位："你为什么总是怀疑我身边有其他异性呢？你不相信我。"

"有些话你虽然没有明说，但我能从语句中分析出来，你的意思……"

"我的择偶标准就是你。"周北洛受不了这种类似于吵架的质问，先弱一头，口吻妥协，"宝宝，可能是我有些话表述不清，我保证我没有你想的那个意思。"

"我不会跑，我不会离开你。"

深情来得猝不及防。

程晚没来由地耳尖泛红，彻底不知道怎么接话了，她脸上的呆滞落在众人眼中自然而然成为甜蜜的、被突袭告白情话的怔然。

"真爱竟在我身边……"

"要不要这么甜啊。"

赵多漫正凑在群众中起哄，下一秒接收到程晚的目光才顿住，吞了吞口水，把手中的瓜子放下，跳出重围把持局面："大家听我说——

"我们都渴望细水长流的恋爱对不对？

"现在这种纯真的感情多么珍贵，既然两人的恋爱模式还处在青涩状态，我们就任由他们小情侣自由发展好了，我提议，"金发女生端起长桌上的烧酒，颇为豪气，"让他们再给我们牵个手怎么样？"

"牵手牵手牵手！"

热烈的喧闹声再次袭来，程晚默不作声地和身侧男生对视一眼，两人都不由自主地想到刚才的画面，较着劲一般开始装害羞。

两人被推到一起，程晚饮过酒的脸蛋不自觉泛红，悄悄往周北洛脸上瞄了眼，发觉男生耳尖也冒着点红。

在这一刻，扭捏感似乎和对感情的真挚程度接上了轨，两人跨蹉了十分钟才牵了个纯爱的手。

指尖勾着，指缝贴合又迅速分开。

对视躲闪间，两人都仿佛回到了当初那个上课偷看某个人一眼就满足到想勾脚尖跳舞的盛夏。

如今大学毕业，工作党、升学党大半，鸡毛蒜皮的现实问题零零碎碎，压得人喘不上气，十指相交的画面感太强，气氛再次压抑下来，羡慕之余，大家又不由自主地回忆起了那个再也回不去的纯真年代。

洗手间。

刚才还"热恋"的两位当事人正在洗手台前嫌弃地用消毒水搓着手指。

合作虽然愉快，但被当众摆了一道的心情仍旧残存着些许芥蒂。

水流冲刷指缝，程晚扯出纸巾擦干净手，透过镜子看见背对着她的男生已经洗完，正靠着墙，不知道在干什么。

她心里有些犯嘀咕，准备上去随便说两句话然后一起返席，却见周北洛慢腾腾地抬起头，视线落在她刚洗好的手上。

男生扯唇，笑得并不舒心，突然伸手又蹭上她的掌心，在她呆滞到没反应过来之时，顺带连她露出的半截小臂都仔细摸了个遍。

"洗。"

不是爱干净吗，再多洗几遍。

刚沾过水的手带着冷意，有些刻意地缓慢滑过小臂，被触及的白皙皮肤像是长出了朦胧的软刺，程晚眼神滑落在上面，眸底是一片愕然的呆滞。

她还在愣怔着，半晌才回想起周北洛刚才吐出的单字。

洗？

不是，凭什么你洗我不能洗？

这家日料店男女洗手间的位置是相对着的，透过澄净的玻璃镜能看见对面的洗手台，程晚两分钟前刚要站直擦手，无意间抬头看见面前镜中的男生背影——

修长落拓，饶是穿着偏正装款式的衬衫和西装裤，身上那股不可一世的气质也没落分毫。

她撇撇嘴，视线下意识移到被细小水柱浸湿的冷白掌背，上面有洗手液打出的泡沫。

她静悄悄地偷窥少爷揉搓了一分钟手指。

老实说，刚才被架在人群中起哄，她钢铁般的心确实弱弱地荡漾了下。

在漫长的60秒中，程晚的心理历程开始甚至是肯定的。

站着看的时候，她内心从"好小子，手还挺好看"到"你还挺爱干净"，最后变成"你再搓几下，我去厕所捞点东西给你加料，你信不信"。

带着较劲的想法，她才又退回到洗手台，用力挤了泵消毒洗手液，大力揉搓起来。

皮肤生出迟钝的麻意，程晚猛地一下把手臂缩回来，又下意识拍了两下被触到的地方。

她的唇上下一碰，险些将刚才偷看周北洛的事情说出来。她眼神闪躲，重新随口敷衍道："爱干净……你别管。"

"哦，爱干净。"周北洛嘴角的笑忽地更恶劣了。

程晚平白无故感到风雨将至，堪堪想起刚才赵多漫叫她试着当个渣女，玩弄玩弄周北洛的感情。

脑回路还没转过来，猛地察觉到左脸被捏了下，缓慢得……甚至能感觉到他手指上细微的纹路。

程晚瞳孔震颤，抬眼的瞬间又撞进平视过来的眼睛里。

男生不知何时俯下身，黑眸像是浸了酒一般，淡淡望着她。

169

"现在呢？"

"什么？"

脸蛋刚才被碰到的地方蔓延出红晕，程晚低眸挡了下脸，心跳快到不敢看他。

"不是爱干净？"周北洛又笑，眼神中平白透出股洞悉，腔调有一股把人往下压的顽劣劲，"怎么还不去洗脸？"

"我这么脏，再不洗，发臭了怎么办？"

程晚呆愣住了。

两人在洗手间磨蹭许久，还没归席，包间里正追忆青春的男女甚至都没了回溯的介质。

八卦达人胡可可撑着脸，望眼欲穿地盯着包间贴着油纸的米色门，"哎"了一声："怎么还不回来？还想要问问他们当年的细节呢。"

赵多漫绾起金发，将袖子开始猛吃："急什么，两人估计在无人问津的洗手间吻得难舍难分呢。"

"真的假的？"

"不会真的是人前矜持，人后狂热吧？我想去看看。"

席间一时躁动起来，趁乱过来拼桌的齐群一时间也有些坐不住了。他只跟兄弟说了要浪点，学会渣男的松弛感。兄弟不会学过头，真的被人摁在墙上亲了吧？

已经有行动派站起来准备去打探风声了，正捏着叉子的赵多漫忽地警觉，阻拦道："哎哎，你们别去打扰人家。"

虽然理论都教给程晚了，但那小姑娘还不知道怎么变式应用，万一被人看见露馅了就完蛋了。

"就是就是，你们别打扰他俩。"齐群也像和事佬般把人推回到座位，"这么久没见了，我们随便唠唠嗑。"

被推回来的胡可可转了转眼珠，忽地想起一个问题："刚才好像听说周北洛暗恋程晚七年……但是高中流传的版本不是程晚暗恋周北洛吗？"

"要我说，"席间一位男生顺势接过茬，"我从上学那时候就不信这个传言，程晚当时不是跟高一级挺出名那个……叫什么来着……哦对，任放，他俩不是走得比较近吗？她好像除了那男生，对别人都不怎么关注吗？"

"胡说！"齐群气冲冲地扬下巴，反驳，"我们食堂停电检修那几天，程晚多热心，给我哥们送饭。"

这简直是质疑他年少时的精神食粮。他齐大少高中时被老爹蒙骗，一直以为家里没钱，平时食堂吃得抠抠搜搜，饿的时候全靠脑子里那点幻想活命。

"那不是因为当时他们两家关系近，顺手送的吗？"男生有些纳闷。

"……反正人家平时还一起回家，看着暗潮汹涌的。"齐群极力捍卫自己年少时的判断。

"一起回家这事,也是因为两家关系近吧?"

齐群再找不到有力证据反驳,脸憋得通红,刚要准备无理搅三分,包间的门忽然被推开了。

周北洛和程晚一前一后走进来,席间的八卦声顿时散了不少。

这家日料店隔音不错,程晚钻进来,刚要找位置坐,忽然察觉到周围气氛不对,眼睛滴溜溜转了圈,有些不理解气氛为什么比刚才沉寂了很多。

方才跟齐群争辩的男生是个没眼力见儿的,像是终于找到了由头,挥手嚷道:"程晚,你高中那会儿对周北洛有意思吗?

"你那时候不是跟高一级有个男生走得很近吗?"

其实包间里的人对这事都挺好奇的,只是有的人表现出来了,有的人没表现出来。

高中时的传言沸沸扬扬,给他们一众人洗脑得不行,结果四年后突然冒出个重磅新闻说两人在一起了,但被暗恋的跟暗恋的人调换了,这事琢磨起来真挺好玩的。

两人高中时因为长相太出众,加之在一个班,确实被传了不少八卦。

周北洛那会儿脾气莫名冲,他和任放起过几次冲突,程晚也没怎么表态,两边都送了药。

周北洛没收,任放倒是每次伤口都被处理得很好。

后来程晚忽然被人说暗恋周北洛,也没人细想,打眼一看,确实是她跟在男生屁股后面回家,也确实是她有时会往周北洛的桌上放一份便当,周北洛打球被蹭到眼眶的时候,也是她最先冲上去。

要说这段关系是谁先开始的,他们只能说绝对不是周北洛。

两人一直都那么不温不火的,偶尔几次情绪激烈也更像是赌气吵架。

许多视线齐刷刷投过来,程晚下意识咬了咬唇,望向这事的另一个当事人。

周北洛罕见地没看她,松松垮垮地坐在木毡上,低眸戳着盘子里的蓝莓,有一搭没一搭地往嘴里塞着,像是根本没听见。

瞧见周北洛这样,众人的目光又开始流转了,因为知道少爷这绝对是有意见了。

"我……那会儿,"程晚掐了掐手指,佯装泰然,"也确实挺喜欢他的。"

高中时期的周北洛风头无两,成绩优异,家境斐然,打个篮球要联系方式的都排队来,按常理推测,就算女生不喜欢他,也不至于讨厌。

所以她说"挺喜欢",应该也不算说谎。

"至于高年级那个……"程晚甚至不敢提任放的名字,弱弱望了眼戳蓝莓的少爷,无辜开口,"忘了。"

忘了。

忘了可以保命!

"忘了?"胡可可震惊地盯着程晚,呆呆地摸摸下巴,又浑然不知般开口,"那你现在还有他的联系方式吗?"

"没了,上大学后就没联系了。"程晚坦诚回答。

当初高考的时候，任放貌似还去校门口找过她，大庭广众之下，她说了别再纠缠之类的话后就没有私下联系了。

　　"所以啊，"一直沉寂的周北洛忽然拖腔带调，"他没考上大学不是。"

　　话题是怎么扯到这块的？再说了，好像人家也上大学了吧。

　　"他没考上吗？"赵多漫都对自己掌握的资讯不自信了。

　　"不知道，"周北洛不在乎地耸了耸肩，又懒洋洋地把视线重新投到程晚脸上，慢条斯理道，"关我屁事。"

　　"不是，"刚才那位男生还是纠结不下，"所以你们以前到底谁暗恋谁？"

　　"我暗恋她。"周北洛回得很快，放下叉子，"啧"了一声，有些不理解地反问，"你们都没看出来吗？"

　　程晚一噎，心想：大家能看出来个什么？没看出我们互相看不顺眼就算不错了。

　　"那行，稍等。"许是觉察到包间众人的面面相觑，周北洛顺手摸到桌面的手机，解锁点开对话框发了条消息。

　　随后齐群的手机振动，再抬起头时，神情都失色了。

　　"帮我发班级群里。"周北洛语气淡淡的。

　　毕业后，他嫌群里太吵，把群退了。

　　齐群瞬间情绪异常饱满，随后默不作声地瞧了眼程晚，低头转发消息。

　　三秒后，此起彼伏的提示音响起——

　　被转发到班级群的像是某本日记中的一页。

　　页脚泛着淡淡的黄，看上去有些旧了。

　　纸张上清清楚楚呈现着当时少年的丰盈心事，几乎是将整个摇晃动荡的心拨开呈现出来。

　　程晚低头望着屏幕，再抬眼时，眸中的惊诧不比旁人少半分。她难以置信地对上男生的视线，掌心中的手机屏幕泛着浅淡又清晰的光。

　　纸张上的字迹洒脱，内容却像只画地为牢的可怜狗——

　　　　决定爱一个人，就像是在没有任何安全措施的高空自由落体，无法判断坠入的是草地湖泊，还是钢筋水泥，只等落地的那刻。

致程晚
2017 年 5 月 13 日

　　是周北洛的字迹，她认得。

　　日期在……高一开学前。

　　包间内的气氛瞬间归到零点，而五秒后又爆发出史上最大规模的哄吵声。

　　程晚被半哄半羞煞的目光围在人群中央，瞳孔却一直是散的。

　　直到聚餐结束的那刻，夜间清冷潮湿的风吹散脸颊的酒气，道路上低哑的鸣笛声透过绿化带传来，程晚才从一种类似于透明封闭的状态中清醒过来。

喉咙好干，眼睛却润得厉害，她使劲眨了眨，朝前望去。

不远处的周北洛正拎着被她遗忘在角落的男士西装外套，右手捏着餐厅送的、枝叶上还挂着水珠的花——是一束开得正盛的白色洋桔梗。

程晚曾听过关于洋桔梗的花语，有人把它叫作无刺玫瑰，花语是永恒长久的爱。

这是家格调雅致的日料店，就餐结束，临走的女士都可以从水培基地中抽一枝花带回家。

两人宽的水缸中花香浓郁，旁边有木牌标着每类花的品种及花语，大多女生都挑艳丽的红玫瑰。程晚那时还在发愣，等她缓过来准备上前时，面前的男生已经指尖夹着一朵洋桔梗朝她走了过来。

他身形高大，挡住了半边写着花语的牌子和玻璃水缸旁的昏黄射灯。

程晚眼睫微颤，她不知道周北洛在挑花时有没有注意到洋桔梗的花语。

决定爱一个人，就像是在没有任何安全措施的高空自由落体，无法判断坠入的是草地湖泊，还是钢筋水泥，我只等落地的那刻。

脑海中莫名又浮现这句话。

决定爱一个人。

我只等落地的那刻……

"程晚。"

混杂的思绪被打断，被叫到名字的女生怔怔地看过去。

冷冽夜色中，周北洛喉结下的衬衫扣子也解了两颗，侧颜被风吹得恣意。他今晚心情貌似不错，被围着闹成那样也没表现出不耐烦。

散场前夕，十二班的八卦小达人胡可可甚至还凑到程晚耳边嘀咕了句"感觉你男朋友现在的脾气比高中时温柔了许多"，程晚险些惊掉下巴。

她确实没想到有一天周北洛会被人夸脾气好……

不远处的男生挑眉"啧"了声，优越的眉眼在路灯下不时引得路人回头，他却好似浑然不知般又催了一声："你能不能走了？"

"能……"察觉到催促，程晚才懊恼地揉了揉头，小跑着追上去。

这家日料店离别墅区说远不远，说近也不算太近，步行20分钟的距离，但考虑到喝了酒，两人还是决定散步回家散散酒气。

两人手肘间的空隙时远时近，程晚默不作声地低眸，飞快瞥了眼两人目前的距离，悄悄往侧边挪了一步。

其实散步回去也好，晚上的事一出，要她和周北洛一起在汽车后排挤着，想想都觉得窒息。

那照片一发，班级群里加包间一齐炸锅，就连赵多漫都睁大眼睛扯着她要她陪着一起上厕所，而后在洗手台侧边动作很 Man 地壁咚了她。

"老实交代，你们到底是不是演的？怎么你俩谈个恋爱，老子觉得被当猴耍的是我呢？"

程晚欲哭无泪，也想知道周北洛从哪儿搞来的道具。

还是他真的暗恋了她七年？

七年之痒……

再不接受，热情就没了。

程晚脑子要炸，脑袋里两个念头反复打架，一是他不喜欢她，那张纸是预先知道同学聚会会有人八卦，所以准备好的道具；二是他真的喜欢……可他明明表现得很不在乎。

程晚沉默地瞥了眼侧边的高大男生，咬唇，料想这是个严肃话题，还是伸手慢腾腾地拽了下周北洛的袖口。

这点劲根本扯不动周北洛，但他还是侧眸看了眼，慢条斯理地应了声："干吗？"语气不温不火的。

压在喉咙里的问句又怎么都说不出口了，程晚莫名有点生气，嘟囔了句："高冷什么……"。

周北洛听见了，破天荒地轻笑一声，耐着性子，学她的温和声音，拖腔带调地重复一遍："干吗啊你？"

程晚腹诽：你再贱试试？

她舔舔唇，抬头对上周北洛的视线，片刻后又闪躲开，声调不自觉显得有些娇气："我就是想问一下你……"

"问什么呀？"周北洛还在学她讲话。

程晚强忍怒气，别过头，声音刻意粗了些，"哼"了声："群里发的那张字条，真的是你高一前写的吗？"

这话问得很微妙。

她没有点破写的内容，仿佛只是好奇地打探一个时间，但分明两人都心知肚明这个问句背后代表了什么。

你很早之前就开始爱我了吗？可……我怎么没感觉到？

空气忽然稀薄起来，程晚额前的碎发随着男生倏地侵袭来的动作轻拂起。她吞了吞口水，看着突然弯腰靠近她的男生，一时变得无措。

视线对撞得不动声色。

周北洛还在笑，唇线挑得很随意，漆黑双眸一动不动地紧盯着她。

三秒后，程晚脸热难耐，别开视线，随后又听见一声低笑。

这声低笑混杂在舒服的夜风中，撩得人心间发痒。

听到周北洛笑，程晚莫名有种落败的感觉。

周北洛揣兜，总算没再盯她，径自迈开步伐，背影在堪堪开始萌芽的嫩柳下格外散漫，嗓音也透着几分慵懒。

"自己想。"他轻笑。

清清朗朗的一声,带着微拖的尾调,像是没心情跟她周旋,但更像在故意挑逗她的心情。

程晚被磨得一点情绪都没有,气鼓鼓地戴上卫衣帽子,没再理周北洛。

她一路都像是憋着劲一样,闷头走得贼快。

周北洛仿佛浑然未知,因为程晚的暴走在他眼中不过是正常速度。

他晃荡着,没几分正形地跟在身后,像是根本看不出女生在生气。

两人缄默,气氛却总也显不出沉重。

程晚百感交集,一心只想着回去找漫漫煲电话粥。许是当局者迷,她现在只觉得身处在一个稠密线团中,凭借自己的能力,根本找不到线头究竟在哪儿。

周北洛不给她解感,她还是需要军师疏解。

如果说那张纸真的是临时准备的,那未免也太做旧了……

程晚自顾自思考着,刷卡踏入别墅区,园内各类果树的淡香味让人宽解。她清了清思绪,吸了吸鼻子,这才觉得好受了些。女生松了一下肩膀,正要继续快步回家,裤脚处突然传来轻微拖拽和啃咬的触感。

程晚诧异地低下头,对上一只斑点幼犬无辜的晶亮黑眸。

小区中的流浪狗有专人定期给它们体检洗澡,起初区域内流浪狗数量并不多,只有三四只,后来物业又从周边抓到几只,加上繁衍问题,一时间也多了起来。

物业无力照拂太多,之前有工作人员在出入口挂过小区业主无偿领养狗狗的牌子,程晚原本很心动,但想到自己本人躲相亲都躲得狡兔三窟,思来想去便没领养了,只是无聊的时候喜欢到处乱逛,拿家里的香肠到处找小狗喂。

她记得腿边这只最瘦小,每次都是把它抱起来递到嘴边喂的。

它小心地啃着,动作很缓很慢,生怕咬伤她的手指一般。

……狗都比周北洛温柔。

程晚没来由地意识到这点,心中刚消解的愤懑感又冒出头来。

脚边的斑点犬只有三掌大小,毛茸茸的尾巴扫着干净地面,摇得像是要起飞,吐着舌头哼哼唧唧的,黄豆大小的眼睛期盼地看着她。

……已经闻到小狗味了。

背后那尊大佛仍旧跟着,程晚没忍住,到底还是驻足半刻。

身后的步子貌似也停了。

周北洛半蹲下来,斑点小狗被吸引过去,闻了闻他的鞋子,像是没讨到好处,没一会儿又绕过来继续玩闹般地咬着程晚的裤脚。

目前局势很温馨……周北洛在认真看着她,小狗在撒娇。

依照正常情形发展,两人都应该蹲下去摸摸可怜小狗的脑袋。

但……

程晚咬了咬唇,想到周北洛刚刚的不公对待,还是不想轻易在他面前展露出松懈的那面。

她还在生气。

这男人吊人胃口,她决定单方面跟他冷战。

小狗还在哼唧,程晚几乎是掐着手心才强忍住,慢动作般勾回裤脚。

女生脱离束缚,佯装镇定地继续往前。背后的斑点小狗追得很悲壮,歪着短腿"呜呜"叫着。

程晚仿佛全身神经都是绷紧的,惆怅着,一步步走得艰难,周北洛倒是没急着追。她正疑惑着,忽然听见身后仍旧半蹲着的男生感慨又貌似夹杂哀怨的一声。

"走这么快。"

程晚倏地竖起耳朵,莫名生出几分期待。

"果然是不要狗了。"周北洛幽幽叹息。

一时间,程晚险些分不清周北洛是在说那只斑点小狗,还是在说他自己。

哪有人一点面子不乐意卸,诚心问问题不回答,一路话题不找一个,慢悠悠的,像陌生人一样一直跟着,转头还有脸哀怨地说自己是狗的?

暮春夜间的凉风泛着波荡的松弛感,在这个本该闲适的夜晚,程晚的心情却是前所未有的憋闷。

她僵着脖子回头看了眼,周北洛正半蹲着,手指不轻不重地揉着小狗脑袋。

男生高大身躯蜷得慵懒,原本是低着头的,察觉到她的视线后,才抬头和人对上目光,还朝她轻眨了下眼。

那眼里的疑惑,看着比掌下的幼犬还要无辜。

程晚顿了顿,右手掌心朝上,四指勾了勾,迟疑地发出声响。

"喔喔喔。"

周北洛"扑哧"笑出声:"真把老子当狗了。"

昏黄路灯下,男生嘴角的弧度明显比刚才扬得更大。

程晚不理解这人什么思想,被人当狗逗居然还开心。有种遇到大变态的惊悚感,女生抖抖身上的鸡皮疙瘩,没理他,扭头飞快往家门口走去。

廊前花园的桃树稀疏开了几朵淡粉色的花,程晚匆匆穿过院前长廊,刷过指纹利落开门。

一整晚交际应酬耗神得厉害,随着"咔嗒"一声落锁音,女生的心才悠然落下来。

吴妈系着围裙贴心地道了声"已经放好洗澡水",程晚像被抽掉骨头,背靠入户门站了半晌,才疲倦地点了点头。

女生放空半分钟后,踢掉脚上的小方跟,低头趿拉上拖鞋,刚准备上楼换衣服泡澡,背靠的门忽然传来敲叩声。

内心爬上不好的预感,程晚瞬间又警戒起来。

她慢腾腾地回头,从一旁的可视门铃中看见了抱着只狗的周北洛。

变态还追踪?

犹豫三秒,女生还是温暾地打开了门,眼底的挣扎显而易见。

周北洛注意到她的疲态，牵唇，只是把一直握在手里的白色洋桔梗递了过去。

"送你的花。"

桔梗无刺，程晚诧异地低眸看向手中嫩白的花瓣，还没想好说什么，又听见一声清逸嗓音。

"跟小狗说晚安。"

心脏像是被羽毛很轻地挠了下，程晚眼睫轻颤，视线缓缓下移，对上男生怀里斑点狗的豆豆眼。

小狗还哼唧着，但一点也不怕人，被人抱在怀里也不忙着逃，察觉到程晚的视线，仿佛通人性一般又"呜呜"了两声，像是隐形的催促。

"……小狗晚安。"

"嗯。"周北洛从鼻腔里发出很浅的哼声，没再追着打趣，顺手把门带上。

"晚安。"房门半合前夕，他像是应下了那声小狗，回得轻松又随意。

春夜荡漾。

程晚浸在热水中的身体仿佛重组了遍，裹着浴巾吹干发丝出来时，纷乱了一天的思绪终于短暂地安定下来。

床头的白色桔梗已经剪枝插在花瓶中，那份生机盎然像是快要到来的初夏。

程晚视线落在团簇花瓣上，联想出什么与之相关的人和事。

间隔几秒，她闷胀的神经又蠢蠢欲动起来，得想想她和"小狗"的关系了。

到底是周北洛是她的狗，还是她程早早在被人当狗玩？

女生随手把毛巾搭在椅背，抱膝窝在椅子上，心潮涌动。

要想知道两段关系中到底谁是那条狗，最简单的办法就是弄清楚那份日记究竟是不是周北洛伪造的。

照片早已从班级群中下载到相册，程晚解锁手机，放大纸张边缘认真比对，眼睛都几乎看酸，最后发现这照片分辨率有点低。

这玩意不会加了做旧滤镜吧？

提前想到同学聚餐会被刁难，于是事先准备了一份证据来堵住众人的口，这个做法明显也符合周北洛的性格。

他不喜欢做复杂的事情，如果有绕近路达到目的的方法，他一定会做。

……科技时代，想要辨别一个男人的真心太难了。

说不清心里什么想法，程晚隐隐期待着事情背后的答案，又总觉得也许是另一种可能。

七年……她可能真的会因为无法承载这份沉重的感情选择逃离。

想象与怀念是恋爱最美好的部分。

有些感情存在，只是因为距离感导致的滤镜，程晚不想突破那层关系后，对方可能会在索然无味的第二个月某天醒悟，事后回忆自己怎么就眼瞎了七年。

承担他人的期待是件很累的事情。

程晚的水眸沾着雾气又看了半分钟，抬头忽然觉得周北洛这人挺有病的，暗恋写日记，还把日记本拍下来以便每天回忆。

日记本……

对了，只要照片上确实是日记本，那就不可能只有相片。

找到本子，根据纸张新旧程度就能辨别句子最后的日期究竟是不是临时署上去的。

画面边缘确实能看见页下纸张的堆叠，以及活页本独有的可拆卸线圈标志，这可比一张孤零零的纸要好找许多。

程晚瞳孔微散开，思忖片刻，低头看了眼时间。

十点四十五分，他应该还没睡。

女生摸摸下巴，点开和周北洛的对话框，踌躇着打字。

程晚：认识这么久都没好好玩过，明天约我去你卧室看看吧。

卧室，确实是藏少男心事的好地方。

但怎么感觉有些不对……

本来想营造出一种轻松诙谐的对话气氛，但特地点出卧室真的莫名好猥琐。

程晚挠挠头，正准备再说点什么补救，对面的消息已经跳了出来。

周北洛：终于打算泡我了？

程晚神经一跳，连忙补救。

程晚：别多想，单纯参观。

程晚：只是……

指尖在键盘上敲击，漏洞百出的借口说辞还没打完，"嗡嗡"一声。

对方又传来消息。

周北洛：了解。

周北洛：那我再把衣服穿上。

养精蓄锐一晚，睡眠带来的短暂逃避成功催化了程晚不成功便成仁的坚定决心。

她从小成绩不错，听话懂事，但也只是对外人的伪装。

她的内心是永远不屈且叛逆的，偷东西这种事对她来说根本不在话下。

对镜整理完着装，程晚拍了拍外套上的超大口袋，嘴角蔓延出满意的微笑。

这不跟对外浮夸宣传的瑜伽裤一样嘛，装下周北洛家的两室一厅根本不成问题，更别提一个小小本子。

早上八点，女生准时出现在周家别墅。

想到昨晚两人在微信上的对话，程晚反倒有些踌躇。

偌大的周家只留周北洛一人，保姆和司机都被清了出去，是不是有点过分怪异了？

察觉到程晚的警惕和局促，周北洛神色自若地说道："我爸妈怕有人在会打扰我们玩。你乱想什么？"

程晚双眸闪了闪，心里疑虑消散许多，终于切入正题。

女生心安理得地搬出连夜想出来的绝妙理由。

"我想，作为伪装的男女朋友，我们彼此应该知根知底，不留嫌隙，才能更好地应对外界考验。

"今天就由我先开始，勉强了解一下你的生活环境。

"我去参观一下你的卧室，你应该不介意吧？"

"不介意，明天早上七点我也会准时出现在你卧室。"周北洛颇为好说话地应承下来。

清晨互进卧室，这怎么不能算是一种暧昧呢？

许是心虚，程晚干巴巴地张了下唇，没来得及答应，就匆匆小跑上了楼。

说是了解生活，程晚却直奔他卧室，周北洛似乎早就看出了她的某些小心思。

他没催她吃早饭，反而自己在餐厅慢条斯理地吃起来。

周北洛的卧室比大部分男生的更简洁，还没上高中的时候，程晚就知道少爷有单独的衣帽间、影音室、书房、手办展示间。

这样看来，卧室也没什么值得搜寻的区域。

床褥是简洁的灰黑色，料想周北洛也不会做出把本子压枕头下，每晚复读一遍的深情举措。

程晚放过少爷的床，跑去飘窗欣赏了一会儿深春风景，三分钟后，败兴而归。

走下楼梯时，她整个人都丧了一截，她原本以为周北洛的卧室里会有个小书桌，谁想到整间卧室除了床头柜，实在没看出能藏东西的地方。

一个正常大小的本子，某种意义上来说也挺难找的。

她正垂头丧气着，就望见餐桌前的男生轻挑了下唇，嗓音认真，似是安慰："凉快照在影音室。"

程晚咬牙：我才不是要找这种东西！

她沉重的脚步忽然停住，眸光微闪，想到些什么，猛地下楼向右转，不忘打招呼："周北洛，我借你本书看。"

周伯伯一般在公司办公，所以家里的书房很有可能一直是周北洛在用。

餐桌前的男人没应她，但神情也僵滞了瞬，跟着站起身往书房踱了过去。

程晚明显快人一步，但当她刚准备握下门把手时，裤脚被什么东西拖拽住了。

女生诧异地向下望去，斑点小狗正欢快地朝她摇着尾巴。

小狗脖颈处的项圈独特，淡咖色，样式经典，是物业统一赠送的。

"你领养它了？"程晚被斑点小狗拽得无法走路，生怕一个不注意踩到它。

男生原本利落的步伐变得慢悠悠起来，闲散地"嗯"了声，随口打发她去给狗喂食。

一人一犬的背影渐渐拐入后花园。

半分钟后，书房门被打开，穿堂风吹拂过脸颊，沉木书桌夹层带锁的抽屉呈开启状态，男生走过去，冷白手指从中拿出许久未见的本子。

周北洛低头看着手中的活页本，半翘的唇突然绷直了。
他垂眸看了两秒，握着本子正准备走出书房，掠过桌角时，不小心将本子蹭掉在地。
活页本散开，书页自然翻到褶皱最多的那张。
许是书写过多，整张纸的褶皱有些明显。

  老子再也不喜欢你了。
  2017 年 12 月 5 日。

日期被黑色签字笔画去，而后是新的一条：

  2018 年 1 月 2 日。

画去，然后是：

  2018 年 3 月 24 日。

涂黑，下面又是：

  2018 年 6 月 1 日。
  …………

在不被程晚关注的那些年里，他一直在跟自己较劲。

第六章

倒带 吵架 vs 和好

Ni wan zhen de a

  周北洛让程晚离任放远一点。
  程晚像是被这句话点了暂停键，耳边响起不知名的"嗡嗡"声，视线一时聚不起来，右手食指忽然泛起麻胀感。
  包厢里一片死寂，没人敢在这时出声。
  程晚不自觉环视了一圈四周噤声的同学，最后才看到周北洛的脸。他居然还在笑，眉眼乖张恶劣，瞳黑仿佛融进了四周的昏暗环境，荒诞得像插在苹果上的尖利齿牙。
  她眸色寸寸发冷，之前就知道周北洛是被娇宠坏的矜贵少爷，但也从没想过他会这么任性妄为，现在连她跟谁交朋友都要干涉，像是把所有人的面子摁在地上磨。
  她在风暴中心，是最难堪的一个。
  程晚不觉得周北洛真的在意她跟谁做朋友，他只是看她不爽，所以用这种方式来整蛊人。
  身侧男生的眼神一瞬变得森冷，程晚低眸停顿了一会儿，伸臂拦住要冲上去的任放，蓦然也生出几分想笑的冲动。
  但她始终没扬起唇，只是越过拥在周北洛旁边的人，拿起桌上不知是谁喝剩到只有半罐的饮料，不假思索地朝周北洛脸上泼去。
  齐群没忍住低呼一声。
  间或有同学也小声嘀咕起来，程晚紧掐着手指稳住心态，盯着少年被淋湿的眼睛，面上仍旧不动声色。
  "你不觉得你管得有点多吗？"
  闻言，周北洛闪耀的目光像是被饮料浇灭，瞬间灰暗起来。
  程晚说完就抓着任放推门出了包厢。
  周北洛愣怔了片刻，唇线渐渐拉到平直，躲开一旁女生帮他擦拭的动作，伸手接过齐群递来的纸巾蹭了蹭脸上的水珠。

甜味太浓了，熏得眼睛疼。

许是被泼的原因，他忽然觉得有点冷，可胸腔内像有把暗火在烧，少年烦躁地把生日礼帽摘下，扔到地上。

"就过到这儿吧。"

这生日就过到这儿。

嗓音透出沙哑，男生的背脊仍旧带有少年的青涩感。

周北洛起身走到礼物堆前，弯腰挑挑拣拣出一个不起眼的小盒子，在众人还没反应过来前，推门迈了出去。

虽是高一，但开学没多久，各科老师发下的练习册和课本已经堆得桌子都放不下了，刚从办公室出来，得到换座位许可的程晚抱着七八本练习册朝第三排走去。

这次大规模降温来得迅速又突兀，附中像是被一只无形大手操控，班上四分之一的同学都中了流感的招。

赵多漫生病在家挂水，前排女生看程晚一个人搬书，有心开口说要帮忙，却被程晚淡笑着挡了回去。

"我自己可以的。"

上节体育课，考虑到近期大家的身体健康情况，体育老师并没强制所有人都到操场活动，十二班仅有几个爱打篮球的男生出去放了一会儿风。

早晨下过雨，走廊外几扇窗没关，地板被浸得湿滑。

周北洛打球出了层薄汗，少年身高腿长，从楼梯口一露头就引得几名女生偷瞄。他像是没注意到，面色很淡地把球扔给身边的兄弟，先一步在教室外的水房前洗手。

齐群和他并肩，淅淅沥沥的水流下，侧眸瞄了眼自己的兄弟。

自前天包厢事件发生后，周北洛就没怎么说过话，刚才球场上大家也有意没去拦他的球，他一球一球砸在篮筐上，进不进都随意。一整节课打下来，他一直没下过场，也没看出来累。

齐群默默叹了口气，刚要宽慰几句，身侧就刮过一阵风。

没说出口的话卡在喉咙里，齐群立即关了水龙头跟上去。

教室内气氛仍旧闷沉，虽是课间，但大多数人还是选择趴在自己座位上休息，请假人数不少，一向拥挤的教室看着宽敞了不少。于是打眼一瞄，移动着的两个人变得格外显眼。

齐群也看见了，暗道不好，打起精神拍了拍"百灵鸟"的肩："小百灵，你搬书干什么？"

前排程晚的座位现在换了个人坐，同样的高马尾、瘦脊背，但怎么看怎么别扭。

女生似乎是在忌惮着什么，顿了下，别了别耳畔的碎发，才回他："……程晚找我换座了。"

周北洛随手将染湿的纸巾扔进垃圾桶，轻嗤了声，看不出喜怒地抬腿迈了过去。

"兄弟，不至于！"齐群连忙紧跟上去。

前天闹那么难看，程晚换座也说得过去，周北洛要是再不依不饶，这两人真就不死不休了。

第三排和自己原来的位置相距甚远，但程晚有意听着动静，齐群阻拦的话还是一字不差地传到了她耳中。

怀中的书突然变得更为沉重，程晚心情复杂，有些忌惮会被周北洛针对。

她下意识放缓呼吸，心揪了起来，这时，胡乱堆在椅子上的书突然被人抬起。

雨后初晴的一点光被挡得严实，程晚知道面前是谁，低头没出声。

齐群使劲在周北洛背后扯他，生怕他再情绪上头做出什么无法挽回的事情。

"你想换的？"周北洛看了她半晌才开口。

好久没说话，他嗓子哑得厉害。

"嗯，我找的班主任。"程晚觉得，那天之后跟他说话都别扭，所以声音很小。

在办公室里，她并没有实话实说，跟班主任说的是跟周北洛之间谣言太多，影响心情耽误学习。这套说辞很好用，班主任很快就答应了。

气氛又僵了一会儿，附近闭眼假寐补眠的同学都意识到不对，条件反射地注意着这边。

其实话说到这儿就该明白了，但周北洛还是弯了弯手指，抿唇又放任自己问了声："……为什么换？"

程晚终于抬头看他一眼，像是觉得奇怪。

怎么有人闹成这样还要问为什么？

视线对撞得太伤人，周北洛明白了。他以为不跟她说话就是关系疏远，没想到她还可以换座，活动区域变了，以后课后也自然没了交集。

他有想过怎么不太掉面子地把两人的感情往回捡捡，但还没想到要怎么低头，程晚就又往后退了一步。

他好像怎么都追不上她后退的速度。

被泼挺好的，他冒犯到她了，侵犯了她的自由，被泼回来，这事怎么就不能算完了？还要换座位。

他还怎么觍着脸找她和好？

被泼饮料的时候，周北洛并没慌，但亲眼看见程晚抱着书坐在第三排时，才意识到自己和程晚的关系已经差到底了。

怎么想到换座的？他跟她之间就只有这么点交集了。

周北洛收回视线，把书重新放回椅子上，转身走了。

附中的课程没国际中学的丰富，但公办学校最拿手的就是压榨学生每一分课余时间，一天十节课加两节晚自习，密不透风，好像学习原本就该是压抑繁重的。

程晚换了新的座位，原本想着会轻松些的心情却怎么也散不开。

好闷，像胸口坠了一大块石头，压得她有些喘不上气。

程晚性格不算沉闷，不是长袖善舞的人，但或许因为外貌和家境优势，从小到大，身边的关系从来也都是正向的。

第一次见到周北洛时，她就觉得他不算是好相处的人，刚入学那段时间的相处让她险些忘记这点。

这是她第一次确切地和一个人闹翻。

不管是被定义为冷战还是绝交，都很难挨。

上课时心思转得飞快，程晚叹息一声，又想到这周五校庆后的短暂假期，不知道李女士和老爸这周末还会不会吵架……

赵多漫是这天下午挂完水返校的，她事先并不知道程晚要换座位，上午通话时程晚也并未提起这事。她在英语课上打报告进来，迈进前门后，落落大方的表情在注意到某一处时突然变得诡异惊悚。

齐群目睹全过程，他看见他的好姐们从自己的座位看向程晚原来的位置，而后180度环顾，在第三排中央找到人后，神情微不可察地滞住。

不知是不是他看错了，赵多漫落座时还特意朝他兄弟的位置上看了眼。

齐群也顺着看去，而后条件反射般地叹了口气。

少年的黑发有些长了，从搭在耳边的指缝中伸出几缕。他合眼趴着的样子仍透着股戾气，挺直利落的脖颈顺着单层秋季校服领口冒出，像初春新生出的一截藤蔓。

帅哥睡觉了。

他兄弟从程晚换座后就清醒了一节课，午饭也没怎么吃。

耳畔的英语单词像一声声天外来音，齐群看向窗外初冬的萧条风景放空出神，半晌才仰头吐出一口浊气。

这鬼日子什么时候是个头啊……

课间时间很短，身边换了个陌生面孔，赵多漫根本不适应，上课时都如坐针毡，下课后她更是恨不得争分夺秒长在程晚的邻座。

吵嚷的谈笑打趣声充斥整间教室，第六次占用小喇叭胡可可的座位的赵多漫是理不直气也不壮的。

程晚望着像幼稚园小女生一般对峙的两个人，轻轻叹了口气，站起身对胡可可说："你坐我的位置吧。"

前同桌和现同桌的对峙，她选择退一步海阔天空。

自认为精通社交手段，凭借自身超凡智慧化解了一场战争的程晚刚要摇头感慨下自己的机智，手腕又被人牢牢拽住。

赵多漫苦大仇深地把脸颊贴在她手上，语气悲怆："晚晚，你真的跟之前不一样了……你变得没有活力了。"

程晚腹诽：请叫我成熟。

她嘴角直抽，反驳的话还没说出口，一边的胡可可突然罕见地附和道："确实，我也感受到了。"

赵多漫遇见同道中人，立马来了精神："你觉得这是为什么啊？"

"情感问题。"

"请您赐教！"

"化干戈为玉帛。"胡可可捋了捋并不存在的胡须。

一唱一和的，当谁听不懂呢？

微侧眸就能瞄见后排的那个人，程晚站直，屏息朝后虚虚掠过一眼。

周北洛刚从班外回来，长腿勾着凳子落座，熟练躲过齐群发癫凑上来的熊抱，冷漠地做了个"滚"的口型。

他好像心情恢复些了，起码没睡觉了。

程晚默不作声地把视线重新拐回来。

也不是她一直关注周北洛的动向，实属身边这两人太八卦。

赵多漫一节课扭八回头，美其名曰帮程晚监视敌情，她现在几乎连周北洛每节课写几个字都知道。小喇叭胡可可又天生爱热闹，是个逻辑分析大师，和赵多漫你一言我一语，听得程晚耳朵都要起茧子。

程晚伸手拖来过道外另一位女生的凳子，认命地撑脸，左耳进右耳出地听两人为她的破碎友谊出没用的大招。

赵多漫凑近了些："我觉得周北洛是想找你和好的，不然他不可能跑过来问你为什么换座。齐群都说了，他伤心得午饭都没怎么吃。"

程晚装作三分薄凉七分漫不经心地扯了扯唇："万一他是闹胃病呢？"

"闹胃病早去医务室了！"小喇叭气不打一处来。

作为局外人，她那天看得很清楚，周北洛脾气坏有目共睹，他做事确实出乎意料了点，但也就嘴上说说，程晚可是实打实泼了他半瓶饮料，泼得他脾气都没了。

就算不能算他委屈，看在他那天生日的面子上，至少也应该两两抵消吧，怎么也不想看见两人闹到这个样子。

赵多漫唉声叹气，紧皱着一张小脸，继续展开语言攻势，声嘶力竭的："我实在是思念你，'小百灵鸟'虽然人也挺好的，但我还是只钟情你一人，晚晚——"

她其实也挺在乎周北洛和程晚的友谊的，但最关注的还是她的同桌座位究竟花落谁家。

他们之前的欢脱四人组多开心，压根不是现在冷冰冰的尴尬气氛，别扭死了……

程晚微不可察地耸耸鼻，"哼哼"两声，还是迈不开那一步："……明明就是他不对。"

"那肯定是他不对。"赵多漫随声附和。

"一万个他不对！"小喇叭紧随其后。

赵多漫："但话又说回来……"

程晚耷拉着眼皮，淡淡甩去一个警告的眼神："你要是敢向着他，你就死定了。"

赵多漫赶紧闭嘴。

"对了，"胡可可欲言又止，"任放没说什么吧？"

冲动的中二期遇上这种情况，应该是要决斗的。

程晚垂眸停顿了一会儿才接话："跟他讲了不能惹事。"

任放其实很听她的话，在这件事中，他的位置也很尴尬。

"那就好，不然他俩要是打起来，事情又要恶化了。"赵多漫松了口气，"反正我也会和齐群讲让周北洛主动松松态度的。晚晚,我站你这边,除非他主动软下态度道歉,不然我也不同意你和他和好。

"但如果周北洛真跟你道歉了,你会接受吗?"

"会吧。"程晚随口应付了句,反正周北洛那种脾气也不像是会跟人道歉的。

"行,"赵多漫像是终于有了倚仗,迅速从板凳上起来,"有你这句话,我就放心了,我找时间跟齐群说说。"

"哎——"程晚像抓住了一根救命稻草一般抓住她的手臂,"你要斟酌好用词。"

赵多漫坦然地朝程晚抬抬眉:"放心吧,我心里有数。"

校庆将至,十二班贡献了一个小型乐队和一首舞蹈串烧,赵多漫他们四人组最近情绪低落,都对这次活动兴致缺缺。

有节目在身的同学利用晚自习时间去了操场排练,其中还有一些负责音响、后勤的同学趁机溜出去商讨方案了,班级人数少了一半,看管自习的老师也莫名松了秩序。

赵多漫看胡可可的位置空着,趁机溜过去和程晚下五子棋,输赢次数相当,下课铃打响后,两位女生迎着晚风,心情颇好地迈出教学楼。

偶遇的同班女生撺掇她们也加入舞蹈节目,程晚表示婉拒,她现在只想去超市买两串关东煮。

惬意的晚风吹着,握着排队20分钟才购入的关东煮,程晚绷了一整天的心情总算可以放松片刻。

"爽。"赵多漫满足地啃了口鱼丸,又冒出个胆大包天的念头,"如果上学可以不学习,只跟朋友鬼混就好了。"

程晚笑着点头:"这也是我的理想。"

散发着咸香味道的关东煮纸杯暖烘烘的,程晚咀嚼着鱼籽福袋,忽然想到些什么,她还没问出声,就瞄见迎面走来的身高腿长的少年。

她松弛的走姿瞬间变得僵硬,心猛地往上提。她暗示地拽了拽赵多漫的袖口,刚要拉赵多漫一块儿绕路走,身侧的女生却像条泥鳅一般溜走了。

"姐妹保重。"赵多漫显然事先知道些什么,飞奔着从程晚身边掠过,顺便还拉走了在对面发呆的齐群。

紧张的情绪瞬间飙到顶峰,程晚吞吞口水,脚步顿转,她正欲装作忘买东西绕回超市,低头走着,却发觉差点撞上一堵人墙。

他怎么走得这么快……

女生掐着手心,后退半步,饶是知道这可能是漫漫安排给他们化解矛盾的机会,她还是没来由地忌惮。她现在真的还不是很想和周北洛接触。

女生的排斥显而易见,周北洛顿了三秒,缓慢后退了一步:"这样呢?"

影子拉开了距离,灰扑扑的地砖上踩着两双相对着的球鞋。

少年的眉眼被昏黄廊灯照得不鲜明,额发挡了一半情绪,他整个人却淡得出奇。

程晚惊诧地半张嘴,完全没猜到周北洛会是这个态度。

周北洛被她看得莫名烦躁,但还是压着性子,嗓音低了又低:"我妈让我跟你讲,周末回我家。"

程晚脊背一僵,猜到些什么,很快点了下头:"……好。"

她表现得过于理智,不想细想这句话背后的含义,低头对上怀中的纸杯,忽然觉得有些没胃口了。

大脑像蒙了层尘封的雾,唇嘴得有些艰涩,但她仍没忘记礼节地乖顺补充:"麻烦你和阿姨了。"

程晚是毫无攻击性的长相,皮肤很白,面部骨骼感很弱,唯有小翘鼻看着古灵精怪些,薄薄一小只,很容易让人生出保护欲。

女生顶着这张脸就事论事地对他表示感谢,周北洛却觉得不如让她指着鼻子骂他两句。

好郁闷啊,她怎么对他一点情绪都没有了?

还在讨厌我吗?

"没什么事,"程晚抬起水润的眸子,小声开口,"我就先走了?"

冒出的警惕声打断了杂七杂八的思潮,周北洛直勾勾地看着她,忽然笑了。

"嗯,"他轻轻应了声,"你去。"

气氛随着这声笑变得奇怪起来,程晚汗毛隐隐竖起。她下意识瞄了周北洛一眼,抱着纸杯快速离开。

注意力仍旧放在身后,三秒后,程晚听见身后有脚步声,她又紧走两步绕过快到寝室小路的拐角,打起精神往后看了眼,目光还没全扫到人身上,那脚步声就突然停住了。

"你是觉得我会伤害你吗?"周北洛仍和她保持着不远不近的距离。

不知为何,程晚从这话中听出了不该属于他们间对话的多余情感。

周北洛好像在难过。

他觉得她疏远了他。

界限感摇摇欲坠,程晚低头蹙眉,刚要开口解释,就看见男生利落地从旁边角落揪出一个黑影。

"滚。"看着那人离开后,少年才扫了一遍她回寝室的小路,声音没什么情绪,"你走吧。"

近期总有无聊男生躲在女寝附近小路的拐角吓人,遇见漂亮的,还喜欢挡着不让人走,捉弄人。

以往程晚都是跟赵多漫走的另一条路,她刚才被周北洛追得急了,根本没想起来这茬。

心脏像是被什么东西戳了下,程晚平白无故生出一股愧疚感。她攥紧手中的纸盒,嘴比脑子更快:"周北洛。"

男生倏地停下脚步。

"那天晚上……"程晚有些组织不清语言,"就是你生日那天,你是不是心情不好才那样的?"

是不是心情不好才为难我?其实那不是你的本意对不对?

路灯把影子拉得很长,周北洛没转身,也没吭声。

故意的。

他真的很想承认,他就是很讨厌任放,看不得她跟任放走那么近。

但他不能说。

暗恋是一团无法逃脱的旋涡,会把忠诚于它的信徒都变成胆小的哑巴。

他是其中一员,胆小,还心思不正。

"是不是啊?"程晚又追问了声。

周北洛站在原地干巴巴地咧了下唇,最后也只闷闷地发出一声"嗯"。

胸腔中堵塞的负面情绪终于消失殆尽,程晚松了口气,积攒了两日的怨气消了大半,探头又朝男生好言好语地说了声:"那你记住以后不要那样了。"

说完,见他没有回应,她还勇敢地先一步开口示好:"我们以后还是朋友可以吗?"

"嗯。"周北洛嗓音很淡,"可以。"

"那谢谢你今天送我回寝室,我先走啦。"

"好。"撒谎的人不敢看对方的眼睛,在原地站了许久,转身后连程晚的背影都没看见。

初冬的气温越来越低。

秉承在学校除了学习什么都开心的经典理论,齐群高调拿出一天饭钱"贿赂"了本班的活动委员,请求他让自己和周北洛加入校庆晚会的彩排活动。

器材室的窗户被做坐位体前屈的军绿色海绵垫遮了个严严实实,齐群用钥匙拧开铁门,结结实实地咳了声。

"噗,这里灰怎么这么大?"

活动委员是位憨厚的男生,见状也皱了皱眉,压根都不想进去:"好脏啊。"

附中有两个器材室,他们被分到老旧的这间,目的是要把里面堆放的能布置晚会的东西都找出来。

因为窗户被挡住,里面光线有些暗,周北洛低头看了眼腕表,瞄了眼踌躇不进的二人,轻揉了一把,踩着价格高昂的球鞋迈了进去。

"周哥牛!那我也进去吧。"齐群说着又朝后招呼了声,"早干完早交差,大不了一会儿溜回寝室冲个澡。"

男生说罢就按向电灯开关。

沉默三秒后,齐群意识到一个残酷的事实:"灯都是坏的?"

他刚扬起的战斗力瞬间又卡盘。

周北洛"啧"了一声,朝他扔去一团星星灯:"你能不能别一惊一乍的?插上这个,能有点光。"

"噢噢……还是周哥有办法。"

周北洛没理齐群,直到看见那串脏兮兮的缀满小灯泡的星星灯中只残存一颗亮着微光的时候,才没忍住想爆粗口。

"笑死了,哈哈哈,我们怎么这么倒霉……"人高马大的齐群先一步撤了窗户边的军绿色地垫,"还是依靠自然光线吧,虽然现在已经快傍晚了。"

活动委员也埋头苦干起来:"大家看见彩旗或者星星灯,都装进这个袋子里就好。"

周北洛少爷脾气犯了,拔下快烂完的星星灯,半踢半踹地把东西塞到袋子里。

操场亮了四盏大射灯,这种娱乐性质的晚会只在最后快散场时统计各班人数,周北洛和齐群回寝室轮流冲了个澡,再赶回去时节目已经过半。

挤进人群才勉强看见个人影,齐群伸着脖子,浑身散发着沐浴露的清香:"下个节目是什么?"

"嘘!"程晚紧张兮兮地朝后瞪了他一眼,"你别吵。"

"劳动人民辛苦了半天,最后连话都不让说了?这到底是干什么的?"齐群逆骨犯了,硬是要问出个究竟。

"教导主任在选人上去玩游戏,你再吵你就被选上去。"

"玩游戏有什么不敢的?"

他齐大社牛从没怕过这些。

"那你来。"程晚一阵暗喜,刚转过去要跟他交换第一排的危险位置,就听见了教导主任的地狱低吟。

"十二班那背对着我的女生。"

她偷扬起的嘴角瞬间落下。

又听见一声轻笑,她抬眸一瞄,模样恶狠狠的:"你笑什么?"

周北洛又笑了一声,口吻却有点贱:"没笑。"

左躲右躲还是没躲过,程晚深深吸了口气,绕过台阶站上去的时候,腿都在抖。

"这位同学,你的名字是什么?"

话筒没任何预兆地递到她唇边。

来不及看台下像一堆白菜样的人群,程晚就掐着手指紧张开口:"程晚。"

"好的,程晚同学。"教导主任据说是 KTV 常年麦霸一哥,好不容易遇到这种拿麦的机会,自然不会轻易放过,"程晚同学刚才背对着我们是想干什么啊?"

目光悠悠望到台下,程晚对上一双戏谑的眼。

还笑,还笑!该死的周北洛,她都上台了还笑!

"好的,不愿意说没关系,下面我念个名单,名单上的同学上台来玩个小游戏。"

程晚有些拘谨地偷瞄了眼——

居然是 2017 年下半年年度通报名单。

她双眸一瞬亮起,背脊突然松懈下来,目光直直地朝台下某得意男生望去。

周北洛挑了下眉,面上兴趣更浓,牵唇刚要去找班主任,趁机拍下程晚这副鹌鹑样,脚都还没迈出去,就听见 24k 纯金属大音响 360°环绕着点出他的名字。

"周北洛,周北洛,上台。"

程晚顿时爽了,隐隐朝下做了个口型——你,再,笑。

周北洛愣了愣。

女生紧张的情绪缓和许多,就连站姿都松懈下来,她望着台下的周北洛,唇边隐隐扬出得意的笑。

台下的男生一步步走来,阔肩挺腰的姿态透着一股别人模仿不出的力道,被全校师生盯着上台,周北洛貌似也没她以为的那般不情愿。

她只在最初看见他脸上有过一瞬的怔意,紧接着少年就又恢复了之前的游刃有余。

耳畔都是台下女生们的小声惊呼,程晚略感失望,内心像张空白黑板,满满当当只映着三个大字——真能装。

当着全校师生的面,周北洛被突然点到名要求上台,等待未知审判,在这般恐怖的事情面前还能如此镇定……程晚自愧不如。

她紧皱的眉头一直追着周北洛上台,直到听到广播中传来下一个名字,女生的视线才倏地转向别处。

"任放。"

…………

五分钟后,通报名单上的人员终于列队完毕,程晚看着身前零零散散站着的一排,总觉得除了周北洛和任放,其他同学年纪轻轻就已经成了半个社会闲散人士。

爱惹事的男生身上似乎天生就带着一股匪气。

请了16名男生上台,教导主任还在欲扬先抑地进行着活动铺垫,站得离程晚最近的任放终于找到空隙,扭头冲她做了个鬼脸。

教导主任站在他正前方,任放扭头时脑袋偏了些,空间视角卡了个Bug(漏洞),教导主任的地中海发型像被直接嫁接到了男生头上,光秃秃的脑袋配上那双狐狸眼,怎么看怎么诙谐。

程晚下意识一怔,"扑哧"一声笑出来。

咫尺距离,这般小动作,台上的人都知晓,斜前方的少年背脊一僵,原本无所谓的脸忽然臭起来。

震得耳朵疼的音响重新开始拱火。

"接下来我们要玩的游戏只需一个简单道具。"

周北洛没几分在意地朝教导主任手中望去,然后看到了两小时前他在器材室蹦过的那串报废星星灯,平直唇线缓慢动了动。

听筒里继续吵着。

"这串小灯有16个小灯泡,但只有一颗能亮,而我们台上有16名男生、1名女生。"

"接下来我会让几名男生分别握住一颗小灯泡,然后女同学背过身去猜哪位男生手中的灯泡是亮的;如果女生猜错,那就请女同学和被猜错的男同学分别给大家表演个节目。"

程晚的瞳孔瞬间凝结。

任放感觉好玩,低头轻轻笑了声,秉着当人好朋友的责任感,还是开口问了句:"老师,如果这位可爱的女同学第二次还猜错呢?"

一次就猜对的可能性太小了，十六分之一，明摆着很难做到。

教导主任早就准备好措辞，他侧头看着任放，一脸和善地说出最残忍的话："如果程晚同学猜错，第一次表演了节目，而且实在拿不出第二个节目的话，那她可以指定一位同学上台替她表演。"

指定一位同学替她表演……

排列整齐、兴致勃勃看戏的站队中，标着十二班牌子的小方队突然沉寂下来。

众人的悲喜与他们班的人并不相通，其中赵多漫和齐群脸拉得最长，从额头到下巴几乎穿越一整个马里亚纳海沟。

但想起昔日的情谊，以防程晚没有底气，二人还是艰难地点点头，同步握拳敲了敲自己左肩，鼓气道：

"我一会儿上去扎个马步。"

"你上去拿刀砍我，然后我百分之百空手接白刃。"

接收到班上同学紧张的目光，还有齐群、赵多漫两位视死如归的眼神，程晚压力更成倍堆积。

她还没养成在紧要关头能豁出去破罐子破摔的洒脱性格，最大最大的突破也无外乎是被逼着在话筒前唱一首歌，或者借用谁的电吉他弹一首《考试什么都去死吧》。

要她因为自己的缘故而使别人上台出糗，她接受不了。

程晚面色变得僵滞，还没反应过来，身前的男生们已经开始整齐地拉出空隙，按部就班地听从指令去握灯。

开始得猝不及防，程晚面前没了阻挡，下意识闷闷地"唉"了声，一左一右两位少年忽然同时转头。

周北洛孤寂肃冷，任放同情忍笑。

星星灯传过来，周北洛低头看去，在灯泡旁找到了一处细小的红色印记。

他没吭声，用细长指节攥着，再抬头，只望见一束看向他右侧的目光。

他往后扭着头，是没被注视的那个。

人生中有很多选择看似无关紧要，但不经意的哪天会恍然意识到，原来是这样啊，原来我当时走错了路。

周北洛仍旧望着程晚，看见她娇俏紧张地示意任放闭嘴，耳尖红得像暮春盛放的芍药。

她的视线里没有他。

周北洛现在在考虑怎么选。

仓促短暂的时间像是过了好几个年头，程晚惴惴不安之际，忽然意识到面前的排阵有了变化。

任放刚逗完程晚扭回头来准备握星星灯上长长的灯线，手臂就猝不及防被人大力拽着，连同整个人都被扯向另一侧。

手与手错开，他握上原本不属于自己的那颗灰暗灯泡。

任放被拽得生疼，还没来得及发火，周北洛就站好和他拉开距离。

少年像是什么事情都没发生过一般，眉眼很淡，睨着脚尖的位置，没有丝毫情绪地轻声开口:"选他。"

很奇怪,周北洛明明没有回头,但程晚知道他是在跟自己说。

心跳不知为何停顿了下,好像一瞬间就有底了。

直到她下意识按照周北洛的话选中任放——

程晚看见舞台灯熄灭,任放手中握着的泛着微光的星星灯是四周唯一的光源,她被推着和男生并肩站立。

台下一众同学惊呼,任放的狐朋狗友源源不断地起哄吹口哨。

齐群和赵多漫大舒了口气,就连教导主任对此表示惊奇,张大嘴巴不甚情愿地恭喜他们逃过一劫。

四周好黑,任放含笑的双眼看着程晚,好像跟她说了些什么。

程晚没听,回头望去,看到周北洛那落寞的双眼。

明明很黯淡,却像是空白纸上掉落的一点洞穿纸背的火星,烫得她全身不舒服。

国庆后假期本就少,校庆结束后附中更是生机全无,主课副课连轴登场,上得人筋疲力尽。

临近期末检测,一周一节的计算机课也被无情占用,上了数学。

齐群端着清汤寡水的餐食落座在程晚和赵多漫对面,表情携着暴风雨前的平静。

"数学老师是怎么找的理由,竟然敢说机房停电了……"男生冷静的面容渐渐露出一丝裂缝。

"我路过机房的时候,都看见微机课老师闲到用电脑打愤怒的小鸟了!数学老师编这么明显的谎言,是不是我们不发火就把我们当傻子啊?"齐群猛地拍桌,盘中的酸辣土豆丝都被震得颤了三颤。

对面的程晚被吓了一跳,瞳孔迅速收缩。

她最近被课业弄得有些疲累,整个人怔怔的,侧眸瞄了眼齐群喋喋不休的嘴,默不作声地把餐盘往远点的地方挪了挪。

程晚的小动作被赵多漫细心注意到,想着自家姐妹这几天心情本就不好,她放下筷子打抱不平般敲了下男生的头,语气颇有几分气势:"课都已经上完了,你能不能别再像个老妈子一样嘟嘟囔囔了?"

教训来得猝不及防,正被咀嚼的土豆丝被打得咬断半根,齐群惊叫一声,眼睁睁看着自己嘴边的食物挂着几根晶莹的银丝垂了下去,直直掉到自己还没扒拉几口的米饭上。

"啊啊啊!别闹啊,饭卡没钱了!"

赵多漫忍俊不禁,见状悄悄缩了下肩膀,不吭声了。

程晚跟着笑出声,目光下意识望向在场唯一没说话的男生。

周北洛置身事外般地低着头,握着筷子认真吃着自己的午餐。少年面上看不出悲喜,好像根本没注意到这边发生的境况一般。

"周北洛?"程晚小心翼翼地喊了声他的名字。

校庆活动的救命之恩火速拉近了两人的距离,意识到周北洛其实也没那么讨厌后,程晚现在有意无意地跟少爷套套近乎，用摇尾巴的方式企图和他搞好关系。

一来是确实感动，二来这周末还要去他家借住……

人即将在屋檐下，不得不低头。

被突然叫到，周北洛拿筷子的手顿了下，喉结一滚，被黑发遮了一半的黑眸直直睨过去。又察觉到视线不太温和，他调整了下眼神，才平静应道："怎么了？"

"齐群刚才流口水了。"程晚兴致勃勃的，还欲腾出手给人形容下刚才的场景，就见男生又冷淡地把头低了下去。

"看见了。"

淡淡三个字掐灭话题。

程晚上扬的嘴角僵滞在脸上，瞬间没声音了。

如果说午餐时的冷落是无心之失，那之后排队放碗筷故意拉开一人距离，婉言拒绝程晚的打羽毛球邀请，条条件件累积下来，齐群彻底摸不清兄弟的心意了。

在全校面前帮人解了围，最后人家和他搭腔示好，又被莫名其妙冷落。

各种揣测翻来覆去，齐群心里直打鼓，直到午休回寝室的路上，才鼓起勇气问出口："哥，你到底什么意思？"

初冬的林荫道萧条冷冽，周北洛慢慢踱着的步子并未停下，答非所问道："你先回，我还有点事。"

他准备压一压对那位祖宗的感情。

人工湖旁的凉亭中，程晚支腿坐在长椅上，望着不远处平静的湖面，心却飘得老远。

今天一上午，周北洛对她的避之不及明显得不能再明显，饶是有些迟钝，她也看出了现在周北洛对她的态度。

他好像不是很想理她……

程晚不明白到底又有哪里得罪了这位大少爷，原本缓解了些的关系怎么就莫名其妙搞得更僵化了。还有家里的事，老爸老妈一定是闹得更凶了，所以周阿姨才会跟周北洛说要自己这周末先去周家暂住。

虽然周阿姨对她很好，但毕竟是在别人家，她和周北洛的关系现在又是这样……寄人篱下，想想就痛苦。

"唉……"

"第九声叹气了。"

男生长腿倏地收起，背过手挡过手里的游戏机，终于忍不住弯腰探身盯上她的眼。

"怎么了？"

任放问得温声温气，程晚却莫名烦躁起来，咬咬唇没吭声，只说家里好像又出事了。

其实她早就有预感，上次回家推开门她就看见桌上摆着一堆杂七杂八的文件，还有两名身穿西装、精英打扮的男士频繁出入书房。她找借口去书房拿书，擦肩而过时听见那两人在谈财产分割的问题。

193

结合最近发生的事，程晚意识到爸妈是真过不下去了。

女生低头用鞋尖碾碎一片枯黄的落叶，感觉肩背愈加沉重起来。

她还是有些不懂，为什么父母十几年的感情，分开的时候还需要请律师来清算资产。为什么不能体面一点？

到时候她又会算作是谁的资产？

薄凉的风从两人身边穿过，任放看着程晚忧愁的小脸，忽然笑了。这时候笑太不讨喜，程晚蹙眉刚要骂他，就看见他把遮着的右手抬了起来。

男生眼睛微微眯起，犯着坏懒懒地开口："好学生，别想那么多，要不要玩玩这个？"

程晚一怔。

"植物大战僵尸，"任放半蹲着，抬眸看向女生，语气蛊惑得明显，嘴角弧度更甚，"解压必备。"

旺盛的好奇心加之烦躁的心绪本就难以抵抗，程晚抱着"反正试一下也不会被教导主任抓个正着"的想法，琥珀色的瞳孔逐渐往游戏机上看去。

"你给我望风。"

"放心，帮你看着。"

说完，任放将游戏机递过去。

程晚伸手，还没来得及接过，就猛地被人打了下手。

这个动作并不温柔，打得她手背都生疼。

女生一脸疑惑地抬起视线，顺着午后微弱的白光望见周北洛从未有过的这么严肃的神情。

他是什么时候来的？

紧张情绪达到有史以来最高，光是想象这狗回去怎么跟周阿姨和妈妈告状，程晚藏匿在袖口里的手臂就已经开始争先恐后地冒鸡皮疙瘩。

"周北洛，你能不能别跟我妈和阿姨说，我保证……"

"回你寝室去。"

周北洛哪是那么好商量的人，他比任放高半头，低头看人时，黑眸里压着层薄薄的不屑。

那是上层圈子养出的压迫感。

为了减少攀比风气，附中规定只要在校都必须穿校服，但经年累月用钱砸出来的少爷、小姐就算不说话，穿同样的服装，身上那股矜贵傲慢气也不是普通人能追上的。

高中男生爱比鞋比内搭，追潮牌，周北洛一般不搭腔。

他穿得低调，但周围的人隐隐能从男生的做派中察觉到些什么。

他们跟他不是一个世界的。

任放也是普通男生中的一员，他个性鲜明浪荡，但这股小家子气在周北洛面前真的蛮像小丑的。

跟他脚上攒了很久钱才买的一双名牌鞋一样，上不得台面。

程晚的视线在两位男生中来回转换，最后忧心忡忡地看了眼任放，用眼神示意他先走。

……两位曾经荣登通报榜的人如果再动手就真的要被记入档案了。

　　望过去的视线并未被接收到，任放舔了舔唇，心想：我混到高二也不是白混的，我和程晚之间的事，关周北洛什么事？

　　火药味逐渐蔓延开，程晚眼尖地瞄见周北洛往前迈出轻狂的一步。她攥紧手中的纸团，破罐子破摔地抓住男生的小臂，大喊："周北洛！你能送我回寝室吗？"

　　少年停下脚步，眸底明晰，神情仍旧带着股颓丧感，百无聊赖地看着她演。

　　"求你了……风沙太大，"程晚咬唇，抬眸看他，弱不禁风的模样，"有点害怕。"

　　任放一头雾水。

　　不知名战争一触即发，偏偏这件事不能怪任何人，程晚止不住地懊悔。她再顾不得什么男女间肢体接触的忌讳，硬着头皮拖住周北洛的手臂，一心只想拽他离开。

　　身后的任放险些看呆了。

　　临近午休，周围人来人往，其中不乏十二班的八卦大军。

　　三米开外，刚从超市买了两根烤肠的齐群和赵多漫看见这幕活像是见了鬼。

　　他们距离凉亭不近，但任放跳脚的语气实在引人注意。

　　两人啃着油滋滋的香肠，正准备剪刀石头布看谁输了再去买一根，就听见一声清晰又不乏明朗的嗓音。

　　"程晚，你到底在怕他什么？"

　　那一刻，饶是附中向来没有乌鸦栖息，两人都仿佛听见了半空回荡着尴尬的乌鸦叫声。

　　最后一节晚自习的课间，趁着程晚被地理老师叫去办公室开小灶的空隙，并不十分爱八卦的十二班对这段畸形且精彩的三人关系展开了论证丰富的评估活动。

　　赵多漫默默缩在座位上，下巴搭着交叠在桌面的手掌，决定为了八卦暂时放下她们浅薄的姐妹之情。

　　"我们猜错了，"人群中央最闪耀的八卦小天后胡可可屏息凝神，压着嗓子渲染出一股深沉的氛围，刻意掐出来的烟嗓平白给说出口的话增添了几分可信度，徐徐吐出一个炸裂的判断，"程晚其实一直暗恋的是周北洛。"

　　众人倒吸口凉气，顿时一片唏嘘。

　　离谱得有些过头了。

　　赵多漫神情震惊，铿锵有力地为自家姐妹坚定反驳："怎么可能？我一直跟程晚在一起，她要是真有这心思，我不可能没发现。"

　　"你懂什么？"齐群缓过来了，瞬间跳出来站队小喇叭。

　　他总算摸清了那两人身上说不清道不明的奇怪氛围，一脸窥破天机的睿智表情反驳道："暗恋暗恋，你能看出来就有鬼了。"

　　"隐藏得太深了，如果不是程晚中午被人看见向着周北洛，怕周北洛挨揍及时把他拽走的事，我们到现在都不会发现她内心深处的真实情感！"胡可可一番话说出来差点把自己感动哭。

怕周北洛被打？好像有哪里怪怪的。

齐群本能地察觉到不对，但一向粗线条的他还是略过了这茬，继续丢弃脑子，崇拜地听着分析。

小喇叭停顿一会儿，敲敲脑袋，重新放缓声音稳定发挥："我猜测，其实事情的真相是这样的……

"程晚暗恋周北洛，多次示好无果，走投无路，最终决定剑走偏锋，找了个托——任放，为的就是试图引起周北洛的注意。"

围拥的众人甚觉有理，齐齐看向后排懒洋洋地撑脸握笔的周北洛。

男生兀自在本子上写着东西，对周围发生的一切浑然不知。

胡可可只恨他是块木头，痛心疾首道："可惜他怎么就知道学习！"

程晚，暗恋一个冰冷的石头，注定是你这辈子的劫。

"要不要这么幼稚？我们又不是小学生……"作为众人中唯一清醒些的赵多漫，话刚说出口就遭到了周围同学的一众白眼。

住宿生活枯燥无味，平时他们最大的乐趣就是课堂上五六分钟的多媒体导读，程晚和周北洛这种等级的风月八卦就算是假的，在这一刻，它也必须是真的！

女生被凶恶目光盯得缩了缩头，最后终于在其中找到最软的一颗柿子瞪了回去。

齐群"哼"了声，别过脸，不跟她对视了。

画面在此刻变得寂静，胡可可的众多信徒跃跃欲试，环视四周，眼神兴奋。

枯燥的校园生活顿时变得多姿多彩了怎么回事？

谣言捏造者胡可看了眼仍旧犹疑的赵多漫，打开运动水壶喝了口温水，态度稳如老狗："不信你就看看吧，这次之后，程晚一定会向周北洛示好。"

她还没等人开口发问就大发慈悲地解释出声："因为她这次推得有些过火了，得给点甜头把两人关系往回拉一拉了。"

攻略一个男生是需要谋划的，而爱情野心家程晚一定深知这一点。

走廊上有追赶嬉戏的男女生吵嚷着路过，程晚适时从后门走进来。

墙上的挂钟显示还剩三分钟上课，女生站定望着后排中间男生的挺阔背影，做了半分钟心理建设，才鼓起勇气走上前，殷勤地把帮忙打的热水放在了周北洛的桌角。

水杯她事先细心擦过，杯壁没有一滴水珠。

"周北洛同学，帮你接了杯水。"她刻意掐出来的嗓音乖甜。

程晚满意地装完孙子，收回手掌时，眸光下意识扫过周北洛手下搭着的笔记本。

页面整洁，只有纸张顶头处写了短短一行话。

程晚吸吸鼻子，浑然不知自己的一举一动正被许多双眼睛热切注视着，一心只想着自己周末可能会面临的悲惨命运，根本没心思顾及其他。

李女士和程老爸在闹离婚的紧要关头，本来就心烦，周北洛要是回去告状，就算是无意跟周阿姨提那么一句，传来传去的肯定会引起轩然大波。她可不想当两人敏感关头的撒气包，没准还会被扯到两人中间，被指着鼻子互相推诿——"看看，都是遗传了你的烂基因，她就是随了你才变成现在这副样子！"

虽然她不知道自己这副样子到底有什么错……

程晚深吸口气,神思逐渐聚回来。

根据周北洛最近对她的态度分析,他有百分之八十的可能会故意犯贱,有意无意地把此事说漏嘴,然后事不关己地抱臂站在一旁看她被训。

真是条坏狗。

女生正忐忑地腹诽着,下一秒,乱晃的琥珀色瞳孔便撞上了周北洛冷漠黝黑的眼神。

她纠结的目光瞬间变得殷勤,"嘿嘿"笑了声,谄媚解释得彻底:"温水,怕你渴。"

——不远处,八卦小队成员们瞬间把目光全数投在胡可可脸上,被惊异盯着的女生手指傲娇地蹭过鼻梁。

为了嘚瑟,她只说了一个单字:"夸。"

示好许久得不到回应,程晚公式化的笑险些撑不下去,蹙眉有些懊悔地望了眼周北洛前排的座位。

当初她脑子一热非要换座位的时候怎么没人拦着点呢?如果她现在还坐他前面,上课传字条这种数不胜数的基本操作砸都能把周北洛砸感化。

男生望着她的眼神,沉寂得像潭幽静的湖水。

程晚被看得心冷,咬牙开口:"实在不行,我帮你做一周值日行了吧?你应该知道我什么意思,行行好,拜托别把那件事告诉别人好不好?"

周北洛盯着程晚打商量的表情,淡漠的眼神里蓦然挑出一丝光晕,轻笑一声,没有丝毫避讳地低头,不紧不慢地拿黑色签字笔把昨晚死心后写的话画掉了。

缄默的心思仿佛也随那条莽撞的黑线沉了下去。

程晚被周北洛盯得有些毛骨悚然,悻悻收回视线,开始怀疑自己刚才的话是不是说得过于硬气了些。

怎么感觉周北洛好像瞬间变兴奋了?

"好啊。"气氛沉默许久,久到程晚以为他不会回复的时候,周北洛才终于开腔,慢条斯理的,看着十分好商量的样子。

程晚喜出望外,还以为少爷心情突然变好了。她笑得舒畅,刚准备开口道声谢离开,又听见一声慢腾腾的刁难。

"不过要麻烦你接下来一段时间贴心照顾我了。"

贴心照顾?

她感激的表情瞬间凝固在巴掌大的小脸上,见他不像是在开玩笑,便郑重其事地拉过旁边的板凳坐下,诚心发问:"具体怎么个贴心法?"

周北洛下巴微抬,窄长双眸微眯:"有心人不用教。"

程晚感觉自己的拳头莫名充满了力量,并且好像与周北洛的右脸产生了什么奇怪连接。

她仔细想了想,发现这种感觉像是电池的正负极,简单来说,就是她的拳头突然不由自主地很想招呼上他的脸。

程晚深深吸了口气,猛地站起来,伸手把少爷桌前不太整齐的课本堆推成方方正正的一块,而后严谨地将水杯安置在桌角。

周北洛不咸不淡的懒散视线从女生的白皙手指一直追到她的脸颊上，挑了下眉，看到她扬唇冲他皮笑肉不笑地颔首道："好的，少爷。"

语气充斥着阴暗。

但周北洛恍若未闻，牵唇简单"嗯"了声，托腮十分不要脸地给她下命令："一会儿晚自习下课，送我回寝室。"

程晚第一次听说男生要求女生送回寝室的。

这人娇弱到这种地步了吗？

上课铃应声响起，女生脾气很冲地踢开凳子，怒气冲冲地迈开步伐："行……你等着。"

得益于周北洛的不要脸，程晚第一次体会到当跟屁虫的感觉。

周少爷潇洒地在里面采购生活用品，女生安静等在超市门口，怨气大到需要两位保镖来守护。

赵多漫和齐群察觉到程晚四周几乎快要凝结成实体的怨气，寸步不离地跟着她，生怕她一时冲动做出什么不良举动。

他们都挺想不通的，为什么周北洛简单说一句去趟超市，程晚就亦步亦趋地跟在后面像个保驾护航的护草使者。

你说她态度不好吧，她行动力扛扛的，甚至走得比周北洛都快；你说她态度好吧，她嘴角耷拉得像挂了两个秤砣。

"晚晚……"迟疑了好长时间，赵多漫终于低声开口。

她刚要问些什么，未说出口的话就已经先一步被程晚语速很快的冷静预判驳回："我没事，只是有些上火。"

……真的有点上火。

面子大过天，这种给人当牛马的痛苦经历，铮铮傲骨的程晚绝不可能让除周北洛之外的第二个人知道。

为防止男生口风不严，她还专门在晚自习时千里迢迢传了字条，委婉表示这种窝囊事不可以被另外的人知道。不知道别人怎么想，但此事只要不泄露，她就能自我暗示并不是被威胁了，而是在照顾残障儿童。她是有爱心的程早早，且情绪十分稳定，不会轻易崩溃。

周北洛没当回事般地应和，字条经他手再传回来时，只多了一个字——懂。

哦哦哦，懂。

你最酷了，只给免费牛马回一个字的行为真的高冷上天了呢。

胸闷更甚，许是今天发生的倒霉事太多，程晚有些抑制不住地在原地徘徊起来，轻柔的晚风带着些许凉意，女生脑子被吹清醒了些。

她忽然想到了什么，顿了下，强压住内心的躁动，启唇道："对了，漫漫。"

"嗯？"被点到名的女生抬头，呆呆眨眼望她。

"上次我和周北洛闹矛盾，是不是你找他劝解的？"程晚突然想到这茬。

上次泼饮料的矛盾明显更深，如果说之前的外援就这么有实力，她也不是不能暂时低下头,拜托漫漫去说和,求求周北洛放她一马。

"不是我说的,"想到周北洛不笑时,面容实在太冷,赵多漫悻悻地摸摸鼻子,随后推了推身侧的齐群,引荐道,"是他搞定的。"

男生被推得猝不及防,被两道殷切的视线盯着,饶是根本没有这段记忆,都想编出点什么。

道德与虚荣抗争许久,过了三秒,齐群最终决定实话实说,露出一个疑惑的笑容,试图蒙混过关:"什么是我搞定的?"

"合着你没说?"赵多漫瞬间炸了,"我上次跟你说让你去劝周北洛,让他过来低头道个歉,两人互相给个台阶,你没办?"

齐群拍了拍脑门,佯装刚记起来的样子:"不是我不办,大姐,拜托你细数一下你给我安排的要求。

"你让我去劝周哥低头,要他主动过来给人道歉,保证中途不能发火,最好卑微点,给够程晚面子,且过程不能让人感到不适。

"你觉得这种话,我说出来,还能完整站在你面前吗?"

赵多漫愣了愣,自己这事干得好像确实没太把齐群当个人。

不对啊,那晚周北洛像是掐点一般在路上偶遇她们,她还以为是齐群起了作用,丢下程晚欢天喜地地就走了,并且听程晚事后回忆说,周北洛貌似脾气挺好的,还专门把程晚送了回来……

某种隐隐约约的猜测盘旋在脑海里,赵多漫正头脑风暴时,程晚彻底绝望了。

既然上次的外援没起作用,那这次说和的可能性也不算太大。

遥记起一小时前周扒皮讲的是接下来一段时间麻烦她照顾他,时间量词为"接下来一段时间"。

模糊,含混,界限不清。

程晚阴沉沉地叹了口气,眼尖地瞄见结账完毕的可恶男生,她迈着步子飞快冲进超市,恶狠狠地抢过他手中的购物袋。

"我帮你拎。"

表面凶神恶煞的样子,贴心女仆的狼狈举动。

赵多漫和齐群蒙了,两人对视一眼,莫名觉得程晚这股萌凶萌凶的样子有些好玩。

紧绷的气氛逐渐有了松动的迹象,程晚闷头走得气势汹汹,没抬头,以至于中途加入、已经跟了四五米的任放来到身侧都没发觉。

中午的事情发生后,程晚压根没再理过他,他在高一教学楼下蹲了半天,好不容易找到人,却看见她和周北洛混在一起,不禁脸色挺难看的。

任放嘴角轻扯,疾走几步上去拦住程晚。

程晚看见他,满脸诧异:"任放?你怎么在这儿?"

紧接着,身后某位矜贵少爷懒散挑唇。

"程晚。"

女生茫然回头望去。

夜幕深沉,周北洛面容倨傲,慢条斯理地对上她身旁男生的目光,口吻闲闲的:

"背我回寝室。"

背他回寝室？

程晚右手食指勾着的购物袋都轻颤起来，表情逐渐分崩离析。她强压着眉头狂跳的冲动，耐心重复一遍向他确认："背你回寝室……"并用轻颤的细长手指指指自己，口吻艰涩，"我？"

目前只有程晚一人反应了过来，任放和其他两位小呆鸡还处在头脑风暴边缘，试图从另一种角度分析男生吐出这句话的寓意。

不怪他们，按照正常人的逻辑，这本身就不是一句能存在于世间的话。

周北洛肩阔腿长，站得懒懒散散，自上而下淡漠地打量了遍任放，而后视线转向程晚，牵唇，轻飘飘地"嗯"了声。

程晚磨牙，委婉询问出声："……您是有什么问题吗？"特别是脑子这方面。

我背你……就算是在二战，敌人的大炮快要炸到你头顶，我裹着全套防弹衣躲在树丛，目测对比咱俩的身形，我都会毫不犹豫地目送你上西天。

荡漾晚风让夜景更加旖旎，男生有些惆怅地低头，盯着脚上的球鞋，假模假样地柔弱开口："脚扭了。"

"什么时候？刚才怎么没事？"程晚一脸质疑，明摆着不信。

三分钟前，不知道哪个狗从超市走出来，凌厉步伐附带的腿风都险些把路过的她冻感冒，现在说自己扭了脚？

"刚刚在伪装坚强，45°仰望天空不让泪水流下。"

闻言，程晚腹诽：你不说，我还以为你习惯用鼻孔看人单纯是因为欠揍呢。

她独自忍下脏话，捏紧拳头，周北洛反倒愈加起劲，一脸受伤，居高临下地认真指责她："你踩的。"

程晚咬牙暗骂：老子刚才就没挨着你！

她的目光在周北洛和任放中间徘徊，想到自己被握着的把柄，咬牙切齿，皱眉愤愤走上前去，步伐慢得像是在背后坠了五十斤的哑铃。

往好处想想，万一背的时候被他压死，就不用在世界上受苦了。

程晚脚步艰难地往周北洛面前走，还没有下一步动作，任放就已经及时反应过来。他身材颀长，往两人中间一挡，一向含情的狭长双眼顿时眯得添了几分攻击性："你什么意思？"

火药味瞬间迸出。

齐群躲在两米远的位置兴致勃勃地朝前探头："不会要打起来了吧？"

说着，他挽挽袖子，把手中的水杯推到赵多漫手中，作势就要抬步上前。

赵多漫忙接过他手上的东西，又慌张腾出一只手拽他，口吻焦急："你别去帮忙！"

"谁说我要打架？"齐群脚步顿转，跑得飞速，"你帮我看着，我去买袋瓜子！"

赵多漫愣住了。

程晚试探着找准机会将手中的购物袋放在脚边，大脑飞速运转，正在分析如果自己推开二人，大声喊一句"你们别打了，给我几分薄面"，是否会挨上战斗的第一拳。

"算了。"紧绷的气氛被周北洛这轻描淡写的一声赦免，他松松脊背，又低头看向程晚，像是完全忽略了面前扎刺的任放，黑眸饶有兴致地抬起，放宽要求道，"好像又不是太疼了，你撑着我算了。"

这明显是在挑衅。

看透了周北洛的恶劣心思，任放更加跳脚，往前一步，语气冷冽："周北洛，我劝你……"

"闭嘴。"程晚飞速瞪了任放一眼，接着眉心深凝的紧张一掠而过，扬起笑脸，满口答应下来，"好，你不能反悔。"

程晚没想到周北洛会退让一步，要是任由事态发展，今天这里必然会爆发一场战争，况且少爷已经把"背"这种高难度动作换成了"撑"，还有什么事比化身五分钟小拐棍更简单的呢？

程晚丝毫不知道自己已经掉入周北洛这一串组合技能的陷阱里了，一心只想赶快送走这尊大佛。

她轻握住少年覆着薄肌的小臂，搭在自己肩头，发挥自己拐棍作用前，还记得朝后给任放递了个抱歉的眼神，语气温温柔柔，让人生不出半分怪罪："对不起，任放，我明天再跟你解释。"

任放还不知道她家和周北洛家的关系，觉得她这样做确实过分了些，明天解释完应该会好点。

程晚表情太执拗，任放看着她严肃的样子，不得已还是松了话头："……明天中午，凉亭，我等你。"

被撑着半边身子站姿懒散的少年在听见"凉亭"二字后，眸色顿时敛得极暗，随即又像是什么都没发生过一般，讨人嫌地催促出声："走不走了？"

"走……"程晚硬着头皮撑着肩膀传来的重量，再没多说一句，只奋力迈开步子，龟速朝前挪动着。

少年整个上半身没骨头一般赖在程晚身上，他像是忘了事先编造的理由，脚下步子一步比一步踩得稳，生怕别人看不出他是装的。

两人的背影渐行渐远。

半分钟后，空气中的诡异氛围才渐渐消解。

赵多漫目睹完全程，震惊得话都说不出来。

这是一场何等精彩的三人大戏，她姐妹在其中到底扮演了怎样的离奇角色？

不远处，小跑着的齐群终于姗姗来迟，抓着焦糖味瓜子正怀疑人生地努力找寻两位演员的踪影。

一旁的任放突然伸出一只手，迅疾地把他手中的瓜子抢了过去，然后失魂落魄地离开了："帮我跟周北洛捎句话，让他等着。"

"你还我瓜子！"齐群紧追其上。

赵多漫腹诽：男生怎么能这么幼稚？

吵嚷的少男少女努力在"监狱"中练习存活求生。

次日周五。

一连上了四天课,上次假期在家续费的精神条变得岌岌可危起来,程晚撑着脸坐在自己座位上,明显感觉到班上的整体氛围已经处在崩溃边缘。

最近稍带点娱乐性质的课都被占了个彻底,课堂上知识点疯狂密集灌输,压得人喘不过气,就连仅剩的课间也要分组找各科老师抽背。

赵多漫和齐群已经被折磨癫了,两人每到下课都会在错题本上来一把激情澎湃的五子棋厮杀,并约定谁输了就要在一小时内灌完一瓶 500ml 的矿泉水,累计无上限。

许是心理作用,程晚现在从两人身边路过都觉得他们胃里有水流的声音。

一切都蛮神经的……

好在下午就放假了。

程晚上个课间刚被历史老师抽背完,目前处于安全状态,好不容易迎来一点空闲时间,她正托腮解压地转着笔,有一搭没一搭地跟前排的语文课代表聊着周末安排。她突然一抬眼,看见小喇叭胡可可火急火燎地冲到讲台,敲敲黑板擦,如临大敌地大声喊道:"都别玩了,我们班有人跟外班的起冲突了!"

"谁啊?"程晚靠着椅背,百无聊赖地问了声。

谁这么有病,放假前一天都不消停?

"听说是周北洛和任放。"

程晚的表情瞬间冷下来,脸上的嘲意彻底挂不下去了。

心莫名揪起,紧张得难受,女生提步猛跑出去。

"什么意思?"齐群也反应过来,忙冲出教室。

随后,一大批看热闹的男生连带赵多漫和胡可可都追了出去。

胡可可刚跑完三层,现下累蔫了似的,气喘吁吁的,还不忘嘱咐:"别找错地儿了,他们现在在校医室!"

高一教学楼距校医室并不近,课间时间很短,跑过去可能就上课了,她此话一出,追着凑热闹的学生瞬间散了大半。

最后到教学楼下时,只剩下程晚、齐群和赵多漫,以及"战地记者"胡可可四人。

一行人小跑着赶到校医室时,两位高大男生恰巧走出门。

迎面相撞,程晚瞬间刹住步伐,视线在两人贴着创可贴的脸上来回盘旋评估。

……还好伤得不重,她悬着的心终于落下。

她胸膛剧烈起伏着,汗水浸湿额发,任放看她这副惨样突然笑了。他面部多有擦伤,鼻梁也红通通的,就这样了还能打趣人:"你急什么呀?"

程晚意识到有些不对,低头讪讪看了眼自己的站位。她刚才跑得急了些,没看清楚人,急急刹住车后才察觉到自己正好立在任放面前,就像是专门担心他而冲过来的一样。

而走廊的另一侧,十二班的其他人都在周北洛面前围拥着。

程晚莫名有些心虚,不知是因为感觉背叛了班级,还是不知如何面对周北洛,反正她现在……处境有些尴尬。

女生胆怯地朝那处瞥着,看见最高的少年下巴左侧有一道血红的痕迹,创可贴太小,露出点可怕的红色肉芽。

两人面上的伤势半斤八两，其余细碎的擦伤忽略不计。

周北洛被齐群和赵多漫来回打量，转着圈查看伤口，可他的视线一直投在程晚脸上。

"程晚。"少年音色很淡，像压在黑夜中唯一可见的一颗暗星，只象征性地闪了两下，不注意就会忽略的程度。

被叫到名字的程晚心里顿时一"咯噔"，唇微动，有些不知所措地对上男生的视线。

周北洛语气算得上温和，没一点步步逼人的傲慢气，好似真的只是随口一问："你是来看谁的？"

在触及周北洛前所未有的温和眸光时，程晚一怔。

她没想到他会是这种反应。

其实在来的路上，程晚就已经把此事了解了个七七八八，听小喇叭说，他们在操场打篮球的时候起了冲突，不过很快就被好友拉停了。

她只担心少爷会控制不住脾气，不管是对任放，还是恨屋及乌地牵连上她，这两种情况都是她没办法承担的。

他却没有发脾气，就连阴阳怪气的语气也没有，只是问她是来看谁的。

被人团团围着，他也只看向她。

周北洛眼神柔和到沉寂，黝黑的瞳孔像座亘古不变的孤岛，不知为何，程晚忽然想到半年前的那个夜晚。

只是因为她想来附中念高中，周北洛就过来陪她了。

那时他们还不熟，他对她说出"我陪你"时的眼睛好像也是这样，又静又闪耀，让人挪不开眼。

心微不可察地颤动起来，程晚掐紧手心，低头，几乎是下意识说道："看你……"

任放："咳咳。"

"……们。"

任放冷哼一声，带着自己仅剩的骨气，瞪了周北洛一眼，拽着程晚怒气冲冲地走下了台阶。

放假前最后一节自习通常都是被默认为专供娱乐的，高一年级的学生心还野着，每到这个时候就疯了似的撒欢。

值班老师过来试图整治过几次纪律，但怎么也压不住，本来这节课就没人能再学下去，于是久而久之，老师们就懒得再管了。

程晚这周末要跟着周北洛回他家另一套房子，两家的别墅靠得太近，周阿姨许是怕她偷溜回去听到什么伤心，于是临时收拾出来了靠近市中心的这一套。

那大平层距离附中挺近的，步行十五分钟距离，放学后他们一起走回去，免了堵车的苦，也算得上方便。

但……一想到周阿姨一小时后在小区楼下的笑脸相迎，程晚就有些无法面对周北洛这张脸。

因为两人要赶回来上课，校医并没有太细致地处理两人脸上的伤口，但为防止伤口发炎，校医还是给他们每人都塞了一份消毒湿巾和无菌敷贴，嘱咐着让两人回教室自己处理。

周北洛没镜子，看不见脸上的伤口，也一直懒得处理，程晚生怕他就这么顶着这张脸回去被周阿姨看见。

事件被撞破后，两人的后续对话她都能在颅内演一遍……

她捏着消毒湿巾的手指轻轻颤抖，深吸口气，瞬间把自己给少爷涂药的专注程度又提高了三倍。

她一会儿就把那张超大尺寸的无菌敷贴裁剪整齐，给周北洛贴好，顺带帮他设计了一下他的归家造型，力求让厚重的秋季校服直接盖住男生整张脸。

脸都看不见了，何愁伤口乎？

握着美术剪刀，程晚一边打量分析着男生脸上的伤口形状，一边细心裁剪着无菌敷贴。

直到剪到第三下，女生才后知后觉地探查到一丝异常。

周北洛现在除了眼尾还是恹恹耷拉着，表现出该有的不耐烦，脸颊以及带着透明绒毛的耳尖都泛着奇怪的桃红。

怎么搞的？

程晚诧异地又凑近看了眼，周北洛"啧"了一声，索性直接靠上了侧面的白墙。少年语气嫌弃，只伸出一根手指抵住程晚的脑袋摁远她。

"你自重。"

防人之心还挺深，不是谁都觊觎你的，少爷。

程晚咽下心中的无语，蹙眉想了一会儿，还是迟疑问出了声："周北洛，你是不是发烧了？"

不对，还有可能是过敏。

"你感觉头疼吗？你发烧或者哪里不舒服可一定要说。"程晚生怕他一个不高兴回去找周阿姨告状，句句都高情商。

女生吐词严谨的同时，视线重新扫到他痕迹斑驳的脸颊，嘴一瞬间不听使唤，下意识喃喃道："不过，被打到发烧也太虚了吧……"

像是触发了什么关键词，少年瞬间振作起来。

周北洛觉得好笑，高傲地冷嗤一声，冲她假模假样地挥了两下拳："有没有搞错，刚才是我把他摁在地上打。"

程晚不理他，手指在半空轻点道："一、二、三……"

"数什么东西？"

"你脸上的伤口。"

"那是因为他专门打我脸，"一想到任放下作的打法，周北洛就气不打一处来，又靠回去，懒得跟她辩论，"不信你看他的腰和背，全是瘀青。"

少爷胜负欲强起来只能顺毛捋，程晚压根没听清他在说什么，满口答应下来，捏着裁剪好的无菌敷贴渐渐靠近："好好好，我看。"

"你敢看？"少爷威胁地半眯起眼。

"……我不敢。"程晚顺从地回完，在无菌敷贴快要贴到他伤口上时，她忽然状似无意地小声开口，"对了，你和任放到底为什么起冲突啊？"

"他长得太丑，"周北洛淡淡睨向程晚，声调桀骜不驯，"碍我眼了。"

为了程晚的上药大计顺利实施，赵多漫自告奋勇地跟她换了座位，目前以她和胡可可为中心，已经形成了一个成熟的·环座次三排中心·八卦讨论带。

因为没人管纪律，本周"服刑"的最后几十分钟熬得还算轻松，程晚东西收拾得迅速，飞快背着包下楼，和周北洛并肩晃悠出校门。

四周充斥着炸货和奶茶的香气，女生心情愉悦，可还没两分钟，这般舒畅的心情突然被打破。

程晚脚步一顿，眼尖地看见了路边的隐藏炸弹——任放。

她视线又移到前方半米处的周北洛身上。

程晚攥着书包带，突然紧张起来。

下午刚起过冲突，现在又狭路相逢……

任放隔着点距离，萎靡地朝程晚说了句什么。

察觉他没有跟过来的意图，女生才舒了口气，狠狠地无声回了个"你滚"，快走几步跟上前去。

周北洛从始至终就扫了任放一眼，而后就跟没看见他一般，一步步走得松弛。

"程晚！"

在听见这声呼唤后，程晚松懈的背脊瞬间发凉。她朝后瞄了一眼，又紧张地转回来看周北洛。

周北洛脚步顿住，轻晃了下单肩背着的书包，随后也扭过头去。

身后的任放只淡笑着做了个电话联系的手势，并未说什么过分的话，但神色张扬，动作中的挑衅意味明显得不能再明显。

明摆着是冲谁来的。

"傻子。"周北洛无语地翻了个白眼，像是吃到苍蝇般瞬间又把头扭了回去。

程晚转过头，在心里默默跟了个"+1"。

吓死了……喊什么喊。

女生松了口气，没理任放，继续默默跟着周北洛的步伐走。

傍晚的马路上川流不息，泛着荧光的指示灯红绿相间，两人一路无言，并肩跨过第三个路口。五分钟后，程晚被周琪婺热情地迎进门。

女生肩上的书包被帮着卸下，她刚走进来，脚边就已经放好了备着的软羊绒白色拖鞋。

"晚晚放心在阿姨这里玩，泡澡水已经放好了，恒温的。你妈妈也事先把你手机交给我了，我放在你卧室的书桌上，你卧室在直走左手边第一间。

"有什么想吃的吗？"周琪婆兴致勃勃地迈进厨房扎好围裙，"有想吃的可以告诉阿姨，阿姨厨艺还不错。你先去玩，晚饭半小时就搞定。"

刚从学校出来，这天使般的理想母亲简直冲昏了程晚这个恶臭蟑螂的头。

女生强压着内心涌出的丰沛情感，低头趁着换鞋的动作飞快调整好表情。

走出玄关后，程晚扬唇嘴甜地谢了又谢，只说吃什么都好。

她将起袖子洗完手要进厨房帮忙，被严肃赶出来后，只得安安稳稳地打声招呼准备钻进卧室。

"程晚。"

淡漠的男声响在耳侧，女生下意识回头，她还没反应过来，手中就被塞进什么东西。

程晚低头看去，发现是块刻着"请勿打扰"的木牌，牌子中央有做旧的麻绳，应该是用来挂在什么地方的。

"这是？"

给她这个干什么？

"挂门上。"周北洛高她半个头，低眸嘱咐得随意。

程晚这时才懂他的意思。

女生睫毛轻颤，抓着木牌的掌心莫名变得潮湿，胸口萌生了一股奇异的感受，张唇讷讷地道了声谢。

"嗯。"周北洛应得敷衍，随后移开视线，别过脸生涩地吐字，"有什么事也可以跟我讲。"

他仿佛不太擅长说这种话，说完就推开对面的卧室门钻了进去。

程晚有些愣怔，在听见一声呼唤后，才重新聚焦回来。

"晚晚，小洛有没有告诉你，说你可以用请勿打扰的牌子？"周阿姨边洗菜边抽空探头嘱咐她，"你放心用，不用觉得不好意思。"

心里涌入阵阵暖流，程晚柔柔地应了声，推开房门钻了进去。

书桌上放着的白色手机已经事先插好了充电器，程晚像是为了印证某种猜测，抬手按下开机键。

一直到五秒后，漆黑的屏幕上还是只倒映着女生清纯的脸。

手机仍旧是关机状态。

……如果是李女士，才不会管给她手机充电的事情吧？退一万步来说，就算帮她充了，手机也一定是开着的。

她之前见到李女士对着手机屏幕笑，还掌控欲极强地问她要过手机锁屏密码，为此两人还大吵过一架。

不快的回忆暂停，女生卸下力气，懒懒地把自己砸进松软的椅子里。

等待手机充电的时间里，她忽然萌生出很羡慕周北洛的想法。

有时候她也很想不通，明明两家父母年轻时都读同一所大学，社交、创业都相互帮扶着，但好像周阿姨和周叔叔天生就是要比她的爸爸妈妈更适合当父母。

就算周北洛顶着一脸伤口回家，周阿姨也只点到为止地过问两句，说得最多的就是叮嘱他伤口不要碰水,没有一句苛责。

他们无条件信任着周北洛,也深知自己的孩子不是品行恶劣的人。

周北洛在满是爱的家庭中长大,像是天生就没有敏感内耗的能力。他们相信周北洛做事有自己的准则,和周北洛像朋友一样毫无负担地相处,又给足了父母应该提供的物质条件和必要关切。

最好笑的是,她这只阴沟里的老鼠居然还想象了周北洛被细细盘问脸上伤口的场面,暗自担忧了好久。

令她踌躇纠结的剧情并未上演,周阿姨热情得反而让她觉得自己在喧宾夺主,又想到那块门牌……他们甚至还主动给她创造了一个不被打扰的私人空间。

程晚默不作声地蜷缩起来,抱着膝盖,解锁手机。

消息一条条疯狂弹出。

任放从放学五分钟后就开始对她消息轰炸,女生看着满屏的消息,嘴角忍不住抽了抽。

她发了个无语流汗的小表情,找了几条正常消息回复。

程晚:到了。

程晚:没吃。

程晚:少管。

见她回复,任放回得更起劲了。

手机不停地振动着,女生鼻腔萦绕着淡淡的茉莉花香,她托腮盯着桌角的精致香氛,大脑中某些线条对接,忽然想到些什么。

女生晕着水雾的双眸微闪,低头直接拨过去电话。

电话瞬间被接听,任放含笑的声音顺着听筒传出:"怎么啦?"

"没什么。"还没等对面男生生气,程晚突然好奇地问,"任放,今天你和周北洛到底为什么打架?"

"我看他不顺眼。"男生语气中带着些许中二感。

程晚凝噎一瞬,声调有些不耐烦:"你讲实话。"

"那你求我嘛。"他应该还在街上,尾音上扬,混在车流声中听不真切。

程晚深吸口气,嗓音明明不厉却莫名带着股玄之又玄的压迫感:"我数到三。一……"

"哎呀,别别别,你别生气嘛。"

话到唇边又不知该怎么说出口,任放觉得这事挺别扭的,在察觉到继续沉默下去程晚可能再也不会理他后,才终于肯说出实话。

"我也不知道怎么打起来的……

"就是打球的时候碰见,他突然走过来抢了我的球,还威胁我,让我离你远点。

"话里话外的意思就是觉得我在带坏你。我服了,不就玩一下嘛,后面我就急了,然后不知道怎么就打起来了。

"晚晚,你是不是生气了?你别生气嘛,我以后绝对不打架了好不好……"

任放卖乖的嗓音仿佛沦为背景音,程晚大脑一片空白,倏地僵住,神情有些茫然无助。
　　脑海里只翻来覆去回荡着一个结论——
　　周北洛打架……居然是为了她?

第七章

齿轮 后知后觉的心动

Ni wan zhen de a

搜了半天周家别墅，那本传说中的暗恋日记还是没见到。

又是个明媚的艳阳天，程晚撑脸坐在公司楼下的咖啡厅里，有些逃避地别过脸，不敢看楼外的车水马龙。

老天爷，你给的苦头是独我一份，还是其他人都有的？

周北洛轻描淡写发的一张写句子的图片就搞得她焦头烂额两天，她昨晚做梦都是那本该死的深情日记。就在三秒前，她又第 N 次收到不知名老同学哭着发给她的语音条。

整整 60 秒。

语音转文字后，除了满篇的"呜呜呜"，就只剩下一句话——"真的好羡慕你们之间的感情，其实我上一段感情真的好失败，根本不敢和人提……"

悲伤在这一刻互通，某个瞬间，程晚真的很想打车过去找人抱头痛哭，告诉她自己连败没败都云里雾里的。

手机"嗡嗡"振动不停，程晚耷拉着眉眼，指腹在联系人列表中缓慢下滑，随后选中了两位她心目中的恋爱高手——

半小时后，视爱情如粪土的赵多漫和事业处于上升期、压根懒得想一点男人的小崇姗姗来迟。

把咖啡杯里最后一滴液体送入口中，程晚有些不自在地对上两位"军师"的目光。

她一开口就全露了馅："你们觉得……那张字条是周北洛当年写的吗？"

不用说就知道是哪张字条。

赵多漫最近被程晚在微信里的欲言又止弄得几近崩溃。

作为八百年没恋爱过一回的女生，程晚执拗地认为女生把时间浪费在研究男生身上简直是标准的恋爱脑，而她的在意绝不能被看出来，不然就输了。

赵多漫在程晚这里都表现得犹犹豫豫，更别提在周北洛那儿了。

赵多漫叹了口气,换了个思路回答,直切主题:"晚晚,你不该抱希望于他本就暗恋你,你喜欢谁就应当主动大胆地去追求。"

明明已经知道自己对人有好感,迈出追求的那步很难吗?

赵多漫一语中的。

程晚提起口气刚要辩解,话到唇边又泄下去。

"有人能一如既往写日记这件事,本身就不太常见。"沙发另一侧的小崇也对此事持消极看法。

程晚又耷拉下眉眼,杵着腮帮子闷闷不乐:"那抛开什么狗屁日记的事情,我到底该怎么办啊?"

难以想象,她孤寂了这么多年,如今也开始为男人纠结了。

并且纠结的对象居然是周北洛!

真是杰瑞鼠追求汤姆猫,喜羊羊爱上灰太狼。

女生愤愤地叹了口气,一时感慨得唏嘘。

两位"军师"还在沉思,咖色木桌上寂静无声,程晚不想干着急,此时也沉寂地发散着脑回路。

突然,女生捕捉到一个可行思路,兴致勃勃地探身道:"哎,不如我从今天开始快速搞定行业知识,成为他手下的得力干将怎么样?目前周北洛事业处于上升期,如果我能等到公司没我不行的时候,他就算想对我甩冷脸也要考虑公司。"

"……你确定你这是为了跟周北洛谈恋爱?"赵多漫一脸匪夷所思。

"不然还能是为什么?"

"涨工资。"小崇犹豫地吐出猜测。

程晚搓了搓脸,初心依旧,破罐子破摔道:"虽然你们不支持我,但我还是决定沿着这条路努力一试。"

"你敢试!"赵多漫一改刚才的沉郁,气不打一处来,"你听说过黄世仁会爱上杨白劳吗?你觉得农场主会爱上呼哧呼哧为他辛苦工作的驴?

"找准重心,就算提升工作能力能获得好感,那也不是决定性因素,男人看女人,选择情感发展对象又不是从公司业绩单上挑!"

好不容易想好的思路又被否决掉,程晚弱唧唧地压下思路,放下脸面,求助的声音又柔又轻:"那我下一步该怎么办啊?"

赵多漫拢了拢耳侧的金发:"你详细讲讲前几天去他卧室的事,我总觉得这事有料可抓。"

痛苦的记忆徐徐展开,程晚蔫蔫地趴在桌上,有气无力道:"就是我上次想去他家偷偷找找看到底有没有那个日记本,于是我起了个大早冲去他卧室参观,结果什么东西都没找到,回去的时候还被反将一军说让我改天准备好,说不定过去我卧室参观。"

"很好,"赵多漫满脸都像是写满了"靠谱"二字,干练地捋起袖口,淡定开口,"我已经找到切入点了。"

程晚抬起头,双眸骤亮。

"只要他下次来参观你卧室的时候,你巧妙地忘记穿衣服就好了。"

闻言，程晚想把手机砸赵多漫脸上。

备忘录上的输入光标时隐时现，气氛死一般的寂静。

赵多漫看见程晚收了手机拎包站起来，慌忙拽住她的袖口："不采纳没有关系，别走啊，我的方案毙了，小崇还在这儿呢，她一定有办法！"

作为一个常在职场老油条中混迹的大学小菜鸡，忽然被寄予厚望，小崇的表情仍旧坦然。

女生朝程晚郑重地点点头，随后喝了口醇香的咖啡，终于问出了自己纠结已久的问题："程晚姐不是已经和 Boss 在一起了吗？"

她怎么越听越糊涂了？

程晚一愣。

赵多漫也愣住了。

好家伙，怎么把这茬忘了？

新点的咖啡升起袅袅热雾，赵多漫手捂在杯子上，嘴比脑子快，飞速补救道："二度吸引，增加感情浓度。"

"其实我早就料到会有这么一天。"小崇好像并不在意赵多漫的说辞，摇摇头，忆起往昔 Boss 对程晚尽心尽力，最终却被当作狗耍的悲惨经历，探探身，眼神里也带上了几分八卦，"说实话，程晚姐……"

"嗯？"

"Boss 是不是要和你分手？"

"……对。"

小崇整理完思绪，将目光转到赵多漫脸上，语气认真："漫漫姐，用身体勾引这招绝不可取，Boss 见过的女人多了，每天都有大把女生往他身上贴……"

"什么时候的事？"程晚义愤填膺，"脏男人！"

"这只是一种比喻……"小崇无奈拍桌，又接着分析，"Boss 之前为什么喜欢程晚姐？"

"还不是因为她在一群妖艳贱货中活得像朵单纯小白花。"赵多漫忽然想起些什么，抿唇憋笑，"没有，你不了解她，虽然不妖艳，但我们都蛮贱的。"

程晚点头附和："我贱起来不是人。"

小崇咬牙又接着开口："Boss 见过很多女生，如果想要重新引起他的注意，千万不要靠诱惑，一定要搞纯爱。"

"纯色"战队旗手赵多漫仍旧不死心，在程晚耳边持续吹着风："穿得性感一些，都是成年人，如果你勾引不到周北洛的心，起码先勾引到他的肉体。"

程晚递了个白眼给赵多漫，接着又皱起小脸："纯爱要怎么展示？"

"就是目的性不要太强，他问你干什么，你就说在想他，类似这种的情话张口就来，但是千万别表演出油腻感。"小崇说罢打量了一下程晚清丽的脸，迅速改口，"不过你应该没这个烦恼。"

"我再想想……有了，晚晚姐，你可以适当有意无意地布置场景，引导回忆你们二人之前的美好片段。对于恋爱经验少的男生来讲，旧情是非常难忘的，何况是初恋。"

"……坏了，Boss 给我批的半小时假快结束了！"

程晚挥手："那你先去忙，我回家把你们今天讲的干货沉淀沉淀。"

"Boss 说让我回去的时候把你也带回去。"

程晚无语。

上午十点，初夏温和的阳光不偏不倚地洒在办公区，程晚被拖着手臂带上来，视线从氛围紧张、争分夺秒的格子间一路望向紧拉着百叶窗的私人办公室。

冰冷肃穆的玻璃隔断冷冰冰的，程晚不由得后退半步，又被小崇拽了回来。

"爱拼才会赢。"

小崇坚定的目光无形中传递给程晚许多能量，程晚咬牙掏出手机，刚要准备继续完成自己的任务，忽然手中推来一份蓝色文件夹。

"晚晚姐，这份和多方软件签署的推广合约集麻烦你帮我拿给 Boss 过目。"

"我……"

现在就开始吗？程晚下意识又想逃避。

"别犹豫了，晚晚姐，想想日后 Boss 被其他女生拿下，抱在怀里哄着人家喝水的样子，你会甘心吗？"

小崇的恶魔低语在程晚的内心深处点燃一把火焰，女生沉稳地颔首，随后吸吸鼻子，抱紧文件夹，敲响了那坚厚的玻璃门。

"进。"

不带一丝情绪的男声传入耳中，程晚神经瞬间绷紧，轻手轻脚地钻了进去。

男生脱了过于正式的西装外套，只着一件白色衬衫坐在办公桌前，日光的照拂下，程晚第一眼就看见他被细润丝绸围着的冷白脖颈，骨骼感映衬出脱俗的清寒气质。

女生回忆了下小崇教的纯爱攻略，一边筹措，一边走过去把文件夹放下，轻声道："这是和多方软件签署的推广合约集。"

直到听见与以往不同的声线，周北洛才懒洋洋地抬了眸。

对他的感情变化太快，程晚一时间竟发觉自己有些禁受不住他这样的眼神。

女生仓皇避开视线，揪着手指安静站在他身旁。

"吃早餐没？"

思绪正漫天乱飞之时，程晚听到周北洛无意的一声。

工作时间这种问题显然是有意在引她放松，女生脊背轻轻松懈下来，想到刚才边吃早午餐边商讨如何把他纳入麾下的场景，心虚地点了点头："吃了。"

"我没吃。"

程晚一怔，随后顺着男生刻意引导的视线，疑惑地望向不远处茶几上摆着的白色餐盘。

还以为是关心她，没想到是借话指使她。

程晚心不甘情不愿地走过去端来餐盘，视线落在几颗殷红的荔枝上，忽然记起什么，感慨出声："一不小心，我们居然已经认识这么多年了。"

打感情牌。

女生趴在办公桌前,颇有心机地拉近和他的距离。从斜侧面的视角看去,正巧能瞄见男生眼皮下压着的薄薄褶皱,从容冷漠得有些不近人情。

他正专心一张张扫着协议条款。

周北洛不应声,程晚也不气馁,顿了一会儿,又热情高涨地挑起话题。

"我记得高中那会儿你就爱吃荔枝。"

你的喜好,我深埋于心。

"当时你生病回家,好像还专门从家里给我送过冰荔枝。"

我们的经历,我深埋于心。

"什么?"周北洛的目光从烦琐合约上移开,大脑像是刚录入她的话,抬眸,决心要逗她,有些好笑地望过去。

周北洛又惊异地"啊"了声表示知晓,随后又闲闲地托腮看她:"可是,这好像是楼层管理员给每层茶水间自配的。"

OK,对你的感情,我深埋于心。

程晚脸色憋得像个青团,搭在桌面的手肘重重一磕,正准备摆回自己大小姐的谱扬长而去,忽然记起小崇刚才的话——

"想想日后 Boss 被其他女生拿下,抱在怀里哄着人家喝水的样子,你能甘心吗?"

……忍。

这几日忙着预约推广的事,周北洛像是住在了公司,压力大,一时嘴贱也可以理解。

假以时日,真把周北洛拿下,她绝对要把他训成狗,然后往狗嘴里塞满干燥的荔枝壳!

一通心理疏导做下来,程晚脚步总算顿住,强忍着整理好表情又默默转回去。

"那你还记不记得高中某个周末,你生病在家,我趴在你书桌前尽心尽力地帮你抄作业……"

"然后你完美绕过了所有正确答案,老师直接判定我态度不端正,罚我在后门站了三天。"周北洛微笑着补完后半段。

拉倒吧,我们之前貌似本来就没有美好回忆!

小崇的纯爱攻略铺展开,在脑海中来回翻了个遍,程晚总算又抓住唯一能用的一条。

她褪下尴尬神色,径自走到小沙发前坐下,而后眼睛一眨不眨地望着周北洛。

她想起之前无意刷到的影视剧花絮,偶像剧中男女主深情的双眸仿佛看一眼都具备吸力,程晚谨慎地往那感觉上靠拢,只等周北洛了悟她的情愫。

等他扛不住,问她在干什么时,她就会含情脉脉地像小崇教的那样,温柔羞赧地回一句"在想你"。

纯纯偶像剧剧情,看我不甜死你!

餐盘中精致的早餐最终只动了半块吐司,少爷这次没再指使人,自己把盘子端到了茶几上,弯腰放东西时,终于察觉到程晚的不对劲。

视线在半空汇聚,如偶像剧般激烈地交锋。

周北洛眸色晦暗,轻笑一声,抬腿绕过冰凉的暗色茶几,弯腰俯身,一步步凑近,直到几乎贴上女生粉润的耳垂。

程晚被这过快的进展刺激到心脏狂跳，呼吸一滞，甚至能看见周北洛脸上的细小绒毛。

她脖颈发麻，脸颊绯红，僵持良久才终于听见周北洛的轻声低语。

"再走神，老子扣你工资了。"

纯爱果然不好使。

过了大概半分钟，女生才抑制住要往男生下巴上来套组合拳的冲动，深吸一口气，表情麻木，直截了当地问："周北洛，如果有人追求你，你是希望对方是真心相待，还是直接勾引？"

"后者。"少爷拉下脸，回得不假思索。

所以说，助理是无法观察到老板每天的真实生活的，这一刻，程晚望向周北洛的眼神格外复杂。半小时前，小崇还在极力声称周北洛身边示好的女生络绎不绝，可少爷矜贵的眼睛长在头顶，压根看不上任何一个，是标准的不近女色。

但男生刚才不假思索的回答实在是果断到不能再果断……

后者，好一个后者。

果然没有男生不吃勾引这套。

程晚的目光缓慢加深，直至凝重。

刚才故意魅惑的眼神此刻已经转变到能坚定入党的程度，虽然两人目前的距离仍旧过界，但假使有人推门进来看见这幕，可能也只会疯狂冲上去拉开二人，大声嚷着"别打架别打架，有话好好说"。

……程晚的状态着实气势汹汹。

荔枝清甜的香气仍旧浓厚，女生收回思绪，目光从周北洛骨感的喉结移到他眼睛上。眸光流转片刻，已经有新计划筹措完毕。

程晚敛眸，细长手指勾住男生的领带，故意放缓声调，拖着长音低低开口："明早八点，可不可以来我卧室一趟？"

这般撩拨的手段实在太低劣，周北洛意识到什么，嘴角漾起弧度，声音端得漫不经心："你要干吗？"

"你猜。"程晚冲他意味不明地眨眼，随后点到为止地迅速松了手指，推开人走了出去。

女生的表情在出门后迅速扭转，掏出手机时，眸色暗得彻底——

她准备连夜买个石磨放在卧室里。

这种满脑子色情的人只配用做苦力的方式发泄出大脑中的废料！明天早上八点，她要看见周北洛像驴一样在她卧室磨豆浆！

"晚晚姐，"程晚凶神恶煞的气焰像在头顶烧了团火，小崇路过时不由得多看了她一眼，"事情进展如何了？"

"差不多了。"下单石磨的手迟迟按不下，程晚胡乱揉了把头发，嗓音含混，"我准备把他当驴遛。"

小崇愣了愣，好像有哪里不对。

不知是不是昨天傍晚喝了杯咖啡的缘故，程晚一路失眠到第二天六点。

凌晨稀疏的日光透过窗帘缝隙斜斜打进来，女生瘫在床上，踢了一半薄被，感觉整个人都淡淡的。

淡淡地想死。

可她不能一个人死。

拨通赵多漫的电话，听到对方也生无可恋的声音后，程晚阴暗下流的内心忽然舒畅了几分。

"你有病吧！"

赵多漫刚起床，含混黏稠的声音只持续到"你有"二字，剩下的"病吧"简直是嘶吼出来的。

程晚抿唇，暗暗忍下变态的爽感。

赵多漫气到一个鲤鱼打挺从床上翻起来，刚准备输出，就听见听筒中传来可怜巴巴的一声："漫漫，我需要你。"

"我需要你"这四个杀伤力极强的字适用于任何关系，听到赵多漫叹气，程晚也松开紧绷的神经，心里莫名难受。

她揉了揉酸胀的脖颈，拉下脸，吐露心声："我现在有点不知道该怎么办了……"

她纠结了一晚上，周北洛身边之前从未出现过女生，她甚至还拿这事做文章造谣过他取向不正常，但昨天上午男生毅然决然地在纯爱和纯色中选择纯色，除了当时让她有种无能狂怒的醋意，好像还有些别的什么。

吃勾引这套，直白地从他口中说出，莫名有些酸涩。

毕竟对他心仪的女生数不胜数。

"什么意思？"赵多漫不解。

程晚舔舔干燥的唇，犹豫着开口："就是……"

她之前的每一步都是把周北洛往外推的，所以程晚从来没想过，如果有一天她喜欢上周北洛会怎样。她从未设想过这一问题，以至于在众多幻想中忽略了最有可能的那条。

周北洛已经毕业，各方面条件无可挑剔，且有基础的情感需求，在和她约定伪装情侣的过程中，很有可能会被周围对他示好的女生"勾引"走。

其实他被催婚的力度根本不大，没必要陪她玩这种小孩子的游戏，所以他好像真的不会被这段关系束缚着。

从昨晚两人微信的叙述，赵多漫就已经把女生的心思揣摩了七八分，但程晚一直死鸭子嘴硬，她也不好直接挑明，现在程晚迟疑的态度更加让她确认了。她扯过一个软枕垫在腰后，"啧"了一声："大小姐，你几岁了？"

"嗯？"程晚被问得一怔。

"你都还没真正和他谈，甚至算不上明确的暧昧，你在患得患失什么？"

"能不能收起你脑子里杂七杂八的念头？我就敢这么放话跟你说，周北洛这么多年身边没出现过比你跟他关系更近的异性，你真的不知道是为什么吗？"

闻言，程晚心跳慢了半拍，盯着屏幕的瞳仁轻颤着。

"他情愿和你伪装情侣,每天多这么多麻烦,最低最低也是对你有好感。你稍微动一动,他绝对忍不住……"

赵多漫堪堪刹住话茬。

其实她话还没说完。不知为何,她隐约有种预感,等程晚到时候真把周北洛弄到手,还不一定有耐心跟人家处几天。

她最了解这女人的心思了,总觉得确立关系是件可怕的事情,不喜欢被关系框在其中,害怕自己承担不了恋爱中应担的责任。而且回避型人格谈恋爱容易风声鹤唳,在相处时会盘算关系中给自己带来的任何一点小苦头,假如弊大于利,或关系太紧密让这女人察觉到束缚,就会立刻头也不回地离开,冷漠得可怕。

周北洛是坦荡的人,遇不到喜欢的就不谈,遇到喜欢的肯定拼尽全力维护关系,而程晚……

两人要是动真格的,周北洛可能会被虐得体无完肤,除非他不走心。

他如果能保持忽冷忽热的那套,时刻吊着程晚,不谈关系只暧昧,让她捉摸不透,两人的关系没准反而更长久些。

但最主要的是迈出第一步。

赵多漫叹了口气,内心升起股焦躁的无力感:"不管怎么说,早上他不是要来吗?你先试试,先试着把人引诱引诱,具体后面怎么办还要看今天上午的表现。"

"可……我会不会被反将一军?"程晚心思有些动摇。

赵多漫听出她的情绪来,眼睛滴溜溜转了圈,总算找到应对方法:"其实晚晚,周北洛嘴上说吃勾引这套,但我觉得他蛮正人君子的,他要是真这么没抵抗力,这么多年早谈一个足球队了。你一会儿主要就是释放魅力,千万不要怕用力过猛,这种直男,根本察觉不到的。"

好像有几分道理。

换个思路想想,周北洛再牛,也不过是个连一次恋爱都没谈过的小菜鸡。

程晚信心忽然高涨起来,猛地从床上坐起,语气有些兴奋:"那你说我一会儿怎么发挥?"

"尽,情,发,挥。"赵多漫语气诱导,一字一顿,把下限拉得极低。

从挑衣服到化全妆完完整整用了一个半小时,程晚盯着衣帽间的全身镜中脸上清透纯欲的小白花妆容,又心机地把低胸裙装往下拉了拉。

胸前的白皙肌肤吹弹可破,一贯被宽大服饰包裹的身材展现得淋漓尽致,偏偏女生脸上的表情端得像初恋般青涩,只从眼尾拉长的眼线处窥见一丝妖媚的踪影。

稳了。这样打扮一番,不说是不是纯色和纯爱的混杀体,最起码能让周北洛意识到,她是个女人,别再把她当兄弟处了!

早上七点五十八分,程晚准时在玄关等候来人。

自律的李女士出去上瑜伽课了,保姆阿姨也拖着小推车在去超市买菜的路上,家里没其他人,她一会儿可以尽情风骚。

时钟的指针缓缓移动到八点整,程晚翘首以盼,终于从可视门铃中看到徐徐走来的懒散身影。

周北洛今天穿得休闲，上身黑色卫衣，下身清爽牛仔裤，明明都只是纯色基础款，但比例极好的身形还是把衣服衬得像秀场的抢手货。

少爷无论何时看起来都有不落俗套、自成一派的松弛气质。

程晚掐了下手心，心里一遍遍告诉自己不要慌张。

周北洛怀里抱着斑点狗 Later，还没来得及腾出手按门铃，面前材质考究的金属门忽然打开了。男生有些惊诧地挑眉，还没看清程晚的脸，怀中的 Later 就被抢了去。

"交给我吧。"女生语气笃定负责，随后在周北洛走进房间后，利落地把 Later 丢了出去。

周北洛一愣。

"呃……"程晚转身对上男生的视线，略显尴尬地摸了摸鼻尖，"早上空气清新，多呼吸呼吸没坏处。"

周北洛盯着她，幽暗的眸光不加掩饰地望过去，过了三秒才意味深长地"哦"了声，声线懒懒拖着，像是已经看出什么。

程晚被瞧得脸热，硬着头皮刚要再多解释两句，就见人已经略过这茬，漫不经心地换鞋往里走去，口吻依旧闲闲的："是直接去卧室，还是要走什么流程？"

这话听着怎么这么奇怪？

眼看他就要直接往卧室走，飞速结束"参观卧室"这无厘头的今日进程，程晚当即抬肘叫停男生的步伐。

"周北洛。"

"嗯？"

"……你有没有发现我今天有什么变化？"程晚耳尖冒着红意，试探地问道。

根据直男眼中的"不是红唇就没化妆"定律，程晚现在在周北洛眼中应该是素颜状态，如果他真这么小白，她可就不客气了噢……

鬼机灵的模样显然在酝酿些什么。

周北洛眼神落在她快扬到鬓角的流畅眼线上，顿了下，微笑回答："没看出来。"

果然是个直男，她下手这么重还没看出化了妆。

程晚悠悠松了口气，底气莫名更足了些，一举一动都松弛起来，快走过去，撑着餐厅的法式咖色靠椅，语气故意扮得很柔。

"你吃饭没有呀？"

一小时前她专门嘱咐了吴妈早餐做得精简些，水果酸奶碗要两杯，连吐司都没要求弄。

酸奶这种纯真的食物在食用时稍不留意就会留下痕迹，奶渍不经意蹭在唇上，她眼神再迷离些，轻而易举将少女感和魅惑感拿捏。

程晚翘着狐狸尾巴得意地笑了下，目光落在餐桌的餐盘上，正准备确认计划可否实施时，脸色忽然僵住——白白嫩嫩的两笼包子罩在透明保温罩中，旁边有一碟米醋和香油调配的蘸料，看小笼包褶上流出的汁水颜色，貌似还是她最爱的麻辣牛肉馅。

这包子未免有些太破坏气氛了吧？吃这种气味性的东西，她一会儿怎么实施计划？

217

她的唇齿呼吸间万万不能留下麻辣牛肉的香气。

程晚苦不堪言，皱着小脸，最终在桌角看见一张让她不要过度追求身材、注意健康的手写字条。

李女士的关爱总是在无形间给她沉痛一击。

程晚下意识吞了吞口水，看到周北洛已经在打量早餐，飞速绕过去摁住他要落座的椅边，语速迅疾："没吃早饭是正确的选择，最近很流行轻断食。

"我正在减肥，希望你和我一起保持身材。"

两人视线交战，对峙不下。

落座的途径被程晚挡着，周北洛索性撑着椅子不坐了。

男生"啧"了声，眸光在她漂亮到精致的脸上扫得缓慢温柔。

程晚演得实在太拙劣，周北洛忍着想逗她的冲动，嗓音仍旧平淡懒散："你想干什么？"

程晚顿了下，举止扭捏："也可以吃啦，只是……"

"有话直说。"

程晚瞄了眼男生笔直的裤腿，羞涩地别过脸去："我可以坐在你腿上吃吗？"

这话不像是大白天能说出来的。

周北洛起初以为自己没听清，挑眉敷衍地追问了句"什么"。直到半分钟后，女生覆着红晕的耳尖迟迟没褪色，且她始终保持着不敢看人的动作，男生才愈加匪夷所思起来。

"程早早，"周北洛觉得好笑，"你害不害臊？"

矫情做作的模样被点破，脑海里无意晃过数年间两人针锋相对的画面，程晚觉得自己此时有点下不来台。

女生舔了舔干燥的唇，握拳轻咳两声，语气强撑得泰然自若，努力给自己打圆场："看到了吧？"

"看到什么？"

"之前你说的喜欢勾引，这类举动就是如此浮夸。"程晚咽了咽口水，收回"错误示范"，又道，"现在你应该意识到……"

"意识到什么？"周北洛话堵得分寸不让，嗓音逐渐露出咄咄逼人的气势。

程晚察觉到危险，抿唇，话说得很小声："意识到，你原来是这么肤浅。"

见男生不吭声，程晚觉得他许是无地自容了。她也不想把人逼得太紧，于是又犹豫着给人找了个台阶下："没关系。"

周北洛这次没开口，压着眼皮直直望着她。

程晚哥俩好一般理解地拍了拍他的左肩，宽慰得大方："男人嘛，都那样儿。"

还挺懂……

周北洛彻底没了吃东西的兴致。

偷瞄到男生糟糕的神情，程晚坐在椅子上迟钝地懊悔起来。

她应该给周北洛留下点好印象的，自己刚才说的话怎么七拐八拐的好像变成她在内涵他了？

起初那句过界的话也被滴水不漏地挡了回来，她鼓足勇气撂的那句过界的话像是一块碎石落进渺茫的海域，压根听不见半点回音。

程晚闭了闭眼，而后低眸看着自己折腾好久才挑好的衣服。

其实一个正常人都该对休息日早上八点爬起来套礼服、戴项链耳环的大神经女产生质疑。可周北洛偏偏没理她这茬，就好像她的努力在他面前都自动掉色了似的。

想起赵多漫事先打过的预防针，程晚暂时把原因归在了周北洛没谈过恋爱这点上。

和恋爱经验太少的男生相处起来还真是累……

看来帮周北洛改掉钢铁直男缺点的任务，她是要毅然决然地承担起来了。

植物找准时机在初夏飞速生长，程晚家后花园外枯了不知几年的果树居然罕见地伸展出绿色枝丫。

从餐厅斜侧面正巧能看见花园的场景，Later 躲在石磨后跟园中的自动洒水系统做着斗争。程晚看着百无聊赖观察斑点小狗的周北洛，注意力却不自觉集中到了苹果树上。

高中时，院内这五六棵苹果树长得旺盛，粗壮的枝干上缀满了苹果。这树的来源还挺浪漫，与她和妈妈都息息相关，听说是妈妈生产后对身材焦虑，每日早午餐滋补吃好，晚餐只吃一个苹果。

那会儿她老爹情圣，学人"一句梧桐美，种满南京城"，亲手在自家花园中栽了六棵苹果树。

果树郁郁葱葱，挡噪声的功能不强，遮光的能力倒卓越。

程晚被托给周阿姨照顾时，偶尔偷跑回家躲在树后就能听到爸妈吵架。

那时她像是打游戏领剧情的 NPC 人物，每到这里就能触发出自己家的隐藏版秘辛，什么李女士和公司副总有染，又什么老爸在江南有个比她小三岁的私生子、暗地挪用资金敛财等。

两人脾气都暴躁，她记得很清楚，她有一次站在树下被蚊子叮了满身的包，浑身痒得难受，正要逃离，就看见爸妈吵得眼热，推搡着，无意碰碎了她摆在客厅的大提琴奖杯。

周北洛就在那时出现在她身后，她当时心智发育不成熟，被撞见这幕只觉得丢脸。

她当时冒出股奇怪的自卑，好像情绪失控，还对他说了一些很伤人的话。

具体说了什么，有些记不清了。

Later 适时叫了一声，唤回程晚的思绪。她抬头看了一眼挂钟，眼神重新聚焦在周北洛脸上。

周北洛当前和她方才的视线一致，正当她恐惧着男生可能同样想起她高中对他的恶劣态度时，他却忽然饶有兴致地挑了个话题："这石磨好像前几天还没有。"

"谁买的？"

程晚一噎，总不能说这是昨天在吃他没滋味的醋时，她激情下单的产物，还嘴硬地宣称叫他早上过来当驴磨豆浆，实际把人请进屋里都引诱不了一点……

她平静的内心萌生出一阵阵挫败感，坐立不安之际，手指忽然摸到锁骨上的冰凉项链。

假使刚才方案失败是因为她说话太露骨，那么借着让他摘项链的机会试探地拉近二人关系，应该是个好办法。

帮女生摘项链是项绅士活动，但动作进行时却不可能不触碰到皮肤。即使周北洛再呆，冷不丁地碰到女生的皮肤，心里也肯定会产生波澜。

他或许会惊诧地发现他身边这位名叫程晚的人，原来性别为女，甚至还有点小漂亮。到时候她什么都不说，就让他猜，把人玩弄于股掌之中……

事情总算展露出零星曙光，程晚眼中闪出光亮，静悄悄地挪到周北洛身前，刻意半弯着细长脖颈，把后颈露出来，柔弱地出声求助："脖子突然有些不舒服……你能不能帮我摘下项链？"

银白色的链条缀在白净到没有一丝瑕疵的后颈上，程晚的心没来由地跳动得更频繁，感官似乎都聚焦在那一小片区域。她听见座椅"吱呀"一声响，正凝神希冀地等着触感，但预想中的手指柔软触感却被冰凉，甚至有些勒的链条感替代。

周北洛绕了半圈，居高临下，懒洋洋地伸出一根手指勾住项链，而后全无接触地帮她把项链接口移到锁骨前。

"懂了吗？"

程晚沉默无言。

不知为何，她对上男生存在感很强的视线，总觉周北洛刚才似乎是在质疑她作为人类应有的智商。

怎！么！会！有这么不解风情的人！

她有传染病吗？为什么能不碰她一根手指？

越是这样，程晚的叛逆心越重，越挫越勇。女生深吸口气，极力控制好心态，毫不气馁，重新直起脖颈："懂了。"

饶是有意控制着，女生咬牙切齿时齿缝的气音也藏不住。

周北洛没压住，弯眸一瞬，欠欠地反问："你懂什么了？"

"我懂了项链可以挪到前面摘。"

程晚随口应完，先一步抬腿走去卧室，忙着推进下一项："不是要去我卧室参观的吗？"

她那天着急搜罗那本许是根本就不存在的日记，只好随口胡诌了个互相参观卧室的奇葩理由。

古往今来，未出嫁的女性闺房是不允许男人看的，当然，男性的房间一般未经同意，女性也不能随意进入。周北洛边界感灵活调整，偏偏那天早上低得离谱。

抱着"你看了我的卧室，所以我要看你的闺房"这种放古代要被浸猪笼的出格思想，周北洛微挑眉，跟在程晚背后进了她的卧室。

德式肃穆的软装被日系暖风的小摆件中和掉过于严谨的学术风，程晚已经事先整理好房间，为以防用力过猛，女生床上的被子杂乱地掀开一角，给人一种"虽然看起来像刚起床，但平时卫生习惯肯定很好"的错觉。

"爱干净？"周北洛并没过多观察，只随意扫了一眼四周。

"其实也不算，"小心机得逞，程晚做作地摇头谦虚道，"一般一天之内我也只打扫三次卫生，只能算轻度洁癖。"

人设瞬间就立住了。

审视的目光汇聚在头顶，程晚装作没察觉到，又引导性地嗅了嗅。

卧室采光极好，阳光洒下，缓慢上升的室温催化出事先在墙角喷洒的花果调香水味道。

周北洛闻到股甜香桃子味，视线探查着重新落在身侧女生的脸上。

程晚一阵脸热，良久还是直截了当地承认了："是的，是我的体香。"

眼看周北洛已经在挑眉思考是否有体香分前中后三调，程晚捏了捏食指，不由自主地泛起一阵苦恼。

区区一眼的卧室参观着实不用花多久时间，如今流程已经走完，难道真的就浪费掉这个良好机会，亲眼看着周北洛离开？

她折腾了一个半小时才做了这一身精致造型……天知道失眠一晚的黑眼圈有多么难遮！

程晚视线落在周北洛那张脸上，踌躇片刻，最终还是咬唇准备最后一击。

女生闷哼一声，迅速找准时机，半扶着墙面坐到靠墙的小沙发上，痛苦地捂住眉眼。

"咦，怎么回事？"

"不好意思，我可能又要给你添麻烦了，眼睛……好像有睫毛掉进眼睛里了……"

程晚半睁不睁的双眸自带迷离效果，脆弱地抓住男人的裤脚："周北洛，你可不可以帮我吹出来？"

这招她其实没打算用的，风险太大，但目前看来，周北洛何止一个呆瓜可言。

女生顶着一张清纯的脸，拽着他不松手，质地柔软的绸缎礼服勾出有致腰线。

"睫毛，"男生唇边忽然浮出一抹笑，"掉眼睛里了啊？"

气氛霎时调转，不知道是不是自己的错觉，程晚总觉得这次周北洛应得格外迅速。男生俯身与她平视，她还没来得及脸红，就察觉到身侧沙发陷下一截。

"是哪只眼？"周北洛低低的嗓音拖着慢腔调落在耳边。

交融的呼吸灼烫，程晚冷不丁地有点慌，攥紧抱枕边角，潜意识里觉得有些不对。但不应该啊，按照周北洛今天的呆鸡表现，他要是……

理智分析的思绪在和男生对视的那一秒卡壳。

周北洛勾唇，视线分明带着与方才截然相反的意味，他的目光从她的眼睛一路下移到她饱满的唇上。

程晚看见男生忽然轻笑了下，而后两人的距离急速缩短。

大脑霎时变成一片空白，程晚全身都像被冻住了，唯一还保有触觉能力的，只剩贴近的凉薄双唇。

润润的，好软。

呼吸清浅，扫在人中处，压得她不敢呼吸。

程晚视线都发直了，心脏狂跳，几乎要飞出胸腔之外。半梦半醒间，她又听见男生漫不经心的嗓音响在耳旁。

"程早早，你怎么这么不小心？"

心跳像始终停留在过山车顶点的那瞬，程晚脸热得像是发了烧，从脖颈到额头的每一个毛孔仿佛都在往外冒热气。

最后一丝理智撑着，只留下了一个念头——玩砸了。

"你怎么，"见她发怔，周北洛弯唇又耐着性子重复一遍，"这么不小心？"

拖腔带调的嗓音除了不经意透出的那股懒散味，好像还多了一丝怪罪。

你在怪什么？是你亲的我吧？

放大的精致五官像是被打开的潘多拉魔盒，女生紧张地吞了吞口水，挪腰使劲往后靠。

程晚自己都怀疑起自己了，电光石火的那一秒，她神经确实宕机了。

她努力追忆着刚才的短短一瞬，脑海里却像是被设定公式一般只弹出双唇相触的那一秒。

交织的呼吸打在双方脸颊上，既潮热又晦涩。

难道……真的是她不小心？

可她分明记得前一秒周北洛故意挪到她唇上的眼神，那笃定的气势压得她喘不过来气。

唯恐是自己记错被兴师问罪，女生掐紧手心，只敢试探性地反驳："可我怎么记得是你贴上来的……"

"看你的手。"

闻言，程晚愣了下，随即望向自己扯着抱枕的手指。

墨绿色抱枕安静躺在两人手掌交界处，而周北洛细长的手指正巧紧挨着抱枕。

女生疑惑地抬头，有些不明所以："怎么了？"

周北洛扯唇站起身，身前的压迫感消失，程晚终于松了口气，下一秒猝不及防又被甩来一口大锅。

"刚才你故意装作眼睛不舒服，引诱我凑上来，见我弯腰，你蓄谋已久地把抱枕拽紧，而我防备不当自然中了你的诡计，不小心碰下了你的嘴唇。"周北洛条理清晰的一串话吐得轻而易举。

他身形落拓，说完又弯腰懒洋洋地俯视着她，视线笔直，突然叹了口气，像是有些庆幸。

"虽然我处处防备，但还是被你得手了一次。"

"如果我起来得再晚一点，可能就不只是被夺走初吻这么简单了吧？"

程晚腹诽：我还能有胆干什么？

空旷的户外凉风顺着卧室露台吹进来，精心打理过的头发还冒着发香，程晚被身前男人审视的眼神看得彻底没声音了。

周北洛的话她确实无法反驳，前半句货真价实，后半句她大脑掉线，神志不清。

女生低头，内心忐忑，指腹摩挲上沙发座位，这布料……好像是有点滑。

难道真像他说的那样？

"沙发面料很滑……"僵滞的空气被这声愧疚的嗓音打破，程晚觉得唇上干燥得厉害，刚想舔唇再说些什么，忽然又觉得现在做这动作容易被人误解，于是就这么半张着口卡壳了。

"你还有什么想说的？"周北洛兴师问罪的一句，像是在问她还有什么好狡辩的。

"多谢款待？"程晚硬着头皮试探出声。

闻言，周北洛白了她一眼。

"所以你一上午干了这么多事？"赵多漫抱着 Later，眼珠都差点瞪出来。

她确实支招让程晚主动点，但这一套听下来着实让她大开眼界。没想到她姐妹关键时候能这么猛，有些操作是肉眼可见的目的性极强……周北洛的耐受度还挺高。

"是的，"程晚认真地点头，"我把他强吻了。"

"已经说三遍了，不用再重复了。"

"我是在跟自己说。"程晚"嘿嘿"一笑，脸上露出压都压不住的笑容。

放之前，打死她也想不到自己有一天会做出这种伤天害理的事情，并且伤害的对象还是周北洛。强吻这件事在做出的那刻好像让人觉得道德感挺低的，但不知为什么，她现在回忆起来竟然有些得意扬扬。

她开始变得像恶臭男一样了。

……好爽的感觉！

"那你们现在什么关系？"

有些熟悉的一句话，不久前刚听过。程晚想起刚才周北洛问她这句话时的场景，有些心不在焉地把刚才的话重复出声。

"唇友谊。"

发生那件事后不久，周北洛就接到一个电话，好像是公司哪个计划出现点小差池，他需要赶过去处理一下。男生走到玄关口，换好鞋在原地停了一会儿，最后才不经意地转头，提起这个话题。

他没什么情绪波动，也并没有看程晚，程晚当时脑子抽风似的，干巴巴吐出这三个字——

"唇友谊。"

依稀记得周北洛在听见这话时轻嗤了声，说了句"行"，而后就大跨步走远了。

她确实对周北洛有好感，但想到要真和他确认关系……

平心而论，还是挺有压力的。

她自己可能都没意识到，她对于确定关系这件事本身就带着排斥。

说出来可能会被骂，但她目前确实只想和周北洛保持暧昧。她没勇气去面对自己之后可能会摇摆不定的内心，甚至分不清自己现在对人是不是只是一时兴起……

不对，她纠结个什么劲？就算她一时冲动告白了，周北洛也未必会答应。

程晚犹豫着出声："其实我一整套感觉下来，周北洛的态度都不太积极。"

他好像没怎么回应过。

纯爱和纯色的路线都试过了，程晚本来料想能把人拿下个七七八八，但她好像还是低估了周北洛的难搞程度。可指望这么短时间就搞定一个男人，貌似也不是什么简单的事情。

"有时候我都感觉到自己暗示得非常明显了,但他还是不买账。"

眼看着女生的情绪有些低落下来,赵多漫有些不忍心地随意安慰道:"晚晚,不是你的问题,是他有病。"

"但不知道为什么,"程晚环臂,忽然咧唇一笑,"他这样我反而觉得更有意思了。"

"……你也有病。"赵多漫鉴定完毕。

经由上次掠夺初吻的辉煌经历,程晚觉得天晴了,雨停了,她又行了。

原定的伪装恋爱计划着实是她的不错助力,有了这层关系,何愁搞不定周北洛。

于是程晚选了个良辰吉日,擅自做主,把两人间的阶段从"青涩期"修改为了"热恋期"。

这么长时间了,双方也该熟悉了。

只是拉拉小手怎么能够?虽然在父母面前需要端庄,但偶尔也要被亲朋好友发现几幕在热情激吻的画面。

现在男女生谈恋爱很开放的——这是程晚诱骗懵懂母胎单身周北洛的发言。

手机"嗡嗡"响起来。

厨房里的女生暂停思绪,帮着处理食材的手停下,从口袋掏出手机。

她在望见屏幕上的号码后,又烦躁地叹了口气,把手机扔回到大理石台面。

今天是周阿姨和周叔叔的结婚纪念日,程晚和几名年轻小鬼被邀请过来充当气氛组,找点力所能及的活干。

赵多漫凑进来,刚准备要端切好的西瓜,无意间也看见了女生闪烁的手机屏幕。

"任放又联系你了?"

程晚闷闷地"哼"了声,把手机翻了过去,没吭声。她好久之前就把任放拉黑了,但这段时间不知道什么原因,对方一直锲而不舍地用各种手机号给她打电话。

有几次她没看清,以为是什么推销电话,接了,听到声音后就没有丝毫犹豫地马上挂断。

早就听说这段时间水逆,可没想到能水逆到这种程度。

"再有下次,你就把电话给我,我来跟他说清楚。"程晚脾气好,她赵多漫可不是。

赵多漫本身就是个藏不住事的,气不打一处来,捋起袖子抄起旁边的洋葱刚要发泄,就被挡住了。

"我来吧,漫漫。"程晚指腹蹭了蹭鼻梁,脸上挂着温和的笑,手起刀落,飞速剁了洋葱半个头。

程晚愣住了。

客厅里,两位男生把周琪婴名贵的花侍弄完毕,靠着沙发优哉游哉打起了电游。

屏幕上的纷繁画风也勾不起齐群的注意,周北洛亲到人这件事,方圆百里内没人比他印象更深。

他兄弟一反常态,平时理都不理他的微信,那天上午连刷了十条"你怎么知道我们接吻了"。

那一刻，齐群短暂地脱离了 CP 粉这一身份，体会到了兄弟脱单给他带来的生不如死的感受。前几天还说被人当狗玩，最近又明摆着支棱起来了。

褪去淡淡的忌妒感，他还是挺为兄弟高兴的，但就怕他兄弟是脑补型恋爱，飞得越高摔得越惨。

心里想着事，游戏都打不好，屏幕上的小人第三次惨死后，齐群彻底把手柄扔到一边，没忍住细问出声："你俩进展真这么快？"

戳到想聊的话题，少爷懒洋洋地靠上沙发，谱摆得贼大，语气轻狂："不算快。"

齐群不解。

"只是她在追，我还在考虑。"

"你还考虑什么？"

"考虑要不要给人一个机会。"周北洛慢条斯理地扯唇，淡笑了声，"毕竟追我追得挺努力的。"

齐群腹诽：装死你算了！你就适合被虐。

他翻了个白眼，站起身走到茶几前，拧开矿泉水瓶喝了口水。

原本还挺相信周北洛的话的，但现在感觉这人没准就是在装。

男生摇了摇头，刚准备给人打预防针，忽然看见程晚从面前冲了过去。

"周北洛——"

齐群下意识一怔。

是不是他看错了？程晚好像是哭着跑过去的，含着泪水的眼眶通红。

周北洛睫毛一颤，心瞬间拧紧，条件反射般把人揽住。

他抚上女生的浓密软发，语气中带着难以察觉的慎重："别哭，怎么了？"

语气好温柔。

程晚被男生罕见的这面惊得发怔，眼睛滴溜溜转了圈，想明白什么后，咽下原本要说的话，果断乖巧钻进他怀中。

"没什么……只是太想你了。"

……真给周北洛装到了，齐群大跌眼镜。

头顶传来轻笑声，软发又被人揉了两下，程晚像只讨巧的猫咪，舒服地眯起眼。她刚要继续趁热打铁煽情，身后突然追出个握着洋葱哈哈大笑的赵多漫。

"找到止泪的办法没啊？笑死我了，切洋葱给自己切得泪流满面，哈哈哈！"

原本以为这趟是来参加周阿姨结婚纪念日庆宴的，没想到还能见到马戏团的小丑，齐群瘫回沙发，瞬间心理平衡了。

果然这世上的爱情只存在于童话里，所谓几分钟不见就失控到泪流满面，绝对事出有因。

洋葱的余力还在强势发挥着，程晚顶着满眶热泪，探查完目前焦灼的局面后，耷拉在腿侧的手明智地拽紧了周北洛的腰侧衣服。

被拽着的利落男生眉一拧，随后耷拉着视线，无所谓地把人往外推，嘴角压着恹恹的弧度，不扯不扯的："离，我，远，点。"

"凭什么？"程晚努力装傻冲他使着眼色，眸光不停在他和旁边沙发上看戏的齐群间摇摆。

干什么呢！旁边还有观众看着呢。

身为感情 Loser（失败者），程晚从缔结假扮情侣契约后就一直坚持每日阅读的良好习惯，她追的《狠戾恶少娇宠乖乖女》已经阅读过半了，原本每天如鲠在喉的情话现在已经能脱口而出。

甜宠文的精髓都已经写在名字上了，一是甜，二是宠。

她自认为周北洛甜起来比较困难，所以认领了"甜"这一任务，"宠"自然应该落在周北洛头上。

她狠狠甜往外抛糖，队友就应该狠狠宠保证售后。

罢工的队友周北洛耷拉着眼尾向下睨着，压根不想接茬。

视线相撞多时，触及女生泛红的眼眶边缘，他还是蹙了下眉，指腹柔柔蹭在她眼角："还辣着？"

洋葱的辣味持续作祟，不提还好，一提那股劲又冒出来了，眼泪淌得像是山泉汇溪，眼眶周边的刺痛感扎得一圈都疼。

她忽然睁不开眼："疼死了……"

仰着头闭着眼，话语还冒着不知情的嗲，程晚压根不知道自己现在这样有多磨人心性。

周北洛顿了下，任由她像个八爪鱼一般扒着自己，踱步到洗手间。

灯影幢幢，一到洗手间死角，女生立即松了抓他腰腹的手，反扒着门偷偷摸摸地朝外嚷嚷："为爱流泪，我有多痛，就有多爱！

"周北洛，记住这一刻我的感觉，2024 年 5 月 19 日，有一个女生深爱过你！"

"过来洗眼睛。"

"好。"外表的戏做足了，程晚才重新哭丧着脸走过去。

她斜倚在洗手台上，感觉到眼睛被丝柔质地的软巾裹起来。

她嗓子发干，刚要提醒他这地方没人不用演时，忽然被抬了下巴。

周北洛的动作算不得温柔，但一双乌黑的眼睛太认真。

擦个眼睛而已……程晚松了松神经，放任自己接受他的照顾，神思又转到别的上面。

周阿姨和周叔叔的结婚 30 周年纪念日声势浩大，现在是下午，他们在家准备备要带过去的食材和礼物，快到晚上七点的时候就要驾车往汝尚山庄去了。

听说那边是周叔叔生意成功后拿下的第一个旅游产业，有人造湖泊，湿地空气清新，马场和高尔夫球场占地广阔，是隐在近郊鲜有的放松之地。

设计参考了江南水景建筑，平时上京湿度低，达官贵人们想找个地方养养神，一般都选此地，但遇到周阿姨想去住，就算有生意往来的合作商都要排到后面去。

周琪婆喜欢清静，除了早年间集团忙不过来去帮过一阵子忙，她大多时间都留给了自己。

骑马、瑜伽、自己构思礼服交给专人裁定，又美又休闲。

在程晚的印象中，貌似周阿姨照顾她的那段时间是最忙碌的。

周叔叔每天忙得一面难求，专门把妻子养成自己的另一个极端。

李女士则截然不同，李帏清向来是商界的头号女冲锋军，有时候程晚老爹摆不平的生意，李女士接手一礼拜就能拿下。不过这也是几年前的事了，自从两人离婚分完产业，商界地位已经大大落归。

程晚眉眼忽然敛低，眸中那股润润的劲也消散了许多。

她这股低落的情绪一直蔓延到"珍珠婚"庆典上，夏日傍晚气温清凉，经她手制作的法式洋葱汤最后因为分量过少，被专门送去给庆典主人享用了。

程晚作为厨师，也有幸分得一碗，她向来不拘小节，加上和周北洛攀上恋情后更无法无天，服饰猖狂得不像上流社会的小孩——

她的露趾拖鞋有一搭没一搭地点着，身上的白色T恤和黑短裤像刚晨练回来的，在一众应邀参加的各路千金中松弛得没边。

程晚舀了一勺洋葱汤送进口中，半秒后，眉头皱得比喜马拉雅山还要高。

"好喝吗？"席间一位穿淡绿掐腰纱裙的清纯女生忽然与她搭话。

程晚认得此人，是周北洛的表弟蒋驰期英年早婚娶回家的大学同学尤簌。女生脸上妆容很素，身材纤细，脸蛋却附着层薄薄肉感，看着很可爱。

她被催婚又何尝不是这位表弟早婚的蝴蝶效应？

程晚轻咳一声，还没来得及坏心眼地逗人一声，女生身边的恶人已经展开攻击：
"好喝，你尝尝。"

蒋驰期递了一勺汤在尤簌唇边，而后半席的人都哄笑打趣起来。

程晚也没忍住被尤簌呛到的样子惹笑了。她的厨艺实在是差，这次执意做洋葱汤也是因为高中借住周北洛家的时候，周阿姨总给她做这个。周北洛不吃洋葱，周阿姨又懒得做两种汤，两人闭口不言默契地迁就着周阿姨。

"蒋驰期，"周北洛也没穿多正式，一件黑T恤显得脖颈线条格外利落，叫完人后又稍挪下巴，仗着表哥的身份，明目张胆地欺负人，"你喝完，我女朋友后面戴泳镜切的。"

"女，朋，友。"蒋驰期支着下巴静静品了下这三个字，而后笑得讨打，"那我喊我老婆喝。"

尤簌一愣。

男生的胜负欲总在不知名的地方冒起，最后变得一发不可收拾。周北洛和蒋驰期打了几个来回的嘴仗，次次都被"结婚""老婆"之类的字眼杀得片甲不留。

五分钟后，男生"啧"了一声，明显不高兴了，往程晚脸上看。

"该有的都会有的。"程晚安抚地搭着男生的手掌，目光饱含鼓励。

"老子就知道你们这群恋爱脑凑一起会聊这种话……"齐群刚要开腔更换舆论风向，陆地草坪上的光幕忽然亮起来。

程晚和周北洛应声而动，起身站到另一旁等流程露个脸。

这次典礼是周琪婆策划的，婚龄30年是珍珠婚，她专门找人寻了好多珍宝级别的珍珠和普通档次的混在一起，作为典礼后的彩蛋抽奖环节。

程晚和周北洛两人事先站到台阶旁就是为了一会儿充当便宜礼宾，看人抓珍珠的。

再松弛现在也到了人前，程晚屏息听了几分钟周阿姨的发言，四处乱晃的眼睛忽然瞄到台阶斜侧方的李帏清女士和老爸。

两人面露不快,像是刚闹了什么矛盾,纵使众人围观着也没撑住笑意,中间隔着三人宽的距离。

光幕变暗,周琪娑身穿缀满珍珠的长拖摆婚纱款款走来。

周叔叔西装革履,明明中年的年纪,看着仍旧意气风发。

周琪娑先惯常说了几句欢迎大家参加宴席的场面话,又将话筒递给周叔叔,周叔叔叫了一声她的小名,而后是简短的两句话:

"我从没有一刻后悔过和你结婚。

"好想让你更幸福。"

草地被吹得泛起湿润的气味,奏响的古典乐庄重得体,身侧周北洛懒洋洋地站着,程晚的视线由台上转到台下侧方。

一台的高度,两边的恩爱状况一个天上一个地下。

得到宠爱的女人无论多大年纪了都像公主,不管老妈掩饰得多么严密,她都能看见老妈内心深藏的羡慕,无关友谊,只谈风月。

这一刻,程晚开始怀疑什么是真的。

或许有人天生就有被爱的能力,能在复杂浮躁的感情博弈中坚定地选中彼此。曾经她也以为爱情就是两个人的事情,后期慢慢变成熟,她醒悟了,原来跟一个人保持长时间的相处,而后漫长岁月中全与此人共度,是一件太危险的事情,不光是怕对方变心,还会害怕自己心态变化。

"周北洛。"

"嗯?"

"你说,结婚是不是真的需要很大的勇气?"

她老爸老妈好像就是倾尽勇气后落败的那一类。

男生顿了下,意识到什么,而后又恢复到方才的懒散状态,揽着女生的肩膀,低眸,口吻闲散:"我只能说,无论之后如何,被牧师提示将手掌放在《婚姻法典》的那一刻,他们想爱彼此的心都不是假的。

"不管未来如何,我只要这一刻。"

他黝黑的双眸像要在她眼中烫出个同样温度的洞。

程晚瞳孔微颤,手中忽然被推过来一个方形小箱。

周北洛收回手,收回视线,什么都没说就又退回原地。

为了讨彩头,抽奖的来宾都会说句祝贺词当彩头。每一个装着珍珠的锦袋上都系着细绳搭在箱口处,每抽一个就是一句"白头到老""长长久久"之类的俗套话。

老爸老妈结婚30周年所有的祝福都砸在他俩身上,周北洛却没做多余的表情。

在他看来,"白头到老"之类的话都需要两人一起完成,带有捆绑性质,而程晚不喜欢束缚。

半小时后,鱼贯来往的人总算走远,最后只剩下两根细绳。

程晚正准备转身把箱子放回原位时,身侧的男生忽然伸手随便勾出来一根。

红色锦袋在面前晃时,程晚还没反应过来,就看见周北洛弯腰。和她对视后,他清浅却饱含力度的嗓音响起。

他说:"至死不渝。"

说完,男生忽然扬了下唇。

不知道到死还有多久,但爱她这件事,反正他也没声张地做了好多年,之后应该也懒得再变了。

现在的季节当真适合告白,与炙热的盛夏相比,少了几分灼人的焦躁,被草地和芭蕉叶中和过的晚风显得格外清新怡然,浑身都是爽利的,轻盈得像裹了层蚕丝纱巾。

宾客们被邀请来的乐队吸引了注意力,贝斯和电吉他一起演奏着流行音乐,没人注意到这两个人。

程晚手中抱着的锦箱透着沉重的力道,周北洛方才的话和鼓噪的乐队演奏混在了一起,恍然间,她甚至分不清他有没有在演。

周北洛像是早习惯了没有回应的示好。

程晚还没反应过来就感觉脑袋被人揉了两下,而后是周北洛轻描淡写的一声:"下场了。"

场下的话题从羡慕爱情迅速转变成了对珍珠盲盒的研究。

珍珠品类价格分化明显,品质上乘的南洋澳白价格最高炒到过八位数,而江南淡水养殖的珍珠有的几十元就能拿下。

周叔叔向来大手笔,按照他的一贯作风,专门设置的抽奖环节至少能让一半人满意。

听说他单独送给周琪婺的"永恒之泪"是S级的特选澳白,直径长达16mm,市值七位数。

而当初采购员购买时好像选了两颗品相相似的供周琪婺挑选,也就是说,还有一颗沧海遗珠流落凡间。

宴席总共摆了八桌,法式小圆桌一桌坐六位,一共四十八个人,四十八颗珍珠,所以抽中另一颗高品质澳白的概率是四十八分之一。

一瞬间,关于情情爱爱的脑内风暴瞬间消失,程晚小跑着冲到后台扯了最后一个锦袋,紧张慎重地坐回到座位上。

"晚晚……"赵多漫盯着一旁对着红色锦袋作揖祈祷的程晚,不禁嘴角微抽,"不是我乌鸦嘴,但抽中的概率确实不大,你别抱太大希望。"

"我有预感,那颗值钱的极品大珍珠应该就在这袋里。"程晚指了指自己那个明显只有米粒大小凸起的锦袋,目光信念感十足。

假使真被她抽到了那颗价值七位数的珍珠,随便倒手一卖,这荒唐的假扮情侣游戏就可以到此为止了。李女士要是还催婚,到时候直接扭转,变成她催李女士速速二婚。

不过真是那样的话,她好像也没理由接近周北洛了……

程晚心中的小九九来回乱打,去解锦袋的手却一刻没停,她手指放在袋上的那一瞬,整个圆桌的目光倏地聚集在那处。

女生抑制住"怦怦"直跳的心,最后提心吊胆地从艳红袋中掏出一颗不规则的暗沉烂珠,珍珠色泽不仅灰暗,连形状也离谱得出奇。

周北洛没给面子,直接笑出声:"谁的假牙装你袋里了?"

程晚咬牙。

隐隐听见周围群众已经开始对他们的情侣身份展开评判,程晚轻咳一声,还没等装腔作势出言生气,她伸出去的手心就已经放上了另一个红锦袋。

"我的也给你。"周北洛没几分所谓地收回视线。

周北洛的运气一向还好,程晚刚泄下的信心又高涨起来了。

吸引力再度聚焦,在众人的再次期待下,程晚紧张地解开袋子。

当第二颗珍珠面世时,全场沉默了有小半分钟。

女生两眼一黑,垂眸和自己的烂手气手指面面相觑着。

……不知道怎么说,总之有些难评。

在惯常以圆润饱满为优的珍珠赛道中,这颗珠子尖嘴猴腮得和她的那颗有得一拼。

周北洛抿唇,安慰地拍了拍程晚的肩,眸色中的戏谑却难藏。

"一对假牙。"

一连开了五颗珍珠,除了赵多漫和尤籔拿到的珍珠品质还算中等,能卖上五位数,剩下的基本连顿沙县都难偿付。

齐群明显已经摆烂了,开不开都无所谓,因为五位数目前对他吸引力也不大。自从高中毕业,他老爸告诉他家里其实有点小钱后,少爷实实在在地挥霍了一把。那次弥补完青春期迟到的物欲之后,他对金钱其实没了太多原始渴望。

架不住好奇心重,程晚是个自己淋过雨就想把所有人的伞都撕烂的个性,周北洛瞧她实在跃跃欲试,慢条斯理地帮着催了声:"能不能快点儿?"

齐群没抱太大希望地放下手中的刀叉,用一旁的方巾擦过手后,无精打采地从兜里掏出锦袋:"要是和你俩的一样是个假牙,我就不要了。"

"不要送我。"周北洛照旧撑着脸,看上去对假牙还挺感兴趣,接着又侧头关切深情地看向程晚,"给你做串假牙手串,宝宝。"

"谢谢你,宝宝。"程晚咬牙。

"没恩爱就别硬秀了。"齐群感觉自己受了一万点内伤,正当他怒气冲冲,期待从袋子里开出来一颗玻璃碴,一箭双雕把两人扎死之时,轻薄锦袋边缘隐隐露出闪耀的珠光。

男生眉头一紧,随意的目光变得严肃了些。

半分钟后,这餐桌上的人生赢家已经换了个人。

拳打英年早婚的蒋驰期和尤籔,脚踢热恋腻歪的周北洛和程晚,齐群高举着与"永恒之泪"齐名的特级南洋澳珠,决定给珍珠起名叫"永恒之笑"。

"老子总算扬眉吐气了一回,哈哈哈,情场失意,赌场得意!"二十多年来唯一感觉到自己不是 NPC 的瞬间,齐群简直要喜极而泣。

周北洛脸色转换得很快,凑过去单方面勾肩搭背:"好兄弟,我们是不是好兄弟?"

齐群冷淡看他一眼:"滚。"

"程晚实在想要。"

程晚接到指令,在一边掩面哭泣:"今天之内,我要是得不到'永恒之笑',就和你分手!"

晶莹剔透的纯白珍珠泛着银蓝色的淡光,饶是不懂珍珠的外行人看见也知道是不可多见的宝物。

齐群看了眼珍珠,余光扫过那对一唱一和、他多年追更的小情侣,唇边缓缓勾出淡笑。

"不可能,除非……"

"你把你车库那辆白色迈凯伦开到我车库。"

周北洛不是轻易买车的主,他选中的车经过改装,市值至少比这珍珠高两倍,齐群明显是狮子大开口。

况且一颗珍珠和一辆豪车,是个人都知道怎么选。

程晚内心产生了一丝动摇,她悄悄看了周北洛一眼,手伸到桌下准备拉他衣服就此叫停,桌面的手机突然振动起来。

女生心思不在这儿,手指点上去准备挂断,却无意识划了接听。

"喂,程晚——"

任放的声音顷刻间从听筒里流出,程晚眉心重重一跳,吓得立即挂了电话。

淡凉夜风吹过,席间的气氛有了微妙变化。一时间,别说给不给名车换珍珠了,程晚甚至觉得自己已经可以选坟头。

重大事故……

齐群和赵多漫都对任放的声音非常熟悉了,蒋驰期和尤簌虽然不了解,但看现在的局面也懂了个七七八八。

毕竟是在外面,周北洛还是稍微收敛了些脾气,眸底沉黑隐晦,半晌才侧头,牵唇问得很轻,却莫名使人感到股压迫感。

"宝宝,他是谁?"

"是她宝宝。"齐群没忍住补了个刀。

程晚暗骂:我谢谢你。

一口大锅砸下来,饶是程晚有一百张嘴也解释不了为什么任放还给她打电话的事。

每桌六个人,配两位侍应生,如此高密度的监控覆盖,不到半小时,程晚就听到了某老板养小六,某富太出轨男明星,以及她给周北洛戴了绿帽子的一系列八卦。

最近通话列表一竖排中鲜有几个接听的,防范了好几天,居然在关键时刻掉链子,程晚内心升起了一丝打车去给任放一个大耳光的冲动。

她深吸一口气,指腹点进最新通话中,迟疑两秒。

"晚晚。"程晚正思考着要不要打个电话问候一下任放的近亲,肩膀突然被人拍了下。

李帷清女士绾了个低低的盘发,端庄贵气,丝毫看不出有任何对比之下的失意,正神色自然地看着她。

不知道刚才的事有没有传入老妈耳中……思及此,程晚背脊忽然挺起,眸色躲闪,有些心虚。

"怎么这个表情?"李帷清泰然淡笑了下,接着开口,"妈妈公司那边还有些事,你先在这里玩。"

"好。"程晚顿时松了口气，一脸轻松地目送李女士往停车场的方向走。

细带高跟鞋还没踩出两声，女人纤瘦的背影忽然转回来。

"晚晚。"

"嗯？"女生怔怔抬眸。

"注意安全。"

程晚云里雾里的，直到看见老妈那辆常开的奔驰车一骑绝尘从旁边道路开出，才摸摸脑袋转回来。

她虽然没听懂老妈那句注意安全是什么意思，但看样子老妈应该是没听到席间的离谱传言。

逃过一劫。

掌中的手机屏幕泛着白光，女生找了个角落，偷偷环视一周，眸色一沉，咬咬唇，低头给任放拨去电话。

周北洛手握侍应生递来的高脚酒杯，不知道什么时候也摸到角落，倚着墙，一副被戴绿帽子后的失意与惆怅。

"就这么迫不及待吗？"他嗓音压着隐约的自嘲和苦涩，演得专注又投入。

程晚抿抿唇，有些不知道该怎么开口，事到如今也只能用行动表现。

脑海中搜出一百句骂人不重样的脏话，又融合两百条划清界限的台词，程晚谨慎地清了清嗓子，蓄力得差不多了。

电话接通后，听筒中传出的声音却比她更破防。

"终于接电话了！"任放简直要喜极而泣，"算我求你了，程早早！你能不能别让你男朋友每天定时换账号给我发你俩恩爱的照片了？"

程晚蒙了。

原以为是一场酣畅淋漓的骚扰，没想到是一次捉襟见肘的自救。

程晚思绪像是断了层，准备好的三千字脏话刚要从脑海中剔除，视线转到身侧倚着墙、泰然自若仍没半点心虚的男生，忽然又觉得那些脏话貌似还有别的用武之地。

在听完任放长达三分钟的抱怨后，程晚才点头哈腰地挂断电话。

宴会已到尾声，乐队不再展示自己的原创歌曲，而是换成了小众的抒情音乐，低低地涌入耳里。

对手脸皮太厚，程晚一时间不知道该如何还击。

如果不是任放发来聊天证据，程晚也不敢相信这个刚才借着话题在桌前大肆阴阳她，甚至提出自己好像已经开始恐婚的男人，竟然是每天变着法向她的前追求者秀恩爱的精神病患者！

想到刚才他和蒋驰期在席上一唱一和地探讨给女人当狗的经验，程晚突然更烦了。

周围还有其他人在，她表情不能太僵，极力控制着让自己淡定，两秒后才上前很轻地踢了下周北洛的鞋，仰头直直地看向他："你没什么想解释的？"

被一束严肃且认真的视线盯着，周北洛面上的神色渐渐从幽怨变得无畏。

他压根没觉得自己做错了，在程晚踢过来的鞋上轻扫了眼，语气慢条斯理，唇边还挂笑。

"降低女朋友的出轨风险不是协议男友的职责?"

"可这种行为很幼稚。"冷不丁地,程晚的语气加了几分正色。

周北洛一贯吊儿郎当的模样转了个身,"哧"了声,微微弯腰,眼眸静静的:"所以你现在是为了个外人来质问我?"

"我……"程晚气势散了一半。

"于公,歼灭渣男是维护全社会公序良俗应尽的义务;于私,提防女友身边的花花草草是对自身情感生活的保护。"

周北洛一番话说得逻辑清晰且在理。

程晚没了脾气,又尿起来,默默往后退了半步,垂眼,干巴巴地小声解释:"……没有因为他说你。"

"哦。"周北洛冷淡应了声,看着仍在不爽。

"我就是觉得,没必要。"程晚顿了下,饶是觉得难为情,还是认真开了口,"如果不是这段时间他持续打电话过来,我甚至都快忘了有这么个人。"

"周北洛……"她想了下,还是问出声,"你为什么要向任放炫耀?"

高中时两人就不对盘,但周北洛显然不是那种记仇到五年后还要趁机报复的人。

她实在是想不通。

"论长相……"

听到这话,程晚惊愕地抬头看向周北洛,他不会想不开到以为自己没任放帅,嫉妒任放的脸吧?

"胜他八百个跟头。"

程晚一愣。

"论能力,"男生低眸细细思量后,又甩出来个中肯评价,"除了泡妞跟不上,其他也胜他八百个跟头。"

周北洛没提家世这些非个人因素,都已经胜一千六百个跟头了。

程晚愈加好奇他做此事的动机,兴致更浓地打听道:"所以你到底是为什么非要和他较劲?"

"因为女朋友。"周北洛笑得淡然,仿佛就随口一提。

注意到程晚滞了片刻的眼神后,他又轻描淡写地扯了下唇,补齐上半句:"太拉垮。"

这句伤人的话像是用扩音器在脑海里重复吟唱了八百遍,程晚深吸口气,捂住正隐隐疼痛的心口,倍感伤心。

她貌似也没那么菜吧?

虽然任放挑女友的眼光刁钻,但她明显跟其他人不是一个水平的。

身材样貌、礼仪举止……全身上下方方面面,最容易输阵的就只有她污浊的思想。

但这点她一直藏着,轻易不会被人发现。

可能他说的是泛称。

一直克己复礼的周北洛难道是因为自己谈对象的数量在自卑?觉得自己谈过的女

朋友太少了?"

程晚觉得自己应该是理解正确了,抿了抿唇,没话还要硬劝:"这方面,你要实在自卑,也能把我当十个谈。"

周北洛有些蒙。

"周一清纯女大学生,周二端庄都市丽人,周三严谨高知女性,我可以戴个平光镜什么的,周四美艳少妇,周五阳光运动女孩,周六甜妹,周日盐系。"

"剩下三个……森系、古风、微朋克,你可以另约档期。"

"老子真要被你气死了。"周北洛不知道她脑子怎么长的,冷笑一声,嗓音压了又压,"我不是渣男,这辈子谈一个就够了。"

一辈子只谈一个……

程晚从没听过周北洛的爱情观,没想到他内里如此纯情。

她水眸敛起,还没找个不刻意的方式也趁机展示展示自己的纯爱精神,口袋中的手机忽然响起。

来电人是周阿姨。

程晚看了眼一边的周北洛,接听通话又点开免提键,握着手机的手往他那边伸了伸。

"阿姨?"

"晚晚。"

周琪娑嗓音温和,听筒中混着宾客祝贺的背景音,她简单应了几声后,才找到个清静位置,淡笑着重新开口:"不好意思,晚晚,人太多了,今晚没怎么顾上你。"

"没关系的,阿姨,今天你忙嘛,况且我又不是小孩子,不需要过多照顾的。"

一言一语的寒暄听着无聊,周北洛随手将手中饮尽的高脚杯放在路过的侍应生的托盘上。

他刚转身准备走,衣袖却被身侧的女生勾住了。

程晚一边应着听筒中关切的寒暄,一边可怜巴巴地仰头看着他,淡黄色的路灯把人照得光影模糊。

她像是还有什么话要说,用眼睛撒娇让他等等她。

周北洛对上程晚的视线,脚步顿住,终究还是没走。

周北洛得跟她一起返场,一起消失又一起出现,应该是个在人前刷暧昧的好方案。

女生顿了下,想到些什么,蜷起白花花的手腕看了几秒,随后抬腕不假思索地蹭上刚补完的口红,原本白皙的腕口再放下时淡红一片。

不用看都知道现在唇周是什么境况……

希望能用这个击破席间流传的离谱谣言吧。

周北洛叼了支烟,但看见草坪边立着的"禁止抽烟"标识,还是没点燃,玩着打火机,他百无聊赖地回头,一眼就望见程晚被蹭花的唇。饱满的唇形上下各延伸出一截,嫣红得在光照下显得很润,又有一种说不出的软。

他眸色深沉了些,莫名更想抽烟了。

"不用的,阿姨,周北洛现在就在我身边……嗯,对的。"程晚回复着周琪娑事无巨细的嘱咐,抬眸下意识看看周北洛是不是等急了,却无意撞见男生打在她唇上的晦暗眼神。

他看得没其他心思，但从黝黑眸底蔓延出的侵略感却难挨，黑压压的，像团顷刻间就要闪出雷电的乌云。

程晚怔了一瞬，连同听筒中的声音都听得模棱两可，嘴唇像是发麻，话都不敢说。

"晚晚，现在是这样的情况，庄园这边的酒店虽然接待能力还可以，但有些房间在做维修，加上今天到访的宾客大部分饮酒，我们没配备太多司机，所以一来二去……房间就少了许多。"

"你是不是也喝酒了？"

听到程晚乖巧"嗯"了声，周琪娑才顺着话题继续说。

女人嗓音比刚才低了些，有些难为情地试探问询。

"糟糕，那怎么办？司机现在全部派出去了，大晚上的找代驾也不安全……晚晚，可不可以委屈你和小洛挤一间？"

游荡的思绪瞬间回巢，程晚清晰地听见侧边周北洛轻笑了声。

他像事不关己一般坦然。

口水吞咽得艰涩，程晚来不及找周北洛的麻烦，脑海中就不由自主地闪过一些不可描述的画面。

虽然她现在对周北洛有好感，但应该也没有到那种程度……

上次试探着擦枪走火不小心亲到他，都已经让她觉得自己是个流氓了，人家纯情小男生三分钟前还阐明了自己一生只谈一段的坚贞价值观。

他不会觉得她心怀不轨吧？

"晚晚，你在听吗？"周琪娑等不到人回答，心中的猜测逐渐往坏的那面发展，"是不是小洛有什么做得不对的地方？你们吵架了？"

程晚静滞几秒，终于判断出来这事还是跟谣言有关。

这事不解决是没完了，女生默不作声地瞄了周北洛一眼，咬咬牙，头脑一热，口吻透出些许刚毅："阿姨，我可以、可以……住一间。"

"那太好了，晚晚，我给你们安排一楼带小花园那间。"周琪娑语气欣喜，听上去明显松了口气。

两位女性一唱一和敲定了今晚的住宿安排，挂断电话时，程晚心里却油然冒出郁结。不知道为什么，虽然这件事是在周北洛眼皮底下完成的，始作俑者也是他妈妈，但她总觉得自己现在的立场不是那么正派。

不存在的记忆增加了，前几天刚那么拙劣地勾引完人，现在又答应睡一间房，别说周北洛了，她自己都怀疑这事是不是她一手筹划的了。

程晚讪讪地往身侧望了一眼，抿了抿唇，还没来得及解释，就听见身侧的男生悠悠叹了声气。

"担心。"

"……担心什么？"程晚欲哭无泪，她真的不是那种不正经的人。

"初吻已经被夺了，剩下的也没几个初了。算了，"周北洛明晃晃地望她一眼，随后摆出一副懒得抵抗、任凭处置的模样，"你看着办吧。"

摆大烂。

这是你该摆大烂的时候吗？

怎么就执着地认为我对你心怀不轨，然后躺平等候命运安排了呢？好歹也起来抗争一下吧，不努力怎么能看到希望？

程晚心里像吊着七上八下的水桶，走两步就觉得水要洒了，她要完蛋了。

虽然这事是她应下的，但如果周北洛去找周阿姨说要换房，应该会有回旋的余地。

程晚手指绞得快打结了，清清嗓子刚要卖脸指使人，突然看见身前一直快她半步的男生停了下来，嗓音漫不经心。

"哦对，今天周六。"

程晚一愣，一时间没想起他在说什么。

"记得甜一点。"周北洛朝后扭头，懒散的眉宇终于暴露出一丝恶劣。

程晚犹豫着向前的步子硬生生卡在原地，对上男生的视线，心里那个来回晃荡的水桶"哗啦"一下，彻底倾翻。

洒出的水流淅淅沥沥，把原本心存的侥幸全数熄灭，女生头皮发麻，想到一会儿要跟周北洛共处一室，瞬间浑身哪儿都不得劲。

山庄第一层的房间卧室面积最大，还附带一方别致的小花园。程晚换上客房准备好的拖鞋踩在羊绒地毯上，整个人只坐了一点床脚，缩得像只鹌鹑。

刚才走来的时候，她把整件事情复盘了一遍，他俩现在被赶鸭子上架凑到一间房，导火索就是因为周北洛向任放秀恩爱找事。

任放难以忍受，所以狂打她电话，然后是她手滑在席间接听了语音，还欲盖弥彰地点了挂断，这才有谣言生成，以至于周阿姨用这招来试探他们的感情。

淡黄的落地灯晕出一轮光圈，程晚坐在床边支着细长的白腿，突然没来由地想到刚才李女士莫名其妙跟她讲的那句"注意安全"……

亏她还觉得李女士不知道这件事，现在看来，就是双方家长合谋算出来的险招。

反正始作俑者就是周北洛！

其中细算下来根本没自己什么事，程晚原本的心虚懊恼全部消散，背脊挺直，说话都有底气了不少，咬字清晰地叫他名字："周北洛。"

"嗯？"

"今晚你不能睡这间房。"程晚郑重其事的。

两人的感情要是现在就进展到这一步，那她成什么人了？孤男寡女共处一室，目前她非常能守护好自己的道心，但周北洛，她就不那么确定了。

防人之心不可无，虽然他嘴上说纯爱，但相由心生，长着那么一张浪荡的脸，多防备点总是好的。

通向花园的推拉门打开，周北洛半边身子隐在地灯边缘，随手点了支烟："那我睡哪儿？"

"厕所。"

"哪儿？"他像是没听清。

男生唇线渐渐拉平,好像已经快忍不住要冲过来揪她领子揍人了。

程晚缩了缩脖子,理智地改口:"肯定是不可能的。"

周北洛收回视线。

女生摸摸下巴,惆怅地跌到地毯上抱腿纠结,细长的双腿像是羊绒一般白,她却浑然不知。

"刚才登记入住时,我扫了眼登记表,我们楼上好像是齐群在住,再楼上是周阿姨,再再楼上好像是个港商,再再再楼上就没名字了。"程晚仰头认真分析,"其实齐群如果不是我俩的狂热粉的话,你倒是可以去找他坦白,然后和他一起睡。"

"不和他睡。"周北洛眉头拧起,脸上的排斥显而易见,"话多。"

高中寝室没少因为这个碎嘴子扣分,天天"嗡嗡嗡"的,像只大黄蜂。

"那这样的话,你沿着窗户……"程晚说到一半做了下心理建设才稳住心态,佯装平静地继续开口,"一路爬到五楼,应该就有地方住了。"

周北洛眯了眯眼:"你徒手给我爬五楼试试?"

"也不算徒手,旁边不还有棵歪脖子树吗?"程晚悻悻狡辩。

"你怎么不去找航天局商量下,配个火箭给我蹦月球上去睡?"周北洛被气笑了,倚在花园的茶椅上,利落地又敲出一支烟,嗓音干脆,没听出一丝温情,"重新想。"

"唉。"程晚虚虚叹了口气,"……如果有帐篷的话,倒是可以在你脚边搭一个。但真的那样,你明天还要早点起,因为花匠老张清晨五点开始修剪草坪,不能被他看见。"

刚才取房卡的时候,她已经打探过职工作息表,甚至还打听到了帐篷在人工湖对面的露营地能领,只是有些远。

不知道哪点触到了男生敏感的神经,他把烟蒂掐灭丢在茶桌上的透明烟灰缸里,浑身的烟草味被夜风吹得消散了一半,拉开门,阔步走进来,站定,黝黑的眸子垂直看下去,声调不疾不徐,像在故意跟她对着干。

"不,睡,了。"

被男生居高临下地盯着,已经算得上是平常事,但在目前的形势下做这种动作,危机瞬间比平时飙升了几倍。

程晚警惕地看着周北洛,眸中透露出些许胆怯。她飞快从床上拽过一个抱枕牢牢抱紧,在做无济于事但可以带来心理安慰的无用功。

她一双眼睛无辜又提防地回望过去:"你干什么?"

"当狗,在你床前站岗。"

不睡了,在你床前当狗站岗。

程晚觉得周北洛还挺可怜。

被逼着和她共处一室,她又处处嫌弃他要跟他保持距离……

她铁石般的心松动了些,虽然这事是因他而起,但归根结底,假装情侣是为了帮她的忙。

程晚抱着枕头,犹豫片刻,抬眸,语气认真:"不然你睡床,我睡地上?"

周北洛乌黑的双眸在她脸上扫了一圈,有些疲累地抓起刚才服务生送来的换洗衣物往浴室走去:"反一反可以。"

他的意思是让她睡床?

高挺背影走得格外决绝,不断扩大的距离倒是给足了程晚安全感。

女生手指抓在枕头上,临了还故意冲他说一句:"兄弟,一会儿洗完澡要是懒得穿上衣,就不用穿了。"

"好,我,全,裸。"

"咔嗒"一声,周北洛带着磁性的声音被浴室的门隔得闷沉沉的。

程晚瞳孔颤了颤,刚冒出的那股劲瞬间被吓退了。

周北洛洗澡很快,大概十五分钟就套着休闲T恤和短裤走了出来。男生手长脚长,身材比例十分优越,额前黑发半湿着,看上去没怎么烘。

程晚抱着换洗衣服和他擦肩而过,认真嘱咐道:"头发不吹干,睡觉会头疼的。"语气带着关心,嗓音透着一股子吃过糖的甜腻。

直到女生像只兔子般窜到浴室关上门,周北洛才缓过神来,眸色清明了些。

他胎投得好,类似关心的话许多人都说过,有意无意示好的,其实程晚那句也没有太稀奇,只是他们之前说话都太冲了……稍微给点甜头,他就有种好像被在乎了的感觉。

男生抄起脖颈上半干的毛巾,又胡乱往头顶蹭了两下,往前踱步两秒,低头鬼使神差地朝床侧望了一眼。

想着是一楼的缘故,再怎么做了防潮措施都免不了有湿气,程晚托齐群找酒店管理人员多要了一床被褥,在地板上叠着铺了两三层,而后跑去客厅把沙发上的抱枕都扯了过来,淡紫色的枕头软乎乎堆着,配上松垮的被褥,把狭小空隙填得满满当当。

被子中央躺着只装饰用的毛绒小狗,豆大的眼睛栩栩如生,像是在看他。

布置得……有点可爱。

周北洛在原地站了几秒,嘴角忽然勾了下。

程晚没做过和男生共处一室的事,从浴室出来时也有些战战兢兢。

这大概也是她近五年来第一次洗澡没唱歌,嘴巴闲下来,脑子里七七八八又想了一大堆。

如今套着层假情侣的外壳,举止太跃进,冒犯到周北洛,不免显得居心叵测,但……都住一间房了,身体不能碰撞,思想总得碰撞一下。

程晚心不在焉地拖着步子去花园遛了一圈,被凉风吹得很舒服,踮着脚,步伐有些雀跃地栽到被子里,没来由地泛上点紧张,或者说是悸动。

庄园酒店的床很松软,面积很大,自刚才她从浴室出来,房间里就只剩一盏暗灯了,原本清冷的装修似乎变成了暖色调。

程晚抱着被子偷偷往下探了眼。

周北洛合眼睡着,上帝似乎是不公平的,明明已经成年许久,男人身上的少年感还是浓郁得形容不出来,只有穿西装时会透出一点成熟男人的踪迹。

已经烘干的一绺松软黑发戳在远山眉目间,冲淡了睁眼时的懒散骄纵,这样闭眸什么都不说，就只让人觉得他矜贵。

如果周北洛是个玩具就好了，干干净净摆在旁边，看着就让人开心。

"头发掉我嘴里了。"

程晚一惊，忙揪住侧边晃悠悠不慎垂下的头发，礼貌地启唇："抱歉，没注意到。你还没睡吗？"

"被看醒了。"

……好吧。

程晚的下巴搭着床沿，随后看见周北洛慢腾腾地把视线转到她身上。

不知道他刚才睡没睡着，但这迷蒙状态应该可以和酒醉后媲美，适合沟通感情吧？

程晚拽着床单，半趴着往下瞧，语气有些娇羞道："好兄弟，你觉不觉得我们现在有点暧昧了？"

周北洛也应该是第一次和女生共处一室。

"程早早，你是在跟我调情吗？"男生混沌的眼神渐渐变得清明无比，声音微哑，掀了半边被子，眸底映着明目张胆的引诱，慢悠悠地扯唇，"下来调。"

口嗨派和行动主义者处不来一点，她只是随便讲了句，周北洛这个男人竟然开始撩自己的被子。

程晚猛地把头缩回去，被他惹得脸上滚烫，别别扭扭半天才反驳出口："这应该也不是调情吧……"

"你可以当我随口乱说的。"

她记得之前赵多漫还给她发过类似的表情包。

床侧传来男生意味不明的"啊"声，随后是他半含笑意的懒怠声音。

"那我可不可以当你是故意的？"周北洛的嗓音没那么混沌了，一时间，程晚都分辨不出来他刚才到底睡了没有。

"不行。"程晚受不了这种气氛，脑袋往被子里一缩，装了阵鹌鹑不理人。

独自闷了有半分钟，察觉到男生真的没有交谈的预兆后，她才又忍不住再次展开话题。

女生欲盖弥彰地轻咳两声，问得很含混："周北洛，你觉得我这个人怎么样？"

"问这个干什么？"回应得很快。

"就随便问问，每个人都有自己大体的形象吧？"程晚颇有心机地抛砖引玉，"比如漫漫，大大咧咧，有时很果敢；齐群很咋呼，脑回路抽象；你……"

"我什么？"周北洛一直没吭声，但都在认真听着，直到程晚卡壳，才淡淡出声催了句。

程晚实在想不到有什么词可以贴切描述周北洛的，以前她觉得他摆谱、爱刁难人、性格差，现在却觉得那些都不是真正的他。

"算了，换个话题。"程晚抿了抿唇，嘴比脑子快。

"你……喜欢什么类型的？"

天，这样会不会太明显了？

程晚还在懊恼，独自头脑风暴着，忽然听见周北洛回得大方，而且嗓音微微上扬：

"蠢的。"

完蛋，她智商超标了。

喜欢聪明的，她还可以努力吸收知识；喜欢蠢的，她总不能去做个小脑萎缩术吧？

……什么奇葩，在一众智性恋的热潮中独自逆行。

程晚腹诽了好久，周北洛也没再主动挑起过话题，之后的五分钟里，除了被子摩擦声，就再没听到过其他声响。

她心里像被猫抓了般难耐，难道周北洛又睡着了？

程晚被周北洛的三言两语勾得心痒，扒着床角做贼一般，还没等她蹑手蹑脚地把头伸出去看，摁在床侧的手指上突然传来微凉的陌生触感。

她呼吸一滞，心跳忽地停止，全身毛孔全数紧闭，有感知的部位只有扶在床榻上的手指。

像一束只带着麻痒感的微型闪电，从指尖绕到指腹，接着又蔓延到指节，最后是掌心。

什么东西在顺着手向上攀爬，一寸一寸无声侵略着。

骨节修长，偶尔会磨到粗粝的手茧。

周北洛的修长指节勾着绕着，最后才轻轻握住。

好软，像是在玩一团绵软的、还没生出蕊的花。

与程晚的瞻前顾后不同，周北洛觉得自己应该是个冒进者。

就像刚刚，只看见她帮他整理的床铺有点可爱，就忍不住去想，如果以后能和她生活在一起是什么样子了。还有现在，她只状似无意地挑个话头，他就觉得她或许也会喜欢他。

青年人的喜欢有的太随意，很快就能产生坚定的感觉，但他的坚定之前被磋磨过太多次，以至于现在牵个手都觉得自己胆子好大。

这屋里没其他人，他想牵她的手也不是做戏。

昨晚做了个光怪陆离的梦，程晚有些记不清梦的内容了，只记得昨天好像直到睡着，周北洛都没放开牵着她的手。

连接的手臂像一条密不可分的线，她都不知道自己是怎么睡着的。

清晨暖阳斜斜照着卧室，侧边堆的被褥已经被收了起来，一切都像是没发生过。

程晚甚至有些佩服自己，明明没同床共枕，怎么还生出股怅然若失的情愫？

昨晚的悸动不是装的……所以他们现在算是什么关系？

程晚拍了拍脑袋，有点不知道之后该怎么跟周北洛相处。她趿拉着拖鞋，有些萎靡地走到洗手间洗漱，对着镜子刚把碎发束起，门铃就响起来。

赵多漫被迎进门内，整个人都手舞足蹈起来了。

她是上午才知道这两人被安排在一间房的消息，据说给的理由还是没有多余的房间了，但明眼人都知道是托词，她昨天住的第四层，貌似还空着三四间……

金发女生神情明显有些揶揄，程晚对上她的视线，干巴巴地拽着人走到白色大床侧边，随后指着床沿和衣柜夹角，十分绝情地打破好姐妹的幻想。

"昨晚周北洛就在这里睡的。"

赵多漫愣了一下,甚至还以为程晚指错了方向,擅自将视线移到半米之隔的床上,但又被身后的人执拗地扭回来。

"就是在地上,你别胡思乱想了。"

"唉。"赵多漫深沉地叹了口气,率先为未到场的齐群当言替,"齐群说,当了八百年CP粉,昨晚是他最幸福的一个晚上。如果不是因为他没病,他就抱着枕头睡你俩中间了。"

程晚腹诽:能说出这种话的,真的没病吗?

一会儿就要被送离庄园了,她争分夺秒走到洗手间,挤了一坨牙膏送进嘴里搅,因为这一动作,她回答赵多漫的问题时,都只能用点头或摇头。

"别害羞,真实回答我,你们昨晚有没有那方面的冲动?"

程晚先是被赵多漫的大尺度问题震惊到,然后才想到死命摇头。

金发女生没滋没味地"嘁"了声,中途还跑去门口接了个酒店赠送的冰激凌。

刚舔了香菜味甜筒的尖,赵多漫又忽然记起什么,猛地抬起头飞奔向洗手间。

"那有没有说什么掏心窝子的话?比如之前那么对你,真的很对不起,我今后会用行动证明自己之类的?"

程晚再次摇头,又得到一声叫烂的"嘘"声。

"身体没行动,语言也没进展,那你们的关系到底变了没有?"

程晚握着牙刷的手指顿住,口腔里充斥着薄荷的清香。

她抬起头,看见镜中的自己先是摇了下头,而后又缓慢地点了两下头。

其实她也不太清楚⋯⋯

还不如昨晚让齐群躺中间,现在还能有个人跟她一起复盘。

可能牵着的手到半夜就断了也说不准,因为她早上起来面朝的方向与昨晚是截然相反的。

女生撇开纠结的思绪,利落地洗了把脸,之后随手抓过茶几上的手机,走上前拍了拍等在沙发上的赵多漫的肩膀:"走了,楼下集合。"

一般这种聚餐最后是有专门的司机送行的,昨晚时间太紧,加上玩嗨了才留宿一晚,已经耽误了不少工作进度。

约好的专车候在外面,程晚换鞋换得飞快。

还不知道周北洛去了哪里,如果他一会儿赶回来的时候,她还没离开⋯⋯她简直想象不到自己应该用哪种方式跟他相处。

关系疑似有突破的暧昧男女在伪装情侣,拿着工薪接私活,还是手痒为急需找个人牵一下,不牵就会死的仇敌男女在阳奉阴违?

她的感情生活实在坎坷,都坎坷成绕口令了!

程晚伤感地吸了吸鼻子,有些愁困地往玄关处走。

"啊,现在就走吗?"赵多漫心不甘情不愿地从沙发上爬起来,顺手把刚啃完的冰激凌包装扔进垃圾桶。

两位女生一前一后从衣帽间拎起包包，刚准备锁门告别这短暂又荒诞的一夜，程晚的手机忽然"嘀"了一声。

是微信消息。

周北洛：玄关柜上的黑色盒子拿上。

程晚迈出去的脚瞬间收回，在赵多漫不明所以的眼神中重新冲回房间。

玄关柜上静置的黑色锦绒盒子包装精致，顶端还大手笔镶嵌了一颗淡蓝色的宝石。

有什么答案即将呼之欲出，程晚还在下意识压制着内心的想法。

怎么可能？周北洛最宝贝他那辆车了，听说是花大价钱找的国外大师改造好运回国内的，光国内外折腾返工那几趟就值车本身的价钱。

不过周北洛向来剑走偏锋，把她丢在席上的那两颗假牙珍珠塞进去，叮嘱她一定要珍藏也说不定……

程晚手指放在锦盒上微用力，心脏在胸腔里狂跳。

半分钟后，女生盯着盒内夺目到耀眼的珍珠，内心翻涌成一片浩荡的波涛。

垂在侧边的手紧紧掐着掌心，她有些难以形容这一刻的感受。

说真的，昨晚她也有那么一瞬间期待过周北洛会不会给她换那颗珍珠，但齐群提出的要求实在苛刻，以至于她只幻想过一阵就打消了这个念头。

席间打趣的话题风吹过又散，他不换也没任何人会在意。她其实也没有很喜欢，只是喜欢赌赢那瞬间的爽感。

赵多漫在门外等了半天没等到人，甩着充电线进来催，目光触及盒里的南洋澳珠时，嗓音直接飙高八度："天啊，周北洛疯了吧，居然真的拿豪车换这颗破珍珠？哦不对，不能说是破珍珠，但是明显迈凯伦更牛，我能看出你也不是很想要那珍珠，等等……"

她埋头认真地从盒内夹层揪出一张白色小字条。

"好像是张字条？周北洛写的吗？"

赵多漫神神道道地把头向后扭，做出一副不侵犯他们小情侣隐私的正直模样，双手手指展开字条。

不要你被束缚。——周北洛。

程晚瞳孔一缩，像是坠入了隐藏在深海中的无尽旋涡，恍惚着，感觉到周围包裹的暖流都很热。

差点忘了，她争取这颗珍珠除了想验证自己是否幸运，还有一个很现实的理由——听说这颗珍珠很值钱，所以她如果得到，出手转卖，或许就不用为了应付老妈每天和周北洛演假情侣了。也就是说，她现在好像可以脱离这段关系了。

"你俩分手了，我提的。"赵多漫被这一波秀得脑子都麻了，起初她还以为两人不来电，共处一室什么也没发生，现在想想，根本就不是没发生，他们的关系在一夜之间已经悄无声息地发生了质的变化。

现如今物欲横流，人心动荡，周北洛为爱甘愿睡地板，第二天送价值七位数的珍珠别无所求的举动简直赢麻了有没有？

赵多漫一时间都想揪住程晚的领子质问她，高中时怎么就没注意到身边有这么一个大情种！

癫狂的赵多漫没想到除她之外还有个狠人，她和程晚出现在花园的草坪时，听到的第一个消息就是：齐群在浴室激动得把手臂撞骨折了。

据说是周北洛早上起来去敲他房间门说要拿车换珍珠，他乐极生悲致的结果。

被正骨医生紧急救治包扎的齐群弱弱举起另一只手臂，据理力争。

"别污蔑我！小爷明明是被我好哥们和好姐们惊世骇俗的恋爱故事感动到没抓住花洒才摔的……哑，医生大哥麻烦轻点……

"对了，你们觉得这剧情像不像古代的烽火戏诸侯？还有那什么爱吃荔枝就跑断马腿那回事？"

"很像，非常像。"

众人打趣一番，才发现话题中心的两人不知什么时候已经绕到另一侧躲清静去了，一男一女一个坐一个蹲，缩成两个小团，不知道在说些什么悄悄话。

绿荫茂盛，挡了一半人影。

齐群正骨的位置刚好是观赏小情侣的最佳地点，赵多漫兴致浓厚，小跑着过去和他并排坐。

"你有没有觉得他们像是在真谈了？"男生聚精会神观察了一会儿，低语道。

"你怎么也知道这回事？"赵多漫差点蹦起来，要知道程晚和周北洛作的一半以上的戏都是给面前这大喇叭演的。

慢着，他如果知道……不会是周北洛说的吧？看似是难搞观众，实则是高价聘请的僚机？

碟中谍啊。

"你先别管这个，"齐群压根没理会赵多漫的头脑风暴，带伤还坚持猛嗑，"就说像不像吧？"

"不是像，绝对是真谈上了。"女生摇头，想起两人的过往，瞬间感慨万千。

烽火戏诸侯的妖妃——程晚现在弱得像只缩头乌龟，揣着手，默默坐在不远处的长廊上，一边听着齐群时不时传来的惨叫声，一边出神。

周北洛留的那张字条应该不至于是为了秀恩爱专门从网上硬抄的段子……

不要你被束缚。

萌生出这阴暗想法的时候，程晚甚至都想给自己一拳。

她确实之前有段时间被人前人后演戏的事弄得焦头烂额，但现在如果让她脱离了这层契约关系，倒不知道怎么跟周北洛相处了。

程晚是个胆小鬼，更想的是躲在虚伪的关系中培养不清不楚的感情，等时机更加成熟之后再挑明这件事。

但凡换个人都不用这么纠结。

女生徐徐叹了口气，还没数清脚下的蚂蚁多了几只，脑袋就被人轻柔地摸了下："收到珍珠了？"

"……嗯。"

周北洛心情好像不错，半蹲下来仰视她，也学着娇滴滴地"嗯"了声。

"然后我也看见你写的那张字条了。"程晚鼓起勇气坦白，羞怯地对上面前男生视线。

"那我写的什么啊？"看她现在乖得不行，周北洛眉眼蕴含着笑意。

"你说，希望我可以自由选择。"

"嗯。"

周北洛赌得有点大，这颗珍珠送出去，如果程晚选择自由多一点，加之对他无感，她就会义无反顾地抛下他。

他以前似乎也这么赌过一次，少年心性，他当时被伤得想死，发誓再也不会这么丢脸、这么赤忱地对一个人。兜兜转转好多年，再见面不到三个月，他又在同一个人身上栽了个彻底。

两人现在距离很近，明明是被抉择的生死关头，他心里却干净得几近透明。

昨晚程晚以为会偶遇周妈妈或是其他宾客，没到房间就蹭掉了口红。

当着周北洛的面用手腕蹭的。

他昨天就看得心痒。

如果说最后程晚还是不选他，那至少两次的孤注一掷应该可以换取些应有的回报。

齐群手上的伤被包扎好了，司机正挥手叫着几人过来一同乘保姆车，嗓门粗犷。

程晚正举棋不定，犹豫地站起来："不然我们回去再说。"

"程早早，你之前说热恋期要怎么来着？"

程晚怔了下，回头刚要出声，就被周北洛灼热到发烫的眼神惊到。他像是压抑了很久，程晚有些不明所以。

"有人在看。"

程晚下意识想转过头去，下一瞬却被人抬着下巴扭了回去。

细密的吻落在潮湿的唇上，程晚大脑瞬间一片空白，心跳像要炸裂的鼓点，敲得震耳欲聋。

她手掌摁在男生胸膛上，做了个想推的动作，却迟迟没用力。

周北洛眸色很深，短暂地松开一秒，在程晚以为他要停的时候，忽地又附在她耳边喘得沙哑低沉。

"不会接吻吗？"

"张嘴。"

第八章

倒带 被推开的人

Ni wan zhen de a

一股说不清的感觉在心中弥漫，任放叽叽喳喳的声音持续从听筒里传出，有些吵。

程晚微怔，抱腿慢腾腾地坐在软木椅上，"笃"地把通话挂断了。

屏幕黑漆漆的，倒映着她的脸。

起初程晚也觉得为相识的人仗义出手可能是周北洛的人设，但前提条件是这个人万万不会是她。他们的家长虽然关系亲密，但这段时间在学校，她实在没看出来周北洛对她有什么不一样。

可任放不至于撒谎。

周北洛因为她打了任放……

程晚百思不得其解，躺在床上翻了好几滚，才挣扎着走出房门。

心理建设做到一半，她看见对面门上挂着和自己同款的"请勿打扰"标识，那股好不容易萌芽的勇气瞬间又缩了回去。

还是之后找机会再问他吧。

周六在周家躺了一天，第二天程晚终于待不下去了。

周阿姨给她铺的床榻太松软，一觉起来都有些飘飘然，程晚简单洗漱完，抱着膝盖蜷缩在飘窗上，有些百无聊赖。

思绪一眨眼又要飘到周北洛身上，程晚顿了下，强行把注意力拉回正轨。

任放其实一直在约她去电玩城或网吧，但李女士最近可能是无暇顾及她，以前每周六早上八点给她打零花钱的惯例莫名间断了。她没有储蓄的习惯，倒是平生第一次体会到没钱花的感觉。她不喜欢欠别人的，更别提是一个普通朋友。

她努努嘴，在聊天页面打下"不去"二字，又锁上屏。

凉风透过纱窗吹进来，暖阳斜斜照在飘窗上，她两只膝盖都暖暖的。

程晚支腿掏了掏口袋，掌心再展开时，多了两个钢镚。

视线垂在银白色钢镚上，女生细密的睫毛轻轻颤动。

就算离婚，爸妈也不该不给零花钱吧？

程晚讷讷想着，猛地一下站起来，趿拉上拖鞋，一边给自己做心理预设，一边往外走。

虽然周阿姨嘱咐她这几天都不要回家，但申请零花钱这是紧急情况，吃在周北洛家，住在周北洛家，总不能再伸手向人家要钱吧？

女生伸手抓了抓有些凌乱的高马尾，柔白指腹摩挲着手中的零钱，推开门，趁着客厅没人就要溜。

不知道是不是点背的原因，程晚刚蹑手蹑脚地从鞋柜找到自己的白鞋，低头手忙脚乱地换着，门外忽然传来熟悉的两声嗓音。她被吓得发僵，面前的房门又突然被人从外推开……

周北洛一身运动装，额头有汗，看着像是刚晨跑完回来。周阿姨拎着菜篮子，篮子里装着各色新鲜食材，程晚甚至瞄见里面有条活蹦乱跳的大鲤鱼。

周琪娑目光缓慢落在程晚正准备穿的鞋上，笑得温婉："晚晚，你鞋子侧边有两块不知道在哪里碰到的漆，阿姨没刷干净，昨天去商场正好看见有同款，就帮你买回来了。你试试看跟你之前的尺码一样吗？"

程晚一怔，这才发现脚上的球鞋鞋舌处少了许多褶皱。

这双鞋买的时候上千，之前她花自己爸妈的钱觉得没什么，但……

女生瞄了眼正背对着她搭毛巾的周北洛，忽然有种说不出来的感觉。她不想让周北洛觉得她欠他们家的，虽然周阿姨可能不在乎，但她不能不懂事。

程晚抿抿唇，喉咙有些发干："阿姨，我这周没零用钱了，等下周我妈给我钱，我再把钱还你。"

"你这是说什么话？帷清怎么能忘了给孩子零用钱？"周琪娑听到这话急得把鱼扔到厨房，小跑着去卧室取钱包，"小洛，你看晚晚是要去哪儿，陪着一起去。"

程晚瞬间浑身不自在起来，她余光刚偷偷扫上男生被汗水打湿的眉眼，又迅速转回。

不知是何心理，程晚下意识重复了一遍："那个钱我下周给你，转饭卡还是什么都行。"

周北洛静悄悄地睨了她一眼，眸底黝黑深沉，停了下，随后收回目光，侧过身，径直走了。

程晚有些尴尬地冲着他的背影开口："那你帮我跟阿姨说一下，我中午不回来吃饭了。"

周北洛脚步忽地顿住，明白过来，言简意赅道："你回家？"

被这股视线盯得不太习惯，女生攥攥手心还没出声，又听见一声夹藏着隐晦关切的腔调："要我和你一块儿去吗？那边可能……"

"不用了。"程晚飞速打断。

说不出是什么原因，她现在就是莫名觉得丢脸。她盯着自己干净到发白的鞋尖，有些不敢和周北洛对视。

女生嗓子艰涩，半响又挤出句谎话，语气撑得轻松自在："我妈妈说她和爸爸可能要和好了,叫我今晚回家里吃饭。"

空气明显静了片刻。

周北洛微愣,沉黑的眸光看得程晚胸腔堵得发闷。

她僵了一会儿,没等到周北洛的回答,就绕着走廊推门小跑了出去。

昨晚刚下过雨,湿润的空气涌进肺中,似乎能冲淡一部分残存的焦躁。

步行十几分钟走到公交站,仅有的两个钢镚儿囫囵滚进公交车的投币箱中。程晚坐在最后一排,忍着颠簸终于游荡到她家别墅区。

连排别墅的绿化打理得很好,大片果树密集地扎根在两排花园中,她是熟脸,进门时保安甚至还跟她打了招呼。

程晚坦然走进连廊花园,扒拉开苹果树交错的枝丫,想着是不是最近公司运转困难。如果李女士手头不宽裕的话,她还可以找漫漫寒假一起去奶茶店打工。

球鞋踩在落叶上,"吱呀"一声,程晚刚要低头,耳边突然传来激烈的争吵声。

音色很熟悉,但这种语气她几乎很少听到过,以至于在原地愣了有数十秒才迟钝地反应过来,重新开始接收消息。

"我不是不想照顾她,现在公司上升期,你又不是不知道!我顾不上!"

"我是不知道,我只知道你在外面早就找好接班人了,私生子都有了,晚晚对你来说到底算什么?"

"都说了那是我亲戚家的孩子,"程父眸光里闪过一丝厌恶,嗓门又拔高一些,"你能不能不要每天像一个疯子一样乱揣测?"

"之前追我的时候怎么不见你这么说?老子都查过了!亲子鉴定上你亲戚家孩子和你确为父子关系!你骗鬼呢!"李帷清声嘶力竭。

程宅的客厅采光极好,透过干净的落地窗,程晚看见李帷清蹲坐在地上,一贯高高束起的头发散成乱糟糟的一团。

事情发生得太过突然,程晚还没来得及感知到心痛,眼泪就控制不住地从眼眶滑落。

她刚要冲进去问清楚事情的原委,脚下却陷进一片泥潭——新买的白鞋踩在花园雨后潮湿松软的土地上,鞋头陷进去一截,侧沿也被染上泥土的腥味。

脏得好快。

"程晚。"周北洛的声音毫无预兆地从身后传来。

背脊忽然像爬上两层蚂蚁般酥痛,程晚说不出心里是什么滋味,紧握的拳却缓缓松了。

她看见李帷清仍旧瘫坐在地板上,她爸从前门夺门而出,两人都没注意到果树后的她。

"……程早早。"周北洛的嗓音从没这么温柔过,他压着声音中的颤意,攥着拳,"父母之间的事情不是我们可以管的,现在我们太小了,等之后……"

"之后什么?"程晚忽然抬眸。

任放说得挺对的,感情也就那么回事,相爱厌弃周而复始,以后自然也不会好的。

"之后,"周北洛视线清澈,眸色澄净透彻,少年的承诺像根银针,落在四下皆静的地面掷地有声,"我保护你。"

心凉得像块冰，程晚突兀地笑了。

她转头看他，小声轻描淡写："周北洛，你在可怜我吗？"

周北洛是生活在蜜罐里的，程晚甚至想不到他的生活有什么困难，频频被夸赞的成绩、令人难忘的外表、优渥和睦的家庭。

他的父母应该不会半夜从一楼爬到三楼吵架，也不会在同一商场里各自带着不同的人约会，然后被撞见，旁若无人地撕扯。

原生家庭像一把钝刀，时时刻刻都在打磨人的性格，她被关在琉璃罩中，生气发怒从来都是无声的，周北洛那么张扬耀眼，不会想和她扯上关系的。

周北洛原本直升的国际高中没念成，她昨晚从书房外路过，听到周叔叔在熬夜为他安排寒假出国的夏令营，说是不想让他落下外语。

程晚真的很讨厌当别人的累赘。

"我没有可怜你，"周北洛嗓子哑了，弯腰，眉眼里一片深沉的黑，"你不要哭了好不好？"

拭泪的手指在半空被打掉，眼眶被泪水挤得胀痛，果树密集的枝叶被风吹得"沙沙"作响，程晚回头看了眼家里地板上的一片狼藉，又转过头来。

她抬眸直视上周北洛的眼睛，姿态平静，甚至还带了丝她自己都没察觉到的释然。

她能感觉到少年在听见她的话后，蕴含着汪洋般的双眸瞬间凝结成冰川。

"周北洛，我们很熟吗？"程晚仰头，面上挂着嘲讽的笑，"我以为你知道我很讨厌你的事情。"

"别跟着我了。"

一直以来，周北洛都不太能摸清程晚的想法。

就像他表面对程晚不温不火，实际却想得快疯了。

他对她的真实想法只能靠一些外在表现来推测，比如她偶尔也会对他笑，比如她有时候撞到他的失神，他还以为会有那么一刻，他在她眼中是不一样的。

起码不会像表现得那么讨厌他。

但这次，周北洛望着程晚的双眼，好像真的从里面找到一丝厌恶。

在她眼中，他是打扰她和她现任关系的多余者，是看到她丑态之后要避之不及的普通同学。

人的胸口为什么没有一块显示屏？如果在程晚对他恶语相向的时候，他胸口的显示屏滚动着一排"我好喜欢你，不要这样对我"的话，程晚会不会说得更委婉些？

邻居家的小狗被阿姨牵着绳子在柏油路上蹦跳，晃着尾巴要往两人的方向钻，被主人厉声喝退了。

周北洛浑身绷紧，半边身子隐在果树枯白的枝丫中，脚下的泥泞软得像是要把人拉下去。

他顿了好久才平静出声："我明白了。

"对不起，一直让你反感。"

程晚自认为当不了救赎文的主角，她自尊心太强，做不了被别人拽一把，靠别人的力量站起来的弱势方。

所以不管周北洛刚才说的话是真是假，是真诚还是一时兴起，她都听不进去，满心只有刚才父母在别墅内针锋相对的画面。

装番茄酱的玻璃瓶碎成几块，浓稠的酱汁被踩得到处都是，餐桌上常放的花瓶砸裂了刻着她身高成长线的墙壁。

李帷清瘫坐在地上，看见她时，脸上没有多余的表情，只是瞳孔震颤了瞬，随后眼神陷入一片荒芜，唇动了动，像是要解释什么，但五秒过后又是一阵更大的崩溃。

程晚被李帷清抱着哭了好一会儿，松开时肩膀都是湿的。她整理完家，临走被塞了几百块钱。

纯白鞋子不过半天就被染得发黄，程晚走出院门时，下意识抬头看了看半空悬挂着的夕阳。

刚洗过的脸湿漉漉的，她脚步很虚，刚穿过绿化带，突然看见后花园的果树枝上也搭了几张纸币。

几张红色的纸币，在周北洛刚才站过的位置。

出门时走得急，衣服穿少了些，口袋中的纸币贴着裤子硌得腿有些痛，程晚去便利店换了零钱坐上了返程的公交车。

李女士那边还有很多事情要处理，她不能在那儿添乱。

手指沿着朋友圈向下滑，程晚想到之前好像有朋友发过奶茶店兼职的工作。虽然现在家里很乱，她帮不上忙，但或许可以减少自己的需求。还有周阿姨帮她买的那双鞋和周北洛今天放在树杈上的钱……

程晚侧脸上被两旁的柏树干枯枝丫投下斑驳淡影，又想到些什么，打开了手机相册。照片并列排着，一张张划下。

她本来是想顺着找一下爸爸去年在国外给她买的古董八音盒图片，挂在二手交易软件上卖掉，但贴在屏幕上的手指不知为何软了下来，突然连向下划动的力气都没有了。

垂下的视线直直打在半年前他们一家去露营的三人合照上，上午强忍的情绪像是有了条导火索，终于爆发出来，程晚瞬间泣不成声。

从前的晚归和推托都有了具体化的原因，她真的搞不懂为什么爸爸需要两个家庭，是不是因为她是女生？

呜咽声哽在喉咙里，闷得胸腔发颤，女生放在腿上的手机突然振动起来。

是漫漫。

她别过脸，点下接听键。

"晚晚，你现在心情怎么样？"赵多漫的语气带着些试探。

程晚手指攥紧，像是被触及一条隐秘的线。她用纸巾擦干净眼泪，瓮声瓮气的："挺好的。怎么了？"

"我听你声音怎么这么沉闷？"赵多漫觉察到一丝不对，但瞬间又打消了这个念头。

这次学生帮忙阅卷是临时通知的，她家离学校近，所以被叫去帮忙，来的学生和程晚的关系都没她亲密，按理说不会走漏风声。

程晚盯着手掌里的白色纸团，慢腾腾地趴了下去："只是有些感冒，没事的。"

"吓我一跳，那我现在告诉你一个事情，你不要难过哦。"

"我被叫去帮忙阅卷，无意看见了电脑上你的分数，你数学只考了70分！数学老师要约谈你的家长，我劝你私下联系下数学老师求求情吧。"

程晚没讲过家里的事情，但明眼人都能看个七七八八，若是家庭关系好的，有事没事都会提起"我爸""我妈"之类的字眼，但她一次都没有，被叫家长对她来说应该挺难受的。

程晚像被掏空了情绪，照旧沉默。她顿了一会儿，小声回了句"知道了"就挂断了通话。

公交站就在小区门口，夕阳落得与地面平行，天色渐渐暗下来。

女生的手掌和小臂都不同程度地麻起来，她甩了甩发胀的胳膊，去便利店买了一瓶果酒，走进小区，找了张长椅坐下来。

和周北洛闹得有点僵。

她当时脑子里乱成一片，几乎是不受控制的。

现阶段她寄住在周北洛家，其实不该与他闹得这么难看的。周北洛对她没什么恶意，周阿姨也是绝对的好人，如果要叫家长的话，可不可以让周阿姨去……

300ml的果酒不知何时就见了底，程晚现在四肢都软得不行，繁乱的脑子终于得空静下来，瞳孔发散得失焦，等到再集中时，眼前突然多了个高大的身影。

周北洛的骨架好漂亮。

程晚第一时间想到的居然是这个。

"不回去吃饭？"少年沉默了一会儿，低头注视着她。

"……我忘记门牌号了。"

"我给你发手机上了。"

周北洛看了她两秒，又移开视线，拎过她放在长椅上的空瓶，没做任何评价地扔到旁边的垃圾桶里，随后帮忙抓起她可能会遗忘的手机。

似乎存在某种效应，程晚的手机忽然亮起，消息提示音响得此起彼伏。

是任放发来的一连串语音。

少年停在原地，望着消息一条一条地跳，唇线拉得很平。

周北洛按灭屏幕，站在路灯下，话语突然越了界："程早早，你能不能听我的，离他远一点？"

他很少叫她"程早早"。

程晚瞬间停住，站定在原地，没有回头。

她听见周北洛语气低到尘埃里，嗓音哑了几分，在接近深冬的季节中炽热得像一团火，都快烧着了还要极力压抑着。

"我下午想了下，保证之后不会再做让你讨厌我的事情。我可能之前脾气不好，做过一些让你讨厌的事情，以后都不会惹你生气了。"

"数学月考的事情我知道了，我跟老师讲我帮你补习。你放心，他不会再去找叔叔阿姨……"

程晚睫毛轻颤，被阴冷的风吹得隐隐头疼。

翻涌了一天的情绪迟迟安稳不下来，她实在想不到周北洛为什么会对她这么好。

"周北洛，"程晚垂低头，声音很轻，"你想跟我扯上什么关系吗？"

"你先答应我好不好？"他近乎祈求。

"不好。周北洛，你现在不是应该花心思出国吗？"

已经打乱过一次他的人生轨迹了，不应该再有第二次。

夜风吹过，不过两分钟，原本的大理石长廊上就只剩下了一个背影。

周北洛在原地停了十几分钟，转身往小区外走了。

程家请了不少审计、律师划分财产，在生意人眼中，就算日子过得再难忍，也要等正式分完财产后再离婚。

家里的气压还是很低，程晚像是被抛给了周琪娑，期末的家长会都是周琪娑去的。

乌压压一排家长中，周北洛的座位上坐着的是他家里的保姆。

程晚和交好的女生一起缩在班级角落，从始至终都没抬起过头。

过年期间，李帷清也只匆匆忙忙在年夜饭上露过一次面，程晚这是第一次在别人家过年。

周阿姨和周叔叔都对她格外热情，周北洛自从那天起就再没私下联系过她。

程晚记性差，日子也过得浑浑噩噩，她后来回忆过很多次，甚至有些想不起来自己那天说了些什么。

只记得要他快走，不要被他看见自己的样子。

两人的关系说远或者近都不贴切，他们有共同好友，共同好友在时可能会一起被笑话逗笑，但谁都知道，程晚和周北洛两人其实不对付。

有次排座位，两人偶然分到一起，周北洛一下课就去找了班主任调座。

要说两人中谁更殷勤，确实是程晚。

周阿姨照顾程晚比照顾周北洛都妥帖，程晚有时会想周北洛会不会偷偷恨她抢走了母爱，所以收到国外舅舅送的珍贵礼物会转送给周北洛，摆出一副小心翼翼的样子，只希望他不要介意她的存在。

寒假悠悠过了一半，班上有关他们的谣言刷了好几个版本，最终被更贴近全班命运的期末成绩夺走了注意。

原本是考完立刻出成绩的，但考虑到老师高强度工作了一年，外加学生过年心情问题，公布成绩的时间最终延期到了正月初五。

今天初四，已经陆续有小道消息放出，一阵哀号的 QQ 消息中，程晚在其中刷到一两条与整体氛围不相符的。

生活委员在问班上同学两年半后出国的信息，好像是要做什么统计。

这条消息虽然 @ 全体成员，但跟大多数学生关系不大，所以被忽略了个彻底。

程晚顿了下，抬头刚准备去握桌边的透明水杯，手机突然跳出来一条消息。

齐群：洛哥好像要出国来着，@生活委员－宋褚，你记得统计一下哈。

那是出国还不太普遍的年代，一般人生中存在这类规划的富家子弟从小学开始就扎根在贵族学校和国际学校。在附中这么一个普通公立中学冒出一个高一就决定要出国的，可太不寻常了。

QQ群刷屏消息的速度渐渐放缓，直到有人探头探脑地把风向转到出国留学这件事情上。

主人公没吭声，众人对出国这件事和国家选择上又争论得分外火热。

一贯爱八卦周北洛和程晚之间那点事的小分队里却只有齐群还在发着言，其余好友都闭口不谈，像手机被连夜打包砸进了大海。

齐群在群里发完消息，默不作声地回头看了身侧和他一起打电游的男生一眼，语气有些试探，还在天真地相信事情会有转机："你真决定要出国啊？"

周北洛的视线照旧打在屏幕上，头也没回，语气轻描淡写："对啊。"

"那程晚呢？"

空气忽然陷入一阵难缠的缄默，周北洛其实从来都没有跟朋友谈心的习惯，也好在他是这样的性格。

少年握着手柄的手掌干燥有力，眼底沉黑，他像只是随意看了眼地板，一笔带过的口吻："我和她，一直都没什么。"

李帷清和程家柽其实都不算太果断的性格，两人拿得起却都不太放得下，不知道是不是人类的通病，总是喜欢自己暂时不算拥有的那个。

在经历了为期两个月的财产分割后，程晚的父母终于领到了象征婚姻关系解除的红本本。

程晚搬回自家别墅去住，可偶尔还是会看见老爸半夜开车过来，隔壁李女士的房间亮灯一阵后，两人会在花园附近见面。

李帷清的准则是不许程家柽再踏入这个家门，但这规则漏洞实在是大。再离谱点的，程晚趴在窗户边，还见过他们拥抱。

程晚真的怀疑那些奇怪的过往是不是只有她一个人记得。

可能在他们眼中，只要再次感觉到被在乎、被爱，就什么都可以不计较，甚至会为自己战胜了潜在三方关系而得意扬扬。

某次失眠到很晚，程晚突然想到周北洛那天想拦住她时说的话，可能她那天没去，一切都会是不同的。

她和周北洛不会闹到这么僵，无意看见爸妈拥抱，可能心里还会升起期待他们复婚的念头。

夏天快到了，程晚有些厌食。

两年半的时间并没有想象中的慢，一场场考试麻木地过着，等到最要紧的那场过完，程晚总算松了口气。

赵多漫和程晚在同一个考点，赵多漫的考场收卷快，早早在花坛等着了。一见到程晚，她就忍不住皱眉："不是我说你，晚晚，你不能总是不吃饭。刚才我抬头打眼一看，感觉你像营养不良一样,浑身上下没二两肉。"

程晚自觉考得不错,随手把笔和准考证扔进书包,牵唇盈盈笑着打哈哈:"放心吧,这几个月天天给大少爷送饭,蹭的营养餐多着呢。"

"也是。"赵多漫一想到两人这么长时间一直私开的小灶就有些羡慕,又想到晚上的行程,不禁垂头叹了口气,"周北洛好像是今晚的飞机。"

程晚忽然顿住,摸摸下巴,在赵多漫以为她会流露出一点超乎朋友之外的感情时,她忽然蹙眉,一拍手:"坏了。"

"怎么了?"赵多漫轻咳一声,状似无意地打探道,"是不是给周北洛的临别礼物忘记带了?"

"我忘记我试卷有没有写名字了。"程晚瞬间"石化"。

"监考老师是摆设吗?巡考的时候发现你没写名字肯定会提醒你的。安心,肯定写了。"

程晚提着的心又慢慢荡回来,从包里抽出一册轻薄的错题本挡在脸侧,这才慢悠悠想起赵多漫刚才的话。

"你们都给少爷准备礼物了吗?"

这段时间她和周北洛其实相处得还不错,虽然很少有私下的沟通,但是一起玩玩闹闹的时候又像是回到了从前。

时间一晃而过,从周北洛那晚莫名其妙出现在她家门前到陪她一起读了三年高中,他说过的话确实做到了。

像两架本不属于同一航道的飞机,周北洛暂时为她领航了三年,现在终于要回到自己的世界去了。

他准备去纽约念大学,程晚则按成绩就近选择院校。

四年的时间,程晚应该不太会联系周北洛,而周北洛的态度看着应该也早就懒得理她了,也不知道他在国外读完大学后还会不会回来。不过就算是回来,两人应该也不会有多少交集了。

他那样的个性走到哪儿都不会让自己吃亏,外加出众的个人能力,其实在国外发展也是个不错的选择。

想到以后不会再和周北洛产生联系,程晚原以为的轻松感却很少,她莫名觉得心里空落落的。人生的大巴总会有人下车,包括班上的其他同学,还有漫漫,再惋惜也无用。

程晚顿时萎缩了一般,顺势滑到身侧女生的肩上,哼哼唧唧:"漫漫……"

"干什么?"

"没什么。"程晚吸了吸鼻子,过了两秒才开口,"陪我去给周北洛挑个礼物吧。"

周北洛运气差,没和任何相熟的人分在同一考点,但他约了人,等在考点学校外的巷子。他随手买了支雪糕,撕开包装有一搭没一搭地往那边走着。

手机中的软件发来航班信息的提醒,他划了通知,脚步依旧稳健。

巷子里的任放被烈日晒得发蔫,今天是学弟学妹的大日子,上大学的他专门从隔壁城市赶过来接人。

怀里的花香气太重，熏得任放眼晕，晕着晕着，他半眯的眼看见巷口的来人时忽然睁大："怎么是你？"

男生语气诧异，又踮脚朝周北洛背后看了几眼："程晚呢？"

周北洛比任放高半个头，敛目静静注视着他，眼底乌沉，口里含着的雪糕冰得舌尖没了知觉。

"所以是你放的假情报说程晚在巷子里等人，骗我过来？"任放明白了真相，气得手指微微颤抖，他现在很想把玫瑰上的刺全部拔下来扎在周北洛那张可恶的脸上。

天色还没暗下来，光线充足到对方脸上是什么表情都能看得一清二楚。任放抬眸望着周北洛，突然觉得他平静得过分了。

这架势好像不像是约架，甚至算不得挑衅。

周北洛没回答任放的话，咬完手上的冰棍，随手把木棍往垃圾桶一塞，单刀直入："如果你大学期间再敢纠缠她，不管在国外课业多繁重，我都会飞回来收拾你。"

平平淡淡的语气，没有加任何狠厉的表情，甚至听不出半点占有欲，却丝毫不会让人怀疑他言语的真实性。

任放不清楚这两人之间到底出了什么事，一脸蒙："你说的程晚？"

"嗯。"

距离登机时间还剩三小时，送行的人应该已经在机场等着了，周北洛擦着任放的肩走过，临到出巷口才被刚反应过来的男生叫住。

"你是不是喜欢她？"

少年脚步一顿，挺直的背脊分明变得弯了些。他没准备吭声，下一步还没踩到地面上，身后又传来嘀嘀咕咕的一声。

"不对啊，要是喜欢，为什么不追？"

离别其实是很快的事情，就算有人想磨蹭，也得被既定的起飞时间催着走。

十二班来了不少人，但能靠近的只有程晚、赵多漫、齐群，还有两个经常一起打球的男生。

老爸老妈昨晚在家已经告过别，现在预留的时间都归周北洛自己所有。

还剩20分钟过安检。

嘻嘻哈哈打闹过一阵，接过大家准备的离别礼物，周北洛陆续被几个男生熊抱了好几分钟，其中齐群一把鼻涕一把泪，哭得肝肠寸断，叮嘱的话比周妈妈还多。

周北洛无语地眯眼，把人推远了。

航班信息在显示屏上滚动，从上京飞往纽约的航班被播报系统提醒登机只剩五分钟时间了。

少年宽肩窄腰，走到赵多漫身边站定。

赵多漫惋惜地叹了口气，神情有些惆怅："虽然哥们也很想跟你拥抱，但我还是想把初抱留给我在未来大学的男朋友。"

周北洛轻笑一声，拍了拍她的肩，收了两句祝福，最后才站定在程晚面前。

人来人往的大厅里每一处都在上演分别，原本在四周围着的少男少女不知为何同一时间都把目光聚焦过来。

周北洛也看得很用力,但刚扬起的笑一寸一寸拉了下去。

程晚来的时候赶着买礼物,跑得有些急,机场内温度低,额前微湿的发梢粘在了耳侧,看着恹恹的,但眼睛透亮,小巧鼻尖轻轻耸了下,神情算不上难过。

周北洛指尖磨了磨,刚要上去短暂地拥一下,却见女生鬼机灵地伸出拳头:"周北洛。"

男生一顿,小臂微抬,很洒脱地和她碰了一拳。

指背相撞的瞬间,他听见程晚清楚地说:"将军不下马,各自奔前程。"

如果说每个人的命运都像是线团,那一刻,周北洛忽然觉得他的线和程晚的线分开了。孤零零的两个线头遗落着,日后的某一天,他们或许还会缠上另外的什么人。

程晚很开心,他却怅然若失,像是生命被剥离了一部分。

可看见她那么开心,他也不乐意再伤感下去。

走就走呗,他也没多喜欢她。

这样的瞬间太多了,起了个大早跑去买早餐的店子突然倒闭了、想上场打球突然崴了脚、以为自己能蒙对的题目换了个答案、年少时最喜欢的人和你渐行渐远……

上帝所有安排好的结局从没有可以讲价的余地,周北洛走进安检口,卸下背包,决定把这事翻个篇。

希望之后程晚能找到对她很好的人。

这次,他真的没力气了。

第九章

齿轮 你玩真的啊
Ni wan shen de a

  灼烫的指尖摁在耳侧，庄园内绿植摇曳带起的气息灌进两人交缠的唇舌中。
  程晚被来势汹汹的力道呛了一声，周北洛压下情愫，只松了一秒，等她换完气又紧接着吻了上去。
  鼻息是相似的颤抖。
  说不出是什么样的感觉，起初程晚只觉得这是一件看似浪漫、细究起来却完全不卫生的事情，但直到今天她才懂……原来过分爱干净实在会错失很多乐趣。
  她之前在装什么？
  活了二十几年，程晚原以为自己是个恪守节操坐怀不乱的老修女，没想到她的内心却装着一匹放荡不羁爱自由的野马，还是不分时刻撒野的那种。
  她脑回路还在飘着，混沌不清着，下一秒，周北洛的唇却松了。
  温柔乡转瞬即逝，几乎是条件反射般，程晚脱口而出："就这？"
  周北洛一愣。
  柏树茂密，清凉的风把仅剩的良知吹回来，程晚头脑清醒了些，飞速望了一眼男生红润的唇，低头看见草丛中的石头，有种想搬起石头把自己砸死的冲动。
  她闭了闭眼，咬唇挣扎好久，绕了几个弯才把话绕回自己一贯的人设上："就这样随便亲别人？"
  被周北洛不加掩饰地盯着，程晚的脸蛋血一般的红，饶是这样还能抱臂趾高气扬地指责别人："你真下贱。"
  周北洛被她前后的反差弄笑了，勾起嘴角刚想帮忙蹭蹭她被吻肿的唇，却见面前的人清醒过后提防地后退一步。
  "你要干什么？"程晚怒目瞪着他。
  "演戏，不是要陪你演戏吗？"

不远处的观众已经狂热到沸腾了,他们"同床共枕"之后是需要这么一个小高潮来向双方父母证明彼此感情正常运行的。周北洛虽然行为大胆,但理由总归也算不得牵强。

程晚吞了吞口水,盯着男生荡漾的眼尾,罕见地沉默了片刻。

演戏就可以亲亲吗?

那你这样……我可就要一直演下去了哦!

程晚想通后清清嗓子,在亲友团的欢呼雀跃中,悄悄别过脸去。

她嗓音还带着几分被吻过后的不自在,含含混混:"我刚才仔细思考了一下,我妈那边应该不会轻易放过我们,所以这种关系还是要继续维持下去。"

送了她价值很高的珍珠也没完,还是要被缠着演戏,周北洛应该会觉得她很事儿精吧?

程晚咬了咬唇,犹犹豫豫地瞄着男生的表情。

满园苍绿盎然的夏色中,男生只偏头沉吟了半秒,而后乌黑眸子就自然地落到她脸上,问了个格格不入的问题:"什么时候思考的?"

"嗯?"程晚一时没反应过来。

"在我亲你那半分钟里?"

这种时候都能走神的话,那他确实挺失败的。

程晚哑然,被正经逼问这种事情,她油然生出一股羞赧感。女生抬脚,迅速朝大部队走去。

紧绷的神经全数集中在身后,程晚飞速迈步,在两人距离越拉越大时,最后只听见周北洛很轻地"啧"了一声。

要摔桌了!你在不满什么?

五天后。

事先约好的周末姐妹下午茶上,程晚摆弄着刚做的美甲,时不时就晃两下手。

脚下的 Later 被接进豪宅后成长迅速,现在已经长到了半臂长。小狗走路时,毛茸茸的脖颈上挂着的黑白铃铛琅琅作响,看着可爱极了。

手机事先定好的闹钟响起,赵多漫趴在矮桌上忍受不住地捂住耳朵,百无聊赖地看着程晚关掉闹钟,立即趿拉着拖鞋飞奔到楼下厨房端来一个餐盘,而后献媚似的放在 Later 脚下。

餐盘里的食物摆放整齐,肉排、虾类,色香味俱全,美味得赵多漫都有几分想撅着屁股和狗一起抢食的无厘头冲动。

看着程晚一边盯着傻狗吃饭,一边殷勤地笑着,赵多漫实在忍不住,重重地冲着石桌拍了一掌。

"你在干什么?你在讨好周北洛的狗?"赵多漫简直难以置信,左手揉了揉被拍到发僵的右手掌心,语气惊愕,"本来每周末是我们姐妹城市周边游或者商场大血拼的日子,但你陷入爱河后,居然邀请我来你家品……这是什么东西?"

赵多漫低头和青瓷杯中的绿色草料对视,正在分析其中成分时,就听见程晚侧身友善提醒:"极品毛尖哦。"

得,下午茶不仅没甜品,就连水都没味了。

"最近在减肥健身,教练说不能过多摄入甜品。"说着,程晚一手抓起地上的Later,一手抓起餐盘,来了个负重。

"自从周北洛那天亲过你之后,你就有一股使不完的牛劲。"

露台上贴着的计划表吸引了赵多漫的注意力,她端着茶杯悠悠喝了口,站起身参观着程晚的每日计划。

"每天早七点起床打两遍八段锦,早睡早起,健康饮食,每日喝2000ml水,通关赵大刚给的游戏,总结游戏经验,寻求一些工作中能见缝插针的……适当调情。"

程晚捋了捋受惊吓的Later的后颈,给人解释的语气分外认真:"不确定周北洛现在是不是喜欢我,所以我要找准一切机会让自己成长得够优秀。只要我自身价值感更高,迟早会勾引到他。"

"那这八段锦是?"赵多漫疑惑出声。

"养生。"程晚揉了揉自己年方二十就残破不已的老腰,低眸愁苦地叹了口气,"按照我之前的生活规律,可能40岁之前就栖居骨灰盒了。"

养好身体,皮肤和精气神才会好,女生说完又找准时机开始刷游戏。手机刚打开两秒,腾讯会议软件突然跳出临时会议提醒。

程晚有些悻悻地看了眼赵多漫,后者摆手示意她快去处理,而后抬起露台木椅,给自己腾了个空闲的地儿,也开始像模像样地打起了八段锦。

视频里只有几位公司骨干在说话,其余像她这类打酱油的小工都是听着就好,或者按照小崇的话来说,他们听不听都行,反正每次会议过后赵大刚都会总结成文字发在群里。

一般双休日处理工作也会十分迅速,十几二十分钟的,简单敲定一件事情再由专人执行。

屏幕中,周北洛穿着休闲,手边摆着的一瓶冰镇无糖可乐还在冒着气泡,男生白得发光的T恤被身后郁郁葱葱的绿植衬得很夏天。

程晚走了一会儿神,才听见会议的主要内容。

大概是有国外知名投资方准备进军中国,看中了公司目前的开发项目,但有些棘手的是,另一家初创公司也受到那位投资商的青睐。

依照目前的局势来看,他们公司能竞争成功的概率只有五成,离十拿九稳还差着许多。

外力注资这方面,周北洛说不需要也有点夸大,但如果只是这一件事情,还不至于让所有人在周末一起加班开会。

他在国外多年,虽然对国外游戏公司的运行模式有一些了解,但毕竟一些保密性较高的资料是禁止华人查阅的。要是这位外籍投资商能和他们合作,之后的一些管理经验和游戏方面取材就能走得更顺些。

"另一家是做什么产业的?"赵刚刚咬着笔盖,有些犯愁。

"化妆品。"周北洛低眸看了眼桌边的iPad,吐出一个耳熟能详的国妆品牌。

"居然是这家。"小崇倒吸一口气,"我还用过这家的产品呢,现在互联网带货里,这家可火爆了。"

游戏行业不比其他,赚起来是挺赚的,但市场太不稳,其他公司一有游戏出来,他们公司就会遭到重创,持续的宣发有作用,可长久地运行下去,步步都要操心。

"如果我是投资商的话,大概率会选国货化妆品,现在容貌焦虑严重,国货又带着情怀,女孩子一听到国货都跟疯了似的,血赚。"

"怎么说话呢?我觉得我们公司优势也很大,上哪儿去找我们这群意气风发的年轻人,这么民主的公司?"

要其他人说一句自己意气风发或许在装,但长久以来的类似于见习生的工作生活中,程晚确实觉得周北洛能在目前摆烂成风、躺平至上的职场氛围中,聚集这么一群愤青确实挺厉害的。

起码她知道的没有一家公司的员工能在开会时踊跃发言,下班后和同事笑着挥手告别,且同事和同事间,以及同事和老板间没有互相说过彼此坏话的。

目前公司里议论最多的就是说周北洛帅,女同事鉴于她的存在很少讲,但男同事不怕传流言,天天管上班叫洗眼,工作热情高涨得不行。

程晚甚至怀疑公司的水被人下了逍遥丸。

小崇撑着头,低喃出声:"可不可以提前预约到那位投资商的档期?我趁今晚做一份我们公司未来市场的预景给他看。"

"为保证投资的公平性,老外说他不会事先接见任何一位商人,甚至邮箱都是关闭状态。他明天一早来,找了家酒店的套房等两家公司派人现场口述品牌优势。"

"这么突然?我们估计都准备不完。"

"品牌优势……"赵刚刚的心不禁又悬了几分,"跟老牌国货比品牌?"

程晚托着脸的手指点在滑润的皮肤上,打开麦克风,思想有些放开:"知道那家竞争公司的负责人是谁吗?"

赵刚刚一愣:"你问这个干什么?"

"如果知道的话,直接对负责人下手不就好了?说到底不过是竞争关系,没办法提升自身优势的话,可以直接阴竞争对手,反正就两家,他们完蛋我们就开心。"

"程晚。"周北洛透过听筒的嗓音带着点磁性,他处于工作中时,情绪没有太大的起伏。

程晚冷不丁地被这样点到名字瞬间正襟危坐起来,挠挠头,讷讷道:"当然,Boss,你如果觉得我这招太阴暗,也可以当我没说。我就随便说说,你千万别以为我心肠很恶毒……"

"干得漂亮。"男生的声音溢出几分笑,夸得没丝毫掩饰。

愤青公司全票同意了程晚阴暗的偷袭策略,甚至还有人抛出了一些商业中的知名偷袭案例,比如雇佣对方大厦的清洁工在紧要关头拉电闸,以及在竞标时扮演弱势失足美女扰乱军心等。

程晚被捧得飘飘然,把几条"嫂子真是蛇蝎心肠""晚晚姐真是一肚子坏水""Boss以后估计会完蛋"的中性词条也一并接纳下来。

几声轻叩桌面的响动清整了会议风气，屏幕中七嘴八舌的发言渐渐消失，周北洛支肘，下颌线被细长指节托得清晰利落，轻描淡写道："今晚谁跟我一起加班？"

　　"我我我！"还没等周北洛放出加班费这一利诱，程晚就对着压根没开的摄像头拼命举手，积极得不像一只社畜。

　　推门进来准备给杯子蓄水的赵多漫听到这两句对话，头顶瞬间多了好几条浓重的黑线。

　　"……真是疯了。"

　　约见对方高层并没有想象中的难，打着友好探讨的名义，程晚和周北洛顺理成章地等在饭店包厢。他们两人其实也很适合做合作拍档，进入工作状态后都不太会说一些私事打岔。

　　不知道是不是这场工作最终的目的是阴人，反正周北洛明显察觉到程晚的热情空前高涨。

　　"人在江湖飘，首先需要有个艺名，我们这次做的是坏事，就算事后别人扎小人诅咒我们，报复也报复不到我们头上。"

　　周北洛有些怀疑地双眸微眯："你看着怎么这么有经验？"

　　程晚冲他挤眉弄眼："你别管，一会儿看我的就行，你只负责把他灌醉。"

　　女生狡黠地低头从包中掏出事先准备好的道具。

　　八分钟后，道具名片被推到男人面前。

　　国妆品牌运营总监力礁抬了抬金属框架眼镜，谨慎地拿起烫金名片，低眼，喃喃出声："ERVY公司CEO，路子野……路女士。"

　　"幸会幸会！"

　　周北洛扶额，有些忍俊不禁，嘴角抽了抽。

　　"是我。"程晚含笑应下，在桌面下方掐了两下周北洛的侧腰，示意他不要露馅，"这是我助理，赵南升。"

　　周北洛顶着张一看就不是下属的脸，挂着浑身上位者的冷冽气质，站起来礼貌地冲力礁颔首微笑，把孙子装得很到位。

　　力礁被吓了一跳，下意识地站起回礼，做完这一动作后，男人才悻悻地察觉到不妥，强撑着找补一句："您的助理看着不像池中之物，假以时日，必成大器。"

　　程晚赞同地点头："所以我平时一向很注意把他扼杀在摇篮里。"

　　力礁一愣。

　　有了这般不走寻常路的发言打底，程晚再说什么都显得正常许多。

　　"说实话，我们公司和贵公司比起来确实没几分胜算，其实我也不想过来求您把机会让给我们。"

　　闻言，力礁眉心一跳，他倒是没遇到过这么坦诚的选手，正准备说些什么场面话寒暄，突然听到女生愤愤的一声："都怪我们的傻老板，非给我安排这种傻任务！"

　　周北洛暗暗咬牙。

　　"你都不知道他是怎么压榨我们的，在公司不可以上厕所，平时厕所都是锁着的，晚上在公司加班居然还要出电费！"

"天下老板是一家，"不知为何，力礁居然在这位素未谋面的路子野女士身上找到了一丝归属感，"其实说实话，我们公司的制度和你们大差不差，甚至办公电脑坏了都需要自己花钱修。"

"唉，喝酒吧，兄弟。"程晚掩面装哭，顺带抽空笑眯眯地朝周北洛挥手示意。

接连两杯白酒下肚，程晚交代清自家公司的竞争宣言，力礁则摇头苦笑，感慨员工就是牛马。

第四杯白酒灌完，女生递出一份项目书，当着周北洛和力礁的面直接撕了，宣布工作可以不要，但今天这个把子必须要拜了。四海之内皆兄弟，革命友谊最重要。

第八杯白酒……要不是周北洛拦着，这两人都要当他面喝交杯酒了。

包厢里酒气纵横，临近十一点，周北洛才拖着程晚走出饭店门。

力礁已经烂醉如泥，被侍应生和程晚一人扶着一只胳膊走，他们四人在门前空地扭成一团毛毛虫。十米的路走了半天，程晚顺手招呼了辆出租车。

女生俯身，隔着狭小的玻璃窗，扬着笑脸朝司机甩了几百块钱："跨市单接吗？"

轻盈的晚风吹得两人都懒得讲话，程晚悠悠伸了个懒腰，醉样已经消解了六七成。她的脸颊被酒气熏得酡红，现在除了骨头有些软、脚步虚浮，其他都没了大碍。

"搞定。"女生拍拍手，邀功似的看向周北洛，"明天一早，你的竞争对手就会出现在邻市动物园。"

依照今天的酒量来看，她刚拜了把子的好兄弟应该完蛋了，两市来回车程要四五个小时，他酒醒过后就已经是第二天，再赶过来，投资商早就跟这边签好了合同。

其实做这些事情，程晚也是下过几分心思调查的，会议结束到和周北洛在饭店碰面的这段时间里，她找到之前在那家公司兼职过的师姐，大体了解了下那家公司的管理制度。

多方打听下来，听说这位力礁总监也曾在醉酒后说过要辞职之类的话，她的方案就更笃定了，所以刚才切入话题的那些话都是经过深思熟虑的。

"只是那个男人有点可怜，"程晚假假模模样地叹了口气，意有所指地瞄了眼周北洛，循循善诱着，"所以我在想要不要把他安排到其他公司……"

"我跟我爸说一声，去他公司，工资待遇不变。"周北洛很懂她葫芦里卖的什么药。

这下程晚心里更没负担了，解决完别人的难题，也是时候给自己点好处。

两人并肩无声地走了一会儿后，程晚脚步顿住，仰头直勾勾地盯着周北洛的眼睛，努着嘴，好像有些不尽兴。她本以为做完这些能被人夸几声的，没想到周北洛半点表示都没有。

"你为什么不夸我？"

周北洛溢出一声轻笑，弯腰没来由地捏了下她的脸："你几岁，还要夸？"

"不论几岁都该被夸。"

反正是喝过酒，之后回忆起来只说是借了酒意就好，程晚越发无法无天起来，贴在周北洛身上蹭了两下。

"你快夸我,我查资料查了好久,还送了师姐一个包包,亏死了……"

混着酒精味的嗓音实在有点哆,周北洛身上发热,有些招架不住,只伸出一只手指摁住程晚的头,语调清越中带着宠意,说话分贝都降了八九分:"好了好了,包包的钱回去补双倍,程早早同学最乖了。"

"那拉钩,"程晚伸出小拇指,不依不饶,"你不能觉得我狡猾,会骗人什么的。"

她细长的小指伸出,在月光下白得发光。

周北洛的手臂还勾在女生的脖颈上,生出坏心思想看她跳脚。

"程晚。"他懒洋洋地叫她名字。

"嗯?"

"你好会骗人。"

女生心里"咯噔"一声,小指瞬间缩回,眸中不由自主地生出几分委屈:"这次是为了帮你,我平时真的不这样,你不了解我吗?好吧,你确实不太了解……"

她薄唇有些乖张地轻抿着,周北洛看得心里发痒发慌。

他干燥的手掌搭在她发上轻揉两下,刚要低头把人哄回来,突然又见程晚很小声地嘀嘀咕咕。

"反正我们半斤八两,之前同学聚会,你当着全班同学的面让大家觉得有什么日记本,不也是骗人的吗?"

"不喜欢还装喜欢,讨厌死了。"

讨厌死了。

像触发到了某个开关,周北洛眼底的笑意瞬间收回。

他情绪转换得突然,程晚还没反应过来就被男生顺着揽到恰好赶来接人的刘叔的车上。

女生顺从着坐上后排,刚要往里挪给周北洛让出空间,转头就听见"砰"的一声关门声。

她转头诧异地看去,眼前只是过一截他黑色T恤的衣角。

没来由地心慌,心脏像坠了铁块重重跌下,程晚下意识顺着车窗想去抓周北洛的手,却只摸到空气。

"我还有点事,你先回。"

"可是刚才还……"

刚才明明还有说有笑的。

像有根绳子勒住了心脏,程晚觉得呼吸都不舒服起来。她把车窗按下,还要再说些什么,却见隔了一段距离的男生立在柏树旁偏头点了一支烟,脸上挂着像融入黑夜的冷漠,眉骨立体,薄唇紧抿,神色萧瑟,像是极力压抑着什么。

刘叔有些抱歉地望了眼后视镜,他是周家的司机,周北洛让他开车他不能不听,晚晚也是他看着长大的,两个孩子于他而言就像手心和手背。

"晚晚,你别急,"刘叔劝慰地开口,"兴许小洛真的有其他事呢?"

追着窗外的眼睛渐渐暗下,程晚闷声闷气地收回视线:"我知道了,谢谢刘叔。"

次日投资商顺利签约，周北洛甩了十几万块钱给员工当奖金，程晚的金点子作用尤其突出，工资条上也多了长长的一串零。

有了之前的珍珠礼物做陪衬，她现在看银行卡余额都像是在看数字，要说更在意的，无非是周北洛对她断崖式下滑的态度。

有些事情过了当时的节点再问起来，总觉得是自己斤斤计较，但程晚事后回忆了很久，还是没找到自己言语中有哪里冒犯到他的地方。

难道说日记本不是假的，是她误会他了？

可按照周北洛的性格，应该会把东西甩到她脸上，再加一句"蠢货，自己看"才对。

她真是受不了一点冷暴力，更别提这种错都不知道自己为何错的。

程晚盯着眼前的电脑，密密麻麻的消息还没审阅完，她丧着脸点开和周北洛的聊天框。

程晚：昨晚我哪里冒犯到你了吗？

周北洛：没有。

程晚：……你昨天是真的有事情？

这便是最后一句，周北洛直到现在都没有回复。

桌面的小香松伸展着枝叶，程晚眼底被印了一片绿，烦躁地叹了口气。

小崇接了杯咖啡，恰巧从她身边走过，听到这声叹息，停下脚步，关切问道："晚晚姐，想什么呢？"

"没什么。"程晚有气无力地抱着一边的长条法棍啃了口。

"怎么吃这个东西？"小崇隔着油纸捏了捏干巴巴的法棍，一脸惊讶，"有钱人也要省钱过520吗？"

"520？什么时候？"程晚眼神瞬间亮起。

"后天啊。"小崇揶揄地回头看了看那个独立办公间，"记得那天打扮漂亮点，我刚才看见Boss在订情侣餐厅来着。"

程晚咬唇思忖了一阵，可怜巴巴地拽住小崇的衣角，语气恳求："可不可以帮我挑一身性感礼服？"

"包在我身上！"

上京绝大部分知名饭店都有周家的股份，但赤尧是餐厅中的特例。

听说这家老板是港城人，平时不在内地，投资餐饮也只是闲暇时的爱好，他不算商人，也不擅长与人合作，但装修风格和口味是一等一的好。

一家店席位只有五桌，评价没有营销，全是口口相传，周北洛也是托了几个朋友才订到的这家。

程晚还心不在焉着。她今天穿了件香芋紫的抹胸短裙，很少显露的身材确实一等一的好，八段锦和日常控制饮食都在继续，并且在周北洛冷落她后，她的劲头更足了。

今晚肯定要喝酒，两人起初是准备让刘叔送的，但齐群和赵多漫受到刺激要连夜去酒吧寻找佳偶，顺带就送了他们一程。

小崇和新任男友早就对赤尧垂涎已久，也想着跟上去认认门脸儿。

于是一群人就这么浩浩荡荡地来到了赤尧门前。

程晚秉承着极高的职业素养,走出车门的第一件事还是挎上了周北洛的肩。

"哟,平时没怎么看出来,但这么一瞅,这两人还真是有点登对。"赵多漫看着西装配礼服的两个人,低头看了眼自己的夜店装,都有些抬不起头了。

"别说了,我每天在公司看见他们都自惭形秽……"小崇接话。

周北洛和程晚已经迈上了台阶。

因穿着礼服、踩着细高跟,程晚的走姿都婀娜了许多,娇滴滴地陪在周北洛旁边,周北洛回头看见好友羡煞的目光,憋攒了三天的气忽然消了些。

其实也不能说周北洛不在意,毕竟这么难订的餐厅都订到了,听小崇说他还准备了珍贵的礼物,暂时保密着。

且不说一个男生在意女生的方式是不是给她花钱,但不花钱的大概率应该是不太在乎的吧?

这么跟自己洗完脑,程晚挎着男生手臂的手紧了紧,仰头期待地看着周北洛,希望他能发现她心机地戴着的珍珠项链。

来不及送到意大利去打磨制作饰品了,只找到一家手工店要匠人加急处理好。镶嵌得有些糙,可珍珠本身的光华没有减少半分,莹白珍珠缀在银色链条上,衬得锁骨和胸前一大片肌肤雪白。

程晚忽然有些羞怯,不敢和周北洛对视。

下一刻,旖旎的气氛生硬地被打破。

周北洛低头,眼中染着几分笑意,冲她咬耳朵:"你今晚要被拴在门口,负责冲路人叫。"

这人怎么这么烦?

刚刚压下的躁意瞬间又涌上来,程晚松开周北洛的手臂,自顾自地往前走。

细跟鞋勒得脚踝泛疼,大概已迈了两步,刚脱离好友的视线,她就彻底绷不住了。

"周北洛,你好奇怪!你不说我怎么会懂你想要什么,我又猜不准你的想法,这种情况下我做什么你都要生气。"积攒好几天的怒气压都压不住,程晚感觉周北洛又要生气了,但她忍不住,明明她也很委屈,"你凭什么拒绝沟通?我不知道自己哪里做错怎么跟你解释?"

周北洛盯着程晚发火的样子,眼眸轻轻闪了闪。

高中时程晚的那句"讨厌你"像一块巨石压了他好多年,他不见天日地暗恋着,要亲眼看着她和别的男生来往,还差点被别的男生带坏。

在他以为自己能有那么一丝打动她的时候,程晚却轻描淡写地冲他说出这三个字。

他是被她讨厌的。

真的好难忍,他有很多次都想问她为什么会讨厌他,可他那晚分明死皮赖脸地求过饶。

他说他再也不会那样对她了,之后会对她小心翼翼的,但她还是拒绝了,让他去出国,别想着跟她扯上关系。

她怎么像是完全不记得之前?好傻。

周北洛望着女生张牙舞爪的样子，想到17岁的自己，突然有些不忍心这样对她。

如果是17岁的周北洛，现在会杀了他吧？

算了，他不计较了。

在国外上大学时，偶尔午夜梦回的呓语、醉话都不要再计较了。

她现在在他身边就好了，不能再弄丢了。

长久的沉默加重了程晚的疯感，她现在真的很想把自己六厘米的高跟鞋脱下来戳上周北洛这只狗的眼。

女生深吸口气，决心给他最后一次机会。

"周北洛，你再闷我就真的不和你玩了。"

"能不能说出你内心对我最真实的想法？"

最真实的。

周北洛唇微弯，从上至下打量了她全身，不假思索地回答："好可爱，想睡。"

是最真实，不是最赤裸……

程晚张牙舞爪的表情瞬间被点下暂停键，有那么一刻，她甚至在沉思，到底是什么让她和周北洛的关系走到了能说这句话的地步的。

女生呆愣的表情像卡了壳，长廊上被流水晕过的地灯照得两人面部柔和，她皮肤白得像她项链上镶嵌的澳白珍珠，隐隐露出璀璨的光华。

周北洛歪头定定地观察她，下一秒，程晚恍过神后察觉到灼热的目光，耳尖倏地绯红。

她连忙向上拉了拉自己的抹胸礼服，绕过挡在面前的落拓男生，踩着高跟鞋走得飞快。

"你……你离我远点。"

虽然旁边没人，但在大庭广众之下说出这种话，就算不是道德的沦丧，也一定是人性的扭曲！

细长鞋跟在雅致的砖石地面上踩出沉闷响动，程晚闷头走出疾跑的架势。

她浑身正紧绷着，毛孔收缩，敏感的腰肢在三秒后又传来温暖的异物感，带着挑衅。

麻痒感蔓延，女生眼眶都忍得发僵了，紧咬着牙齿才没让自己发出一丝声音。

虽然我现在对你有好感，但并不代表我能接受一个流氓的冒犯！

程晚愠怒地转过头去，刚要警告地攻击周北洛祖孙三代，却看见他拿西装外套轻轻笼住她腰肢。

男生目光平淡地拿衣服罩住她掐得过分纤细的腰身，而后绕到她面前，才低头认真打了个结。

他和她对视后才牵唇，徐徐道："别便宜我这个流氓了。"

程晚顿时噎住。

他怎么知道她刚才心里是这么想他的？

程晚有些魂不守舍，菜品先前就已经点好，只等着上菜。

黑色桌面倒映着她纠结的表情，程晚垂首看着上面自己皱成一团的脸，感觉有些陌生。

她气势怎么这么弱？

对面的周北洛倒是从善如流，正接过服务生递过的湿润毛巾一本正经地擦着手指，高挺的鼻梁撑出骨相极佳的五官，服务生小妹都情不自禁地被男生放慢的一举一动勾住全部注意力。

程晚看看服务生，又看看周北洛下贱释放自己魅力的举止，轻咳一声，咬着甜美声线，落落大方道："端午节快到了，宝宝，你准备好艾草了吗？"

画面瞬间静止。

"咚"的一声，帮忙切牛排的服务生手中的银刀叉掉落在地。

身着工装的服务生正手忙脚乱地低头捡刀叉时，周北洛忽地勾唇轻声说："不用布菜了。"

服务生顿时落荒而逃。

程晚松了口气，美滋滋地托腮看着周北洛垂眸落败的模样，心中的畅快之情油然而生。

这才是她的统治区！

从前纯洁的敌对关系已经荡然无存，现如今欲说还休的朦胧气氛兜兜转转终究还是来到了对抗路。她和周北洛凑在一起时，竞争意识总是居高不下。

如果说他故意要压她一头的话，程晚决心接受这份挑战。

盘中的牛排嫩得刚刚好，程晚专心致志地欣赏着纯情男生泛粉的耳尖，忽然看到他低头笑了一下，而且黑眸意味深长地瞄了她一眼。

程晚察觉到挑衅，刚要再说什么，桌对面的手机屏幕倏地亮起，熟悉的温婉女声从听筒中传出。

"晚晚，今天520过得还满意吗？小洛要是敢怠慢你，你一定要跟阿姨说。"

周琪娑的声音从手机里传出来的那一刻，程晚感觉到自己从天灵盖到脚踝都慢慢"石化"了。

她咽了咽口水，终于看见周北洛左耳上戴着的蓝牙耳机，白色的一小枚，而剩下的那枚正冲着她，孤零零地被搁在桌上。

怪不得他刚才用湿毛巾擦手或者点头的动作都那么慢，她还以为他每个月有那么几天要孔雀开屏，没想到他是分神在打电话。

怎么不知会她一声？周阿姨不会听见了吧？

程晚心如死灰，干巴巴地拿起另一枚耳机："没有的，阿姨，我们相处得很好。"

"听得出来。"周琪娑揶揄地笑了声，"年轻人果然大胆。"

周北洛这时勾了勾唇，程晚怒瞪他一眼，接着又缩起身子，语气哀求："阿姨，事情不是你想象的那样……我的牛排告诉我再不吃它，它就要跳楼了。"

"你吃，阿姨不打扰你们了。"周琪娑憋笑到要忍不住了，半秒不到就挂断了电话。

在接下来的半分钟里，程晚是人神分离的。

她缓了缓飞奔的脑神经，放下手中的叉子，定定地望着周北洛。

"请问您为什么不提醒我一下你在打电话？"

周北洛拉直的唇线渐渐扯出弧度，眸底跳着压都压不住的趣味，他撑着脸，关切地应她："怎么了？"

程晚："你……"

"准备好艾草了呢。"

热腾腾的奶油汤冒着蒸汽，程晚幽怨的小脸在雾气中愈加生无可恋。

周北洛又笑："你从刚才开始就魂不守舍的，接电话前我叫了你三声你都没听见，怪谁？"

程晚腹诽：肯定怪你。

她视线转到侧方不看他，腮帮鼓鼓的，又想到什么，抬杠道："那你接电话为什么不把两枚耳机都戴好？"

偏偏留一枚，收音孔还对着她。

"大小姐，"周北洛嗓音懒洋洋的，支肘搭在桌上，百无聊赖，"如果我在接电话期间你跟我搭话，我是不是得应？"

程晚哑口无言了。

她闷头舀了两勺奶油汤没滋没味地喝着，桌上的手机又"嗡嗡"振动起来。

是李女士发来的视频邀请。

视频！

程晚飞速抬起屁股，换座到周北洛旁边，在身侧男生沉着的视线中，冲他挤眉弄眼地打了个预防针，才矫情造作地接起电话。

"喂，老妈，怎么啦？"

周北洛无奈地叹了口气，端过对面女生餐盘中的牛排当苦工般帮人切好，抽空还喂了她一块。

程晚搭话之余还要嚼牛肉，牙齿酸得不行："对的，我们在一块儿呢。今天520，我要听到他亲口对我说 520 句'我爱你'。"

说罢，女生机警地瞥了周北洛一眼，在男生准备启唇开口犯贱的时候，飞快把他要说的话摁了回去。

李帷清笑看着两人的互动："你别折磨小洛，我打这个电话来就是想看看你好好吃晚饭没有。"

举着手机的手腕有些酸，程晚偷懒，把手机靠在花瓶上，画面刚装下两人。

瞄了眼画面中两人之间宽得留出半人的缝隙，她蹙了下眉，故意又往周北洛身边靠了靠。

男生身量高，饶是坐着也比程晚高半个头，程晚有些不习惯地嗅到他身上的山野木香，想到刚才两人的口嗨，手指不适应地蜷缩起来。

接下来的大部分对话是周北洛代她完成的，唠嗑了有五分钟。

正当程晚生出几分不耐烦，刚要出言打断挂断电话时，李帷清的语气忽然带上了些试探："哎？你们是不是交往了三四个月了？"

程晚突然警觉："老妈，你准备说什么？"

许是察觉到程晚的排斥，李帷清也没逼得太紧，讪笑了声，自顾自换了个话题："没什么。

"对了,晚晚,过节你记得给小洛准备礼物,如果没有钱,找老妈报销。"

"知道了……"

也不知道谁是亲生的,明明周北洛也没给她准备礼物。

程晚弱弱地"哼"了声,想到几天前小崇透露出周北洛给她准备了礼物的样子,心里有些不是滋味。就算物欲不重的人也总会期待在过节时收到礼物,更别提她这种贪财好色占全的。

不过他俩本身就是假谈恋爱,也抱怨不了什么。

事先准备好的小方盒还安然放在挎包中,程晚飞快掠过一眼,没再吭声。

"还有最后一件事情……"

视频中,李帷清的神色忽然不自然起来,程晚看着她扭捏的样子,霎时间想到了什么。

她的猜测还没想完,就已经应验。

李女士声音压低,语重心长道:"如果你们两个愿意的话,可以搬到一块儿住,也能更好地加深感情。"

脸烧了起来,程晚"心照不宣"地看了眼周北洛,给他投了个"放心"的眼神。

周北洛这个纯爱战神刚才的口嗨没准也只是堵她的嘴,他看着带劲,应该也只是个外强中干的。两人心意还没互通完,他肯定不乐意不清不楚地和她同住一个屋檐下。

女生安抚地拍了拍身侧男生的大腿,有理有据地说:"老妈,这不太好吧,其他房子离上班的地方都太远,再说了……两栋别墅挨着的,我们平时沟通感情也挺方便。"

话已至此,程晚才意识到可能是周阿姨刚才听到她打嘴炮误会了,她低头愈加后悔。

"这倒也是,年轻人以事业为重。"李帷清话头松了点。

她迟疑一阵,想了半天都想不到对策,正准备按下不表,让两人安心过节时,一枚系着蝴蝶结飘带的钥匙忽然闯入镜头。

周北洛漫不经心地搭上程晚的肩,面色从容染笑:"阿姨,这是我为程晚准备的情人节礼物。"

"西城区的一栋复式别墅,距离我们上班的地点……步行十分钟。"

飘扬的蝴蝶结绑带狠狠在程晚心上打了个结,她因常常熬夜而脆弱不堪的心灵在此时又遭重创,呼吸像被一同捆住,勒得肺疼。

她艰难地喘了口气,缓慢回头看向周北洛。

宝,你知道现在不是你秀礼物的时候吗?

镜头中,男生宠溺的表情丝毫没卸下,只在感受到程晚强烈的眼神炮轰下微挪脑袋,露出无辜的神态。

程晚咬牙。

"小洛,你们两人还没有订婚,你不要这么大手笔。"李帷清声调扬高,虽然听着是劝诫,但言语中的笑意藏都藏不住。

每个父母都希望自己女儿能遇到一个对她好的男朋友,最好刚认识就送车,加上好友就送房,结婚后顺便在故宫圈块宅基地什么的。

程晚看着手机屏幕上李女士灿烂的笑容，几乎是用尽了毕生信念咬碎了牙："周北洛。"

她语气格外严肃，但身侧的男生并没半点慌张，他轻轻"嗯"了声，优越的眼眸懒懒睨过来。

"你什么意思？在你眼里，我就是这么物质的女人吗？"

收下就代表要同居，进度这么飞跃，她实在有点扛不住……等等，或许可以应付过去李女士，然后悄悄把房子收了呢？

程晚向来不知道"客气"二字怎么写，况且只要是个正常人，市价九位数的房子要拒收就真是"黄金矿工大神金"了。

程晚的眼神飞扬跋扈，晶亮的眼眸却骗不得人。周北洛对她的德行了如指掌，轻笑一声，准备罢工。

男生低眸，神色很认真，随后装作很受伤："对不起，宝宝，是我考虑不周了，那不然……"

他感伤地要把礼物收回，但伸过去抓钥匙的宽大手掌被两根镜头外的纤细手指摁得死死的——程晚差点暴露出本来面目。

"哥哥，千万别以为我是在怪你啊，我只是说话急了点，并没有怪你私自送我房子的意思……"

私自送我房子，世界上怎么会有这种使人颅内高潮的词组？

程晚宣布周北洛在此时最具性张力。

钥匙被两方势力争抢着，暗潮汹涌，视频小框中的女人忍不住笑了声："不用我说了，你们也大了，做什么事情都有分寸，再跟我们家长住一起也不合适……晚晚。"

"嗯？"程晚把注意力从新家的钥匙上挪出一点。

"我刚叫了物业管家，你的行李在十分钟后同城快送到新家。"

程晚惊呆了：你问过我吗？

"小洛，"李帷清看向周北洛时的眼神温和了许多，"刚才我也发微信给你妈妈讲了替你打包行李。"

"麻烦阿姨了。"周北洛松开抓钥匙使力的手，举止有礼有节。

这人在同龄人面前眼高于顶，懒到死和冷到死两极跳转，但在长辈面前出奇的有分寸。

程晚一边隐秘地丧脸观察身边的奇行种，一边悄无声息地把钥匙紧抓在手心。

简单的寒暄保证过后，周北洛悠悠挂断电话。

男生眉梢瞬间翘成张扬模样，刚侧身试探性地要探下程晚的头，等人反应过来一个激灵重新溜回原本座位，却发现伸过去的手掌瞬间被握住了。

程晚半仰着头，双眸璀璨，两只手乖巧握住周北洛探过来的手掌。

虽然还记着周北洛刚才徒增烦恼的操作，但程晚还是顶着张笑脸，先问出声。

"请问宇宙最帅的周北洛先生，你刚才赠送的别墅房产证上写的谁的名字？"

"程晚。"

周北洛随口轻回的声音像玉石碎块击打着溪流。

程晚端庄地等了一会儿，没听到有第二个姓名，嘴角的笑更大了。

女生开心了半分钟，又屁颠颠地挪到对面的座位，语气瞬间变得凶神恶煞："谁同意你刚才在那种情况下说送房子的？"

周北洛一蒙。

未曾学艺一天但深谙变脸技术精髓的程晚一路都是嬉皮笑脸的，直到步行到别墅附近才垮下脸。

得了这么大个便宜，程晚起初是准备稍微出点血，在附近的五星级酒店给周北洛(这个房产证上未出现的外人)订个包月套房什么的，但被男生轻描淡写地回绝了。

理由是刚才李女士以寄快递为由要了他们别墅的地址，如果他的随身衣物及他本人，在或清晨或傍晚的任何一个家长可能会突袭过来的时间段没有出现在别墅，很容易穿帮。

而后男生又借机阴阳了一番程晚几天前在庄园对他的态度与现在简直截然不同。

狗记性，几天前睡觉时和他牵了一晚的手，这么快就忘了？

程晚脚步越发绵软。

拿到快送来的简单换洗衣服的两人一前一后走着。

程晚晃着手中的黑色蝴蝶门卡，突然想到李女士在挂电话后给她发的消息。

李女士：如果和小洛相处得这么和谐，要不过段时间挑个好日子订婚？

程晚叹了口气，搞不清老妈是什么思想，是觉得自己婚姻失败，所以要重来一次在她身上下注吗？

周北洛现阶段确实表现得很好，但也不至于到想她和他结婚的程度，再说了，她现在对他的好感刚刚起步，直接订婚恐怕内心那点小苗头直接被吓死。

就这么不知不觉开门进了别墅，直到两人一块儿瘫靠在沙发上，程晚也没从纠结的思绪中缓过来。

接过周北洛丢来的薯片，程晚随手扯开包装往嘴里塞着："周北洛，我觉得我们的计划要加快了。"

"嗯？怎么加？"

"差不多可以从腻歪过渡到相看两相厌阶段了。"说完，程晚没注意到周北洛瞬间挂上的臭脸，盘腿又思忖了一会儿，"如果不想被这么赶鸭子上架订婚的话，只能使出那招杀手锏了……"

赶紧演完绿周北洛的戏，之后跟他怎样都再说，先渡过目前的难关。

李女士的性格她知道，一般只要李女士提出来的事情都会被刻到日程表上，迎接她的将会是时时刻刻的暗示和隐形逼迫。

"什么杀手锏？"男生语气不咸不淡，摆明了不乐意配合。

"就是我找个人绿你，酒店被捉奸在床，你忘记了？"这东西技术含量太高超，在同处一室的情况下，她也要确定自己是安全的。

细细想了一圈，程晚一拍脑门，灵机一动："给齐群加个络腮胡子，让他去演，怎么样？"

周北洛顿了一会儿，狭长双眼微挑，嗓音缓慢郑重："你的意思是让齐群来演第三者？"

程晚蹙眉，刚要纠正他不用说得这么正经，忽然又听见男生语气轻蔑得匪夷所思："你是眼瞎了，背着我去找他偷吃？"

"齐群好歹也是一位板正体面的男生。"

之前这人上学时也有不少人追呢，就是身上常年携带着一股犯二的气质劝退了不少女生。

"哦，他板正体面。"周北洛冷着脸，虚虚丢了个抱枕给程晚。

"……你英俊潇洒。"

"嗯。"

"光风霁月。"

"嗯。"

"风流倜傥。"

"嗯。"

他淡得要死的态度逼得人心里难受，程晚咬牙："齐群歪瓜裂枣，尖嘴猴腮！"

"好了。"周北洛撑脸，牵唇朝她微笑，态度与方才判若两人，愉悦开口，"你哄好了。"

"别打岔了，那我的方案你到底同不同意啊？主要是我妈逼得太紧了，我不想这么快订婚。"程晚磨了磨牙，别过头又补了句，"不是针对你，我只是不想很快结婚。"

泛红的耳尖彰显着女生观点不一样了，结婚时间周北洛其实是无所谓的，他等了七年了，再多等几年也无妨。

程晚要是还没完全想通就被赶鸭子上架，就算真的被逼和他结婚，日后很多问题只会无限放大。

他不急过程，只看最后的结果。

视线悠悠掠过程晚发烫的耳尖，周北洛往她那边挪了挪，轻笑一声，面色郑重地恐吓她，语气吊儿郎当。

"不行，宝宝，我必须马上和你结婚。"

恨嫁少年周北洛被程晚安排在一楼次卧。

程晚拎着挎包回房时才想到自己提前准备的礼物没送出去，现阶段她能动用的现金流不多，但好在之前积攒下来的一些珠宝首饰都解封了。

她请人镶嵌珍珠项链的时候，也顺带从首饰盒中挑出一条蓝宝石毛衣链。

这条毛衣链是小时候国外的小舅舅送她的，一直到成年，她才迟钝地意识到这链条上像玻璃一样的石头貌似是颗真的宝石……

以她现在的年纪，戴这个其实有些过于雍容了，索性就找匠人做成一枚男士胸针。

跟周北洛之前送的珍珠价位应该大差不差，颜色也很沉稳，能配上他的西装。

程晚轻轻叩了叩周北洛卧室的门，等了一会儿，只听见淅淅沥沥的水声。

她等得有些丧失耐心，蹑手蹑脚地推门进去，把锦盒端端正正放在床头柜上，才溜了回去。

齐群那边的事宜还没商讨，到时候还要约个化妆师给他化个连亲妈都认不出的妆造，最好搞个夜店颓废调酒师风……

程晚跷着腿坐在卧室的沙发上有滋有味地想着，房门突然被敲了几下。

应该是周北洛发现了她精心准备的礼物，要过来像模像样地说几句感谢的话。

这种礼尚往来的感觉程晚简直太喜欢了，周北洛口吐人言的时候实在不多。

她越想越期待，不禁脑补着羞涩，赤着脚飞速过去打开门，端着压不住的笑意矜持开口。

"有事吗？"

其实她审美也没那么好啦，但不知道怎么随便挑个款式，设计出来就那么惊艳，嘿嘿。

周北洛发梢上的水珠向下滴着，漆黑眸子雾蒙蒙的，低头慢慢瞄向她。

"我房间的床塌了。"他可怜巴巴的，刻意扮弱。

一贯懒散带呛的嗓音变得无辜，程晚现在的心情就像路遇巨石强森抱着你大腿哭唧唧地指着对面的小学生说"嘤嘤嘤，姐姐，他要打我"。

程晚沉默了半分钟，想不出刚买的别墅为什么会发生卧室床塌的情况。她懒得去隔壁房间看周北洛所言是否真实，踌躇一瞬，最后心情复杂地扶上房门，婉转开口："那怎么办？或者你去看看其他房间的床塌没塌？"

兄弟，虽然我平时处事很犟，但我也不是木匠，你床塌了找我干什么？

"其他房间的门是锁着的。"周北洛低眸，平白生出一股无力感，"这房其实是贷款买的。"

程晚觉得他在放屁。

"因为首付太低了，所以物业气势汹汹地把其中几间房锁起来，说等我还完贷款才能解封。"男生叹了口气，信手拈来地胡诌着，"所以除了这间房，我只能睡沙发了。"

"如果我没看错的话，你那沙发是意大利手工定制的吧？里面的材质我虽然不清楚，但软得像棉花糖一样，不然你委屈委屈？"

她刚才瘫在上面，没注意，还以为是坐上了蹦蹦床，这种好东西要不是力气不允许，她刚才就搬回卧室自己独享了。

她手掌执着地摁在房间门口，挡住了所有周北洛能踏入的希望。

男生的演技逐渐敷衍，眉眼间熟悉的张扬和不耐烦眼看就要压不住，程晚忽然注意到他微湿的黑发下淡红的耳尖。

她心念微动，视线轻悄悄地向下挪，比以往都要粉的脸颊也跃然入目。

"但话又说回来，毕竟是搬入别墅的第一晚，怎么能让你睡沙发呢？"话题突然一转，程晚笑眯眯地看着周北洛有些疑惑的脸色，果断松开了禁锢在门前的手掌，"进来吧。"

被挡在门外许久的人终于被迎入房内，走进来时反而有些迟疑了。

程晚转身扯开了白色头花，乌黑长发披在肩头，走到床头柜前拿起空调遥控器把室温调低了些，神情流露出一丝难掩的狡黠。

口嗨是要付出代价的，要想比骚，她绝对不带怕的。

她也刚洗过澡，滑嫩的肩头被松松垮垮的睡衣裹着，显得尤其瘦削白嫩。周北洛眯了眯眼，眸色暗了几分，耳尖更红了。

"我睡床。"

"好啊。"

"你也睡床。"

"当然。"程晚沉着应对，心里莫名很爽，说完又刻意凑近了几分。

周北洛盯着她，呼吸似乎已经乱了。感觉到自己被玩了，男生舔舔唇，也懒得顾忌再多，坐到床边，朝人勾勾手："你来。"

程晚弯眸，凑上去，坐着的地方离他不过半拳距离。

两人都刚洗完澡，程晚头上的发香和周北洛身上泛着潮意的沐浴露味道混合在一起，只一个呼吸的瞬间，周北洛就有些把持不住了。

他干燥的手掌静静抚上女生的背，带着过于僵硬的力道把人往身上带。

程晚心里"咯噔"一声，得意的感觉消掉一半。

过于单薄的衣物实在算不上遮挡，周北洛常年健身，就算称不上双开门冰箱，身上的料也是显而易见的，她贴着男生的身躯，被硌得有些紧张。

不会玩大了吧？

程晚瞳仁闪了闪，又听到男生响得过分的心跳声……

周北洛也是紧张的。

目光触及男生撑在床沿、青筋凸出的手背，她忽然又安心了许多。

周北洛看着张扬不管不顾，但不体面的事情不会做，两方心意还没相通，如果真要发生点什么，也不会在这么含糊的情况下进行。

就算不体面，他也不会用在她身上，不然以他的行事作风，不会这么磨叽。

程晚胆子又大了些，心念微动，抬头轻轻吻上男生的下巴。

唇瓣贴上的那刻，她自己都有些摸不清自己的心意了。

她曾经在很长一段时间内是很讨厌与人亲密接触的，于是更加排斥被李帷清强硬安排来的相亲。周北洛是她在相亲照片中最常看到的面孔，她之前最烦看到他，现在却在吻他的下巴。

事情好复杂，如果没有这档子事，程晚倒有心鼓起勇气问问他，你喜不喜欢我？如果你也喜欢我的话，我们可以谈着试一下，但是不提以后，不提结婚。

两人距离好近，连扇动的睫毛仿佛都能掀起一阵飓风。

周北洛喉结滚动了下，胸腔里的躁意更加横冲直撞，他眼底都涩红了，抿唇半响，没说出一句话。

直到程晚移开唇，男生才倏地俯低身子，把脑袋搭上她的肩。

程晚觉察到肩膀处的柔软，那阵酥麻还没完全到来，忽然又被突如其来的疼痛取代。

她脑袋像被一阵电流穿过，神思不清明间，迷迷糊糊低头对上周北洛泛红的眼，低低嘤咛一声。

"程晚，你知道你能玩死我是吧？"

声音哑得像混了大漠萧瑟的风。

程晚看着肩上放低姿态的周北洛，心脏狂跳之余，又感觉到肩膀浅红的牙印在被柔软湿润的东西安抚着。

五感仿佛被屏蔽，程晚咬唇忍耐着，看到他动作不减，漆黑的眼睛半眨不眨地盯着她，口吻诱哄，嗓音放得极低。

"以后也只玩我一个人好不好？"

冷气持续不断吹着，半小时后，程晚原本白皙透亮的脸颊敷上一层冰凉面膜，微透的材质隐隐露着底层的潮红。

怎么回事？只要一闭上眼，就是周北洛伏在她身上咬她肩膀的样子。

时间都仿佛降低了流速，最后还是他隐忍克制地推开她，自持地交代："我滚出去，你老实点。"

刚才是谁不老实？

程晚瘫在床上，狠狠地吸了口气，后知后觉冒出一点不甘心来。

真是奇怪，明明刚刚自己可以反将一军的，但不知道什么时候气势就转移到了另一方。周北洛那股劲起来，她就不敢再作，就像在布满煤气的屋子里玩一只打火机，稍有不慎就会引起一场不可避免的爆炸。

鼓噪的心潮迟迟未平，程晚咬牙飞速去把紧闭的房门反锁，而后掏出手机，试图讨回一局。

手指飞速在聊天框中敲字，程晚沉吸一口气，默默点击发送。

程晚：兄弟，刚才你好香。

冰镇过的面膜似乎也没起到太大作用，程晚盯着一直没振的手机看了两秒，熄屏后踩着地毯去洗手间冲洗过于发烫的脸。

真丝睡衣领口有些大，单单平视就能看见过于红润的肩头，镜灯下被蹂躏的意味更重，分明的齿痕明晃晃地刻在那里，时刻提醒着刚才的荒唐。

程晚突然泄了口气，也不知是在跟谁抱怨，实实在地哼唧了几声，而后拉高睡衣领口，包着自己半张脸，重新回到床上。

刚刚熄灭主灯，手机屏幕亮起。

周北洛的消息明晰得刺眼。

是一张图片。

周北洛：爱你。

真诚果然能打败抽象，她那条消息在此刻一点杀伤力都没有了。

程晚心跳瞬间停滞，等到屏幕自然熄灭，才想起解锁看他发来的图片。

画面中男人挺阔颀长的上身只照到半侧，他又套上了衬衫、西装，胸口最靠近心脏的位置扎了一枚小巧精致的宝石蓝胸针。

其实这套并不太搭，周北洛道貌岸然的脸应该配更风流的颜色，但他还是好喜欢。

程晚能察觉到他的喜欢。

可能是对胸针，也可能是对别的什么人……比如她。

悸动的心潮从昨晚一直蔓延到次日一早。

这栋别墅距离闹市不远,很有烟火气,早晨能听到外面有店面扬着喇叭招呼早餐的声音。

这是程晚第一次被外音吵醒却没萌生出暴躁的情绪,她揉了揉睡得酸胀的肩,起得利索。

昨晚程晚和周北洛在入睡前同一时间收到了齐群伤口感染的消息。

事情还要追溯到周阿姨和周叔叔结婚纪念日那天,由于周北洛用心爱的跑车换了齐群幸运抽到的珍品珍珠,外加嗑的CP疯狂营业,齐群在洗澡的时候过于兴奋,以至于在浴室滑倒,摔成了骨裂。本来当时庄园配的医生就已经给他上石膏紧急处理了,可之后他没当回事,感觉胳膊能活动了也没去医院拍片复查,直接把石膏拆了,甚至作死地在520当日心灰意冷地和赵多漫去酒吧寻找新欢。

结果喝酒加蹦迪,直接给自己送进了医院。

伤口感染引发的高烧加骨裂疼痛简直要把齐大少爷送上西天……少爷感觉自己命不久矣,第一时间就给自己的密友群发消息,请求友谊的滋补。

唉,为什么程晚觉得齐群的人生这么戏剧化?

往洗手池吐了口绵密的白色泡沫,程晚继续心不在焉地刷着牙。

想到一会儿要和周北洛一起去医院,她心思不免又活泛起来。

他们同居的消息应该已经有不少人知道了,齐群是最大的大喇叭,如今她要加快热恋期进度最容易的就是借助齐群的口,所以,一会儿在齐群面前应该狠狠地刷刷恩爱度。

视线触及镜中换好衣服后白皙的肩头,程晚顿了一瞬,含着牙刷,忽然抬手往锁骨位置掐了一抹红印。

好像不太像……旋转着手势又掐得不规则了点,程晚凑近镜子观测一阵,终于感觉像了。

她满意地点点头,正准备掐下一个的时候,敞开的洗手间忽然迎来一个不速之客。

周北洛拿着自己的牙杯牙刷挤进来的时候,刚巧看见程晚欲盖弥彰飞速探下去的手。

男生顿了下,又恢复成那副吊儿郎当的模样,肩膀朝女生那边微微使力,把程晚挤开小半米。

"周北洛!"含着牙刷吼人时都含混不清,程晚愤愤地挪开视线,懒得再看他。

明明那么多洗手间都空着,偏偏还要过来跟她挤这一间,真是有病。

"嗯?"男生居高临下地鼓腮看她,牙刷捣进唇中,冲了下手指,静静捻了捻她的衣领,语气好商好量道,"我看看昨晚的痕迹。"

这话怎么听着这么不对劲?

程晚默不作声地低头揪住领口,往旁边又挪了半步,态度很明显是要跟他划清界限。

周北洛不懂小女生这时的骄矜羞怯,又弯腰探头细细盯着刚才她自己搞的杰作看得入神。

一小颗玫红印在肩膀上,还真挺像那么回事……

这间洗手间宽敞,光是洗手台都能容纳三人一起洗漱。程晚侧头躲过他的探视,又毫不避讳地抓紧时间在另一侧脖颈上也掐了两个。

看好方位动作飞快。

她正准备漱口,忽然瞧见身侧的高大男生也放下牙杯,含着牙刷,一只手撑着大理石台面,另一只手……眼神瞟下来,晦涩不明地比了比她唇的大小,最后好整以暇地慢腾腾给自己脖颈处也掐了两颗。

"是不是也得体现出你的存在感?"

程晚一愣。

"咬得我好疼,"周北洛眉眼笑意更浓,一边刷着牙,一边含混不清地朝她犯贱,"宝宝轻点好不好?"

去,死。

程晚别过脸懒得再看他,干脆利落地漱口洗脸,精简护肤,一气呵成。直到之后快要走出洗手间时,她才扒着门,强撑着打了句嘴炮:"想得美。下次我会咬得更重。"

"你再讲一遍?"

周北洛侧眸,含笑放下牙杯,要去抓她后颈的手却被人早有预料地躲开了。

看着门口那道机灵的身影溜得无影无踪,男生又笑了声。

不知道是不是因为暗恋多年的滤镜,他不得不承认,程晚在某些时候真是可爱得要命。

市中心医院。

齐群折着被捆成木乃伊的手臂,望着自己孤零零打着点滴的另一只手背,悲怆地感觉自己像一只被捆绑在案板上的大闸蟹。

昨晚酒吧内绚丽的灯光和摇曳的身躯还历历在目,今天他就要安详地靠着病床了,这对他这个多动症患者实在是重创,不过幸好,他还有一群志同道合的亲密好友。

齐群眼含热泪,看着床前的程晚、周北洛,以及赵多漫,摇了摇头,感慨道:"兄弟姐妹,你们……"

"什么?你在问我脖子上的是什么?"程晚抓住机会,浮夸地捂住脖子,"讨厌啦,好害羞,不要看不要看。"

齐群腹诽:请问谁问了?

手掐的印迹果然时效性不长,程晚临下车前还细致地检查了一眼。

实在不是她不体恤朋友,而是再过半小时,她脖子上的印迹可能就真的要毁尸灭迹了。

但这话匣子只要打开,一时半会儿就再没有合上的道理。

反正齐群也一直对他们的恋情抱有极大兴趣,程晚拉一张凳子,关切地坐在男生病床边,嗓音像播音腔一般端正洪亮:"齐群,哦,我的好朋友,请问你昨天晚上过得好吗?"

看他这样子像是过得好吗?

算了,怎么说也是今天听到的第一句关心的话,齐群还是决定自己把苦咽下去,不让好朋友担心了。

男生眼波流转，酝酿着尽量把自己的病情说得轻微些，摆摆手："嘻，能扛。"

赵多漫记起昨天酒吧里齐群高烧倒地，周围的人吓得胆战心惊的情景，嘴角不禁抽了抽。

齐群再次微笑面对程晚这个唯一关心他病情的好友，十分体恤她的心情："真的没事的，晚晚你不用太担心我。"

许是说话的腔调也有传染，男生的嗓音也条件反射地正统了几分："对了，好朋友，昨天你和你男朋友过得还愉快吗？"

"我昨晚……嗯……"程晚脸颊通红，演得比小女生都要娇羞，"我们在餐厅吃完饭后先是互换了礼物。"

"我送他一枚宝石胸针，他送了我一栋别墅。"

"送了你什么？"赵多漫不敢相信自己的耳朵。

"好朋友，这么幸福吗？"齐群照例表现着自己的宽容，"其实我昨晚……"

"然后我们迫不及待搬到那栋别墅一起住，就连换洗衣服都是托双方家长送来的。"程晚话密得不行，"其实我起初还有点担心不能和他在同一个屋檐下很好地生活，直到我们共同迈进玄关的那一刻，我内心忽然涌入了一股热流。"

情到浓时，程晚激动地握住了周北洛的手："亲爱的，你是不是也是那样的心情？"

周北洛眉梢从一开始就愉悦地扬着，只是懒得开腔，只想看程晚单独表演。

他"嗯"了一声，回应得很简单。

"好的，知道了。"齐群敷衍地应付了句，此时已经察觉到不对劲，"知道你们甜蜜。"

"哦！"程晚的手指轻轻捂住周北洛脖颈上的红痕，像突然发现了什么般大惊失色，"都怪我不好，一会儿你还要工作，我昨晚怎么就这么不小心……"

说罢，她轻咳一声，眼神不自然地左顾右盼："大家别误会，这只是蚊子叮的。"

女生开始手足无措地扯床头柜上的抽纸往周北洛的脖子上遮，一会儿又觉得不妥，害羞地拿袖子去擦，一个人演出了千军万马的紧迫感。

齐群接近崩溃，黑着脸皮笑肉不笑："拿我的输液管勒上去试试？"

"……粗鲁，不许这么对我的乖乖。"

齐群绷不住了，脸色彻底狰狞："滚！你们都管滚，没有一个人真正关心老子，去他的友谊！"

"好了，不闹了。"周北洛笑了声，轻拍了拍程晚的肩，示意她停下。

再这么下去，齐群不病死也得被她气死。

程晚撇撇嘴，吐了吐舌头，赔罪般地殷切看过去："齐群，昨晚你怎么啦？"

"和你有关系吗？"齐群才硬气了两秒就低头败下阵来，"……唉，虽然被忽视很失落，但你们刚才真的挺甜的，一个笑一个闹，半点不像是演的。"

什么？

程晚的表情瞬间崩裂。

赵多漫吞了吞口水，意识到什么，率先退后一步让出战场。

"什么叫……不像是演的？"程晚咬牙，偷偷瞄着周北洛，私下指尖轻掐上男生紧实的手臂，渐渐加力。

"好了，齐群早知道了。"周北洛淡笑着，没打开她作怪的手，较着劲也轻掐上她的脸蛋。

"早知道却不告诉我！"程晚气得要死，拍开他手，"……算了，不重要了。"

程晚索性破罐子破摔，思绪打了一会儿架，决定提前把自己的计划告诉他。

女生身子俯低，面容严肃地看向齐群，认真嘱咐道："齐群，你一定要尽快把身子养好。"

"好……我知道。"

"果然世间还有真情在。"齐群感动地擦了擦脸上并不存在的泪水，刚想说什么，就听见程晚愈加云淡风轻的嗓音——

"一周后，麻烦你戴上我买的络腮胡，打扮得风骚点，到舒钫亚酒店和我偷情。"

输液管中的药水持续不断地向下滴着，病房里鸦雀无声。

齐群磨了磨牙，压根不知道怎么回答。他求助地看向周北洛，怀疑人生的同时却得到他兄弟一个平淡答复："拜托你了。"

是他不正常吗？这都什么事啊？

向齐群解释完事情的前因后果已经到中午了。

这家医院的豪华单人病房提供一日三餐配送服务，齐群的爸妈常年在外地奔波做生意，忙得脚不沾地，知道儿子生病也只能在钱上多花功夫。

昂贵的单人病房，一包就是一个月，他们还请了专门的护工照顾齐群的饮食起居，顺带……负责看管，保证齐群这段时间都老老实实待在医院静心养病。

看着餐盒中清汤寡水的饭食，齐大少爷的脸皱得比盒中的素馅包子上的褶都要多。

"要我帮忙也可以，你们小情侣先去外面给我点三份炸鸡套餐，芝士、香辣、蒜香各一份。"

"医生让你清淡饮食。"赵多漫吃着护工阿姨帮忙从院外买的爆辣米粉，友善提醒他。

"这东西反正我不吃，谁爱吃谁吃！"齐群快被折磨疯了，在床上扑腾了两下，忽然想到些什么，"对了，周哥，你不是胃不好吗？"

程晚听到这话，也想起些什么，转头看向左边和她一起吃着爆辣米粉的周北洛。

大少爷不常吃路边摊，这种特辣的东西程晚从没见他吃过。

齐群的话，她也有印象，并且印象深得不止一星半点。

周北洛这个娇气鬼，就因为在食堂打餐，食堂阿姨不小心错给他一份中辣的炒鸡，少爷就胃疼了一下午。当时他作为尖子生，正参加课后额外的竞赛班补习，周阿姨和李女士听说这事后，便小事化大，开始担心起他们的饮食问题。

那时候程晚人微言轻，虽然百般推托，还是被强压着和周北洛一起吃起了营养餐。

周北洛要补习，没时间去门口取餐，于是每日司机送餐过来，都是程晚去接的。

夏天保温不成问题，但冬天天气冷，饭凉得快，想到周北洛的胃病，程晚还常常用暖手宝帮他焐着餐盒，等人一下课，就把还温热的饭盒递过去。

……现在想想，之后的许多流言蜚语可能和当时她送饭给他脱不了关系。

毕竟很少有同学知道他们父母间的关系，她一日一日地给他送餐，在外人眼中，像极了疯狂追求男生的花痴。

周北洛接餐盒时表情也淡，但每次都会跟她说谢谢。

附中教学楼每层都有专门的休闲娱乐区，他接过餐盒后，会背过身找一个距离她最远的地方吃，井水不犯河水。

这样养了大半年，少年的胃病才消失得无影无踪。

程晚放下筷子，不由得皱眉看向他碗中和她们一样的爆辣米粉。

午餐是她和漫漫一时兴起点的。大学时期，她们最喜欢在寝室点一份爆辣米粉，拿小碗慢慢分着吃，然后再来一杯冒着凉气的冰可乐。

她俩本来是想重温一下昔日时光，却忘了考虑周北洛。

"不然你别吃了，我再给你点点别的？"程晚有些过意不去。

"不用点，"齐群没滋没味地看着自己碗中的清汤，把碗半推出去，"吃我的就好，我真不吃了。"

周北洛抬头望了程晚两秒，随后又自顾自地埋头下去，声音莫名有些闷，语气轻描淡写的："没得过胃病，我能吃辣。"

中心医院设备齐全，吃完饭后，健康的三人自发陪齐群在楼下小花园遛弯。

多走动对身体恢复有好处，况且男生腿上也没伤，这一重见天日，简直撒了欢一样。

周北洛面上看不出关心，实则还是慢悠悠地跟了上去。

他负责看着齐群，免得齐群发神经，再做出什么不利于病情的事。

程晚和赵多漫步子小，跟在后面一边消食，一边看着两个大男生的背影。

成年后很少再有大段时间聚在一起这样简单地散散步，程晚愉快地吸了口气，视线聚焦在前方两位男生身上，恍惚间觉得好像回到了高一时，四人其乐融融的时光。

时间过得好快……就这样过了七年了。

"晚晚。"赵多漫嘴角微弯，神情也格外放松，随口叫她一声。

"嗯？"

"周北洛得胃病的事情，你是不是也感觉到不对了？"

气氛缓慢地陷入沉默，程晚低眸，不出声了。

这事确实有点蹊跷，被当送餐员奴役了大半年，程晚也挺想搞明白的。

但她怎么也想不明白周北洛为什么要矢口否认自己之前胃痛的事。

难道当初只是单纯吃不惯食堂的饭，大少爷脾气犯了，要吃家里私厨做的餐？

"我猜……"赵多漫慢腾腾地拖着腔，再看向程晚时，目光柔和了许多，"或许当时有胃病的不是他。"

程晚一怔，有些呆里呆气地"嗯"了声，像是被点拨，脑海中忽然冒出一些细枝末节的线索。

她还没完全摸清门路，赵多漫忽然拉着她，把她摁在长椅上，无奈地叹了口气。

"晚晚，或许你已经忘了，当时有一阵你的状态，我、齐群、周北洛都很担心。"

"虽然你当时看上去和周北洛水火不容,但第一个发现你状态不对的也确实是他。高一有次收假回来,你经常早饭不吃,午饭戳几口,晚餐又说好撑,不想去食堂。

"我们买了很多之前你爱吃的零食塞在你抽屉里,但每天晚上偷偷去检查,发现你一包都没动。"

程晚眸光闪动,垂下脑袋,不知在想些什么。

赵多漫照旧循循善诱:"不知道你还记不记得,有天晚上在寝室,你半夜翻下床跑到厕所去吐,我当时醒了跟在你背后,问你怎么了,你说没事。那时候你自己没注意,脸色真的好吓人。

"有次我不小心把这件事告诉了周北洛和齐群,其实也是随口一说,因为当时我们俩关系那么近,我都没有办法,他们更没指望。

"结果过一阵子,周北洛的'胃病'就冒了出来,你们两家的交情不浅,送餐都是两份。

"换了常吃的营养餐后,你身子才慢慢养起来。"

"所以……"程晚觉得难以置信,但答案分明已经显而易见。

盛夏的风燥热,这一刻却无比温和地吹在两人中间。程晚抬头,被风吹起的碎发飘摇,眼神格外复杂。她无意识地望向五米外的恣意身影,恍惚间觉得周北洛和七年前并无两样。

同样窄腰劲瘦,手臂的肌肉弧度若隐若现,昂首阔步,少年感浓烈到摇晃。

赵多漫看程晚这样,眉梢轻舒,弯腰把程晚想说但难说出口的话一字一句清晰地递出去。

"所以,周北洛好像真的偷偷保护了你好多年。

"这重来一次的机会,你不要再让他难过了。"

…………

"会耗尽的新鲜感占主导,探索欲随着了解慢慢消耗殆尽,原始荷尔蒙异性间对谁都能有。"

"就算是喜爱一个人的皮囊,看多了也会厌倦,世界上从不缺漂亮的人,所以感情其实不是稳定的东西。"

"如果爱情的定义是永远爱一个人,那爱本身就是不存在的。"

经年累月的风把高一时任放在电话亭对程晚说过的话重新送了回来,程晚呼吸缓慢又沉寂。

距她五米外站着的,是周北洛坦荡又晦暗的七年。

她自诩是个理智的人,一直把任放当时解剖到冷血的两性关系刻入骨髓。

很少有人能不被这种幻象迷惑,总感觉自己会是某个人的唯一,他会只爱你,但"只"这个字太慎重了,要押上未来几十年的瞬变,所以,如果人都是会变的,那么爱也是。

可周北洛实打实的七年又不会作假,程晚在想,或许可以试着相信他。

《荒魔狩猎》上线在即,最后一次内测又冒出许许多多小 Bug,外商注资周转到位,公司又包了两层商厦做办公地点。

小崇毕业后成功留任,暂时充当 HR 主管,招了些有名的才子才女。

人员扩充,注入新鲜血液的同时,老员工的压力却半点没减,程晚担任新实习生的培训老师,虽然忙得脚不沾地,但仍旧能保证每天准点下班。

相比之下,周北洛就惨了。

晚上十点,会议室里只剩几名公司骨干围坐着开小会,程晚搬了个小凳子坐在周北洛旁边,撕着桌上的比萨小口小口往嘴里塞着,静听两方纷争。

两方派别左一言右一语,听得程晚口中的芝士都拉起更长的丝。女生脑筋转得飞快,颅内想法摁下不表的同时,贴心地拿起一边印来当游戏周边的样品漆扇对准周北洛轻轻扇了几下。

凉意徐徐攀上皮肤,周北洛条件反射般地侧头望向她,会议室里其他人员也都没忍住停下手中动作,看着这幕停顿了许久。

他们看见了什么?

数日观察加上小崇在茶水间持之以恒的"歌功颂德",Boss 在他们眼中的形象已然变成了一位除讨好程晚的身份外都很扛打的多边形战士,可现在,唯一的短板也被他补齐了吗?

被无数视线上下打量着,程晚坦然地挂起微笑,甚至细看之下,眉眼中还带着一丝殷勤。

她不是被互联网鸡汤灌溉的矫情女生,如果真的喜欢上一个人,也希望跟他的相处模式能公平,付出对等。之前周北洛的七年实在是天平上的一个沉重砝码,经过时间的沉淀,这份付出愈加厚重,她是不会被他抓住话柄的!

从现在开始,程晚决定呕心沥血地死宠周北洛。

……不过应该也宠不了多久,毕竟一周后还要和他乔装打扮的好兄弟在酒店偷情,给他戴一顶绿油油的温暖冷帽。在此之前,能付出多少就付出多少吧。

程晚咧唇打了个哈欠,眼眶泛红,努力抵抗着困意坚持给人扇风。

"好像……"被服务的主人公略一挑眉,嗓音微顿,"开着空调吧?"

均温 21℃,他穿衬衫刚刚好,再扇就冷了。

"我手不痛,没事,不用心疼我。"

程晚又卖力地扇了两下,丝毫没发现周北洛挽起的右手腕上起了层鸡皮疙瘩。

周北洛随手捋下袖口,意味深长地从程晚脸上扫过一眼,又回归到激烈的商讨中。

车厢里安静,冷气照旧开得很足,想到女生在会议室打的那个困倦的哈欠,周北洛上车后,随手给程晚递了条羊绒毛毯。

毯子裹得浑身都暖,困意渐渐袭来,女生的侧脸在五光十色的夜景中显得精致清贵,摇摇欲坠的脑袋在下一秒靠上一只宽阔有力的臂膀。

周北洛视线从她脸上收回。

已到 11 点,周北洛翻着线上玩家的评论,又腾出手把在程晚唇边作祟的碎发挽到她耳后。

自从两人的恋情在外人眼中步入稳定期后,李帷清和周琪婆两位中年阔太就霸道地定下规矩，要求两人每周六都必须一起回家吃饭。

这天虽加班晚了，但还是要回去报个到。

厨房里只剩一盏小灯照着，燃气灶上温着两罐"咕嘟咕嘟"冒小泡的养生汤。

程晚裹着毯子走下车，脚步还没踩利索，就忙追上去踮脚把薄毯罩到周北洛背上。

"晚上风吹着还是有点冷的，小心感冒。"

温声细语，乖巧听话。

周北洛盯了程晚两秒，在等她开口提借钱的事。

"怎么这么看着我？"程晚鼻尖泛着淡淡的红，一想到自己具备被人暗恋七年的强大魅力，就禁不住想笑。

她强忍住笑意，别过脸："虽然我是受益者，但周北洛，我还是有句话要跟你说。"

"你敢说要解除合作试试？"男生双眸微眯。

"……爱人七分满。"程晚一愣，看看周北洛缓解了些的脸色，眨了眨眼，"我为什么要解除合作？"

是我对你的爱让你忘记照镜子了吗？

对他好，反而好出错来了，凶什么凶？

程晚委屈巴巴地望着周北洛，成功把周北洛对视过来的目光反射了回去，又小步跟上去，耐心告诫："我刚才的话你听到没有？"

"爱谁都要以爱自己为前提……"

耳畔萦绕着喋喋不休的心灵鸡汤，周北洛推开玄关门，把领带解开随手扔在柜子上，又告诫地回头弯腰："程早早。"

"嗯？"

"你正常点。"

真是山猪吃不了细糠。

程晚抿抿唇，撇撇嘴，还是决定不听他的。她是边界感很强的人，就算亲密关系，曾经亏欠的也想一点点补齐对方。

餐桌上吊着的暖色水晶灯渲染着温馨的家庭氛围，两位贵妇一个看书、一个看财经新闻，一见他们两个小的回来，急忙站起来迎接。

周琪娑放下手中的书，嗔怪："怎么回得这么晚？"

"吴妈，快把炉子上煨的补汤盛过来……"

"等等！"程晚忽然出声，在众人惊讶的目光下，利索地套上隔热手套关了燃气，把瓦罐端到刚刚落座的周北洛面前。

"亲爱的，辛苦一天累坏了吧？"饶是疲惫，但她还是极力展示着自己甜美的笑容。

只是乖巧过头，有股被训练过的痕迹……

察觉到老妈和李帷清杀人般的目光扫来，周北洛张张唇，刚要说昨晚程晚的袜子都是自己手洗的，餐桌上又落座一人。

程晚小跑去厨房把自己的那份汤端来，坐得端正："亲爱的，我先不吃了，等你吃完了如果不够，我的也给你。"

"还合口味吗？要不要加盐加醋加生抽？"程晚双眸晶亮，定定地看着周北洛，仿佛这世界上除了让他吃好，就再没有更重要的事情了。

短短一周，娇养的小姑娘就被训成了狗……

李帷清和周琪娑眉头皆一皱。

李帷清想说什么，还是坐在餐桌前，没吭声。

周琪娑脸都黑了，语气森冷："晚晚。"

"嗯？"

"你好好坐着。"

"小洛。"

"……啊？"周北洛哑然。

"跪好。"

周北洛无语。

也不是真的让跪，但周北洛着实吃了点小苦头，周琪娑从没对他动过粗，这次却也是生拉硬拽地把人拖了出去。

周北洛没反抗，任由周琪娑把他拽到后花园，裤脚被地灯照得明亮，他疲倦地倚着梨树，等候发落。

原以为的问责并没有出现，周琪娑收起刚才在屋内的蛮横样子，神色不由得染上担忧。

自家儿子对外人和对程晚的态度分明，她一直都看在眼里，从高中起，他对晚晚就有说不出的照顾，之后国外留学期间每次也都会隐晦地问起晚晚的情况。

他绝不会让程晚受委屈的。

周琪娑眸光流转，保养得当的肌肤细嫩，想到一个极差的可能，忽然摇了摇头，语气有些心痛："小洛，你知道在一段稳定关系中，为什么一方会对另一方突然大献殷勤吗？"

"婚姻关系中往往存在着补偿心理，当一方劈腿，出于愧疚心理反而会加倍对原配好。"

周北洛嘴角瞬间僵住，低头盯着鞋尖的瞳孔骤缩。

五分钟后，周北洛遣散众人，揪着程晚的领子强势把人拎到后花园，飙了八倍的气势压得人喘不过气。

周北洛从来没露出过这种表情，程晚把七年前做的坏事都翻出来想了个遍，还是没想到哪里得罪过他。

女生紧张地吞了吞口水，脑袋后仰，对着近在咫尺的周北洛，话都说不利索了："有、有什么问题吗？有问题我们好好沟通，千万别打脸！"

"程早早。"

"我爱你！"女生紧闭双眼，抱着必死的心怒吼出声。

野猫绕着树干匆匆逃走，夜风静悄悄地把冷汗吹干，程晚心里七上八下的，堪堪睁开一只眼，却看见周北洛笑得突兀。

"嗯，我也爱你。"

两人互骂常见，互相告白倒是头一次。

程晚后知后觉地脸红，她手脚还没想好往哪儿放，又听见周北洛嗓音平稳中夹杂着一丝愉悦："你今天这么殷勤干什么？"

"……你可以理解为一种弥补。"

懒得想她是补偿什么，周北洛是得了便宜一定要卖乖的人，松松垮垮地放开她，率先往房内走去，蹬鼻子上脸地发号施令。

"那你喂我吃饭。"

少爷谱十足。

"没问题。"程晚稳重地拍拍胸脯，紧跟其后。

"嘴对嘴。"

"……去死。"

世界上有种人是给点阳光就灿烂，程晚一直以为周北洛不至于离谱到这种地步，直到她满足了他亲手喂他养生汤的这一愿望后，周北洛又提议让她坐到他腿上，他礼尚往来，要喂她。

压低脊梁坐在桌子另一边的程晚小口小口喝着汤，极力把视线控制在对面花孔雀以外的地方。

虽然误解了周北洛那么多年，心里亏欠感很强，但如果一直让她用这种方式来偿还，是不是有点太恶心了？

她罪不至此。

乌龟般缓慢地喝完汤已经到了晚上十一点四十，再开车回去的话大概要凌晨了，好在这时应该不会太堵车。

程晚一边想着，一边起身准备把碗碟收拾到厨房，手指刚要触到瓦罐边缘，就被对面的男生捷足先登了。

周北洛手指勾在罐口，三步并作两步，朝厨房的方向走得轻松。

"晚晚。"

刚把视线从男生背影上挪开，拎起拎包，程晚忽然听见背后传来压低的女声。

"小洛在收拾东西啊？"

程晚警惕地看向李帷清，蹙眉，缓慢点了点头。

女人还算满意，随后某种预料应验，程晚感觉肩膀被人揽住，耳边传来老妈语重心长的教导："平时跟小洛相处也不要过多迁就他，家务这方面该找阿姨找阿姨，实在要亲自做的，两个人平分着来。"

程晚表情坚定得像是要入党，嗓音铿锵有力："不行，老妈，我是付出型人格，一旦喜欢上一个人一定会往死里狠狠宠他。如果你在担心之后相处我们两个谁受委屈……肯定是我。"

身后慢步走来的周北洛被这突如其来的一番忠心表白弄得想翻白眼。

李帷清面上也有不同程度的呕吐欲，女人想了下，还是懒得管这种一个愿打一个愿挨的关系，眸色深沉了些，语气缓和，话锋转得飞快。

"既然如此，那我建议你们两个月内就订婚。"

李帷清自认为不算是封建主义大家长,从原生家庭的层面来讲,周北洛家庭幸福,父母关系极佳,性格和能力都没有缺陷,是她看着长大的。她冥冥中就觉得这孩子对她家晚晚态度不一般,现在晚晚也喜欢他,那两人订婚就是水到渠成的事。

　　女人旁敲侧击地适时点拨道:"现在上京有很多人都等着周北洛,你不抓紧……"

　　"那有没有人在等着我?"程晚疑惑地对上老妈的视线。

　　"有是有……"

　　"可以让这两拨人自由配对。"

　　"那样女方可能要比男方多一半的人。"李帷清嘴角直抽,不敢相信自己的思路真的被程晚带偏了,"……你平时跟小周也这么发癫吗?"

　　程晚坦率地点点头,刚要继续跑偏,眼前就竖起一根细长手指。

　　"期限重新调一下,订婚安排在一个月内。"李帷清表情木木的,说完扭头就走。

　　时间再长点,小洛就该认清自家闺女的真面目,裹麻袋跑了。

　　很长时间内,程晚都感觉老妈其实是个NPC,只会机械地下达旨意,推动剧情发展。

　　一个月或两个月其实对她而言无差别,她要办的事情反正就在一周后。

　　目送李帷清上楼后,程晚回头和周北洛对了个疲惫的眼神。

　　忙了一天,也该洗洗睡了,幸好明天是周末,她可以趁机补个好觉。

　　内测完改了许多补丁包,现在《荒魔狩猎》全网上线只是时间问题,周北洛作为负责人其实熬得不算轻松,但程晚身上好像有种天然的松弛感,只要一靠近她,他紧绷的神经就能不由自主被带跑,暂得喘息。

　　钟点工阿姨利落地收拾着桌面的外卖盒,程晚瘫在沙发上,扔掉手中的牙签,忽然升起一个念头——

　　昨天的殷勤服务,周北洛接受得理所应当,甚至还找机会蹬鼻子上脸了,虽然最后碗碟是他收拾进厨房的,但这未尝不是人前做做样子。

　　虽然她不想结婚,但万一呢?

　　万一她和周北洛真的阴错阳差结了婚,或者是结束这段畸形关系进入真正的同居生活,谁做家务?

　　程晚被自己的想法噎住,随后鬼鬼祟祟地瞄了周北洛一眼。

　　曾几何时,她也是个满心风花雪月的人,没想到现在竟要算计起鸡毛蒜皮来了。

　　……得建立个家庭赏罚机制。

　　阿姨在规定时间内工作完毕就拎着清洁工具离开了,程晚假模假样地伸了个懒腰,清了清嗓子,瞄向侧边沙发上用iPad批文件的周北洛:"可以帮我倒杯水吗?我的鞋……"她手疾脚快地踢走拖鞋,继续可怜巴巴地看向男生,"找不到了。"

　　滑动文件的手指有些卡顿,周北洛眼神意味不明地扫上她晃悠在沙发边沿的脚,翻了个白眼,还是扔下iPad,站了起来:"冷的热的?"

　　"热的。"程晚回应得积极。

　　半分钟后,程晚手捧着温热的水杯,挪着屁股往周北洛的方向靠了靠。

　　听说训男人和训狗一样,都适用儿童心理学,在对方完成指令的时候应该予以嘉奖。

"周北洛,你知不知道,在最渴的时候,家里有人能递来一杯温水,对我而言是多大的鼓励……我真没想到你能帮我这么多,真的。"

幺蛾子一套接一套,周北洛已经懒得理她了,但说不清道不明的,男生的眉眼还是舒展了些。

他"啧"了一声,说了句"别废话",而后起身去冰箱捞出盒切好的桃子。

"真的是给我的吗?"程晚"诚惶诚恐"地仰头对上周北洛的视线,有些感慨,"从来没人对我这么好过,遇见你真的太好了。

"你对我这么好,有什么是我能帮你的吗?"

不是没听过海王钓鱼的故事,渣女一般都会这种话术。

打发得有点轻易,周北洛眸色深了些,不经意又看见程晚得意时下意识晃荡的脚。

她的脚踝很细,骨骼感不重,显得很轻盈,晃悠的时候,像是藏不住心思的小尾巴。

周北洛的目光从她泛红的脚尖上挪开,对上女生狡黠的视线,他不紧不慢地牵起唇角。

"那我要舔你脚。"

圆润泛红的脚趾瞬间蜷缩压到屁股下,程晚抄过沙发上的抱枕挡在胸前,神色是前所未有的慌张,惶恐一片,双眼怔怔提防着,像是钉在了他脸上。

"怎么了?不是问有什么是你可以帮我的吗?"

周北洛仍旧挂着人面兽心的笑,直到把人逼到沙发角落后,下压的身形才总算定在半空。

眼看着周北洛手掌朝着她脚踝抓去,程晚彻底不淡定了:"你做事情前有想好后果吗?"

强取豪夺就为一双脚,下场将是之后永远无法看见她赤足的样子,害她每天都要费力套袜子,还是不是人?

"什么后果?"周北洛黑眸静静睨着她,嘴角微扬,"满足我啊?"

"……讲真的,我之前知道你这个人不太正常,但我没想到能变态到这种地步。"程晚小腿用力,双手紧紧抱着沙发扶手不松,"恋足这种事情起码也要等把我骗到手之后再宣布吧?"

"谁说我恋足了?"抓她小腿的手掌稍稍一送,周北洛腾出块地方,接着在女生慌张的目光下大大方方地坐在了她旁边,"你以为我准备干什么?"

程晚尴尬了一瞬,将小腿圈在臀前:"就算行为正人君子,言语也要规范懂不懂?"

"舔脚都不行吗?老子地位低到这种地步?"周北洛懒洋洋地投下目光,似乎理论的不过是个尊严问题。

程晚实在是被他这副理直气壮的样子搞怕了,她闷了口气,想说什么,最后还是没开口,趿拉着拖鞋换到侧面的小沙发上坐着。

可她屁股还没落座,身边又凑过来一个狗皮膏药。

四目相对,程晚额头顶着两条黑线望过去。虽然她没说话,但周北洛大概能明白她腹诽的不会是什么好词。

男生直直望回去,薄薄眼皮压着眼尾,看着好无辜。

"你又在干什么？"

"朝你摇尾巴。"

程晚有点蒙，哪儿像了？

……侵略者闯进家门。

家庭赏罚机制实在是建立不起来，程晚隐隐觉得自己如果和周北洛真这么过下去，大概会被他压制一辈子。

如果说现代社会无法修真，那每个人的脸皮至少也是有修炼等级的，周北洛现在是大乘期，她是筑基期，和他生活在一起，她压根没什么胜算可言。

但情况特殊，这段时间还是得哄着，至少在下周一前，她需要卑躬屈膝，以防周北洛这种脸色比天色变得还快的人临时鸽了她的劈腿行程。

在大众面前扮演个被绿的形象，确实很牺牲。

程晚假模假样地从洗手间捞出拖把，假装自己很忙地单手拖着地，另一只手点开手机备忘录，构想着"出轨"当日的流程。

关于这事，赵多漫也跟程晚商讨过，要想胜算大就要争取把圈子里的朋友都叫来，顺带着掐灭了李帷清之后可能会帮程晚张罗圈内其他男生的心思。

但是这事有风险，如果她对除周北洛之外的其他男生感兴趣，可能会很难攻下别人。

……果然闺蜜都是无脑站自己，经赵多漫提醒，程晚倒是认真思考了一番。

人心多变，她又是个三分钟热度的性子，变心这种事情，如果没结婚，或许有可能，谈恋爱嘛，分分合合也正常，但如果真的走到和周北洛结婚那步，她保证绝对不会对除自己另一半以外的人上心。

婚姻不仅是荷尔蒙顶点的产物，要维持更久更多考验的是责任感。

"阿姨上午不是刚拖完？"

程晚思忖到一半，耳边忽然传来利落的男声。

周北洛套了件白T恤，眉宇间乍现的少年气展露无遗。

程晚握紧拖把，语速超快地说："再拖一遍。"

"喜欢为你付出的感觉。"

视线从压根连水都没沾的拖把移动到女生那张笃定的面孔上，周北洛握着马克杯，微扬了下唇。

"那你继续。"

程晚腹诽：你还是不是人，一点分担家务的责任感都没有。

自从程晚主动表现出对家务特别青睐后，周北洛奖励她的方式从转账变成了夸她地拖得干净，倒的水温度正好。

这种男生实在厉害，程晚被夸得晕头转向，就算骨子里的惰性作祟，拖把只拿一秒钟，也会故作矜持地在他面前溜达一遍。

一连装模作样了七天，翘首以盼的出轨大日终于到来。

这天的计划早就做周全了，事件主人公齐群在酒店哭了一晚上还是说服不了他们换人，于是一边抽泣，一边任由赵多漫从横店请来的特效化妆师在脸上涂厚厚的膏体。

"真的能保证我不挨打吗？我怎么觉得你们没把计划的全部内容告诉我？周哥冲进来后只是握拳？不交代一下他紧握的拳头最后砸向何处吗？"

程晚一脸奉承地看看齐群，又看看周北洛："一些细节无关痛痒，只要整套戏完整演下来就好。"

她说完拉了拉布料不多的绛紫色吊带裙，提步准备走："我去问下赵多漫那群纨绔子弟到哪儿了，你们聊……"

"别把他留在这里！"齐群眼疾手快拽住转身的程晚，刚要说些什么，脸上就落下一道冷漠得吓人的目光。

齐群一愣。

"呃，对不起齐群，我马上带他走。"程晚挠头拽住周北洛，"我们出去说。"

开了两间套房，隔壁一套专门用来应急，程晚一边掏手机拨电话，一边把周北洛往房里塞。

"我好不爽。"男生嗤了声。

望了眼周北洛的脸色，程晚犹豫片刻吧唧一口吻在他脸颊："现在呢？"

"一般。"

"差不多行了。"程晚无心应付他，注意力全放在等待接听的提示音上。

周北洛冷笑一声：你这时候还敷衍我……

"喂，晚晚？"

电话被接听，听筒中赵多漫的声音有些含混。

程晚提了口气，捂着手机的收音孔，同样小心翼翼的："事情办得怎么样？"

这是变数最大的一环，如果圈子中子弟都到了，后续舆论不用散播就能水到渠成。

程晚攥紧手心，不免有些紧张。

"十分钟后人就能到，"赵多漫从后视镜里看了眼身后一众豪车，语气冷静沉着，像在准备一场战役，"时刻准备迎战。"

"……好。"

"时刻准备迎战"传进周北洛的耳中就像是"时刻准备被绿"。

男生绷紧的脊梁和冷淡的面部表情都摆明了不配合。

挂断电话后，程晚暗暗给自己鼓了鼓劲，抬眸看见周北洛这副半死不活的样子，瞬间又提了口气。

虽然周北洛的心理建设她在家里就已经给做好，但这人今天怎么看上去这么不靠谱呢？

程晚心里犯嘀咕，刚上前两步想再确定一下，房门突然被敲响。

"程小姐，那位先生的妆已经化完了，如果没事，我就先走了。"门外是刚才的化妆师。

"好的。"思绪被打断，程晚应完，又低头看了眼表。

只剩7分钟了。

匿名给李女士发送的短信也已经送达，七分钟后，这场荒唐的闹剧终于能结束了……

在二十多年的历程中，程晚都不同程度地反抗过李帷清，但每次都会落败。她这次反抗的方式确实畸形，而且破釜沉舟，可确实已经是她能想到的最永绝后患的方法了。

程晚快步走到洗手间的镜子前整理了一下衣服，从包中掏出腮红，又往鼻尖和面颊涂了涂，看着神情更荡漾了些，才提步出来。

"那我先去了？"

时间有点紧，再耽误不得。

"程晚，"她飘扬的裙摆还没被风吹起，周北洛忽然从背后牵上她的手，"你要不要再亲我一下？"

周北洛唇形很漂亮，只是很薄，看着寡淡，接吻时染上红色，又会显得稠艳。

目光在他唇上停顿了约莫有半分钟，程晚才反应过来。

……男色误人。

不知道为什么，她总觉得周北洛现在像是憋着股什么劲儿。

以防他突然犯浑抱着她不松手，程晚犹豫着还是扯开了他的手："晚一点再说？"

空气停顿一瞬，周北洛只轻轻"嗯"了声。

他低头看了眼自己被扯开的掌心，问道："我大概什么时候出去？"

"听到外面有动静之后差不多一两分钟就可以了。"

盯着他的表情思忖片刻，程晚忽然想通了什么，赞叹地比了个大拇指："以你现在的表情出去就行，一会儿如果不想说话，什么话都不用说，只要我这个荡妇演到位，你就是个受气的可怜包。"

"好。"

周北洛没什么兴致地应了声，转身刚要去沙发上坐，忽然又听见身后冒出声"对了"。

他内心那点隐秘的期待被勾起，随后程晚浅淡的嗓音提醒得郑重。

"一会儿千万不要对齐群动手，人家是帮我们的忙，演戏不用演到这个份上。"

"……知道了。"

人生中会经历很多傻傻的场景，但齐群万万没想到自己有一天居然会赤裸着上身和程晚共处一室。

他真的有点难受，从身到心……

程晚也有种说不出来的感觉，看到齐群的鹌鹑样更多是想笑，一会儿要是笑场就完蛋了。

女生分散注意力，默默掏出手机看了眼赵多漫发来的消息。

赵多漫：三分钟。

她飞快回复。

程晚：好，已经准备就绪。

特工接头也不过如此。

收起手机时不经意扫到周北洛的对话框，程晚考虑要不要给他发条消息活跃下气氛，想了想还是作罢，凡事都等演完再说。

她望向一边赤裸着上身的齐群，咬了咬牙，视死如归道："来吧。"

其实孤男寡女共处一室而且在穿得这么少的情况下，就算没有实质性的动作和肢体接触，也完全可以定罪。

人的想象力是无穷的，况且这种场景好像压根就不需要想象力……是个人都会往歪了想。

齐群嘴角抽了抽，忽略掉程晚的那句"来吧"。

人在紧张时，时间总是过得慢。

电梯"叮"的一声响起，程晚迅速钻进浴室，稍稍打湿发尾。

门外的声音有许多相识的，隔着门板，她大概能分清一些。

"真的假的？连周北洛都能被绿的话，世界上广大男性的爱情还有没有保障？"岩谷应邀从港城飞来，刚下飞机还没喘匀气，就跑来当托。

"程晚不像那种人啊，不对，她以前好像就和个海王混在一起，这么推敲好像也说得过去……"

"所以这件事最受伤的就是周北洛，他可是暗恋了七年啊！"

"有没有人通知他？感觉这件事不告诉他不太好。"某位穿着小香风的小巧女生心思活跃了些。

这女生比周北洛小两岁，家里是做海运生意的，貌似从小学时就经常出现在周北洛家门口，明里暗里想和他接触。

赵多漫轻咳两声，刚想敲打她两句，想到自己今天的身份，咬唇还是作罢："我们都先别议论了，免得打草惊蛇。"

"都先静一静，我敲门。"

"能不能录像啊？好劲爆，一会儿不会出现什么火辣场面吧？那奸夫到底是谁呀？这么大魅力，对手可是周北洛……"

此起彼伏的议论声根本压不下。

程晚飞速冲过去扭开门把手，而后在门开了一条缝时，又急速逃往床角，灵活得像条泥鳅。

"你离我远点……"提心吊胆的一刻就要到来，齐群裹紧被子，欲哭无泪。

"再不配合，我叫周北洛揍你。"程晚龇牙，半开玩笑地威胁。

她风情万种地撩下一根肩带，距离齐群一米远的时候才停住。

"门好像开了，"赵多漫收到信号，回头朝众人"嘘"了一声，"大家都别拿手机拍，我们慢慢往里走。"

床边紧绷的两人比踱步进来打探的赵多漫还要谨慎。

程晚余光瞄见人影后，立即大惊失色裹紧外套，演技略显浮夸："你们是谁？怎么进来的？"

"谁让你们进来的？出去！"齐群躲在被子里，叫得比程晚都娇俏。

赵多漫掐着大腿拼命抑制笑声，手指着大床，语气难以置信："我不信……晚晚原来你真的……"

"周北洛人呢？快叫他过来！"混迹人群中的小香风名媛反应最快。

女生踩着高跟鞋，握紧手机飞快往外跑，然而她还没走到门口，心里的男生已经大步跨来，气场玄之又玄。

程晚明显感觉到自周北洛踏进房间后，屋内气压变得极低。

围拥在门口的众人自觉为他让道，到这儿这事就算成了80%，李女士一会儿过来看个结尾就算齐活了。

程晚心里的一块巨石算是落了地，紧张地吞了吞口水，而后掐手指使劲逼出几滴眼泪，仰头看着楚楚可怜，但谁都能看出是美女蛇最后的引诱："周北洛，我……是我对不起你，我想我们还是……"

目光交接的那刻，程晚忽然觉得有哪里不对，她还没觉察出来由，就看见周北洛清越的眉眼一扬。

"没关系。"

"我选择原谅你。"

好像一束晴天霹雳砸下，程晚几欲暴走。

齐群见势不妙，手掌隔着被子捂住程晚的嘴，生怕她说漏什么，到时候自己也吃不了兜着走。

"冷静点啊！"

"贱男人，你在干什么？放下你的手！"

"正主来了，小三还敢这么猖狂？"

"吃我一手机！骚男！"

…………

一小时后，程晚出轨骚男，绿了周北洛，且周北洛不计前嫌，欣然接受贵女回归家庭的"喜"耗传遍上京。

除程晚以外，众人全是一副被爱情感化的欣喜样子，甚至还有不少女生私发消息向她取经该怎么拿捏男人。

这都什么事？

和周北洛一前一后步行到酒店会客厅，程晚环顾了圈空无一人的四周，心里憋的气终于有地可发了。

女生卸下挎包，气势汹汹地仰头挥拳砸周北洛的胸膛。

"为什么改计划？你不觉得你应该向我解释一下吗？"

"我说了你没亲好。"周北洛手掌包住她的拳头，还笑着。

"……周北洛，这不是你在过家家！"

意识到程晚真的认真了，周北洛脸上吊儿郎当的表情才收回，自顾自从饮水机里给她倒了杯水，递过去，口吻运筹帷幄。

"你的计划其实没变，只是原因换了下，阿姨如果再逼你订婚，你可以拿我出去挡。你出轨未遂，我心存芥蒂，你要哄好我再走下一步。我不松口，你没有办法逼我订婚。"

"可是……"

"我觉得这是两全其美的,我不担心自己会被别人怎么看,最重要的是保证你不会像以前一样把我一脚踹开。"

程晚有些跳脚:"我什么时候一脚……"

"别说你没有过。"

周北洛投下来的视线忽然变得冷冽,程晚瞬间被定在原地。

脑海中混乱的思绪逐渐被理清,她细想了想,这事好像真的没人受害,她不是不讲道理的人,刚才也只是计划被打乱情绪上头。

周北洛说得对,她的目的现在也能达成。

酒店闹剧一过,周北洛买通营销号断了消息,这事只在几个知情人口中流传,李帷清赶来时气不打一处来,也被他挡了过去,左一个阿姨右一个阿姨好歹给劝好了。

结果唯一不同的是,两人对外的关系仍旧是情侣。

周北洛这么做的目的,程晚或许也能懂,这段时间虽然两人相处愉快,但好像始终没有确定真正的关系。周北洛行事果断,但不知为何在她这里尤其缺乏安全感。

其实是她没有考虑周到,临近这件事前也没照顾好他的情绪。

……是有端倪的,他不安的时候。

"算了。"程晚撇撇嘴不再说话。

饶是知道周北洛占理,程晚也不想现在就给人道歉。

她闷头讷讷开口,准备后期找个机会再跟他解释这件事:"现在先回家?"

程晚接过他手中的一次性纸杯喝了口水,身上多的毛总算平复,又恢复之前那副乖巧样子,转身自顾自把杯子丢进垃圾桶:"走了。"

"程晚。"

"嗯?"

她顺势回头,唇上忽然贴上一个纯净的吻。

刚喝过水,唇瓣是润的,挂着很细腻的水珠,程晚心跳如擂鼓,能感觉到周北洛在她唇上含吮的动作。

潮湿又亲昵。

周北洛右手搭在她左肩上,细长指尖轻轻搭了一点脖颈,能捕捉到她换气时喉结的滚动。

"走廊有人吗?"他松唇,接完吻的眸色却很干净。

"没有……"程晚还迷糊着。

"所以这次我亲你,只是因为想亲。"

不是作秀了,以后都不会是作秀了。

"程晚。"他又叫了声她的名字。

"跟我谈恋爱吗?"周北洛牵唇,眉眼中的爱意甚至能看出具象,"七年前我就想问你了。"

那天最后自己回了什么,程晚都忘了。

但"七年"这个词第一次从周北洛口中认真吐出来,她瞬间有种被穿梭的时光列车击中的感觉。

周北洛那天吻了她好久，她自认为不是个害怕亲密接触的人，但他当时几欲把她吞入腹中的样子真的看上去有些可怕。

可冥冥之中，程晚又觉得他是没有失控的，在她呼吸不上来时，他也会放手，给她两秒喘息空间，然后再贴上来，浅尝辄止，像是根本没够。

程晚推开他，但他实在会卖惨。

他低眸，对上她的视线，语气很轻很压抑："我忍了好久，宝宝。"

……毕竟七年，她忍。

于是确认关系的第一天，程晚顶着一张被亲肿的嘴，遮遮掩掩，做贼似的走进公司。

圈子内的人都有分寸，明白一些传闻只能身边的人知晓，所以公司内的人对"程晚出轨，周北洛晋升上京第一沸羊羊"的事并不知情。

周阿姨那边可能周北洛解释过了，也是平静无波。除了李帷清几乎半天一个电话，告诫程晚这事儿千万不能再犯，程晚再没受过其他人打扰。

她不怎么和圈子内的人有交集，唯一接触的赵多漫、齐群、岩谷三人也都知道实情，那件事情仿佛就那么过去了。

好像一切如常，但又有什么不一样。

和周北洛人前作秀亲昵后，再也不用倏地一下弹回原地，保持距离。

心里也好像比之前更满了些……

游戏即将上市。

公司上下就像筹备了三年的考生终于得见高考一般，压抑久了，关在笼子里的考生看见一道人咬狗的题目都能笑半天，何况是遇见程晚唇被啃肿这么劲爆的八卦。

赵刚刚这个工作狂终于有了凡心，五大三粗的男人在两人中看来看去，表情变化纷呈："你们的嘴唇……"

正抱着电脑打会议纪要的程晚猛地抬起头，脸绯红，瞬间哑然。

刚才进来时她明明是戴着口罩的，但周北洛那个王八蛋偏偏讲开会要穿戴整齐，硬是把她的口罩扯走没收了。

真搞不懂这个贱男人是不是有什么恶俗的暴露癖。

程晚欲言又止，幽怨地朝主位的男生看了眼。

周北洛笑了声，还没出口打圆场，小崇就鬼机灵地冒头，用看似声音很小，但其实周围人都能听见的声调提醒赵刚刚："别问了，Boss和晚晚姐的事情不是我们应该管的，不就是唇红了点嘛，嘿嘿，肯定是亲狠了，仔细看了看，原来还有破皮……"

唇上的视线瞬间云集，比刚才强烈十倍，程晚突然想把面前的桌子吃了。

"好了，一会儿留时间八卦，先把《荒魔狩猎》的流程敲一遍。"周北洛撑肘，慢悠悠忽略掉程晚哀怨的眼神，开始谈正事。

宣发部门和技术部门的员工逐一汇报，程晚着重听取记录，只有在听见自己的几条小建议被应用上时，才会轻微翘下嘴角。

她的属性很奇特，一般情况下喜欢摆烂，但在自己的喜好领域总有股用不完的冲劲儿。

手边的文件夹重重叠叠，趁着空隙时间，程晚飞速翻到最后一页，低眸状似不经意地瞟了眼。

周北洛和她坐得极近，恍惚间也看见她本子上写着什么零散短语。

好像是什么纪录片，关于"自然""小人物"之类的。

虽然时不时会冒出小机灵的鬼点子，但程晚毕竟不是专业人士，在从大学时就筹备游戏的大神面前，她自知是个小菜鸡。

周北洛在古代应该是个昏君，在员工面前也不由分说地护着她，差点就明面给个空职位，有钱有闲地养着了。

虽然公司上下关系和睦，不会有人说闲话，但程晚自己心里还是有点别扭。

她其实挺愿意当米虫的，但不知道为什么，就是不想在周北洛眼里也是这样的形象。

程晚自告奋勇接了下午外出的活，和小崇一起去机场接一位广告商，时间紧，任务重，两位女生在出租车上就把合作事项谈了个七七八八。

安全把甲方送到酒店后，程晚才揉了揉酸胀的肩颈，合眼坐上回公司的车。

已经到下班时间，但周北洛最近基本都要熬到零点才回去。

他看着比之前更瘦了些，程晚上午带了周阿姨托人送来的排骨汤，等下准备去茶水间用微波炉加热后盯着他喝下去。

车子行驶飞速，到楼下后，程晚是被小崇摇醒的。

她迷糊了一会儿才顶着落日下车。

"晚晚姐，Boss好像在那边。"

光线有些刺眼，程晚下意识朝小崇指的方向看过去。

周北洛在抽烟，肩宽腿长，窄腰被西装勾出利落的轮廓，周遭来往的人的眼神堪称觊觎。

他灭了手上的烟，抬头正好对上程晚的视线。

不知道为什么，程晚突然怔了下。

男人步子缓慢地走来，只剩一步距离时，忽然趴到她肩上。

浓重的呼吸夹杂着浅淡的烟味，周北洛浑身的重量全压在程晚身上，程晚下意识推他腰："重……"

"忍一会儿，我好累……"

明明没在她面前暴露过脆弱，但第一次格外得心应手。

程晚用了点力，撑住周北洛的身体，口吻不自觉变温柔："很累吗？"

"有点儿。"男生声音很淡，埋在她颈间吸了口气，跟充氧一般。

"……差不多可以了，来往人好多。"程晚有些不自在起来。

装的时候恨不得尽人皆知，现在真谈上了也不知道扭捏什么。

周北洛轻笑一声，压得更狠："然后呢？人多怎么了？"

"你好烦……"察觉到周北洛的恶趣味，程晚有些别扭地低声出口。

"我烦什么了？"他还在笑。

喜欢程晚，要和程晚好这件事，周北洛从来就没在乎过别人的看法，包括程晚的。

程晚说讨厌他也没用，说他烦也没用。

他这人其实很轴，谁的话都不听。

稍微缓过来了点后，周北洛才慢动作地撑着她的肩膀从她身上起来："今天早点下班，看个电影？"

瞄见男生眼下的乌青，程晚顿了下："不是很累吗？不然回家看？"

"不行，我就要去电影院。"周北洛忽然变得有些好胜。

程晚刚要开口，手中被甩来一张活页本纸。

纸张泛黄，字迹有的也洇开了，不像是新写的。

程晚意识到什么，飞速望了周北洛一眼，重新低眸去看时更加认真了。

> 2018年3月4日
>
> 真难开口，为了请她看电影，还要攒个局请小组的人全看。找了部当时口碑最好的动作片，她推辞说不爱看动作片，只好换了部爱情片，又被祖宗说眼光差，爱情片都注水。
>
> 最后她又说灾难片看了会做噩梦，我生气了，有点凶地威胁她，如果不去就把她跟坏学生玩的事告诉她妈妈。
>
> 她看着像是要哭，不情不愿地跟我去看了。
>
> 她应该不知道，三年前的今天是我们第一次见面。
>
> 哦对了，当时她换了座，从英语讨论小组换到了值日组。
>
> ……请值日组同学看电影的大傻子全天下应该只有我一个。

高中时的很多事，程晚都记不太清了，更别提是例行公事般小组团建去看个两小时的电影。

茫茫三年中，有太多数不清的时间是周北洛一个人度过的，她以为孤零零一个人闯荡的青春期，在他心中却始终是打着聚光灯的。

攥着纸张的手指有些发白，程晚不知从哪儿生出些歉意，刚要说什么，脑袋就整个被压在了男生的肩膀下。

耳朵被夹得发疼，眸底酝酿的那点歉意消散殆尽，程晚有些愠怒地去扯他的手臂："神经病啊，周北洛，你松开……"

"程早早。"他不仅夹她脑袋，还腾出一只手去捏她的脸，这般亲昵的动作他似乎生来就会。

周北洛笑着，眼底却一晃而过那份沉意，嗓音倏地变缓，慢悠悠地开口："你刚才在想什么？"

情绪重新回到原点，程晚别过视线，总算没揪着他胳膊不放。女生高傲地随口回了句"你管我"，而走出一段距离后，又小声落了句："对不起，那时候该和你去看电影的……"她没想到当时周北洛那么在意那件事。

"你道哪门子歉？"周北洛脸上笑容收了，看着比刚才正色几分。

周北洛这人有个毛病，许是从小养尊处优的缘故，在非正式场合说话总会显得刻薄，两人高中时的矛盾也大多源于此。

程晚被没来由地一凶，有些委屈地垂眸，没理他。

察觉到她的情绪，周北洛态度温和了些，有些无奈，放下了捏她脸蛋的手，又反着手背凑上去揉了揉。

"因为不喜欢一个人道歉，天底下没这样的道理。

"程晚，你从来都没亏欠我七年。

"相反，是你让我的七年得偿所愿。"

程晚的瞳孔一瞬间收紧。

影院内暗影幢幢，深色的座位被银幕的微光点照，程晚看着看着，忽然有些心神不宁。

片子是她选的，是有很多反转的剧情犯罪片，这种烧脑剧情一般情况可以过滤掉一些醉翁之意不在酒的小情侣，但许是时间不对，朝九晚六的上班族吃完晚餐后，只剩这么点时间和暧昧对象相处。

没确认关系，晚上带回家太过分，但干柴烈火实在难以抑制，于是灯光暗又安静没人打扰的场合就只剩这么一个了。

想到周北洛工作疲惫可能需要补觉，程晚特意挑的最后排座位。

这下倒好，斜对面一对抱着互啃的，正前方一位亚麻发色的男生也刚刚将两人之间的挡板挪开，珍视地将女友的长腿搭在自己的大腿上，动作堪称缠绕……

若有似无的亲吻声带着都市丽人身上的玫瑰花香高密度传来，程晚不由自主地吞了吞口水。

她有些紧张，倒不是害怕周北洛对她做些什么，只是感觉在这种氛围中，他们要是不做什么，确实有点说不过去了。

程晚侧眸飞速瞄了正目视前方的男生一眼，轻咳一声，蹑手蹑脚地学着把两人间的隔板推到椅后。

周北洛注意到她的小动作，低眸轻笑一声，刚要说些什么，突然听见她凑到耳边的轻声细语："好宝，你累不累？要不要把腿搭到我腿上？"

工作繁忙，再傲慢的事业男都该有个得以喘息的港湾，程晚眼神关切，眸底更添认真。

周北洛一阵无语："说反了？"

程晚压低声音："没有呀。"

周北洛实实在在翻了个白眼，手把手地把人脑袋摁到自己肩上，随后没好气地瞥了眼她隐在工装包臀裙下细长白皙的腿："自己搭上来。"

"哦……"

程晚犹犹豫豫地把小腿搭上去，莫名对前排缠绕在一起的小情侣的敌意小了些。

周北洛身上的烟味散尽，只余一点草木香，他不知道用的哪款香水，香味只在贴近的时候能闻到一点，不媚态，很清爽。

"你再敢说兄弟你好香,今晚你就完蛋。"

"我才没有要说,"搭在他膝上的腿有些不自在地磨了磨,程晚屁股都坐不稳,最后抱上他的胳膊当是受力点。

身高差刚好够一个低头接吻的距离,对视中,不知怎么唇瓣就已经相贴,反应过来时,程晚连忙掐他。

她不想也发出奇怪的声音。

黑沉的瞳色压下来,周北洛撇了下唇:"后悔了。"

程晚不知所以地看过去。

"应该听你的,回家看的。"周北洛语气淡淡的。

坐在副驾驶座上困意作祟,程晚一路都昏昏沉沉的,双眼刚快合上就被一声急促的电话铃声打断,蓝牙显示屏上是一串陌生号码。

她抬眸瞄着红灯转绿,探头刚要帮着按接听,却见周北洛垂目迅速捞出个蓝牙耳机塞进右耳。

窸窸窣窣的交谈声顺着左耳流入,男生神情明显愉悦,虽然对答中只是简明扼要的"可以"和"好",程晚心中的警报还是瞬间拉响了。

以往工作上的私密文件都能任她翻阅,现在普普通通的电话她却听不得了,还刻意把耳机拿出来……

女生摇摇欲坠的神经在望见周北洛挂断电话后隐隐上扬的嘴角更加崩溃。

"……周北洛,你完蛋了。"

"嗯?"

"我的占有欲发作了,你完了。"程晚表情阴恻恻的。

周北洛又笑了一声,明摆着知道她心里怎么想的,故意不解地挑了挑眉,嗓音散漫:"那你准备怎么对我?"

"手脚捆住,关小黑屋。"程晚凶恶地磨了磨牙。

"那能不能还在我脖子上挂个铁链,边勒铁链边亲我?"周北洛目光含情,悠悠顺着她细长的指骨一直看到她的唇,眸中隐隐闪耀着期盼。

程晚噎住,像看见了什么脏东西般果断收回视线,猫腰缩角落不吭声了。

一直到迈巴赫停到别墅的车库,程晚都没等到周北洛向她解释刚才电话里的人是谁。

相处这么久,她早已知道他记性好,一些合作方联系人只备注姓氏就能知晓对方身份,但连备注都没有的,偏偏聊起来还相谈甚欢,真的很蹊跷……

45°仰望天空,程晚努力不让自己眼角的泪水流下,盘腿在沙发上闷闷不乐了一会儿,又从醒酒杯中倒了杯红酒饮光,脸颊被酒气熏到酡红,才趿拉着拖鞋走到书房门前。

"叩叩"两声敲门声,程晚可怜巴巴地打开书房门望向座位上的男人。

周北洛一边简单回应着会议中员工的问题,一边打量她。

程晚身上的酒气有些浓,原本的裙子被大大咧咧地撩到大腿,上衣也由原来的紧身变得松垮,但应该还没完全丧失神志,正端坐在书房里的木椅上老老实实地看着他。

"怎么喝酒了?"周北洛短暂闭了下麦,刚吐出一声,又听见电脑里有员工叫他。

程晚见状继续老老实实地坐好,眼睛像是长在他身上一般上下打量。

周北洛头身比极佳,脖颈细长,浑身骨骼感很强,这样的男生光是在全员校服的高中时期就够引人注目,更别提如今加上事业有成的光环。

"唉……"程晚自顾自摇了摇头。

酒劲上头,她沉默片刻,突然壮着胆子快走几步,双手撑在黑木桌面,牢牢地对上男人的视线。

周北洛:"说。"

视频会议恰好结束,但一会儿还有额外的工作等着,男生盘了盘今晚的工作量,抬眸眼神冷冷清清,直到触及程晚委屈的视线,才从工作状态中脱离出来。

周北洛温了温眸色,绕过桌子去抱她,直接托臀把人放在大腿上,耐心地放低音量"嗯"了一声。

程晚烧着的脸更加绯红了,她做作地没吭声,直到耳尖被掐了下才说:"哼,不要你管。"

周北洛的手肘恰好搭在她鲜明的腰线上,笑了声,看她气鼓鼓的样子,又放低姿态:"你不说,我怎么哄你?"

呼吸交织,程晚感觉空间逼仄,赶在他要吻来的前一秒把脸转了过去。

"你离我远点……"

预期中的吻落空了,工作已经消耗不少耐心,周北洛低眸盯着程晚委屈的模样,强势地抬起她下巴,扭过来亲上。

湿润的唇相接。

程晚神经异常敏感,周北洛只是细吮,就感觉又软又韧的触感在唇上辗转,像自然界某类动物间无声的安慰。

程晚被亲着,紧张得直起背脊,手肘下意识钩上男生的脖子,指节插进他头发中。

感觉到程晚有意加深这个吻时,周北洛却故意使坏放开了她。

程晚一时不明,晕着水汽的迷蒙眼神里还带着疑惑。

像是被她这个表情取悦到了,周北洛盯着人笑了声,咬着腔调学她刚才的细声细语:"不要你管……"

这人怎么这么欠?

程晚感觉没面子,小臂死死箍住他,脸埋进男生的锁骨处,语气透着威胁:"送我回卧室。等我睡着你才能去工作。"

脖颈间的温热呼吸打得麻痒感浓郁,周北洛感到好笑,语气愈加懒散:"程早早,你还讲不讲理?"

他嘴上虽这么吐槽着,实际已经抱着人站了起来。

酒精催化得骨头软,程晚察觉到周北洛踩着楼梯一步步走得稳健,她吸吸鼻子,抱他抱得更紧了些。

主卧在二楼，之前凶神恶煞地挡在门前宣称他不准入内的人，今晚也蔫得不说话了。

周北洛好好把人放在床侧，又蹲下身平视着她的眼睛："头疼不疼？"

窗外徐徐夜风吹入，程晚视线越发清晰，酒劲散了些，但她还是不想让周北洛就这么离开。

她熟悉他的习惯，一般安顿完就是要走了，离开书房时，她还有意瞄了眼，他的手机还放在桌上。

稍稍耸了下鼻头，程晚躲开视线："你要去工作了吗？"

周北洛手掌摁在女生头顶蹭了蹭，大概知道她这般患得患失的原因，可那是给她准备的惊喜，他实在不想提前告诉她。

男生安静了一会儿，才不紧不慢地"嗯"了声："我工作完过来看你睡觉好不好？"

"不行……"鼻腔倏地有些发酸，程晚攥着他的袖口，眼神哀怨，说什么也不想放他走。

周北洛又安抚地吻了她一会儿："你乖一点。"

临走时，他还低头把刚进来就看到的蕾丝边小衣从地上勾起，细心嘱咐："把你的 Bra（内衣）收好，别让你 Bro（兄弟）看到。"

有什么不能看的……

"罩你的眼睛上。"程晚有些不客气。

闻言，快要走到门口的男生忽然停住脚步，眼神霎时暗下，半拖着腔调慢悠悠地询问道："你刚才说什么？"

刚刚察觉到那股侵略性气息，程晚还没反应过来，身上忽然一重。

清凉的风吹过，湿润的唇又被含住。

显然这次不再是浅尝辄止，呼吸都被挤得不畅，腰间软肉被掐了下，程晚下意识张唇喘气，摇摇欲坠的裙子下一刻地散开。

警报在颅内慌乱响起，她抵抗般的哑声很闷，思绪还混沌着，试图分清裙子是被解开的，还是慌乱中被蹭开的。

腰上重量倏地变轻，潮热触感像长蛇在皮肤上攀爬，留下细密烙印，带着破碎感的腔音慢慢从喉咙里溢出，程晚眼睛很润，喉咙却没来由地渴。

视线变得不清明，脑神经像在叫嚣着什么，她准备去推的动作弱得无力，堪堪抵着男生的小臂。

周北洛眼神暧昧，低头向下看她迷醉的神情，凑近耳郭时，语气轻得几乎分辨不清。

"罩在我眼睛上好不好？嗯？"

"宝宝你怎么不说了？"

程晚次日上午十点才苏醒。

身体重得出奇，女生从松软的床榻上爬起来，揉了揉眼，愣怔了半分钟才想起昨晚发生了什么。

冲击感极强的画面像一汪达到沸点的水，浇得脸蛋绯红，程晚干巴巴地抓了抓床单，大脑放空了好久才缓过神。

程晚游移的视线不经意瞄到从床沿垂下的白裙，早就消散的酒气驱散了原本就没什么的胆量，更羞赧了，别过脸故意躲着被揉捏得不成样的白裙。

她绕到另一侧下床，刚要进洗手间洗漱，就听见浴室里有声响。

怎么会……

女生迅速逃到被子里，还没三秒，果然看见一个落拓身影从浴室走出。

关于是否穿好上衣再推门这事，周北洛其实有考量的，但想到程晚昨天怕得像弱鸡的模样，忽然决定不穿了。

水珠沿着轮廓分明的八块腹肌向下滴落，程晚只露出一条缝的眼睛也慌忙躲进被子里去："你能不能穿好衣服再出来？"

早料到她会是这个反应，周北洛盯着被子鼓起来的一小团，不要脸地笑了声："我穿好你看什么？"

话是这么说，男生还是慢悠悠地拖着步子，从衣柜里拿出一件白色T恤套上："你再躲，我就掀被子了。"

威胁极其有效，白色被子下的小团立即探头，气愤地问："你怎么还不去上班？"

昨晚忙完还要去书房处理文件，现在上班时间倒是不见他努力了，假模假样地装什么勤奋。

"忘了昨晚我跟你说什么了？"周北洛身姿颀长，懒洋洋地把桌面上一份转让文件递给她。

"这是？"

程晚犹豫着去接他递过来的文件，目光中，周北洛的手指一晃而过。

修长骨节带着薄茧探到裙下的画面冲击感极强，现在想到，程晚的心脏都止不住震跳。

她压抑住内心的汹涌，提防地看了眼周北洛，才小心翼翼翻开手中的文件。

"别哭了，宝宝，明天有礼物送你。"

昨晚他是有说这样的话来着，但当时的情景下，程晚自然把脑回路歪到一些少儿不宜的内容上，没想到他真的准备了东西。

婚前协议？

程晚紧张程度更盛。

纸张轻轻展开，跳动的心脏在视线触及顶端一排黑体字时，忽然停止了——畅文传媒公司收购协议书。

细细点在文字下的手指有些颤抖，程晚一时怀疑起自己的眼睛。

传媒公司？这是他送她的礼物？也是他最近在忙的事？

"开会时看到你会议纪要下勾画的字迹了，"新套上的衣服染着洗衣液清香，周北洛半蹲下来，有些好笑地看她为这点东西感激涕零，"你怎么总也学不会找我要东西呢？"

找个比自己有钱的男朋友都不知道要捞一笔吗？

捏着纸张的手指渐渐攥紧，程晚鼻子酸涩，伸手轻轻抱住周北洛的脖子，有些柔软地袒露心声，声音很小，带着一丝抱怨："因为我要的东西，成年后就很少被满足了……"

小时候要棉花糖要游戏机时,还能得偿所愿,长大了要自由要理想,李女士却总找各种借口来抨击她的执着,然后把自己觉得正确的事情塞到她手中。

周北洛这该是雪中送炭,家里产业渐渐搁置,她如果还只是一个辅佐在男朋友公司的职员,李帷清迟早会借口让她接管家里的集团。

她不想做管理,不想揣度下属的心思,费心竭力地运用手段维系公司运营。

她只想跟着剧组去拍山拍水、拍花鸟和人物,这在其他圈内人眼中也是不务正业的,可周北洛却支持她。

怀中蜷缩的女生肩膀小幅度地抽动着,周北洛感觉自己的心被拧紧了,慢慢拍她的背耐心安抚:"那你以后慢慢想愿望,我慢慢满足好不好?"

还不太习惯娇气地朝某个人撒娇,程晚顶着一双泛红的眼睛,示好地问他:"那你有没有什么愿望我可以帮忙实现的?"

啜泣到有些潮红的脸色引起某些不健康的回忆,周北洛噙着松散的笑,低头忽地靠近她。

"有啊。"

"下次换你来行吗?"

程晚还在疑惑,又听男生蕴着笑,故意放低的呢喃:"昨天收购方那边催得紧,我只顾着服务,什么都没捞着,感觉好亏呢。"

就知道他正经不到两秒。

程晚发现周北洛在取笑她后,恶狠狠地掐了他的小臂,两人有来有往地闹了一会儿,各自开车去了自己的工作地。

畅文传媒公司早年前拍的是美食纪录片,可现在吃播盛行,探店博主也如雨后春笋般冒了出来,片子多次亏本,挣扎之下,他们决定还是就地解散,宣告破产,另谋生路。

他们已经收拾完东西做好了各奔东西的打算,偏偏有个冤大头过来谈收购,还全款收购,不解散员工,只是更换公司主事人。

高层一时间都有些蒙。

代理经理人孙总监有些跨踌不安地候在楼下,远远看见惹眼的迈巴赫车门大开,走下两位踩着高跟鞋、细腰长腿的矜贵女生。

一个偏清冷精致,黑发乖巧;一个火辣张扬,金发嚣张。

乖巧的程晚有些尴尬,刚才在车上时,她脖颈上的草莓印被发现了,赵多漫绘声绘色地学了下她昨晚微醺后打电话的语气,娇声娇气的一声"他不爱我"。

程晚被雷得鸡皮疙瘩掉一地,找各种借口补救都无济于事,最后被搂着大嘲特嘲一通对方才肯罢休。

要不是传媒公司的事足够吸引注意力,赵多漫现在都还咧着大嘴在笑。

"您好,请问……"孙总监忙迎上去低头看了眼名片,谨慎出声,"哪位是程总,程小姐?"

赵多漫龇着的大牙顿时收了回去,一连骂了几句,最后围着程晚转了几圈:"周北洛活神仙啊,真的一夜之间给你弄了个传媒公司?"

这让刚才还在车上嘲讽她恋爱脑一哄,就好的自己情何以堪……

"请问哪位是?"

"我是。"程晚瞪了赵多漫一眼,示意她不要多说话,随后被人引着上楼,摁下心思,边走边细致地跟孙总监打听公司事宜。

通过交谈得知,这家传媒公司比她想象中的规模要大,除了几位摄影师、策划,还有几个名不见经传的明星网红。

拍卖信息其实并不流通,也不知道周北洛是怎么打听到的信息……

将近两小时的会议,每位员工都轮流上前做了职务介绍。

程晚大刀阔斧地把公司裁减了一遍,履历格外优秀的摄影师和策划全部留下,另外,由于她们拍的主要是自然人文,所以明星网红也全部解了约。

员工们都已经各谋生路准备跳槽,所以被裁员工也不是那么伤心,只是有些好奇自己的老东家会迎来什么样的新主人,毕竟快破产又被收购的公司寥寥无几,听着都觉得稀罕。

会议室已腾空,办公室里搬东西的搬东西,走离职手续的排队催着财务,一片吵嚷。

"摄影师好像没有多少在国际上获过奖的……"程晚忽然想起什么,思绪飘到去年跨年时,"对了,之前你让我去请的社恐小摄影师还在吗?"

在机场苦等五小时的经历,程晚这辈子都忘不了。

"好像之后又出国进修了,不知道最近回来没。"赵多漫执行力满分,当即打开新公司的电脑登上自己的邮箱给那位有个性的小摄影师发了封 Email。

"几位策划的过往作品看着还不错,等我们到时候去藏区采风,可以派他们去巴蜀地区继续做美食纪录片。其实去找你之前,我已经把这家公司的资料看了遍。"程晚从包中掏出周北洛交给她的文件,继续说,"他们主要的问题在于资金链断裂,但现在有周北洛撑腰,已经不存在这个问题了。等拍摄之后多跑几家影视公司,渠道一拓开,就会有更多人看到我们的作品。"

美好蓝图就在不远处。

赵多漫眼巴巴听着,等到空气僵滞了半分钟,才不死心地催促道:"没了?"

程晚想笑,眨眨眼又抿唇,佯装不懂,语气纯真:"好像没了吧……"

"程早早!"赵多漫差点要哭,脸色瞬间丧下来。

程晚急忙去哄:"哎呀,漫漫,跟你开个玩笑,我怎么会忘了你?"

大学时当玩笑话说出口的理想,她们都心知肚明自己当时是认真的。

物欲横流的社会或许还是需要几个理想主义的斗士,做事只凭本心,仅仅想把更多的美好风光传递给大众。这或许影响不了多少人,但起码也能获得些微不足道的成就感。

赵多漫这才缓过来,看着刚硬,上次公司破产那件事实实在在把她打击到了。

"那我做什么?"女生如纸老虎一般,还在撑着颜面。

"你想做什么?"程晚反问了句,又点点下巴,思索道,"不然跟我一样做策划吧,理念相同就合作,理念不同打一架。"

女生被逗笑，悲伤情绪一扫而空，吸了吸鼻子，接过程晚递来的纸巾，有些认真地仰了仰头，语气感叹又羡慕："周北洛真会送礼物……"

"是啊。"程晚捏捏后颈，双眸藏着笑意，半趴到桌面上出神。

周北洛送她的礼物从来不是囚禁她的枷锁。

价值百万的拍卖珍珠给她随时可以结束这段关系的资本，市值不小的传媒公司给她重新逐梦纪录片的希望。

他帮她扫平了理想面前的最大障碍，孤注一掷地付出，经年累月，不计回报。

程晚的心莫名地发软，脸颊靠在手臂上，半躺着看向身侧的好友："漫漫。"

"嗯？"

"如果我说，我有点想和周北洛结婚，你会不会觉得我有病？"

程晚恐婚的事情赵多漫了解得不能再了解，前段时间她还为了不想早结婚的事闹了场大乌龙，还没消停两天，现在又说想结婚了。

换成其他人，赵多漫肯定要骂一声神经，但如果是程晚，如果对方是周北洛……

"如果你要结婚的话，"金发女生学着程晚趴在手臂上，口吻温柔，"我会祝你幸福。"

哪有什么决定是真正有病的？大家都不是傻子，如果不是感觉到被爱，怎么会想着步入婚姻。

况且周北洛值得。

程晚和赵多漫对视一会儿，忽然也耸着肩笑了，满足得像只抓到鱼的猫。

藏区出行计划定在两日后，赵多漫有了理想加持，中午就雄赳赳气昂昂地坐高铁去外省亲自找老妈罢工。

程晚下午又部署了小分队的行动策略，虽然大刀阔斧地把原来公司员工开除了大半，但大小事宜诸多，她还是磨叽到了傍晚才脱身。

周北洛发消息说要来接她，程晚等在楼下，遮阳帽檐微抬，下一刻却看见个压根没想到能碰见的人。

"程，早，早。"任放顶着张多年未变的清秀脸庞，骚里骚气地喊她名字。

男生比高中时更壮硕了，却没了当时的精气神，他有个前女友在畅文当网红，是无意间刷到前女友的朋友圈，才知道程晚最近的动向。

他刷到就立刻不知耻地要了定位开车过来，其实他也不知道自己为什么要来，但总也见不到程晚，感觉心里空得要命。

程晚瞬间像吃了死苍蝇般恶心，往后退了两步刚要跑，忽然又觉得丢面子，扭头看了眼公司可靠的站岗保安小哥，甚至还挺了挺胸膛。

"你来这儿干吗？"

"你开了家公司？"任放狭长双眼眯起，不紧不慢地又向前迈了半步，"我大学兼职过模特，你要不要考虑签我？"

内心一阵翻江倒海，程晚翻了个白眼，没好气地回他一句："做梦。"

不远处的GTR缓缓驶来，女生对了眼周北洛发来的车牌号，脸上神情终于缓和。她迈了两步，想了想还是劝诫地开口："你还是快走吧，一会儿周北洛下车我怕拦不住他。"

任放又笑得没皮没脸，含情脉脉："你关心我啊？"

程晚实在绷不住了，冷嗤一声，朝那辆车小跑过去。

女生的黑长软发在夕阳下像镀了层金光，擦肩而过的间隙，任放脸上的假面才卸下。

他声音高，像是怎么也追不上眼前的女生，只站在原地开口："程晚，很抱歉以前打扰你。"

"还有……"

高跟鞋踩在车门处，程晚好奇地望去一眼，看见任放无声做着口型，有些苦涩——

我爱你，可我配不上你。

左手夹着的香烟被摁灭在烟灰缸，原本透风的车窗升起，周北洛垂眼，轻描淡写地将空调下调两度，冷气过低。

GTR在程晚上车后立即驶动，她搓了搓手臂，压根没把刚才任放的告白当回事。

女生弯唇，细致地把今天公司发生的事情说给周北洛听，有些拿不准的地方也认真地询问他的意见。

一路上周北洛都表现得和寻常无异，程晚洗澡后掰着手指把周北洛在车上跟她说的去北美出差的时间和自己入藏的时间算清楚，刚要推门出去跟他商量接下来几天的事宜，厚重的木门却自己打开了。

落拓不羁的男生只着一条黑色短裤，程晚疑惑地望着他，刚要别过脸，背身交代两人行程相似时，忽然被环抱住。

温柔的拥抱似乎掺杂了些奇怪的触感，程晚忍不住发出嘤咛，下意识推他："痒，别碰……"

"程早早。"耀黑视线打下，程晚这时才发现周北洛的体温比平时都要高，视线侵略地打在她唇上，语气缓慢上扬，最后望着她细长冷白的脖颈，"今天可能会欺负一下你。"

"你忍不住就咬我。"

"嗯？"溢出的嗓音突然被截断，程晚还在云里雾里，浑身就被吻到发软。

半推半就着，陷入床榻。

一切感官仿佛都被屏蔽了，唯一留下印象的只有他粗糙的指腹和软湿的唇舌。

程晚不时舒服地溢出几声闷哼，直到最后吃痛得迅猛，她才清醒了些。

但已逃无可逃。

周北洛居高临下，看着她这副紧张的样子，才慢慢俯低身子："是不是真的很喜欢狐狸眼？宝宝。"

饱含着情色的眼神混杂着男人骨子里罕见的暴虐，周北洛下手没轻没重，任由程晚把他脊背掐上红痕也不放慢动作。

程晚哭，他反而凑近，声音里带着沙哑的笑，手指又用力地拧上某处，语气更恶劣："来，对我耳朵说你不要和他分手。"

连续被折腾了两天，踏上去藏区的飞机时，程晚险些落泪。

凑热闹旅行的齐群都禁不住被感染了，擦了擦眼角并不存在的泪水，由衷感叹道："理想万岁！"

机舱内的空姐都不由得投来纳闷的眼光。

赵多漫嫌弃地看了齐群一眼，随口嘟囔了句"烦人"后准备闭眼小憩。

她这几天太奔波，没休息好，好奇地看了眼程晚，无意间发现姐妹的黑眼圈貌似也大得离谱。

有些事情心知肚明，赵多漫闷头笑了声，安心盖着毛毯闭了眼。

在藏区拍摄并不是件轻松的事，饶是事先联系了当地牧民，三天劳心费力下来，程晚也瘦了三斤，这里的餐食她其实吃不惯。

旷野在日暮下格外悠远，满目都是夺目的绿，程晚支着腿找了块坡上的石头坐着，试图把风景充当可餐的秀色时，忽然听见了赵多漫的嗓音，从口罩里透出的声音被风吹得忽远忽近。

程晚等了一会儿，才看见赵多漫迎着烈日朝她招手，还有些恹恹地朝她点了下头。

漫漫最近情绪起伏剧烈，因为缺氧，每天乐呵呵得像个呆子，她已经习惯了。

随意望去的一眼刚要收回，程晚忽然皱眉，发现个熟悉的身影。

赵多漫忽远忽近的话也终于听得真切："晚晚，你男朋友来探班啦！"

"周哥！"一边大口塞东西的齐群明显比她还要激动。

夺目的绿丛中渐渐走来一名年轻男子，程晚有些不敢相信，直到周北洛走到她面前摘下昂贵的墨镜。

"怎么瘦了？"

他一眼就看出来了。

程晚忙跳起来，刚走两步就差点因缺氧倒下，幸好周北洛扶了她一把："怎么还是这么菜？"

"你不是在北美吗？"

"顺路来看你。"周北洛歪头瞧着她开心的样子，"那边半天就处理完了，候机时随手刷到藏区的视频，直接转机过来看你。

"担心你。"

心中涌起一阵暖流，方才惊喜过头，直到现在冷静些程晚才想起这人前几天的恶劣，不由得缩了缩脖子："在这里行动要小心，海拔高，稍不留神就缺氧。"

每人状况不定，齐群刚来第一天因为水土不服，脸肿得像猪头。

知道程晚的意有所指，周北洛笑得有点坏，低头明知故问："你什么意思？"

怎么留下这么个坏印象？他还没有恶劣到这种地步吧？

想着周北洛也不会那么没分寸，程晚操劳了几天，终于找到宣泄口，背过身，站在高坡下兴致勃勃地指着前方："那边的湖特别漂亮，只有这个季节才有，我还在那边拍了不少照片。"

"知道，你发给我了。"

周北洛还记得他在北美时拿出手机，旁边的意大利人用英语问他屏幕里是哪个明星，他瞥了人家一眼，很高冷地回了句"My girl"，对方惊得眼珠子都快掉下来了。

"今晚我们过去搭帐篷？"

程晚扬唇看向他，满意地点点头："你怎么知道我想说这个？晚上这里的星星超漂亮。"

原本看得快脱敏的风景和另一个人一起看忽然就变得不一样了，程晚拽着周北洛往湖边走。

拎着盏户外灯，程晚和周北洛又找了两把折叠椅，裹得严严实实坐在外面。四下皆静，满目星辰亮得像能说话，像琉璃灯打碎在夜幕中。

都市中似乎很少见这种景观。

苍茫的，可以让自己变得很小。

折叠椅并在一排，女生放松地靠上旁边周北洛的肩，舒服地松了口气："其实这些天团队中也有些突发状况，毕竟高原地区，还有人病得很严重，我和漫漫、齐群三个人昨晚接力抬着人找到一个藏医才脱险。"

周北洛微挑眉，揽着女生肩膀的手更紧了："程早早同学好厉害。"

"我也觉得。

"今早我妈给我打来电话，她就不会像你这样说，她只会说这里危险，拍完就尽早回去，实在不行就接手她的公司。"

程晚语气有些郁闷，周北洛大概摸清了她想说什么，语气少见的温和："可能阿姨还不知道我们程早早已经变成大人了。

"每个人关心的方式不同，程晚，我大概知道你想说什么，我没有立场劝你看开接受这样的母亲，但是我还是想说，大人曾经也是小孩，每个人成长环境不同，环境又影响了人的性格，你外公外婆对你妈妈的教育正确吗？"

脱离家庭来看，每个人都是独立个体，一味坚守着自己观念之下的执拗确实迂腐，但家人不是朋友、室友，是不能选择的。

程晚低头往他怀里缩了缩："我知道你说的什么意思，但我就是不舒服，有时候光是听见她讲话就不舒服。"

"回去之后我抽空陪你找阿姨说，实在不行，之后阿姨找你有什么事我帮她转达。"

程晚"扑哧"笑开："她到底是我妈还是你妈？"

"怎么不算是我妈？"周北洛朝她轻慢地眨了下眼，随即又此地无银三百两地开口解释，"你别误会，我没逼你订婚的意思。"

"订婚……"程晚转转双眸，声音很小，"也不是不行。"

"没听清……再说一遍。"

"订婚，也不是不行。"这次程晚倒是大大方方，抿唇朝周北洛笑，躲开周北洛作祟的手，又启唇坦率说出自己的顾虑，"但好像……有心理学研究数据表明，出轨行为可能与家庭环境有关。"

瞥了眼身侧男生思量的表情，程晚怕他误会又忙解释道："你也不要误会，我不是做心理预设，我只是怕你吃亏。"

毕竟他家庭美满，如果这方面也被考虑进婚姻风险中，也应该是他吃亏。

"我应该会爱你很久很久，虽然没办法百分之百保证白头到老，但我可以承诺，假若有一天我变心，也会耐心和你沟通，和平离婚。"做出这一步，程晚万分谨慎，"我也没有要向你求婚的意思，毕竟现在年纪还不大……"

"出轨也行。"

沉寂半分钟。

程晚分外感动，就当她以为周北洛要对她深情献唱"我给你最后的疼爱是手放开"时，男生低头对上她的视线，语气一如刚才般温柔："打断你的腿。"

程晚愤愤地翻了个白眼，刚要反驳几句恋爱自由，脸颊忽然被人亲昵地蹭了蹭。

"宝宝，别有负担。就算不结婚，我也愿意和你谈一辈子恋爱。"

带着磁性的字句涌入耳中，明显周北洛在压着难受跟她讲话。

程晚有些想流泪，吸了吸鼻子，想点头，又被人托着下巴吻了下。

"我们纠缠一辈子好不好？"

"不要还没结婚就提到离婚。"

防风的厚重羽绒衣贴在一起，布料摩擦窸窸窣窣，程晚一怔，发现周北洛的语气有些异样的沙哑。

她心里一"咯噔"，下一秒，男生示弱的语气就传入耳郭。

"我等了你好久，程晚。如果再失去，我可能真的会受不了。"

"我不说了，"程晚抱上他的脖子，安抚地亲他的鼻尖，"我开玩笑的，周北洛，我会一直爱你。"

"嗯。"周北洛轻轻应了声。

"你也要说永远爱我。"程晚凶巴巴地提醒他。

"不说。"周北洛别过脸，不想当弱者被女生哄的样子被看到，"我是缺氧了才会表现得这么傻。"

程晚仰头看星星，紧握着周北洛的手，忽然有些释然。

其实没安全感的不止她一个，就算家庭和睦，未来也会有无限未知，如果因为胆怯而放弃有可能的人，才是真的傻瓜。

她胆子很小，但和周北洛长久发展的事情，愿意去试。

如果说想要和人建立连接，就要承受掉眼泪的风险，程晚想，或许周北洛就是值得她去赌的下半生。

她不怕流泪，因为周北洛值得。

藏区纪录片收工步入剪辑环节是在一周后。

周北洛旗下公司开发的游戏也已然步入正轨，但网络宣传过度，玩家激增，维护系统同样不是件轻松的事，加上后续人物技能方面的优化，方方面面都需要把关。

周北洛冷着张脸，又被动过上了脚不沾地的苦工生活。

工作电话打个不停，这日他却接到个不一样的。

五分钟的简单洽谈后，男生撂下电话，吩咐秘书："三天后的例会改到周六。"

"好的,小周总。"

刚才那通电话是附中校长打来的,高三百日誓师在即,严校长询问他是否有时间返校给学弟学妹们做榜样演讲。

三日后。

刚迈出车门,程晚就被烈阳晃得眯眼。

酷暑难耐,光是下车这半分钟,她额头上就已经沁出细密的汗珠。

"好热……"

周北洛早知道她会叫热,闻声便伸手把车内冰好的矿泉水递过去:"喝水,祖宗。"

什么语气?搞得她多娇气一样。

程晚愤愤接过矿泉水瓶,贴在脸侧,转眸看了眼周北洛丝毫没出汗的脸,好奇地问道:"你不热吗?"

恢宏建筑上的"附中"二字立体冷峭。

"不热,"周北洛环视四周,视线最后停在那两个字上,意有所指,"毕竟这儿是我被冷了三年的地方。"

程晚咬牙,骂人的话却不敢当面说,亦步亦趋跟在他后面走,没一会儿,前面挡太阳的工具人忽然停了。

"你们到啦?"一个粗犷的中年男声传来。

程晚疑惑地从周北洛身后探出头来,抬眸看见个熟脸。

洪主任乐呵呵的,单手拿着小风扇对着脸吹。

洪主任记性不错,还认得这两个人。程晚和周北洛都是那届的优秀毕业生,尤其周北洛还是拒绝了高校保送极其少见的个案,他对这小子更是印象深刻。

"主任。"周北洛淡笑着打了声招呼。

"主任您好,"程晚顶着张热情洋溢的脸,眼睛滴溜溜转了一圈,"您身体还好吗?我还记得我们高一刚入学那天我迟到了,还是您让我们在教学楼下罚的站。"

"职责所在,职责所在。"洪主任有些尴尬地打着哈哈,一边带路,一边惯例吐着苦水,"现在的学生没有之前好教了,再跟之前罚你们一样罚站他们,可能我第二天就得被叫去教育局喝茶喽。唉,不过现在孩子们也是压力大了,内卷得厉害。"

程晚走在内侧,时不时赞同地搭腔,应对自如。

洪主任感觉相谈甚欢,盯着程晚看了半天,最后一拍脑门:"哎,这位女同学,你那会儿是不是经常和一个吊儿郎当的男生混在一起?"

程晚背脊一麻,脸色瞬间煞白,刚要挤眉弄眼地示意他打住,旁边周北洛淡淡瞥了她一眼后,点头,大方帮她承认:"她是。"

这案底一时半会儿是消不了了。

头顶存在感极强的目光一遍遍扫着,程晚刚要苦呵呵地批判下年少轻狂的自己,好在有负责礼仪的老师匆匆赶来,把周北洛叫走了。

《荒魔狩猎》如今如火如荼,饶是对游戏行业不了解,学校方面也知道周北洛事务繁忙,所以事先结合周北洛的经历给准备了一份演讲稿,他需要先去后台熟悉稿子。

操场上已经有学生陆续跑来。

程晚心情不畅，吸吸鼻子，站在朗朗白日下开始借景抒情。

同校领导站一起，程晚惆怅过后再抬起头，身后的高三方阵已经排列整齐。

烈日当空，少男少女脸上的疲累和希望交融，一个个昂着头瞪大眼睛，混沌的神色中混着挣扎。

周北洛作为特邀嘉宾已经列席坐好，没抬头。

从这个视角看去，男生下颌线精致利落，垂低看稿的眼中张扬气很浓，处于少年和成熟男人之间，别具一格的魅力。

有些男生帅归帅，终究少了种说不清道不明的感觉，但此时的周北洛身上的感觉拉爆了。

附中每年都会出一两个风云人物，大浪淘沙之下，周北洛从来都是话题度最高的那个。

凡心谁都有，再帅的学长明面背地都会谈上几段恋爱，可偏偏他看着冷心冷情，不论谁凑上来都会拒绝。谁都不知道，从没被折下的高岭之花心里还藏着一个不可能的人，日日年年。

程晚抿唇把冰水贴近脸颊，没忍住掏出手机给他拍了张照片。

周北洛一身灼目西装，拉出挺括的线条感，端坐高台，周身被苍翠的古树包围，不远处凉亭外人影幢幢，有不少同学趁体育课过来猫腰躲着看他，风采不减当年。

照片拍完顺手发给台上的男生，程晚刚把手机揣进兜里，口袋中的手机忽然一振。

周北洛：偷拍干什么？暗恋我？

程晚莞尔一笑，对上台上男生望过来的视线，大方点头。

周北洛又低头，没一会儿，程晚的手机中又冒出一条简短消息。

周北洛：那我同意了。

校领导演讲拖拖拉拉，但台下的热情依旧不减，周北洛压轴出场，从主持人手里接过麦克风时，程晚听到台下的轰动声更盛。

短短几分钟时间，洋洋洒洒三张纸就已经能脱稿大半，不知为何，一些高中时最讨厌听的套话从他口中说出来，大家都肯用心记上几分。

摇曳的树叶"沙沙"作响，程晚听到句类似于结束语的话时，有些脚酸，弯腰捶了捶小腿。

有一束碎发不听话地垂下，她下意识抬手去撩，忽然又听见周北洛续了一句："以上都是校方写的稿子，私下我自己也有些不成文的小建议。

"如果是值得的人或事，再等等也没关系。"

清冽嗓音透过质量差劲的麦克风传进台下诸多学子耳中，学生们愈加屏息凝神，看见台上光风霁月的男子弯唇，身形恣意。

"不论过程多么艰苦，不甘心的话就努力争取，直到到手。"

灼热的空气像要把人烧着，程晚视线被烧到模糊，最后只记得周北洛投过来的那一眼带着胜利者的耀武扬威。

女生回了个微笑，低头握了握手中沁着冰雾的矿泉水瓶，等他下台。

高中的回忆几乎全是灰色，上课时脑子里总不受控制地想到家里乱糟糟的事，下课后又提心吊胆，害怕成绩下降，只得翻书温习。

颠来倒去，无限被压榨的睡眠时间和一些中二的荒唐行为充斥了三年，记忆中翻翻找找，几乎没有温馨的时光。如果不是周北洛坦白，她绝对想不到中学时灰扑扑的自己，居然会被身边那么近的一个人视作珍宝。

"吃荔枝吗？"树影摇晃间，周北洛站过来，手心躺着几枚洪主任分发的殷红荔枝。

齿轮倏地倒转。

程晚忽然想到高一时周北洛发烧回家了，小跑来小心翼翼地从校门缝隙中递进来的那袋荔枝。

鲜艳的，果皮上还挂着晶莹剔透的冰碴。

正文完

番外一

我爱你

Ni wan zhen de a

校庆后的几天，程晚总是不由自主梦到高中时发生的事，一些曾经没注意过的琐碎事件重新跳出来，走马灯一般，时时刻刻拷打着她这个毒妇的心。

或许喜欢上一个人就是见不得他受委屈，就算施加伤害的那个人是过去的自己也不行。

程晚深刻反思，怀着沉痛的心情自罚了三杯杨梅芝芝冰，又痛食了几次法餐后，才原谅自己。

周北洛观刑，看着程晚装模作样地心疼他，然后低头悄悄把最后一块鱼排插进自己盘里。

女生吃得鼓腮，咀嚼东西时嘴唇很漂亮，圆润的唇珠鼓起，看着很满足。

高中食堂四人组，程晚当时也是这样安静坐在自己对面，直到后面他越界，程晚和赵多漫换了位置，午餐时他就再也没抬过头。

时间超过八点了，周北洛捏着叉子的手不轻不重地点了一下素色盘边："快吃。"

说完，他目光又顺着她卖力工作的小臂往下看。

手腕还是瘦到不行，像骨头上覆了薄薄一层皮，他晚上攥的时候都舍不得用力。

"催什么催。"程晚埋头，做贼心虚地皱了皱鼻。

她不敢告诉周北洛最近几天她都赶着监工，忙到起床用清水洗把脸、扎个头发就冲到公司，中午根本没吃饭的时间。

一天的食物就只有早晨的冰美式和晚餐，晚上吃多一点还要被催催催……

程晚偷偷摸摸翻了个白眼，却没想到心虚的小动作全被对面的男人收入眼底。

周北洛又等了十分钟才听到盘子往前推动的声音。

"吃完啦，收工！"

夜间的风吹得衣角翻飞，盛夏连风都是炙热的。

程晚高中就怕热，一身热裤、无袖T恤穿得清凉又扎眼。

来时开的车拜托刘叔开回家了，两人借着消食的机会慢慢往家挪。一路上程晚回头率爆棚，偏偏女生自己还不知道，一边走路，一边托着手机看样片。

在第三个想来要联系方式的男生被周北洛扫了一眼压下去后，程晚手里的手机被他一把抢去。

"下了班就别忙工作。"

说着，周北洛顺手将手机扔进自己口袋，又搭了下程晚的肩。

仅仅一下。

夏天太热，在没空调的地方程晚像是开了绝对领域，靠得过近会被立马推开，并附赠一个嫌弃的眼神。周北洛被迫站远，像从未谋面的路人，怪不得别人还敢来冒头。

"不是忙工作，是视觉享受。"程晚"啧啧"摇头感叹，"你知道我们重金挖过来的社恐摄影师吗？拍摄的时候沟通距离八丈远，但拿到样片一看，她的每张构图都美疯了。"

程晚兴致勃勃地向周北洛形容，周北洛应着点了两下头，像是不太开心的样子。

相隔三秒都没回应，程晚疑惑地侧眸看他："你……"

"程早早，如果在路上有人要你微信，"一张臭脸克制不住，周北洛顿了下，挑眉居高临下地睨着她，"你怎么办？"

"应该不会有人要我微信吧？"

程晚当即左右环顾了几眼，身侧偷偷打量的路人瞬间回神，脖子僵直。

她穿着打扮看着就像"爱花钱"的娇柔做作女，更别提周北洛这段时间往她身上砸的奢侈单品，如果要搭讪她……感觉后期会破财。

现在的男生没有那么傻。

程晚狐疑地回望过去，看着周北洛不爽的样子半响，才隐隐约约察觉到什么，低头飞速打量了一下自己的穿着，心里有些矛盾。

一方面感受到他明目张胆的占有欲，心里有些暗爽；另一方面……她是真的害怕周北洛脑子抽风，建议她之后出门多穿点。

40度的天气，再逼她多穿点，真的有可能会自燃。

"说话。"周北洛再没管什么炎热保持距离，搭上她右肩捏人脸。

"有点代入不了。"程晚晃晃食指，抬头看他，"不然你演一下？"

"美女加个微信。"周北洛面无表情，几乎是死盯着她，试图从中找到一丝一毫能借由吃醋发火的细节。

"不好意思，"程晚强忍着笑拒绝，"我没有微信。"

"那你有什么？"周北洛眯眼，神情愈加深沉，语气也带了几分呛，"手机号有吗？美女。"

明知她在演，还进进状态进到可怕，男生挺直的鼻梁衬起优越的面部轮廓，路灯的光顺着打下，落了一个小小阴影。

他吃醋的样子好像一只狮子。

程晚仰头，没几分正经："有一张嘴，帅哥亲……"

第二个亲字还没说清晰，程晚的双腮就被人紧紧掐住，她被迫仰头，瞬间收起了嬉皮笑脸。

周北洛虎口松了劲，但捏她脸的手仍旧没放开。

男生低头，视线落在她唇上，随后不紧不慢地又挪到眼睛上，语气平淡，看着是真生气了。

"说，继续说。"

"……开个玩笑嘛。"程晚讨好地笑了笑，"我只对你这样。"

她没直接去扯他手掌，只是用指尖挠了挠他的手背。

周北洛盯着她看了一会儿，眸底黑压压的，像是在考量什么，半晌他刚要扯唇再讥讽两声，身侧的女生忽然踮脚轻轻凑在他唇上。

带着湿润感，轻轻点了下。

周北洛一怔，又忽然听到她声音很俏皮，像耍赖一般："男朋友亲亲。"

程晚机智高效地把周北洛哄好，到家后才慢慢松了口气。

门口堆着几个大箱子，是刚从线上家具店采购来的货品。

昨天程晚在沙发上窝着，忽然觉得这别墅太大，两人住太空荡。周北洛没接话，起初程晚还以为他没听见，后来他递给她iPad让她采购家具。

太过冷硬的软装看着一点都不温馨，也不怪程晚抱怨。

"我订的花瓶似乎还没来……"猫腰打开箱子往下看，程晚有些沮丧。

她还没动静，周北洛就已经拎着箱子把东西搬了进去。

"什么花瓶？"

"我订的陶艺花瓶，好好看，可惜没一起到，可能还要等好久……"程晚心情不美好，跌到沙发上，"哼哼"起来，"不是现货吗？为什么不能一起送来？啊……"

周北洛看着她觉得好笑，实在不理解为什么有人会因为一个花瓶闹情绪。

"你乖一点，别摔地上。"

"我要摔死自己。"程晚开始作，一本正经地盘腿在沙发上坐得端正，小脸上扬着凌凌威风。

"哦，那你作。"

周北洛话音刚落，扬眉又看见程晚表情迅速扭转，像被鼓风机挨着口往里吹气的气球。这时候，说什么她都得夯。

"作完我哄。"

气球又泄了气，程晚抿唇笑了下，踮着脚过去看他收拾东西。

"还有箱东西是阿姨给你寄来的。"周北洛下巴往玄关那边扬了扬。

"又搞了什么东西来？"程晚有些后怕。

这几天李女士抽风，给她寄的书都是千奇百怪的，比如《如何拿下一个男人》《哄人100招》等，她看都没看，直接丢在角落。

后面有个周末甚至有快递员上门说有人订了东西，程晚拆开验货，看见里面被丝绒包着的性感内衣时，差点当场给快递员磕一个，只得瞎掰说自己是这家保姆。

悄悄看了周北洛一眼，程晚自卑地待在小角落翻包裹。
刚拆开胶带封条，女生忽然愣怔了。
"这是……"
抓着衣服肩膀两端，程晚有些恍然地往身上比了下："周北洛。"
周北洛闻声抬头，动作忽然顿住。
距离穿这件衣服已经过去四年，程晚出落得更有致了，附中的深色校服颜色没之前鲜明，像被洗了太多遍，是从他记忆中走出来的。
程晚也有些感慨，以防周北洛想太多，她还是飞速把衣服收了进去，手伸进去的下一刻又被另外一个方方正正的东西吸引。
手机，高中时的手机！
程晚拿着手机，抱膝坐在沙发上，打开备忘录，看到里面写着好长好长的话，都是自言自语，除了通篇抱怨家庭环境，还有好几条是关于周北洛的。

——没礼貌的人应该远离，zbl好烦！

——有时候感觉他很好，有时候又感觉他好奇怪，每次看见他下意识地烦到心跳加快，生理性排斥原来是这种感觉……肯定八字不合，能躲多远躲多远！

——好倒霉，刚下定决心要躲他，转眼就被李帷清安排到周家寄住，感觉对峙的气焰都弱了一头。

——周阿姨对我好好，嘿嘿，专门给我做了我最爱的糖醋鱼！我决定以后试着接受周北洛。给妈妈打电话她没接……我是没人要的小孩，不过之后住在这里我会努力听话的，希望周阿姨不会讨厌我。

——李和程在家里打架，讲了好多难听话，周北洛在我身后不知道听见了多少……真讨厌他，自作主张偷偷跟来。

——讨厌手机屏幕，被眼泪滴过打字就不清楚，讨厌李和程，讨厌刹车太猛的公交车司机，最讨厌的还是自己。我好差劲，对不起。

酸涩感涌入鼻腔，一晃而过的画面渐渐清晰，程晚努力吸了吸鼻子，看见周北洛过来，几乎仓皇地把手机塞到沙发缝隙里。
男生身形高大，水晶灯被他身躯遮挡，阴影打在了她的背脊上。
"程早早？"
程晚不敢抬头，下一秒却落入一个温暖的怀抱。
周北洛有些无奈地叹了口气，低头想看程晚的表情，语气很温柔："你是不是小乌龟？"

一遇到事情就躲进壳里,生怕被别人看出半点软弱。

"才不是。"她嗓子有点哑。

"那你是什么?"

"……我是周北洛的小宠物狗。"程晚气势弱得不能再弱,一直往他怀里钻,好像在找什么绝对安全的地方要躲进去。

"你再胡说?"周北洛笑了下。

程晚答非所问地轻轻"嗯"了声。

冷气静音地吹送着,之后两人都罕见地安静下来,程晚没动,周北洛也没说话,只是手掌一直托在她腰上,倚靠着的胸膛也起伏规律。

不知过了多久,周北洛才轻轻捏了捏她的耳垂,半靠在女生肩膀上。

"程早早,你有我,我会一直陪着你。"

程晚喉咙很热,突然更想哭了。那股酸胀感又冒了出来,像一颗透明水晶,从她胸腔一直向外延伸,最后完全包裹住他俩,两人的肢体像是缠绕到了一起。

直到刚才,她才敢正视自己内心的感受。

可能一直以来她对周北洛的感情就不同寻常,有些事情,比如家丑,被别人看见她可以不在意,但被周北洛撞到,她就觉得自己好丢脸,卑贱到土里。她不想让他觉得她是很差劲的人,于是表现出反抗的样子,用摇摇欲坠的自尊心做伪装,说难听的话刺伤对方。

你知道世界上有一种人,在没有获得明确的爱时,是万分不敢表现出一丝一毫示好的。

青春期时,程晚以为自己是世界的中心,被好多视线盯着,即便想要也要表现得不想要,即便在乎也要表现得无所谓。

如果你踌躇半刻伸出手,别人却没接,好丢脸。

如果你以为接收到的讯号是别人无意的动作,自作多情,好丢脸。

长久以来,程晚面对周北洛其实是自卑的。她会羡慕他的家庭,羡慕他天生的好脑子,羡慕他被众星捧月地簇拥着,张扬到像天上最烈的太阳。

她知道自己不会变成这样的人,她和他站在一起,还是太扭捏了。

"周北洛。"

"嗯?"男生鼻息很轻。

"我可能……也喜欢你好久了。"

这念头产生得太快太夸张,像一闪而过的流星,程晚仰头看向周北洛,看见他忽然被取悦到扬起的唇,又想到自己高中时对他的态度。

其实有时候,人对自己的情感是不清晰的,被洪流推着走,就连理想目标也最好选能配合世俗的那个。

渴望达到某种目标同时也能被家人朋友羡煞憧憬,获得某种能凌驾于其他人之上的权力。她从前仿佛一直都活在别人眼中,现在才稍微超然了一点。

"不可能。"

程晚刚释怀一些,松了口气,听到周北洛这句斩钉截铁的话,忽然又皱眉,下意识追问道:"什么不可能?"

"程早早,"周北洛眉眼轻松,连抱着她的手臂也没之前紧了,"你倒也不用为了哄我篡改记忆。"

程晚一愣。

"高中那会儿你对我什么态度,我都知道。"周北洛语气懒洋洋的,一瞬间,程晚甚至怀疑他到底有没有在意这件事。

"什么意思?"

程晚眸色严肃了些,却见男生并没有像之前那样举手投降,依旧是那副不紧不慢的样子,竟然重复了一遍:"就是,你之前其实真的没有喜欢我的意思。宝宝,不要强迫自己。"

已经快到爹毛边缘了,周北洛上一句的尾音落得很暧昧,说完正准备配合地抱抱程晚,大腿忽然一阵刺痛。

他早知道是怎么回事,被掐了还低头笑:"干吗掐我?"

"你不清楚吗?"程晚阴恻恻地盯着他,"哼"了一声,又开始较劲,"死对头都是这样相处的。"

"死对头都怎么相处?"周北洛声音喑哑,看着像是被掐爽了,眼神有意无意地往她唇上瞄。

他正准备凑上去舔舔的时候,程晚右手食指又轻点在他额头上,点得很用力。

"死对头以后不能这样。"程晚暗示地瞄了一眼他的唇。

"就要。"

"No。"

"你再说一遍?"周北洛声音拖得很慢,听着不怎么像生气,音色有点像《疯狂动物城》里的尼克狐。

程晚判断了一下男生现在的心情,更端了一些,直接把人推得更远:"我说,之后不能再这样。"

"好吧。"周北洛盯着她看了好一会儿,像是总算对她妥协,随后在女生一脸纳闷的眼神中踢鞋离开,"我先去洗澡了,宝宝。"

推拉的一个来回还没结束,周北洛直接中途退场了。程晚一口气闷在胸腔里,气得拿抱枕砸他后背:"你不信我算了!"

这阵闷气在深夜十点才抹平,解答完工作群里的问题后,程晚刚准备退出微信,窗口忽然闪了下。

nini:老师,我对成片的剪辑有些意见,这些是我在国外的剪辑作品,如果你不介意的话,我按照我的风格做一份给你。

附件是一个文件夹。

程晚惊讶地眨了下眼,相处了一周,她还不知道小摄影师会剪辑。

摄影师姓虫,剧组上下都叫他虫虫,似乎是越社恐的人越容易被逗,赵多漫就经常抱着水果过去敲人家房门,一口一个"虫虫",直到把人逗得脸通红才算完。

程晚走了下神，盯着对方的网名，觉得"nini"这四个字母像从左往右爬的两只蜗牛，慢腾腾的，好可爱。

冷不丁地被集中冷气吹得抖了下，女生这才缓过神来，忙不迭转发一份给赵多漫，之后才点开文件夹看作品。

其实视频并不能算是纪录片的风格，只是虫虫留学时在街头无意拍下的 vlog 合集，她之后大致做了剪辑处理，但影片的叙事风格和转场都让人看得心旷神怡，有种清新的治愈感。

程晚看着看着，原本不抱希望的表情忽然变得热血，甚至连周北洛刚才故意气她的事情都忘记了。她还没打电话找赵多漫尖叫，手机就"嗡嗡"响起来。

"晚晚！"

"是不是是不是！就是我们要的那种感觉！"

其实本来公司员工的剪辑水平也可以，毕竟之前公司艺人的物料也是他们剪的，但娱乐公司的剪辑师好像都偏浮躁，有些转场也过于生硬，现在这片子的风格简直和她们追求的风格一模一样！

"不是这件事！你没看见吗？我截图发给你了！"赵多漫的语气比程晚还兴奋。

程晚正开心得要死，点开赵多漫的聊天框，有些敷衍地撩了眼："什么啊……"

视线忽地顿住。

程晚在这张街头合照中看到个熟悉的身影。

附近似乎是个打卡地，背景建筑恢宏，美式风格，建筑前一对老夫妇和一个年轻男生在合照，落日余晖下，三人脸上的表情都温柔得过分，就连周北洛那张平时看着嚣张跋扈的脸都不那么盛气凌人了。

"他怎么那么瘦……"

周北洛站得距那对夫妇远了点，似乎是被硬拉进镜头中的，身上的宽大 T 恤松垮得能再装下一个他，饶是肩宽，但看着也瘦得离谱了。

视频时间显示，那是他出国的第一年。

"你再看看他手上拿着什么？"赵多漫眼睛堪比显微镜，第一眼就找到了重点。

程晚觉得心脏像被人紧紧拧住，她掐着手心才把注意力放在他手上。

汹涌的情绪又瞬间挤满胸腔，程晚眼睛泛红，刹那间像是忘记了呼吸。

透明手机壳后面是一张被裁剪过的合照，照片中女生穿着校服，头肩比优越精致，巴掌大的脸上杏仁眼瞩目，手中握着几颗荔枝。

光线其实没有那么好，但这照片实在记忆深刻，程晚一眼就认出了自己。

"所以，"程晚屏息凝神，在赵多漫绵长认真的语气中，才听到一个事实，"出国那段时间，周北洛也没放下你。"

"而且，他那会儿好像过得并不好。"

太瘦了，身上戾气都散了好多，程晚从来都不知道大少爷有这样的时候。

剪辑那边赵多漫去谈了，程晚想起自己刚才洗完澡抱着电脑准备上床时那毫不留情的一掌，顿时觉得自己有些不留情面。

仔细想想，周北洛刚才的话也不无道理。比起周北洛之前对她的感情，她之前对周北洛的，顶多是一种朦胧的、说不清道不明，甚至称作喜欢都有些牵强的情绪。

　　程晚真的不知道周北洛对她感情这么深，而且他出国后也从没打扰过她。

　　在机场说的那句"将军不下马，各自奔前程"也是她的真心话。

　　那时那股异样的情愫太讨厌了，她宁愿要生活安定一点，也不要遇见一个人后好像控制不住内心，所以在周北洛出国前跟大家告别时，她真的还挺开心的。

　　周北洛当时应该不开心吧，明明是回国还能再见的关系，被她说得像是山水不相逢。他也没做到各自奔前程，手机壳后面还是她的照片。

　　对于有压力的感情，程晚首先想的是逃避，但周北洛似乎不是这样，他喜欢一个人不要求结果，只是喜欢，就想每天看到她。

　　程晚心里像被压了块石头，急匆匆地趿拉上拖鞋小跑出去，晃了一圈，最后居然是在厨房里找到的男生。

　　周北洛的头发已经全干了，正赤着上身做打包的工作，看见她时也没惊讶，语气照旧："给你做了便当，红烧鱼和肉小排，水果单独装一份，之后再不吃饭你就完蛋了。"

　　"不用担心厨艺，国外念书时我都练出来了，敢说不好吃你就死定了。"

　　周北洛做好后顺手把便当盒推到一边，洗干净手后，靠着橱柜不太正经地朝人脸上甩水："听到没有？"

　　"程晚。"间隔十秒没动静，周北洛低头探了探，神情傲慢，在触及那双泛红的眼睛时，才开始慌了，"不哭了不要哭，你实在吃不下就不吃了，只吃水果好不好？"

　　"周北洛……"

　　"嗯？"

　　"你这几年是不是过得不好？"程晚有些控制不住，哽咽着抱住他的腰，"大一的时候你怎么那么瘦？"

　　瘦到有些脱相了，她隐约察觉到什么。

　　"大一？"周北洛被她抱得紧紧的，低眸还在想自己大一什么时候拍过片子，因为当时他蛮丑的，刻意避着镜头。

　　周北洛以为她是看见自己当时在国外的心理就诊档案里的照片了。

　　有些难搞……

　　男生弯腰捏了捏她的脖颈，叹了口气，有些无奈："没事的，就是第一年过去有些厌食，随便吃了几次药就恢复了。"

　　厌食？她第一次从周北洛口中听到这两个字。

　　程晚眼泪流得更凶了，嗓音含混："那你当时手机壳后面是不是我的照片？我说了那么决绝的话，你干吗还放不下我？"

　　程晚哭腔很浓，周北洛眸色很深，低头轻轻吻了她一下。

　　"是。

　　"是想放下的，但没有做到。"

　　说不出是什么感觉，好像从小到大他想要的从来没有得不到的，但程晚确实是他捉了三年都没捉到的蝴蝶。

他心理承受能力太差，加上人懒，刚过去时不想社交，在外面租房子，差不多两天吃一顿，久而久之越来越厌食，不想说话，不想睡觉，每天做得最多的事就是想她。

想到她对他说，我讨厌你；想到她对他说，你真的好烦。

"只是大一那时候。"

"大二呢？"程晚把眼泪都蹭他衣服上了。

"大二好一点了吧。"

也没好到哪儿去。

"后来呢？"

"大三大四好起来了。"

还差两年回国，虽然之前寒暑假也没见过她，但之后在同一个城市难免会遇到，一想到能见到她，那点念头又蠢蠢欲动起来。

就算她还是不喜欢他，他也不想自己在她眼中变丑，然后就停了药开始健身，顺便想了想回国的发展，认识了一些志同道合的伙伴一起创业。

"以后你能不能好好吃饭？"

见怀里的女生愤愤不平地盯着自己，甚至还有些怨气，眼圈通红，周北洛有点想笑："是谁不吃饭啊？"

"你。"程晚不讲理地跳到他身上，长腿盘着男生劲瘦的腰，"不准工作了，回去睡觉。"

"没工作，刚才在给你做饭。"周北洛托着她一步一步很稳地往楼上走。

"也不准做饭了。"

"好。"

"那能不能……"

"你想说什么荤话？"

冷不丁听见他这样说，程晚差点咬到自己的舌头，脸上的红晕一直烧到脖颈，脚趾都没忍住微微蜷起。

"不行啊？"周北洛嗓子有些哑，某种隐秘的情感从她刚跳到他身上就开始生根发芽。

女生警惕地跳下来，踩在床边的地毯上，有些战战兢兢："今天不可以。"

傍晚吃饭的时候，他还说了明天要参加游戏的线上发布会，上镜有需要的，不能过火。

"那亲一下可不可以？"周北洛身子向下压，看着有些可怜地扯她衣领处的小飘带，"想亲一会儿。"

"也不行。"

程晚郑重其事地从男生冷白的掌心中抢过带子系紧，悄悄探头过去，还没等她有动作，脖颈就被男生轻掐住。

"唔……"

很小的一声呜咽像是从她胸腔挤出来的。

周北洛攥住她的手腕，不让人逃，唇边动作大胆又肆意。

"程早早,你心疼我啊?"

她刚才就是在心疼他。

明明是问句,但任何一个回答的机会都没给,程晚几次见缝插针地想回他,刚一张唇,口腔内绵薄的空气就又被掠夺干净。

舌尖最软的那一块被牢牢控着,程晚有些晕,情绪有些失控,任由男生引导。

地毯上的裙摆和松软绵密的羊绒摩擦着,她几乎是被周北洛托着整个后背,才没彻底软下来,她有些无力地推他,可在这种情景下显得更诱惑。

"你走开……"

"嗯,我走。"

言语和行动是完全相反的。

程晚晕得彻底,呼吸中全是周北洛身上干净的沐浴露香,是一种淡淡的木香,他现在很少抽烟,口腔里全是薄荷味。

窗外下雨了,这栋别墅外也被周北洛栽种了梨花,可能是品种不同,不知道为什么,盛夏的梨树还在盛开着花,白中带粉。

"要不要一起赏花?"周北洛侧眸看见花朵,呼吸更重了些,但他的动作依旧很缓慢,像是根本不担心风景会逃跑,拿着腔调格外耗人。

程晚则没那么坦然,看着周北洛赏花的神情,耳尖和脸蛋都红得要滴下血来:"好漂亮……"

窗外雨下得更急了,周北洛吻下去的时候还有空伸手接了点雨水,凉凉的雨水从指尖漏下来,落在程晚身上,她像被冻感冒了一般打了个战,神经更加敏感了。

她实在不知道周北洛为什么对赏花这种事这么手到擒来,雨下大了,溅得她睫毛颤得不成样。

指尖潮湿,带着盛夏的温热,他还不把手从窗外缩回来。

程晚的手指不自控地扣上男生的背脊,有些想哭。

大雨浇得梨树枝丫震颤,像是有孩童在树下嬉闹一般,颤得不成样子,梨花的淡香混着周北洛身上的气味萦绕,程晚觉得鼻腔发痒。

沉闷的乌云压顶,不知何时有一朵乌云飘到了梨树最上方,大风过境,可能是视觉效果,云朵被狂风吹得轻晃,看着好像是云层在磨着细小的枝丫一般。

程晚闷在男生胸膛前,手腕被摁死,动弹不得,眼眶红着,只觉得哪里都酸:"好了没……"

应该是在说雨。

周北洛看她着急的样子,咬咬牙:"风还要刮一阵呢。"

程晚实在忍受不了,又伸手推了一下,吐出的气息都有些虚弱。

这种故意吊胃口的行为实在太可恶,她觉得浑身上下哪儿都不舒服,完全被另外的人掌控着,只盼着他给一点痛快的,不要让她这么难受。

周北洛像是没听懂,一直等她哭出来,才亲干净她的泪水,一本正经地咬人耳朵。

"宝宝,可是我们不能那样,不是你说的吗?"

死对头连亲亲都不行呢。

程晚搬起石头砸了自己的脚,她快被闹疯了,手腕被攥得泛起一圈红痕。女生找不到反抗的办法,眼里温着旖旎的泪,最后借着劲重重咬上他左肩。

"哐……"

程晚这一口没有收敛,周北洛痛到想笑,双眸里情愫更盛,像团小型风暴。他自己忍得难受,却为了看她这副样子一拖再拖。

男生口吻慢挑,凑在女生细小的耳垂边诱哄:"想要什么,说出来宝宝。"

"说出来就给你。"

程晚昨天累得不行,直到造型师快来时还没清醒,身上酸痛得像是所有骨头被拆了重新安了一遍。反观周北洛倒是精力满满,一大早就起了床,还给她做了早餐。

程晚是在浴室发现了他,他正在用剃须刀刮胡子,短刺的青楂像初春树上刚长出的绿芽,昨晚绿芽磨在她皮肤上的隐痛感仿佛还在……

程晚扶着浴室门看了一会儿,直到镜中男生挪过视线来和她对视,她才溜得飞快,跑去餐桌前乖乖啃自己的早餐。

新闻发布会观众多,作为游戏行业内冉冉升起的一颗新星,周北洛现在备受瞩目。赵刚刚和小崇透过屏幕看到他时,情不自禁地冒出一股自豪感。

这爽到爆的游戏、被众多营销号自发推崇转发的游戏,是他们制作的!

这不仅是一个游戏项目的成功,实质上国内同类型游戏的大部分份额都被国外公司抢占,从前还有外国人大放厥词说中国人只会剽窃,这次《荒魔狩猎》算是狠狠打了他们的脸。按照内测时的数据分析,相比于国外老款游戏,《荒魔狩猎》的稳定性甚至更强,可玩率更高,说周北洛真正开创了此类游戏的开端也不为过。

圈外人很少有人知道他的背景,但网上已经有传言说这位新登场的公子哥其实家境殷实,是普通人见都见不到的那种圈层。

众人兴致勃勃,一个个候在电视机前摩拳擦掌,准备看看这位年轻的企业家相貌如何。

等到采访开始,男生那张少年气到不行、嚣张张扬的脸庞出现在电视机里时,众多追星女孩胸口一闷。

好家伙,有这种货色,你不早抬出来!

入错股了,追星尽头竟然是金融圈,错过几个亿。

昔日十二班的老同学也很震惊。

这怎么可能是新贵公子哥,什么圈内赫赫有名的大少爷!他们四年前一块儿吃过街边麻辣烫,还一起翘课去打过游戏。

虽然大家上学时就知道周北洛家境不斐,但当家境不斐的具体含义扩展开来,十二班的班级群再一次爆炸了。

程晚手机的提示音就没停过,她为周北洛开心的同时,也开始泛起压力。

那股经年累月的对峙感又冒出来了,看见周北洛现在这么优秀,她忽然燃起一种想狠狠在文件上签名,狠狠处理工作的冲动。

程晚深吸一口气，刚准备奋笔疾书，就见赵多漫摇了摇头，了然地戳戳她的肩膀："宝，别临时抱佛脚了，快看你老公。"

……什么老公？又没有订婚。

程晚耳尖有些红，行为倒是听话，杵着胳膊又盯在电脑前，视线却和普通观众停留的位置不同。

修长的锁骨被整理完美的领口遮挡完全，冷白的脖颈上喉结突出，皮肤洁白，没有半点让人抓狂的红痕。

程晚松了口气……看来她昨晚抓的那些都被挡住了。

镜头前，记者只露出一枚话筒，言语却是止不住的崇拜，轻咳两声，克制地压下内心的澎湃感："请问周先生，《荒魔狩猎》的大爆是您预想到的吗？"

只要付出努力，结果就能判断个七七八八。

周北洛对能力方面有这个自信，他刚要回答，突然像想起什么一般，淡声打断道："等等。"

意想不到的回答顺着话筒扩散，摄影棚里的众人瞬间停止动作。

这可是直播！大佬你要干什么？

好在周北洛没有浪费太多时间，只是对着镜头找了找角度，最后在胸口最瞩目的地方别了一张卡片，上面写着"新锐程晚导演的文艺纪录片在拍摄中，诸位观众朋友敬请期待"。

不是吧，大哥，正经直播，怎么还搞起广告位招租这一套了？

程晚握着马克杯，刚松了一口气，下一秒，喉咙里的水差点喷在电脑屏幕上。

办公室的其他员工看看眼前的屏幕，大脑忽然短路了一瞬，有些接触不良。

"我们老板叫什么来着？"

"好像就是叫程晚吧……"

"这位大佬宣传的是我们的作品？"

"天啊……"

就连当事人都感觉匪夷所思的行为，周北洛居然做得理所应当。

对面刚入职没半年的小记者突然慌了神，他没遇到过这种情况，回头远远看见教自己的老师朝他轻松地点了下头，心里才有了些底气。

男生迅速整理好笑容，声音清晰洪亮："周先生，我能冒昧地问一下吗，这位程晚是？"

弹幕瞬间滚动得更彻底，追星迷妹们声嘶力竭。

——他老婆！

"我女朋友。"周北洛回得果断。

——居然还没领证，但感情一定好好，呜呜。

——CP粉大军让我看到你们的手好吗？

记者对这个答案早有预料，零零后员工松弛感很强，得到老师的认可后，居然还有心情提建议："其实您直接把纪录片的名字贴上去，效果会更好。"

"还没拍。"周北洛牵唇笑了下，有些无奈。

记者一愣。

——笑死我了,哈哈,什么经典反转!

——麻烦之后纪录片的名字多个备注,最好打括号写上程晚,不然不好搜,真的。

"明明拍了……"程晚尴尬到想钻桌子底下,心里却止不住地发软,像被冬天温热的烤红薯烫着胸口。

赵多漫一边笑,一边毫不留情地补刀:"拍的预演,甚至是样片。"

距离发行还有十万八千里,她们真是走到了宣发的最前列。

之后的 30 分钟内,拍摄棚的记者小哥强撑着自己的专业素养,忍着八卦之心从游戏创作的初心和过程切入问了许多问题,周北洛都一一解答,看着态度很好的样子。

沟通十分顺畅,记者小哥朝后看了眼拍摄团队,得到一个可以收工的手势后,才松懈下来,惯例落下结束语:"我们本次的采访就到此为止了,感谢您抽出宝贵时间。请问您还有什么想说的吗?"

闻言,周北洛挑眉,慢悠悠地问:"什么都可以?"

"什么都可以。"

周北洛思索了一会儿,接着对着镜头,眼神无辜,但明显是在装样子,不十分走心地道歉:"对不起,程早早,宣传你的作品前忘记告诉你了。"他又补了句,"不准生我气。"

这一刻,国外虎视眈眈、准备汲取游戏精华经验的大厂员工也沉默了。

周北洛独特的宣传模式震惊了整个营销圈,业内人士万万没想到这种八竿子打不到一起的行业,用这种戏剧性的方式宣传后效果竟然如此显著。

微博现在已经有"程晚那部还没拍的纪录片"超话了,类似无厘头的还有"周北洛胸口的小别针""不准怪我,好好好"等。

李帷清还不知道程晚又去做纪录片了,工作忙碌之余一方面因为周北洛的宣传方式而身心愉悦,一方面又担心起自己女儿的未来。

程晚接到她的电话是在晚上,今天周北洛宣传一出,好多业内知名影视公司都向她提出合作的意愿,她忙得脚不沾地,邮件挨个看得眼睛疼。

"喝蜂蜜水。"周北洛递过干净的马克杯,洗完澡后凑在地毯上,和她并肩坐。

别墅外的风景很好,露台宽阔,程晚心心念念的花瓶到了,插了好几朵白色洋桔梗,花瓣被夜风吹着,摇摆得很恣意。

手机"嗡嗡"振动,程晚接过水杯,又忙不迭接电话。

一般情况下,非休息时间,李女士的电话要在十秒内接听,这是李女士在程晚幼年时立下的规矩。很长一段时间里,程晚都是静音模式,错过电话后总是被责备。

"晚晚?"

李帷清今天的语气很亲切。

程晚眼睛转了转,预感到有事情不妙,轻轻"嗯"了声。

"你和小洛的感情恢复了?"网络上盛传的画面映入眼底,李帷清心情很好,手中捧着一碗滋补燕窝,明知故问地探程晚口风。

"恢复了，还好吧。"程晚下意识瞄了眼周北洛，却见男生不知何时去露台抽烟了。刚洗完澡，他没穿上衣，宽肩窄腰的身材暴露无遗，指尖掐着一点猩红。

"看上去小洛对你感情蛮好的，不错。"李帷清语气欢快。

程晚皱了皱眉，她其实很讨厌李帷清在这时夸奖她，好像事情是在李帷清的指导下完成的，她只是听从了李帷清的话才能取得胜利。

她又闷了下来："嗯。"

"但是你去重新创作纪录片这件事情是不是忘了跟我讲？"

狐狸尾巴终于露出来了。

程晚有些厌恶现在排斥感很强的自己，其实正常家庭中孩子换行业也应当告知父母一声，但在李帷清这里，她下意识觉得自己不管做什么，得到的答案都只会是否定。

打压式教育下，她得到的最好夸奖就是有次考试进了年级前三，拿着红艳艳的奖状站到李帷清面前时，得到的轻飘飘的一句"还不错"。

还，不，错。

凑合。

类似的兴奋时刻总会被一盆凉水泼下来。程晚有些应激了，她往露台的方向看了眼，看到周北洛隔着透明玻璃，半蹲在自己面前，和她平视着。

被黑压压的视线注视着，程晚重新稳了稳心绪，大口呼吸了几次，抿唇冷冰冰地回道："对。"

"这件事情为什么不和我商量呢？妈妈之前不是跟你讲过吗？虽然现在家里集团解离了，但手下还有几家公司未来需要你帮衬，你怎么就不能像小洛一样，正经在公司里积累经验，将来……"

"因为我喜欢拍纪录片。"程晚攥着水杯的手有些颤抖，"我跟你说过很多遍了，我喜欢拍纪录片，这是我的梦想。"

李帷清察觉到了程晚现在的情绪，她向来都是点完火就跑，现在居然还能轻松地说程晚情绪不稳定："好了好了，我知道了，你激动什么？"

程晚忽然想钻到周北洛怀里。

对面的男生似乎有感应，灭了烟后，"呼啦"一声推开推拉门，坐回到地毯上圈住她。

周北洛身上的烟草味依旧很浓，可能是被熏的，程晚眼睛有点疼。她感受到男生在轻轻拍她背，无声安抚着，鼻子更酸了。

"那这件事我们以后再谈。订婚的事考虑得怎么样了？"李帷清觉得，既然和好了，这件事也该提上日程。

程晚从头到脚萌生出一股浓厚的无力感，她强压着情绪，一字一句道："老妈，如果有一天我订婚了，只会因为我想结婚了，不是因为有人催我。"

"那你一直不想结，难道要这样一辈子吗？"

"对。"程晚斩钉截铁。

"你这孩子……"

"别只为了满足你的掌控欲而逼我做选择，我是独立的个体，妈妈我爱你，但我被这样对待很不舒服。"程晚条理清晰地表达出自己的观点。

其实这些话她早就想说了，只是天然的恐惧感一直压着她。直到今天，周北洛真真切切守在旁边，抱着她的这一刻，她才重新意识到，自己是有人爱的。

没有强大内核的时候，人需要外界的爱来帮助自己自我承认。之前她以为自己天生享有的爱是母爱和父爱，于是很害怕被抛弃，用尽全力地讨好他们，扮演弱者。

可现在她的盔甲换了一个人，她做什么都会有人支持，周北洛是她的信徒，有他浓烈不加掩饰地爱着她，她就什么都不怕了。

"就这样，我还有工作要忙，挂了。"通话结束的瞬间，程晚点开微信，熟练地把李帷清的微信设置成免打扰。

"程晚，"等她挂完电话，周北洛才出声，脸上的笑坦诚又炽热，弯着唇，声音很干净，"你怎么这么厉害？"

不是所有人都敢逃脱原生家庭的影响的，他的程早早好勇敢。

程晚被夸得猝不及防，刚要挺胸傲娇地应下这句夸奖，后脑勺忽然被狠狠扣住。

周北洛唇贴上来，动作压根不跟人商量。

舌头被轻咬了下，程晚吃痛，轻轻"哼"了声又推他。

"难闻，你刚抽过烟……"

"臭的就是你。"周北洛逼得她仰头，又去细细密密地吮她的锁骨。

…………

折腾到大半夜，程晚才被周北洛抱去浴室清理干净。她困到意识模糊，只记得最后被抱着洗脸时，周北洛盯着她眼睛，忽然一时兴起的那句话——

"不然我去割个狐狸眼？"

她瞬间就被吓醒了，连劝带威胁地让他把这个念头消下去才踏实睡着。

自从上次开诚布公地跟李帷清说完自己的真实想法后，程晚感觉身体都轻盈了不少，她过了几天轻松时光，工作和周北洛两项事情来回切换，忙得不亦乐乎。

接到周琪娑的电话是在午餐后，周琪娑笑得轻松，显然也是被自己儿子在网上折腾出的著名恋爱脑事件逗笑，关心起了两人近期的感情状况，临挂断电话时，才小心地提醒程晚。

"再过两天就是小洛24岁生日了，晚晚，你千万别忘记，不然他会被气死的。"

程晚想了下周北洛被气死的样子，语气含笑："阿姨，我记得的。"

不仅记得，礼物都已经准备好了。

周北洛受不了程晚不记得他生日的落空感，这几天明里暗里地点了她好多遍，最近一次还掐她脸威胁她不准给他买太贵的礼物，否则他不收。

少爷发话，说他要独一无二的、用心的礼物。

程晚点头乖巧应下。

周北洛的生日宴每年都相当隆重，今年不知道是谁走漏了风声，许多合作商也纷纷拿着礼物登门。

男生揽着程晚腰的手微微收紧，最后在一众狐朋狗友的嘲笑声中，附在女生耳边说了句"晚上找你收礼物",然后扯着旁边跟着乐的齐群转头就走。

被拽着走的男生脸上的笑容顿时收紧了:"周哥,我不笑了还不行吗?你放过我,去折腾你女朋友程晚不好吗?"

身后眼神怜惜的程晚瞬间收回视线。

这大概是她度过的最轻松的一场生日宴,整场宴会身边坐着的都是赵多漫,女生气氛调动得飞起,带着她吃吃喝喝,时不时指着别人的背影说八卦,各种离谱瓜吃到撑。

程晚玩得开心,坐姿都跟着"狂放"了不少,她正开心着,眼前忽然飘过李帷清盛装的身影。

几乎是条件反射,女生瞬间并腿收拢,龇着的牙也收了回去。

她抿唇刚觉得有些尴尬,手机忽然一振。

李帷清:刚才那样也漂亮。

程晚抱着漫漫的手下意识收紧了,感觉像是有股清凉的风从脊柱往上爬。她抬头,看见李女士神情轻松地朝她扬了扬手机。

赵多漫了然地瘫坐回去,顺手安慰地拍拍好友的背。

这母女俩,一个看着凶神恶煞、一个扬言一辈子都不把对方的免打扰解除,其实都是嘴硬心软的。

周北洛如今发展势头强劲,场面上要他应付的人也多,按照少爷的脾气是万万不会去打圈敬酒的,但人家来敬,场面漂亮话说了一句又一句,他多少要应一些。

齐群舍命陪兄弟,帮着挡了几杯,最后跑到洗手间吐得昏天黑地,草草离了场。

把周北洛送到程晚旁边的是周叔叔周沉山。

正值壮年的男人看着和蔼,但犹见皮囊之下的那份雷厉风行,说实话,程晚是有些怕他的。

女生忙放下手中的甜品,站起来,要从周沉山身侧扶过周北洛。

周北洛被灌得烂醉,但还没到吐的地步,窝在周叔叔肩膀上,看着像打蔫的狮子,闭着眼睛,倒也不闹。

"不用。"周沉山朝她一笑,顺手把人放在附近的沙发上,"晚晚你好,方便说几句话吗?"

程晚心头一紧,回头看了眼安心睡着的周北洛,又拜托地看了赵多漫一眼后,忙跟了上去。

宴会是在庄园里举行的,里面廊桥射灯璀璨,植物错落有致,像是进了秘境花园。程晚忐忑地跟在男人身后,绕了大概三分钟才停下。

周沉山模样温和,睿智稳重,回头看着她的眼睛:"今天在这里住一晚,给你们留了套房,要麻烦你今晚照顾他了。"

"不麻烦的,叔叔。"程晚毕恭毕敬。

像是看出了程晚的局促,周沉山笑了下:"不用紧张,晚晚,叔叔也是看着你长大的,只是感觉你们进入一段正式关系后,有些建议忍不住想说。"

进入一段正式关系……

程晚背脊一僵,恍惚间发现自己之前和周北洛的伪装恋爱,眼前的男人可能早就心知肚明。

"周北洛这个人看着冷,其实从小喜欢什么东西都藏不住,那股劲像是要追着人摇尾巴,不值钱的样子。"周沉山直切主题,带笑看着程晚的眼神温和。

"晚晚,你是乖孩子,以后他有什么对不起你的地方,你跟我们说,我和你周阿姨收拾他,但是……

"你如果不喜欢他了,也尽量说得委婉些。他承受能力很差,你一句话就有可能让他崩溃。"

周沉山忙于工作,时常到处飞,和儿子相处的时光为数不多,有一次让他印象很清晰。那是七年前的夏天,周北洛几乎一整天没出来吃饭,他担心周北洛饿坏胃,推门走进周北洛的房间时,就看到了周北洛颓废得不成样子。

周北洛缩在床脚,像团刺猬,很瘦。

周沉山半蹲下去,刚要扶儿子起来,忽然听见他像是很痛苦的一声呓语:"对不起,程早早。"

周沉山以为是小孩玩闹做了什么错事,又听见一声:"我以后不会再烦你了……"直觉告诉他,这件事大概跟感情有关。

周沉山简单讲完这件事,又笑得随意:"这小子有什么话都憋在心里,不跟我们讲,也是我工作忙,对他关心不够,之后就拜托你了。"

程晚一路攥着手心,走得匆忙。周北洛已经事先拜托侍应生送到房间了,事实上周北洛好像从没在她眼前真正醉过,他先前讲的厌食看心理医生也存疑,她很害怕……

周叔叔撞见的那次并不是偶然,她跟周北洛矛盾闹得最大的那次是在高一,而周叔叔说的却是七年前。那时候他们上高二,关系已经缓和很多,周北洛为什么还是会这样?

房门半掩着,程晚站在门前,不敢推开。

踌躇了好久,她才推门走进去。

房间里光线很暗,她有轻微夜盲症,适应了一会儿还是没找到电灯开关,最后只好摸着黑往里走。

月光充斥在眼前,阴影和淡光分得清晰,程晚紧着走了两步,终于在床角看见了周北洛。

男生半缩在角落里,脸被阴影笼着,看不见表情。程晚更揪心了,走过去半蹲下身,想抱他。

手掌伸出,还没绕到他背后,程晚忽然呆在原地。

她像是感受不真切,撤后一步才看见刚才不经意砸在手心中央的是什么,好小好小的一滴眼泪。

周北洛在哭。

四周黑沉,窗外的风刮得有些急,听不见呜咽的声音。

周北洛像是从酒罐里捞出来的,全身滚烫,唯有滴在手心的泪是凉的。

像深冬天空最先落下的一枚冰雹，一直冻到了心脏。他缩在逼仄的空间里，头埋在小臂上，静得默然，整个人像是被月光遗漏，周身都是一片荒芜的黑。

程晚呼吸一滞，脑海中不成文的想法越来越清晰。

她不敢相信在众人眼中永远像天之骄子、活得浓墨重彩的周北洛每一次喝醉酒都会安静地躲在角落里哭。

"如果你不喜欢他了，也尽量说得委婉些。"

"他承受能力很差，你一句话就有可能让他崩溃。"

风拍窗户的声音有些急了，周沉山的话像一针强心剂，程晚瞳孔微缩，怔在原地，不敢再靠近半步。

她如果知道周北洛那时候那么在乎她的话，一定不会故意去刺伤他。那时她弄不懂那些奇怪的情愫，只想保护好自己，于是身上长满的刺不分缘由地扎向所有想靠近她的人。

周北洛靠得最近，他一直执拗地朝她走来，最后也被扎得最深。

她当时好像说了很讨厌他，骂他烦，请他以后不要再那样了。

周北洛当时的回答从记忆深处跑出，程晚彻底想起来了。

他当时回得很慢。

"好，我明白了。对不起，一直让你反感，以后不会了。"

掌心的那滴泪已经消失，程晚迟迟不敢再伸出手。她心痛得厉害，挣扎半天最后还是决定先去倒杯蜂蜜水给周北洛解酒。

她站起来，刚转过头，腰侧垂着的手腕忽然被人用力拽住，她眉心一跳，半扶着墙才堪堪稳住。

"别走。"

"我不走。"程晚回得迅速。

拽着的手迟迟没松开，程晚不敢轻举妄动，重新低下身，顿了一会儿才缓慢开口："周北洛。"

月光洒在两人紧握的手上，程晚眉眼略低："我不会离开你的。"

"你又不喜欢我。"周北洛醉酒后的嗓音有些飘，眼尾泛红，抬眸定定望着她。

"我喜欢你。"

"喜欢在哪儿？"

程晚被问得哑口无言。

直视来的目光眼看又要黯淡下去，程晚立即警觉："你先等等。"

"等我三分钟，马上回来。"

进庄园时，泊车员就把应邀礼宾的随身物品送到了各自房内，程晚开了盏不刺眼的低饱和度廊灯，在玄关柜上找到自己的随身包包，转身匆匆小跑进洗手间。

包内整齐叠着蓝白相间的T恤和运动裤，她低眸捏出衣服一角，拿到身前对着镜子比了比。

圆润清冷的五官不失精致的棱角，造型师下午做的低丸子造型垂在脑后显得愈加俏皮，镜中的人几乎一瞬间就变成了七年前的那个青葱少女。

程晚再出去时，赤着脚踩在地板上。周北洛呼吸突然停滞，他还没开口，面前的女生忽然走近，朝他笑。

"17岁的程晚，现在站在你面前了。"

程晚没倒蜂蜜水，又要侍应生送了一瓶清酒。她和周北洛靠在床沿，支着腿，有一搭没一搭地喝着。刚醒了点酒气的周北洛又晕成一片，程晚抱着他的手臂，看着他手指在自己陈旧的高中手机上划来划去。

"什么破手机，看不清字。"

备忘录上的字都像来回跑一样，程晚掐了他一下，又把手机抢回来，轻声细语地给他读。

"2017年10月10日，这周过得糊里糊涂，在电话亭得知了爸爸妈妈要离婚的消息，我很难受。任放说了些话，我决定跟他做朋友。PS：周北洛不知为何对我突然很凶。"

"谁对你凶？"身侧的男生忽然扭头，酡红的脸微扬，看着有些张狂。

"你说呢。"程晚撇撇唇。

"那是不是你该受的？"周北洛视线更厉。

"……是，我简直就是不知好歹，没看出你当时对我的喜欢。"程晚语速飞快，讨好地笑着。

"那会儿，"周北洛别过脸，舔了下唇，"老子真不知道自己有什么好讨厌的。"

心脏像被人紧紧掐住，程晚背脊发麻，手指蜷了又蜷："对不起。"

"对不起什么？"他得理不饶人。

"对不起当时说你讨厌。"程晚口吻很乖。

"说你的真实感受。"

真实感受就是某些时候你故意作是真的挺讨厌的！干吗总是喜欢欺负别人！

程晚激烈腹诽，表面却不动声色："真实感受就是喜欢你，但是年纪太小了，人很别扭，不敢承认。"

蓝白校服条纹鲜明，程晚朝他看过去的眼神清澄澄的，比月光还干净。

"小骗子，"周北洛目光落在她眼睛上，忽然笑了，侧眸摁上她的后脑，贴了一个辗转的吻，"以后也要一直骗我，知不知道？"

次日上午，程晚是被腰侧的酸胀感刺激醒的，昨晚最后是怎么滚到床上去的，她已经忘了。

只记得她说出那句"周北洛，生日快乐，我送给你的生日礼物是17岁的程晚"后，周北洛忽然就像变了个人，侵略感十足，她怎么抵抗都没用。

一整晚的凌乱思绪撑得脑子发涨，程晚撇撇唇，撩起被角刚要下床，又看见了小臂上可怕的咬痕。

……她更生气了。

她实在搞不懂为什么周北洛一放飞本性她就要遭殃，他下手总没轻没重的，像要她整个人臣服于他，把她撕裂全吞到肚子里。

所有事情都能依着她，唯独这件事，他要掌握绝对的主导权。开始几次他还算温柔，后来简直堪称暴虐，弄得她浑身都快散架，要她求饶到嗓子沙哑才肯罢休。

程晚沉沉呼出口浊气，套了件男生的宽大T恤，愤愤地站起来。她光脚从扔了一地衣服的地毯上走过，还没走到玄关，就听见房门的开锁音。

她步伐瞬间僵住，还没反应过来，就看见拎着两个餐盒的周北洛。

"给你带了蟹黄包和清粥。"

程晚慢腾腾地瞄了他一眼，才坐到餐桌前，接过餐盒。

她还不知道周北洛休了几天假，总觉得他现在应该在公司处理工作事宜。

"你今天休息吗？"她探头犹豫着问了句。

"你想我休息吗？"周北洛格外好说话，撑脸看着她，眼神却不怎么干净。

程晚没回应。

"快说休不休息，休息的话带你去个地方。"

搞不清楚周北洛的心理阴影有没有彻底消失，程晚准备一鼓作气帮他治好，于是点点头。

"那就休吧。"男生语气随意。

三小时后，两人在附中前的街口下车。

这会儿是中午，有三五成群穿着校服的走读生背着书包拿着小电扇吹着，额前刘海上沾着细密的汗珠。

程晚环视了圈，最后把目光停在最近一家糖水铺处："周北洛，你记不记得你高中有一次请全班人吃糖水，然后收了三封情书？"

"里面有你的一封啊？"他揣兜在一边插科打诨。

"才没有！但是你当时买的杨枝甘露确实很好吃。"程晚站得近了些，暗示地戳了戳男生的肩。

那片正被烈日晒着，但依旧有好多学生在排队。周北洛瞥了程晚一眼，边往那儿走边随口问："你吃什么口味？"

"杨枝甘露绵绵冰，中份。"

程晚立在阴凉处，接过隔壁动漫周边店派发的免费小扇子躲着闲，刚要百无聊赖地从口袋掏出手机，身侧的二次元女生又扬笑亲切地凑上来："小姐姐，店里有空调，你可以进来等哦。"

"谢谢。"

户外实在炎热，程晚朝周北洛的方向看了眼，几乎没有思索就钻进了店内。

刚从热潮中逃脱，迎面吹送的冷气冻得毛孔一缩，程晚吸吸鼻子，环视一周。

她对二次元文化并不太了解，只看见一群小妹妹围着几张海报兴奋得"咯咯"直笑。

玻璃隔层外周北洛还在排着队，她低头无意间瞥见一个不小的首饰盒。饰品看着稍有廉价感，和店面的氛围不太搭，可能是为了招揽额外受众群体特意上架的商品。

程晚视线落在两枚银圈素戒上，眸光一闪。

绵绵冰拿到手，程晚将包包扔给周北洛。

她酸溜溜的时间不多，现在更是抓住机会把之前周北洛收入情书的事翻了出来："说实话，你当时是不是觉得自己魅力无敌大？三个女生给你送情书，你爽到了吧？"

周北洛低眸轻笑："最后都让齐群帮忙送回去了，你不是知道？"

他记得当时自己傻得不行，在食堂吃饭时还特意引齐群把还情书的事说给程晚听，尽管当时她低头正跟碗里的糖醋小排较着劲，心思压根没在他身上。

"不管，反正你有时候蛮花孔雀的，请全班吃绵绵冰，是不是想赚女生好感？"

相较而言，一般都是女生喜甜食。

"程早早，"周北洛垂眼看她，冷不丁"啧"了一声，"你记性是真的差。"

程晚顿住，总觉得当年有什么隐情。她迟疑着还没问出口，周北洛已经俯身平视她，慢条斯理地解惑："请客那天上午，你悄悄躲在音乐教室哭了。"

程晚一怔，口中的绵密冰感瞬间凝固，忽然想起遥远到记不清日期的某天。

期末考将至，班委说每个人都要把抽屉里的书本清到教室后的柜子里。

程晚抱着一沓书挤在过道上，手肘忽然被撞了下，书本凌乱地掉了一地。

她低头捡书时，慌忙间听见有人捡起地上的字条在念——

"不要哭了，请你吃绵绵冰。"

"……这是谁的小字条？"

程晚当时离得最近，思考了两秒，才朝那位女生摇摇头，语气轻柔："不知道，不是我的。"

周北洛记得那天程晚低头看字条的样子，也纳闷她居然呆到那种程度，怎么就认不出他的字迹？他之前一度以为她看出来了，只是看不上他，故意装傻。

现在再看到她惶然的神情才终于解了惑——

程晚没什么坏心思，是真傻。

"我……"程晚有些局促，尴尬几秒忽然底气足了些，振振有词，"你当时为什么不署名呢？"

那几个字很难写吗？要是从地上随便捡一张小字条她都对应自己，也未免太自恋了。

一套反客为主用得行云流水。

程晚被投下来的晦暗视线打量得头皮发麻，她想到些什么，挺挺胸膛，继续颐指气使："看什么看？本来就是你不对……爱要大声说出来懂不懂？"

手边的绵绵冰散发着甜香的气味，周北洛之前拧巴无数次，有意无意朝她暗示的画面在脑海里闪过。

程晚追忆完，理不直气不壮地对上头顶那双漆黑的瞳孔，有些气弱地皱了皱鼻。

"怎么？说不得你？"

"……程早早，我刚站在大太阳底下给你排队买了份该死的绵绵冰。"

程晚"嗯哼"一声，照旧嚣张。

对视了三秒，周北洛平静的脸上透出股不同寻常的气息。他眉梢一耷拉，嘴轻咧，刚要揪住人后脖颈教训,身下的女生忽然缩得迅速,声音清润:"有什么招数都尽管当着这枚求婚戒指的面使出来!"

周北洛要去捉她衣领的大手倏地停留在半空,有些想笑:"什么求婚戒指?"

程晚直了直腰,退后一步,从口袋里掏出一枚一看就是地摊货的素戒,对上周北洛的视线丝毫不落下风。

"说,你准备教训我什么?"

被半举着的素戒甚至连个锦盒都没有。

身边穿着校服的少男少女见怪不怪地从两人身边走过,带起的风鼓噪滚烫。

周北洛的眼神在那枚银白色短圈戒指上停了两秒,忽然勾唇,有些犯规地看向程晚的眼睛。

"我爱你。"

程晚挣扎着,还想多掐一会儿他的小辫子:"你刚才肯定不是要说这句。"

"嫁给我。"

"别抢我台词。"

"嫁给我。"周北洛重复了一遍,浓烈的眼神带着笑意落到程晚脸上,像是不知疲倦。

"……好嘛。"程晚终于装不下去,眼神也染上笑意。

经年的风吹过,被洗了无数次的校服沉沉压在衣柜底,校广播台放着旋律悠扬的R&B……少年隔了七年的夙愿终于达成。

她要嫁给他了。

程晚之前怎么也不敢相信自己会用小学鸡过家家的方式把结婚这种人生大事私定下来。李女士逼迫她成千上万遍也没扭转过的心意在她和周北洛重逢后一松再松……

那天中午事出突然,直到现在周北洛还时不时冒头跟她确定当日的心意是否真诚。男生扬着一张嚣张跋扈的脸,嘴上说着"给你三天时间反悔",表情却是一副"敢反悔你就死定了"的样子。

一来二去,程晚都烦了。

她罕见地硬气起来,一手揪着周北洛的领口,一手扯他嘴唇:"再叽叽歪歪不结了!"

周北洛被她欺负了一会儿,消停了,将精力全用在通知亲朋好友上。

赵多漫和齐群听到这一消息后,迅速把这新闻报备在附中同学群,其中齐群贼嗖嗖地假装手滑连连@了几遍任放,最后把男狐狸逼得退了群。

李女士和周阿姨那边更不用说,两边都为孩子存了成立新家庭的基金。听说两人要结婚,李帷清下班后还专门让司机送她过来,她要亲自确定程晚的心意。

什么"两家关系交好,你可不能耍人玩"以及"结婚以后要是被人欺负,记得跟妈妈讲,老妈心里你最重要""小洛是个老实孩子"的话术层出不穷。

程晚听到李帷清表达真情,内心刚有些触动,耳郭在接收到"小洛是个老实孩子"时,额前自动挂上了两条黑线。

妈妈,你口中的老实孩子昨晚快把我折腾死了,你知道吗?

除去日常交流带来的疲惫，筹备婚礼的事也把程晚搞得焦头烂额。

两人的共同好友中已婚人士不少，婚礼相关事宜倒是能给他们提供一些建议。

程晚其实没什么宏大的婚礼梦，但周北洛对这方面看很重，抓着她一块儿研究婚礼流程，婚纱礼服以及伴手礼的选择都得精细。

婚庆公司寄来的宣传册花花绿绿，看着浪漫又少女心，已经成为公司骨干的小崇和赵刚刚在会议间隙中看见自家Boss全神贯注地翻着手中的东西，还以为他在审查游戏下半年的宣传册。

两人的视线落到册子上的内容后，才接二连三黯淡了。

当老板就是好，上班时间公然犯恋爱脑也不会有人举报……

在周北洛"猴急"的推进下，交付戒指的那个周六，程晚就被蒙着眼带去了一家高定服装店。

敲定婚纱算是筹备工作中最重要的一环，但程晚工作繁忙，这件事也甩手交给了周北洛来弄。

夏日暑气越来越盛，加之可能被宠爱就是容易有大小姐脾气，程晚最近对周北洛愈加挑剔，咬了咬饱满的唇珠，深深吸了口气，抱怨："到了没有啊……你手好热。"

被人准备惊喜还挑三拣四。

周北洛扬眉，不怎么怜惜地朝人后脑勺弹了下，在听到女生"唑"的一声后，又扯唇等着被她吵。

"周北洛！"

程晚刚迸发出一声，随后一个百无聊赖的女声透过中世纪风格的屏风传来，显得漫不经心的。

"讲真的，我不喜欢服装设计，就喜欢拍纪录片。"

"但貌似这方面，姐们还真有点天赋在……"

是赵多漫的声音。

程晚被捂着的双眼沾着周北洛掌心的温热感，心里有什么预感在蠢蠢欲动，指间的空隙透着隐隐的淡光。她下意识停住脚步，而后耳边传来男生刻意压低的嗓音。

"宝宝，你看，有好多人爱你。"

心跳骤然停歇，随着周北洛松开手掌，程晚肩头微重。男生吊儿郎当地把手肘压在她左肩上，而后在周北洛半揽的保护姿势下，程晚许久不见光的眼睛忽然有些泛潮。

"新婚快乐！"

小型礼炮在室内炸响，随后面前众人无一例外扬着笑脸，七嘴八舌。

"你们终于要结婚了！"

"祝你幸福，晚晚！"

"好羡慕你啊，程晚，男朋友好帅，呜呜……"

"长长久久，好久没见了，晚晚。"

…………

程晚内心激荡，许久才平静下来回以微笑。

最惹眼的是赵多漫，金发女生气势十足，身侧是她连夜赶制出的重工手制婚纱。

雪白精致高雅的裙体恰到好处地掐出盈盈一握的腰身，用料是极轻薄的丝绸嫩纱，胸前镶嵌的宝石在顶光照射下反射出绮丽的淡光，华丽，却不过分张扬。

光是看着就觉得工序繁杂，肯定是花了好一阵心思才做出来的。

齐群的惊恐不比在场任何人少，人形哈士奇被吓得差点跳起来："真的绝了！我是真没想到赵多漫还有这一手，虽然她家就是开服装公司的……程晚，你说句话啊！"

程晚暂时没接他的话，礼貌笑了下，潮湿的视线荡向四周。

小崇和公司里的一些好友也在现场，现在在帮忙挑着敬酒服和男士西装，以及一些小配饰。

赵多漫的眼神只在程晚身上，扬着一副"姐牛不牛"的厉害样。

不远处是许久没联系的大学室友，甚至还有之前社团里相谈甚欢的学姐……

所有人都衷心地祝福着程晚。

程晚站在原地，忽然想起高一周北洛生日那次。

她当时羡煞了许久、能坦然接受众人爱意毫不尴尬怯场的周北洛，现在变成了她自己。

她好像已经很久都没有不自信过了。

被周北洛宠爱的这段时间，程晚似乎没有精力再去内耗，他太会爱人了，有些朋友的联系方式她都不知道他是从哪儿搞到的，甚至连斑点小狗 Later 的身上都挂了个花环。

他刚才说有好多人爱她，而后又清晰地追在她耳边补了句："但是最爱你的一定是我。

"你也要最爱我知不知道？"

程晚回眸，看向一直盯着她的周北洛，踮脚轻轻在他唇上印了下："我知道。

"我们要一辈子在一起。"

亮晶晶的眸子像高空划过的流星，程晚仰头看他的样子实在让人忍不住想欺负。

周北洛弯唇轻笑，手指轻轻蹭上她的唇，又开始犯贱，拖着腔调。

"噢，想和我一辈子在一起啊？"

"求我。"

"……行吧，"程晚耷拉下眼皮，冷静下来，"不愿意算了。"

"不要。"周北洛应得超快，随后嘴硬地朝她示弱，"错了。"

"不原谅我，你就完蛋了。"

讨厌死了，都要结婚了还这么讨厌！

婚礼现场定在上京市周家旗下的一家星级庄园酒店，原本周北洛是想把浪漫贯彻到底，非要带程晚去爱尔兰他名下的一座小岛上办婚礼，被程晚严肃拒绝了。

那边天天下雨，时不时还来个暴雨，还至死不渝，鱼都要被淹死了。

消停些吧，浪漫哥。

化妆师最后一次补妆后，程晚盯着镜中的自己深吸一口气，又看向旁边的伴娘漫漫。

赵多漫双手一拍，考虑到随拍摄影师在，又假装矜持地压了压声音："美呆了，完全可以上场!"

这场婚礼其实邀请的人并不多,生意场上的一些合作伙伴都安排在傍晚的宴席上,中午这会儿全是两方的好友,年轻人居多,但饶是这样,程晚也避免不了紧张。

周北洛背着司仪敲了好几次程晚的门,被拒之门外无数次后又发微信,给了她一个死亡微笑。

程晚干练地敲了两个字:道歉。

对方这才拖腔带调地发了个语音:"对,不,起。你再欺负我?"

这句透着威胁不甘的语句,程晚早已听过很多次。周北洛抹不开面,又怕她生气,每次认怂后又会给自己找补、搭台阶,所以她也就没当回事。

沉重的大门被推开,程晚是被李帷清牵着走过长长的高台。司仪有条不紊地指挥着,在交换戒指的前一刻,周北洛却忽地叫停了。

"等一下。"

程晚被白纱手套包裹的双手一紧,视线跟着全场的人一起看向身穿黑色笔挺西装的男人。

周北洛今天帅到犯规了,他本就不喜欢中规中矩的老款西装,于是上衣做了大宽缝隙,又加了银色锁链点缀,禁欲的同时放荡更甚。

周北洛坏得很,往后不清不楚地望了程晚一眼,看见她紧张才扬唇,走到礼台中央。

"耽误大家一点时间,今天过后,程晚同学就彻底属于我了,所以有些话我希望她在结婚前听到。"

话筒音质很好,男声温柔,程晚的心忽然又静了下来。

"我从没想到我会因为一个人变得没有安全感,爱是迟钝的,直到站在婚礼现场的这刻,我才开始后怕,如果没有娶到程晚,我要怎么度过余生。"

原本那些交头接耳的细小声音彻底消失了,周北洛环视台下一圈,视线却好像并没看任何一人。他垂眸,视线又落在手中的话筒上,语气稍显沉溺。

"其实我爱她很早。我看过她初中在台上吹竖笛。"

台上的女生突然定住,瞳孔里满是愕然。

周北洛言语释然,徐徐继续:"当时学校元旦会演要求繁杂,她班上有个女同学临时高烧请假,合奏缺了个位置,学生会成员确认一圈发现班上没其他人会吹竖笛的。

"但是审查节目的老师很严格,如果找不到替补就会撤销整个节目,当时他们班貌似还挺期待拿名次的吧。

"我看见台上的合奏团成员一个个心急如焚,台下人又好像事不关己,除了她。一众低头、事不关己的同学中,程晚转了转眼珠,笑得像只狡猾的兔子。

"那是个雾霾后稀有的晴天,我看见她举手问老师,滥竽充数可以吗?

"她后面有独舞,没必要为这件事出头挡风险,但她还是站出来了。那会儿我突然觉得她像连续几个雾霾天后从云层破晓的太阳,不浓烈,就舒舒服服地伸了个懒腰,冲破了乌云,看着很事不关己,心却很温柔。

"从那时候起,我总会有意无意地多注意她,莫名地期待多见见这个女孩子。程晚总说初中没怎么见过我,但她像是我的一面鲜艳旗帜。我和同学总一起假装不经意地从舞蹈室掠过,他们看身体轮廓、看脸看妆容,而我只看她的眼。

"一周两节舞蹈课,一个学期16周,一共96次机会,她没有一次回过头,在我的初中校园生涯里,我们没有迎来一次对视。

"我看到她每次都聚精会神地盯着镜中的自己纠正动作,有时会和朋友笑着抱成一团,我以为她会永远快乐,直到高中开学前听到爸妈说起她家里的事情。

"我很庆幸自己当时做了那个决定,陪她一起去附中,这是我做过的最正确的决定。

"她怎么能因为其他事情就不笑呢?明明笑起来那么漂亮,我很想让她重新开心起来。

"爱是占有,我想拥有程晚。关于这点,很早之前的我一直不敢承认。

"现在七年后的夏天,在我们的婚礼现场,我想对程晚坦白。"

高大男人回眸,眼里仍旧只装着那个15岁在台上握着竖笛滥竽充数的明艳女生,眸光回溯,语气认真:"我爱你。

"我愿意低头,用我的心供养你,我会做你最忠诚的后盾,永不背叛。

"嫁给我,宝宝。"

谁都没想到,周北洛年少无意的一眼竟绵延到这种地步。

程晚内心最隐秘的一角被戳了又戳,鼻尖泛酸。

两道诚挚温柔的视线在半空相撞,随后她正过脸,说得清透恬淡郑重:"我愿意。"

上京的风空旷盛大,半空中的无人机跟拍聚焦高台。

镜头中,两枚银环在众人的见证下被套上对方的手指,像某种永恒不变的契约,亘古不变。

番外二
十年又十年

Ni wan zhen de a

冬季最常见的诈骗就是天气预报中的某某日降雪。

程晚被骗了两次,对着落地窗摆好赏雪的茶具、糕点,硬生生地从早被晾到晚后彻底沮丧了。她发誓,就算有天真的下雪也绝不出去看一眼,不光如此,那天她要把家里的窗帘也都拉严实!她不稀罕了!

周北洛笑她跟天气置气,幼稚得不行,惹着人跟他拌嘴了半天才坦白说已经订了去漠河的机票。

于是赌气说再也不看雪的人当晚就在篝火边看了场盛大的雪景。

景区里有工作人员放烟花,漆黑的夜空簌簌降落着莹白雪花,黑与白的交接中,一朵朵延伸着绮丽线条的焰花连绵不绝,茂密得像雨天点在湖面上的涟漪。

绚烂光影从夜空映到身边人的脸侧,周北洛偏头淡笑着拂去程晚领口的雪。

男生穿了件及膝的黑色长款厚羽绒服,有优越的身形撑着,饶是裹得严实,也老远就引人注目。程晚也跟着在他身上望来望去,眉心却是微皱着的。

"帅到了?看这么久。"周北洛轻笑道。

程晚不加掩饰的眸光低了低,最后收回。

她本质是个悲观主义者,太美好的时候会担心之后不这么美好了该怎么办。

她很少在不熟的人面前暴露这一点,此时却格外坦诚地直视着周北洛,声音很轻:"我们会一直这样吗?"

下雪、烟花、恋人,厚厚的羽绒服和肩膀上有力温暖的掌心,好幸福。

他们会一直这样吗?

程晚问完又依恋地往周北洛怀里缩了缩,仰头看向周北洛的目光夹杂着不确定。

周北洛顿了下,忽然笑了:"闭上眼。"

还没等程晚反应过来,周北洛就自顾自伸手捂住了她的眼睛:"给你看我们未来十年的预告片。"

　　雪越下越大,身旁的篝火燃得噼啪作响,烤得人耳朵发烫,程晚嘴角翘起,语气如沙场点兵般骄矜:"第一年。"

　　"我们的第一年。"

　　周北洛说完,骤然消失的烟花给夜空腾了地,一片寂静中,头顶的黝黑像是被画笔染上了实景。

　　掌心中的睫毛轻颤,周北洛低头,分外温柔。

　　"这年的工作很忙,程大导演总是飞奔各处取景拍样片,她的爱人对此深表不满,要求她每天都要跟他通一小时电话。程小姐抽不出空,呵斥他不要太作,周北洛先生是个有脾气的人,说不作就不作了。

　　"他当晚就买机票出现在程晚面前,两人毫不相让,对着打嘴仗到半夜。取景地在沙漠,夜空美得不像话,吵到最后两人累了,顺势就躺到沙地上看星星。安静了半小时,才有人打破沉默。

　　"周北洛对程晚说,我们要多见面。"

　　程晚瞳孔微闪,刚要开口,又听见男人轻慢的声线。

　　"第二年。

　　"这一年,双方的工作状态和地点都稳定了许多,聚少离多的状况减少,他们学着驹甜影视剧中的男女主模式相处,最后发现有些贱不犯不舒服,拌嘴打趣也挺好。

　　"有时候程晚会惹周北洛生气,他很好哄,三言两语就会被拿下。有时周北洛也会惹到程晚,他会放下身段用程晚喜欢的方式向她低头。

　　"他们是吵不散的,每一次和好都会比之前更爱对方。

　　"第三年的时候,两人已经彻底融在对方的生命中。有前两年的相处打底,他们已经足够默契合拍。下班后一起逛超市,洗完澡互相给对方吹湿漉漉的头发,还会在炎热的夏天窝在家里吃西瓜看电影。

　　"周北洛是个醋王,看电影时听到程晚夸里面的男演员会生气,然后挖空西瓜中间最甜的部分当着她的面吃掉。"

　　程晚失笑,扒开周北洛贴在眼睛上的手,视线散在夜幕中,安静等着他继续说下去。

　　"第四年,年龄快到三字打头,身边的朋友逐渐沉稳,不再沉迷于旅行和寻找新鲜事物,他们却好像不知疲倦,全国各地的城市探了个遍。程晚的新鲜劲消失得很快,想去的地方、想吃的东西可能过一天就没兴趣了。

　　"有时候她有意想让自己的三分钟热度过去,但周北洛想让她开心,他会连夜开车带她去看看的日出,会陪她一起去吃稀奇古怪,甚至不合口味的食物。

　　"周北洛觉得程晚还在口欲期,她总喜欢咬他,还会尝一些听名字就知道不好吃的食物。她食量小,吃不完就会强迫周北洛吃,两人都塞不动的时候,就把不怎么美味的食物打包空运给双方好友,发消息说特意给他们带的。

　　"第五年,这一年里大部分周末他们过得很健康,在周北洛的每日健身理念熏陶下,程晚也加入了晨跑和夜骑活动。

　　"他们在晨跑时认识了很多周围的猫猫狗狗,程晚给它们都起了名字,见面时会很热情地打招呼,逢年过节还挨个草丛送温暖。夜骑的生活更丰富,有时他们会骑到烧烤摊举着啤酒干杯,有时会在某个路口停下,买光老爷爷剩下的水果,希望他早点回家。

"在结婚的第五年,城市里的每一条柏油路和连贯的街灯都知道他们依旧热恋。"

零下的温度让周北洛吐出的每一句话都带着薄薄的雾气,程晚踮脚侧身蹭了蹭周北洛的脸:"第六年加了个宝宝。"

婚前聊过,程晚挺想和周北洛有个自己的小孩的,反倒是周北洛担心的事情更多。

周北洛低头看了她一眼,声调缓缓道:"第六年,程晚怀孕了。

"她的妊娠反应并不大,但还是比平时辛苦很多,她经常会在半夜饿,指使周北洛爬起来给她做饭吃,有时候周北洛会开车出去买。怀孕的忌口很多,许多化妆品也不能用,程晚的肚子一点点大起来,小腿也因为怀孕变得浮肿。周北洛按了又按,对程晚说,生产那天他可能会哭。

"这年冬天,周程念出生了。他还很小,只会睡觉,闭着眼,小脸皱皱巴巴的,咿咿呀呀咿咿呀呀,还总流口水。

"但这是他们的孩子,程晚生的,他们的小孩。17岁的周北洛应该怎么也想不到会有这一天。

"第七年,周程念一岁。程晚决定以后让他去参加《中国好声音》,她说那英的高音都没有周程念号的时候声大。生产前,她发誓一定会好好照顾小屁孩,这才一年,她就已经把对周程念的称呼从'宝宝''乖乖'改成了'小孩哥'。

"小孩哥深受父母喜欢,家里的玩具买到放不下,除了儿童房,还专门留了一个房间放他未来八年的玩具,玩具房的对面被周北洛装成了休闲区,一整面墙柜放着给程晚补气血的营养品。

"他对长辈说,现在最该得到关心的人是程晚,周程念的出生并不能动摇程晚在家里的地位,她依旧是他最最最亲爱的宝宝。

"第八年,黏人精会走路之后省事许多,但还是半天见不到人就可怜巴巴地流眼泪,好在小屁孩需要很多时间来睡觉,他们固定的相处时间也从之前在家的时时刻刻变成了最常见的晚上十点后。

"夜幕降临的那刻,整座城市也寂静起来,落地窗前的两人端着杯子自酌,叉子扎着盘里的水果,他们有时谈工作,有时一起吐槽周程念。夜风顺着落地窗吹进来,最感性的时候,他们也会说起当年。

"时光飞逝,第九年,程晚说养小孩后像是自己又跟小孩重新活了一次,但周程念表现不佳,让她代入感大大降低,她的童年是爬树、招猫逗狗,周程念不知道随了谁,每天定点抱着绘本啃,还会时不时做小手工送给爸爸妈妈当惊喜。

"周北洛收到过三张兔子折纸,程晚收到的是玫瑰花。早教机构的老师都很喜欢周程念,在小少年的世界里,他像是获得了全部的爱。

"程晚总问周程念爱妈妈还是爱爸爸,周程念雷打不动说妈妈,偶然一次,程晚才问出来,是爸爸教他这么说的。

"周程念说妈妈是这个世界上最爱他的人,爸爸爱妈妈,也爱他。

"第十年。

"周程念同学渐渐长大，周北洛和程晚有了新的度假机会，有天晚上他们突发奇想，双双翘班去旅行，旅行地点是在地图上投筛子随便挑的一个俄罗斯小镇。那边很冷，幸好娇气的程晚女士的帅气老公还算贴心，给她准备了厚厚的围巾和防寒衣。

"朋友们都羡慕他们有了小孩还能这么自由出行过二人世界，回完好友的消息后，在小镇的湖边，他们仰头，突然看到湖对岸绚烂的烟花。

"程晚向来多愁善感，仰头问周北洛，他们会不会一直这样。"

淳淳的音调引诱现实和未来交织，真实得像是时空穿梭，程晚心猛地一跳，忽然偏过头看向身侧的人。

厚重的羽绒衣摩擦生出温暖的触感，周北洛低头环住她的肩。

"千秋不过无数个须臾，我在所有的瞬间里爱你。

"我们会一直这样。

"十年又十年。"

番外三
戒断反应

Ni wan shen de a

新婚宴尔，陷入蜜月期的两人腻歪了半个月，临到周北洛决定出差的前一晚，程晚忽然产生了戒断反应。

斑点狗罕见地被允许夜间进入卧室，正磨着爪子低头嗅行李箱中带着周北洛气味的随行衣物。

程晚抱膝坐在床脚，观察了一会儿Later，忽然撇嘴站起来，在周北洛刚进门的瞬间一屁股坐进行李箱中。

她仰头，有些闷闷不乐："我发现了一个定理，周北洛。"

"你说。"视线在程晚和行李箱间打量了一个来回，周北洛随手放好领带，半蹲下身子，轻笑着等她开腔。

"你还笑……"程晚顺手把他叠好的领带囫囵搅乱，抱怨意味更浓，"我发现在男女关系中，不管女方有多理智，相处时间长了都会比男方更感性，而男人不管前期爱得多深，最后都会回归冷漠。"

想她纵横了二十几年的恋爱脑绝缘体，居然因为伴侣要出差三天而感到焦躁……

"帮你给这段话缩个句，简单来说就是，你不想我走。"周北洛嗓音慢悠悠的，"程早早，你怎么变得这么黏人了？"

"你就这个态度？"程晚瞳孔紧缩，难以置信这段感情只有她一个人在强撑，"我要生气了！"

蜜月才15天，连！哄！都！不！哄！了！

程晚抵着周北洛的肩膀深情追忆，越想越委屈："你就是觉得到手了便可以不珍惜，之前你是怎么喜欢我的，你都忘记了。

"你根本就不喜欢我，只是前面暗恋的沉没成本太高了，之前对我的好只是一种习惯，习惯不是爱……"

周北洛弯唇，点头应得还有几分骄傲："程早早，你这么在乎我，我好爽。

"对，就是这样，我暗恋七年就该吃这么好的。

"继续哭，别停。"

面前的女生彻底蔫了，耷拉着脑袋一副生无可恋的样子。

周北洛垂眸睨抬她下巴，她也没太大动作，僵硬得像个提线木偶，任凭人捏来捏去。

看她实在扎心，周北洛总算良心未泯，伸手掏出口袋中早早就为她准备好的那张机票："喏。"

行李箱面积狭小，程晚坐得憋屈，吸吸鼻子，看都没看他递来的东西，愤愤地直接仰头撕了。

"我没哭，谁要你的臭纸！"

男生迟迟没动静，一直沉寂了好几秒，程晚才缓缓低头看到地上印着航空标识的碎片。

……完蛋。

屁股下的男士衣物布料考究柔软，现下她却有些如坐针毡："如果我像这样钻进你的行李箱里，通过安检的可能性有多大？"

周北洛盯着地上纸屑的视线转到女生讪讪笑着的脸上，微笑着启唇："爱我吗？"

"爱……"

"为我偷渡吧。"

经此一役，程晚昨晚对周北洛像吸了猫薄荷般上瘾的依恋感被迫消失。

为防止周北洛借题发挥，她现在都恨不得躲着他走。

清晨的风穿堂灌得卧室内也染上了初秋的凉意，女生坐在床尾晃荡着小腿放空了两分钟，随后踩着地毯绕到衣柜前挑件稍厚点的男士衬衣。

周北洛洗漱完进来，刚好看见她在摆弄自己的行李箱。

男生倚着门，看她蹲在地上从箱子中找出其中一件薄点的衬衫，而后轻车熟路地把一件材质稍厚的换进去，口中还说着什么。

晨光从背后洒进来，程晚的发丝都在冒光，画面像加了滤镜的古早文艺电影。

尽管已经经历过很多次，但他偶尔还是会为这种时刻失神，这种太过生活化的场面无时无刻不在提醒着他，他们已经真正进入到彼此的生活中了。

阳台上纠缠在一起飘荡的裙摆和宽大T恤、洗漱时低头就能看见的杯子、袖口萦绕的长发……太多的一切重复着向他宣告这点了。

"程晚。"

女生闻声抬头："嗯？"

周北洛不太开心地拉平嘴角："我要开始戒断了。"

程晚怔了下，而后翘唇得意地环起手臂，还没嘲讽几句，身上忽然被丢来一个窄长条的金属制品。她低头看向手中的名牌，轻念出声："……私人秘书。谁的？"

周北洛居高临下地看着她，眼神不言而喻。

"我？"程晚读懂了他的意思，眼神里有一百个抗拒。

"谈生意不方便带家眷，"周北洛挑眉，沿用她的原句，嗓音懒洋洋的，"还是说你根本就不喜欢我，只是前面暗恋的沉没成本太高了，之前对我的好只是一种习惯？"

"习惯不是爱，我要生气了。"

程晚哑口无言，过了一会儿才弱弱抗争："我是想去，但我的机票不是撕坏了吗？"

"没关系。"周北洛低头叩了两下箱子的外壳，言语十分狠心，"你可以走托运，跟它一起。"

箱子恰好懂事地敞开一道半臂宽的缝隙，程晚看到周北洛好整以暇地扬下巴，朝她示意："请进。"

周北洛是故意吓唬人。到了机场，程晚才反应过来还有电子机票能用，她气鼓鼓地白了男生一眼，没理他，提着小包自顾自登了机。

一直到看见合作方那边的工作人员等在接机口，程晚的表情还没缓和。

连负责接待的白人男孩都品出了几分不对劲，操着标准的英文询问周北洛是不是惹女朋友不高兴了。

周北洛笑着用英文将她的代名词改成了"wife"。

程晚惊讶地看向他，明明在家时他还说对外要说她是秘书。

周北洛的视线与她相交，自然地把手搭上她的肩。

"你是我的 Boss，带你度假。"

程晚向他投去个狐疑的眼神，等到三天后，这份狐疑才正式消散。

起初她以为这次跨国商谈事关重大，需要费时甚多，但这几天周北洛也就出去过五六个小时，其余时间都陪她在这座小别墅里耗着。

看着好像真的只是带她来度假的。

程晚惬意起来，再三逼问过周北洛，确认不会影响到他的工作后才拽着他一块儿去了华人超市。

程晚长着个中国胃，这里的西餐吃两顿就腻了。她推着购物车，惊喜地在超市里发现了饺子皮，激情抢购了两大袋，又买了一盒肉馅，准备回去包馄饨。

门口的中国结随着女生开门的动作摇摆，街头简易的现代风彩色折叠桌椅摆放齐整，高楼繁华矗立，不远处高低错落的巨幕广告牌生成绮丽壮观的动画。

程晚拎着打包袋，拽着周北洛，一边走一边叽叽喳喳："我更喜欢馅少一点的馄饨，能感觉到薄薄面皮在嘴里化开的感觉。"

周北洛弯唇："那我们一会儿包少点馅。"

"好。"程晚笑着应下。

这周刚下了两场雨，纽约的气温降到了十度以下。

窗外冷风过境，发出呜咽般的呼啸声，程晚的脸颊被岛台吊灯照得柔和，手上包馄饨的动作却渐渐慢下来。

思绪跑远。

她想到这座别墅是周北洛留学时住的，面积很大，两个人住的时候晚上都会害怕。

美国的街头太繁华，路上的人个个行色匆匆。

她想起之前发现的那张周北洛留学时在街头被抓拍的照片。

他有厌食的药物依赖，瘦得离奇，镜头里唯一鲜活的部分是他手机壳背后她的照片。

——在她以为他讨厌她的时间里，他喜欢她喜欢得很委屈。

手上动作暂停，程晚侧头望向身边的男生。

他已褪去了少年的青涩感，眉宇间多了几分温柔，下颌线流畅又立体。

程晚还没出声，周北洛却像是察觉到了她的视线，忽地垂眼："之前留学生办Party我一次都没去过，在这座城市里，我所有的记忆都是一个人。"

程晚心头一酸。

锅里的水沸腾起来，"咕嘟咕嘟"的冒泡声很治愈，程晚垂眸绕到周北洛背后轻轻抱住他。

周北洛包住她的手，声音有些苦涩："今天出去的时候，我看见你在前面拿着东西蹦蹦跳跳，有那么一瞬间，怀疑这是不是现实。"

"是不是我还在上大学，你只是我匮乏的异国生活中幻想出来的精神寄托。"

胡椒味熏得眼睛疼，程晚咬唇，不知道说什么好。

先爱的总是吃亏。

周北洛得到程晚花了好多年，程晚跟他比起来，差不多算是只勾了勾手指。

"其实我今天出门看着外面，也一直在想象你之前在这里是怎么生活的。"

岛台旁的玻璃窗被蒸汽晕出水雾，程晚在玻璃上画了一颗心，又绕到周北洛身前环抱他，笑道："周公主，不要当小哭包。"

周北洛别过脸不看她，表情看上去对她的称呼很是不满。他扬眉刚要说话，突然又听见程晚认真的语气："如果让我重新选一次，我一定从17岁开始爱你。"

如果时光能倒流，我一定从充满勇气鲜活的17岁开始，读懂你所有别扭的反话。

全书完

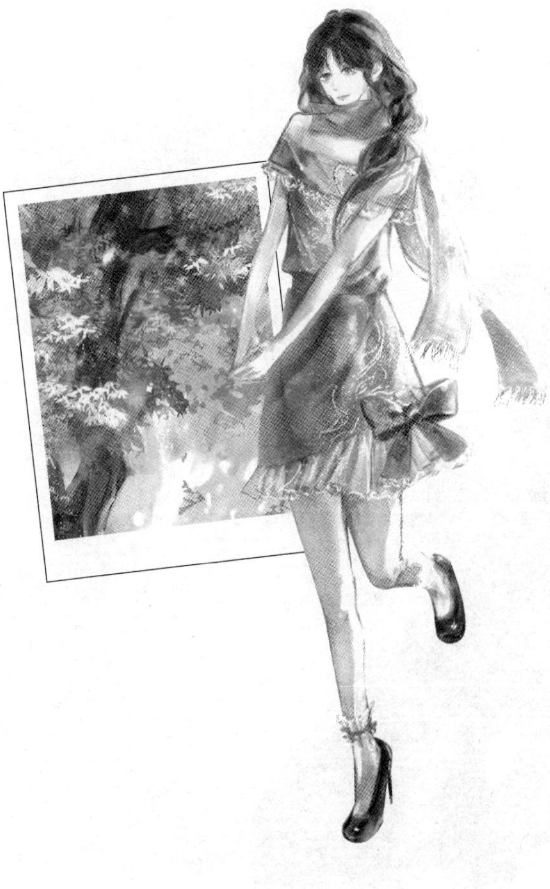

你玩真的啊
Ni wan
Zhen De